DOWNFALL

DAS BUCH

Der Memory Man Amos Decker soll endlich Urlaub machen. Als er sich bereit erklärt, die Familie seiner FBI-Kollegin Alex Jamison im tiefsten Pennsylvania zu besuchen, ahnt er nicht, was für ein Alptraum ihm bevorsteht.

Jamisons Schwester Amber lebt mit Mann und Tochter in Baronville, einer sterbenden Industriestadt, die von der Opioid-Krise hart getroffen wurde: Läden und Häuser stehen leer, das Geschäft mit Schmerzmitteln und Drogen boomt. Die Einwohner richten ihren Hass auf die ehemals reichste Familie und auf deren letzten Spross, John Baron, dessen Großvater sich auf Kosten der Stadt bereichert hatte.

Schon am ersten Abend überschlagen sich die Ereignisse: Im Nachbarhaus entdeckt Decker zwei bizarr drapierte Leichen – die neuesten Opfer in einer Reihe von Doppelmorden. Auf den ersten Blick haben die Mordopfer nichts gemeinsam. Was für ein Geheimnis verbirgt sich hinter der Fassade dieser Kleinstadt? Und welche Rolle spielt die Familie Baron? Dann wird Jamisons Familie plötzlich auf tragische Weise in den Fall verwickelt. Decker, der nach einem Anschlag sein unfehlbares Gedächtnis verliert, steht vor einer sehr persönlichen und scheinbar unlösbaren Aufgabe.

DER AUTOR

David Baldacci, geboren 1960 in Virginia, arbeitete lange Jahre als Strafverteidiger und Wirtschaftsjurist in Washington, bevor er sich ganz dem Schreiben widmete. Sämtliche Thriller von ihm landeten auf der *New York Times*-Bestsellerliste. Mit über 150 Millionen verkauften Büchern in 80 Ländern zählt er zu den beliebtesten Autoren weltweit. »Downfall« ist nach »Exekution«, »Memory Man« und »Last Mile« der dritte Band seiner Bestsellerserie.

DAVID BALDACCI

DOWNFALL

THRILLER

Ins Deutsche übertragen von Uwe Anton

HEYNE <

Die Originalausgabe THE FALLEN erschien erstmals
bei Grand Central Publishing/Hachette Book Group Inc., New York.

MIX
Papier aus verantwortungsvollen Quellen
FSC® C014496

Penguin Random House Verlagsgruppe FSC® N001967

Vollständige Taschenbuchausgabe 05/2022

Redaktion: Wolfgang Neuhaus
Printed in Germany
Umschlaggestaltung: Nele Schütz Design
unter Verwendung von Shutterstock.com
(Anatoly Vatanov, f11photo, Stokkete)
Satz: Leingärtner, Nabburg
Druck und Bindung: GGP Media GmbH, Pößneck
ISBN 978-3-453-44153-8

www.heyne.de

Für Cindi und John Harkes

Wir können uns glücklich schätzen,
euch als Freunde zu haben.

VERTRAULICH

FBI: AGENTENPROFIL

Name: Amos Decker
Alter: Anfang vierzig, auch wenn er gut und gerne zehn Jahre älter aussieht (und sich mindestens hundert Jahre älter fühlt)
Geburtsort: Burlington, Ohio
Familienstand: Verwitwet, nachdem Frau und Tochter auf bestialische Weise ermordet wurden
Äußere Merkmale: Eins fünfundneunzig groß. Gewicht drei bis dreieinhalb Zentner – je nach den Mengen, die er in sich hineinstopft. Footballverteidiger in seiner College-Auswahlmannschaft, dann kurze Profikarriere in der NFL, wo ein verheerender Zusammenprall mit einem Gegenspieler Deckers Gehirn physisch so stark veränderte, dass er seit dieser Zeit ein nahezu perfektes Erinnerungsvermögen besitzt.
Angehörige: Cassandra Decker (Ehefrau), Molly Decker (Tochter), Johnny Sacks (Schwager). Decker fand alle drei ermordet in seinem Haus vor.
Beruflicher Werdegang: Footballstar auf dem College, anschließend Verteidiger bei den Cleveland Browns in der NFL, wo er seine spätere Frau Cassie kennenlernte. Strebte eine Karriere als Footballprofi an, musste sie aber wegen des schweren Unfalls, der zu dem dauerhaften Hirnschaden führte, nach kurzer Zeit beenden. Stattdessen arbeitete Decker als Polizist,

später als Privatdetektiv. Derzeit ist er Special Agent beim FBI.

Besondere Fähigkeiten: Aufgrund der Sportverletzung verfügt Decker über außergewöhnliche geistige Fähigkeiten. Offenbar wurden bei dem Zusammenprall Bereiche in Deckers Gehirn aktiviert, über die zwar jeder Mensch verfügt, die aber kaum genutzt werden, weil sie den allermeisten verschlossen bleiben. Vereinfacht gesagt, kam es durch den Zusammenprall zur gewaltsamen Verschmelzung sensorischer Nervenbahnen in Deckers Gehirn mit dem Ergebnis, dass er seitdem über ein fotografisches Gedächtnis verfügt – eine Gabe, die als »Hyperthymesie« bekannt ist. Darüber hinaus besitzt er die Fähigkeit, bestimmte Farben mit Zahlen, Orten, Gegenständen und Emotionen in Verbindung zu bringen – ein Phänomen, das man als »Synästhesie« bezeichnet. Zudem verfügt er über außergewöhnliche Schnelligkeit und Kondition für einen Mann seiner Körpergröße.

Lieblingsfilm: *Die üblichen Verdächtigen*. (Dank seiner außergewöhnlichen Geistesgaben wusste Decker nach kürzester Zeit, wer sich hinter dem Namen Keyser Söze verbirgt.)

Lieblingslied: »I Will Remember You« von Sarah McLachlan, dicht gefolgt von »Thanks for the Memory« von Frank Sinatra.

Abneigungen: Er mag es nicht, angefasst zu werden. Er steht nicht auf Witze, weil er seit dem Unfall Schwierigkeiten hat, die Pointe zu begreifen. Außerdem hasst er Leute, die seine Zeit verschwenden – wozu offenbar die meisten Menschen gehören, denen er begegnet. Und wegen der Gefahr von Kopfverletzungen steht er nicht mehr auf Sport.

Vorlieben: Die Wahrheit. Riesenportionen auf dem Teller. Beinfreiheit in Fahrzeugen.

1

Wer hat euch getötet?

Oder vielmehr, wer hat euch ermordet?

Das war schließlich ein gravierender Unterschied.

Amos Decker stand auf der Veranda des Hauses, in dem er und seine FBI-Kollegin Alex Jamison während des Besuchs bei Alex' Schwester wohnten. Mit zwei Fingern hielt er den Hals seiner dritten Flasche Bier an diesem Abend fest, während er über die Frage nachgrübelte, wo Totschlag aufhört und Mord anfängt – ein Problem, mit dem sich die meisten Menschen kaum beschäftigten, weil sie keinen Grund dazu hatten. Bei Decker jedoch standen präzise Antworten auf diese Fragen im Mittelpunkt seines Berufslebens, dem so ziemlich einzigen Leben, das ihm noch geblieben war.

Er wusste, dass es um winzige Nuancen ging, was die Sache komplizierter machte, als manche Leute glaubten, denn juristisch gesehen konnte man einen Menschen umbringen, ohne einen Mord zu begehen.

Der Unfalltod, zum Beispiel, ist so ein Fall: Zwei Autos stoßen zusammen, ohne dass einer der Fahrer beabsichtigt, den anderen zu töten. Oder jemand lässt eine Waffe fallen, wobei sich ein Schuss löst, der einen Unbeteiligten ins Jenseits befördert.

Ähnlich ist es bei der Sterbehilfe: Ein Todkranker, der leidet, will seinem Leben ein Ende setzen, und jemand hilft ihm dabei. Zwar ist dieser Tod beabsichtigt, aber da es der Wille des Verstorbenen war, sein Leben zu beenden, liegt auch hier juristisch gesehen kein Mord vor. Gleiches gilt bei einem eindeutigen Fall von Notwehr: Selbst wenn der Angegriffene die Absicht hat, seinem Angreifer körperlichen Schaden zuzufügen, besagt das Gesetz, dass jeder das Recht hat, sich zu verteidigen.

Was uns zeigt, überlegte Decker und trank einen weiteren Schluck Bier, *wie schwierig die Abgrenzung ist.*

Aus juristischer Sicht gab es verschiedene Abstufungen von Mord. Deshalb wurde im amerikanischen Rechtssystem zwischen Mord ersten Grades, Mord zweiten Grades und Totschlag unterschieden.

Als Totschlag gilt eine Tötung im Affekt, wenn dem Täter bewusst ist, dass seine Handlung den Tod des Opfers nach sich ziehen kann, ohne dass er auf eine Tötung abzielt.

Mord zweiten Grades, ein naher Verwandter des Totschlags im Affekt, ist juristisch gesehen zwar ein »vollwertiger« Mord und wird mit entsprechend hohen Strafen belegt, jedoch liegen in der Regel keine Heimtücke, besondere Grausamkeit oder böswillige Absicht des Täters vor.

Ganz anders bei Mord ersten Grades. Hier sind Vorsatz und böswillige Absicht im Spiel. Der Täter *will* sein Opfer tot sehen. Meist schmiedet er vor der Tat einen Plan – gewissenlos und heimtückisch. Folglich hat ein Mord ersten Grades die schwerwiegendsten juristischen Konsequenzen.

Decker hatte fast sein gesamtes Berufsleben damit verbracht, gewissenlose Mörder zu jagen.

Die Jagd auf Killer, überlegte er und trank einen weiteren Schluck Bier, *ist so ziemlich das Einzige, auf das ich mich ganz gut verstehe.*

Er blickte in den Nachthimmel über Baronville, Ort im nordwestlichen Pennsylvania an der Grenze zu Ohio. Einst war Baronville eine blühende Bergbaustadt gewesen, die ihren Namen – und ihre Existenz – den Barons verdankte, den Gründern der Minen und Fabriken. Aber diese Wirtschaftsmotoren gab es schon lange nicht mehr, und die Überreste waren wenig beeindruckend. Dennoch schienen die Leute in Baronville zurechtzukommen, wenn auch mit unterschiedlichem Erfolg.

Drinnen im Haus trank Alex Jamison ein Glas Weißwein mit ihrer älteren Schwester Amber und unterhielt sich mit ihrer Nichte Zoe, einem aufgeweckten Mädchen, das bald seinen sechsten Geburtstag feiern würde.

Decker nahm einen weiteren Schluck aus der Flasche und starrte auf seine Füße, die in Schuhen der Größe achtundvierzig steckten.

Er und Alex Jamison hatten ein paar Tage Urlaub von ihrer FBI-Sondereinheit in Washington. Decker hatte seine Kollegin eigentlich nicht begleiten wollen, doch ihr Boss, Special Agent Bogart, hatte darauf bestanden, dass Decker ein paar Tage ausspannte. Als Jamison ihm den Vorschlag gemacht hatte, sie beim Besuch ihrer Schwester zu begleiten, zögerte er nicht lange.

Klar, warum nicht. Ich habe eh nichts Besseres vor.

Und nun war er hier.

Bei ihrer Ankunft hatte Jamison ihm Amber und Zoe vorgestellt; man hatte sich umarmt, Nettigkeiten ausgetauscht und dann die Taschen ausgepackt. Alex hatte ihrer Schwester und der kleinen Nichte Geschenke zum Einzug überreicht, denn die Familie war erst kürzlich hierhergezogen. Im Grunde war es ein angenehmes Arrangement, doch schon beim Abendessen hatte Decker nicht mehr gewusst, was er sagen sollte oder welche Themen für die anderen interessant gewesen wären. Alex, die Decker vermutlich besser kannte als sonst jemand, hatte ihm diskret vorgeschlagen, er solle sein Bier und sein Unbehagen mit nach draußen nehmen, damit sie und ihre Schwester sich in Ruhe unterhalten konnten, zumal es Dinge zu bereden gab, die nur die Frauen etwas angingen.

Decker verzog sich. Er wusste auch so, dass er sich in Gesellschaft anderer oft unbeholfen aufführte, seitdem die Hirnverletzung einen Eigenbrötler aus ihm gemacht hatte. In früheren Zeiten hatte es ganz anders ausgesehen. Damals war der Ex-Footballprofi ein gutmütiger Riese gewesen, gesellig, humorvoll, vielleicht sogar ein bisschen albern – ein Mann, der das Leben liebte.

Bis der Unfall passiert war und Decker auf dem Footballplatz einen unvorhersehbaren, brutalen Schlag gegen den Kopf abbekommen hatte, der sein Leben und seine Persönlichkeit für alle Zeiten veränderte. Die Hirnverletzung hätte ihn beinahe umgebracht. Zwar war er mit dem Leben davongekommen, doch sein Gehirn hatte sich auf dramatische Weise verändert. Die Wucht des Aufpralls hatte Myriaden von Nervenbahnen auf gewaltsame Weise neu verknüpft und Decker die Gabe der »Hyperthymesie« beschert, was nichts anderes bedeutete als ein perfektes Gedächtnis. In Deckers Fall war es so, als hätte ihm jemand eine Minikamera mit unbegrenzter Aufnahmekapazität in den Schädel implantiert. Er wurde zum *Memory Man*, der nichts und niemanden vergessen konnte. Ein zweischneidiges Schwert, wie Decker rasch erkennen musste.

Eine ebenso tief greifende Veränderung war die Synästhesie, ein Phänomen, das sich darin äußert, dass der Betroffene Zahlen, Personen, Ereignisse, sogar Empfindungen mit bestimmten Farben verknüpft. Das Sterben und den Tod beispielsweise nahm Decker in einem metallischen Blaugrün wahr, stets verbunden mit einem Gefühl der Panik und heftiger Übelkeit.

Der schreckliche Sportunfall hatte Deckers Persönlichkeit

grundlegend verändert. Der gesellige Mann von einst war für immer verschwunden. An seiner Stelle gab es nun …

Mich.

Natürlich war es auch mit Deckers Footballkarriere vorbei gewesen. Er war in seiner Heimatstadt Burlington, Ohio, zur Polizei gegangen, hatte zuerst als Cop, dann als Detective der Mordkommission gearbeitet und eine Familie gegründet. Voller Wehmut dachte er an Cassandra – »Cassie«, wie er sie genannt hatte –, seine wundervolle Frau, und ihrer beider Tochter Molly, damals neun Jahre alt, voller Leben und Liebe.

Tot. Beide. Auf brutale Weise abgeschlachtet.

Deckers Augen brannten.

Wer hat euch getötet?

Wer hat euch ermordet?

Decker hatte damals herausgefunden, wer ihm die Familie geraubt hatte. Der Betreffende hatte den höchsten Preis dafür gezahlt.

Aber das war nichts im Vergleich zu dem Preis, den Decker zahlen musste und bis zu seinem letzten Atemzug zahlen würde.

»Tante Alex sagte, du hast ein Gedächtnis wie ein Elefant.«

Decker riss sich aus seinen düsteren Gedanken los und konzentrierte sich auf die Person, die zu ihm gesprochen hatte.

Zoe Mitchell stand auf der Holzveranda an der Rückseite des Hauses und musterte ihn neugierig. Das Mädchen mit den blonden Zöpfen trug eine pinkfarbene Bluse mit langen Ärmeln und Blumenmuster. Die weißen Shorts enthüllten die Grübchen an den Knien.

»Na ja«, sagte Decker. »Mein Gedächtnis ist ganz gut.«

Zoe hielt ein Blatt Papier in die Höhe, auf dem ein Dutzend lange Zahlenreihen standen, und drückte es Decker in die Hand.

»Kannst du dir die Zahlen merken?«, fragte sie erwartungsvoll.

Decker warf einen kurzen Blick auf die Zahlenreihen und gab dem Mädchen den Zettel zurück.

»Das bedeutet wohl, du kannst es nicht.« Die Enttäuschung war auf Zoes sommersprossigem Gesicht deutlich abzulesen.

»Im Gegenteil. Es bedeutet, dass ich es mir bereits gemerkt *habe.*« Decker, der die Zahlenkolonnen so klar und deutlich vor dem inneren Auge sah, als hätte er ein Foto vor sich, rasselte die Zahlen in exakt der Reihenfolge hinunter, wie sie auf dem Zettel standen.

»Wow.« Das Mädchen strahlte. »Cool!«

»Findest du?«

Zoes hellblaue Augen weiteten sich. »Du nicht?«

Decker stützte sich auf die Brüstung und trank sein Bier, während das Mädchen ihn betrachtete.

»Tante Alex sagt, du fängst böse Leute.«

Decker nickte. »Ja. Wir beide zusammen. Deine Tante hat einen guten Instinkt.«

Seine Antwort schien Zoe zu verwirren.

Er erklärte es ihr. »Sie versteht es sehr gut, fremde Leute zu beurteilen. Und sie sieht Dinge, die andere übersehen.«

»Sie ist meine Lieblingstante.«

»Wie viele Tanten hast du denn?«

Zoe seufzte. »Eine Menge. Aber keine von denen ist so cool wie Tante Alex.« Ihre Miene hellte sich auf. »Sie ist gekommen, weil ich bald Geburtstag habe. Ich werde sechs.«

»Ich weiß. Alex hat mir erzählt, dass wir dann alle zusammen essen gehen.«

Decker ließ unbehaglich den Blick schweifen, während Zoe ihn aufmerksam musterte.

»Du bist unheimlich groß«, bemerkte sie.

»Das höre ich nicht zum ersten Mal.«

»Du lässt nicht zu, dass die bösen Leute Tante Alex etwas tun, oder?« Plötzlich klang sie besorgt.

Decker hatte einen weiteren Schluck nehmen wollen; nun setzte er die Flasche langsam ab. »Ich verspreche es dir. Ich werde alles tun, dass es nie so weit kommt«, fügte er ein wenig lahm hinzu.

In der Ferne grollte leiser Donner.

»Ein Unwetter zieht auf«, bemerkte Decker, der dringend das Thema wechseln wollte.

Zoes unschuldiger Blick ruhte noch immer auf ihm.

Decker schaute weg, während der nächste Donnerschlag über den Himmel rollte. Es war eines jener heftigen Gewitter, die den Übergang zum Herbst begleiteten. Der Sommer war endgültig vorbei.

»Es kommt näher«, sagte Decker leise, mehr zu sich selbst als zu Zoe.

Er blickte zum Hinterhof des Nachbarhauses. Alles sah fast genauso aus wie hier. Die gleiche Aufteilung, die gleiche Holzveranda auf der Rückseite, der gleiche Hof. Der gleiche Ahornbaum mitten im verdorrten Gras.

Einen Unterschied aber gab es.

Das Licht im Haus flackerte plötzlich. Es flammte auf, erlosch wieder. An, aus. Und noch einmal.

Decker schaute zum Himmel. Trotz des Donnergrollens waren noch keine Blitze zu sehen. Zumindest entdeckte er keine. Außerdem war die Temperatur gefallen, sodass sich Nebel bildete, der den Himmel und die düsteren Wolken noch mehr verhüllte.

Einen Augenblick später sah er hoch über sich den Widerschein von ein paar roten Lichtern, die dicht unter den Wolken dahinjagten. Das Flugzeug konnte er nicht ausmachen, aber zweifellos versuchte der Pilot, dem aufziehenden Unwetter zu entkommen.

Decker richtete den Blick wieder auf das Haus gegenüber. Erneut sah er, wie die Lichter erloschen, um sofort wieder aufzuflammen, beinahe wie ein Morsecode. Möglicherweise lag es an der hohen Luftfeuchtigkeit. Feuchte Leitungen konnten ein solches Flackern zur Folge haben.

Irgendwo ertönte ein Geräusch. Dann noch einmal. Und noch einmal. Jedes Mal war es der gleiche Laut, der sich ständig wiederholte. Es hörte sich an wie ein dumpfer Schlag, gefolgt von einem schleifenden Geräusch.

Dann sprang ein Automotor an. Das Fahrzeug musste auf der Straße vor dem Nachbarhaus stehen. Wie es aussah, würde der Wagen direkt in das heraufziehende Unwetter fahren.

Augenblicke später zuckte der erste Blitz über den Himmel – so nah, dass es den Eindruck erweckte, er würde unmittelbar zu Deckers Füßen einschlagen. Wieder ein Donnerschlag, diesmal viel lauter als zuvor. Der Himmel wurde immer dunkler und bedrohlicher. Der Wind frischte auf, jagte die Gewitterfront jetzt vor sich her.

»Wir sollten lieber reingehen«, meinte Zoe unruhig. »Mommy sagt, dass mehr Leute vom Blitz getroffen werden, als man glaubt.«

»Wer wohnt in dem Haus da drüben?« Decker zeigte auf das Nachbargrundstück.

Das Mädchen hatte bereits die Hand am Türknauf. »Weiß ich nicht.«

Decker nickte bloß, schaute weiterhin auf das Haus gegenüber.

In diesem Moment glühte hinter einem der Fenster ein Lichtfunke auf. Decker vermochte nicht zu sagen, ob es eine Lampe gewesen war, deren Schein sich auf der Fensterscheibe gespiegelt hatte, oder ob die Ursache nicht so harmlos war und möglicherweise eine Gefahr darstellte.

Er musste es herausfinden.

Decker stellte die Bierflasche ab und eilte von der Veranda.

»Wo gehst du hin?«, rief Zoe ihm nach. In ihrer Stimme lag ein Hauch von Panik.

»Geh rein, Zoe«, rief Decker über die Schulter. »Ich will nur was nachsehen.«

Dem nächsten Blitz folgte ein so ohrenbetäubender Donner, dass Zoe erschrocken ins Haus flüchtete, während Decker in die andere Richtung rannte und auf das Nachbargebäude zuhielt. Als er den Zaun erreichte, der die beiden Grundstücke trennte, schwang er sich behände darüber, ließ sich in den anderen Hof fallen und rannte über den Rasen zum Gebäude. Dabei fühlte er, wie die Temperatur rasant fiel, als das Unwetter sie endgültig erreicht hatte. Der Sturm wurde immer wütender, drosch wie mit unsichtbaren Fäusten auf Decker ein. Doch er war im Mittleren Westen aufgewachsen und kannte die gefährlichen Wetterumschwünge, die sich im Ohio Valley austobten und alles verschlingende Tornados heraufbeschworen. Deshalb wusste er, dass als Nächstes ein Wolkenbruch kommen würde.

Er erreichte die Veranda und rannte die Stufen hinauf. Die ganze Zeit hatte er keinen Blick zurück zu Ambers Haus geworfen, deshalb bemerkte er nicht, dass Alex auf die Veranda trat und nach ihm Ausschau hielt.

Decker erreichte das Fenster, an dem er die Lichtspiegelung gesehen hatte.

In diesem Moment stieg ihm der Gestank verschmorten Kabels in die Nase.

Decker sah seinen Verdacht bestätigt. Irgendwo im Innern des Hauses waren elektrische Leitungen mit Flüssigkeit in Berührung gekommen. Er hatte mehr als einen Mordfall untersucht, bei dem Brandstiftung im Spiel gewesen war. Der Geruch war unverkennbar.

Im Haus brannte es.

Er drückte die Nase gegen die Scheibe und spähte ins Zimmer dahinter. Elektrobrände breiteten sich oft mit rasender Geschwindigkeit aus, meist hinter den Wänden, wo sie schnell und unbemerkt große Flächen erfassten, bis es zu spät war.

Sekunden später sah Decker seine Befürchtungen bestätigt. Im Innern des Hauses flackerten Flammen. Rauch stieg auf.

Wieder zuckte ein Blitz über den Himmel, der die gesamte Umgebung aus der Düsternis riss – genau in dem Moment, als Decker nach rechts schaute.

Was er im flackernden Licht des Blitzes sah, ließ ihn erstarren. Im nächsten Augenblick schüttelte er die Lähmung ab und rannte zur Hintertür. Ohne zu zögern, warf er sich mit der Schulter dagegen, wie er es bei vielen Footballmatches getan hatte, um den gegnerischen Block zu durchbrechen. Die morsche Tür gab beim Ansturm von mehr als drei Zentnern nach und flog krachend nach innen.

Mittlerweile tobte das Unwetter genau über den Häusern. Deshalb konnte Decker nicht hören, dass Jamison von der Veranda aus nach ihm rief. Obwohl sie keine Schuhe trug, rannte sie kurz entschlossen zu ihm, wobei die Regenmassen, die der Sturm vor sich her peitschte, sie bis auf die Haut durchnässten. Das Unwetter ließ eine wahre Sintflut über den westlichen Rand des Keystone State niedergehen. Jamison war klatschnass, bevor sie die Hälfte des Weges zum Zaun zurückgelegt hatte.

Decker, der nichts davon bemerkte, drang in die Küche ein und wandte sich nach rechts, die Beretta schussbereit. Jetzt wünschte er sich, nicht so viel Bier getrunken zu haben. Möglicherweise würde er bessere feinmotorische Fähigkeiten brauchen, als er momentan besaß.

Schnell bewegte er sich durch den dunklen Korridor – zu schnell. Er stieß gegen die Wand, und irgendetwas fiel polternd zu Boden.

Ein Bild.

Decker fluchte lautlos, weil er soeben einen möglichen Tatort verunreinigt hatte. Wäre das jemand anderem passiert – er hätte ihn zur Schnecke gemacht, aber jetzt ließ sich nichts mehr daran ändern. Decker hatte ohnehin nicht die leiseste Ahnung, was hier vor sich ging. Vielleicht hatte er nur die Spitze des Eisbergs gesehen.

Vorsichtig drang Decker tiefer ins Haus vor, die Waffe schussbereit. Er gelangte an das Ende des Korridors und spähte um die Ecke, die Pistole im Anschlag.

In diesem Moment wusste er, was das Feuer verursacht hatte.

Das flackernde Licht, das er gesehen hatte.

Deckers Verdacht war richtig gewesen. Offen liegende Leitungen waren mit Flüssigkeit in Berührung gekommen.

Nur dass es kein Wasser gewesen war.

Es war Blut.

2

»Amos?«

Decker drehte sich um und blickte auf seine zitternde, barfüßige Partnerin, die am anderen Ende des Flures stand, den er soeben durchquert hatte.

»Hast du deine Waffe, Alex?«, fragte er und schwankte leicht, als plötzlich eine Woge aus dem stahlblauen Licht des Todes über ihm zusammenschlug. Ihm wurde speiübel.

»Was ist mit dir?«, fragte Jamison besorgt.

Decker winkte sie zu sich.

Jamison bog um die Ecke und sah, was Decker bereits entdeckt hatte.

Abrupt blieb sie stehen. »Himmel!«

Decker nickte. Es passte zu dem, womit sie beide konfrontiert wurden.

Schließlich hing der Tote von der Decke.

Ein Seil war durch einen Haken gezogen, der einst die Lampe gehalten hatte, die nun am Boden lag. Die Schlinge lag um den Hals des Mannes.

So weit fügte sich alles ins Bild.

Nur dass der Tod durch Erhängen in der Regel keinen Blutverlust hervorrief.

Decker ließ den Blick über den Holzfußboden schweifen. Das Blut hatte sich zuerst in einer Pfütze gesammelt und war dann in Richtung Wand geflossen, wo es auf die zerfransten Kupferdrähte einer Stehlampe getroffen war und den Kurzschluss ausgelöst hatte.

Bevor Jamison aufgetaucht war, hatte Decker die Funken ausgetreten, nachdem er den Stecker aus der Steckdose gezogen hatte. Dennoch hatten der Teppich und eine herabhängende Tapetenbahn Feuer gefangen. Mit seiner regennassen Jacke hatte Decker die Flammen an der Wand ausgeschlagen; dann hatte er den Teppich zusammengerollt, um auch die letzte Glut zu ersticken. Augenblicke später hatte Jamison nach ihm gerufen.

Decker musterte den Körper des Mannes von oben bis unten, suchte nach einer Wunde, die das viele Blut erklären konnte. Doch es gab keine.

Egal, sagte er sich. Im Augenblick konnte er es ohnehin nicht überprüfen. Das musste später die Polizei erledigen. Aber etwas anderes konnte nicht warten.

Es war Jamison, die Deckers Gedanken aussprach: »Glaubst du, es ist noch jemand im Haus?«

»Genau das müssen wir herausfinden«, erwiderte Decker leise. »Hast du dein Handy dabei?«

»Nein.«

»Ich auch nicht. Und ich habe hier auch nirgendwo eins gesehen. Okay, geh zurück ins Haus deiner Schwester und ruf die Cops. Ich durchsuche inzwischen die Bude hier.«

»Du musst auf die Cops warten, Decker. Du hast keine Rückendeckung.«

»Jemand hier könnte verletzt sein. Oder der Mörder ist noch im Haus.«

»Besonders die zweite Möglichkeit bereitet mir Sorgen«, meinte Jamison. »Warte auf die Polizei.«

»Ich *bin* die Polizei«, erwiderte Decker. »Ich bin für so etwas ausgebildet, und ich bin bewaffnet. Und die Chancen stehen gut, dass der Mörder kleiner ist als ich, falls er tatsächlich noch hier ist. Jetzt geh.«

Jamison drehte sich um, lief durch den Korridor zurück zum Ausgang und verschwand draußen im Regen.

Decker durchsuchte das Erdgeschoss. Das Haus verfügte über ein weiteres Stockwerk. Falls es tatsächlich eine exakte Kopie des Hauses von Alex' Schwester war, gab es hier auch einen Keller.

Decker tastete sich zurück durch den Flur bis zu der Treppe, die nach oben führte. Schwungvoll nahm er zwei Stufen auf einmal. Bei jedem seiner Schritte spürte er, wie sich die Oberschenkelmuskeln spannten. Bevor er damals in Ohio Detective geworden war, hatte er zehn Jahre lang die Uniform eines Cops getragen. Er hatte zahllose Häuser betreten, in denen Menschen gestorben waren. Dabei gab es Vorgehensweisen, an die man sich hielt, um keine Spuren zu verwischen, und sie alle hatten sich Decker ins Hirn gebrannt. Trotzdem war es nicht so, als würde man einfach wieder auf ein Fahrrad steigen – aus einem sehr überzeugenden Grund.

Fahrräder schossen nicht auf einen.

Im Obergeschoss gab es zwei kleine Schlafzimmer mit Wandschränken, getrennt von einem dazwischenliegenden Badezimmer. Decker überprüfte alles, fand aber nichts. Das Haus machte einen verlassenen Eindruck. Vielleicht gab es hier außer dem Toten, der im Erdgeschoss von der Decke baumelte, nichts zu finden.

Decker ging wieder nach unten und machte sich auf die Suche nach der Kellertür.

Oben am Kopf der Treppe war ein Lichtschalter, doch er ließ ihn unangetastet: Im Augenblick war die Dunkelheit sein Freund. Außerdem wusste er nicht, ob der Kurzschluss das Licht im ganzen Haus außer Gefecht gesetzt hatte. Decker setzte sich in

Bewegung und belastete kurz jede Stufe, bevor er ihr sein volles Gewicht anvertraute. Trotzdem knarrte es immer wieder, was ihn jedes Mal zusammenzucken ließ. Doch er erreichte den Fuß der Treppe, ohne angegriffen worden zu sein.

Er schaute sich um. Es war ziemlich dunkel; er konnte kaum etwas sehen, aber wie es schien, war der Raum nicht völlig ausgebaut worden. In der Luft hing dieser nasse, modrige Geruch, den man mit Kellern im Rohbau assoziierte.

Vorsichtig bewegte er sich weiter und wäre um ein Haar gestürzt, fing sich aber und zog sich schnell zurück. Decker sah ein, dass er keine Wahl hatte: Es musste das Risiko eingehen, das Licht einzuschalten. Rückwärts stieg er die Treppe hinauf und betätigte den Schalter. Eine Lampe leuchtete auf. Mit ausgestrecktem Arm, die Pistole im Anschlag, bewegte Decker sich langsam wieder zum Keller hinunter, bis er entdeckte, worüber er gestolpert war.

Das stahlblaue, Übelkeit erregende Pulsieren schlug wieder über Decker zusammen, als er in das Gesicht des Toten blickte, dessen leere Augen zu ihm hochstarrten.

Es war ein Mann, dem ersten Anschein nach Ende dreißig. Dunkles Haar, blasse Haut, mittlere Statur. Anscheinend war er um die eins achtzig groß, obwohl sich das nicht genau sagen ließ, da er auf dem Boden lag.

Als ehemaliger Cop traf Decker diese Feststellungen ganz von selbst. Doch sie waren angesichts der einzig wichtigen Beobachtung eher nebensächlich.

Der Mann trug Polizeiuniform.

Decker ließ sich neben dem Toten auf ein Knie nieder und tastete am Hals nach dem Puls.

Es gab keinen, und die Haut des Mannes war kalt. Decker tastete nach den Gliedmaßen. Sie waren steif – ein Hinweis darauf, dass die Leichenstarre eingesetzt hatte. Deckers Erfahrung als Mordermittler ließ ihn ganz von allein über die Todesursache und den Todeszeitpunkt nachdenken. Gab es Hinweise?

Er betrachtete die Leiche, suchte nach Wunden, fand aber keine. Er war versucht, genauer nachzusehen, wollte die Leiche aber nicht berühren. Er hatte diesen Tatort schon genug verunreinigt.

Der Mund des Mannes erregte seine Aufmerksamkeit. Dort klebten Reste von Schaum – ein Hinweis darauf, wie er gestorben sein könnte.

Ein Anfall.

Oder Gift.

Okay, die Todesursache ist nicht offensichtlich. Und der Zeitpunkt?

Er sah sich die Nasenlöcher an. Schmeißfliegen. Weibchen. Sie hatten bereits Eier gelegt, allerdings war der Befall minimal. Schmeißfliegen konnten totes Fleisch meilenweit riechen und waren der beste Freund des Polizisten, denn sobald die biologische Todesuhr sich in Bewegung gesetzt hatte, halfen die invasiven Insekten, den Todeszeitpunkt zu bestimmen.

Als Decker alle forensischen Elemente in Betracht zog, schlug in seinem Innern eine Alarmglocke an. Irgendetwas ergab hier keinen Sinn.

Steife Gliedmaßen bedeuteten, dass der Verstorbene schon eine ganze Weile tot war. Tatsächlich konnte der Körper bereits dabei sein, die Leichenstarre abzulegen und von den großen Muskelgruppen in die kleineren zu verlagern – und dies wiederum bedeutete, dass das Opfer schon lange Zeit nicht mehr lebte. Das passte zwar zur Kälte des Körpers, stimmte aber definitiv nicht mit Deckers anderen Beobachtungen überein.

Das Heulen sich nähernder Sirenen unterbrach seine Gedanken.

Decker eilte die Treppe hinauf, schob die Waffe ins Holster, trat hinaus auf die Veranda und wartete.

Fünfzehn Sekunden später bremste ein Streifenwagen vor dem Haus.

Mittlerweile war das Unwetter abgeschwächt, obwohl es noch immer donnerte und Blitze über den Himmel zuckten. Aber wenigstens goss es nicht mehr wie aus Kübeln.

Als die Polizisten aus dem Wagen stiegen, machte sich Decker mit einem Ruf bemerkbar und hielt seinen FBI-Ausweis in die Höhe. Beide Cops zogen die Waffen. Einer von ihnen richtete seine schwere Taschenlampe auf Decker.

»Halten Sie die Hände so, dass wir sie sehen können«, rief er. Der Mann sah jung und nervös aus.

Da Decker bereits beide Hände erhoben hatte, sodass sie deutlich genug zu sehen waren, erwiderte er: »Ich bin Bundesbeamter. Meine Partnerin hat den Vorfall gemeldet.«

Die Cops blieben an der Treppe stehen. Der Ältere, der einen sauber gestutzten, ergrauenden Schnurrbart trug und in den Vierzigern zu sein schien, steckte die Waffe weg, nahm den Ausweis entgegen und studierte ihn. Dann leuchtete er Decker mit der Taschenlampe ins Gesicht.

»Was ist hier los?«, wollte er wissen.

»Im Haus gibt es zwei Tote. Einer hängt im Wohnzimmer von der Decke, der andere liegt im Keller.« Decker warf einen Blick auf die Uniform des Mannes. »Ich weiß nicht, ob der Tote im Keller ein Cop war oder nicht, aber er trägt die gleiche Uniform wie Sie.«

»Was sagen Sie da?«, stieß der Cop hervor.

»Er ist tot?«, fragte sein jüngerer Kollege, die Pistole noch immer auf Decker gerichtet.

»Mausetot.« Decker nickte. »Und könnten Sie mit der Waffe anderswo hinzielen?«

Der junge Cop blickte fragend zu seinem Partner. Der nickte, wobei er Decker den Ausweis zurückgab. »Zeigen Sie es uns«, verlangte er.

In diesem Augenblick kam Jamison um die Hausecke geeilt.

Der junge Cop riss die Waffe herum und nahm sie ins Visier.

»Nein!«, brüllte Decker, machte einen langen Satz nach vorn und schlug genau in dem Moment gegen den Arm des Mannes, als dieser abdrückte. Die Kugel verfehlte Jamisons Kopf um dreißig Zentimeter. Sie warf sich ins Gras.

Der Cop stolperte zurück und richtete die Waffe auf Decker.

Decker fuhr ihn an: »Das ist meine Partnerin, verdammt! Sie hat Sie angerufen.« Er schaute zu Jamison. »Ist dir was passiert, Alex?«

Mühsam rappelte Jamison sich auf und kam mit müden Schritten näher. Sie holte tief Luft, schüttelte den Kopf. »Ich glaube nicht.« Doch sie sah aus, als müsse sie sich jeden Augenblick übergeben.

Der ältere Cop warf seinem Partner einen scharfen Blick zu, ehe er Jamison um ihren Ausweis bat. Nachdem er ihn studiert hatte, wandte er sich erneut seinem Kollegen zu.

»Um ein Haar hättest du eine Bundesbeamtin erschossen, Donny«, sagte er ernst. »Jetzt wirst du einen Berg Formulare ausfüllen müssen, während dein Hintern an einen Schreibtisch gefesselt ist. Und die Innenrevision wird sich auf dich stürzen. Gratuliere.«

Der junge Mann steckte die Waffe weg, schaute finster drein und schwieg.

»Zeigen Sie es uns«, wiederholte der ältere Cop, an Decker gewandt.

»Hier entlang«, sagte Decker.

3

»Ich kenne ihn nicht«, sagte der ältere Cop, der sich Decker und Jamison als Officer Will Curry vorgestellt hatte. Auch sein Kollege schüttelte den Kopf. Sie betrachteten die Leiche des Mannes in Uniform auf dem Kellerboden. Den Toten im Erdgeschoss hatten sie bereits gesehen. Der Mann war den Cops ebenfalls unbekannt.

Curry zeigte auf die Brust des Mannes. »Kein Namensschild. Wir alle tragen eins.«

»Würden Sie denn wissen, wer er ist, wenn er ein Namensschild trüge?«, fragte Decker. »Ist die für diese Gegend zuständige Polizeitruppe so klein?«

Curry dachte kurz darüber nach. »Ich kenne nicht jeden Uniformierten hier, aber eine ganze Menge.«

»In seinem Holster ist keine Pistole«, stellte Decker fest.

Curry nickte. »Das habe ich gesehen. Da ist auch kein Funkgerät. Hören Sie, ich muss das melden. Die Mordkommission wird übernehmen.« Er blickte zu seinem Kollegen. »Donny, wir müssen den Tatort absperren. Und lass niemanden in die Nähe.«

Donny nickte und ging los, während Curry sein Handy zückte, in die andere Ecke des Kellers ging und den Anruf machte.

Decker ging auf die Knie und untersuchte die Leiche.

Jamison schaute ihm über die breite Schulter. »Wie ist er gestorben?«

»Keine offensichtlichen Verletzungen, genau wie bei dem Opfer oben. Allerdings gibt es bei dem Erhängten das viele Blut, während wir bei diesem Mann hier die Schaumspuren im Mundwinkel haben.«

Curry kam wieder zu ihnen. »Ich brauche noch Ihre Aussagen«, sagte er. »Aber vorher muss ich Sie bitten, das Haus zu verlassen. Wenn die Detectives Sie hier finden, kostet mich das den Kopf.«

Sie gingen nach oben und verließen das Haus durch den Hinterausgang. Dabei fiel Curry die zertrümmerte Tür auf. »Wie ist das passiert?«

»Das war ich«, erwiderte Decker. »Ich erklär's Ihnen nachher.«

Das Unwetter war inzwischen weitergezogen. Der Himmel hatte sich so weit aufgehellt, dass ein paar Sterne zwischen den Wolkenbergen funkelten.

Draußen angelangt, zückte Curry sein Notizbuch. »Dann lassen Sie mal hören.«

Decker und Jamison machten ihre Aussagen. Sie waren gerade fertig, als jemand rief: »Alex? Alles in Ordnung?«

Amber und Zoe standen an dem Zaun, der die beiden Grundstücke trennte.

»Geht wieder rein. Ich bin in ein paar Minuten bei euch«, rief Jamison zurück und wandte sich wieder Curry zu, während ihre Schwester und ihre Nichte im Haus verschwanden.

»Meine Schwester Amber und ihre Tochter Zoe«, erklärte Jamison, als sie den fragenden Blick Currys bemerkte. »Wir besuchen sie zurzeit.«

»Sie wohnen bei ihr?«, fragte Curry.

»Ja.«

»Wir werden mit den beiden reden müssen. Vielleicht haben sie irgendetwas gesehen, das erklären könnte, was hier passiert ist.«

»Klar, das verstehe ich«, meinte Jamison.

»Was machen Sie beide eigentlich beim FBI?«, wollte Curry wissen.

»Wir spüren Leute auf, die andere Leute getötet haben«, sagte Decker. »So wie in diesem Haus.«

Curry schien zu ahnen, in welche Richtung Decker dachte. »Das ist kein Fall für die Bundesbehörden.«

»Schon seltsam, wie die Dinge manchmal das eine zu sein scheinen und sich dann in etwas anderes verwandeln«, gab Decker zurück. »Vielleicht können wir ja helfen.«

»Decker«, stieß Jamison hervor. »Wir sind im Urlaub. Wir sind hier, um mal von allem wegzukommen.«

»Du vielleicht«, entgegnete Decker. »Ich selbst hatte keinen Grund, mal von allem wegzukommen, wie du es ausdrückst.«

»Es ist nicht mein Bier, über die Frage Ihrer Mitwirkung an den Ermittlungen zu entscheiden«, erklärte Curry ungeduldig. »Klären Sie das mit der Mordkommission.«

»Das werde ich«, sagte Decker.

Curry klappte sein Notizbuch zusammen. »Aber da Sie nun mal hier sind – was halten Sie von der Sache?«

Decker schürzte die Lippen. »Jemanden aufzuhängen ist etwas sehr Persönliches. Da geht es um Kontrolle. Eine schreckliche Todesart, weil das Opfer qualvoll erstickt wird. Vielleicht bricht ihm am Ende das Genick. Aber beides dauert eine Weile. Und dann stellt sich natürlich die Frage, woher das viele Blut kommt. Es wäre ein Riesenaufwand, wäre der Mann an einem anderen Ort ausgeblutet, und jemand hätte das Blut aufgefangen und hier auf dem Boden verteilt.«

»Und der Tote im Keller?«

»Bei dem stellt sich als Erstes die Frage, ob er Polizist ist oder nicht. Wenn nicht, warum trug er dann eine Uniform? Und wie ist er gestorben? Ich konnte keine offensichtlichen Verletzungen entdecken, aber er hatte Spuren von Schaum am Mund, also könnte es Gift gewesen sein. Und noch etwas: Wem gehört das Haus? Den beiden Männern? Oder gibt es einen anderen Besitzer?«

Curry hatte sein Notizbuch wieder aufgeschlagen und machte sich Notizen. »Sonst noch etwas?«

»Ja. Ich glaube, Ihr Gerichtsmediziner wird Probleme haben, die genaue Todeszeit zu bestimmen.«

»Wieso?«

»Weil das, was ich heute Abend gesehen habe, aus forensischer Sicht so gut wie unmöglich ist.«

4

Amber hatte die widerstrebende Zoe ins Bett gebracht und saß jetzt zusammen mit ihrer Schwester und Decker im Wohnzimmer.

»Zwei Männer?« Ambers Stimme zitterte. »Ermordet? Drüben im Haus? Das kann ich nicht glauben. O Gott!«

»Irgendwann wird die Polizei mit dir reden wollen«, sagte Alex.

»Warum?«, fragte Amber nervös. »Wir wissen doch gar nichts darüber.«

»Keine Bange, das ist reine Routine«, beruhigte Decker sie. »Wegen der Nähe zum Tatort. Kein Grund, nervös zu sein.«

»Hast du schon Frank angerufen?«, fragte Alex und strich ihrer Schwester über die Schulter.

Frank Mitchell war Ambers Ehemann.

»Ich hab's versucht, aber er geht nicht ran. Im Büro sagte man mir, er sei in einer Besprechung. In dem neuen Job muss er zu gottlosen Zeiten arbeiten.«

»Wo ist er beschäftigt?«, fragte Decker.

»Er ist Abteilungsleiter in einem Logistikzentrum. Sie liefern Online-Bestellungen für alle möglichen Firmen aus. Deshalb sind wir hergezogen … weil Frank diesen Job bekam. Er hatte für dieselbe Firma in Kentucky gearbeitet, aber die Stelle hier ist für ihn ein Schritt nach oben.«

Alex nickte. »Diese riesigen Versandlager schaffen viele neue Arbeitsplätze. Die Bezahlung ist okay, über dem Mindestlohn, mit Sozialleistungen. Aber man hat jede Menge Stress, nicht wahr?«

»Da sagst du was«, erwiderte Amber. »In Kentucky hat Frank als Picker gearbeitet. Er musste ständig in Bewegung sein. Sie haben genau Buch geführt, wie viele Pakete er bearbeitet hat. Gott sei Dank ist er ins Management aufgestiegen. Frank ist Mitte dreißig und gut in Form, aber das Tempo damals hat ihn zermürbt. Ständig hat ihm etwas wehgetan.«

Amber schaute zu dem Fenster mit Blick auf den Hof und das Nachbarhaus, in dem man zwei Menschen tot aufgefunden hatte. »Ich dachte, es wäre ein Neuanfang für uns. Und jetzt? Jetzt wohnen wir direkt neben einem Haus, in dem zwei Morde verübt wurden …«

»Es muss nichts mit der Gegend hier zu tun haben oder mit irgendwelchen Nachbarn«, meinte Alex. »Die beiden Männer könnten von auswärts kommen.«

Amber wirkte nicht überzeugt. »Was soll ich Zoe sagen? Sie ist sensibel, und ihr entgeht nichts. Sie wird unzählige Fragen stellen.«

»Wenn du möchtest, kann ich mit ihr sprechen. Oder Amos.«

Decker hob erstaunt den Blick. »Ich halte es für besser, du sprichst mit ihr, Alex.«

»Aber du hast dich doch auf der Veranda mit ihr unterhalten.«

»Deshalb halte ich es ja für besser, dass du mit Zoe sprichst.«

Alex wandte sich wieder ihrer Schwester zu. »Mach dir keine Gedanken, Amber. Das wird alles wieder.«

»Nein. Du verstehst nicht.«

»Was versteht sie nicht?«, fragte Decker.

»Das sind nicht die einzigen Morde, die in letzter Zeit in Baronville passiert sind. Ich habe es im Fernsehen gesehen.«

»Was für Morde?«, fragte Decker verwirrt.

In diesem Moment klopfte es an der Tür.

Als Amber öffnete, standen ein Mann und eine Frau vor ihr. Ihre Mienen waren ernst.

Der Mann war in den Fünfzigern und hatte volles graues Haar. Er trug einen zerknitterten Anzug. Der Kragen des weißen Hemdes wies einen schwarzen Fleck auf, und die Krawatte hing schief. Der Fremde war ungefähr eins achtzig groß, mit schmaler Brust und kleinem Bierbauch, der ihm über dem Gürtel hing. Seine unregelmäßigen Zähne hatten Nikotinflecken. Die Frau war in den Dreißigern, zierlich, ungefähr eins sechzig groß. Sie hatte schulterlanges blondes Haar, strahlend weiße Zähne und war recht hübsch. Sie trug einen eleganten schwarzen Hosenanzug mit makelloser weißer Bluse, dazu Schuhe mit hohen Absätzen, die sie fünf Zentimeter größer machten.

Beide hielten Dienstmarken in die Höhe und baten, eintreten zu dürfen.

»Detectives Marty Green und Donna Lassiter, Mordkommission«, sagte der Mann. »Wohnen Sie hier?«

Amber nickte. »Ja. Ich bin Amber Mitchell.«

Green musterte Decker und Jamison. »Dann müssen Sie die beiden Personen sein, die als Erste am Tatort waren. Und Sie sind beim FBI? Können Sie sich ausweisen?«

Decker und seine Partnerin zückten ihre Dienstausweise. Green warf nur einen flüchtigen Blick darauf, Lassiter jedoch überprüfte sie genau.

»Wir haben Ihre Aussagen gelesen«, sagte Green. »Jetzt würden wir die Geschichte gern aus Ihrem Mund hören.«

Amber bat die Detectives herein, und sie nahmen im Wohnzimmer Platz. Die Frau, Lassiter, wandte sich an Amber. »Ma'am, darf ich Sie bitten, im Nebenzimmer zu warten, während wir die Sache durchgehen? Natürlich möchten wir später auch mit Ihnen sprechen.«

Amber erhob sich ohne Widerspruch, warf ihrer Schwester einen nervösen Blick zu und ging.

Die beiden Detectives richteten ihre Aufmerksamkeit nun auf Decker und Jamison. »Ihren Ausweisen zufolge sind Sie keine Special Agents«, begann Lassiter.

»Sind wir auch nicht«, antwortete Jamison. »Wir sind Zivilisten, die für eine Sondereinheit des FBI arbeiten.«

»Zivilisten?« Green schaute Decker an. »Ich bin schon lange bei der Polizei. Meine Nase sagt mir, dass Sie ebenfalls Cop sind.«

»Burlington, Ohio. Zehn Jahre auf Streife, dann noch einmal zehn Jahre als Detective, bevor ich zum Bureau wechselte.«

Green räusperte sich, schlug sein Notizbuch auf und zückte einen Kugelschreiber. »Okay, gehen wir durch, was heute Abend geschehen ist.«

Decker machte den Anfang. Anschließend berichtete Jamison von ihren Beobachtungen.

Green schrieb methodisch alles mit. Auch Lassiter machte sich Notizen. Allerdings benutzte sie ein schmales Notebook; ihre Finger huschten nur so über die Tasten.

Nachdem Jamison geendet hatte, fragte Decker: »Haben Sie schon die Todesursache feststellen können? Oder die Opfer identifiziert?«

Green wollte etwas erwidern, doch Lassiter kam ihm zuvor. »Tut mir leid, aber es ist unsere Aufgabe, die Fragen zu stellen, und Ihre, sie zu beantworten.«

Decker schien sie nicht gehört zu haben. Er richtete den Blick auf Green. »Also kennen Sie weder die Todesursache, noch wissen Sie, wer die beiden Männer sind?«

»Wir arbeiten daran«, sagte Green. »Vor allem das viele Blut bei dem Erhängten macht uns zu schaffen.«

»Kann ich mir vorstellen. Ich habe keine Verletzungen bei ihm entdeckt. Sie werden nachprüfen müssen, ob es sein Blut ist. Man könnte den Mann getötet, das Blut entnommen und den Leichnam dann aufgehängt haben.«

Green verzog das Gesicht. »Das klingt ja fast nach einer kultischen Tötung. Als wäre der Mann so etwas wie ein Opfer.«

»Und wenn es nicht das Blut des Toten ist?«, fragte Lassiter.

»Dann muss es zwangläufig von jemand anderem sein, der vielleicht in irgendeiner Datenbank verzeichnet ist.« Decker hielt inne. »Es sei denn, es ist kein menschliches Blut.«

Lassiter und Green musterten ihn verblüfft.

»Wie kommen Sie darauf, dass es sich nicht um Menschenblut handelt?«, fragte Green.

Decker hob die Hand. »Moment. Ich behaupte nicht, dass es so ist. Ich will nur andeuten, dass es entschieden weniger problematisch ist, ein Tier zu töten und dessen Blut aufzufangen. Auf dem Weg hierher sind wir an einigen Farmen mit Kühen, Ziegen und Schweinen vorbeigekommen. Es wäre eine Möglichkeit. Mehr will ich damit gar nicht sagen. Kommen wir zu dem Mann im Keller. War er einer von Ihnen?«

Lassiter wollte etwas antworten, aber diesmal kam Green ihr zuvor. »Nein. Aber die Uniform, die er trug, ist echt. Woher also stammt sie? Das ist die große Frage. Auch der Besitzer des Hauses ist noch nicht ermittelt. Und was die Identität der Toten angeht – keiner der beiden Männer hatte einen Ausweis dabei.«

Während der Unterhaltung starrte Lassiter ihren Partner mit unverhohlener Verärgerung an. Sie beugte sich zu ihm, sprach aber so laut, dass Decker und Jamison sie deutlich hören konnten. »Marty, wir haben die beiden noch nicht als Verdächtige ausgeschlossen.«

Greens Miene wurde unsicher. »Wir müssen Ihren Aufenthaltsort während der fraglichen Zeit überprüfen«, sagte er dann zu Decker.

»Klar.« Decker nickte. »Wir sind erst gegen sechs in der Stadt angekommen. Kurz vorher haben wir getankt. Die Kreditkartenabrechnung und die Überwachungskamera der Tankstelle können es bestätigen. Nach dem Abendessen hier im Haus bin ich auf die Veranda gegangen. Es wurde bereits dunkel. Ein paar Minuten später kam Zoe zu mir, Alex' Nichte. Alex hat sich drinnen mit ihrer Schwester unterhalten. Gegen zwanzig Uhr fünfzehn sah ich das flackernde Licht im Fenster des Nachbarhauses, lief dorthin und entdeckte die Leichen. Ein paar Minuten später hat Alex die Polizei gerufen. Kurz darauf trafen Ihre Leute ein.« Er hielt inne. »Ich habe den Puls des Mannes im Keller überprüft, um mich zu vergewissern, dass er tot ist. Bei dem Erhängten war das unnötig. Die Leiche im Keller war sehr kalt, die Gliedmaßen steif, obwohl es dort unten nicht besonders kühl ist. Außerdem hatten sich Schmeißfliegen an ihm zu schaffen gemacht, aber der Befall war noch minimal.« Erneut hielt er inne und wartete auf die Reaktion der beiden Detectives.

»Okay, wenn sich Ihre Alibis bestätigen, können wir Sie als Verdächtige ausschließen«, sagte Green. Er warf seiner Partnerin einen Blick zu, bevor er fortfuhr. »Wie viele Mordermittlungen haben Sie bearbeitet, Agent Decker?«

»Hunderte. In Ohio und später beim FBI. Hören Sie, Detective, technisch gesehen bin ich im Urlaub, aber wenn Sie ein zusätzliches Paar Augen brauchen, stehe ich zur Verfügung …«

»Moment mal, Decker«, fiel Jamison ihm ins Wort. »Was soll das für ein Urlaub sein, wenn du einen Fall bearbeitest?«

»Das kommt sowieso nicht infrage«, stellte Lassiter fest.

Decker blickte zu ihr. »Ich biete meine Hilfe nur an, weil ich gehört habe, dass es nicht die einzigen Morde sind, die in letzter Zeit in Baronville verübt worden sind.«

»Wer hat Ihnen das gesagt?«, fragte Lassiter scharf.

»Stimmt es denn?«

Green warf seiner Partnerin einen Blick zu und nickte. »Leider.«

5

Mit einem dumpfen Schlag schlossen sich die Türen des Leichenwagens, und die beiden noch immer nicht identifizierten Toten wurden abtransportiert.

Decker und Jamison standen auf dem Bürgersteig und sahen zu, wie das Fahrzeug an ihnen vorbeirollte, gefolgt von einem Streifenwagen.

Ein Absperrband der Polizei flatterte im frischen Wind, der im Gefolge des Sturms zurückgeblieben war.

Detective Green gesellte sich zu Decker und Jamison, während Lassiter zurück ins Haus ging.

»Wir überprüfen die Fingerabdrücke der Toten. Vielleicht sind sie erfasst.«

»Na dann, viel Glück«, sagte Jamison. »Die meisten Leute sind in keiner Datenbank zu finden.«

Green wickelte einen Kaugummi aus und schob ihn sich in den Mund. Das Papier knüllte er zusammen und steckte es in die Tasche.

»In Ohio hatte ich eine Partnerin, die hat ständig Kaugummi gekaut«, sagte Decker. »Sie wollte vom Rauchen loskommen.«

»Ich habe mir die Sargnägel vor zwei Jahren abgewöhnt«, entgegnete Green. »Dafür habe ich mir inzwischen die Zähne abgekaut.«

»Reden wir über Ihre Bemerkung von vorhin«, sagte Decker. »Über die anderen Morde in dieser Stadt. Welche Morde meinen Sie?«

Green verzog das Gesicht. »Wir haben hier einen Haufen Probleme. Geschäfte stehen leer. Häuser werden zwangsversteigert. Viele Menschen sind arbeitslos und haben keine Aussicht auf einen Job. Die Schmerzmittelabhängigkeit hat ungeahnte Ausmaße angenommen.«

»Das ist nicht nur hier so«, warf Jamison ein, »sondern überall in den USA.«

»Als ich ein kleiner Junge war«, fuhr Green fort, »waren die Minen und die Fabriken hier noch in Betrieb. Die Leute hatten Geld. Die Väter arbeiteten, die Mütter blieben zu Hause und zogen die Kinder groß. Sonntags ging man zur Kirche, und die Innenstadt war voller Leben. Dann machten die Minen und Fabriken bankrott. Alles ging den Bach runter. Die ganze Stadt war vom Bergbau und der Industrie abhängig. Sie waren der einzige Grund, dass es überhaupt eine Stadt gegeben hatte.«

»Die Stadt der Barons«, sagte Jamison. »Meine Schwester hat mir die Geschichte erzählt.«

Green kaute seinen Kaugummi und nickte. »Vor langer Zeit kam John Baron senior in diese Gegend und entdeckte Kohlevorkommen. Er holte Minenarbeiter her, und so entstand nach und nach diese Stadt. Baron machte ein Vermögen. Er ließ Kokereien bauen, Textilfabriken und später eine Papiermühle. Dann fanden seine Prospektoren Erdgas, und Baron scheffelte noch mehr Geld. Mein Großvater hat mir mal erzählt, dass der alte Baron in seinem ganzen Leben nur einen einzigen Rückschlag erleiden musste. Sein Textilunternehmen schwächelte, und er wollte es verkaufen, starb aber vorher. Ansonsten war der Mann vom Erfolg verwöhnt. Er ließ sich ein prunkvolles Herrenhaus bauen und lebte wie ein König. Nach seinem Tod aber ging es bergab. Die Unternehmen kriselten und wurden verkauft. Als damals in den Siebzigern die Wirtschaft abstürzte und die Fertigungsindustrie ins Ausland verlagert wurde, gingen nach und nach alle Firmen pleite. Die Party war zu Ende, und die braven Leute von Baronville wurden eiskalt erwischt. Plötzlich gab es für sie keinen Stuhl mehr, auf dem sie Platz nehmen konnten. Das hat sich seitdem nicht geändert.«

Decker sagte ungeduldig: »Wollen Sie uns über die Morde informieren oder die Geschichte von Baronville erzählen?«

Green spuckte den Kaugummi aus. »Vier Opfer an zwei verschiedenen Tatorten. Beide Morde wurden innerhalb von vierzehn Tagen verübt, der letzte vor kaum einer Woche.«

»Ähnlichkeiten? Muster?«, fragte Decker.

»Nur insofern, als jeder Mord … seltsam war.« Green verzog angewidert das Gesicht.

»Keine Spuren?«, fragte Jamison.

»Keine, die man hätte weiterverfolgen können. Und Sie wissen ja, je mehr Zeit vergeht, umso schneller schwinden die Chancen, einen Fall zu lösen.«

»Erzählen Sie mir von den Einzelheiten«, verlangte Decker.

In diesem Augenblick trat Lassiter aus der Haustür und winkte Green zu sich. »Marty, kommst du mal und siehst dir das an?«

Green schaute zu ihr hinüber. »Was denn?«

Lassiter blickte auf Decker. »Das möchte ich vor diesem Mann nicht sagen. Er ist nicht autorisiert.«

»Na gut.« Green wandte sich Decker und Jamison zu. »Ich bin morgen früh im Revier am Baron Boulevard, falls Sie vorbeikommen möchten.«

»Schon wieder Baron«, bemerkte Decker.

»Wenn Sie lange genug hier sind, wird Ihnen der Name Baron aus den Ohren rauskommen.«

»Gibt es hier eigentlich noch Barons?«, fragte Jamison.

»Einen.« Green stapfte über das feuchte Gras zu Lassiter.

Jamison schaute zu Decker. »Verrückt, dass du schon wieder mit einer Mordermittlung zu tun hast. In D.C. warst du Augenzeuge eines Mordes auf der Pennsylvania Avenue. Und jetzt findest du zwei Leichen im Bundesstaat Pennsylvania.«

»Und da ich nun schon hier bin, kann ich zumindest versuchen, den Mörder zu finden.«

»Wirst du es niemals leid?«, fragte Jamison müde.

»Es ist mein Job. Und bis auf den Job habe ich nicht mehr viel.«

»Könnten doch nur mehr Menschen durch Mord ihr Glück finden«, spöttelte Jamison.

»Bist du sauer, Alex?«

»Ja, ich bin sauer. Na ja, wenigstens sieht es nicht danach aus, dass sie dich an dem Fall mitarbeiten lassen. Du hast diese Lassiter gehört.«

»Und ich habe auch ihren Partner gehört. Er will Hilfe, selbst wenn Lassiter es nicht will.«

»Trotzdem wird man uns nicht an den Ermittlungen beteiligen«, machte Jamison ihm klar.

»Wenn sie hier mehrere Morde haben, brauchen sie jede Hilfe, die sie bekommen können.«

»Denkst du etwa daran, Bogart anzurufen und ihn zu bitten, in der Angelegenheit zu intervenieren?«

Decker musterte sie. »Nein. Weil *du* ihn anrufst.«

»O nein. Du ziehst mich da nicht mit rein.«

»Alex, es gab in kürzester Zeit sechs ungeklärte Morde in Baronville.«

Sie errötete. »Das weiß ich.«

»Und deine Schwester und ihre Familie leben hier. Genau genommen wohnen sie direkt neben dem jüngsten Tatort.«

Jamison riss den Mund auf. »Ich kann nicht glauben, dass du mir auf diese Tour kommst.«

»Menschen sind gestorben, Alex.«

»Ja. Und die Polizei kann den Täter finden.«

»Da bin ich mir nicht so sicher.«

»Warum?«

»Weil den Detectives Green und Lassiter eine offensichtliche Unstimmigkeit am Tatort entgangen ist. Ich habe ihnen Gelegenheit gegeben, sich dazu zu äußern, aber sie haben nicht angebissen.«

»Welche Unstimmigkeit?«

»Vertrau mir.«

»Worauf willst du eigentlich hinaus?«

»Ich bin mir nicht sicher, dass die beiden der Aufgabe gewachsen sind.«

Jamison wollte etwas erwidern, ließ es dann aber und blickte zu dem Haus, in dem Decker die beiden Toten gefunden hatte. Dann schaute sie zum Haus ihrer Schwester und stieß einen tiefen Seufzer aus. »Okay«, sagte sie kläglich. »Okay.«

»*Du* musst nichts tun. Genieße deinen Urlaub und deine Schwester mitsamt Familie und lass mich den Fall bearbeiten.«

Jamisons Gesicht verfärbte sich. »Als würde ich dich jemals im Stich lassen! Wie kannst du auch nur daran denken?«

Decker druckste herum. »In gewisser Weise liegt es an Zoe.«

»Was ist mit ihr?«

»Ich habe ihr versprochen, dich vor bösen Leuten zu beschützen.«

»Das ist wirklich nett von dir, Amos, aber ich bin ein großes Mädchen, falls es dir noch nicht aufgefallen ist. Ich wurde beim FBI ausgebildet, bin topfit und kann mit Waffen umgehen. Und ich bin bereit, meinen Job zu tun.«

Decker lächelte.

»Was ist?«, fragte Jamison.

»Ich würde auch gern von mir behaupten können, topfit zu sein.«

»Hey, du hast mal in der NFL gespielt. Ich bezweifle allerdings, dass du jemals wieder so fit sein wirst wie damals. Aber mach dir keine Sorgen.«

»Wie meinst du das?«

Jetzt war es an ihr zu lächeln. »*Ich* werde auf *dich* aufpassen.«

6

»Das ist verrückt«, sagte Frank Mitchell.

Er saß zusammen mit Amber, Alex und Decker im Wohnzimmer. Es war nach Mitternacht; Frank war erst ein paar Minuten zuvor nach Hause gekommen. Auf dem Heimweg hatte er Amber zurückgerufen und von den Morden erfahren.

Frank Mitchell war eins fünfundachtzig, schlank und kräftig. Sein blondes Haar war lockig, und er trug lange Koteletten. Der Kragen seines weißen Hemdes stand offen, die Krawatte war gelockert. Er trug dunkle Hosen. Die Socken waren ein Stück heruntergerutscht; die Spitzen der schwarzen Schuhe waren abgestoßen. Er hatte den Arm schützend um Amber gelegt, die neben ihm saß.

»Als ich den Fernsehbericht über die Morde gesehen habe, war ich schockiert«, sagte Amber. »So etwas sollte in Kleinstädten wie dieser nicht passieren. Ich wünschte, wir wären nie hierhergezogen.«

Frank blickte sie ungläubig an. »Man hat mich hierherversetzt, Am. Mir blieb gar keine Wahl.«

»Was können Sie uns über diese anderen Morde erzählen, Amber?«, fragte Decker. »Sie haben einen Fernsehbericht gesehen?«

Amber zuckte mit den Schultern. »Ein Bericht in den Lokalnachrichten. Ich habe den Einzelheiten keine große Beachtung geschenkt. Ein paar Leute sind ermordet worden, und die Polizei ermittelt. Dann habe ich den Fernseher ausgemacht, weil Zoe ins Zimmer kam.«

Frank zog die Krawatte ab, warf sie auf den Wohnzimmertisch und rieb sich den Nacken. Er lächelte schuldbewusst. »Ich habe mich noch immer nicht daran gewöhnt, mich für die Arbeit fein zu machen.« Er lehnte sich zurück. »Wie ich bereits sagte, ich hatte die Wahl, diesen Job hier anzunehmen oder in Kentucky weiterhin im Lager zu schuften.« Er sah Decker an. »Ich habe das College nicht abgeschlossen. Bevor ich im Logistikzentrum anfing, habe ich im Einzelhandel gearbeitet. Aber die Einkaufszentren gehen pleite, weil alle nur noch online shoppen. Tja, hier bin ich.«

»Deine Mom wurde krank, und du bist von der Schule abgegangen, um zu Hause zu helfen, Liebling. Außerdem schuftest du schwer und wirst deinen Weg in der Firma machen«, sagte Amber aufmunternd.

Frank lächelte schmal und tätschelte ihren Arm. »Wie dem auch sei, jetzt sind wir hier in Baronville, zumindest für die nächste Zeit. Ich verdiene fast doppelt so viel wie zuvor, und die Sozialleistungen sind viel besser. Außerdem sind die Lebenshaltungskosten hier niedrig. Deshalb werden so wenige Logistikzentren in großen Städten oder deren Umkreis angesiedelt. Die Grundstücke und alles andere sind zu teuer. In Gegenden wie dieser hier sieht die Sache anders aus, und man kann jeden neuen Arbeitsplatz gebrauchen. Dafür gibt es hier das Problem, dass wir nicht alle Stellen besetzen können.«

»Warum nicht?«, fragte Jamison. »Man sollte doch meinen, dass die Leute euch die Tür einrennen, um einen Job zu bekommen.«

»Das tun sie auch. Aber sie bestehen den Drogentest nicht. Deshalb schreiben wir in letzter Zeit die Stellen in anderen Teilen

Pennsylvanias aus, sogar auf der anderen Seite der Grenze in Ohio.«

»Wir sollten lieber zu Bett gehen«, meinte Amber. »Frank hat den ganzen Tag gearbeitet und wird erschöpft sein. Hast du wenigstens etwas essen können, Schatz?«

»Wir hatten uns Pizza bestellt. Alles gut.« Er lächelte Decker und Jamison schüchtern an. »Schön, dich wiederzusehen, Alex. Und es freut mich, Sie kennenzulernen, Amos. Ich wünschte nur, Ihr Besuch hätte nichts mit dieser schrecklichen Sache zu tun.«

Decker nickte. »Sagen Sie, Frank, haben Sie nebenan jemals irgendwelche Leute gesehen?«

Frank dachte nach. »Nein, eigentlich nicht. Ich bin ein paar Monate vor Amber und Zoe eingezogen, um mich zu akklimatisieren, meinen Job zu lernen und das Haus vorzubereiten. Ich fahre in aller Frühe los und komme ziemlich spät wieder nach Hause. Das wird noch eine Weile so gehen. Der Job fordert mir viel ab. Ich muss Überstunden machen.«

»Sie haben nie jemanden auf dem Hinterhof gesehen? Oder am Fenster? An der Hintertür?«

Frank schüttelte den Kopf.

Decker schaute auf Amber. »Und Sie?«

»Ich bin kaum einmal im Hof gewesen«, antwortete sie. »Hier drinnen gibt es einfach noch zu viel zu tun. Ich packe noch immer Umzugskisten aus. Das habe ich auch der Polizei gesagt.«

»Wie sind diese Leute gestorben?«, fragte Frank.

»Die Polizei weiß noch nichts Genaues«, sagte Decker.

»Aber Sie haben doch die Leichen gefunden, Amos«, warf Amber ein. »Sie müssen zumindest eine Vorstellung haben, wie die Männer gestorben sind.«

»Die habe ich auch. Aber ich kann es Ihnen nicht sagen.«

Als Amber ihn verwirrt musterte, sagte Alex hastig: »Möglicherweise helfen wir den Cops bei den Ermittlungen, Amber. Deshalb können wir nicht darüber reden.«

»Bei den Ermittlungen helfen? Ihr habt doch Urlaub!«

Bevor Alex antwortete, warf sie Decker einen scharfen Blick zu. »Das dachte ich auch. Aber Mord hält sich nun mal an keinen Terminplan. Jedenfalls nicht an meinen.«

Unwillkürlich fröstelte Amber. »Mein Gott. Ich kann es noch immer nicht glauben. Ein Mord auf unserem Hinterhof.« Sie sah Decker an. »Sie sind vermutlich an solche Dinge gewöhnt.«

Decker erwiderte ihren Blick. »Da irren Sie sich.« Er wandte sich an Jamison. »Lust auf einen kurzen Ausflug, Alex?«

»Wohin?«, fragte sie verwundert.

»Na komm schon.«

Jamison nickte resigniert.

*

Ihr Fahrzeug war ein gemieteter SUV, weil Alex privat einen Kleinwagen fuhr, in den der hünenhafte Decker kaum hineinpasste, was bei einer langen Fahrt wie der, die hinter ihnen lag, keine willkommene Aussicht gewesen wäre. Ein Yukon bot bedeutend mehr Beinfreiheit und Platz.

»Ein *kurzer* Ausflug, hast du gesagt?«, fragte Jamison. »Lass mich raten, wohin es geht.«

»Fahr bis zur nächsten Straße, Alex.«

»Darf ich wenigstens nach dem Grund fragen, da wir bereits auf der nächsten Straße *sind*?«

»Ich will mir etwas ansehen.«

Wie sich zeigte, war die Polizei noch immer mit dem Tatort beschäftigt. Ein Officer warf ihnen einen flüchtigen Blick zu, als sie vorbeifuhren. Doch bevor der Mann reagieren konnte, war Jamison am Haus vorbei. Sie erreichte das Ende der Straße, wendete und parkte den SUV am Bordstein vor einem halben Dutzend Häusern, die ein Stück vom Ort des Verbrechens entfernt standen. Sie schaltete die Scheinwerfer aus.

In diesem Moment traten Green und Lassiter aus dem Haus. Im Licht der Lampe über dem Eingang schienen die beiden Detectives in eine angeregte Unterhaltung vertieft zu sein.

Jamison gähnte. »Wolltest du dir das hier ansehen?«

Decker schüttelte stumm den Kopf. Er wollte sich die Straße und die hier geparkten Autos anschauen. Keines der Häuser verfügte über eine Garage; es gab nur Stellplätze, oder man musste am Straßenrand parken.

Doch abgesehen von den Streifenwagen und ihrem SUV standen hier keine Fahrzeuge, auch nicht in der Umgebung des Tatorts. Decker ließ den Blick über die Häuser an der Straße schweifen. Nirgendwo brannte Licht, aber das konnte an der späten Stunde liegen.

»Die meisten Häuser sehen unbewohnt aus«, murmelte Decker.

»Nun ja, Baronville ist nicht gerade eine brodelnde Metropole, wie wir inzwischen wissen.«

Decker nickte. »Und daraus folgt, dass es kaum jemanden gibt, der uns helfen könnte, das Geschehen zu rekonstruieren.«

»Hier an der Straße, meinst du?«

»Ja. Der Täter musste die beiden Männer ja ins Haus schaffen, ob sie nun tot waren oder noch lebten. Es gibt hier keine Garage, also wäre er irgendwann zu sehen gewesen.«

»Die beiden Männer hätten das Haus auch von allein betreten können, um irgendwann später ermordet zu werden.«

Decker schloss die Augen, konzentrierte sich.

Was hast du gehört, bevor im Nachbarhaus das Licht wegen des Kurzschlusses geflackert hat?

Nach und nach erklangen verschiedene Geräusche tief aus dem Dunkel seiner Erinnerung.

Ein leises Dröhnen, als über ihm ein Flugzeug vorüberzog, auf der Flucht vor der Gewitterfront.

Das Flugzeug? Nein, da gab es keine Verbindung.

Deckers phänomenales Gedächtnis rief ihm nach und nach weitere Geräusche in Erinnerung.

Eine Mischung seltsamer Laute, wieder und wieder: dumpfes Pochen, dann eine Art Schleifgeräusch.

Ein Automotor sprang an.

Ist es das? Ein Wagen, der weggefahren ist, nachdem die Toten hier abgeladen wurden?

Decker kniff die Augen fester zusammen und versuchte, die zeitliche Abfolge der Geräusche zu rekonstruieren.

»Was machst du?«, fragte Jamison.

Decker verzog verärgert das Gesicht, als ihre Stimme in seine Gedanken drang.

»Es ist fast ein Uhr morgens, Decker, und ich bin ziemlich kaputt. Wir sind über sechs Stunden gefahren, um in diese Stadt zu kommen. Genauer gesagt, *ich* bin über sechs Stunden gefahren.«

Decker entspannte sich. »Schon gut. Sollten wir je *meine* Schwestern besuchen, fahre ich.«

»Deine beiden Schwestern leben in Kalifornien und Alaska. Du willst doch nicht mit dem Auto bis an den Arsch der Welt fahren?«

»Okay, dann eben nicht.«

Jamison seufzte, lehnte sich im Sitz zurück und spielte am Blinkerhebel am Lenkrad herum. »Warum interessiert dich das alles so? Es geht um Mord, ich weiß, und es ist schrecklich. Aber du kannst nicht jeden Mord untersuchen, der dir über den Weg läuft.«

»Warum nicht, verdammt?«, fragte er schroff.

»Du meine Güte. Weil das nicht geht!«

Decker schüttelte den Kopf. »Einigen wir uns darauf, dass wir uns nicht einigen können.«

Sie schwiegen eine Zeit lang. »Du hast die Mörder von Cassie und Molly gefunden, Amos«, sagte Jamison schließlich in die Stille hinein. »Sie haben ihre Strafe bekommen. Aber du kannst nicht jeden Mord aufklären, auf den du zufällig stößt. Das ist unmöglich. Damit bewirkst du nur, dass du irgendwann scheitern musst.«

Decker erwiderte nichts. Durch die Windschutzscheibe starrte er schweigend auf das Haus, in dem er die beiden Toten gefunden hatte.

»Können wir jetzt wieder zu meiner Schwester zurück?«, fragte Jamison schließlich. »Oder soll ich auf der Rückbank schlafen?«

»Nein. Fahr los.«

Jamison ließ den Motor an und fuhr zurück.

Die Mitchells hatten ihnen die beiden Gästeschlafzimmer im ersten Stock überlassen. Früher war es ein großes Schlafzimmer gewesen, wie Amber ihnen erzählt hatte, aber sie hatten zwei Zimmer daraus gemacht: Obwohl Zoe fast sechs war, wollten Amber und Frank weitere Kinder.

Jamison sprach kurz mit ihrer Schwester, die auf sie gewartet hatte und noch nicht zu Bett gegangen war. Dann stiegen sie und Decker die Treppe hinauf und verschwanden in ihren Zimmern.

Decker setzte sich ans Fenster und schaute auf die Straße. Das Bild, das sich ihm bot, hatte große Ähnlichkeit mit seiner Heimatstadt in Ohio. Halb lebend, halb tot.

Nein, verbesserte er sich. *Eher tot als lebendig.*

Er zog sich aus, legte sich aufs Bett und starrte an die Decke. Dabei dachte er an Alex' Worte von vorhin: dass er nicht jeden Mord aufklären könne, auf den er zufällig stieß. In gewisser Weise hatte sie den Nagel auf den Kopf getroffen. Vielleicht sogar auf bedeutsame Weise.

Ich versuche, Cassies und Mollys Mörder immer wieder aufs Neue zu schnappen. Und das wird niemals enden, weil es immer Mörder geben wird. Das ist jetzt meine Welt. Herzlich willkommen.

7

Am nächsten Morgen hatte Decker gerade die Schuhe angezogen, als sein Handy klingelte.

Es war Detective Green.

»Was gibt's?«, fragte Decker.

»Das Blut auf dem Wohnzimmerboden ...«

»Was ist damit?«

»Sie hatten recht«, sagte Green. »Es stammt nicht von einem Menschen.«

Decker sprang auf. »Wir sind in einer halben Stunde bei Ihnen.«

*

Fünfunddreißig Minuten später starrte Decker auf die beiden Stahltische, auf denen die Leichen aus dem Haus lagen. Beide waren obduziert worden. Die mit Klammern verschlossenen Y-Einschnitte auf ihrer Brust hatten Ähnlichkeit mit überdimensionalen, obszönen Reißverschlüssen.

Eine müde aussehende Alex Jamison und ein hellwacher Detective Green standen links und recht neben Decker, während der Gerichtsmediziner sich auf der anderen Seite des Tisches postiert hatte. Detective Lassiter hatte sich noch nicht blicken lassen.

»Sind Sie sicher, dass es kein Menschenblut ist?«, fragte Decker.

Der Gerichtsmediziner nickte. Er war ein kleiner Mann mit Glatzenansatz, Bierbauch und einem gestutzten grauen Bart. »Ich habe es vergangene Nacht überprüft. Genauer gesagt am frühen Morgen, als ich die Obduktionen vorgenommen habe.« Er gähnte. »Ein einfacher Test. Das spezifische Reagenz für menschliches Blut war nicht vorhanden. Aber es ist Blut. Vermutlich stammt es von einem Tier und ist nicht künstlich. Ich muss noch ein paar Untersuchungen machen, dann kann ich Ihnen sagen, womit genau wir es zu tun haben.«

»Also hat jemand Tierblut unter der Leiche des Mannes vergossen, die im Wohnzimmer hing«, sagte Green. »Davon können wir wohl ausgehen.«

»Und die Todesursache?«, fragte Decker den Gerichtsmediziner. »Das Erhängen?«

Der Mann nickte. »Alles deutet darauf hin. Ligatur am Hals, geplatzte Kapillaren in den Augen.«

»Petechiale Blutungen in den Skleren«, murmelte Decker gedankenverloren.

Die Bemerkung ließ Green abrupt aufblicken.

Mithilfe des Gerichtsmediziners drehte Decker eine der Leichen auf die Seite und sah sich den Rücken des Mannes genauer an. »Das ist der Erhängte, nicht wahr?«

»Ja«, bestätigte Green.

Decker drehte den Mann wieder auf den Rücken und besah sich Füße, Ohren, Hände und den Unterleib.

Er runzelte die Stirn.

»Was ist?«, fragte Jamison.

»Seine Hände waren nicht gefesselt. Keinerlei Anzeichen von Abwehrverletzungen. Jemand, der aufgehängt werden soll, würde sich wehren. Und dieser Mann hier war ziemlich kräftig.«

Der Gerichtsmediziner zeigte auf eine Stelle am Hinterkopf des Toten. »Schauen Sie, diese Prellung hier. Stumpfes Trauma. Ich glaube, er wurde niedergeschlagen und dann aufgehängt.«

»Sie meinen, er musste nicht gefesselt werden?«

Der Gerichtsmediziner nickte.

»Und der hier?« Decker ging zu der zweiten Leiche und drehte sie ebenfalls auf die Seite. »An seinen Lippen klebte Schaum. Normalerweise deutet das auf Tod durch Ertrinken hin. Oder durch Gift.«

»Der toxikologische Test läuft noch«, erklärte der Gerichtsmediziner. »Aber in den Lungen des Mannes war kein Wasser, also fällt Ertrinken als Todesursache weg. Es könnte eine Überdosis gewesen sein, davon haben wir hier in der Gegend mehr als genug. Unsere Kühlkapazität reicht für zwanzig Leichen. Früher kamen wir sehr gut damit aus. Wir waren nie völlig ausgelastet. Doch als sich die Opioid-Krise verstärkte und die Leute wie verrückt Schmerzmittel schluckten, musste die Stadt den Kühllaster kaufen, der draußen auf dem Parkplatz steht, um zusätzliche Kapazitäten zu haben. Und selbst der Laster ist jetzt immer voll belegt. Ich kann sie gar nicht alle obduzieren, dazu reicht die Zeit nicht. Sehe ich bei einer Leiche eine Nadel im Arm, reicht mir das als Todesursache.«

Decker blickte den Mann ungläubig an, was dieser aber nicht zu bemerken schien.

Er legte den Toten zurück auf den Rücken. »Das erklärt aber nicht, warum das andere Opfer an der Decke hing. Oder das Blut.«

»Stimmt«, pflichtete Green ihm bei.

Die Tür öffnete sich, und Lassiter trat ein. Sie trug dieselbe Kleidung wie am Vorabend. Anscheinend war sie nicht zu Hause gewesen.

»Du hättest ein bisschen schlafen sollen, Donna«, sagte Green.

Lassiter ignorierte ihn. Sie starrte Decker und Jamison an. »Ich dachte, wir wären uns einig gewesen …«

Green wandte sich dem Gerichtsmediziner zu. »Also haben wir es vermutlich mit Tierblut zu tun. Was verrät uns das?«

Der Mann zuckte mit den Schultern. »Ich finde nur heraus, wie die Opfer gestorben sind. Sie sind der Ermittler.« Er sah Decker an. »Ich bin kein forensischer Pathologe. Die sind offenbar dünn gesät und kosten zu viel.« Er grinste. »Eine Stadt wie diese hier kann sich keinen leisten. Ich bin nur Arzt im halben Ruhestand. Urologe. Für mich ist das ein Nebenjob. Hier in Pennsylvania muss man lediglich einen Kurs absolvieren und an Weiterbildungsmaßnahmen teilnehmen.«

»Möglicherweise brauchen wir etwas Besseres«, sagte Decker, worauf der Gerichtsmediziner die Stirn runzelte.

Decker blickte zu Green. »Was meinen Sie, hatte das Blut irgendeine symbolische Bedeutung? War es eine Botschaft? Ein Ritual?«

Green zuckte die Achseln. »Ich glaube nicht, dass wir diese Fragen zum jetzigen Zeitpunkt beantworten können.«

Erst jetzt schloss Lassiter die Tür hinter sich, trat an den Tisch und blieb direkt hinter Decker stehen. Er schien ihre Nähe nicht zu bemerken.

»Wie weit sind Sie mit der Identifizierung?«, wollte er von Green wissen.

»Wir haben die Fingerabdrücke beider Männer durch AFIS laufen lassen. Keine Treffer. Falls sie Kriminelle waren, wurden sie nie verhaftet, sonst stünden sie drin.«

»Lassen Sie die Abdrücke auch anhand der anderen Datenbanken überprüfen. Die beiden könnten Arbeitssuchende gewesen sein, die für irgendeinen Job einen Hintergrundcheck machen mussten.«

»Das überprüfen wir bereits«, sagte Lassiter.

Decker drehte sich um und sah, dass sie direkt hinter ihm stand. Trotz ihrer hohen Absätze betrug der Größenunterschied zwischen ihnen fast dreißig Zentimeter. Decker schaute auf sie hinunter, Lassiter starrte zu ihm hoch.

»Schön«, sagte Decker schließlich und wandte sich wieder den Leichen zu. »Ich gehe mal davon aus, dass keiner der beiden Männer Besitzer des Hauses war oder sonst wie damit zu tun hatte.«

»Woher wollen Sie das wissen?«, platzte Lassiter heraus.

»Weil Sie die beiden Opfer dann ja wohl längst identifiziert hätten, oder?«, fragte Decker. »Also, wem gehört das Haus?«

»Der Bank«, antwortete Green. »Es wird zwangsversteigert. Der vorherige Besitzer konnte das Darlehen nicht zurückzahlen und hat die Stadt vor fast einem Jahr verlassen. Seitdem stand das Haus praktisch leer.«

»Aber es gab Strom, sonst hätte das Blut an der Lampe keinen Kurzschluss ausgelöst und das Feuer entfacht. Warum wurde das Haus nach so langer Zeit noch mit Strom versorgt?«

»Wir haben hier Hausbesetzer«, antwortete Green. »Sie halten sich Wochen oder gar Monate in solchen leer stehenden Häusern auf und zapfen illegal Strom ab. Manchmal vermieten die Banken solche Immobilien, um ein paar Dollar zu kassieren, während sie nach Käufern suchen. Dafür würde man den Strom dann wieder anschließen.«

»War das Haus zu irgendeinem Zeitpunkt vermietet?«

»Das überprüfen wir noch, aber ich glaube nicht.«

»Die Gegend sieht ziemlich verlassen aus«, bemerkte Decker. »Auf der Straße parkten keine Autos.«

»Das ist bei uns nicht ungewöhnlich«, erklärte Green. »Baronville hat die Hälfte seiner Bevölkerung verloren. Zu den besten Zeiten, als sämtliche Minen, Fabriken und Mühlen noch in Betrieb waren, lebten hier doppelt so viele Menschen. Baronville war fast so groß wie Erie heute mit seinen hunderttausend Einwohnern. Tja, das ist vorbei.«

»Es ist wohl nicht damit zu rechnen, dass irgendwelche Anwohner uns bei den Ermittlungen helfen können?«

Green wiegte den Kopf. »An der Straße gibt es nur drei bewohnte Häuser. Ich habe mit einem der Bewohner gesprochen, Lassiter mit einem anderen. Beide haben nichts gesehen oder gehört. Offenbar gab es vor gestern Abend keine Aktivitäten in dem fraglichen Haus.«

»Nichts?«

Green zuckte die Achseln. »Jedenfalls haben die Leute an der Straße das ausgesagt.«

»Könnte einer der Befragten in den Fall verwickelt sein?«, fragte Jamison.

Diesmal antwortete Lassiter. »Alice Martin ist eine ältere Dame, die ihr ganzes Leben in Baronville verbracht hat. Ich kenne sie persönlich, sie war meine Lehrerin an der Sonntagsschule. Das zweite Haus gehört einem alten Mann namens Fred Ross. Er sitzt im Rollstuhl. Haus Nummer drei liegt dem Tatort am nächsten, aber der Mann, der dort wohnt, Dan Bond, ist blind. Ich habe mit Bond gesprochen, während Green sich mit Mrs. Martin unterhalten hat. Ich glaube, wir können sie mit ziemlicher Sicherheit als mögliche Verdächtige ausschließen.«

Decker drehte sich zu ihr um. »Wieso?«

Lassiter blinzelte. »Ist das nicht offensichtlich?«

»Bei jeder Mordermittlung gibt es offensichtliche Schlussfolgerungen. Jemanden nach einem Gespräch oder aufgrund einer Annahme als Verdächtigen auszuschließen gehört aber nicht dazu.«

Lassiter errötete und setzte eine wütende Miene auf, was Decker keineswegs entging. Doch er fuhr ungerührt fort: »Also wurden Dan Bond und Alice Martin befragt. Warum haben Sie noch nicht mit diesem Fred Ross gesprochen?«

»Er war zu dem Zeitpunkt nicht zu Hause«, antwortete Green. »Aber wir werden uns noch mit ihm befassen.«

»Haben Sie eine Vermutung, wie der Mann im Keller an die Uniform gekommen war?«

»Nicht die geringste. Soweit wir sagen können, sind sämtliche Uniformen da, wo sie sein sollen.«

»Vielleicht hatte er sie vom Hersteller der Uniformen«, warf Jamison ein.

»Das überprüfen wir alles«, erklärte Lassiter, die aussah, als könne sie ihren Zorn kaum zügeln. »Wir sind hier nicht vom Heuwagen gefallen, wissen Sie.«

Decker ignorierte die Bemerkung. Er zeigte auf eine Stelle an der Schulter des Toten, der im Keller gefunden worden war. »Was ist das?«

»Ich habe es in meinem Bericht vermerkt«, erklärte der Gerichtsmediziner. »Möglicherweise wurde dort etwas platziert und einige Zeit später wieder entfernt.«

»Irgendeine Vorstellung?«

»Könnte alles Mögliche gewesen sein. Ein Schmerzpflaster. Oder ein Nikotinpflaster.«

»War er Raucher?«, fragte Jamison.

»Ja, seine Lungen lassen es deutlich erkennen. Meiner Schätzung nach war der Mann noch keine vierzig, also hätten die Lungen sich regenerieren können, falls er das Rauchen aufgegeben hätte.«

»Das spielt jetzt wohl keine Rolle mehr«, meinte Green.

»Jedenfalls«, fuhr der Gerichtsmediziner fort, »wird die toxikologische Untersuchung zeigen, um was es sich handelt, falls es ein Pflaster oder Ähnliches gewesen ist und falls die Wirkstoffe sich noch im Körper befinden. Wurde das Pflaster vor zu langer Zeit entfernt, dürfte der Körper die Substanz bereits abgebaut haben.«

Decker sah dem Mann fest in die Augen. »Haben Sie den Todeszeitpunkt schon festlegen können?«

»Als ich mir die Leichen vor Ort angeschaut habe, waren die Gliedmaßen bei beiden Toten steif«, antwortete der Gerichtsmediziner. »Also hatte in beiden Fällen die Leichenstarre eingesetzt. Ich würde sagen, sie waren ungefähr zwanzig Stunden tot. Es könnte aber auch länger her sein, da sich die Totenstarre zu diesem Zeitpunkt zurückgebildet haben könnte. Dazu kann ich später Genaueres sagen.«

»Haben Sie die Kerntemperatur festgestellt?«

Die Stimme des Gerichtsmediziners nahm einen verärgerten Tonfall an. »Ja, aber mit meinen Instrumenten muss etwas nicht gestimmt haben. Ich habe verrückte Zahlen gemessen.«

»Sehr niedrige Temperaturen, stimmt's?«

Der Mann sah überrascht auf. »Woher wissen Sie das?«

Decker ging nicht darauf ein. »Selbst ohne Kerntemperatur lautet Ihr abschließendes Urteil zwanzig Stunden oder noch mehr? Sind Sie sicher?«

Leicht eingeschnappt, weil Decker seine Schlüsse infrage stellte, erwiderte der Gerichtsmediziner: »Ja, bin ich. Warum?«

»Und die Körper wurden nach ihrem Tod nicht bewegt?«

Der Mann schaute auf die Leichen, dann konzentrierte er sich wieder auf Decker.

»Ich bin mir ziemlich sicher. Wieso?«

»Weil ich der Ansicht bin, dass Sie ein paar zusätzliche Fortbildungskurse besuchen sollten. Oder besser noch, suchen Sie sich einen anderen Job, bei dem es nicht um Autopsien geht.«

»Was soll das heißen?«, stieß der Mann wütend hervor.

»Ich dachte, ich hätte mich klar ausgedrückt.« Decker wandte sich Green zu. »Also sind wir uns einig, was diese Ermittlung betrifft? Arbeiten wir zusammen?«

Green musterte ihn mit einem merkwürdigen Blick, ehe er sagte: »Sie müssen uns über *alles* informieren. Keine Ausnahmen.«

»Einverstanden.«

»Wie würden Sie die Sache konkret angehen?«

»Es gibt eine Menge zu überprüfen, also schlage ich zwei Zweierteams vor«, antwortete Decker. »Dann kann jedes Team sich einen Tatort vornehmen.«

»Okay«, warf Lassiter ein. »Dann begleite ich Sie, und Ihre Partnerin tut sich mit Marty zusammen.«

Jamison bedachte sie mit einem verwunderten Blick. »Wieso? Sie haben Ihr Team, wir das unsere.«

»Auf diese Weise wären wir in beiden Fällen stets auf dem neuesten Stand«, erklärte Lassiter. »Wir brauchen keine langen Berichte oder großartige Erklärungen. Spart uns Zeit und Ärger.«

»Ich habe kein Problem damit«, sagte Decker gedankenverloren, was ihm einen finsteren Blick Jamisons einbrachte.

*

Als sie die Gerichtsmedizin verließen, zog Jamison Lassiter beiseite. »Nur damit Sie es wissen, mein Partner ist ein bisschen schwierig.«

»Ach was? Das ist mir bereits aufgefallen«, erwiderte Lassiter.

»Nein, Sie verstehen nicht … ich bin sicher, dass Sie das Gesamtbild noch nicht erkannt haben.«

»Marty Green ist auch nicht einfach. Aber Sie und ich, wir sind Mädchen in einer Männerdomäne, nicht wahr? Wir haben gelernt, damit umzugehen.«

Die unerwartete Erwiderung entlockte Jamison ein Lächeln. »Das ist Ihre erste Bemerkung, die ich voll und ganz unterstreiche.«

»Dann wollen wir hoffen, dass es nicht die letzte war.«

8

Tatort Nummer zwei.

Zumindest bezeichnete Decker ihn so.

Es war eine ehemalige Autowerkstatt, ein unerwarteter Ort für einen Mord. Andererseits war an einem Mord so gut wie alles unerwartet, besonders für das Opfer.

Decker und Donna Lassiter stiegen aus dem hellblauen viertürigen Prius, der wegen seiner eingeschränkten Beinfreiheit für einen Mann von Deckers Größe eine ziemliche Tortur darstellte. Der Prius war Lassiters Privatwagen. Im Budget der Behörde sei für Dienstwagen der Detectives kein Geld übrig, hatte Lassiter ihm auf der Fahrt erzählt.

»Falls es Sie interessiert«, sagte Decker, »ich habe unterwegs mindestens sechs Drogenkäufe gesehen.«

»Sieben«, erwiderte Lassiter. »Möglicherweise haben Sie die Fußball-Mom mit dem kleinen Mädchen auf dem Rücksitz übersehen. Mom hat sich ihre Dröhnung von dem Burschen an der nächsten Ampel geholt, bevor sie ihr Kind in der Tagesstätte abgibt.«

»Und Sie sind einfach vorbeigefahren?«

»Würde ich bei jedem Drogendeal einschreiten, den ich sehe, hätte ich keine Zeit mehr, um zu essen, zu schlafen oder auf die Toilette zu gehen. Zufällig kenne ich die Frau. Sie wird sich nicht sofort zudröhnen, erst später, zu Hause, wenn ihr Schatz da ist. Er wird sich um sie und das Mädchen kümmern.«

»Was ist in dieser Gegend die bevorzugte Droge?«

»Früher waren es Oxycontin oder Fentanyl. Jetzt ist es Heroin, obwohl Fentanyl viel wirksamer ist.«

»Das dürfte Einfluss auf die hiesige Verbrechensrate haben.«

»Leute brechen bei ihren Nachbarn ein und klauen deren Wertsachen, um sie gegen Bargeld zu verscherbeln, das sie in Drogen investieren. Oder ein Sohn leert das Bankkonto seiner Mutter. Oder eine Großmutter stiehlt aus dem Sparschwein ihrer Enkelin. Total verrückte Sachen, und sie geschehen Tag für Tag.«

»Und Heroin ist beliebt, weil man ein Gramm für ungefähr fünfzig Dollar bekommt und weil es länger wirkt als Fentanyl oder Oxycontin. Wie viel kostet das Zeug hier auf der Straße? Achtzig Dollar die Tablette?«

»Fentanyl muss man doch nicht mehr auf der Straße kaufen. Man liefert ins Haus, wie Pizza. Oder man bekommt es in seiner Apotheke oder durch eine der Drogen-Pipelines in dieser Gegend. Man kaut, schnieft oder spritzt das Zeug. Es gibt sogar Fentanyl-Pflaster. Manche kauen die Dinger, statt sie auf die Haut zu kleben.«

»Vielleicht handelte es sich bei dem Abdruck auf der Haut des Toten um ein Fentanyl-Pflaster.«

Lassiter nickte. »Wäre möglich. Seit dem letzten Jahr ist die Zahl der Toten durch Überdosis um fast siebzig Prozent gestiegen. Und bei den letzten zehn Fällen, die wir untersucht haben, ging es um Personen über fünfundsechzig. Der sogenannte ›Rostgürtel-Ruhestand‹, wie man es hier bezeichnet.«

»Als ich noch Cop in Ohio war, haben wir es die ›Zombie-Apokalypse‹ genannt.«

»Auch nicht schlecht. Jedenfalls tragen wir hier alle Narcan bei uns.«

»Um bei einer Überdosis Wiederbelebungsversuche zu machen?«

»Ja. Außerdem hat die Stadt ein Gute-Samariter-Gesetz erlassen, damit man keinen Ärger bekommt, wenn man eine Überdosis meldet – sogar, wenn man selbst Drogen nimmt. Der Ehemann der Fußball-Mom von vorhin hat eine Packung Narcan zu Hause. Die örtliche Entzugsklinik verteilt es seit Kurzem. Manche Leute meinen, dass es Begünstigung ist. Ich nicht. Ich persönlich finde es besser, die Leute am Leben zu halten, bis wir diesen Mist in den Griff bekommen haben. Wir haben ein Heer von Süchtigen und eine Entzugsklinik mit zwanzig Betten. Soll das eine Dauerlösung sein? Ich glaube, die Stadt ist es einfach leid. Man will keine Steuergelder, die man sowieso nicht hat, für Personen ausgeben, denen der allgemeinen Auffassung zufolge sowieso alles egal ist. Manche Leute halten Methadon für eine Droge, die Meth-Süchtige nehmen, um high zu werden. Sie wissen nicht, dass es ein Medikament ist, das gegen die Sucht verordnet wird. Man will die Junkies nicht in der Nähe haben, ohne zu wissen, dass die eigenen Angehörigen oft die gleichen Probleme haben. Manche Leute vertreten sogar die Meinung, man solle die Junkies einfach verrecken lassen, um sie endlich los zu sein.«

»Aber Sie nicht?«

»Bei mir hat der Blitz in unmittelbarer Nähe eingeschlagen, Decker. Man kann Menschen doch nicht einfach krepieren lassen.«

»Sie hatten einen Fall von Drogensucht in der eigenen Familie?«

»Das ist kein Thema für mich«, erwiderte Lassiter kurz angebunden.

Als sie kurz darauf vor dem Eingang der Werkstatt hielten, sagte Decker: »Da Mrs. Martin Sie in der Sonntagsschule unterrichtet hat, nehme ich an, Sie sind hier in der Gegend aufgewachsen.«

»Richtig. Obwohl ich in Philly aufs College gegangen bin und später an der Temple University einen Abschluss in Strafrecht erworben habe. Dann kam ich zurück, ging zur Polizeitruppe, war vier Jahre lang Streifenpolizistin, machte meine Prüfungen, wurde Sergeant und später Detective.«

»Das ging ja ziemlich schnell.«

»Ich habe mir ja auch den Hintern aufgerissen.«

»Glaube ich gern. Ich nehme an, Sie mussten dafür mehr tun als Ihre männlichen Kollegen.«

»Ziemlich scharfsinnig von Ihnen, Decker.«

Er schaute zur Werkstatt.

»Haben Sie selbst den Laden hier nach der Tat geschlossen, oder war es der Besitzer?«

»Der Besitzer hat sechshunderttausend Dollar in der Staatslotterie gewonnen und dann gemacht, dass er hier wegkommt.«

»Haben Sie einen Schlüssel?«

Lassiter zog ihn aus der Tasche und schloss den Eingang auf. Es gab einen kleinen Empfangsbereich. Durch eine Glaswand mit Tür hatte Decker freien Blick auf drei Wartungsboxen.

»Also dann«, sagte er. »Gehen wir es Schritt für Schritt durch. Wie lief die Sache ab?«

»Wir erhielten eine Meldung über einen möglichen Einbruch. Die Streife hat es überprüft, und die Cops fanden die Leichen.«

»Der Anrufer?«

»Anonym. Wir haben versucht, den Anruf nachzuverfolgen – vergeblich.«

»Seltsam. Die meisten Handys *sind* nachzuverfolgen. Wo haben Sie die Leichen gefunden?«

Lassiter führte ihn in den Werkstattbereich.

»Opfer Nummer eins fand man in der Abschmiergrube dieser Werkstattbox.« Sie deutete auf ein Loch im Boden.

»Todesursache?«

»Ein Schuss in den Kopf.«

»Identität?«

»Michael Swanson. Farbiger, Anfang dreißig. Kleiner Straßendealer. Hat seine Karriere direkt nach der Highschool gestartet. Ein paar Festnahmen wegen Kleinigkeiten. Saß zweimal kurz im hiesigen Gefängnis. Aber keine ernsthaften Sachen. Die letzte Adresse, die wir von ihm hatten, war am Stadtrand. Ein Viertel mit sehr niedrigen Mieten.«

»Die zweite Leiche?«

Lassiter führte ihn zu einer Maschine, mit der man Motorblöcke aus Autos hob. »Er hing genau hier, mit Ketten gefesselt.«

»Todesursache?«

»Dieselbe wie bei Swanson. Nur hatte man ihm ein Zeichen in die Stirn gebrannt.«

»Was für ein Zeichen?«

»Wollen Sie das wirklich hören?«

»Unbedingt.«

»Eine Flamme, aber sie war umgedreht.«

»Sie meinen eine nach unten gerichtete Fackel? Das ist das Symbol von Thanatos, dem griechischen Gott des Todes.«

Lassiter bekam den Mund nicht mehr zu. »Woher wissen Sie das?«

»Ich habe ein Buch gelesen. Mit Bildern. Wer war der zweite Tote?«

»Bradley Costa. Weißer, fünfunddreißig. Er war erst seit Kurzem in der Stadt. War Geschäftsführer der Baronville National Bank.«

»Eine ziemlich hohe Position für einen Burschen in den Dreißigern.«

»Er kam von der Wall Street und hatte reichlich Erfahrung. Solche Typen tauchen hier nicht jeden Tag auf. Angeblich war er ein Mann der Tat.«

»Irgendeine Verbindung zu Swanson?«

»Keine, die wir beweisen könnten. Er könnte einer von Swansons Kunden gewesen sein. Wäre nicht der erste Banker, der Drogen nimmt. Und bei Costas Beruf denkt man natürlich an Geldwäsche oder andere Finanzmanipulationen. Aber auch da sind wir nicht weitergekommen. Ich glaube allerdings nicht, dass Swanson über genug Bargeld verfügte, dass er einen Geldwäscher gebraucht hat.«

»Trotzdem starben beide Männer hier an diesem Ort.« Decker sah sich in der Werkstatt um. »Wie sind die beiden hergekommen?«

»Das wissen wir nicht. Brad Costa hatte keine uns bekannte Familie, aber sein Chef in der Bank gab eine Vermisstenanzeige auf. Swanson wurde von niemandem als vermisst gemeldet. Ich nehme an, dass er öfters eine Zeit lang verschwunden war, zumindest in seinen Kreisen. Bewegte sich definitiv nicht im Mainstream.«

»Wie er früher war«, sagte Decker.

»Ja.«

»Irgendwelche brauchbaren Spuren im Hinblick auf den Täter?«

»Nichts. Keine Fingerabdrücke. Keine Patronenhülsen. Keine weggeworfene Zigarette mit DNA-Spuren. Das einzige Blut stammte von den Opfern.«

»Und Sie sind sicher, dass beide Männer hier getötet wurden?«

»Den Blutspritzern zufolge, ja. Der Gerichtsmediziner meinte, dass es genug Blut war, um die Schüsse und den Blutverlust mit dieser Werkstatt hier in Verbindung zu bringen.«

»War es derselbe Gerichtsmediziner, den ich heute kennenlernen durfte?«

»Ja, Charlie Duncan. Warum?«

Decker antwortete nicht.

»Was hatten Sie eigentlich damit gemeint, dass er zusätzliche Kurse absolvieren oder sich ganz aus dem Job zurückziehen sollte? Glauben Sie, er hat sich beim Todeszeitpunkt geirrt?«

Decker drehte sich zu ihr um. »Ihm sind zwei himmelschreiende Ungereimtheiten entgangen. Aber die haben Sie und Ihr Partner auch übersehen.«

»Welche?«

»Eine Leiche in einem feuchten Keller, die länger als zwanzig Stunden tot ist, müsste von Schmeißfliegen befallen sein. Sie spüren einen Leichnam innerhalb weniger Minuten nach dem Tod auf. Bei dem Erhängten oben konnte ich aber keine Fliegen entdecken und bei dem Toten im Keller nur wenige. Jede Schmeißfliege kann mehr als zweihundert Eier legen, und diese Eier verwandeln sich innerhalb von acht bis vierundzwanzig Stunden in Maden im ersten Stadium. Das habe ich gemeint, als ich Officer Curry am Tatort sagte, ich hätte etwas beobachtet, das forensisch unmöglich ist. Eine steife Leiche aus einem feuchten Kellerraum mit derart minimalem Insektenbefall gibt es nicht. Ihr Gerichtsmediziner hätte das sofort erkennen müssen. Aber er hat sich nur auf die Leichenstarre konzentriert und nicht auf die Entomologie, die fehlende Verwesung und die Faktoren der Kerntemperatur. Er ging einfach davon aus, dass sein Thermometer nicht richtig funktioniert hat, statt tiefer zu graben, um herauszufinden, warum der Körper so kalt ist, also unterhalb der Umgebungstemperatur. Ein kompetenter Gerichtsmediziner muss das Gesamtbild sehen. Eins greift ins andere, sonst baut man Mist, und ein Mörder bleibt ungeschoren.«

Lassiter wirkte betroffen. »Verstehe«, sagte sie gedehnt. »Aber die Leichen wurden im Hausinnern gefunden. Hätte das bei den Fliegen keinen Unterschied gemacht?«

»Möglich. Aber Sie wären überrascht, wo Schmeißfliegen überall reinkommen. Und wir haben es hier mit einem leeren Haus und einem alten Keller zu tun, der vermutlich voller Spalten und Löcher ist. Glauben Sie mir – die Fliegen hätten sich der Leiche bemächtigt, wenn sie zwanzig Stunden oder länger dort gelegen hätte.«

»Und die zweite Ungereimtheit?«

»Hypostase, auch als Totenflecke bekannt. Sobald das Herz nicht mehr arbeitet und die innere Verwesung des Körpers beginnt, werden die Adern porös. Das Blut reagiert nur noch auf die Schwerkraft und bewegt sich zum tiefstmöglichen Punkt. Bei einem Erhängten bedeutet das, dass sich sein Blut in den Fingerspitzen, Ohrläppchen und Füßen sammelt. Möglicherweise hat er sogar eine postmortale Erektion.«

»Was? Eine Erektion nach dem Tod?«

»Stirbt jemand in einer solchen Position, sammelt sich das Blut im Unterleib. Wie ein Ballon, der sich mit Wasser füllt. Der Kreislauf funktioniert nicht mehr, deshalb bleibt das Blut an Ort und Stelle, sobald es den tiefsten Punkt erreicht hat. Als ich mir den Körper des Erhängten in der Gerichtsmedizin angeschaut habe, sah ich Flecken auf dem Rücken. Das bedeutet, er ist nicht deshalb gestorben, weil jemand ihn aufgehängt hat und er dann zwanzig Stunden dort baumelte.«

»Sie meinen, er könnte anderswo getötet worden sein? Und wurde dann ins Haus geschafft?«

Decker nickte. »Ihr Gerichtsmediziner hat die Unstimmigkeit bei den Totenflecken nicht erwähnt. Entweder wusste er nicht darüber Bescheid oder er hat schlichtweg Mist gebaut.«

»Ich werde bei ihm nachfragen müssen.«

»Viel Glück. Bleibt die Frage, warum die Männer *hier* umgebracht wurden.«

»Die Werkstatt war unbenutzt. Es gab Abschmiergruben und Vorrichtungen, an denen man jemand aufhängen kann.«

»Eigentlich meinte ich das im umfassenderen Sinne.«

»Und der wäre?«

»Warum in Baronville?«

9

Zwei Personen, die am Esszimmertisch saßen, waren durch Schrotschüsse getötet worden.

Jamison hatte es soeben von Green erfahren.

Eine regelrechte Hinrichtung mit vorheriger Henkersmahlzeit.

Die Ermittler standen in einem Haus, das große Ähnlichkeit mit dem zu haben schien, in dem sie die ersten beiden Leichen gefunden hatten.

»So etwas Schreckliches habe ich selten gesehen«, behauptete Green und kaute auf seinem Kaugummi. »Saßen direkt hier, und *bumm*. Laut Gerichtsmediziner waren sie auf der Stelle tot. Bei einer Schrotflinte aus nächster Nähe hat niemand eine Chance.«

»Haben die Opfer hier gewohnt?«

»Nein, soweit wir wissen. Rechtlich gesehen hat hier niemand gewohnt. Das alles hier gehört der Bank, genau wie das andere Haus.«

»Irgendeine Verbindung zwischen den beiden Opfern?«

Green schlug in seinem Notizbuch nach. »Wir haben jedenfalls keine gefunden. Verschiedene Milieus. Bisher gibt es keine Verbindungen zwischen den beiden.«

»Erzählen Sie mir von ihnen.«

»Joyce Tanner, eine Weiße, dreiundfünfzig Jahre alt. Sie hat im JC Penney gearbeitet, bevor der Laden dichtgemacht hat, wurde dann arbeitslos. Geschieden, keine Kinder. Ihr Ex hat die Gegend schon vor langer Zeit verlassen. Wir versuchen noch immer, den

Kerl aufzuspüren. Andererseits gibt es nicht den geringsten Anhaltspunkt, dass er etwas mit der Sache hier zu tun hatte. Der Mann hieß Toby Babbot, Weißer, vierzig Jahre alt. Bekam wegen eines Arbeitsunfalls eine Invalidenrente.«

»Hatte er Familie?«

»Er war nie verheiratet. Wir konnten auch keine Kinder ermitteln.«

»Kamen er und die Frau aus Baronville?«

»Nein. Babbot ist vor etwa sechs Jahren aus Pittsburgh hergezogen und arbeitete in einer Fabrik für Klimaanlagen, bis der Laden Konkurs machte. Anschließend hat er in allen möglichen Jobs gearbeitet.«

»Und die Frau? Diese Tanner?«

»Ihre Eltern kamen bei einem Autounfall in Connecticut ums Leben. Vor ungefähr vierzig Jahren kam sie her und wohnte bei Onkel und Tante. Die beiden haben sie großgezogen und sind dann ebenfalls gestorben. Eines natürlichen Todes«, fügte er hinzu.

»Haben Sie eine Ahnung, wie die beiden ins Haus gekommen sind?«

»Nein. Nach der Tat haben wir hier im Viertel ermittelt. Aber wie Sie sehen, gibt es hier nicht allzu viele Leute, die etwas hätten beobachten können. Wir haben leider keine Hinweise.«

»Saßen sie beim Essen, als die Schüsse fielen?«

»Nein. Man scheint sie gezwungen zu haben, sich auf die Stühle zu setzen, und hat sie dann erschossen.«

»Sonst noch etwas?«

Green zeigte auf die Wand, an der noch immer Blutflecke zu sehen waren. »Sehen Sie dort? Ihr Mörder hatte da etwas hingeschrieben. Wir haben es ausgeschnitten und als Beweis sichergestellt.«

»Was stand da?«

»Etwas aus der Bibel.«

»Was genau?«

»Keines der bekannten Zitate, sonst würde ich es kennen. Ich bin ein guter Methodist, gehe jeden Sonntag zur Kirche. Trotzdem musste ich nachschlagen.« Green blätterte in seinem Notizbuch. »›Ihr Sklaven, ordnet euch in aller Ehrfurcht euren Herren unter. Denn es ist eine Gnade, wenn jemand um des Gewissens willen vor Gott Übel erträgt und Unrecht leidet.‹« Er klappte das Buch zu und schaute Jamison erwartungsvoll an. »Na?«

»Das ist aus einem Brief des Petrus«, sagte Jamison wie aus der Pistole geschossen.

Green blickte überrascht drein. »Woher wissen Sie das?«

»Weil es eine der wenigen Stellen im Neuen Testament ist, in denen es um Sklaven geht. Mein Lieblingsonkel war Religions- und Geschichtslehrer. Wir haben vor dem Hintergrund der Sklaverei in den Südstaaten und des Bürgerkrieges über diese Bibelstellen diskutiert.«

Green lächelte anerkennend. »Alle Achtung. Dann wissen Sie vielleicht auch, dass Petrus für seinen Glauben eingesperrt und gefoltert wurde. Vielleicht schreibt er an dieser Stelle darüber, wie er trotz dieser schrecklichen Erfahrung seinen Glauben bewahrt hat. Möglicherweise sollte es auch eine Rechtfertigung dafür sein, Sklaven zu halten und jedes Anzeichen von Ungehorsam im Keim zu ersticken. Damals gab es ein Heer von Sklaven. Da gibt es nur ein Problem …«

»Welches?«, fragte Jamison.

»Es gibt Gelehrte, die der Meinung sind, dass Petrus diesen Brief gar geschrieben hat.«

»Wieso?«

»Weil der Inhalt auf fortgeschrittene Kenntnisse der griechischen

Sprache und Philosophie hindeutet, die Petrus nicht hatte. Und die weitverbreitete Verfolgung der Christen nahm erst lange nach seinem Tod ihren Anfang.«

Jamison runzelte die Stirn. »Das ist ja alles schön und gut, nur wüsste ich nicht, wie uns das bei dem Fall helfen soll. Es sei denn, in dieser Gegend gibt es einen Sklavenring.«

»Es könnte eine Warnung gewesen sein«, meinte Green. »Verratet uns, und ihr seid tot. Aber Leute umbringen, die sich nicht einmal kennen und zwischen denen es keine nachweisbare Verbindung gibt? Das verstehe ich nicht. Es könnte einfach nur Zufall sein.«

Jamison dachte darüber nach. »Baronville kann man nicht gerade als Metropole bezeichnen. Und doch haben Sie es mit drei verschiedenen Verbrechen zu tun, die in unmittelbarer örtlicher Nähe zueinander geschehen sind und bei denen es jedes Mal zwei Opfer gab.« Sie zeigte auf die leere Stelle an der Wand. »Hier hat man einen rätselhaften Bibelspruch an die Wand geschrieben. An dem Tatort, auf den Decker gestoßen ist, gab es das Tierblut. Was ist mit dem Tatort, den Decker und Ihre Partnerin zurzeit unter die Lupe nehmen?«

»Ein Opfer hatte ein Todesmal auf der Stirn«, sagte Green. »Das dürfte seltsam genug sein.«

»Ich kann nicht glauben, dass alle diese Morde nichts miteinander zu tun haben, Detective. Ich bin mir sicher, wir haben es mit *einem* Mörder oder einer Gruppe zu tun.«

Green seufzte resigniert. »Toll. Serienmorde in Baronville, in einer Stadt, die gerade wieder auf die Beine zu kommen versucht. Wenn auf nationaler Ebene bekannt wird, was hier geschehen ist, wird es noch schwerer für uns, neue Einwohner in die Stadt zu locken.«

»Haben Sie je darüber nachgedacht, Verstärkung anzufordern? Die State Police?«

»Die hat alle Hände voll zu tun. Wir sind nicht die einzige Stadt mit Problemen. Und das staatliche Budget ist geschrumpft.« Er hielt kurz inne. »Aber Decker scheint ein guter Ermittler zu sein.«

»Er ist der Beste, den ich je gesehen habe. Ich glaube, er ist sogar der Beste, der je beim FBI war.«

»Dann haben wir vielleicht eine Chance. Auch wenn Decker zu bissigen Bemerkungen neigt, wie ich vermute, scheint man gut mit ihm arbeiten zu können.«

»Lassen Sie ihm nur Zeit«, sagte Jamison und unterdrückte ein Lächeln.

10

Decker hatte kaum einen Bissen angerührt. Nachdenklich legte er Messer und Gabel zur Seite und griff nach dem Bierglas.

»Keinen Hunger?«, fragte Jamison und schaute über den Tisch des Restaurants, in dem sie und Decker zu Abend aßen. Sie hatten einander über die Tatorte Bericht erstattet, die sie an diesem Tag besucht hatten. Decker hatte ihr erzählt, dass er Lassiter seine Zweifel an der Einschätzung des Gerichtsmediziners über den Todeszeitpunkt anvertraut hatte und dass Lassiter ihrem Partner davon berichten wollte.

»Sechs Morde«, sagte er. »Und zwischen den Opfern gibt es keine erkennbaren Verbindungen, keine offensichtlichen Gemeinsamkeiten. Trotzdem sind sie möglicherweise Teile ein und desselben Puzzles.«

»Und wir müssen nun dafür sorgen, dass diese Teile zusammenpassen.« Auch Jamison legte nun Messer und Gabel zur Seite und trank einen Schluck Merlot.

»Und wenn sie nicht zusammenpassen?«

Jamison stellte das Weinglas ab und spielte mit ihrer Serviette. »Ich habe Green gesagt, dass die Morde meiner Meinung nach miteinander zu tun haben müssen. Sechs eigenartige Morde an einem Ort wie dem hier? Wie hoch ist die Wahrscheinlichkeit, dass es da keine Zusammenhänge gibt? Was bedeutet, dass die beiden Opfer, die du gefunden hast, mit den anderen vier in Verbindung stehen.«

»Nur machen wir leider keine großen Fortschritte.«

»Decker, wir arbeiten nicht einmal einen Tag an dem Fall! Es braucht seine Zeit, das weißt du besser als sonst jemand.«

»So viel Zeit haben wir nicht, Alex. Wir haben nur eine Woche Urlaub.«

»Mist, das hatte ich ganz vergessen.«

»Und irgendetwas sagt mir, dass dieser verdammte Fall mehr Zeit brauchen wird.«

»Was hast du vor?«

»Die Ermittlungen mit allen Kräften voranzutreiben. Aber wenn das Ende unseres Urlaubs naht, werden wir mit Bogart sprechen müssen, damit er uns entweder zusätzliche freie Tage gibt oder uns den Fall im Auftrag des FBI bearbeiten lässt.«

Jamison runzelte die Stirn. »Irgendwie glaube ich nicht, dass es so einfach sein wird.«

»Sollte es aber sein, denn sechs Menschen sind tot, was definitiv *nicht* sein sollte.«

»Das verstehe ich ja«, erwiderte sie nervös, denn Deckers erhobene Stimme ließ mehrere Gäste an anderen Tischen in ihre Richtung blicken. Hastig fügte sie hinzu: »Ich habe dir erzählt, was ich in dem Haus erfahren habe. Die beiden Opfer, die Bibelsprüche an der Wand …«

»Ja«, sagte Decker.

»Was hältst du davon?«

»Ich halte es für ziemlich übertrieben.«

Jamison sah ihn verblüfft an. »Was meinst du damit?«

»Ich habe Lassiter bereits diese Frage gestellt, jetzt stelle ich sie dir. Warum Baronville?«

»Warum Baronville? Was willst du damit sagen?«

»Es gab hier sechs ungewöhnliche und unerklärliche Morde. Was ist so besonders an diesem Kaff, dass es hier so viele Kapitalverbrechen gibt?«

»Jede Stadt hat ihren Anteil an skurrilen Verbrechen.«

»Stimmt schon, aber irgendwas an der Sache scheint einfach nicht zu passen.«

»Du glaubst also auch, die Morde haben miteinander zu tun?«

Decker nickte. »Es sind keine Nachahmungstaten, denn bei den meisten wichtigen Details gibt es Unterschiede. Ich glaube, wir haben es mit ein und derselben Person zu tun … oder Gruppe.«

»Hat dir dein perfektes Erinnerungsvermögen heute helfen können?«

»Woran sollte ich mich erinnern, das uns helfen würde?«

»Sag du es mir. Du hast vorhin im Wagen doch darüber nachgedacht, stimmt's?«

»Nun ja … ein paar Minuten, bevor ich die Funken vom Kurzschluss gesehen hatte, habe ich ein Auto wegfahren hören.«

Jamison horchte auf. »Hast du den Wagen gesehen?«

»Nein. Von meiner Position aus hatte ich keine freie Sicht.«

»In dieser Straße wohnen nur drei ältere Leute. Vielleicht fahren sie nicht mal mehr Auto. Bei unserer Rundfahrt jedenfalls standen nirgendwo Fahrzeuge. Glaubst du, es war der Mörder, der die Leichen abgeladen hatte und dann das Haus verließ?«

»Möglich. Schmeißfliegen können Leichen in Windeseile aufspüren.«

Draußen hatte es zu regnen angefangen. Die Temperatur war gefallen, und ein kühler Wind hatte die frühere Wärme des Tages mit sich genommen.

»Ich habe Green gesagt, dass wir morgen früh vorbeikommen und uns austauschen«, sagte Jamison. »Wie bist du mit Lassiter verblieben?«

»Gar nicht. Sie hat mich am Haus abgesetzt, und das war's. Davon abgesehen habe ich keine Ideen.«

»Vielleicht fällt dir heute Nacht was ein.«

»Das bezweifle ich.«

Jamison hob die Stimme. »He, du willst diesen Fall doch unbedingt bearbeiten. Also hör auf zu jammern und mach deinen Job!«

Decker warf ihr einen verwirrten Blick zu und sah, dass sie schmunzelte.

Er lächelte beschämt. »Du hast ja recht. Ich bin ein Trottel.«

»Wow. Ich kann an einer Hand abzählen, wie oft du gesagt hast, dass ich recht habe, und behalte noch ein paar Finger übrig.«

»Du hast öfter recht, als du glaubst.«

»Zoe hat mir erzählt, was du über mich gesagt hast«, sagte Jamison. »Über meine Fähigkeit, Menschen zu beurteilen und Dinge zu sehen, die anderen entgehen.«

»Lass dir das bloß nicht zu Kopf steigen.«

Jamison lachte auf. »Keine Bange. Übrigens, Green sagte mir, dass morgen sämtliche Akten für uns zur Durchsicht bereitliegen.«

Deckers Miene hellte sich auf. »Das sagst du erst jetzt? Das könnte uns einen großen Schritt nach vorn bringen.«

»Sag mal«, wechselte Jamison das Thema, »hast du in letzter Zeit mit Melvin gesprochen?«

»Nein. Er und Harper sind in Urlaub. Am Mittelmeer, glaube ich. Warum?«

»Ich weiß, wie nahe du Melvin stehst. Ich nehme an, du hättest die beiden begleiten können, aber zu dritt wäre es auf persönlicher Ebene vielleicht ein bisschen eng geworden. Vor allem am romantischen Mittelmeer.«

Decker starrte auf seinen Teller. Er antwortete nicht.

»Übrigens ist ganz in der Nähe unserer Unterkunft ein Park mit einer Joggingstrecke«, bemerkte Jamison.

Decker schaute auf. »Warum sollte das von Interesse für mich sein?«

»Du hast eine Zeit lang Sport getrieben und viel Gewicht verloren. Ich möchte, dass du damit weitermachst. Es ist schwieriger, wieder in Form zu kommen, als in Form zu bleiben.«

»Danke für die Aufklärung«, murmelte Decker und schaute durchs Fenster auf die dunkler werdende Straße. Autos fuhren vorbei. Fußgänger eilten durch den Regen. Davon abgesehen war es ruhig in der Innenstadt von Baronville.

Noch, fügte Decker in Gedanken hinzu. *Doch wenn der Sturm erst über die Stadt hereinbricht …*

»Worüber denkst du nach?«, fragte Jamison.

Er starrte weiter hinaus in die Dunkelheit. »Ich frage mich, wer als Nächstes stirbt.«

11

Früher war es ein Herrenhaus gewesen. Jetzt war es alt und so verfallen, dass es vermutlich nie mehr renoviert werden konnte.

Es stammte aus einer Ära, in der das Geld in Strömen geflossen und keine Einkommensteuer fällig gewesen war. Eine Epoche, in der die Welt zugleich schlichter als auch protziger gelebt hatte. Jeder kannte seinen Platz. Das Wort »Globalisierung« gab es noch nicht, und Informationen hatten sich wesentlich langsamer verbreitet, was vielen Menschen eine gesegnete Ahnungslosigkeit verschafft hatte.

Die Männer waren die Ernährer. Sie kamen von der Arbeit nach Hause, verbrachten Zeit mit ihren Familien, rauchten ihre Zigaretten, tranken ihr Bier, schalteten dasselbe Radio- und später Fernsehprogramm ein wie der Rest des Landes, gingen zu Bett und standen wieder auf, und alles fing wieder von vorne an. Genauso war es bei den Frauen an der Heimatfront.

John Baron schaute auf das, was einst der von Gärtnern erstklassig gepflegte Mini-Park seiner Villa gewesen war. Jetzt gab es hier nur noch einen von Unkraut überwucherten Acker.

Baron war ein großer Mann, über eins neunzig, mit breiten Schultern und schmaler Taille. Er war kräftig und körperlich fit, wie er es immer schon gewesen war. Allmählich aber, mit seinen dreiundfünfzig Jahren, konnte er fühlen, wie einige seiner Muskeln erschlafften und die Gelenke steifer wurden.

Sein grau meliertes Haar war lang und seit einer halben Ewigkeit nicht mit einer Friseurschere in Berührung gekommen. Seine Kleidung war ein Sammelsurium alter Klamotten: eine verschlissene Smokingjacke, eine Latzhose, ein weißes Polohemd und ein alter Ledergürtel, der die Hose hielt. An den Füßen trug er Arbeitsstiefel. Sein männliches Gesicht war zerfurcht, Kinn und Wangen übersät mit Bartstoppeln.

Sein Erscheinungsbild war ihm egal. Er lebte allein. Es war niemand da, den er beeindrucken musste.

Sein Familienstammsitz umfasste mehr als achttausend Quadratmeter. Zusätzlich gab es Nebengebäude und andere Bauten, die noch einmal mehr als die Hälfte dieser Fläche einnahmen. Es war das bei Weitem größte Haus in der Gegend, vielleicht sogar eines der größten im ganzen Commonwealth Pennsylvania. Einst war das Anwesen Hunderte Hektar groß gewesen, am höchsten Punkt der gleichnamigen Stadt. Damals aber war es nach Ansicht der Familie nur recht und billig, dass die Barons auf alle anderen herabblickten.

John Baron hatte seit seiner Geburt hier gelebt. Das einzige Kind von Benjamin und Dorothy Baron. Das letzte verheiratete Paar, das hier residiert hatte. Ihr Sohn hatte nie geheiratet.

Baron war ein hervorragender Sportler gewesen, klug, sympathisch und bei allen beliebt. Eine beneidenswerte Zukunft schien ihm sicher zu sein.

Bis seine Eltern in ein und derselben Nacht starben. Möglicherweise wurden sie Opfer eines schrecklichen Unfalls, möglicherweise gab es andere Gründe. Was das betraf, waren die Leute sich noch immer nicht einig. Jedenfalls blieb John, damals erst neunzehn, als einziger Erbe zurück. Natürlich hatte er gewusst, dass es den märchenhaften Reichtum seiner Familie nicht mehr gab, doch er war sicher gewesen, dass es noch ein ordentliches Sümmchen gab.

Bis die Anwälte und Buchhalter sich mit ihm zusammensetzten und ihn darüber informierten, dass die Schulden die hinterlassenen Werte im Verhältnis von zwanzig zu eins übertrafen. Der Augenblick war gekommen, den Rattenfänger zu bezahlen.

Nur war es diesmal John gewesen, der Sohn, der sich darum kümmern musste. Deshalb hatte er vor vielen Jahren die meisten der verbliebenen Vermögenswerte der Barons verkauft und in dem verzweifelten Bemühen, die Villa zu behalten, so geschickt verhandelt, wie er nur konnte. Aber der Besitz lag unter einer so unfassbar hohen Hypothek begraben, dass mittlerweile der größte Teil seines Einkommens für Zinsen draufging.

Wie seine Vorgänger hatte auch John das Land um das Anwesen herum verkauft. Die ehemals Hunderte von Hektar waren zu ein paar Dutzend geschrumpft. Die Nebengebäude waren größtenteils verfallen. Das Herrenhaus war nur noch ein schäbiges Wrack. Und wenn er einmal ohne Frau oder Kinder starb, würde sich die Bank darauf stürzen und es verkaufen, da hatte John nicht den geringsten Zweifel. Man würde es abreißen und durch etwas Modernes ersetzen, falls es Baronville dann noch geben sollte.

Vermutlich würde man sogar den weit vom Haus entfernten und von einer eins achtzig hohen Ziegelmauer umschlossenen Familienfriedhof einebnen und an einen anderen Ort versetzen.

John schaute durch das Fenster seines Arbeitszimmers auf das Land, das er als Junge glücklich durchstreift hatte, voller jugendlicher Kraft. Dennoch hatte er nicht weit genug laufen können, um die Grenzen des Besitzes hinter sich zu lassen. Ein tröstliches Gefühl, aber es machte auch demütig.

John warf einen Blick über die Schulter auf die Wände voller Bücher. Er hatte sie alle gelesen und mehr von ihrem Inhalt behalten, als er je für möglich gehalten hätte. Die seltensten Ausgaben waren vor langer Zeit verkauft worden, um Rechnungen zu bezahlen. Es war sinnlos, Bücher zu behalten, wenn es keine Bibliothek, ja nicht einmal Regale gab.

Er stand auf, ging zu seinem Schreibtisch und setzte sich wieder. Der Stuhl ächzte unter seinem Gewicht.

Alles in diesem Haus ächzt und stöhnt, dachte John bitter. *Und ich selbst ächze und stöhne schon deshalb, weil ich lebe.*

Es war eine in jeder Hinsicht jämmerliche Existenz. Und er würde sie für den Rest seines Lebens ertragen müssen.

Nach dem Tod seiner Eltern war John vom College nach Hause zurückgekehrt, um alles zu regeln. Dann war er mit einem Sportstipendium wieder zur Schule gegangen, nur um sich die Rotatorenmanschette im Schulterbereich kaputt zu machen. Für einen Werfer beim Baseball war das so ziemlich der Todesstoß. Im darauffolgenden Jahr wurde das Stipendium gestrichen. Da John die Mittel fehlten, ohne Zuwendungen weiterzustudieren, hatte er das College ohne Abschluss verlassen. Wiederholte Versuche, ein Geschäft zu gründen, waren wegen Geldmangel gescheitert. Anscheinend hatten alle, die so lange unter dem Joch der Barons gelebt hatten, ihren Spaß daran, dem überlebenden Familienmitglied jede Hilfe zu verweigern.

Als auch die letzten Betriebe hatten schließen müssen, machten die entlassenen Arbeiter – und mit ihnen die ganze Stadt – eine einzige Person für ihr Unglück verantwortlich, obwohl die Minen und Fabriken schon seit Jahren von anderen Besitzern geführt worden waren. John Baron hatte die ganze Wucht des Unmuts zu spüren bekommen. Es hatte sogar eine Petition gegeben, den Namen der Stadt zu ändern. Aber sie war gescheitert. Vermutlich wollten die Bürger den Namen behalten, damit sie die Barons auch weiterhin für ihre Probleme verantwortlich machen konnten.

John Baron war zum Aussätzigen geworden. Er hätte wegziehen können. Hätte einfach das Haus, die Stadt und dieses lausige

Leben hinter sich lassen können. Aber das hatte er nicht. Er wusste nicht genau, ob es Sturheit, Verrücktheit oder eine Mischung aus beidem war. Etwas in seinem Kopf hatte ihn daran gehindert, alles aufzugeben und irgendwo neu anzufangen. Und wie er herausgefunden hatte, konnten Dinge im Kopf eines Menschen sehr mächtig sein.

Außerdem hatte er genug Grundbesitz verkauft und genug Schulden beglichen, um hier weiterleben zu können. Nicht im Luxus, nicht einmal komfortabel, aber für die nackte Existenz reichte es. Im Laufe der Jahre war jeder Ehrgeiz Johns verflogen, mehr zu schaffen.

Während er in die Nacht hinausschaute, war er sich nur zu gut der Tatsache bewusst, dass er hoffnungslos versaut hatte, was einst als vielversprechendes Leben seinen Anfang genommen hatte.

Und mit ihm zusammen war auch die Stadt immer mehr verfallen.

Einst bewohnte Häuser und florierende Läden standen leer. Die mächtigen Fabriken und Minen, die seine Ahnen aufgebaut hatten, gab es nicht mehr.

Baronville war als Teil eines Traums von Ruhm und Reichtum entstanden. John Baron der Erste hatte diesen Traum gehabt und ihn zum größten Teil verwirklicht. Nun aber hatte sich der Traum von einst in einen Albtraum verwandelt.

Von seinem hohen Aussichtspunkt schaute John Baron oft den Begräbnisprozessionen zu, die langsam zu einem der städtischen Friedhöfe zogen. Friedhöfe, die seit langer Zeit voll belegt waren. Baron wusste, dass es in dieser Stadt viel zu oft zu tödlichen Überdosen kam. Nachdem die Leute nach dem Niedergang von Baronville jede Hoffnung verloren hatten, wandten sie sich Nadeln und Pillen zu, damit sie eine Zeit lang vergessen konnten, wie hoffnungslos und verzweifelt ihr Leben war.

Doch John hatte auch die Umzugswagen gesehen, die neue Familien mit frischer Hoffnung brachten. Er wusste nicht, ob sie nur von den Resten des Kadavers dieser Stadt fressen wollten. Er wusste nicht, ob die Stadt eine vernünftige Chance hatte, von vorn anzufangen.

Vielleicht gab es diese Chance.

John Baron betrachtete den Untergang der Schöpfung seiner Familie als persönliches Versagen, obwohl dieser Niedergang völlig außerhalb seiner Kontrolle gelegen hatte. John wusste, das würde sich niemals ändern. Darüber hinaus würde die Stadt ihn nie vergessen lassen, dass er sie im Stich gelassen hatte – und daran gab es nichts zu rütteln.

Baron erhob sich hinter seinem Schreibtisch.

Es war noch zu früh, um zu Bett zu gehen. Außerdem gab es einen Ort, den er aufsuchen wollte. Es war so etwas wie ein Ritual für ihn geworden.

Er verließ das Haus durch die Küchentür und betrat die Garage, die für sechs Autos gebaut war, in den vergangenen dreißig Jahren jedoch nur ein einziges Fahrzeug beherbergt hatte.

Es war der hellblaue 1968er Suburban des Gärtners. Nach dem Tod seiner Eltern hatte Baron die wenigen letzten Bediensteten entlassen müssen. Den Gärtner jedoch hatte er behalten, denn das Anwesen musste in Schuss gehalten werden. Das hatte sich erst nach dem Verkauf des Grundbesitzes geändert. Der Gärtner, damals fast neunzig, hatte Baron seinen Wagen überlassen und war zum Sterben in ein Altersheim in der Nähe gezogen. Er hatte seine Frau um Jahre überlebt.

Es war von Vorteil, dass Baron auf dem College Ingenieurwissenschaften studiert hatte. Damals schien er intuitiv begriffen zu haben, wie jede Art von Maschinerie funktionierte; es war ihm angeboren. Deshalb hatte er den Suburban über die vielen Jahre hinweg in Schuss halten können. Aber jetzt, nach fünf Jahrzehnten, wusste er nicht, wie viel Leben noch in dem Fahrzeug steckte.

Oder wie viel Leben noch in mir selbst steckt.

Er stieg in den SUV, ließ den Motor an und fuhr aus der Garage. Das Tor funktionierte schon lange nicht mehr, also ließ er es offen. Den Autoschlüssel bewahrte er unter der Sichtblende auf.

Er fuhr den Berg hinunter und durch die Viertel, die sich auf dem Land der Barons ausgebreitet und einst die beste Sicht auf die Stadt geboten hatten. Abgesehen von seiner Villa, versteht sich.

John Baron gelangte zur Hauptstraße und trat aufs Gaspedal.

Seine Taschen waren voller Geld. Er hatte vor, es auszugeben.

In der Mercury Bar. Es war der einzige Ort in der Stadt, an dem er das Gefühl hatte, ein bisschen Frieden zu finden.

Er parkte am Bordstein und stieg aus.

Die Smokingjacke ließ er im Wagen. Schließlich war er in der Stadt auch dann ein leichtes Ziel, wenn er nicht so exzentrisch aussah.

Er war ein Baron. Der letzte.

Und wenn meine Gesundheit mitmacht, muss ich diesen Scheiß vielleicht noch dreißig Jahre ertragen, dachte er voller Bitterkeit.

Da war es kein Wunder, dass er einen Scotch mit Soda brauchte. Oder auch zwei oder drei.

Doch an diesem Abend würde John Baron mehr als nur einen Drink bekommen.

12

Baron schloss die Augen, seufzte leise und hielt die Hände um das Glas. Er wusste nicht mehr, sein wievielter Drink es war, aber alle waren runtergegangen wie Öl.

Dann waren die drei Penner aufgetaucht, um ihm den Spaß zu verderben.

Was fast noch besser war als die Drinks.

»Du bist doch dieser John Baron, oder?«

Baron schlug die Augen auf und schaute zu den drei Schlägertypen, die neben ihm an der Theke standen.

Die junge Frau hinter dem Tresen polierte nervös ein Glas und beobachtete die sich anbahnende Konfrontation.

Baron hob das Glas an die Lippen, trank einen Schluck und ließ den sanften, mit Soda verdünnten Scotch durch seine Kehle laufen. Mit einem Knall stellte er das Glas ab. »Bin ich. Gibt's ein Problem?«

Die Typen trugen schmutzige Jeans, T-Shirts und übergroße Sneakers ohne Schnürsenkel. Zwei von ihnen trugen Kappen mit dem Logo der Pittsburgh Steelers.

Der Größte aus dem Trio, ein Kerl mit wucherndem Bart, grinste boshaft. »Probleme? Wir haben keine Probleme, Alter. Vielleicht hast du welche.«

»Zum Beispiel?«

»Deine verdammte Familie hat die ganze Stadt beschissen.«

»Und wie soll sie das gemacht haben?«

»Sie hat die Minen geschlossen. Und die Fabriken.«

»Nachdem sie das alles jahrzehntelang erfolgreich geführt und dem größten Teil der Stadt Arbeit und Brot gegeben hat? Vielleicht auch euren Eltern. Und Großeltern. Und Urgroßeltern.« Er nahm wieder einen kleinen Schluck. »Ich wüsste nicht, dass wir Barons überhaupt jemanden beschissen haben.«

»*Mir* gibst du keinen Job«, sagte der Bärtige.

»Ich wusste nicht, dass es mein Job ist, dir einen Job zu geben«, erwiderte Baron.

Der zweite Mann, in eine speckige Lederjacke gekleidet, meldete sich zu Wort. »Du wohnst doch in dem protzigen Palast oben auf dem Berg? Hältst dich für was Besseres, was?«

»Ich halte mich nicht nur für was Besseres, ich bin was Besseres. Und was die Villa angeht – das Aussehen kann täuschen.«

»Meine Mutter sagt, du hättest dort alte Münzen und Juwelen versteckt. Dass du nur so tust, als wärst du 'n armes Schwein. Und dass es«, Lederjacke kicherte, »in deiner Familie 'ne Menge Inzucht gab. Die eigene Schwester heiraten und so. Da kommen nur Idioten bei raus.«

»Ich habe keine Schwester. Und ich bin ledig. Und ich gebe nicht vor, arm zu sein. Und jetzt verpiss dich, Kumpel.«

»Verdammte Großschnauze!« Der Bärtige rammte Baron mit solcher Wucht, dass er beinahe vom Barhocker geflogen wäre.

»Bringt mich nicht dazu, die Cops zu rufen«, sagte die junge Frau hinter der Theke drohend. »Lasst den Mann in Ruhe.«

»Lässt du immer Frauen deine Kämpfe austragen, Baron?« Lederjacke gluckste höhnisch.

»Ich warne euch!« Die Frau hinter der Theke griff nach dem Handy.

Wieder versetzte der Bärtige Baron einen Stoß. »Du Warmduscher! Dich hinter einer Tusse zu verstecken!«

Baron schüttete ihm den Rest seines Drinks ins Gesicht.

»Vorsicht, Kumpel.« Er stand auf und überragte alle anderen.

Scotch und Soda tropften dem Mann vom Gesicht. Seine Faust schoss auf Baron zu. Der fing sie beinahe lässig ab, riss sie herum und drehte dem Bärtigen den Arm hinter den Rücken. Ein kräftiger Stoß schickte ihn zu Boden. Baron duckte sich unter dem Schlag des zweiten Mannes, holte seinerseits aus und traf den Gegner am Kinn.

Der dritte Mann schmetterte ihm von hinten die Faust in die Nieren. Baron taumelte, stieß gegen die Theke.

Sofort sprangen die beiden angeschlagenen Kerle auf und schlugen und traten auf den Wehrlosen ein. Es waren noch andere Gäste im Raum, aber keiner von ihnen schien verhindern zu wollen, dass John Baron schlimme Prügel bezog.

Mit einer Ausnahme.

»FBI!«

Decker, der die Kneipe in diesem Moment betreten hatte, zog seine Waffe und richtete sie auf die Schläger.

Die Kerle erstarrten.

»Weg von dem Mann. Wird's bald!«

Die Schläger gehorchten widerwillig. Nachdem sie sich zurückgezogen hatten, warf Decker Baron einen Blick zu. »Sind Sie verletzt?«

Mühsam kämpfte Baron sich auf die Beine. Als er stand, musste er sich an der Theke festhalten. Stöhnend hielt er sich die Seite. Seine Lippen waren blutig, und sein rechtes Auge schwoll an. Er rieb sich den Rücken, streckte sich. »Kein bleibender Schaden, wie's aussieht«, murmelte er, verzog dabei aber schmerzvoll das Gesicht.

»Der Typ hat mir seinen Drink ins Gesicht geschüttet«, fauchte der Bärtige. »Er hat angefangen.«

»Das ist nicht wahr!«, rief die junge Frau hinter der Theke. »Angefangen habt ihr Idioten.«

»Drei gegen einen.« Decker starrte die Schläger verächtlich an. »Und ihr seid halb so alt wie er. Was seid ihr denn für welche?«

»Sie hätten die Typen nicht aufhalten müssen«, sagte Baron.

»Was?«, fragte Decker.

Baron wandte sich an die Frau, die den Notruf wählen wollte. »Nicht nötig. Diese jungen Männer sind offenbar angetrunken. Sie hatten bestimmt nichts Böses im Sinn.«

»Ich glaube, die hatten sogar eine *Menge* Böses im Sinn«, hielt Decker dagegen. »Mit Ihnen.«

Baron schüttelte den Kopf. »Es hat keiner etwas davon, sie verhaften zu lassen. Dabei könnte höchstens noch mehr Schaden entstehen.«

»Sind Sie sicher?«

»Ziemlich. Trotzdem, vielen Dank für Ihr Eingreifen.«

Decker musterte die Schläger mit drohenden Blicken. »Wenn ihr auch nur auf die Idee kommt, dem Mann etwas anzutun, gehören eure Ärsche mir. Kapiert?«

Der Bärtige starrte Decker finster an, während er sich Scotch aus den Augen wischte. »Was Sie nicht sagen.«

Decker steckte die Pistole weg, packte den Mann am T-Shirt und rammte ihn gegen die Wand. »Ich wollte wissen, ob du verstanden hast.«

»Ja, ja! Ich hab verstanden! Scheiße auch!«

Decker ließ ihn los und stieß ihn zum Ausgang. »Raus hier!«

Die drei Schläger setzten sich langsam in Bewegung. Sie warfen noch böse Blicke auf Decker und Baron, dann knallte der Letzte von ihnen die Tür hinter sich zu.

»Worum ging es überhaupt?«, fragte Decker.

»Haben Sie das nicht mitgekriegt?«

»Nein. Da bin ich wohl zu spät gekommen.«

»Im Grunde geht es darum, dass diese Stadt zum Teufel geht und dass es meine Schuld ist.«

»Was Sie nicht sagen«, murmelte Decker.

Baron nickte. »Den Vorwurf höre ich nicht zum ersten Mal, und es wird bestimmt nicht das letzte Mal gewesen sein.«

»Dann hegen die Leute hier einen Groll auf Sie?«

»Die Leute hier hegen nicht nur *einen* Groll auf mich. Darf ich Sie zu einem Glas einladen? Als Dank?«

Decker setzte sich an die Theke, und Baron kauerte sich auf seinen Hocker.

Er streckte die Hand aus. »Ich habe mich noch nicht vorgestellt. John Baron der Vierte.«

Decker schüttelte ihm die Hand. »Amos Decker. Wenn ich es richtig verstanden habe, ist die Stadt nach Ihrer Familie benannt.«

»So ist es. Früher war das mal eine gute Sache. Eine Sache des Stolzes. Aber ich fürchte, so ist es nicht mehr. Vermutlich ist Ihnen das schon von alleine aufgefallen.«

Die Frau hinter der Theke reichte Baron einen Plastikbeutel voll Eis. »Was immer Sie möchten, John, geht aufs Haus. Und nehmen Sie den hier.«

»Nett von Ihnen, Cindi.« Baron drückte den Beutel auf die Schwellung unter dem Auge, lächelte die junge Frau an und bestellte einen neuen Scotch mit Soda. Decker nahm ein Bier.

»Sind Sie geschäftlich in der Stadt?«, fragte Baron.

»Urlaub.«

Baron musterte ihn erstaunt. »Sie sind hier, um Urlaub zu machen?«

»Meine Partnerin hat hier Familie. Sie ist zu Besuch. Ich bin nur mitgekommen. Wir wohnen bei ihrer Schwester.«

Baron trank einen Schluck. »Und wo ist Ihre Partnerin jetzt?«

»Zu Hause. Ich konnte nicht schlafen.«

»Gefällt es Ihnen in unserem kleinen Paradies?«

»Kann ich nicht behaupten. Liegt vielleicht an den Morden.«

Baron nickte nachdenklich. »Ich habe davon gehört. Scheußlich, die Sache. Aber schlechte Zeiten bringen nun mal Schlechtes hervor.«

»Das ist Ihre Erklärung?«

»Ich habe keine Erklärung. Ich bin nur ziemlich voll und quassele dummes Zeug.«

»Tun Sie das öfter?«

»Ich habe sonst nicht viel zu tun. Einmal die Woche komme ich für ungefähr eine Stunde her, dann fahre ich wieder nach Hause und gehe nicht mehr vor die Tür, bis ich wieder in diese Kneipe komme. Abgesehen von kurzen Besorgungen. Sonst habe ich keine Verpflichtungen, die dieser kleinen Routine in die Quere kommen.«

»Schön für Sie.«

»So schön nun auch wieder nicht. Als Sie reinkamen und ›FBI‹ riefen … Sind Sie wirklich Special Agent, oder war das übertrieben?«

»Ich bin nur ein ganz normaler Cop, aber ich arbeite für das Bureau.«

»Wo kommen Sie her?«

»Burlington, Ohio. Ebenfalls eine Stadt im Rostgürtel.«

»Tatsache? Haben Sie sich über die Geschichte Baronvilles informiert? Darüber, wie viel Schuld meine Familie am Untergang der Stadt hat?«

»Flüchtig.«

»Wissen Sie, zum Teil stimmt das sogar. Die Stadt wurde gegründet, weil mein Ahnherr, nach dem ich benannt wurde, ein reichhaltiges Kohlevorkommen fand. Ein Großteil davon ging nach Pittsburgh an die Stahlwerke und die Hochöfen dort. Deshalb ließ er hier Kokereien bauen. Danach Textilfabriken. Dann stieß er auf Erdgas. Er hatte überall die Finger drin, und ein großer Teil von Baronville gehörte ihm. Der überwiegende Teil der Stadt stand auf seiner Lohnliste. Er war ein Hansdampf in allen Gassen mit bedeutend mehr Glück und kapitalistischem Antrieb, als seine Familie seither erlebt hat.«

»Von seinen vielen Geschäftsgründungen habe ich gehört. Aber das mit dem Stahl war mir neu.«

Baron nickte. »Der Koks, den man bei der Stahlherstellung benutzt, wird aus Kohle gewonnen, die einem Destillationsprozess unterworfen wird. Damals gab es hier Kohle im Überfluss, also war sie relativ billig. Stahlmagnaten machten damals Millionen, genau wie ihre Zulieferer. Was das angeht, hielt John Baron senior sich an ein bewährtes Rezept. Soviel ich weiß, war er ein skrupelloser Mann. Er zerschlug Gewerkschaften, bestach korrupte Politiker, verschmutzte die Flüsse, die Luft und den Boden. Er zahlte seinen Arbeitern so wenig wie möglich und behandelte die Menschen im Allgemeinen so schlecht, wie er nur konnte. Er häufte ein gewaltiges Vermögen an. Seine Nachkommen haben gut davon gelebt.«

»Aber dann ging alles den Bach runter?«

»So ist es doch fast immer. Amerika mag im Allgemeinen keine Wirtschaftsdynastien. Familien wie die Rockefellers sind eher die Ausnahme von der Regel. Wir steigen durch unsere eigenen Fähigkeiten auf – zumindest ist das die Theorie. Ich vermute allerdings, auf der Forbesliste stehen genug Leute, die ihr Geld geerbt haben, sodass diese Annahme widerlegt sein dürfte.«

»Aber Ihre Familie hatte immer noch Geld?«

»Ein bisschen. Eine Zeit lang.«

»Kannten Sie einen der Ermordeten?«, fragte Decker abrupt.

Baron warf ihm einen neugierigen Blick zu. »Das ist aber ein plötzlicher Themenwechsel. Wieso fragen Sie?«

»Ich bin Cop. Ich stelle nun mal Fragen, um Verbrechen aufzuklären.«

»Wer waren die Mordopfer noch mal?«

Decker sagte es ihm. »Die letzten beiden wurden noch nicht identifiziert.«

»Ich wüsste nicht, dass ich einen von denen gekannt hätte.«

Decker entging Barons Zögern nicht. »Sind Sie sicher?«

Baron hielt sein Glas hoch. »Ich bin mir nur selten sicher. Erst recht nicht in der Mercury Bar.«

Decker musterte die Frau hinter der Theke, die ihrem Gespräch aufmerksam lauschte, wobei sie vorgab, den Tresen zu polieren. Mit ihrem schulterlangen blonden Haar, der schlanken Figur in den schwarzen Jeans und der ärmellosen Bluse, die ihre gebräunten Arme enthüllte, sah sie hübsch aus.

Decker richtete die Aufmerksamkeit wieder auf Baron. »Kommen Sie wirklich jede Woche her?«

»Sonst gibt es hier ja nichts.« Er sah die Frau an. »Und mir gefällt die Gesellschaft hier.«

Cindi lächelte. Dann bemerkte sie Deckers Blick und kümmerte sich rasch um die schmutzigen Gläser, die sie in die Spülmaschine gegenüber der Theke legte.

»Könnte ich Ihre Adresse haben?«, fragte Decker.

»Wozu?«, wollte Baron wissen.

»Das habe ich Ihnen bereits gesagt. Ich bin Cop, der ein Verbrechen aufklären will.«

»Dann kommen Sie zum höchsten Punkt der Stadt. Dort werden Sie das größte und hässlichste Haus von ganz Baronville entdecken. Allerdings funktioniert die Klingel nicht mehr, und ich bin kein Frühaufsteher.«

Baron leerte sein Glas, gab der jungen Frau ein Zeichen und schob ein paar Scheine über die Theke. »Danke, Cindi. Bis zum nächsten Mal.« Er klopfte Decker auf die Schulter. »Vielen Dank, Mr. Decker, dass Sie mir den Hintern gerettet haben.«

Er ging auf unsicheren Beinen zum Ausgang.

»Können Sie überhaupt noch fahren?«, rief Decker ihm hinterher.

Baron drehte sich um, verneigte sich und hob eine Hand. »Auf gar keinen Fall, aber ich werde mich trotzdem tapfer bemühen. Schließlich stehen die Chancen gut, dass alles, was ich über den Haufen fahre, auf irgendeine Weise mit meiner Familie zu tun hat. Was meine Haftung auf jeden Fall mindern wird.«

Decker sah ihm ein paar Augenblicke lang hinterher, dann wandte er sich wieder der Frau hinter der Theke zu.

Aber sie war ebenfalls verschwunden.

13

Akten, Akten, Akten.

Papierleichen, an denen kaum noch Fleisch war.

Decker ließ die letzte Akte auf den Stapel in der Tischmitte fallen, lehnte sich zurück und atmete die abgestandene Luft ein, die in der Polizeizentrale am Baron Boulevard zu stehen schien. Das Rathaus von Baronville war direkt nebenan.

Jamison saß Decker gegenüber und machte sich Notizen. Dank seines perfekten Erinnerungsvermögens musste Decker sich niemals diese Mühe machen. Müßig sah er ihr dabei zu, wie ihr Stift über das Papier glitt.

Einen Augenblick später öffnete sich die Tür. Detective Green trat ein.

»Glück gehabt?« Er schob sich einen Kaugummi in den Mund.

Jamison las den Satz zu Ende, den sie begonnen hatte, und schaute auf.

Decker schloss die Augen. »Joyce Tanner und Toby Babbot waren arbeitslos. Michael Swanson war Drogenhändler. Bradley Costa war Geschäftsführer einer Bank. Sie alle lebten allein. Keine Familie. Tanner war einmal verheiratet, hatte sich aber scheiden lassen.«

Green schloss hinter sich die Tür und setzte sich Decker gegenüber. »Okay, aber das wussten wir schon.«

Decker öffnete die Augen und schaute zu Jamison. »Worin bestand Babbots Behinderung, Alex?«

»In der Akte steht lediglich, dass er erwerbsunfähig war«, erklärte Jamison. »Keine weiteren Angaben.«

»Ist das von Bedeutung?«, wollte Green wissen.

»Alles ist von Bedeutung, bis man nachweisen kann, dass es nicht so ist«, erklärte Decker.

»Ich prüfe es nach.« Green lehnte sich zurück. »Sonst ist Ihnen nichts ins Auge gesprungen?«

Bevor Decker oder Jamison antworten konnten, öffnete sich die Tür erneut. Lassiter trat ein. Sie trug eine beige Jacke, einen knielangen Rock und Schuhe mit halbhohen Absätzen. Das Haar fiel offen bis auf die Schultern.

»Hab ich was verpasst?« Sie setzte sich neben Green.

»Nicht viel«, erwiderte ihr Partner. »Nur eine Nachfrage, die möglicherweise von Bedeutung ist … oder auch nicht.«

Decker starrte auf die gegenüberliegende Wand. »Gestern Abend habe ich John Baron kennengelernt.«

Jamison hob erstaunt den Blick, sagte aber nichts.

Decker fuhr fort: »Drei junge Typen waren gerade dabei, ihn zu verprügeln. Ich bin eingeschritten. Aber er wollte keine Anzeige erstatten.« Er blickte zu Green. »Haben Sie eine Ahnung, was der Grund dafür sein könnte?«

Green zuckte die Achseln. »Schuldgefühle vielleicht.«

»Weswegen?«

»Das ist eine komplizierte Sache«, warf Lassiter ein.

»Ich habe viel Zeit.« Decker faltete die Hände vor dem Bauch und musterte sie erwartungsvoll. »Technisch gesehen bin ich im Urlaub.«

Lassiter wechselte einen unbehaglichen Blick mit Green. »Okay … Im Grunde haben die Barons diese Stadt ausgebeutet und ihre Unternehmen dann an Firmen verkauft, die einige Zeit später sämtliche Betriebe dichtgemacht haben. Die Barons lebten in Saus und Braus oben auf dem Berg, während die Stadt leiden musste und langsam starb. Und wir sterben immer noch.«

»Hatte der jetzige John Baron damit zu tun?«, fragte Decker.

Lassiter schüttelte den Kopf. »Nein. Beim Tod seiner Eltern war er auf dem College. Aber seitdem wohnt er dort oben.«

»Warum gibt man ihm die Schuld am Niedergang der Stadt?«, fragte Jamison.

»Er ist ein Baron«, sagte Green.

»Der nur deshalb schuldig ist, weil er zur Familie gehört?«

»Ich behaupte ja nicht, dass das fair ist, aber so ist es nun mal«, erwiderte Green. »Ich persönlich habe nichts gegen den Mann. Er hat weder mir etwas getan noch jemandem, an dem mir etwas liegt.«

»Wie schön für dich«, sagte Lassiter.

Jamison schaute sie verwundert an. »Bei Ihnen sieht die Sache offenbar anders aus. Hat Baron *Ihnen* etwas getan?«

Lassiter hob die Hand. »Das hat nicht das Geringste mit diesem Fall zu tun.«

»Und um Sie zu zitieren …« Green nickte Decker zu. »Ich verstehe nicht, wie dieser kurze Abstecher in die unerfreuliche Geschichte von Baronville uns bei der Aufklärung von sechs Morden helfen soll.«

»Ich habe Baron gefragt, ob er eines der Opfer kannte, was er verneint hat.«

»Abgesehen von diesem Banker kann ich mir das auch nicht vorstellen«, bemerkte Lassiter. »Ein kleiner Drogenhändler bewegt sich nicht gerade in denselben Kreisen wie John Baron.«

»Das muss nichts zu bedeuten haben«, widersprach Decker. »Baron könnte Swanson oder einen der anderen trotzdem gekannt haben.«

»Sie glauben Baron also nicht?«, fragte Green.

»Ich glaube niemandem, jedenfalls nicht sofort.«

»Na toll. Und wie soll es jetzt damit weitergehen?« Green zeigte auf den Aktenstapel.

»Wir müssen sämtliche Opfer noch einmal durchgehen«, erklärte Decker. »Ich glaube immer noch, sie haben miteinander zu tun.«

»Aber das haben wir schon zum x-ten Mal getan!«, protestierte Green.

»Trotzdem«, beharrte Decker. »Deshalb brauchen wir die Schlüssel zu den Wohnungen sämtlicher Mordopfer.«

»Aber wir haben die letzten beiden Toten noch nicht einmal identifiziert«, sagte Lassiter.

»Aber die anderen vier.«

Green seufzte. »Und ich hatte geglaubt, ihr Feds schneit hier rein und löst diesen Fall über Nacht. Das war dann wohl Wunschdenken.«

»Hat Lassiter Sie über die Feststellung des Todeszeitpunkts durch Ihren sogenannten Gerichtsmediziner und die damit verbundenen Pannen informiert?«, fragte Decker.

Green schaute betreten drein. »Ja, hat sie. Schmeißfliegen und Totenflecke. Das war wirklich eine gute Beobachtung. Wir sehen uns das alles noch einmal an.«

»Tun Sie das. Und sagen Sie Ihrem Gerichtsmediziner, er soll herausfinden, ob das Blut am Tatort Schweineblut ist. Das wird er vermutlich hinkriegen, ohne es zu versauen.«

»Schweineblut?« Green runzelte die Stirn. »Wie in aller Welt kommen Sie denn darauf?«

»Schauen Sie sich alte Krimiserien an?«

»So was wie *Law & Order*?«

»Älter.«

»Was hat das denn damit zu tun?«, wollte Lassiter wissen.

»Möglicherweise alles«, antwortete Decker.

14

»Schweineblut?«, fragte Jamison, als sie und Decker im Auto saßen.

»Nur ein Schuss ins Blaue. Warten wir ab, was dabei herauskommt.«

»Du hast mir gar nicht erzählt, dass du gestern Abend John Baron kennengelernt hast.«

»Jetzt weißt du's.«

»Wie war er denn so?«

»Groß, schlank, dichtes graues Haar, in den Fünfzigern. Ein gut aussehender Typ. Elegant, wie ein Filmstar oder Model. Gebildet, drückt sich wohlüberlegt aus. Aber auch schlagfertig. Und obwohl die Angreifer jünger waren als er, hat er denen ganz schön eins verpasst, bevor sie die Oberhand gewannen. Der Mann kann kämpfen.«

»Er wurde in der Mercury Bar angegriffen?«

Decker nickte. »Drei Trottel, die offenbar einen Hass auf die Barons haben.«

»Glaubst du wirklich, Baron hat mit den Morden zu tun?«

»Keine Ahnung. Aber als ich ihn gefragt habe, ob er eines der Opfer kennt, hat er verneint.«

»Und?«

»Ich hab's ihm nicht abgenommen.«

»Warum?«

»Ein Bauchgefühl.«

»Dein Bauch hat sich noch jedes Mal als ziemlich verlässlich erwiesen.«

»Kein Wunder. Er ist ja groß genug.«

»Wohin jetzt?«

»Zur Wohnung von Joyce Tanner. Wir nehmen uns ein Mordopfer nach dem anderen vor.«

*

Joyce Tanner hatte in einer Kellerwohnung in einem klapprigen Holzhaus gewohnt, das aussah, als würde der nächste Windstoß es zum Einsturz bringen.

Green hatte Decker den Schlüssel gegeben.

»Es überrascht mich, dass Green und Lassiter nicht darauf bestanden haben, uns zu begleiten«, bemerkte Jamison, als sie sich in dem kleinen Wohnzimmer umsahen.

»Offenbar sind sie enttäuscht, dass wir den Fall noch nicht gelöst haben. Green hat es ja auf wenig subtile Weise angedeutet. Ich glaube nicht, dass sie noch Zeit mit uns verschwenden wollen. Lassiter wollte uns ja von Anfang an nicht dabeihaben.«

»Das könnte sich geändert haben. Lassiter und ich verstehen uns ganz gut. Die Barons allerdings kann sie wirklich nicht ausstehen.«

»Zieht man in Betracht, was ich gestern Abend mitbekommen habe, bezweifle ich, dass man hier viele Leute findet, die die Barons mögen. In der Kneipe hielten sich ungefähr zwanzig Gäste auf. Keiner davon hat auch nur einen Finger gerührt, um Baron zu helfen. Sie haben nicht mal die Cops gerufen.« Er hielt inne. »Nur die Frau hinter der Theke schien Baron zu mögen. Und er mochte sie definitiv.«

»Die Wohnung sieht aufgeräumt aus«, meinte Jamison nach einem Blick in die Runde.

»Ja. Und es wurde bereits nach Fingerabdrücken gesucht, also brauchen wir keine Latexhandschuhe. Machen wir uns an die Arbeit.«

*

»Hier gibt's nicht viel«, sagte Jamison am Ende ihrer Suche. »Was wohl mit ihren persönlichen Besitztümern passiert?«

»Green hat etwas von einer entfernten Cousine aus Kentucky gesagt, die anreist.«

»Ganz schön spät.«

»Anscheinend ist es die einzige Angehörige. Sie und ihr Ex haben sich vor langer Zeit scheiden lassen, und er hat die Gegend verlassen. Keine Kinder.«

Decker setzte sich aufs Bett und ließ den Blick schweifen. Mehr als alles andere gefiel es ihm, dank seines erstaunlichen Erinnerungsvermögens Ungereimtheiten zu entdecken. Falls etwas nicht ins Bild passte, wie scheinbar unbedeutend es auch sein mochte – Decker fand es.

Doch irgendwie ließ diese Methode ihn hier im Stich.

Sein gesunder Menschenverstand jedoch arbeitete schnell und präzise.

»Green zufolge hat Tanner ungefähr ein Jahr lang hier gewohnt«, bemerkte er.

»Stimmt.«

»Außerdem stand in der Akte, dass ihr vor sechs Monaten bei JC Penney gekündigt wurde und dass sie seitdem arbeitslos war.«

»Richtig.«

»Wie hat sie die Miete und alles andere bezahlt? Ihr Arbeitslosengeld konnte das alles unmöglich decken. Und hätte sie Geld gespart, hätte sie nicht in einer Bude wie der hier gewohnt. Eine

Abfindung hat sie auch nicht bekommen, als sie ihren Job als Verkäuferin verlor. Stand in der Akte.«

Jamison nickte. »Und sie hatte ein Auto. Kommen also noch Benzinkosten, Versicherung und so weiter dazu. Glaubst du, jemand hat ihr unter die Arme gegriffen?«

»Ich kann das Gegenteil nicht beweisen. Und das hier sieht nach der Art von Wohnhaus aus, aus dem man sofort rausfliegt, wenn die Miete zu spät kommt. Glaub mir, ich habe in solchen Häusern gewohnt.«

»Ich auch«, murmelte Jamison.

»Schauen wir uns ihr Auto an«, schlug Decker vor.

Der Wagen, ein zwölf Jahre alter grauer Nissan, parkte an der Straße. Mit einem der Schlüssel, die er von Green bekommen hatte, öffnete Decker die Wagentür.

»Sie war Raucherin.« Jamison wedelte mit der Hand vor dem Gesicht, um den Gestank zu vertreiben. »Wahrscheinlich reicht es, ein paar Tage in dieser Kiste zu sitzen, um Lungenkrebs zu bekommen.«

»Nun übertreib es mal nicht.« Decker zwängte sich auf den Fahrersitz des Kleinwagens und schaute sich um.

Jamison deutete auf ein paar Stoffwürfel, die am Innenspiegel hingen. »Ob sie gespielt hat?«

»Solche Stoffwürfel hängen bei vielen Leuten im Auto, ohne dass sie dem Glücksspiel frönen.«

»Ich hatte es als Scherz gemeint.«

»Soweit Green und Lassiter herausfinden konnten, wurde Tanner drei Tage vor ihrem Tod zum letzten Mal gesehen.«

»In drei Tagen kann viel passieren.«

»Wie hat sie wohl ihre Kreditkartenrechnung bezahlt?«

»Vielleicht gibt es ja doch eine geheime Geldquelle, die möglicherweise mit ihrer Ermordung zu tun hat. Drogen? Zumindest würde sie das mit Swanson in Verbindung bringen.«

Sie stiegen aus dem Wagen. Decker ging um das Fahrzeug herum. Am linken Hinterreifen blieb er stehen und ließ sich auf ein Knie nieder. Mit dem Autoschlüssel pulte er irgendetwas aus dem Reifenprofil und hielt es in die Höhe.

»Ein Nagel«, sagte Jamison.

»Genauer gesagt ein Streifennagel, wie er in Nagelpistolen verwendet wird.«

»Den könnte sie sich überall eingefangen haben.«

»Glaube ich nicht. Sieh dir den Reifen an.«

Jetzt, da der Nagel herausgezogen war, sank der Reifen in sich zusammen. Das Zischen der entweichenden Luft war deutlich zu hören.

»Der Nagel ist nicht verrostet oder beschädigt. Hätte er länger im Reifen gesteckt, und sie wäre gefahren, hätte er sich tiefer ins Gummi gedrückt. Die Luft wäre entwichen und der Reifen irgendwann platt gewesen. Und dieser Reifen sieht neuer aus als die anderen. Der Inspektionsaufkleber auf der Windschutzscheibe verrät, dass Tanner diesen Monat zur Inspektion war. Ich wette, der alte Reifen wurde beanstandet, und sie musste ihn durch den hier ersetzen.«

»Trotzdem könnte sie sich den Nagel überall eingefangen haben. Zum Beispiel auf dem Parkplatz eines Baumarkts.«

»Kann sein, aber Nägel wie der hier stecken in einer Art Streifen, wie der Munitionsgürtel bei einem Maschinengewehr. Die fallen nicht einfach so raus.«

Jamison knipste mit der Handykamera den Reifen und den Nagel. »Sonst noch was?«

»Tanners Auto steht hier, also ist sie nicht zu dem Haus gefahren, in dem man ihre Leiche fand. Es sei denn, der Mörder hat ihren Wagen zurückgebracht.«

»Vielleicht ist sie bei ihrem Mörder mitgefahren?«

»Oder bei Toby Babbot.«

»Decker, die Polizei kann keine Verbindung zwischen den beiden finden.«

»Die gibt es aber. Eine sehr enge Verbindung sogar.«

»Und welche?«

»Sie sind zusammen gestorben.«

15

Vor seinem Tod hatte Toby Babbot in einem alten, verbeulten Wohnwagen ein paar Meilen außerhalb der Stadt gehaust. Die Zufahrt bestand aus Kies und Erde; der Wohnwagen selbst stand in einem kleinen Kreis aus vergilbtem Gras inmitten eines dichten Waldstückes.

Jamison stoppte den SUV vor dem Wohnwagen. Kaum waren sie und Decker ausgestiegen, sahen sie einen flüchtigen Schatten an einem der vorderen Fenster des Wohnwagens. Sofort zog Decker die Waffe. »Da ist jemand drin«, zischte er Jamison zu, die ebenfalls ihre Pistole zückte.

Beide näherten sich langsam dem Wohnwagen.

Im nächsten Augenblick hörten sie schnelle Schritte auf der Rückseite des Gefährts. Jemand rannte davon.

Decker beschleunigte seine Schritte. Jamison blieb dicht hinter ihm. Sie erreichten die Ecke des Wohnwagens und blieben kurz stehen, ließen den Blick über das Gelände dahinter schweifen.

»Da!«, rief Jamison und zeigte auf die rechte Seite des Waldstückes.

Beide rannten los, erreichten die Baumgrenze und drangen in das Waldstück vor. Obwohl Decker groß, massig und nicht in bester Form war, bewegte er sich mit erstaunlicher Leichtigkeit zwischen den Bäumen hindurch. Doch er hatte den Flüchtenden bereits aus den Augen verloren und sah ein, dass eine weitere Verfolgung sinnlos war. Er blieb so abrupt stehen, dass Jamison gegen ihn prallte.

Keuchend sah Decker sich um. Die fernen Geräusche des Flüchtenden schienen aus allen Richtungen zu kommen.

»Wo ist er hin?«, fragte Jamison.

Decker fluchte leise. »Ich habe ihn verloren.«

Irgendwo schlug eine Wagentür zu, ein Motor dröhnte auf.

Sofort sprintete Decker los, doch als er zwischen den Bäumen hervorbrach, sah er nur noch zwei Rücklichter auf einer Schotterstraße in der Ferne verschwinden.

Sekunden später holte Jamison ihn ein. Erschöpft stützte sie beide Hände auf die Oberschenkel und schnappte nach Luft.

»Ich ziehe dich nie wieder damit auf, dass du außer Form bist«, stieß sie schwer atmend hervor.

Decker richtete sich auf. »Verdammt, ich war nicht schnell genug«, schimpfte er. »Ich konnte nicht erkennen, ob es ein Mann oder eine Frau war. Nicht mal das Nummernschild von dem verfluchten Wagen konnte ich lesen!« Er trat gegen eine verrostete Dose, die auf dem Boden lag.

»Mehr war für uns nicht drin, Decker.«

»Vielleicht finden wir wenigstens heraus, wonach er oder sie gesucht hat.« Mürrisch stapfte Decker zurück zum Wohnwagen, gefolgt von Jamison.

Beide betraten das Gefährt durch die Hintertür.

»Hier ist niemand eingebrochen«, stellte Decker fest. »Und die Vordertür sieht auch nicht beschädigt aus.«

»Also war sie unverschlossen«, folgerte Jamison, »oder der Eindringling hatte einen Schlüssel.«

Das Innere des Wohnwagens machte nicht den Eindruck, als wäre es durchsucht worden. Allerdings lag überall irgendwelcher Kram herum, sauber gestapelt auf Tischen, Stühlen, Arbeitsflächen und dem Boden.

»Ein Messie«, sagte Decker. »Da kenne ich mich aus. Aber wenn man nicht viel hat, wirft man auch nichts weg.«

»Im Bericht stand, dass man hier nur Babbots Fingerabdrücke gefunden hat.«

Decker nickte. »Also hat es keine Besucher gegeben, es sei denn, sie trugen Handschuhe.«

»Aber gerade eben *gab* es einen Besucher«, stellte Jamison fest.

Nachdem sie mit der Durchsuchung fertig waren, lehnte Decker sich an die Wand der winzigen Küche. »Keine behindertengerechte Toilette, keine Haltegriffe im Bad, kein Rollstuhlzugang. Dafür leere Packungen von verschreibungspflichtigen Schmerzmitteln. Fragt sich nur, was unser Mr. Babbot hatte.«

»Green wollte es überprüfen.«

»Wäre es offensichtlich gewesen, hätte er sich die Mühe sparen können. Wo ist eigentlich das Auto von dem Kerl?«

Jamison blickte durch das Vorderfenster. »Vielleicht hatte er keins.«

»Er muss eins gehabt haben. Auf dem Boden sind Reifenspuren. Vermutlich hat er jedes Mal an derselben Stelle geparkt. Und hinter dem Wohnwagen liegen ein paar rostige Dosen Motoröl.«

»Vielleicht hat er seinen Wagen zu dem Haus gefahren, in dem seine Leiche gefunden wurde«, meinte Jamison.

»Das hätte in der Akte stehen müssen.«

Decker ging zu einem kleinen Tisch, der auf halbem Weg zwischen Küche und Wohnzimmer in die Wand eingebaut war. Dort lag ein großer Notizblock. Die erste Seite war aufgeschlagen.

Er setzte sich an den Tisch und besah sich den Schreibblock. »Was hältst du davon?«

Jamison schaute ihm über die Schulter.

»Ich habe so einen Block auf der Highschool für die Matheaufgaben benutzt, nur war er viel kleiner.«

Decker beugte sich vor, betrachtete das erste Blatt genauer. »Da sind Abdrücke.«

»Von dem, was er auf das Blatt darüber geschrieben hat?«

Decker nickte. »Ich glaub schon.«

Vorsichtig riss er das Blatt ab und reichte es Jamison, die es in eine Beweismitteltüte aus Plastik gab, die sie aus dem SUV mitgebracht hatte. Die Tüte steckte sie in die Tasche.

Decker griff sich ein paar Magazine von einem winzigen Tisch und blätterte sie durch, ebenso ein paar Bücher auf einem kleinen Regal. »Babbot hatte einen vielseitigen Lesegeschmack. Von Pornos über Maschinenbau, Waffen, Geschichte bis hin zu Verschwörungstheorien.«

»Sehr amerikanisch«, scherzte Jamison.

Decker nahm ein leeres Pillenfläschchen von der Küchentheke. »Das hier leider auch.« Er las das Etikett. »Percocet. Und in den anderen Flaschen waren Vicodin, Oxycontin, Tylox und Demerol. Alles hartes Zeug.«

»Und alle machen süchtig. Übermedikation. Einer der Gründe für unsere Opioid-Krise.«

»Dr. Freedman«, las Decker vom Etikett ab. »Der Name steht auch auf den anderen Fläschchen.«

»Dann dürfte dieser Freedman über Babbots Beeinträchtigung Bescheid wissen«, meinte Jamison.

Decker schürzte die Lippen. »Wie lange hat Babbot wohl hier gewohnt? Er bezog eine Erwerbsunfähigkeitsrente. Davon kann man kein Leben in Luxus führen. Und wenn er erst kürzlich umziehen musste, weil sich die Rechnungen stapelten, könnten wir vielleicht mit Nachbarn sprechen. Sie könnten etwas Brauchbares über Babbot wissen. Green hat diese Informationen bestimmt.« Er warf einen Blick durch das Hinterfenster. »Hier haben wir nur Eichhörnchen und Hirsche.«

»Was war das?«, sagte Jamison unvermittelt.

»Was?«

»Ich habe irgendwas gehört. Draußen, an der Vorderseite des Wohnwagens.«

Sie eilten zum Vorderfenster und schauten hinaus. Mittlerweile war es fast dunkel.

»Nichts zu sehen«, sagte Decker.

»Könnte ein Tier gewesen sein.«

Er schnupperte. »Riechst du das?«

Jamison sog die Luft ein. »Rauch?«

»Feuer«, sagte Decker.

Sie rannten zur Eingangstür. Decker griff nach dem Türknauf und drehte ihn, doch die Tür ließ sich nicht öffnen.

»Das Geräusch, das ich gehört habe!«, stieß Jamison hervor.

Decker rannte zur Hintertür. Auch sie ließ sich nicht öffnen.

»Beide Türen sind verrammelt«, rief er.

Ein lautes Fauchen ertönte, dann stand das eine Ende des Wohnwagens plötzlich in hellen Flammen. Sie schossen durch den Boden in die Höhe. Sekunden später brannten Wände und Decke lichterloh.

»O Gott!«, schrie Jamison. »Decker!«

Die Flammen rasten auf sie zu. Bücher und Magazine fingen Feuer. Dichter, beißender Rauch erfüllte das Innere des Wohnwagens. Jamison hustete krampfhaft. So schnell sie konnten, wichen sie und Decker vor dem herannahenden Feuer zurück, doch es gab keinen Weg nach draußen.

Bevor sie den Wohnwagen betreten hatten, war Decker ein Propangastank ungefähr in der Mitte der Rückwand aufgefallen. Sobald die Flammen den Tank erreichten, würde der Wohnwagen in die Luft fliegen.

Mittlerweile war der Rauch so dicht, dass Decker seine Partnerin kaum noch sehen konnte. Die Fenster waren viel zu klein, um hindurchkriechen zu können. Trotzdem packte er einen Stuhl, schlug eine der Scheiben ein, steckte den Kopf ins Freie und schnappte gierig nach Luft. Als seine Lunge gefüllt war, zog er den Kopf zurück, kämpfte sich durch den Rauch zur Eingangstür, feuerte auf das Schloss und stemmte sich dagegen. Sie rührte sich noch immer nicht.

»Alex! Spring auf meinen Rücken!«

»Was?«

»Huckepack! Los!«

Sie sprang hinauf und schlang die Beine um seine Hüften.

»Halt den Kopf unten!«, brüllte Decker.

Er wich ein paar Schritte zurück und stürmte los, warf sich gegen die Tür.

Sie verbog sich und gab ein Stück nach. Wieder trat Decker mehrere Schritte zurück, nahm die Schulter herunter, ging in die Hocke und stürmte erneut nach vorn. Die Tür flog aus den Angeln, wirbelte rauchend durch die Luft und landete im Gras.

Im nächsten Augenblick stolperte Decker auf den Yukon zu. Jamison klammerte sich noch immer an ihm fest.

Decker warf einen hastigen Blick zurück. Die Flammen hatten den Eingang erreicht, wo gerade eben noch die Tür gewesen war – ungefähr in der Mitte des Wohnwagens.

Der Propangastank!

Ihnen blieben nur noch Sekunden.

Schwankend rannte Decker mit seiner Last bis hinter den SUV und ließ sich auf die Knie fallen. Jamison löste sich von ihm und warf sich zu Boden.

»Unter den Wagen, Alex, schnell!«, keuchte Decker.

Er schob sie unter den Yukon, bis nur noch ihre Füße zu sehen waren. Er selbst war zu groß und massig, um unter das Fahrzeug zu passen, also warf er sich neben Jamisons Füßen zu Boden.

Im nächsten Augenblick erreichten die Flammen den Propangastank.

Die Explosion hob den Wohnwagen meterhoch von seinem Fundament aus Betonziegeln. Glühende Teile flogen in alle Richtungen. Trümmer stürzten aus dem dunklen Himmel und trafen den Yukon, den die Druckwelle der Detonation beinahe umgerissen hatte. Decker hörte, wie die Windschutzscheibe barst. Irgendetwas schlug mit lautem Krachen ins Wagendach.

Jamison schrie.

Decker hörte das Geräusch wie aus weiter Ferne, denn er hatte plötzlich das Gefühl, keine Luft mehr zu bekommen. Die Brust wurde ihm eng, als laste ein zentnerschweres Gewicht darauf.

Verdammt! Ein Herzinfarkt? Ausgerechnet jetzt?

Dann schoss irgendetwas aus dem dunklen Himmel auf ihn zu und traf ihn am Kopf.

Amos Decker verlor das Bewusstsein.

16

Die Farbe war neu.

Gelb.

In Deckers synästhetischem Gehirn stand Blau für den Tod.

Was zum Teufel bedeutete Gelb?

Den Himmel? Die Hölle?

Bin ich tot?

Er konnte die Augen nicht öffnen.

Vielleicht bin ich tatsächlich gestorben.

Wäre da nicht die Tatsache gewesen, dass er das Gelb noch immer sehen konnte, obwohl seine Lider geschlossen waren. Sah er das Gelb in seinem Kopf? War es der Beweis für ein funktionierendes Bewusstsein? Und damit für Leben?

Oder für ein Leben *nach* dem Tod?

Er fühlte etwas. Einen Stoß, leicht, sanft, wie aus der Ferne. Und da war etwas in seinem Gesicht – eine Empfindung, die er nicht einordnen konnte.

Verschwommen war er sich eines Geräusches bewusst. Ein sehr lautes Geräusch, als würde eine Kanone abgefeuert.

Sonst empfand er nichts, nahm nur das Geräusch wahr, sah nur die Farbe Gelb.

Dann ein Stoß. Etwas traf sein Gesicht. Erst leicht, dann fester.

Was ist das?

Decker versuchte, die Augen zu öffnen, war aber nur imstande, die Stirn zu furchen.

Der nächste Stoß in sein Gesicht zeigte Wirkung.

Mit gewaltiger Anstrengung gelang es Decker, die Lider aufzureißen und zu blinzeln.

Da war nur Dunkelheit.

Dann aber erkannte er etwas im Zentrum dieser Dunkelheit. Es war haarig und ganz nahe bei ihm. Es bewegte sich, und er konnte den warmen Atem dieses Etwas riechen.

Deckers Lider schlossen sich wieder.

In diesem Moment überkam ihn das Gefühl, im Boden zu versinken, während eine Flut von Erinnerungen über ihm zusammenschlug.

Wir waren im Wald.

Und dann war der Wohnwagen …

… explodiert.

Für einen winzigen Augenblick hatte er den Eindruck, dass der Atem der haarigen Kreatur seine Wangen streifte.

Ein Tier?

Ein wildes Tier, das aufgetaucht war, weil es von ihm fressen wollte?

Ein helles Licht erstrahlte, und Deckers Bewusstsein verflüchtigte sich vollends. Seine Brust hob und senkte sich nicht mehr.

Ein letzter, flüchtiger Gedanke, wie ein Hauch:

Das war's.

Augenblicke, bevor er in endloser Schwärze versank, fühlte er, wie sein Mund aufgedrückt wurde. Dann traf ihn etwas unterhalb der Brust. Noch einmal. Und noch einmal.

Dann gab es nichts mehr.

*

Decker hatte keine Ahnung, wie viel Zeit vergangen war, als ihm bewusst wurde, dass er sich zusammenkrümmte. Er rollte auf die Seite, übergab sich, lag ein paar Sekunden keuchend und zuckend da.

Etwas berührte seinen Arm. Decker stieß es mit aller verbliebenen Kraft von sich, kämpfte sich auf die Knie und versuchte, von dem Ding wegzukriechen.

Er dachte an die haarige Kreatur. Die Stöße. Den Atem. Die Hiebe gegen die Brust.

Panik erfasste ihn.

Ein Bär?

»Amos!«

Beim Klang ihrer Stimme verharrte Decker. Unbeholfen drehte er sich um, noch immer auf allen vieren.

Nicht weit von ihm entfernt kauerte Alex Jamison auf den Fersen. Sie sah schmutzig und zerzaust aus, schien aber unverletzt zu sein. Doch auf ihren Zügen spiegelte sich ein solches Entsetzen, dass Decker mit schleppender Stimme fragte: »Alex? Was ist?«

Sie erhob sich unsicher. »Du … du hast nicht mehr geatmet. Ich musste dich wiederbeleben.«

Decker berührte seine Lippen, dann das Brustbein.

Wiederbeleben?

Es war Jamison gewesen, die das Leben zurück in seinen Körper geatmet und gestoßen hatte!

»Du? Ich dachte, es wäre ein Tier … ein großes, haariges Biest.«

Jamison runzelte die Stirn und strich sich das dichte Haar aus dem Gesicht. »Das ist das erste Mal, dass man mich mit einem großen haarigen Biest vergleicht.«

Decker rieb sich stöhnend den Hinterkopf. Als er die Hand nach vorn nahm, sah er das Blut. »Irgendwas hat mich am Kopf getroffen. Ich fürchte, es hat einigen Schaden angerichtet.«

»O nein!«, rief Jamison. Sie zog ihr Handy hervor, aktivierte die Taschenlampenfunktion und besah sich Deckers Hinterkopf. »Da ist ein tiefer Schnitt. Du brauchst einen Arzt.«

Sie brachte mehrere Papiertaschentücher zum Vorschein und drückte sie an Deckers Hinterkopf. »Drück auf die Wunde.«

Decker gehorchte. »Ich dachte, ich hätte einen Herzinfarkt. Aber ich hab mich wohl geirrt, sonst wäre ich jetzt weg vom Fenster.« Mühsam stemmte er sich hoch, stand schwankend da und sah sich um. Den Wohnwagen gab es nicht mehr, und der SUV war schwer beschädigt.

»Du hast mir das Leben gerettet«, sagte er.

»Und du mir.« Jamison zeigte auf die Stelle, wo der Wohnwagen gestanden hatte. »Das wäre unser Krematorium gewesen.«

»Wir müssen jemanden rufen, der uns zurück in die Stadt bringt.« Decker sah sich die Vorderreifen des Yukon an. Beide waren platt, die Felgen eingedrückt. In weitem Umkreis lagen brennende Trümmer. »Die Feuerwehr muss die Flammen löschen, bevor der Wald in Brand gerät.«

Jamison rief Green an und erklärte kurz und knapp, was geschehen war. Der Detective versprach, auf der Stelle Hilfe zu schicken.

Jamison steckte das Handy ein und schaute zum rauchverhüllten Stellplatz des Wohnwagens. »Jemand wollte uns tot sehen.«

»Offensichtlich. Es zeigt, dass wir jemanden nervös machen. Und das wiederum bedeutet, dass wir in der richtigen Richtung ermitteln. Hast du das Rechenpapier?«

»Was?«, fragte Jamison.

»Das Blatt Papier aus dem Wohnwagen.«

»Du meine Güte, Decker, man hätte uns um ein Haar umgebracht! Vielleicht warst du sogar für ein paar Augenblicke klinisch tot. Und schon denkst du wieder an den Fall?«

Als er nichts erwiderte, holte Jamison die Beweismitteltüte aus der Tasche, zog das Blatt Papier hervor und reichte es ihm.

Ohne auf die Taschentücher zu achten, die an seiner Kopfhaut klebten, legte Decker das Blatt auf den Boden, aktivierte die Taschenlampenfunktion seines Handys und hielt das Licht nahe an das Blatt. Er musste die Augen zusammenkneifen, um etwas zu erkennen.

»Und?«, fragte Jamison.

»Nur Abdrücke vom Bleistift oder einem Kugelschreiber, mit dem er irgendetwas auf das Blatt über diesem hier gezeichnet hat. Sieht ziemlich groß aus. Nimmt den größten Teil des Blattes ein. Ich schaue es mir noch einmal an, wenn wir mehr Licht haben.«

Er schaltete die Handylampe aus, gab Jamison das Blatt zurück, stemmte sich hoch und lehnte sich gegen den Kotflügel des SUV.

»Ob der, den wir verfolgt haben, zurückgekommen ist und versucht hat, uns zu töten?«, fragte Jamison.

»Möglich. Oder jemand ist uns gefolgt.« Decker warf einen Blick auf den Schotterweg. »Es wäre allerdings nicht einfach gewesen, uns unbemerkt zu folgen.«

Jamison schaute zur Explosionsstelle. »Wenigstens konnten wir uns den Wohnwagen ansehen, bevor er zerstört wurde. Auch wenn wir kaum was gefunden haben.«

»Ein paar Dinge *haben* wir gefunden.«

»Was meinst du?«

Plötzlich griff er sich an den Kopf und stöhnte.

Jamison erschrak. »Was ist, Decker?«

»Ich hab wahnsinnige Kopfschmerzen.«

*

Wenige Minuten später trafen zwei Streifenwagen, ein Rettungswagen und zwei Feuerwehrfahrzeuge ein.

Die Feuerwehrleute löschten die brennenden Überreste des Wohnwagens und erstickten die Glutnester in der Umgebung.

Zwei Notfallsanitäter sahen nach Jamison und Decker. Jamison hatte ein paar Abschürfungen und eine leichte Rauchvergiftung. Die Sanitäter versorgten ihre Wunden und gaben ihr Sauerstoff. Auch Decker wurde so behandelt, doch als die Sanitäter seine Kopfverletzung untersucht und die kognitiven Fähigkeiten getestet hatten, bestanden sie darauf, dass er für weitere Untersuchungen und Röntgenaufnahmen ins Krankenhaus fuhr.

»Ich habe keine Gehirnerschütterung«, verkündete Decker. »Jedenfalls keine schlimme.«

»Verdammt, Decker, du hast nicht mehr geatmet!«, schimpfte Jamison. »Du *gehst* ins Krankenhaus, keine Widerrede. Ich fahre im Rettungswagen mit.«

Als sie losfuhren, lag Decker auf der Trage, einen blutigen Verband um den Kopf. Jamison hatte sich das schmutzige Gesicht abgewischt und versuchte mit einem Feuchttuch, das einer der Sanitäter ihr gereicht hatte, die Flecken aus ihrer Kleidung zu wischen.

»Ich muss mir neue Sachen besorgen. Wenn ich geahnt hätte, dass ich mit Mühe und Not einer Sintflut entkomme, nur um dann fast in die Luft gesprengt zu werden …« Sie lehnte sich gegen die Wand des Rettungswagens und schloss die Augen.

»Und? Genießt du ihn?«, fragte Decker von der Trage aus.

Jamison schlug die Augen auf und schaute ihn fragend an. »*Was* soll ich genießen?«

»Deinen Urlaub.«

17

»Nach einem Unfall in der Fabrik hat man Babbot eine Stahlplatte in den Kopf eingesetzt«, sagte Green.

Decker war auf dem Weg aus dem Krankenhaus. Er war nun um einiges klüger: Er hatte tatsächlich eine Gehirnerschütterung erlitten. Außerdem vermuteten die Ärzte, dass sein Herz durch das Zusammenwirken eines heftigen Schlages an den Kopf und der Rauchvergiftung ein paar Sekunden lang ausgesetzt hatte. Man hatte seine Kopfhaut geklebt, nicht genäht, deshalb standen seine Haare wie die Federn eines Kakadus nach oben. Wegen der Gehirnerschütterung trug er eine dunkle Brille.

»Ich fühle mich auch so, als hätte ich eine Stahlplatte im Kopf«, murmelte er.

Green ging neben dem Rollstuhl her, als er Decker zum neuen Mietwagen begleitete. Jamison, die den Rollstuhl schob, hatte den Wagen organisiert.

»Demnach war Babbots Arbeitsunfähigkeit auf einen Hirnschaden zurückzuführen?«, fragte sie.

Green nickte. »Sieht so aus. Seitdem war sein Lebenslauf lückenhaft. Ein paar Hilfsjobs. Lebte dann von Arbeitslosengeld. Als die Zahlungen ausliefen, bekam er eine Arbeitsunfähigkeitsrente. Und das war dann noch weniger.«

»Wo hat er gewohnt, bevor er in den Wohnwagen zog?«, fragte Decker.

»Er hat sich mit einer Frau, einer gewissen Betsy O'Connor,

ein Haus geteilt. Eine rein platonische Sache – zumindest hat O'Connor das behauptet, als ich vergangene Woche mit ihr gesprochen habe.«

»In welcher Verbindung standen sie zueinander?«, wollte Jamison wissen.

»Sie kannten sich. Hatten beide schwere Zeiten durchgemacht. Allein konnte sich keiner von ihnen das Haus leisten, zusammen aber schon. So was kommt hier in der Gegend ziemlich oft vor.«

»Warum ist Babbot dann ausgezogen?«, fragte Decker.

»Ihm ging das Geld aus. Obwohl O'Connor mehrere Jobs hatte, reichte ihr Einkommen allein nicht für die Miete und den Rest. Sie verloren das Haus und mussten sich trennen. O'Connor lebt jetzt zusammen mit zwei Mitbewohnerinnen in einem Apartment im Osten der Stadt. Und Babbot hat anscheinend diesen verlassenen Wohnwagen im Wald aufgestöbert und sich häuslich darin eingerichtet. Wir wissen nicht, ob er in der Zeit zwischen der Hausgemeinschaft mit O'Connor und der Zeit im Wohnwagen irgendwo anders gewohnt hat.«

»Hatte er ein Auto?«, erkundigte sich Decker.

»Ja. Aber die Bank hat es ihm weggenommen.«

»Wie hat er sich dann fortbewegt?«, fragte Jamison.

»Keine Ahnung.«

»Wie ist er Ihrer Meinung nach in das Haus gekommen, in dem er zusammen mit Joyce Tanner tot aufgefunden wurde?«

»Vielleicht hat sein Mörder ihn dorthin gebracht.«

Als sie den neuen Mietwagen erreichten, stand Decker auf, war aber noch immer wacklig auf den Beinen. Green legte stützend den Arm um ihn.

»Schaffen Sie das auch? Vielleicht sollten Sie die Nacht lieber im Krankenhaus verbringen.«

»Mir geht's gut. Ich habe sogar Hunger. Wenn ich etwas gegessen habe, bin ich wieder fit.«

»Ich kann Ihnen ein Restaurant am Baron Square empfehlen. The Little Eatery. Gutes Essen, sehr preisgünstig. Nicht, dass wir hier teure Restaurants hätten.«

»Baron Square?« Jamison lachte auf. »Sie kommen einfach nicht von diesem Namen los, was?«

Green lächelte. »Dazu müsste ich umziehen. Übrigens habe ich den Wohnwagen von unserem Brandexperten untersuchen lassen. Keine Ahnung, womit man Sie beide eingeschlossen hat – was immer es war, es wurde zerstört. Doch an der Stelle, wo der Wohnwagen gestanden hat, hat er die Überreste eines Molotowcocktails und eines Holzstapels gefunden. Offenbar hatte das Feuer dort seinen Anfang genommen. Trotz des vielen Regens in letzter Zeit hat sich das Holz sofort entzündet. Und der alte Wohnwagen war eine Bretterbude auf Rädern. Ich bezweifle, dass er die heutigen Brandschutzverordnungen erfüllt hat.«

Nachdem sie sich von Green verabschiedet hatten, fuhr Jamison mit Decker zum Haus ihrer Schwester, wo sie duschten. Eine halbe Stunde später setzten sie sich im Erdgeschoss zusammen. Obwohl es fast neun Uhr am Abend war, war Frank Mitchell noch auf der Arbeit. Amber und Zoe besuchten eine Schulveranstaltung, deshalb hatte Jamison ihre Schwester noch nicht über die Ereignisse des Tages informieren können.

Sie warf einen Blick auf die Uhr. »Es wird spät. Hoffentlich bekommen wir noch was zu essen. Also los, versuchen wir's. Schaffst du das denn wirklich?«

»Hör zu, Alex, das ist nicht meine erste Gehirnerschütterung.«

»Okay«, erwiderte sie, sah aber nicht überzeugt aus.

Sie stiegen in den neuen Mietwagen. Jamison setzte sich hinter das Lenkrad.

Ein paar Minuten lang fuhren sie schweigend, dann fragte Jamison zögernd: »Sag mal, Decker, hast du dir während deiner Footballkarriere jemals Sorgen gemacht wegen …«

»Was? Dass ich so viel Schläge an den Kopf bekomme, dass ich davon dement werde?«

»Ja.«

»Football ist nun mal ein extrem harter Sport. Nach fast jedem Spiel hatte ich das Gefühl, vom Schlachtfeld zu kommen.« Er zuckte die Achseln. »Falls ich von Spätfolgen erwischt werde, kann ich nichts dagegen tun.«

»Das ist eine ziemlich fatalistische Einstellung.«

»Das ist eine ziemlich *realistische* Einstellung. Aber ich habe nicht lange bei den Profis gespielt, also besteht wohl noch Hoffnung für mich. Wenn ein NFL-Spieler dich erwischt, trifft er dich bedeutend härter als ein Spieler vom College.«

»Hoffentlich hast du recht. Wir brauchen dein Hirn, um die bösen Jungs zu jagen.«

»Vor allem müssen wir eine Liste der Leute zusammenstellen, mit denen wir reden müssen. Dieser Dr. Freedman beispielsweise, und diese Betsy O'Connor. Und jeder, der mit Joyce Tanner zu tun hatte. Außerdem müssen wir herausfinden, wovon Tanner gelebt hat. Wir müssen Bradley Costas Arbeitsplatz und die Wohnung inspizieren. Und wir müssen herausfinden, wo Michael Swanson zu Hause war.«

»Hmm … auch wenn wir beide der Überzeugung sind, dass all diese Morde miteinander in Verbindung stehen, haben wir nicht den geringsten Beweis, dass es wirklich so ist.«

Er warf ihr einen prüfenden Blick zu. »Und selbst wenn sie keine Verbindung haben … sollten wir dann die Ermittlung einstellen?«

Jamison machte eine betroffene Miene. »Natürlich nicht.«

»Ob es nun einen Mörder gibt oder mehrere, die zusammen oder allein arbeiten, sie müssen sich trotzdem für ihre Verbrechen verantworten. Und ich wüsste nicht, wie man sonst an diese Sache herangehen sollte.«

Jamison seufzte und nickte. »Aber es ist eine lange Liste. Das könnte eine Weile dauern. Länger als eine Woche«, betonte sie.

»Stimmt. Du solltest Bogart anrufen und ihm sagen, dass wir den Urlaub möglicherweise verlängern müssen.«

Jamison schüttelte den Kopf. »Nein, du rufst ihn an. Das alles war deine Idee. Ich wollte bloß meine Schwester und meine Nichte besuchen, ohne mich in eine Mordermittlung zu stürzen.«

Decker schwieg.

»Wir hätten heute Abend beinahe dran glauben müssen, Amos«, fügte sie leise hinzu.

»Ich weiß. Ich war dabei.«

»Wer immer dafür verantwortlich ist – er könnte es noch einmal versuchen, falls wir weitermachen.«

»Wenn du willst, mache ich alleine weiter. Du kannst die Zeit mit deiner Familie verbringen.«

»Nein, Decker. Ich lasse dich nicht allein im Dunkeln herumtappen.«

»Und wohin führt uns das?«

Jamison seufzte. »Dahin, dass wir gemeinsam im Dunkeln herumtappen.«

*

The Little Eatery hatte noch geöffnet. Sie aßen in einem zur Hälfte gefüllten Raum und ertappten ständig Leute dabei, wie sie ihnen verstohlene Blicke zuwarfen.

»Anscheinend verbreiten sich in Baronville Neuigkeiten schnell«, bemerkte Jamison.

»Das ist in jeder Kleinstadt so, vor allem, wenn die Leute viel Zeit haben.« Decker schluckte das letzte Stück von seinem Steak herunter. »Wir haben einen Toten mit einer Metallplatte im Schädel, der von einer Erwerbsunfähigkeitsrente lebte und in einem Wohnwagen im Wald hauste. Wir haben Joyce Tanner, die bei JC Penney entlassen worden ist und von wer weiß was lebte.«

»Und wir haben vier weitere Tote.«

Deckers Handy summte. Er holte es hervor, warf einen Blick darauf, runzelte die Stirn und legte die Gabel weg.

»Was ist?«, fragte Jamison. »Noch ein Mord?«

»Nein. Eine SMS von Green, die meine Frage beantwortet.«

»Welche?«

»Ob es Schweineblut war.«

»War es?«

»Ja.«

»Und was bedeutet das?«

Decker antwortete nicht. Er wählte eine Nummer und starrte zur Decke, während es klingelte. Dann antwortete die Person.

»Detective Green, hier Decker. Ich habe gerade Ihre SMS bekommen.«

»Es ist tatsächlich Schweineblut, Decker. Wie sind Sie bloß darauf gekommen?«

»Es war eine ziemlich abenteuerliche Vermutung, und ich wünschte, ich hätte mich geirrt«, antwortete Decker ausweichend. »Jedenfalls, wir müssen die beiden toten Männer, die ich gefunden habe, in einer weiteren Datenbank überprüfen.«

»Wir haben sämtliche Verbrecherdatenbanken gecheckt, zu denen wir Zugang haben.«

»Ich halte sie nicht für Verbrecher.«

»Wofür denn?«

»Für Cops.«

18

»Warum Cops?«, fragte Jamison, als sie zum Polizeirevier fuhren.

»Du bist zu jung, du weißt das nicht, aber in den Sechziger- und Siebzigerjahren war ›Schwein‹ ein allgegenwärtiges Schimpfwort für ›Polizist‹. Sagt dir ›Bullenschwein‹ etwas? Deshalb hatte ich die alten Polizeiserien im Fernsehen erwähnt.«

»Ja, das ergibt Sinn«, sagte Jamison. »Das Mordopfer in der Polizeiuniform zusammen mit dem Schweineblut. Das würde dann aber bedeuten, dass der oder die Mörder älteren Semesters sind, oder?«

»Nicht unbedingt«, hielt Decker dagegen. »Der Begriff hat möglicherweise ein Comeback erlebt. Aber zuerst müssen wir herausfinden, ob die beiden Toten tatsächlich Cops waren. Ich könnte mit meiner Theorie auch völlig danebenliegen.«

»Meine Güte, das ist wie eine Horrorshow.« Jamison schüttelte den Kopf.

»Mir ist noch nie ein Mord begegnet, der positive Aspekte hatte, Alex.« Decker schaute aus dem Fenster. »Waren die beiden tatsächlich Cops, stellt sich natürlich die Frage, woher sie kommen. Wären sie aus dieser Gegend, hätte man sie mittlerweile identifiziert.«

»Wahrscheinlich kommen sie aus einem anderen Bundesstaat.«

»Warum sollten sie dann hier sein? Örtliche Polizisten überqueren kaum einmal die Grenzen zwischen den Bundesstaaten.« Er verstummte, starrte wieder in die Dunkelheit. »Es sei denn …«

Jamison wusste sofort, worauf er hinauswollte. »Glaubst du wirklich?«

»Ja. Sie könnten vom FBI sein.«

*

Green und Lassiter warteten im Revier auf sie.

»Wir haben die Fingerabdrücke durch die Datenbanken laufen lassen, zu denen wir Zugang haben«, sagte Green. »Keine Treffer.«

»Okay, dann werde ich sie vom FBI überprüfen lassen«, erklärte Decker. »Besorgen Sie mir nur die digitalen Abdrücke.« Er warf Jamison einen Blick zu. »Jetzt werde ich wohl doch ein Gespräch mit Bogart führen müssen.«

»Viel Spaß«, erwiderte Jamison.

Decker rief Bogart aus der Privatsphäre eines unbenutzten Büros im Polizeirevier an.

Man musste es Special Agent Bogart anrechnen, dass er weder herumbrüllte noch Decker unterbrach, während der ihm erklärte, was vorgefallen war.

»Können Sie mir die Fingerabdrücke jetzt sofort schicken?«, fragte Bogart.

»Sobald ich aufgelegt habe.«

»Wenn es sich bei den beiden Männern tatsächlich um Bundesbeamte handelt, wird sich das in einen Shitstorm verwandeln, Decker.«

»Im Prinzip haben wir den schon.«

Decker und Jamison warteten an Greens und Lassiters Schreibtischen, die nebeneinander in dem offenen Raum der Detective-Abteilung des Reviers standen. Nur ein anderer Zivilbeamter arbeitete an einem weiteren Tisch.

Dreißig Minuten verstrichen, dann summte Deckers Handy. Er

und Jamison zogen sich in das leere Büro zurück, um den Anruf entgegenzunehmen.

Es war Bogart.

Decker schaltete auf Lautsprecher, damit Jamison mithören konnte.

»Wir haben die Fingerabdrücke durch unsere Beamtendatenbank geschickt. Erfolglos. Dann haben wir sie durch unser Kontaktbüro an Schwesterbehörden weitergegeben.«

»Und?«

»Keine Treffer. Alle haben sich gemeldet. Bis auf eine.«

»Welche?«

»DEA.«

»Die Antidrogenbehörde? Haben Sie sich mit denen in Verbindung gesetzt, als sie nicht zurückgerufen haben?«

»Ja. Und wir haben erfahren, dass ein spezielles Einsatzteam der DEA in ungefähr zwei Stunden in Baronville eintreffen wird.«

»Also haben die Ermordeten für die DEA gearbeitet?«, fragte Decker.

»Da liegt das Problem. Sie wollen es weder bestätigen noch verneinen.«

»Weshalb sollten sie sonst ein Team schicken?«

»Das könnte alle möglichen Gründe haben. Aber ich habe vorhin mit einem Bekannten aus dem Büro der DEA in Washington gesprochen. Er sagte mir, dass unsere Anfrage wegen der Fingerabdrücke sofort an das Büro des Direktors weitergeleitet wurde. Hören Sie, Decker, mit einem Jet des FBI könnte ich in etwa zwei Stunden bei Ihnen sein …«

»Auf keinen Fall. Sie haben genug Akten auf dem Schreibtisch.«

»Und Sie sind eigentlich in Urlaub.«

»Ich habe mich schon gefragt, wann Sie darauf zu sprechen kommen«, sagte Decker.

»Ich habe versucht, es ihm auszureden«, meldete sich Jamison zu Wort. »Aber Sie wissen ja, Decker kann einem guten Mord nicht widerstehen.«

»Jetzt mal im Ernst, irgendetwas geht hier vor, das mir nicht gefällt«, sagte Bogart. »Ich werde die Sache von hier aus im Auge behalten. Wenn die DEA auftaucht, wird sie mit Ihnen sprechen wollen.«

»Ich weiß nur nicht, wie viel ich denen sagen kann. Dazu ist es eigentlich noch zu früh.«

»Das Problem ist nur, die DEA wird sich nicht in die Karten schauen lassen.«

»Das ist doch bei allen Behörden so«, meinte Jamison. »Erinnern Sie sich an den Verteidigungsnachrichtendienst? Die haben den Mund auch nicht aufbekommen.«

»Aber wenn es sich bei den Toten um DEA-Leute handelt, werden sie die Ermittlungen übernehmen wollen«, gab Bogart zu bedenken. »Es könnte zu einem Grabenkampf kommen.«

»Na und? Ich bin hier, um die Wahrheit aufzudecken«, erwiderte Decker. »Nicht um politische Spielchen zu treiben.«

»Dann bitte ich *Sie*, Alex, dass Sie sich der DEA entgegenstellen«, sagte Bogart. »Die werden wie eine Panzerbrigade einrollen und die Ortsansässigen platt walzen. Lassen Sie das bloß nicht mit sich machen. Sie haben das Recht, vor Ort zu sein. Man hat Sie gebeten, sich an den Ermittlungen zu beteiligen. Die DEA *kann* Sie nicht von dem Fall abziehen.«

»Ich werde mein Bestes tun«, versprach Jamison.

»Sollten Sie ins Hintertreffen geraten, bringe ich das FBI ins Spiel. Wir können gegen jeden antreten. Viel Glück.«

Decker steckte das Handy ein und schaute Jamison an. »Büropolitik und Kompetenzgerangel. Ich hasse diesen Scheiß.«

Sie lächelte. »Genießt du deinen Urlaub mittlerweile, Decker?«

19

Das achtköpfige Team der DEA brach wie ein Orkan über Baronville herein.

Die Leitung hatte Special Agent Kate Kemper. Sie stellte sich Decker und den anderen mit einem eisernen Händedruck und steinerner Miene vor. Kemper war Mitte vierzig, drahtig und von durchschnittlicher Größe. Sie hatte dunkelblondes Haar und die entschlossenen Züge eines Menschen, der in seinem Leben schon vor vielen Hindernissen gestanden und alle überwunden hat.

»Ich muss die Leichen sehen«, sagte sie energisch.

Green nickte. »Sind im Leichenschauhaus. Sind das Ihre Leute?«

»Zeigen Sie mir die Leichen, dann reden wir. Soweit es mir möglich ist, versteht sich.«

Green runzelte die Stirn, nickte dann aber. »Fahren wir.«

Das DEA-Team folgte Green, Lassiter, Decker und Jamison zur Gerichtsmedizin.

Dort öffnete man die Schubladen und zog die Stahlbahren heraus. Der Gerichtsmediziner schlug die Laken zurück.

Kemper starrte auf den ersten Mann, dann auf den zweiten.

Decker ließ sie die ganze Zeit nicht aus den Augen.

»Vielen Dank«, sagte Kemper schließlich zum Gerichtsmediziner. »Wir werden die sterblichen Überreste übernehmen.« Sie wandte sich Green zu. »Und die Ermittlungen ebenfalls.«

»Versuchen Sie's, das kann ich nicht verhindern«, erwiderte

Green mit mühsam unterdrücktem Zorn. »Aber Sie können uns nicht verbieten, weiterhin zu ermitteln.«

Kemper zückte das Handy. »Und ob ich das kann. Mit einem einzigen Anruf.«

Green wollte protestieren, als Jamison eingriff.

»Hören Sie, Lady, das wird eine lange, komplizierte Ermittlung. Wäre es nicht besser, sämtliche Ressourcen, die uns zur Verfügung stehen, zu koordinieren, um diesen schrecklichen Fall anzugehen?« Sie blickte Kemper fest in die Augen. »Die DEA kann die Spitze übernehmen. Aber das FBI ist bereits an der Arbeit, und wir wollen es bis zum Ende durchziehen. Baronville ist der Schauplatz von mittlerweile sechs Morden, und es könnte ein Fressen für die Medien sein, wenn wir die örtliche Polizei von der Untersuchung dieser Verbrechen ausschließen. Das hilft keinem, abgesehen vielleicht von den Einschaltquoten irgendeines Senders. Wir sollten lieber herausfinden, wer diese Leute getötet hat.«

Alle Blicke richteten sich auf Kemper. Wie würde sie darauf reagieren?

Zuerst hatte es den Anschein, als würde sie Jamisons Worte zur Seite wischen. Dann aber nickte sie. »Die Grundregeln: Sämtliche Untersuchungen laufen über mich. Hinweise, Spuren, Verhörprotokolle, Ergebnisse. Die DEA ist die zentrale Anlaufstelle.«

»Meiner Ansicht nach stehen alle sechs Morde miteinander in Verbindung«, warf Decker ein. »Also dürften Ihre beiden ermordeten Agents auf irgendeine Weise darin verwickelt sein.«

»Ich wüsste nicht, wie das möglich sein sollte«, erwiderte Kemper spitz.

»Ich schon«, sagte Decker.

»Und wie?«

»Erst einmal muss ich wissen, wie lange die beiden verdeckt ermittelt haben.«

»Wer zum Teufel hat Ihnen gesagt, dass die Männer undercover gearbeitet haben?«, fauchte Kemper.

»Niemand.«

»Woher willst du es dann wissen, Decker?«, fragte Jamison.

Er ließ den Blick über die Gesichter der versammelten DEA-Agenten schweifen. »Das FBI zieht Erkundigungen über zwei Tote ein, die möglicherweise Agents waren. Sämtliche Schwesterbehörden geben dem FBI eine negative Auskunft. Nur *Ihre* Behörde nicht.« Er wies auf Kemper. »Stattdessen wurde unsere Anfrage direkt bis zur Spitze der DEA weitergeleitet, und augenblicklich wird eine Sondereinheit in Marsch gesetzt.«

»Und die Undercover-Ermittlung?«, fragte Kemper. »Die beiden hätten einfache Agents sein können.«

»Die DEA hätte es auf der Stelle erfahren, wären zwei ihrer Leute im Zuge der alltäglichen Routine verschwunden. Aber zwei Undercover-Agents würden sich nicht regelmäßig melden. Die DEA würde nicht unbedingt sofort von ihrem Verschwinden erfahren, es sei denn, die beiden Agents hätten ein Treffen mit ihrer Kontaktperson innerhalb der Behörde versäumt.«

»Woher wissen Sie so viel über verdeckte Ermittlungen?«, fragte Kemper verwundert und misstrauisch zugleich.

»Glauben Sie's, oder glauben Sie's nicht, aber als Cop in Ohio habe ich verdeckt gearbeitet. Mein abgerissenes Erscheinungsbild passte offenbar gut ins Bild. Und ich bin ziemlich groß. Die meisten Leute haben mir unbesehen geglaubt, dass ich ein professioneller Knochenbrecher bin, der nach Jobs sucht. Ich war so überzeugend, dass ich mich tagelang nicht in der Dienststelle gemeldet habe, weil die Verbrecher einen genau im Auge behalten. Man kann nicht einfach losrennen und den Cops alle fünf Minuten eine SMS schicken. Geht man in den Untergrund, muss man seine Rolle konsequent zu Ende spielen. Man arbeitet frei. Man muss sich einen Ruf schaffen. Man muss Seite an Seite mit dem Abschaum leben und arbeiten. Also, woran haben Ihre beiden Agents gearbeitet?«

»Abgesehen von meinem Team und mir selbst hat keiner in diesem Raum die nötige Sicherheitsfreigabe für diese Information«, sagte Kemper.

»Das macht eine Zusammenarbeit ziemlich schwierig«, meinte Decker.

»Zusammenarbeit? Ich habe deutlich genug gesagt, dass die DEA die Zentralstelle ist und nicht, dass wir bei dieser Untersuchung *zusammenarbeiten.*«

Decker wandte sich Green zu. »Na schön, dann untersuchen wir nur die anderen vier Morde, die nicht offiziell Teil des Schwanzlängenvergleichs der DEA sind, sondern eindeutig in Ihrer Zuständigkeit liegen, Green. Falls wir herausfinden, dass es Überschneidungen gibt, können wir das FBI rufen, damit es die Leitung übernimmt. Wir lösen den Fall, und die DEA-Leute stehen da wie die Blödmänner, die sie sind.«

»Das ist ungeheuerlich!«, fuhr Kemper ihn an.

Decker schüttelte den Kopf. »Nein, ungeheuerlich ist nur, dass wir jede Menge Zeit an Unsinn verschwendet haben, weil das Ego Ihrer Behörde offenbar wichtiger ist als die Antwort auf die Frage, wer zwei Ihrer Leute ermordet hat. Wenn Sie Ihre Untersuchung auf diese Art führen wollen – nur zu. Ich arbeite jedenfalls so nicht. Wir sehen uns noch … fürchte ich.«

Decker verließ die Leichenhalle.

Kemper schaute ihm nach. Dann wandte sie sich an Jamison. »Sind Sie auch dieser Meinung?«

»Er ist mein Partner. Und wissen Sie was? Zufällig hat er recht.«

Sie ging ebenfalls. Einen Augenblick später schloss sich Green ihr an, gefolgt von Lassiter.

20

Decker lag im Haus der Mitchells auf dem Bett und rieb seine zusammengeklebte Kopfhaut.

Es war spät, er war müde, und ihm dröhnte der Schädel.

Er war nicht ganz ehrlich zu Jamison gewesen. Ja, als Football-Spieler hatte er viele Treffer eingesteckt. Und er hatte im Verlauf seiner Sportlerkarriere einige Gehirnerschütterungen erlitten. Aber diese Verletzung fühlte sich anders an. *Tiefergehend. Weitreichender.*

Dem Röntgenbild zufolge war das, was immer ihn getroffen hatte, nicht in seinen Schädel eingedrungen. Da war kein Bruch, kein Riss. Trotzdem fühlte er sich irgendwie *seltsam*, und das nicht nur, weil sein Gehirn bei dem brutalen Schlag von der Innenseite des Schädels abgeprallt war – im Prinzip die Definition einer Gehirnerschütterung. Decker war sich nur nicht sicher, warum er sich so *anders* fühlte.

Der Schlaf wollte nicht kommen. Gegen drei Uhr morgens duschte er, zog sich an und ging nach unten.

Auf der Küchentheke entdeckte er einen Zettel. Es handelte sich um die Zahlenreihen, die Zoe ihm gezeigt hatte, um herauszufinden, ob er sich daran erinnern konnte.

Aus einer Laune heraus beschloss er, einen Test zu machen. Er legte den Zettel weg, rief sich die Seite ins Gedächtnis und ging die Zahlenreihen durch. Er sah sie so deutlich, als hätte er ein Foto vor sich. Alles lief glatt und reibungslos.

Bis es plötzlich einen Sprung gab, wie bei einer DVD mit einem Kratzer.

Ich kann die letzten beiden Zahlen nicht sehen.

Wie benommen ging Decker durch die Hintertür auf die Veranda und setzte sich in einen Korbstuhl. Zum Glück ragte das Dach an dieser Stelle ein Stück über die Veranda hinaus, denn es regnete leicht. Was Decker aber nicht gestört hätte. Er hatte früher des Öfteren im Regen gesessen. Als er in Ohio eine Zeit lang obdachlos gewesen war, hatte er sogar im Regen geschlafen.

Er rieb sich die Schläfen. Sein perfektes Erinnerungsvermögen begleitete ihn nun schon so lange, dass er es oft für selbstverständlich hielt. Er hatte es zu lieben, aber auch zu hassen gelernt. Die schrecklichen Erinnerungen an seine ermordete Familie verblassten einfach nicht. Doch mittlerweile verließ er sich auf das erstaunliche Geschenk des fotografischen Gedächtnisses, um mit dessen Hilfe Verbrechen aufzuklären.

Und wenn es nun nicht mehr zuverlässig funktionierte?

Decker schloss die Augen und rief sich erneut die Seite mit den Zahlen ins Gedächtnis. Diesmal sah er die letzten beiden Ziffern deutlich vor sich. Dafür waren jetzt drei in der Mitte verschwommen, als hätte jemand die Tinte verschmiert, mit der sie geschrieben worden waren.

Na toll, ganz wunderbar.

Er starrte auf das Haus gegenüber, das die derzeitigen Ermittlungen erst ins Rollen gebracht hatte. Hätte er nicht hier draußen gestanden, ein Bier in der Hand, und sich umgesehen, wären er und Jamison niemals in die Sache verwickelt worden.

Wer hat euch ermordet?

Im Moment war Decker die Antwort auf diese Frage wichtiger als alles andere, was ihn beschäftigte.

»Alles okay, Mr. Amos?«

Zoe Mitchell stand in ihrem rosafarbenen Pyjama in der Tür. Sie hielt eine neongrüne Decke an sich gedrückt; ihr Daumen schwebte in der Nähe des Mundes. Sie wirkte ängstlich und unruhig.

»Mir geht's gut, Zoe.«

»Tante Alex hat gesagt, du hast dir den Kopf wehgetan.«

»Ach, das war nichts. Nur eine Beule. Kannst du nicht schlafen?«

Sie kam auf die Veranda und setzte sich im Schneidersitz neben Decker auf den Boden, die Decke fest an die Brust gedrückt. »Manchmal wach ich einfach auf. Dann hole ich mir einen Schluck Milch, aber Mom hat sie beim Einkaufen vergessen.« Sie verstummte, schob den Daumen in den Mund.

Als Decker sie so betrachtete, sah er plötzlich ein anderes kleines Mädchen: seine Tochter Molly.

»Hat deine Decke einen Namen?«, fragte er leise.

Zoe schüttelte den Kopf.

»Meine Tochter hatte auch so eine Decke. Sie hat sie Hermione genannt. Du weißt schon, aus *Harry Potter*. Hermione Granger.«

»Meine Mom will mir die Bücher nicht vorlesen. Ich darf auch die Filme nicht sehen. Weil ich noch nicht alt genug bin, sagt sie.«

»Wenn du alt genug bist, wirst du die Bücher und Filme toll finden.«

»Wie heißt deine Tochter?«

»Molly.«

»Ist sie älter als ich?«

Plötzlich war Deckers Kehle wie zugeschnürt. Er schaute weg. Es war dumm gewesen, Molly ins Gespräch zu bringen.

Er nickte. »Ungefähr sechs Jahre älter als du.«

»Warum ist sie nicht mitgekommen?«

Ja, eine wirklich dumme Idee, von Molly zu erzählen.

»Sie hat ... Schule.«

»Ach so. Dann ist sie bei ihrer Mom?«

»Ja, die beiden sind zusammen.«

Zoe schaute zu dem Haus, in dem man die beiden Männer gefunden hatte.

»Hast du mit dem zu tun, was da drüben passiert ist? Oder Tante Alex?«

»Wir helfen der Polizei.«

Zoe steckte wieder den Daumen in den Mund und lutschte daran. Ihre Stirn war gefurcht, die Augen weit aufgerissen. »Mommy hat gesagt, in dem Haus sind Leute *gestorben*«, flüsterte sie.

»Du musst dir deshalb keine Gedanken machen, Zoe. Das hat nichts mit dir oder deiner Familie zu tun.«

»Tante Alex ist meine Familie. Und du hast gesagt, dass ihr der Polizei helft.«

Zoes Erwiderung traf Decker unvorbereitet. »Ja. So ist es auch. Ich wollte damit nur sagen …« Er verstummte, während Zoe ihn mit hilflosen Blicken musterte.

»Du solltest wieder ins Bett gehen, Zoe. Es ist spät.«

»Warum bist du denn nicht im Bett?«

»Manchmal geht einem so viel durch den Kopf, dass man nicht schlafen kann.«

»Die hilft dir.« Zoe hielt Decker ihre Decke hin.

Die freundliche Geste des kleinen Kindes ließ Decker lächeln. Er strich mit der Hand über die Decke und sagte: »Danke, aber ich glaube, du und deine Decke, ihr solltet zusammenbleiben. So ist es besser.«

Zoe kuschelte sich an ihre Decke, stand auf und tappte zurück zur Tür. Dort drehte sie sich noch einmal um.

»Ich hoffe, du wirst nicht mehr verletzt, Mr. Amos.«

Decker blickte sie an. »Ich gebe mir Mühe.«

Als Zoe verschwunden war, starrte Decker wieder auf das Haus gegenüber. Er schloss die Augen, ließ seine Erinnerungen wie einen Film vor dem inneren Auge abspulen.

Und riss sie wieder auf.

Normalerweise spiegelten seine Erinnerungen exakt das wider, was er erlebt und wahrgenommen hatte. Dieses Prinzip hatte er stets als selbstverständlich betrachtet, wie eine Art Naturgesetz. So wie bei dem Zettel mit den Zahlen, den Zoe ihm gezeigt und die er seinem Gedächtnis anvertraut hatte.

Aber jetzt war die Erinnerung sprunghaft und zusammenhanglos, genau wie vorhin bei dem Versuch, Zoes Zahlen wieder hervorzuholen. Es war, als hätte jemand die Einzelbilder durcheinandergebracht und ließe sie in der falschen Reihenfolge durch seinen Kopf laufen. Es war verstörend und ärgerlich. Decker machte seine Kopfverletzung dafür verantwortlich.

Die *seltsame* Kopfverletzung.

Er lehnte sich im Korbstuhl zurück, versetzte sich Stunde um Stunde zurück und bahnte sich einen Weg durch die Einzelbilder seines ersten Abends in Baronville. Was er gesehen hatte. Was er gehört hatte.

Der Wagen fuhr weg.

Ferner Donner.

Am Himmel ein Flugzeug.

Im Fenster ein Funke.

Die grausigen Entdeckungen im Haus nebenan.

Dann kamen in der falschen Reihenfolge die beiden Laute, die er gehört hatte. Ein dumpfes Dröhnen und ein Schleifgeräusch.

Das Schlimmste für Decker war, etwas nicht zu wissen. Aber genau das gehörte zum Beruf der Ermittlers. Oft blieben quälende Fragen so lange offen, bis man *alles* wusste.

Plötzlich überkam ihn der Wunsch nach einem Spaziergang.

Decker ging zurück ins Haus und suchte leise nach einem

Schirm, um sich vor dem Regen zu schützen. Normalerweise wäre es ihm egal gewesen, ein bisschen nass zu werden, aber er musste an seine Kopfwunde denken.

Er öffnete den Wandschrank neben der Haustür.

Sah den Schirm an der Wand.

Aber da war auch noch etwas anderes.

Neben einem billigen, abgenutzten Aktenkoffer lehnte eine Rolle Baupläne.

Zuerst hielt Decker sie für die Pläne des Hauses, aber für ein so schlichtes Gebäude war die Rolle zu dick.

Neugierig entrollte er sie auf dem Boden vor der Tür. Er holte sein Handy hervor und betrachtete die oberste Seite im Licht der Taschenlampe.

Es war ein großes Gebäude, dargestellt in einem Raster.

Deckers Blick fiel auf die Angaben am oberen Rand.

Es war das Logistikzentrum, in dem Frank Mitchell arbeitete.

Das machte Sinn. Er war dort im Management beschäftigt. Die Anlage war relativ neu.

Decker rollte die Pläne wieder zusammen und stellte sie zurück.

Dann verließ er das Haus, spannte den Regenschirm auf und ging los. Er gelangte zum Ende der Straße, bog um die Ecke und ging weiter zum nächsten Block.

Er wollte etwas sehen.

Das Mordhaus, wie er es inzwischen nannte.

Hinter den Fenstern brannte Licht, und an der Straße stand ein Streifenwagen.

Hinter dem Polizeiwagen parkten zwei schwarze SUVs. Ein Officer in einem gelben Regenmantel stieg aus dem Streifenwagen. Dann kam ein Mann mit einer DEA-Windjacke aus einem der SUVs zum Vorschein und begleitete den Cop auf seiner Patrouille über das Grundstück.

Offensichtlich verließ Kemper sich kein bisschen auf die örtlichen Behörden.

Decker ließ den Blick über das Haus gleiten, das Grundstück, die wenigen geparkten Autos auf der Straße und die dunklen Häuser links und rechts vom Mordhaus.

Er schaute zum Himmel, wo während des Gewitters das Flugzeug vorbeigeflogen war.

Dann betrachtete er wieder die Straße.

Das war merkwürdig. Er warf einen Blick auf die Uhr.

Zwanzig vor vier.

In einem der Häuser sechs Türen weiter auf der gegenüberliegenden Straßenseite brannte Licht.

Er ging darauf zu.

21

»Sie sind ja noch spät auf den Beinen, junger Mann. Oder sind Sie früh aufgestanden?«

Als Decker sich dem erleuchteten Haus näherte, entdeckte er auf der überdachten Veranda einen Mann im Rollstuhl. Dann fiel sein Blick auf die Holzrampe, die hinauf zur Veranda führte.

Das mit Holzschindeln verkleidete Haus war klein und in einem schlechten Zustand. Der einzige Baum im Vorgarten war voller abgestorbener Blätter. Der kleine Rasen war mit Unkraut überwuchert. Alles wirkte trist und verloren, als würde es nur auf den Tod warten.

Auf dem Einstellplatz neben dem Haus stand ein alter Transporter.

Decker blieb vor dem Haus stehen. »Sie auch.«

Der Mann war faltig und saß zusammengesunken im Rollstuhl. Sein kahler Kopf war mit braunen Flecken gesprenkelt, Nachwirkungen von zu viel Sonne. Auf der Nase saß eine Nickelbrille.

Er zuckte mit den Achseln. »Was spielt Zeit in meinem Alter noch für eine Rolle?« Er zog den Pullover fester um seine Gestalt, fröstelte aber trotzdem. Obwohl es durch den Regen schwül war, hatte er eine Decke über den Beinen liegen.

Der Mann schien Deckers Blick bemerkt zu haben.

»Sommer, Winter – spielt keine Rolle, verdammt. Mir ist trotzdem kalt. Die Ärzte behaupten, das ist ein Kreislaufproblem. Ich sage, meine Rohre sind verstopft, weil ich zu lange gelebt habe.

Wissen Sie, es gibt einen Grund, warum man nicht so viele Jahre auf der Welt sein sollte. Alles fällt auseinander.«

»Sie wohnen hier?«

»Wonach sieht es denn aus?«

»Dann sind Sie Fred Ross?«

»Wer will das wissen?«, fauchte Ross.

»Ich. Mein Name ist Amos Decker.«

»Amos? Den Namen habe ich lange nicht mehr gehört. Erinnert mich an diese Fernsehserie. *Amos 'n Andy*? Ist 'ne Ewigkeit her. Zum Teufel, alles ist 'ne Ewigkeit her. Ist 'ne Begleiterscheinung des Alters. Ich bin fünfundachtzig. An den meisten Tagen fühle ich mich hundert Jahre älter. Manchmal wache ich auf und frage mich, wer zum Henker ich eigentlich bin. Wie ist dieser Tattergreis in meinen Körper gekommen? Es macht keinen Spaß mehr.«

Decker trat näher an die Veranda und senkte den Schirm, denn der Regen hatte aufgehört. »Waren Sie vor zwei Nächten hier, Mr. Ross?«

Lassiter hatte gesagt, Ross sei vermutlich nicht zu Hause gewesen, aber Decker wollte es mit eigenen Ohren hören.

Ross schaute zur Straße. »Sie meinen, als passiert ist, was immer da drüben los war?«

»Ja.«

»Sind Sie Cop?«

»Ja.«

»Ich habe gesehen, wie die Kerle ins Haus gingen.« Ross zeigte auf die Straße. »Für mich sahen sie wie Feds aus.«

»Woher wissen Sie das?«

»Ich sehe fern.«

»Also waren Sie in dieser Nacht hier?«

Ross schüttelte den Kopf. »Im Krankenhaus. Ich hatte ein Problem beim Atmen. Jetzt bin ich wieder in Ordnung. Ich habe oft

Probleme mit der Luft. Das Personal in der Notaufnahme nennt mich schon beim Vornamen. Ist nichts, worauf man stolz sein könnte, das kann ich Ihnen sagen. Ist man alt und reich, ist das eine Sache. Aber alt und arm kann ich wirklich nicht empfehlen, Amos.«

»Tut mir leid. Hat die Polizei schon mit Ihnen gesprochen?«

»Nein. Ich bin erst heute wieder zurück. Oder mittlerweile wohl gestern.«

»Leben Sie allein?«

Ross nickte. »Meine Frau ist vor fast zwanzig Jahren gestorben. Das Rauchen. Fangen Sie nie an zu rauchen, Amos, es sei denn, Sie wollen unter schrecklichen Qualen sterben.«

»Haben Sie jemand in diesem Haus gesehen, Mr. Ross? Selbst wenn er völlig harmlos wirkte? Oder ist Ihnen irgendetwas merkwürdig vorgekommen? War irgendwas fehl am Platz?«

Ross starrte Decker durchdringend an. »Meine Augen sind nicht mehr besonders gut.«

»Sie tragen eine Brille. Und Sie haben gesagt, dass Sie die ›Feds‹ im Haus gesehen haben.«

Ross nahm die Brille ab und polierte sie mit dem Pullover. »In dieser Straße stehen die meisten Häuser leer, wie überhaupt der größte Teil von Baronville.« Er setzte die Brille wieder auf.

»Aber es gibt ein neues Logistikzentrum.«

Ross zuckte mit den Schultern. »Das sind nicht genug Jobs, um die Stadt wieder auf die Beine zu bringen. Außerdem hat man früher mehr verdient. Ich habe nie das College besucht, hatte nie die Gelegenheit dazu, aber ich hatte einen gut bezahlten Job. Wenn man sich heute nicht mit Computern auskennt, ist man in den Arsch gekniffen.« Er hob die Hände. »Heutzutage stellt niemand mehr etwas her. Sie tippen nur irgendwelchen Unsinn auf einer Tastatur. Mehr tun die Leute nicht. Tippen. Ich meine, was zum Teufel soll das für eine Arbeit sein?«

»Haben Sie in den Minen oder Fabriken gearbeitet?«

»Kohle, Papierfabrik, dann in der Textilfabrik. Ich habe die Maschinen in den Fabriken repariert. Manchmal auch in den Kokereien. Wenn man damals zurück in die Stadt kam, fiel einem sofort der Gestank auf. Die Kohle und der Dreck, aus dem wir Papier gemacht haben. Ich habe gehört, wie die Barons es als den Duft des Geldes bezeichneten. Scheiß auf sie. Jetzt machen die Mexikaner und Asiaten die gleiche Arbeit für ein paar Pennys. Über kurz oder lang wird man die Jobs von verdammten Robotern erledigen lassen. Dann haben auch die Chinks und die Mexe keinen Job mehr.« Er kicherte. »Es gab mal eine Bahn, die führte mitten durch die Stadt. Sie brachte Kohle und Koks zu den Stahlwerken in Pittsburgh und in andere Landesteile, damit die Lichter weiterbrannten. Ja, ich war Bergarbeiter, aber das habe ich schnell wieder aufgegeben. Es wurde gut bezahlt, aber wer zum Teufel will schon eine schwarze Lunge? Daran ist meine Frau gestorben, dabei hat sie nie einen Fuß in eine Mine gesetzt. Diesen Mist wollte ich nicht im Körper haben. Nein, Sir.«

»Kannten Sie die Barons?«

»Arschlöcher, die ganze Bande.« Ross spuckte auf die Veranda.

»Warum?«

»Sie haben diesen Ort geschaffen und ihn dann zum Teufel gehen lassen, darum. Dieser Mann hockt in dem großen Haus oben auf dem Berg und guckt auf uns alle herunter. Hurensohn!«

»Sie meinen John Baron?«

»Dieses Arschloch.«

»Aber Sie haben doch gut verdient. Das haben Sie selbst gesagt.«

»Dafür hab ich mich auch krumm und schief geschuftet. Mir hat keiner was geschenkt. Hab mir die Finger wund gearbeitet. Klar, ich hab gut verdient, aber die haben verflucht mehr abgesahnt.«

»Haben Sie Familie?«

»Einen Sohn, der den Mann nie besucht, der ihn gezeugt hat. Verflucht soll er sein.«

Decker deutete mit dem Kopf auf den Rollstuhl. »Was ist Ihnen zugestoßen?«

Ross' Augen hinter den Brillengläsern schienen zu schwarzen Kügelchen zu schrumpfen. »Was mir zugestoßen ist? Zum Teufel, das Leben ist mir zugestoßen. Mehr brauchen Sie nicht zu wissen.«

»Na schön. Haben Sie jemals irgendwelche Leute bei dem Haus gesehen?«

»Sie behaupten, Cop zu sein, aber stimmt das auch? Ich bin alt. Ich misstraue allem und jedem.«

Decker ging näher an den alten Mann heran und hielt seinen Ausweis hoch.

»FBI, was?« Ross' kleine Augen bewegten sich in ihren runzligen Höhlen, als er die Angaben auf der Karte betrachtete. »Überall Feds. Warum? Im Fernsehen hieß es, im Haus hätten zwei Leichen gelegen. Okay, aber warum sollte das eine Bundesangelegenheit sein?«

»Viele Dinge sind Bundesangelegenheit«, erwiderte Decker.

»Zu viele!«, stieß Ross hervor und verunzierte die Veranda mit der nächsten Ladung Spucke. »Die Regierung hat die Finger in jeder verdammten Sache drin. Es widert mich an.«

»Also sind Sie dafür, dass jeder nur für sich selbst zuständig ist?«

»Ich bin dafür, dass sich die Regierung aus meinen Angelegenheiten raushält. Und ich bin dafür, dass die Regierung aufhört, die Partei von Leuten zu ergreifen, die keine Hilfe brauchen. Sehen Sie mich an. Ich hab nichts! Aber Sie werden mich nicht dabei erwischen, dass ich deshalb jammere. Sie werden mich nicht dabei erwischen, wie ich um Almosen bitte, weil ich irgendein Problem habe oder weil ich der Ansicht bin, dass mir jemand keine faire Chance gegeben hat. Verdammt, nichts am Leben ist fair. Wenn es einem nicht gefällt, soll man dahin zurückgehen, wo man hergekommen ist, sage ich, und auf dem Weg hinaus soll man sich nicht von der amerikanischen Flagge am Arsch treffen lassen.«

»Interessante Philosophie«, bemerkte Decker.

»Ach, zum Teufel damit, ich verstehe nichts von Philosophie. Ich sehe nur die Welt mit meinen eigenen Augen. Wie sie wirklich ist.«

»Und wie ist die Welt wirklich?«

»Für Leute wie mich nicht annähernd so gut, wie sie mal war.«

Decker beschloss, das Thema in eine andere Richtung zu lenken. »Sie sagten, Sie hätten Leute in diesem Haus gesehen?«

»Wirklich? Muss ich vergessen haben.«

»Wenn Sie etwas wissen, Mr. Ross, müssen Sie es mir sagen.«

»Warum? Weil Sie ein Fed sind? Ist das jetzt das Zauberwort, oder was?«

»Nein. Ich bin bloß ein Cop, der die Wahrheit herausfinden will.«

Ross grinste maliziös. »Das sagen sie im Fernsehen auch immer. Aber ich glaube denen nicht, und ich glaube Ihnen nicht.«

»Wenn Sie etwas beobachtet haben und es mir nicht sagen, könnten die Leute, die diese Männer ermordet haben, zum gleichen Schluss kommen. Dass Sie etwas gesehen haben. Sie könnten in Gefahr sein.«

Zur Antwort lüftete Ross die Decke, die seine verkümmerten Beine bedeckte, und enthüllte eine abgesägte Schrotflinte. Er hielt die Mündung ungefähr in Deckers Richtung.

»Dieses Baby habe ich schon sehr lange. Eine Remington Doppel-Null-Schrotladung im Lauf. Geladen und gesichert. Sollte jemand auf mich losgehen, hat er Pech gehabt. Feds eingeschlossen. Und ich gebe keine Warnschüsse ab. Habe dafür noch nie eine Notwendigkeit gesehen.«

Decker trat einen Schritt zurück. »Nur damit Sie es wissen … einen Bundesbeamten zu bedrohen ist eine Straftat. Und wenn Sie diese Ladung mit einem gekürzten Lauf abschießen, wird der Rückstoß Sie und Ihren Rollstuhl direkt durch die Wand befördern. Und Ihre Chancen auf einen zweiten Schuss sind gleich null, weil Sie dann vermutlich eine Gehirnerschütterung haben.«

»Wen interessiert schon eine Gehirnerschütterung, wenn der, auf den ich geschossen habe, wie ein Schweizer Käse aussieht?«

»Ich bin mir ziemlich sicher, dass abgesägte Schrotflinten in Pennsylvania verboten sind. Ich könnte Sie verhaften.«

Der alte Mann beugte sich vor. »Vielleicht kapieren Sie's ja noch, solange Sie hier in der Stadt sind, Amos.«

»Was soll ich kapieren?«

»Dass es in Baronville nichts wirklich Illegales gibt.«

22

»Decker!«

Decker ging gerade an dem Mordhaus vorbei, als jemand seinen Namen rief.

Es war Kate Kemper. Sie stand im Hauseingang.

Decker blieb stehen und drehte sich zu ihr um.

»Was machen Sie hier?« Sie kam auf ihn zu.

»Nur einen Spaziergang.«

Sie warf einen Blick auf die Uhr. »Und Ihr Spaziergang führt Sie zufällig um vier Uhr morgens hier vorbei?« Sie baute sich vor Decker auf, während er über ihre Schulter hinweg das Haus betrachtete.

»Es juckt Ihnen in den Fingern, wieder dort reinzugehen, nicht wahr?«

Decker konzentrierte sich auf sie. »Würde es Ihnen an meiner Stelle nicht genauso gehen?«

Sie betrachtete seine abstehenden Haare. »Ich wollte Sie schon bei unserer ersten Begegnung nach Ihrer Frisur fragen. Tragen Sie Ihr Haar immer so?«

»Ich habe eine Kopfverletzung.«

»Woher?«

»Mir und meiner Partnerin ist ein Wohnwagen um die Ohren geflogen.«

Sie musterte ihn. »Wie ist das denn passiert?«

»Jemand hat versucht, den Wohnwagen in einen Ofen zu

verwandeln, als wir gerade drin waren. Meine Partnerin und ich konnten noch raus, bevor wir gebraten wurden, aber als sich der Propangastank entzündete, flog das Ding in die Luft. Ein Trümmerstück traf mich am Kopf.«

»Wissen Sie, wer das getan hat?«

»Noch nicht. Aber ich arbeite daran. Ich nehme es persönlich, wenn jemand versucht, mich umzubringen.«

»Das würde ich auch.« Sie musterte ihn. »Ich habe Sie mittlerweile überprüft. Das FBI singt ein unglaubliches Loblied auf Sie.«

»Wie schön. Haben Sie im Haus etwas Interessantes gefunden?«

Sie legte den Kopf schief. »Sie halten nichts von Schmeichelei?«

»Ich konnte noch nie einen Wert darin erkennen.«

Sie musterte ihn abschätzend. »Um auf Ihre Frage einzugehen – die Antwort hängt vermutlich davon ab, was Sie für interessant halten.«

»Zum Beispiel?«

»Wie wäre es mit Forensik? Der Gerichtsmediziner hat uns neue Informationen zukommen lassen. Wollen Sie sie hören?«

»Wozu? Sie wollten uns doch nicht dabeihaben.«

»Ich habe nur gesagt, dass alles über mich laufen muss.«

»Okay. Ich bin ganz Ohr.«

»Der Mann im Keller starb an einer Überdosis Carfentanyl. Das ist ein Betäubungsmittel für große Tiere wie Elefanten. Ungefähr das stärkste kommerzielle Opiat überhaupt. Die Russen benutzen es bei Attentaten als Waffe.«

»Das würde den Schaum an den Lippen des Mannes erklären.«

Kemper lächelte seltsam. »Und der andere Mann, den Sie an der Decke fanden, starb durch Strangulation.«

»Die aber nicht durch das Hängen verursacht worden sein kann.«

Kemper hob die Brauen. »Das wussten Sie schon?«

Decker nickte. »Hoffentlich verlassen Sie sich nicht auf den örtlichen Gerichtsmediziner. Ich weiß mehr über Forensik als er. Der Mann hat bei der Todeszeit so richtig Mist gebaut.«

Ein neugieriger Ausdruck erschien auf Kempers Miene. »Woher wollen Sie das wissen?«

»Er hat sämtliche verräterischen Anhaltspunkte bei den Beweismitteln übersehen. Und Ihrem Blick zufolge ist Ihnen das bereits bekannt. Also verraten Sie mir, was Sie noch gefunden haben.«

»Woher wollen Sie wissen, dass ich noch etwas gefunden habe?«

»Sie sind jemand, der die Dinge gern auf seine Weise erledigt und sich nicht auf die Leute vor Ort verlässt, wenn es um Informationen geht.«

Kemper lächelte. »So langsam entdecke ich eine andere Seite an Ihnen, Decker.«

»Ich habe eine ganze Menge davon. Also, was haben Sie gefunden?«

»Sie haben recht. Ich habe meine eigene Gerichtsmedizinerin mitgebracht. Sie hat sich die Leichen und die Untersuchungsberichte angesehen und ist zu Ergebnissen gekommen, die nicht unbedingt mit denen des örtlichen Gerichtsmediziners übereinstimmen. Aber erzählen Sie mir zuerst von Ihrer Analyse des Todeszeitpunkts.«

»Die Leichenstarre setzt ungefähr zwei Stunden nach dem Tod ein, beginnt in den kleinen Muskeln, Gesicht und Hals. Dann greift sie auf die größeren Muskelgruppen in den Extremitäten über. Später bildet dieser Prozess sich wieder zurück. Die volle Totenstarre tritt normalerweise zwölf bis achtzehn Stunden nach dem Tod ein. Die Steifheit des Körpers hält sich ungefähr genauso lange. Dann bildet sich die Leichenstarre wieder zurück und verschwindet nach sechsunddreißig bis achtundvierzig Stunden völlig – das hängt von verschiedenen Faktoren ab, einschließlich der Umgebung. Schließlich wird der Körper wieder schlaff.« Er legte eine kurze Pause ein. »Wenden wir dieses Wissen an. Die Opfer sind in einem leer stehenden Haus zwanzig Stunden oder länger tot, eines davon in einem schimmeligen Keller. Sie wären voller Insekten und Eier, und der Verwesungsprozess hätte begonnen. Doch die Gliedmaßen des Mannes im Keller fühlten sich nicht steif an, wie das bei Toten mit Leichenstarre normalerweise der Fall ist. Irgendwas stimmte da nicht, sagte mir schon die erste Berührung. Außerdem waren die Leichen viel zu kalt für die Temperatur im Haus. Das hätte dem Gerichtsmediziner der Wert der Kerntemperaturerfassung verraten müssen, aber er ging einfach davon aus, dass sein Thermometer defekt war.«

Kemper nickte immer wieder, während Decker sprach. »Und jetzt verrate ich Ihnen, was meine Expertin glaubt. Sie vermutet, dass die Opfer ungefähr zur selben Zeit ermordet wurden, die auch der örtliche Gerichtsmediziner angegeben hat, aber unter ganz anderen Umständen.« Sie musterte ihn. »Wie kann das möglich sein kann, wenn Sie alles in Betracht ziehen, was Sie wissen? Haben Sie eine Erklärung?«

Wieder warf Decker einen Blick auf das Haus, dann sprach er langsam, als würde er laut denken. »Man hat die Leichen an einem anderen Ort ermordet, ungefähr zwanzig Stunden oder länger, bevor ich sie entdeckt habe, und dann in einem geschlossenen Behälter, einer Kühltruhe vielleicht, unter extrem kalten Bedingungen aufbewahrt. Deshalb konnten die Körper keine Leichenstarre entwickeln, und Insekten kamen nicht an sie heran. Sobald man die Leichen dieser geschlossenen Umgebung entnahm, setzte der Prozess der Leichenstarre ein. Das würde auch erklären, warum das Thermometer des örtlichen Gerichtsmediziners verrückte

Ergebnisse lieferte. Und die seltsame Steife in den Gliedmaßen. Die lag nicht an der chemischen Reaktion toter Muskeln, sondern daran, dass eine gefrorene Leiche gerade auftaut. Und Schmeißfliegen entdecken Leichen unter anderem anhand von Gerüchen, die von austretenden Flüssigkeiten und Gasen verursacht werden. Wären die Toten eingefroren gewesen, hätte es die Entstehung dieser Gerüche verhindert. Und hätten die Leichen nur kurz hier gelegen, wäre der Insektenbefall nicht besonders groß gewesen, was zu den Fakten des Tatorts passt.« Er hielt inne. »Aber wenn das der Fall ist, wäre kein Schaum an den Lippen des Mannes gewesen. Dieser Schaum hätte sich schon lange zuvor aufgelöst.«

»Nicht, wenn die Täter bei der Platzierung der Leiche des Mannes im Keller einen zusammengebrauten Rückstand hinterlassen hätten, weil sie wussten, dass die toxikologischen Tests die Medikamente im Körper ihres Opfers nachweisen würden. Hätte man den Mann direkt nach seinem Tod dort liegen lassen, wäre der Schaum wahrscheinlich noch da gewesen.«

»Geht Ihre Gerichtsmedizinerin davon aus, dass man die Leichen nach dem Tod bewegt hat?«

»Sie *weiß*, dass es zumindest bei einer von ihnen der Fall war. Das verraten die Totenflecke.«

»Der Gehängte, nicht wahr?« Decker nickte. »Ich habe die Flecken auf seinem Rücken gesehen. Hätte man ihn dort aufgehängt und zurückgelassen, hätte es sie nie gegeben.«

»Genau das hat meine Gerichtsmedizinerin auch gesagt«, bemerkte Kemper. »Außerdem gab es tatsächlich *zwei* Reihen von Ligaturen. Das hat der hiesige Gerichtsmediziner entweder übersehen, nicht für wichtig gehalten oder den Unterschied nicht begriffen. Die Spuren vom Seil sind offensichtlich post mortem entstanden.«

»Wer immer das getan hat, hat also die Details verfälscht und vielleicht darauf gehofft, dass die Autopsien nicht vom besten Gerichtsmediziner durchgeführt werden. Und dieser Wunsch wäre beinahe in Erfüllung gegangen. Wie ist Ihre Expertin auf das Szenario mit der Kühltruhe gekommen?«

»Es war die einzige Möglichkeit, die forensischen Widersprüche zu erklären. Und bei einem der Opfer gab es Spuren von Hautveränderungen an der Schulter.«

»Haben wir gesehen. Anfangs haben wir vermutet, sie könnten von einem Medizinpflaster stammen.«

»Meine Gerichtsmedizinerin nimmt an, dass es Gefrierbrand auf der Haut ist, wo sie offen zugänglich war. Sie war sich ziemlich sicher, dass diese Hautveränderungen ebenfalls post mortem entstanden sind. Aber sie hat ausdrücklich betont, dass ihre Todeszeit eine Schätzung ist. Wenn man die Leichen direkt nach dem Tod in eine Gefriertruhe gesteckt und später in das Haus gebracht hat, ist eine genaue Berechnung des Todeszeitpunkts unmöglich.«

»Wer immer dafür verantwortlich ist, wollte sichergehen, dass wir nicht genau ermitteln können, wann die Opfer gestorben sind.«

»Und damit macht er ein Schlüsselelement der Morduntersuchung unbrauchbar.«

»Alibis verlieren so gut wie jede Bedeutung«, sagte Decker nachdenklich.

»Genau.«

»Irgendwann muss man die Leichen hergeschafft haben, kurz bevor ich sie entdeckt habe. Im Haus gab es keine Tiefkühltruhe. Also hat man sie an einem anderen kühlen Ort gelagert, bevor sie hierhertransportiert wurden.«

»Sie haben einen Wagen gehört?«

»Ja. Und ein anderes Geräusch.«

»Was für eins?«

»Es war eher eine Reihe von Geräuschen. Eine Art Schaben und ein dumpfer Schlag.«

»Noch etwas?«

»Ein Flugzeug. Sonst nichts. Aber wie kann jemand zwei Leichen in dieses Haus schleppen, und niemand sieht etwas?«

»Wenn ich recht verstanden habe, wohnt in diesem Viertel kaum noch jemand.«

»Aber die Mörder konnten sich nicht darauf verlassen, dass kein Auto vorbeifährt. Oder dass niemand aus dem Fenster schaut. Es braucht nur zwei Augen.« Decker schwieg kurz. »Verraten Sie mir, was Ihre ermordeten Agents hier gemacht haben? Und warum sie undercover waren? Falls sie mit Verbrechertypen herumgehangen haben, können wir die Liste unserer Verdächtigen wohl eingrenzen, erst recht an einem Ort wie diesem.«

Sie schürzte die Lippen. »Das bleibt unter uns.«

»Es bleibt unter uns«, bestätigte Decker.

»Die beiden Toten in dem Haus hießen Will Beatty und Doug Smith. Beatty war der Tote im Keller, Smith der Erhängte.«

»Und sie haben verdeckt für die DEA ermittelt?«

»Ja und nein.«

»Was meinen Sie damit?«

»Die beiden *haben* verdeckt für uns ermittelt«, gab Kemper zu. »Dann aber wurden sie abtrünnig.«

»Woher wollen Sie das wissen? Vielleicht ist auch nur ihre Tarnung aufgeflogen.«

»Wir haben diese Möglichkeit in Betracht gezogen, bis etwas geschah, das uns eines Besseren belehrte.«

»Und was?«

»Die beiden Ermordeten haben mit einem gewissen Randy Haas zusammengearbeitet.«

»Gehörte er ebenfalls zur DEA?«

»Nein. Er war ein Krimineller, den wir an der kurzen Leine hatten. Ein Informant. Er arbeitete mit Beatty und Smith zusammen. Hätte er uns reingelegt, wäre er lebenslang ins Gefängnis gewandert.«

»Was ist mit ihm passiert?«

»Er bekam eine tödliche Dosis Morphium verabreicht. Aber mit seinem letzten Atemzug beschuldigte er Beatty und Smith, ihn getötet zu haben.«

»Hat dieser Haas einen Grund dafür genannt?«

»Nein. Nur dass es die beiden waren.«

»Warum sollten sie ihn umbringen?«

»Keine Ahnung.«

»Und Sie glauben Haas' Aussage?«

»Es ist die Aussage eines Sterbenden, Decker. Weshalb hätte er lügen sollen? Darüber hinaus bekamen wir weder Beatty noch Smith zu fassen.«

»Wer immer die beiden getötet hat, wusste, dass sie Cops waren. Sie haben den einen als Polizisten angezogen und den anderen mit Schweineblut übergossen.«

»Was aber nichts an der Tatsache ändert, dass die beiden auf die dunkle Seite gewechselt sind.«

»Manche Leute verzeihen nun mal nicht«, meinte Decker. »Erst recht nicht diejenigen, die bereits auf der dunklen Seite stehen.«

23

Nach nur drei Stunden Schlaf ging Decker nach unten. Zoe saß in der Küche und frühstückte, bevor sie zur Schule ging.

Er schenkte sich eine Tasse Kaffee ein und nahm von Amber einen getoasteten Bagel entgegen. Sie eilte durch die Küche, um Zoes Mittagessen zu packen, während sie sich gleichzeitig um die Wäsche in dem kleinen angrenzenden Zimmer kümmerte. Frank war bereits zur Arbeit.

Müde setzte Decker sich Zoe gegenüber, trank seinen Kaffee und aß seinen Bagel, während das Mädchen Cornflakes löffelte.

Als Decker ihr einen Blick zuwarf, bemerkte er, dass sie ihn musterte.

»Du bist gestern Nacht weggegangen«, sagte sie. »Ich hab dich von meinem Fenster aus gesehen.«

»Ich konnte nicht schlafen. Aber warum warst du noch auf? Ich dachte, du wärst wieder ins Bett gegangen.«

Zoe zuckte mit den Schultern und tippte mit dem Löffel gegen ihre Schüssel.

»Zoe, beeil dich«, rief ihre Mutter aus der Waschküche. »Wir müssen in fünf Minuten los, und du musst dir noch die Zähne putzen und dich kämmen. Hast du deine Büchertasche, junge Dame? Und deine Flöte?«

Zoe verdrehte die Augen und aß noch einen Löffel Cornflakes, wobei sie Decker unverwandt anstarrte. »Hast du die bösen Leute schon gefunden?«

»Noch nicht. Aber ich arbeite daran.«

»Deine Haare sehen komisch aus.«

»Das tun sie immer.«

»Nein, ich meine, dass sie in der Mitte zusammenkleben.«

»Ich hab dort … äh … zufällig Klebstoff hinbekommen.«

Das gefiel Zoe. »Ich habe mir auch mal Klebstoff in die Haare gemacht. Mom war echt sauer. Sie musste sie mit einer Schere rausschneiden. Soll ich sie dir auch rausschneiden?« Sie senkte die Stimme. »Mom gefällt es gar nicht, wenn ich eine Schere benutze und sie nicht dabei ist, aber wir müssen es ihr ja nicht verraten.«

»Danke, aber ich glaube, ich lasse es einfach rauswachsen.«

Sichtlich enttäuscht konzentrierte Zoe sich wieder auf ihre Cornflakes.

Amber kam in die Küche. »Bist du fertig?«, fragte sie ihre Tochter.

»Ich muss mir noch die Zähne putzen und mich kämmen. Und meine Flöte konnte ich nicht finden.«

»Heute ist dein Geburtstag, ich weiß, aber komm in die Gänge, junge Dame.«

Zoe hielt ihre bis zur Hälfte geleerte Schüssel in die Höhe. »Aber Mom …«

»O nein, das kannst du diesmal vergessen. Du kannst im Auto aufessen. Und jetzt los! Und komm ja nicht ohne deine Flöte runter. Ich habe sie gestern Abend auf deiner Kommode gesehen.«

Zoe stand langsam auf und verabschiedete sich mit einem halbherzigen Winken von Decker.

»Herzlichen Glückwunsch, Zoe«, sagte er.

Nachdem sie das Zimmer verlassen hatte, atmete Amber tief durch. »Kinder.«

»Ja«, sagte Decker.

»Ein Sohn könnte nicht schwieriger sein als ein Mädchen.«

»Ich hatte keinen Sohn«, sagte Decker. »Nur eine Tochter.«

Amber erstarrte und nahm langsam gegenüber von Decker Platz. »Alex hat mir davon erzählt«, sagte sie zögernd.

»Ja.«

»Es tut mir schrecklich leid.«

»Ja.«

Als Decker nichts hinzufügte, stand Amber auf und sagte unbeholfen: »Ich … äh … muss Zoe jetzt zur Schule bringen.«

»Ja«, sagte Decker und starrte auf den Tisch.

*

Ein paar Minuten später gesellte sich Jamison zu ihm und holte sich eine Tasse Kaffee.

»Ich habe gestern Abend mit Agentin Kemper gesprochen«, sagte Decker. »Besser gesagt, früh am Morgen. Kommt darauf an, wie man es sieht.«

»Was sagst du da?« Verwundert setzte Jamison sich ihm gegenüber. »Wo?«

»Vor dem Haus, in dem wir die Toten gefunden haben.«

»Was hast du da gemacht?«

»Ich konnte nicht schlafen, also habe ich einen Spaziergang zum Mordhaus unternommen. Bei der Gelegenheit habe ich Fred Ross kennengelernt, den Nachbarn, mit dem Green und Lassiter noch nicht gesprochen hatten. Er ist ein knurriger alter Mistkerl mit einer abgesägten Schrotflinte unter der Decke. Ich dachte schon, er würde auf mich schießen.«

»Hat er irgendwas gesagt?«

»Dass er zur fraglichen Zeit nicht zu Hause gewesen sei. Aber er hat noch etwas anderes gesagt.«

»Was?«

»Er sei zu der Erkenntnis gelangt, dass in Baronville nichts wirklich illegal ist.«

Jamison furchte die Stirn. »Was hat er damit gemeint?«

»Keine Ahnung. Aber auf dem Rückweg kam gerade Kemper aus dem Mordhaus.«

»Hat sie wieder den harten Cop gespielt?«

»Nein, sie scheint ein bisschen lockerer geworden zu sein. Hat mir etwas über die beiden Toten erzählt. Sie waren DEA-Agenten. Will Beatty und Doug Smith. Beatty war der im Keller, Smith der Erhängte. Sie hatten undercover ermittelt, wie ich es vermutet habe. Aber Kemper zufolge sind die beiden abtrünnig geworden.«

»Abtrünnig? Was soll das heißen?«

»Angeblich haben sie einen Kriminellen umgebracht, mit dem sie gearbeitet haben. Einen gewissen Randy Haas. Wie es aussieht, wurden Beatty und Smith nach ihrer Ermordung buchstäblich auf Eis gelegt, um die Bestimmung der Tatzeit zu verschleiern. Kemper hat ihre eigene Gerichtsmedizinerin mitgebracht, weil sie dem Mann hier vor Ort nicht traut.«

»Du hast ihm auch nicht vertraut. Das beweist wohl, dass du richtiggelegen hast.«

»Beatty starb durch eine massive Überdosis eines superstarken Opiats, das ihm offensichtlich zwangsweise verabreicht wurde. Smith wurde erdrosselt, aber nicht mit dem Seil.«

»Dann waren sie schon tot, als man sie in das Mordhaus gebracht hat?«

»Sieht so aus.«

»Wozu der Aufwand?«

»Keine Ahnung.«

»Es ist ein Risiko, zwei Leichen ins Haus zu schaffen. Jemand hätte etwas sehen können.«

»Ich weiß. Ich habe auch noch keine Erklärung dafür.«

»Dann haben Beatty und Smith die Seiten gewechselt?«

»Glaubt zumindest Kemper.«

»Und was glaubst du?«

»Ich weiß nicht genug, um eine Vorstellung zu haben. Ich sammle noch immer Informationen.«

»Und was tun wir jetzt?«

»Wir graben weiter. Als Nächstes ist Bradley Costa an der Reihe, unser Banker. Zuerst fahren wir zu seinem Arbeitsplatz, dann zu seinem Haus. Anschließend überprüfen wir Michael Swanson. Und dann will ich mit John Baron dem Vierten sprechen.«

»Mit Baron? Warum?«

»Wie ich schon sagte – ich glaube, dass er gelogen hat und eins der Opfer kannte. Und jemanden, der bei so einer Sache lügt, will ich besser kennenlernen.«

»Wie du ihn beschrieben hast, scheint er ein interessanter Typ zu sein.«

»Er *ist* ein interessanter Typ. Aber das bedeutet nicht, dass er in die Sache verstrickt ist.« Nachdenklich fügte er hinzu: »Ich frage mich, warum er in einer Stadt bleibt, die ihn hasst bis aufs Blut.«

»Vielleicht steht er drauf, sich quälen zu lassen.«

»Ich glaube, es gibt einen anderen Grund dafür.« Decker streckte die Hand aus, nahm den Zettel mit den Zahlen von der Küchentheke und hielt ihn hoch.

»Was ist das?«, fragte Jamison.

Decker erzählte ihr, wie Zoe sein Gedächtnis auf die Probe gestellt hatte.

»Offenbar ist die Kleine fasziniert von dir.«

»Darum geht es nicht, Alex.« Behutsam betastete er seine Kopfwunde. »Ich habe mir den Zettel nach der Gehirnerschütterung noch einmal angesehen.«

»Und?«

»Ich konnte mich nicht an die letzten beiden Zahlen erinnern. Ich habe den Versuch dann wiederholt. Diesmal konnte ich mich an die letzten beiden Zahlen erinnern, aber nicht mehr an die in der Mitte.«

»Du glaubst, es hat mit deiner Kopfverletzung zu tun?«

»Ich weiß es nicht. Möglich. Wenn nicht sogar wahrscheinlich.«

Er wirkte so bedrückt, dass Jamison sagte: »Decker, dein Supergedächtnis ist nicht das Einzige, das dich in deinem Job so außergewöhnlich macht. Du bist seit mehr als zwanzig Jahren Cop. Dir fallen Dinge auf, die allen anderen entgehen. Du enträtselst Probleme auf eine Weise, wie ich es noch bei keinem anderen erlebt habe. Und du gibst nie auf.«

»Vielleicht.«

»Da gibt es kein Vielleicht.«

»Danke, Alex. Das weiß ich zu schätzen.«

»Wow, möglicherweise hat deine Gehirnerschütterung ja auch ein paar positive Folgen.«

»Was soll das denn heißen?«

Jamison seufzte. »Na, egal.« Sie spielte mit ihrer Kaffeetasse. »Ist es Kemper wirklich recht, dass wir hier ermitteln?«

»Ich glaube schon. Aber ich würde auch ermitteln, wenn es ihr nicht recht wäre.«

»Du machst dir nie Sorgen wegen der FBI-Politik, oder wie sich eine Situation nach außen darstellt, oder?«

»Nicht, wenn es um Mord geht«, erwiderte Decker.

24

Decker sah sich um. Seine Miene war finster. Er konnte Banken nicht ausstehen. Nicht mehr, nachdem man damals in Burlington sein Haus und sein Auto zwangsversteigert und ihm das Dach über dem Kopf und den fahrbaren Untersatz weggenommen hatte.

Bradley Costas Büro in der Baronville National Bank war geräumig und mit Erinnerungsstücken lokaler Veranstaltungen gefüllt. Die Bank hatte alles Mögliche gesponsert, vom Debattierclub der Highschool bis hin zu Baseball-Jugendmannschaften der Little League, ganz zu schweigen von örtlichen Zweigstellen karitativer Vereine wie Kiwanis und der Veteranenorganisation.

Costas Schreibtisch beherrschte das Büro. Familienfotos gab es keine; Costa war Single gewesen und hatte keine Kinder gehabt. Wie Decker und Jamison inzwischen erfahren hatten, war er in New York geboren, im Stadtteil Queens, hatte in Syracuse das College besucht, an der NYU seinen MBA gemacht und an der Wall Street gearbeitet, bevor er nach Baronville gezogen war.

Jamison betrachtete die Fotos an der Wand. »Fotos mit dem Gouverneur, dem Bürgermeister, dem Stadtrat, dem Polizeichef. Und da drüben ist die örtliche Historische Gesellschaft, der Gartenclub der Ladies und die Töchter der Amerikanischen Revolution. Der Typ war definitiv ein Schwätzer.«

Deckers Blick schweifte noch immer durch das Büro. Alles hier war ordentlich, organisiert, effizient. Und hinter dem Schreibtisch hatte ein Mann gesessen, den man zusammen mit einem Drogenhändler in einer Autowerkstatt erschossen hatte, obwohl zwischen beiden Männern nicht die geringste Verbindung bestand, wie es aussah.

Sie hatten bereits mit Angestellten gesprochen, die mit Costa gearbeitet hatten. Man hatte ihn durchweg als freundlich, arbeitswütig und überaus ehrlich beschrieben. Niemand hatte eine mögliche Erklärung für den Mord, und niemand konnte sich vorstellen, dass Costa auch nur ansatzweise mit Michael Swanson zu tun gehabt hatte.

»Ob Costa ein Doppelleben geführt hat, von dem sonst niemand wusste?«, fragte Jamison.

Decker nahm ein Foto vom Schreibtisch des toten Bankers. Darauf war Costa mit einer jungen Frau zu sehen.

»Ich kenne die Frau«, sagte er.

»Woher?«

»Sie ist die Barfrau in der Mercury Bar. Ihr Name ist Cindi. Sie ist mit John Baron befreundet.«

Jamison warf einen Blick auf das Foto. »Costa war ein gut aussehender Bursche. Und diese Cindi ist eine echte Schönheit. Vielleicht hatten sie was miteinander.«

»Finden wir es heraus«, sagte Decker.

Jamison holte Costas Sekretärin, Emily Hayes, und fragte sie nach dem Foto.

»Ich glaube, es wurde auf einer örtlichen Geschäftsversammlung aufgenommen, die Brad organisiert hatte. Er hatte es sich zur Aufgabe gemacht, hier in Baronville möglichst viele solcher Events zu veranstalten, denn es gibt hier noch einigen Reichtum, und Brad verstand sich gut darauf, ihn anzuzapfen. Sogar bei sich zu Hause hat er Cocktailpartys und Zusammenkünfte veranstaltet. Wir haben noch nie jemanden gehabt, der sich um so etwas gekümmert hat. Brad war ein Mann der Tat. Er hatte die Energie, die wir hier dringend brauchen. Man wird ihn sehr vermissen.«

Angesichts der Miene und des Tonfalls der Sekretärin fragte sich Decker, ob die Frau, die in den Fünfzigern war, mehr als nur kollegiale Sympathie für den jungen charismatischen Banker empfunden hatte.

»Sie kennen die Frau auf dem Foto?«, fragte er.

»O ja, das ist Cindi Riley. Ihr gehört die Mercury Bar.«

»Sie ist die Besitzerin?« Decker war überrascht. »Dafür kommt sie mir ein bisschen jung vor.«

»Die Kneipe gehörte ihrem Vater. Aber sie schmeißt den Laden. Sie ist eine tüchtige Geschäftsfrau.«

»Hatten Brad Costa und diese Cindi Riley eine Beziehung?«

»Nicht, dass ich wüsste.«

»Aber es ist das einzige Foto auf Costas Schreibtisch. Und er hat sich mit vielen Geschäftsleuten fotografieren lassen.«

Hayes musterte ihn erstaunt. »Ich weiß nicht, was ich sagen soll. Brad hat sein Privatleben streng von seiner Arbeit getrennt. Und er hat mich nicht eingeweiht, ob er sich mit jemandem trifft.«

»Was ist mit John Baron?«, fragte Decker.

Die Frau runzelte die Stirn. »Was soll mit ihm sein?«

»War er Kunde dieser Bank?«

»Er hatte früher ein Konto hier.«

»Kannte er Costa?«

»Falls ja, weiß ich nichts davon.« Ihre Miene wurde nachdenklich. »Wenn ich darüber nachdenke ... die Bank hält wohl die Hypothek auf den Baron-Besitz. Aber die Einzelheiten kenne ich nicht.«

»War Costa für diese Transaktionen verantwortlich?«

»Schon möglich, aber ich kann es nicht mit Sicherheit sagen.

Ich bin nicht befugt, Einblick in Kundenkonten zu nehmen oder sie jemandem zu enthüllen.«

»Na schön. Kennen *Sie* Baron persönlich?«, fragte Decker.

Hayes schürzte die Lippen. »Nein, ich kenne ihn nicht.«

»Sie klingen ein bisschen feindselig«, meinte Jamison.

Hayes bedachte sie mit einem bohrenden Blick. »Mein Großvater ist in einer von Barons Minen gestorben. Und meine Mutter musste jahrelang Schwerstarbeit in der Textilfabrik leisten. Dann kommt sie eines Tages zu ihrer Schicht, und am Eingang hängt ein Schild, auf dem bekannt gegeben wird, dass man die Fabrik geschlossen hat. Für immer. Keine Vorwarnung. Es sollte einen Rentenplan geben, aber das waren leere Worte. Mom ist kurz darauf gestorben, vermutlich durch den ganzen Stress.«

»Hatten die Barons ihre Firmen da nicht schon längst verkauft?«, hakte Decker nach.

Hayes verschränkte die Arme vor der Brust und starrte ihn böse an. »Glauben Sie wirklich, die Barons hätten ihre Arbeiter anders behandelt, hätten sie noch das Sagen gehabt?«

»Was können Sie uns noch über Costa erzählen?«, fragte Decker. »Kam er an dem Tag, an dem er verschwunden ist, zur Arbeit?«

»Ja. Brad war den ganzen Tag hier. Als er am nächsten Tag nicht ins Büro kam und wir ihn auch nicht erreichen konnten, hat Mr. Beecher, unser Geschäftsführer, die Polizei verständigt.«

»Gab es an dem Tag hier im Büro etwas Besonderes?«

»Nicht, dass ich wüsste. Und Brad schien es gut zu gehen. Das hat mich auch schon die Polizei gefragt. Der habe ich genau das Gleiche gesagt.«

»Hatte er Pläne nach Feierabend?«

»Keine Ahnung, aber das hätte er mir wohl kaum erzählt.«

»Hatte Costa mit irgendjemandem hier Probleme?«, fragte Decker. »Oder mit einem Kunden?«

»Nicht, dass ich wüsste.«

»Das sagen Sie oft«, meinte Decker. »Hätten Sie es denn wissen *können?*«

Ein Ausdruck des Unwillens huschte über ihr Gesicht, dann aber sagte sie: »Vermutlich. Ich war seine Sekretärin. Er ist mit jedem hier großartig ausgekommen. Jeder hat ihn gemocht. Er war ein sehr glücklicher Mensch. Natürlich hatte auch Brad Kunden, bei denen die Bank Darlehen einfordern oder Immobilien zwangsvollstrecken musste. Aber die Leute hier zahlen ihre Rechnungen, wenn sie können. Und wenn sie es nicht können und ihr Heim oder ihre Autos verlieren, haben sie Verständnis dafür. Ein Vertrag ist ein Vertrag.«

»Sehr verständnisvoll von den Leuten.« Deckers Tonfall verriet, dass er ihr nicht glaubte.

»Sehen Sie sich auch Brads Wohnung an?«, wollte Hayes wissen.

»Warum?«, fragte Decker.

»Sie könnten die Blumen gießen.«

»Sie waren schon mal dort?«

»Ich habe bei einigen der Geschäftszusammenkünfte geholfen«, antwortete sie affektiert.

Nachdem sie das Gebäude verlassen hatten, sagte Jamison: »Sie hat nicht viel preisgegeben. Na ja, vielleicht weiß sie nichts.«

»Oder sie hat gelogen«, erwiderte Decker.

25

»Die Blumen müssen wirklich mal gegossen werden«, bemerkte Jamison.

Sie standen in Costas Loft in der Ortsmitte von Baronville.

Es war offen und luftig. Die Ziegelwände waren unverputzt. Alles hatte ein Flair, für das vermutlich eine Kombination aus tiefen Taschen und einem Profidesigner verantwortlich war.

»Nett hier«, sagte Jamison. »Hier wurde an nichts gespart. Hast du die Plakette unten gesehen? Das hier war mal eine alte Textilfabrik. Also haben die Barons den Stadtbewohnern doch etwas hinterlassen.«

»Costa wird nichts mehr davon haben«, versetzte Decker.

Er trat an ein Regal, das in eine der Wände eingebaut war. Dort standen mehrere gerahmte Fotos.

Er betrachtete eines nach dem anderen.

»Sieh dir das an.«

Jamison trat zu ihm.

Decker zeigte auf das Foto eines Baseballteams der Little League, das ein Banner in die Höhe hielt.

»Und? Wir wissen doch von seiner Sekretärin, dass die Bank Baseballmannschaften sponsert.«

»Ja, aber sieh dir mal den Trainer an.«

Jamison betrachtete den hochgewachsenen, schlanken Mann, der lächelnd in die Kamera schaute.

»Ein gut aussehender Typ. Wer ist das?«

»John Baron.«

»Du willst mich verarschen.«

Decker deutete auf das Datum, das im Rahmen eingraviert war. »Das wurde vor einem Jahr aufgenommen. Baron hat eine Mannschaft trainiert, die von der Bank gesponsert wird, kennt aber Costa nicht, einen der Häuptlinge dort?«

»Ist doch möglich. Man muss nicht unbedingt den Trainer kennen, um eine Mannschaft zu unterstützen. Man muss nur einen Scheck ausstellen.«

»Aber das ist hier das einzige Foto, das irgendwie mit der Bank zu tun hat«, stellte Decker fest. »Die anderen zeigen Berge, Flüsse und die Gegend. Möglicherweise war Costa Amateurfotograf. Aber warum gibt es hier nur dieses eine Foto? Die anderen Bilder der Little League hängen in seinem Büro.«

»Keine Ahnung.«

Decker trat ans Fenster und zeigte hinaus. »Das auf dem Berg da oben muss John Barons Herrenhaus sein.«

Jamison schaute in die Richtung. »Wow, selbst von hier aus sieht man, dass es riesig ist.«

»Und baufällig.«

»Ich könnte nicht mal schätzen, wie hoch der Unterhalt ist. Es muss allein schon ein Vermögen kosten, diesen Bau zu heizen.«

»Ich glaube nicht, dass Baron ein Vermögen hat. Jedenfalls nicht mehr.«

»Vielleicht bewohnt er ja nur ein paar Zimmer seiner Villa.«

Decker richtete die Aufmerksamkeit wieder auf das Apartment. »Diese Wohnung hier einzurichten war auch nicht billig.«

»Costa wird gut verdient haben. Außerdem werden die Lebenshaltungskosten hier ziemlich niedrig sein. Und vermutlich hat er Geld von seiner Zeit in New York gespart.«

»Schön und gut, aber warum hier?«

»Was meinst du?«

»Er hat an der Wall Street gearbeitet. Warum zieht er nach Baronville und arbeitet bei einer Bank in der Provinz? An der Wall Street gibt es doch Banken genug. Das hier ist das genaue Gegenteil von dem, woran der Mann gewöhnt war.«

»Manche Leute wollen eine Veränderung«, meinte Jamison.

»Eine so große Veränderung? Man zieht in eine sterbende Stadt? Mit welchen Erwartungen?«

»Dass man sich neue Chancen eröffnet und das Ruder herumreißen kann. Wie seine Sekretärin schon sagte, er war glücklich, er machte Geschäfte. Er hatte diese Wohnung.«

»Und am Ende stirbt er durch einen Schuss in den Kopf und hängt mit einem Brandmal auf der Stirn in einer Autowerkstatt an einer Kette.«

»Er konnte ja nicht wissen, dass so etwas passiert«, stellte Jamison fest.

Decker antwortete nicht. Er sah sich weiter um.

»Green hat uns gesagt, dass Joyce Tanner bei JC Penney entlassen wurde«, fuhr Jamison fort. »Daran war nichts Verdächtiges. Mit ihr hat man noch fünf andere Leute entlassen. Und am Ende wurde der Laden geschlossen. Es gab keine Verbindung zu Costa, zumindest keine ersichtliche. Auch keine zu Babbot. Michael Swanson haben wir noch nicht überprüft. Vielleicht haben sie ja alle bei ihm Drogen gekauft.«

»In Babbots Behausung haben wir keine Drogenutensilien gefunden. Auch nicht in Joyce Tanners Wohnung. Was Tanner, Babbot und Costa angeht – niemand, mit dem wir gesprochen haben, hat erwähnt, dass er bei diesen Leuten Anzeichen von illegalem Drogenkonsum bemerkt hat.«

»Drogen könnten trotzdem eine Rolle spielen. Babbot hat

schwere Schmerzmittel geschluckt. Und schließlich ist die DEA vor Ort.«

Decker tippte mit dem Finger gegen die Fensterscheibe, die einen Blick auf die Stadt bot. »Vielleicht gibt es keinerlei Verbindung zwischen diesen Leuten.«

»Du meinst, sie waren rein zufällige Opfer?«

»Nicht unbedingt.«

»Aber wenn sie nichts miteinander zu tun hatten, *muss* ihr Tod zufällig erfolgt sein.«

»Nicht, wenn alle vier eine Verbindung zu einer *anderen* Person hatten, nur nicht miteinander. Die Spinne im Netz, die Nabe des Rades. *Diese* Person könnte der gemeinsame Nenner sein.«

Jamison setzte sich auf einen Stuhl und dachte darüber nach. »Aber wer könnte das sein?«

»Wüsste ich es, könnte ich den Fall lösen«, sagte Decker. »Gehen wir.«

Jamison stand auf. »Wohin?«

»Zu Michael Swansons Unterkunft.«

*

Swansons letzte bekannte Adresse war laut Detective Green ein Motel in einem Viertel von Baronville, das noch heruntergekommener war als alles andere, was Decker und Jamison bislang zu Gesicht bekommen hatten.

»Das sieht aus wie die Gegend, in der ich früher gehaust habe.« Decker starrte auf den kleinen Raum mit dem Gemeinschaftsbad auf dem Flur. Der Manager hatte ihnen gesagt, Swanson sei zwei Monate zuvor ausgezogen. Er hatte keine Adresse hinterlassen.

Nachdem sie einen Blick auf das leere Zimmer geworfen hatten, gingen sie zurück zum Büro des Verwalters. »War die Polizei da?«, fragte Jamison.

Der Manager, ein ergrauter, dürrer Mann in den Fünfzigern, nickte. »Denen habe ich das Gleiche gesagt wie Ihnen. Mike ist ungefähr vor acht Wochen ausgezogen. Seitdem habe ich ihn nicht mehr gesehen.«

»Sie werden ihn auch nicht mehr sehen, weil er tot ist«, versetzte Decker.

»Jeder wusste, dass Mike Drogen vertickt. Lebt man in dieser Welt, stirbt man auch in dieser Welt.«

»Was können Sie uns noch über ihn erzählen?«, fragte Jamison.

»Im Grunde war er ein netter Typ. Nicht allzu helle im Oberstübchen, wenn Sie wissen, was ich meine. Aber er hat hier geholfen. Hat ein paar der anderen Mieter unterstützt. Abgesehen von der Sache mit den Drogen war er okay. Mir tut es wirklich leid, dass er tot ist.«

»Also haben Sie ihn hier wohnen lassen, obwohl er Drogen verkaufte?«, fragte Jamison.

Der Mann zuckte mit den Schultern. »Verdammt nochmal Lady, ginge es darum, könnte ich der halben Bevölkerung von Baronville kein Zimmer vermieten, meine eigene Mutter eingeschlossen, und die ist Ende siebzig.«

»Hatte Swanson jemals Besuch?«, fragte Decker.

»So gut wie keinen. Ich glaube nicht, dass er viele Freunde hatte.«

»Haben Sie ihn noch einmal gesehen, bevor er vermisst wurde?«

»Ich habe Mike nicht mehr gesehen, seit er gegangen ist.«

»Hatte er Feinde?«, fragte Jamison.

»Ich wüsste nicht. Aber er hat Drogen verkauft, da wäre das schon möglich.«

»Hatte er ein Auto?«

»Nein. Aber ein Fahrrad. Das hat er mitgenommen, als er ging.«

»Wissen Sie, wie es aussah?«, fragte Decker.

»Ja. Es hatte zwei Räder.«

Als sie gingen, waren sie nicht klüger als zuvor.

Jamison lehnte sich gegen den Wagen. »Dieser Fall bewegt sich so schnell wie ein Fahrrad ohne Räder.«

Decker schaute über ihre Schulter. »Man kann es tatsächlich von jeder Stelle in Baronville sehen. Das muss für die Einwohner ein wunder Punkt sein.«

Alex schaute in die Richtung, die er meinte.

»John Barons Familiensitz?«

»Und unser nächster Haltepunkt.« Decker blickte auf die Uhr. »Mittlerweile sollte er aufgestanden sein.«

26

Heruntergekommen.

Das war das Wort, das Decker einfiel, als er die Fassade des Baron-Anwesens betrachtete.

Er hatte zweimal gegen das verwitterte Portal am Eingang gehämmert, ohne Antwort zu erhalten.

»Vielleicht ist er nicht da«, meinte Jamison.

»Es ist ein großes Haus. Vielleicht muss er einen weiten Weg zurücklegen, um zur Tür zu kommen. Und mir hat er gesagt, dass er für gewöhnlich zu Hause ist.«

Augenblicke später hörten sie tatsächlich Schritte, die sich näherten.

Die eine Flügeltür schwang auf, und John Baron der Vierte blickte ihnen entgegen.

Decker fiel auf, dass er dieselbe Kleidung wie am Abend trug. Sein Haar war genauso zerzaust, und in seinen Augen klebte Schlaf.

»Haben wir Sie geweckt?« Decker betrachtete ihn prüfend; schließlich war es bereits später Nachmittag.

Baron lächelte und streckte seine lange Gestalt.

»Das haben Sie tatsächlich. Aber keine Bange, ich war heute schon auf. Hab mich wie gewöhnlich gegen Mittag aus dem Bett gewälzt. Das war nur ein Nickerchen, bevor ich heute Abend wieder zu Bett gehe.«

Er richtete die Aufmerksamkeit auf Jamison, die ihn mit großen Augen ansah. »Wen haben wir denn hier?«

»Hier haben wir Alex Jamison«, sagte Jamison. »Ich bin Deckers Partnerin.«

»Wie schön für Sie«, meinte Baron. »Was verschafft mir das Vergnügen Ihres Besuchs, Decker?«

»Wir untersuchen die Morde.«

»Das sagten Sie schon, Amos.«

»Wir möchten Ihnen ein paar Fragen stellen.«

Das Lächeln verlor nichts von seiner Herzlichkeit. »Warum?«

»Routine.«

»Klar. Das sagt man, wenn man keine Gründe für sein Verhör hat, aber trotzdem ins Haus will. Ich wäre entzückt, aber nur, wenn die charmante Alex ebenfalls Fragen stellen wird.«

Er winkte sie herein und schloss hinter ihnen die Tür.

Es war so kalt im Innern, dass Jamison fröstelte.

Baron entging das nicht. »Ich stelle die Heizung offiziell erst im Januar an. Deshalb wird's noch ein paar Monate dauern, bis die Wärme zurückkehrt. Ein Ölofen. Grässlich teuer. Und man sollte nicht über seine Verhältnisse leben.«

Baron führte die Besucher durch den Korridor, vorbei an offenen Türen zu beiden Seiten, die den Blick in Zimmer von enormer Größe freigaben, in denen jahrzehntealte Möbel standen. Überall herrschte eine Atmosphäre von Verfall und Niedergang.

»Ein beeindruckendes Haus«, sagte Jamison.

»Finden Sie? Die Arbeiter haben jämmerliche Arbeit geleistet, und das Material war das billigste, das zu bekommen war.«

»Warum das?«, fragte Decker.

»Weil Baron der Erste es verabscheute, sich auch nur von einem Cent zu trennen. Ich glaube, sein großes Vorbild war Ebenezer Scrooge. Aber er wollte, dass die ganze Stadt ein Symbol seines Reichtums vor Augen hat. Dies hier war das Ergebnis.«

»Und die Arbeiter? Sie taugten nichts?«

»Im Gegenteil, angeblich waren sie ausgezeichnet. Aber sie hassten ihren Brötchengeber, also lieferten sie beschissene Arbeit ab. Zumindest besagt das die Familienlegende.«

Er zeigte durch eine offene Tür. »Das Waffenzimmer.«

Der Raum, in den er sie führte, maß ungefähr sechzig Quadratmeter. An drei Wänden standen Reihen von Gewehrständern, aber nur wenige enthielten Waffen: eine Bockflinte, drei Jagdgewehre und ein elegant aussehendes Steinschlossgewehr. In Glasvitrinen lagen Pistolen, Donnerbüchsen, alte Kugeln und Jagdzubehör.

»Baron der Erste hielt sich für den Lord des Lehens und kleidete sich gern entsprechend.«

»Hat er gejagt?«, fragte Decker.

»Nur nach Geld. Und dafür brauchte er keine Schusswaffe. Nur einen Dolch, um ihn Leuten in den Rücken zu rammen.«

Jamison ließ den Blick schweifen. »Hier gab es offensichtlich viel mehr Waffen.«

»Hier gab es viel mehr von *allem*. Was die Waffen betrifft, ich verkaufe gelegentlich welche. Das hilft, die Kosten dieses Anwesens zu bestreiten. Aber wie Sie sehen, gehen mir die Wertsachen aus. Kommen Sie, jetzt zeige ich Ihnen mein kleines Heiligtum.«

Baron führte sie wieder in den Flur hinaus und weiter in ein großes Arbeitszimmer, das einer historischen Dokumentation über das frühe zwanzigste Jahrhundert entsprungen zu sein schien. Ein Stück vor der hinteren Wand stand ein gewaltiger Partnerschreibtisch. Der Computer, der darauf stand, war alt, wirkte durch das antiquarische Drumherum aber trotzdem fehl am Platz. Es gab Bücherregale, niedrige Tische, auf denen sich Bücher und Papiere stapelten, einen uralten Standglobus aus Metall und ein Ledersofa, das so sehr durchhing, dass es fast den Boden berührte. An einer Wand erhob sich ein schweres geschnitztes Buffet mit einer Reihe zur Hälfte geleerter Flaschen, vor der Kristallgläser aufgebaut waren. Vor dem Tisch standen zwei Polstersessel, auf die Baron einladend wies, während er sich hinter den Schreibtisch setzte und mehrere Papierstapel und Bücher aus dem Weg räumte. Hinter ihm hingen dunkelgrüne Vorhänge mit großen Flecken.

Deckers Sessel ächzte Unheil verkündend, hielt seinem Gewicht aber stand. Er warf einen Blick auf den Uralt-Computer. »Wie verdienen Sie sich denn nun Ihren Lebensunterhalt?«

»Woher wissen Sie, dass ich nicht von dem unermesslichen Vermögen lebe, das ich geerbt habe?«, fragte Baron, doch sein Grinsen verriet, dass die Frage nicht ernst gemeint war. Er zeigte auf den Computer. »Ich mache Recherchen für die Penn State und die UPenn in Philadelphia. Das wird zwar nicht besonders gut bezahlt, aber ich kann zu Hause arbeiten und habe ein gewisses Einkommen.«

»Was für Recherchen?«, fragte Jamison.

»Hauptsächlich geht es um Geschichte. Ich schaue gern in die Vergangenheit. Dann kann ich die heutigen Umstände vergessen und habe keine Zeit, über zukünftige Aussichten zu grübeln, falls es überhaupt welche gibt.«

»Haben Sie Ihre Familiengeschichte erforscht?«, fragte Decker.

»Nur, was von Generation zu Generation überliefert wurde. Aber da ist nichts, was man nicht auch bei anderen Räuberbaronen aus den Nachbarstaaten finden könnte.«

»Da wir gerade von Baronen sprechen«, nutzte Jamison die Gelegenheit. »War Baron wirklich der Familienname, oder hat John Baron der Erste ihn gewählt?«

»Soviel ich weiß, ist das unser richtiger Name. Andererseits würde ich meinem Vorfahren fast alles zutrauen, in jeder Hinsicht.«

Baron verschränkte die Arme hinter dem Kopf, lehnte sich

zurück und legte die großen Füße auf den Tisch. »Okay, ich bin dann bereit für Ihre Routinefragen.«

Jamison holte ihr Aufnahmegerät hervor.

Als Baron sah, dass Decker dem Beispiel seiner Kollegin nicht zu folgen gedachte, fragte er: »Zeichnet Ihre Partnerin alles für Sie auf?«

»Nein. Ich habe ein ziemlich gutes Gedächtnis.«

»Das ist sehr praktisch, was?«

»Ja, mitunter.«

»Also, ich höre.«

»Ich habe Sie bereits gefragt, ob Sie eines der Opfer kannten«, begann Decker.

»Ich kann mich vage erinnern.«

»Erinnern Sie sich auch vage daran, mir gesagt zu haben, dass Sie keines von ihnen kannten?«

»Schon möglich.«

»Haben Sie es gesagt oder nicht, Mr. Baron?«, warf Jamison ein.

Er lächelte sie entwaffnend an. »Meine liebe Alex, normalerweise würde ich so eine Frage ohne das geringste Zögern beantworten, doch als Ihr Kollege mich verhört hat, war ich ziemlich angeschlagen. Genauer gesagt, ich war voll wie eine Haubitze. Ich hätte zu Fuß nach Hause gehen sollen. Stattdessen bin ich gefahren und wäre mitsamt meinem Wagen beinahe im Fluss gelandet. Aber ich muss gestehen, dass Ihre Frage außerordentlich gut formuliert war und genau das Wesentliche angesprochen hat.«

Jamison blickte verwirrt drein. »Äh …«

Baron wandte sich wieder Decker zu. »Wollen wir es noch einmal versuchen, wo ich jetzt wieder halbwegs nüchtern bin?«

Decker nannte die Namen und ließ nur die mittlerweile identifizierten DEA-Agenten aus.

»Abgesehen von der kurzen Zeit auf dem College, war ich meist hier in diesem Kaff«, erwiderte Baron. »Wenn diese Leute ihr ganzes Leben in Baronville verbracht haben, habe ich sie vielleicht kennengelernt oder bin ihnen begegnet, ohne dass ich mich an die Einzelheiten erinnern kann.«

»Joyce Tanner hat über vierzig Jahre hier gelebt. Sie war etwa in Ihrem Alter. Swanson war in den Dreißigern und hat hier sein ganzes Leben verbracht. Costa und Babbot sind erst in jüngerer Zeit zugezogen.«

»Ich kann nicht behaupten, dass es auch nur bei einem der Namen klingelt.«

»Wir haben ein Foto von Ihnen und einer Mannschaft der Little League gefunden. Die Kinder hielten ein Championship-Banner. Das Foto ist aus dem letzten Jahr.«

Baron lächelte. »Klar. Schließlich haben wir da die Meisterschaft von Pennsylvania gewonnen.«

»Meinen Glückwunsch. Die hiesige Bank hat Ihre Mannschaft gesponsert. Costa war dort Geschäftsführer. Er hatte das Foto bei sich zu Hause.«

»Wirklich?« Baron wandte sich Jamison zu. »Ich habe dank eines Stipendiums auf dem College Baseball gespielt. Wurde in meinem ersten Jahr sogar von den Boston Braves unter Vertrag genommen.«

»Beeindruckend«, sagte Jamison.

»Ich war Pitcher. Hatte einen guten Wurfarm und konnte auch treffen.«

»Und wie ging es weiter?«

Wieder lächelte Baron entwaffnend. »Ich habe die Mannschaften der Little League ungefähr zehn Jahre lang trainiert. Das Jahr, in dem wir die Meisterschaft gewonnen haben, war mein letztes.«

»Wieso?«, fragte Decker. »Gewinnt man hier nicht gern?«

»Es hieß, meine Person sei zu kontrovers. Übersetzt: Ich war zu viel Baron für sie.«

»Warum hatte man Ihnen dann gestattet, ein Jahrzehnt als Trainer zu arbeiten?«

»Das müssten Sie die braven Leute dieser Stadt fragen. Vielleicht liegt es daran, dass sie mich, einen Baron, in den ersten zehn Jahren herumkommandieren und anbrüllen konnten, wenn wir schlecht gespielt hatten. Als ich meine Mannschaft dann zum Meistertitel geführt hatte, waren sie sauer, weil sie keinen Grund mehr hatten, mich zur Schnecke zu machen. Vielleicht ist das die Erklärung dafür, warum man mir höflich mitteilte, dass meine Dienste nicht mehr benötigt würden, als ich vor ein paar Monaten zum Frühjahrstraining kam.«

»Wer hat es Ihnen gesagt?«

»Ich erinnere mich nicht mehr an den Namen des Gentleman. Ich weiß nur, dass er ausgesprochen … schadenfroh klang.«

»Warum bleiben Sie in dieser Stadt?«, fragte Decker. »Warum bleiben Sie hier und lassen sich jeden Tag diesen Mist gefallen?«

Baron nahm die Füße vom Tisch und beugte sich vor. Obwohl sein Ausdruck nun ernster war, funkelte noch immer Belustigung in seinen hellblauen Augen. »Das klingt jetzt vielleicht etwas masochistisch, aber mittlerweile genieße ich das Duell zwischen mir und den braven Bürgern dieser Stadt. Würde ich gehen, würde es bedeuten, dass sie gewonnen haben. Davon abgesehen … wo sollte ich hingehen?«

»Das ist doch kein Leben.«

»Nicht wahr? Trotzdem ist es noch immer *mein* Leben.«

»Also behaupten Sie noch immer, Bradley Costa nicht zu kennen?«

»Ich kann nicht behaupten, dass er mir bekannt wäre. Ich habe nur die Kinder trainiert. Die Bank hat die Trikots, die Bälle und die Safttüten bezahlt.« Abrupt stand er auf. »Okay, ich würde Ihnen ja gern mehr von meiner Villa zeigen, aber dann bräuchten Sie erst eine Tetanusimpfung. Wie wär's, wenn ich Ihnen das Anwesen zeige? Es ist nicht annähernd so großartig, wie es mal war, aber es könnte eine halbe Stunde lang Ablenkung vom Leben in Baronville bieten. Und es gibt einen wunderschönen, wenn auch ziemlich schaurigen Weg zur Familiengruft.«

Bevor Decker oder Jamison antworten konnten, verließ Baron wortlos das Zimmer.

»Wow! Einfach so zu gehen«, sagte Jamison. »An wen erinnert dich das?«

Decker schaute sie an. »Wen meinst du?«

Jamison verdrehte übertrieben die Augen.

27

Baron hatte sich bei Jamison eingehakt, als sie über den gewundenen asphaltierten Weg zum Familienfriedhof gingen.

»Heutzutage ist es altmodisch, die Toten auf dem eigenen Besitz zu begraben, ich weiß«, sagte Baron. »Aber damals war das allgemein üblich. Darum gibt es auch diesen asphaltierten Weg – hier rollte die Begräbnisprozession. Sogar auf mich wartet ein nettes Plätzchen, wenn meine Zeit gekommen ist. Ich hoffe nur, dass ich dann genug Kohle habe, um eine solche Bestattung bezahlen zu können.«

»Möchten Sie denn hier begraben werden?«, fragte Jamison.

»Ich möchte gar nicht sterben, aber diese Entscheidung liegt ja nicht bei mir.«

Der Friedhof wurde von einer eins achtzig hohen Ziegelmauer umschlossen; dicht stehende Bäume tauchten alles in düstere Schatten.

»Schrecklich bedrückend, nicht wahr?«, meinte Baron, als er Jamisons Miene sah. Er zog einen Schlüssel aus der Tasche, öffnete das verrostete, schmiedeeiserne Tor, den einzigen Eingang zum Friedhof, und zeigte auf die Inschrift auf einer Messingtafel an der Mauer neben dem Tor.

Jamison las sie. »Das ist Latein.«

»Sehr gut, Alex«, sagte Baron.

»Was steht da?«, wollte Decker wissen.

»So in etwa ›Legt die anderen herein, wie sie auch euch hereingelegt haben‹«, antwortete Baron.

»Das stimmt doch gar nicht«, sagte Jamison lachend.

»Nun ja, dem Geiste nach. Eine freie Übersetzung wäre: ›Hier ruhen die mächtigen Barons in alle Ewigkeit. Tagelöhner, aufgepasst!‹«

»Auch nicht schlecht«, meinte Jamison.

Baron führte sie auf das großzügige Gelände. Die meisten Gräber wiesen aufwendige Marmor- oder Granitsteine mit den Namen der Toten auf. Sämtliche Steine waren genauestens arrangiert und standen perfekt aufrecht. Offensichtlich pflegte sie jemand. Genau in der Mitte erhob sich ein großes Marmormausoleum, das deutlich von den Elementen gezeichnet war.

Baron führte sie dorthin und tätschelte das verrostete schmiedeeiserne Tor, das als Eingang diente. Der Marmor um das Tor war fleckig von Patina, die vom Metall auf den Stein übergegriffen hatte. Die Wände waren schmutzig und mit einer weißen Schmiere bedeckt, voller Rostflecken und Pilzwucherungen.

»Und hier liegt unser Gründer und Wohltäter, John Quarles Baron der Erste«, verkündete er. »Dort drinnen ruht er an der Seite seiner Gattin Abigail und ihrer Kinder. Zusammen mit anderen Familienangehörigen, die nach ihnen starben.«

»Die Gruft muss sehr geräumig sein«, bemerkte Decker.

»Für die braven Bürger von Baronville ist es nur ein weiterer Stein des Anstoßes, dass die Toten der Familie Baron eine bessere Unterkunft haben als sie.«

Decker fiel auf, dass die eine Seite des Mausoleums etliche Zentimeter im Boden versunken war. »Strukturelle Probleme?«

»Dafür können wir wohl ebenfalls den Geiz meines Ahnherrn verantwortlich machen, selbst bei seinem letzten Ruheort.«

»Es ist ziemlich schmutzig«, bemerkte Jamison.

»Ich komme gelegentlich her und kümmere mich um das Gelände und die Grabsteine. Aber nicht um das hier. Man kann das

Ding nicht abspritzen oder mit Säure behandeln. Man würde es nur beschädigen, und der Marmor könnte sich auflösen. Und mit der Hand schrubben ist nicht mein Ding. Das würde ich nicht mal tun, hätte ich Baron den Ersten geliebt, was nicht der Fall ist.«

Er hielt einen weiteren Schlüssel in die Höhe. »Möchten Sie mal reinschauen?«

Jamison wich unwillkürlich zurück, Decker aber sagte: »Gern.«

Baron entriegelte das Schloss, stieß die Tür auf und ging voraus. Decker folgte ihm, Jamison machte zögernd den Schluss.

Zu beiden Seiten reihten sich Sarkophage, die auf langen Steinfundamenten ruhten. Genau in der Mitte erhob sich ein großer Granitsarkophag, fleckig vom Alter und von undefinierbaren Flüssigkeiten. Baron blieb vor dem Koloss stehen.

»Darf ich vorstellen?«, sagte er. »Mein Ahnherr, wenn nicht leibhaftig, so doch zumindest als Gerippe. Natürlich musste er die Mitte der Bühne einnehmen.«

Decker und Jamison betrachteten die letzte Ruhestätte von John Baron dem Ersten.

»Beeindruckend«, meinte Decker. »Liegen hier nur Barons?«

John Baron zuckte mit den Schultern. »Ich war seit dem Tod meiner Großmutter nicht mehr in diesem Mausoleum, und da war ich ein kleiner Junge. Das dahinten ist ihr Platz.« Er zeigte auf einen Steinsarg an der linken Wandseite. »Ich weiß noch, dass es für mich der unheimlichste Ort war, an dem ich jemals gewesen bin. Ich konnte es kaum erwarten, wieder von hier wegzukommen.«

Decker sah sich um. Ein intensiver Geruch nach Moder hing in der Luft. Zwei der Wände waren geschwärzt; es schien sich um Schimmel oder Pilzbefall zu handeln. Eine andere Wand war von einer weißen Schmiere bedeckt, wie Decker sie schon an der Außenseite gesehen hatte. Die Decke war morsch und voller Wasserschäden.

Er machte ein paar Schritte und stieß gegen einen Steinsarg, der in den Raum hineinragte.

Als er sich den Oberschenkel rieb, fiel sein Blick auf den in den Marmor eingemeißelten Namen.

Abigail Baron.

Baron bemerkte Deckers Blick. »Offensichtlich wollte der Mann sein ewiges Leben ganz für sich allein. Selbst seine Frau musste zur Seite rücken.« Er schaute sich um. »Die Familiengruft ist jetzt voll, weitere Zugänge sind nicht möglich. Mein Platz ist draußen.«

»Ich kann verstehen, warum Sie hier rauswollten, als Sie klein waren«, sagte Jamison. »Hier dreht sich alles um den Tod.«

Baron führte sie wieder ins Freie und verriegelte die Tür.

Jamison inspizierte an der Seite des Mausoleums die vermutlich frischesten Gräber auf dem Gelände, obwohl sie den Inschriften auf den Grabsteinen zufolge über dreißig Jahre alt waren.

»Ihre Eltern?«

Baron drehte sich langsam und richtete den Blick auf die beiden Grabsteine im Schatten des Mausoleums.

»Mein Vater Benjamin und meine Mutter Dorothy. Die lieben Verstorbenen, wie man so sagt.«

Decker ging näher an die Gräber heran und las die Aufschrift. »Sie waren erst in den Vierzigern. Und sie sind am selben Tag gestorben. Was ist passiert?«

»Da bin ich mir nicht sicher.« Baron gesellte sich zu ihnen.

»Wie meinen Sie das?«, fragte Decker verwirrt. »Sie müssen doch wissen, wie sie gestorben sind.«

»Gewisse Leute glauben, dass sie bei einem Unfall ums Leben kamen. Andere tippen auf Selbstmord.«

»Und was glauben Sie?«, fragte Jamison.

Er sah sie direkt an. »Ich glaube, es war Mord.«

»Das sind aber drei sehr unterschiedliche Todesursachen«, sagte die erstaunte Jamison.

»Stimmt.«

»Wie kommen Sie darauf, dass es Mord war?«, fragte Decker.

»Lassen Sie uns einen Spaziergang machen«, erwiderte Baron. »Auf dem Anwesen gibt es einen großen Teich. Auch wenn seine Blütezeit lange vorbei ist – der Rhododendron ist immer noch sehr hübsch.«

Er führte sie über einen ausgetretenen Pfad zwischen ein paar Baumgruppen. Ein Stück weiter wandte der Weg sich nach rechts.

»Der Besitz reichte früher bis nach unten zur Straße, die in die Stadt führt«, erklärte Baron. »Aber das alles wurde im Lauf der Jahre verkauft. Es ist nicht mehr viel übrig, aber wenigstens sind es die hübschesten Teile des Besitzes.«

Er führte sie aus dem Waldstück und vorbei an langen Reihen von Rhododendren, bis sie zu einem großen Teich gelangten, dessen Oberfläche zur Hälfte mit Vegetation bedeckt war. Von allen Seiten führte das Gelände schräg abwärts zum Wasser, sodass der Teich wie ein Kratersee aussah.

»Als Kind bin ich oft hergekommen«, erzählte Baron und schaute auf das Wasser, als sie sich dem Ufer näherten. »Schwimmen konnten wir hier allerdings nie. Sehen Sie die Pflanzen? Die Ranken reichen bis auf den Grund. Man kann sich leicht darin verfangen. Tatsächlich ist einer meiner Vorfahren hier fast ertrunken. Seitdem sind wir nur noch hergekommen, um den Anblick zu bewundern. Oder um in einem kleinen Ruderboot zur anderen Seite zu fahren. In der Mitte ist es ziemlich tief. Und es gab Fische, aber das ist lange her.«

»Und Ihre Eltern?«, erinnerte ihn Jamison.

»Meine Eltern sind da drin gestorben«, sagte er schlicht.

»Aber Sie haben doch gerade gesagt, dass hier niemand geschwommen ist.«

»Sie waren nicht schwimmen. Sie saßen in ihrem Auto.«

Decker runzelte die Stirn. »Wie ist denn ein Auto hier gelandet?«

»Damals gab es eine Straße, die vom Haus herführte. Mein Urgroßvater ließ sie vor langer Zeit bauen. Damals gab es noch Geld im Überfluss. Meine Eltern fuhren im Auto her, um hier Picknick zu machen. Man hat mir erzählt, dass sie den ganzen Tag an diesem Ort verbrachten. Ich kann mich erinnern, dass mein Vater mich zusammen mit Mutter herbrachte, obwohl wir nie den Luxus eines ganztägigen Picknicks hatten. Aber es war trotzdem sehr schön. Ich habe hier ein paar meiner glücklichsten Augenblicke mit meinen Eltern verbracht.«

Er setzte sich im Schneidersitz ins Gras. Decker und Jamison blieben stehen.

»Heutzutage komme ich manchmal her, nur um nachzudenken. Und ins Wasser zu schauen. Und zu trinken«, fügte Baron hinzu. »Ich war damals auf dem College, Anfang des zweiten Jahres, als ich den Anruf der Polizei erhielt. Man hatte meine Eltern in ihrem Auto auf dem Grund des Teiches gefunden. Natürlich waren sie tot.«

»Mein Gott«, sagte Jamison.

Baron schaute zu ihr hoch. »Ich bezweifle, dass Gott seine Hände im Spiel hatte.« Er richtete den Blick wieder auf den Teich.

»Was hat die Polizei damals gesagt?«, fragte Decker.

»Man war davon überzeugt, dass es entweder ein Unfall oder eine Art Selbstmordpakt war, wobei man Letzteres für wahrscheinlicher hielt. Schon damals ging es mit den Barons finanziell den Bach runter, obwohl ich es nicht wusste. Meine Eltern litten unter dem Druck, das Familienimage aufrechtzuerhalten, ohne das nötige Geld zu haben. Sie haben ja gesehen, in welchem Zustand sich das Haus heute befindet. Natürlich, damals war es noch nicht ganz so schlimm, und wir konnten uns noch immer Hilfe für die Villa und den Park leisten, aber es war schwierig. Mein Vater war ein guter Mann. Er konnte die Anzeichen deuten. Er hatte das College besucht und Jura studiert. Als Anwalt verdiente er gutes Geld, aber es war nicht annähernd genug, um all das zu erhalten, was die Barons angehäuft hatten. Meine Mutter brachte zwar ein kleines Vermögen in die Ehe mit, aber auch das reichte nicht.«

»Warum verkaufen Sie die Villa und das Anwesen nicht und ziehen weiter?«, fragte Jamison.

»Schon damals wurde das Haus von einer Hypothek erdrückt, die es unverkäuflich macht. Und die Steuern und anderen Schulden wurden durch die Zinsen noch größer. Es hatte den Anschein, als würden die Schulden umso schneller wachsen, je schwerer mein Vater schuftete. Am Ende nahm er das Geld aus der einen Tasche, um die andere zu füllen. Ich weiß, dass meine Eltern erleichtert waren, als ich ein Baseballstipendium erhielt, mit dem ich aufs College konnte.«

»Ihr Vater hätte doch den Bankrott erklären können«, meinte Decker.

»Für ihn war es eine Sache der Ehre. Er dachte nicht daran, diesen Weg einzuschlagen.«

»Vielleicht hat die Verzweiflung ihn überwältigt«, bemerkte Jamison.

Abrupt stand Baron auf. »Er war nicht so verzweifelt, dass er sich umgebracht hätte. Und selbst wenn es so gewesen wäre – er hätte meine Mutter niemals überredet, ihn ins Jenseits zu begleiten.« Er hielt inne. »Mir gefällt auch die Vorstellung, dass ich, ihr einziges Kind, Einfluss auf ihre Entscheidung gehabt habe und dass sie mich nicht allein zurücklassen wollten.«

»Hätte es ein Unfall sein *können?*«, fragte Jamison.

»Ich wüsste nicht, wie das möglich gewesen wäre. Man fährt seinen Wagen nicht aus Versehen in einen Teich. Nein, da steckte Absicht dahinter.«

»Sie halten es für vorsätzlichen Mord?« Decker furchte die Stirn. »Hatten Ihre Eltern Feinde?«

»Klar. Allein schon, weil sie Barons waren.«

»Zu welchem Schluss kam die Polizei?«

»Ich weiß nicht, ob es jemals ein offizielles Ergebnis gab. Man hat mir lediglich mitgeteilt, dass meine Eltern entweder durch einen Unfall umgekommen seien oder vorsätzlich, durch eigene Hand. Allerdings konnte man keinen Abschiedsbrief finden.«

»Hätte man sie zuerst außer Gefecht setzen und dann in den Wagen verfrachten können?«, fragte Decker. »Dann hätte man einfach nur in den Leerlauf schalten müssen, und der Wagen wäre den Hang hinunter ins Wasser gerollt.«

»Das habe ich die Polizei auch gefragt.«

»Und was bekamen Sie zur Antwort?«

»Die Ermittlungen seien noch nicht abgeschlossen, und man dürfe mir solche Einzelheiten nicht mitteilen.«

»Und nach Abschluss der Ermittlungen?«, wollte Jamison wissen.

»Anscheinend sind sie noch nicht abgeschlossen. Die Behörden haben sie nie für beendet erklärt, weder auf die eine noch auf die andere Weise. Und man beantwortet noch immer keine meiner Fragen.«

»Sie fragen noch immer nach, obwohl das alles so lange her ist?«

»Ein-, zweimal im Jahr. Früher habe ich es schriftlich gemacht oder angerufen. Jetzt schicke ich dem Commissioner eine E-Mail.«

»Antwortet er darauf?«

»In einer Wortwahl, die in Gegenwart einer Dame nicht angebracht wäre«, erwiderte Baron. »Okay, falls Sie keine weiteren Fragen mehr haben, muss ich zu meinem Schläfchen zurück.« Er wandte sich ab und ging.

Decker starrte noch immer auf den Teich.

»Ein komplizierter Mann«, sagte Jamison. »In der einen Sekunde ist er einsilbig, in der nächsten erzählt er uns, dass seine Eltern ermordet wurden.«

Decker schaute Baron hinterher, der soeben zwischen den Bäumen verschwand.

»Decker? Hörst du mir zu?«

Er nickte.

»Glaubst du, seine Eltern könnten ermordet worden sein?«

»Ich kann dazu nichts sagen. Außerdem sind wir nicht deshalb hier. Wir müssen sechs *neue* Morde aufklären.« Er wandte sich wieder dem Teich zu.

»Aber du bist neugierig, das sehe ich doch.«

Decker setzte sich in Bewegung und ging an ihr vorbei.

»He, wo willst du hin?«

»Mich umsehen, solange Baron sein Nickerchen macht.«

28

»Decker, wir können nicht einfach in die Villa dieses Mannes platzen, wenn er zu Hause ist. Wir haben keinen Durchsuchungsbeschluss.«

Jamison eilte hinter ihm her und holte ihn ein, als er den Schutz der Bäume verließ und die Villa mitsamt den anderen Gebäuden in Sicht kam.

»Ich will mich nur auf dem Anwesen umsehen und vielleicht einen Blick in einige der Außengebäude werfen.«

»Dafür brauchen wir einen Beschluss!«

»Wirklich?«

»Das weißt du verdammt genau.«

Decker ignorierte sie und stapfte weiter, bis er zur einzeln stehenden Garage kam, die durch einen gepflasterten Hof vom Haus getrennt wurde. Sie enthielt sechs Buchten; die Tore waren weit geöffnet und gewährten einen ungehinderten Blick ins Innere.

»Nur der Suburban«, bemerkte Decker. »Sieht ziemlich alt aus.«

Der Wagen stand etwas schief in der Bucht, die dem Haus am nächsten war.

»Mir fällt hier nichts auf«, meinte Jamison.

Decker betrat die Garage und sah sich eine der Wände genauer an.

»Schau dir das an, Alex.«

Sie ging zu ihm und betrachtete die Öffnung in der Wand.

»Ein Loch. Na und?«

Decker deutete auf mehrere Stellen. »Hier gibt es überall Löcher, da vorn und dort drüben. Im Haus sind mir im Korridor ebenfalls ein paar aufgefallen. Und auch in seinem Arbeitszimmer.«

Jamison verzog das Gesicht. »Das ist merkwürdig. Glaubst du, es gibt hier Ratten? Vielleicht hat man die Wände aufgestemmt, um nach den Viechern zu suchen. Könnte auch Schimmel sein.«

»Möglich. An einem Ort wie diesem dürfte es von Ungeziefer und Schimmel nur so wimmeln.«

»Toll, und wir haben den Mist die ganze Zeit eingeatmet.«

»Und Baron sein Leben lang.« Decker blickte über Jamisons Schulter hinweg. »Vielleicht haben wir mit dem Schuppen da drüben mehr Glück.« Er ging auf ein Gebäude zu, das ungefähr hundert Meter weit weg stand.

Jamison folgte ihm. Dabei warf sie einen Blick zurück, um festzustellen, ob Baron sie beobachtete.

Decker erreichte das Gebäude. Es hatte steinerne Wände, ein Blechdach und eine dicke Holztür mit Fenstern zu beiden Seiten.

»Was ist das hier?«, fragte Jamison.

»Das finden wir nur auf eine Weise heraus.«

Decker öffnete die Tür und trat hindurch.

Jamison folgte ihm. Ihre Miene ließ erkennen, dass ihr dieser illegale Zutritt Unbehagen bereitete.

Decker sah Regale mit Tontöpfen, eine alte Kupferspüle und aufgestapelte Holzkisten mit verblichenen Aufschriften auf den Seiten. Haken an den Wänden hielten alle möglichen Gartengeräte und Werkzeuge. Auf den Arbeitsflächen lagen alte Saatpackungen und lange, niedrige Holzkästen, deren Oberseiten von Drahtgeflecht bedeckt wurden. Daneben stapelten sich ein paar alte, in Leder gebundene Notizbücher.

Jamison schlug eines davon auf. Die spinnenhafte Schrift darin beschrieb das Wetter und den Zustand von Pflanzen und Erde; daneben gab es Listen über Material und Vorräte.

»Ein Gewächshaus«, folgerte sie. »So was habe ich nicht mehr gesehen, seit … eigentlich noch nie, nur im Fernsehen. Ein paar dieser Einträge sind achtzig Jahre alt.«

»Damals hatten sie wohl einen ganzen Stab von Bediensteten für das Grundstück. Vermutlich gab es Blumen- und Kräutergärten.«

Decker öffnete einen Wasserhahn. Brackiges Wasser sprudelte heraus.

»Hier stinkt's«, beschwerte sich Jamison. »Sieh nur, auch hier sind Löcher in den Wänden. Wahrscheinlich leben ganze Kolonien von Ungeziefer darin.«

Decker zog ein paar Schubladen auf. »Und hier ist verrottende Gartenerde und Mulch, zerfallende Pflanzen und Schimmel, der seit Jahrzehnten gewuchert ist. Keine hübsche Mischung, aber …«

Er verstummte, als er eine vermeintliche Schranktür öffnete und hineinspähte.

»Sieh dir das an.«

In dem kleinen Raum lagen ein Kopfkissen, eine schmale, zusammengerollte Matratze, eine Decke und eine kleine Reisetasche.

Jamison schaute an Decker vorbei in die Kammer. »Ob hier jemand übernachtet hat?«

»Gut möglich.« Decker schnappte sich die Tasche, stellte sie auf die Arbeitstheke und öffnete sie. Darin befanden sich ein paar fadenscheinige Hemden, eine schmutzige Männerlatzhose, Turnschuhe und eine zusammengerollte Bauchtasche aus Segeltuch.

»Verdammt«, sagte Jamison, als Decker sie entrollte.

Beide blickten auf drei Spritzen, drei Nadeln mit Korken auf den

Spitzen, ein paar mit Flüssigkeit gefüllte Phiolen, einen Teelöffel, eine Crackpfeife, ein Stück Gummiband, ein paar Plastiktüten mit weißem Pulver, ein Wegwerffeuerzeug, vier Joints und ein Klappmesser.

»Die klassische Überlebensausrüstung eines Junkies«, stellte Decker fest.

»Glaubst du, es gehört Baron?«

Decker hielt die Hose an seine Beine.

»Baron ist ungefähr fünf Zentimeter kleiner als ich. Die Hose hier ist für einen Burschen, der keine eins achtzig groß ist. Nein, bestimmt nicht.«

»Also ein Hausbesetzer?«

»Wahrscheinlich.«

»Ob Baron davon weiß?«

Decker blickte durchs Fenster nach draußen. »Keine Ahnung. Vom Haupthaus hat man dieses Gebäude genau im Blick. Es sei denn, der Besucher, wer immer er sein mag, war nur nachts hier.«

»Wenn er sich illegal hier aufhielt, ist davon auszugehen.«

»Aber warum hat er sich gerade dieses Gebäude ausgesucht, wenn es in Baronville genügend leer stehende Häuser gibt, in denen man sich einnisten könnte, wie man uns gesagt hat? Warum sollte er den weiten Weg auf sich nehmen, um in einem heruntergekommenen alten Gewächshaus unterzukriechen? Noch dazu kann man hier nicht ohne Weiteres kommen und gehen. Wenn der Unbekannte eine Bleibe gesucht hat, kann er nicht einfach mit dem Wagen herkommen. Er muss damit rechnen, bemerkt zu werden. Und hier gibt es zwar fließendes Wasser, aber ich sehe nirgendwo Lebensmittel. Was isst er? Und hier gibt's auch keine Toilette.«

»Dann weiß Baron vielleicht doch Bescheid, Decker. Möglicherweise füttert er den Unbekannten durch und lässt ihn das Bad im Haus benutzen.«

»Er versorgt einen Junkie und erlaubt ihm, im alten Gewächshaus zu hausen? Warum?«

»Na ja, irgendwie steht Baron selbst neben der Spur. Vielleicht tut der Kerl ihm leid.«

Decker schüttelte den Kopf. »Ich könnte es ja noch verstehen, wenn Baron im Geld schwimmen würde, aber das ist nicht der Fall. Und in dieser Stadt hasst ihn anscheinend jeder.«

»Vielleicht kommt der Besucher ja gar nicht aus Baronville.«

»Wie ist er dann hergekommen? Aus der Ferne kann man nicht sehen, wie verfallen das Anwesen ist. Und woher soll er wissen, dass hier nur eine Person wohnt? Oder dass es Nebengebäude gibt, in denen man Unterschlupf finden kann?«

»Er könnte mit jemandem in Baronville gesprochen und es dabei erfahren haben.«

»Okay, falls es diesen Unbekannten gibt, wo steckt er jetzt?« Decker ließ den Blick über die Drogen und die dazugehörigen Utensilien schweifen. »Und warum hat er das alles nicht mitgenommen? Die meisten Junkies, mit denen ich es als Cop zu tun hatte, hätten ihren Vorrat niemals zurückgelassen.«

Er nahm eines der Plastiktütchen. »Ein Fünf-Dollar-Tütchen Kokain. Ungefähr ein Gramm. Diese Phiolen sind vermutlich Heroin. In der Großstadt drei bis vier Dollar der Schuss. An einem Ort wie Baronville vielleicht mehr. Mit dem Gummiband bindet man die Ader für die Injektionsstelle ab. Mit dem Feuerzeug und dem Löffel macht man Crack aus dem Kokain. Man braucht dazu Wasser und etwas Backpulver. Man kocht das Zeug auf, dann raucht man das flüssige Kokain in der Pfeife.« Er sah sich die drei Spritzen näher an. »Obwohl ich noch nie gesehen habe, dass ein Junkie drei Spritzen braucht.«

»Vielleicht wollte er Infektionen vermeiden.«

»Die kriegt man vor allem dann, wenn man die Nadeln mit jemandem teilt.«

Eine gründliche Durchsuchung förderte weitere Gegenstände ans Tageslicht: eine Packung Desinfektionstücher, zwei Handys, ein Zettel mit einer Liste von Telefonnummern. Und geschickt versteckt hinter einem ausgeschnittenen Paneel unter der Spüle, wo die Rohre in die Wand führten, entdeckten sie den Topf voller Gold.

Voller Drogen, um genau zu sein.

Fünfzig Tütchen Kokain, zwanzig Phiolen flüssiges Heroin und zehn Klümpchen Crack. Daneben lagen eine von einem Gummi zusammengehaltene Rolle Bargeld und eine geladene Sig Sauer Neunmillimeter mit abgefeilter Seriennummer.

»Decker, dieser Typ ist kein Konsument, er ist Dealer.«

Decker antwortete nicht, weil er auf etwas am Boden starrte.

Jamison schaute zu der Stelle. »Was ist das für eine Spur? Als hätte man etwas über den Boden geschleift.«

Decker ging auf die Knie, um die Spur im Staub näher zu untersuchen.

Dann stand er wieder auf. »Was würdest du darauf wetten, dass die Person, die sich hier aufgehalten hat, nicht mehr zurückkommt?«

»Was meinst du?«

»Da wurde nichts über den Boden geschleift. Die Spur stammt von einem Fahrradreifen. Ich glaube, wir haben soeben Michael Swansons letzten Wohnsitz gefunden.«

29

Sie hatten ihre Entdeckungen im Gewächshaus fotografiert und alles wieder zurück an seinen Platz gelegt. Ohne Durchsuchungsbeschluss wäre ihr Fund vor Gericht nicht zulässig gewesen, falls es jemals so weit kommen sollte.

Sie stiegen in den Wagen, fuhren auf der kurvenreichen Straße den Berg hinunter und zurück nach Baronville.

»Erzählen wir Green und Lassiter von unserem Fund?«, fragte Jamison, die am Steuer saß.

Decker schüttelte den Kopf. »Nein. Sie wären nur angepisst, weil wir auf eigene Faust gehandelt haben, und darauf können wir im Augenblick verzichten. Außerdem haben wir keinen Beweis, ob die Sachen wirklich Swanson gehören. Es ist nur eine Vermutung. Aber diese Reifenspur … sein ehemaliger Vermieter sagte mir, Swanson habe ein Fahrrad gehabt.«

»Das ist aber eine lange Fahrt hier rauf und zurück.«

»Wenn man kein anderes Transportmittel hat.«

»Stimmt auch wieder. Und wo führt uns das hin?«

»Zu der Möglichkeit, dass John Baron uns anlügt. Er behauptet, er habe Costa nicht gekannt. Ich bin sicher, er kannte ihn doch.«

»Komm schon, Decker, viele Firmen sponsern die Little League. Du kannst nicht erwarten, dass ein Bankhäuptling sämtliche Trainer kennt.«

»Stimmt schon, aber ich würde auch nicht damit rechnen, dass er bei sich zu Hause ein Foto des Teams aufstellt, das er sponsert. Außerdem ist die Baronville National Bank nicht Goldman Sachs oder die Citibank. Vermutlich kennt dort jeder jeden. Und falls der Stoff und die Spritzen tatsächlich Swanson gehört haben, kannte John Baron möglicherweise *zwei* der vier Opfer. Und Costas Sekretärin hat gesagt, dass der Bank die Hypothek auf das Anwesen gehört. Soweit wir wissen, war Costa Barons Sachbearbeiter.«

»Wir könnten Baron nach Alibis fragen.«

Decker schüttelte den Kopf. »So weit will ich nicht gehen – noch nicht. Baron ist gerissen. Und anscheinend ist er die meiste Zeit allein. Mit welchem Alibi könnte er für die beiden Doppelmorde aufwarten?«

Jamison warf einen Blick auf die Uhr am Armaturenbrett. »Mist, wir kommen zu spät.«

»Zu wem?«

»Zoes Geburtstagsessen.«

»Müssen wir da hin?«

Ungläubig starrte sie ihn an. »Na hör mal. Ich habe Zoe eingeladen – ins beste Restaurant der Stadt. Du hast doch Bescheid gewusst. Das ist einer der Gründe, warum wir überhaupt hergekommen sind. Um Zoes sechsten Geburtstag zu feiern. Wenigstens habe ich die Geschenke hinten im Wagen, wir müssen nicht mehr am Haus vorbeifahren.«

»Aber wir stecken mitten in einer Ermittlung.«

»Und haben den ganzen Tag daran gearbeitet. Wir müssen etwas essen. Also fahren wir zum Geburtstagsdinner.«

»Aber …«

»Kein Aber, Decker.«

»Alex …«

Jamison schnitt ihm mit einer Handbewegung das Wort ab.

»Kein Wort mehr. Sie ist meine Nichte, und ich liebe sie mehr als alles andere.«

Decker seufzte und ließ sich in seinen Sitz sinken.

*

Als Jamison gesagt hatte, sie würden das beste Restaurant von Baronville besuchen, hatte Decker nicht gewusst, was er erwarten sollte. Doch das Lokal erwies sich als schickes, gut besuchtes Etablissement. Das Personal trug weiße Hemden mit schwarzen Krawatten, die Servietten waren aus Leinen, und auf der Karte standen Gerichte, von denen Decker noch nie gehört hatte, die aber allesamt verlockend klangen.

Amber und Zoe trugen Kleider, und selbst Decker fiel auf, dass Amber viel Zeit auf ihr Make-up und die Frisur ihrer Tochter verwendet hatte. Anscheinend stand hier etwas Bedeutsames bevor. Unwillkürlich musste Decker an die Geburtstage seiner Tochter denken. Sie *waren* etwas Bedeutsames gewesen.

Jamison betrachtete ihre Nichte bewundernd.

»Hattest du einen schönen Tag in der Schule, Zoe?«, fragte sie.

»Ganz okay.«

»Die erste Zeit an einer neuen Schule ist immer schwierig«, sagte Amber. »Aber du wirst schon Freunde finden, Zoe.«

»Ja.« Zoe starrte bedrückt auf die Tischplatte.

Decker musterte sie. Irgendetwas ging ihm durch den Kopf, doch aus unbestimmten Gründen konnte er den Gedanken nicht fassen. Erst dann wurde ihm bewusst, dass er das Gesicht seiner toten Tochter über Zoes Gesicht projiziert hatte. Er senkte den Blick und rieb sich die Schläfen.

Lass es, Decker, das bringt nichts.

»Wo ist Frank?«, erkundigte sich Jamison.

Ihre Schwester verzog das Gesicht. »Bei der Arbeit. Leider hatte sich noch irgendwas ergeben. Aber er müsste bald hier sein.«

»Klingt nach einem harten Job«, meinte Decker.

»Nun ja, zumindest wird er gut bezahlt«, erwiderte Amber. »Und man macht sich dabei nicht das Kreuz kaputt. Sobald Frank beruflich Fuß gefasst hat, halten wir nach einem größeren Haus Ausschau. Es gibt hier ein paar wunderschöne alte Häuser, die leer stehen. Die brauchen nur ein wenig liebevolle Zuwendung.«

Zoe schaute ihre Mutter an, als hätte man sie gerade verraten. »Dann müssen wir schon wieder umziehen?«

Amber wirkte seltsam nervös. »Oh, das dauert noch, Liebling.«

Trotz dieser Versicherung senkte Zoe wieder bedrückt den Kopf.

Jamison sagte aufmunternd: »Wie wär's, wenn du jetzt deine Geschenke auspackst, Zoe?« Sie holte zwei Päckchen aus der Tasche und stellte sie vor ihrer Nichte ab.

»Aber Alex, das wäre nicht nötig gewesen«, sagte Amber. »Du zahlst doch schon für das Essen.«

»Kein Geburtstag ohne Geschenke«, erklärte Jamison.

Zoes Miene hellte sich auf. »Welches soll ich zuerst aufmachen?«

»Das rechte. Das kleinere.«

Sorgfältig wickelte Zoe das Papier ab. Ein kleines Holzkästchen kam zum Vorschein. Sie griff nach dem Deckel und schaute Jamison an, die aufmunternd nickte.

Zoe öffnete das Kästchen. Darin lag eine Halskette mit einem Kreuz.

»Wow.« Langsam nahm Zoe das Kreuz heraus.

»Willst du etwas Tolles erfahren, das mit dieser Kette zu tun hat?«, fragte Jamison.

Zoe nickte, während ihre Mutter ihr half, die Kette umzulegen.

»Meine Tante hat sie mir geschenkt, als ich sechs wurde, genau wie du jetzt.«

»Sie hat *dir* gehört?«

»Ich dachte mir gleich, dass sie mir bekannt vorkommt«, warf Amber ein.

»Aber … ich kann doch nicht deine Kette nehmen, Tante Alex!«

»Doch, kannst du. Eigentlich ist sie gar nicht meine Kette. Sie wird seit sieben Generationen in unserer Familie weitergereicht. Also ist es jetzt deine Aufgabe, sie zu tragen. In vielen Jahren musst du sie an jemanden weiterreichen, den du liebst.«

Zoe schaute ihre Tante voller Verehrung an. »Das ist cool.«

»Das *ist* cool«, meinte Decker und warf seiner Partnerin einen Blick zu.

»Danke.« Jamison strahlte. »Okay, mach das andere auf.«

Zoe packte das andere Geschenk aus. Es war ein Buch.

»*Wilbur und Charlotte*«, rief Zoe aus. »Mom hat mir daraus vorgelesen.«

»Schau mal rein«, forderte Jamison sie auf.

Zoe schlug das Buch auf. Ihr Mund blieb offen stehen. »Ist das ein Autogramm?«

»Eine Widmung von E.B. White. Er hat das Buch vor ungefähr vierzig Jahren für eine junge Freundin signiert. Erkennst du ihren Namen?«

Zoe las den Namen vor. »Zoe!«

»Genau.«

»Wo hast du bloß dieses Buch gefunden?«, fragte Amber leise.

»Ich habe eine Freundin, die in New York bei einem Antiquar arbeitet. Sie hat ungefähr ein Jahr lang danach gesucht.«

»Das muss schrecklich teuer gewesen sein«, sagte Zoe.

Jamison beugte sich über den Tisch, umarmte ihre Nichte und

gab ihr einen Kuss auf die Stirn. »Es ist ein tolles Buch, das du immer wieder lesen kannst, dein Leben lang. Nur das zählt.«

»Und jedes Mal, wenn ich es aufschlage, kann ich so tun, als hätte Mr. White es für mich signiert!«

»Ja. Lass deine Fantasie spielen. Genau das hat auch Mr. White getan, um diese Geschichte überhaupt schreiben zu können.«

»Das sind die schönsten Geschenke, die ich je bekommen habe«, sagte Zoe.

Amber lächelte ihre Schwester an und zeigte mit dem Daumen nach oben.

In diesem Augenblick öffnete sich die Tür des Restaurants, und die Detectives Green und Lassiter traten ein.

Decker entdeckte sie zuerst, dann auch Alex Jamison.

Sie stöhnte auf. »O nein. Was wollen die denn?«

Amber und Zoe schauten zum Eingang. »Müsst ihr jetzt gehen, Tante Alex, du und Mr. Amos?«, fragte Zoe traurig. »Vor dem Essen?«

Decker stand auf. »Ich rede mit den beiden. Falls sich etwas ergeben hat, kann es sicher warten.« Er ging zu den Detectives. »Hören Sie, hier feiert ein kleines Mädchen Geburtstag. Was immer es ist, hat es nicht Zeit?«

»Wir wollen nicht mit Ihnen sprechen, Decker«, erwiderte Green kühl.

»Mit Jamison?«, fragte Decker überrascht.

»Auch nicht.«

»Mit wem dann?«

Green warf einen Blick über die Schulter zu dem Tisch. »Mit Amber Mitchell.«

»Jamisons Schwester? Warum? Geht es um die Morde?«

»Nein, deshalb sind wir nicht hier.«

Lassiter meldete sich zu Wort. »Als die Meldung kam, haben

wir den Namen erkannt. Wir dachten, wir erledigen das, weil wir die Familie bereits kennen.«

»Weil Sie den Namen erkannt haben? Welchen Namen?«

»Frank Mitchell. Ambers Ehemann.«

Decker warf einen Blick auf Jamison und Amber, die ihn genau beobachteten, während Zoe in ihrem Buch blätterte. Er wandte sich wieder den beiden Polizisten zu.

»Was ist mit ihm?«

»Er ist tot«, sagte Green.

30

Zehn Uhr abends.

Keine gute Zeit, um in sich zu gehen.

Decker war müde. Nicht bereit für tiefschürfende Gedanken über lebenswichtige Dinge.

Draußen tobte ein Unwetter.

Decker saß im Gästezimmer dieses vom Unglück heimgesuchten Hauses auf seinem Stuhl und schaute hinaus auf die Wassermassen, die wie aus Kübeln vom pechschwarzen Himmel stürzten.

Verzweifelt versuchte er, der ganzen Sache irgendeinen Sinn abzuringen.

Er stellte die leere Bierdose auf dem Boden ab und fuhr sich über den Mund.

Es hatte nicht wie Bier geschmeckt, eher wie Säure. Er konnte sich nicht vorstellen, dass ihm jemals wieder etwas schmecken würde.

Blitze, gefolgt von Donnerschlägen, schienen eine befremdliche Synchronität mit seinen Herzschlägen einzugehen.

Obwohl das Gewitter fast jedes Geräusch überdeckte, wusste Decker, dass die beiden Frauen im Haus – die eine sehr jung, die andere erst in den Dreißigern; die eine vaterlos, die andere verwitwet – sich vermutlich noch immer die Augen ausheulten. Er konnte sie vor sich sehen, wie sie sich krümmten, die Arme um den Leib geschlungen, als müssten sie darum kämpfen, das wenige das noch in ihnen war, intakt und funktionsfähig zu halten.

Mit dem Finger malte er dort, wo sich Kondenswasser gebildet hatte, einen Kreis auf die Fensterscheibe.

Die paar Meter vom Eingang des Restaurants zurück zum Tisch waren einer der längsten Wege gewesen, die Decker je zurückgelegt hatte. Er hatte Green und Lassiter um die Erlaubnis gebeten, die Mitchells holen und nach draußen führen zu dürfen. Er wollte nicht, dass man ihnen die Nachricht, die sie erwartete, an einem öffentlichen Ort überbrachte.

Er wusste nicht, wie er darauf gekommen war. Sein altes Ich hätte das instinktiv getan. Für den alten Amos Decker war es ein Reflex gewesen, sensibel und mitfühlend zu sein. Doch sein fürchterlicher Sportunfall hatte Decker in einen fast gegenteiligen Menschen verwandelt. Es war – höflich ausgedrückt – beunruhigend, im selben Körper zu stecken, aber eine völlig andere Person zu sein.

Trotzdem *hatte* er daran gedacht, dass es besser wäre, wenn die Mitchells an einem privaten Ort von der Katastrophe erfuhren. Und dieser Gedanke hatte ihn handeln lassen.

Das ist doch schon mal was.

Er hatte ihnen gesagt, die Beamten wollten über etwas Wichtiges mit ihnen reden und zögen es deshalb vor, dieses Gespräch im Polizeirevier stattfinden zu lassen, nur ein paar Blocks entfernt. Er hatte ihnen gesagt, dass es nicht warten könne. Es müsse sofort sein.

Dabei war ihm der alarmierte Ausdruck in Ambers Augen nicht entgangen. Sie hatte gewusst, dass es sie persönlich betraf, was hier geschah. Nach außen hin aber blieb sie ruhig und gefasst. Decker glaubte, den Grund dafür zu kennen.

Zoe war noch immer in ihr Buch vertieft und lächelte. Offensichtlich riss die Mutter sich ihrer Tochter wegen zusammen.

Decker dachte an seine ermordete Frau. *Cassie hätte das Gleiche getan.*

Während sie ihre Sachen einsammelten, flüsterte Decker seiner Partnerin zu: »Es geht um Frank. Etwas Schlimmes ist passiert. Das Schlimmste überhaupt.«

Zuerst zeigte Jamison keine erkennbare Reaktion, dann aber wurde sie blass. Ihre Hand zitterte leicht, als sie sich beim Aufstehen abstützte.

Die Detectives fuhren Amber und Zoe zum Revier. Jamison begleitete ihre Schwester und ihre Nichte in Greens Wagen, während Decker ihnen folgte.

Im Revier trafen alle wieder zusammen.

Anscheinend hatten sie im Dienstwagen nicht gesprochen, denn Zoe schien noch immer keine Ahnung zu haben. Sie war neugierig, was geschah, ansonsten aber vollkommen ruhig.

Was nicht mehr lange so bleiben würde.

Amber war mit den beiden Detectives in ein Büro gegangen, während Jamison mit Zoe draußen blieb.

Überraschenderweise hatte Amber Decker gebeten, sie in das Zimmer zu begleiten, in dem Lassiter und Green sie nun baten, sich zu setzen, während sie selbst stehen blieben. In einer Ecke saß eine weitere uniformierte Beamtin.

Green räusperte sich. »Es tut mir sehr leid, Ihnen das sagen zu müssen, Mrs. Mitchell. Es geht um Ihren Mann.«

Tränen traten in Ambers Augen, und sie begann zu zittern. »O nein, bitte … nein.«

Lassiter warf der uniformierten Beamtin einen Blick zu, worauf diese eine Packung Taschentücher und eine Flasche Wasser holte.

Decker lehnte sich gegen die Wand und schaute sich das Drama an.

»Anscheinend hat es im Logistikzentrum einen schweren Unfall gegeben. Man hat uns gesagt, dass Ihr Mann nicht gelitten hat. Es ging sehr schnell.«

Amber hörte offensichtlich gar nicht mehr zu. Sie beugte sich vor, schlug die Hände vors Gesicht, wiegte sich vor und zurück. »O Gott, bitte nicht Frank, bitte nicht!«

Green warf Lassiter einen hoffnungslosen Blick zu. Sie zog sich neben Amber einen Stuhl heran und legte einen Arm um die bebenden Schultern der Frau.

»Es tut mir sehr leid, Mrs. Mitchell.«

Frank Mitchell. Tot. Wie aus heiterem Himmel.

Amber und Zoe. Ohne Mann und Vater. Wie aus heiterem Himmel.

Decker konnte ihnen den Schmerz nachempfinden. Genau das Gleiche war auch ihm passiert, als er eines Nachts nach Hause gekommen war und seine Frau, ihren Bruder und seine Tochter in ihrem Blut aufgefunden hatte. Bestialisch ermordet. Für alle Ewigkeit von ihm gegangen. Eine Nacht. Ein Atemzug.

Falls es etwas Schlimmeres im Leben gab – Decker wusste nicht, was es sein konnte.

Der menschliche Verstand, so unvergleichlich er sein mochte, war nicht dafür geschaffen, ein so grauenhaftes Ereignis ohne Vorwarnung in sich aufnehmen zu können. Es raubte dem Körper die Luft, den Muskeln die Kraft, dem Gehirn sämtliche synaptischen Impulse.

Zurück blieb nur eine ausgehöhlte Hülle.

Mehr als zwei Jahre waren mittlerweile vergangen, seit man Decker Frau und Tochter genommen hatte, Cassie und Molly, und er war noch immer nicht imstande, die schwarzen Tiefen zu ergründen, die dieser Verlust hinterlassen hatte.

Amber gewann halbwegs die Beherrschung zurück, wischte sich das Gesicht ab, ging mit langsamen, vorsichtigen Schritten hinaus, umarmte ihre Tochter und brachte sie nach Hause. Dabei nahm sie den Arm keine Sekunde von den Schultern des Kindes.

Amber hatte darum gebeten, die Leiche sehen zu dürfen, doch man legte ihr nahe, darauf zu verzichten. Es habe beträchtliche … Entstellungen gegeben. Aller Voraussicht nach würde Frank in einem geschlossenen Sarg beigesetzt werden müssen, es sei denn, der Bestatter konnte Wunder wirken.

Jamison begleitete ihre Schwester und ihre kleine Nichte, während Decker zurückblieb, um weitere Einzelheiten zu erfahren.

Green und Lassiter teilten sie ihm mit.

»Das Logistikzentrum ist riesig und in vielen Bereichen automatisiert. Roboter fahren die Abfertigungsgänge ab und heben mit ihren Metallarmen zentnerschwere Paletten oben auf meterhohe Regale. Jeder einzelne erledigt die Arbeit von etwa fünfzig Leuten. Wenn das so weitergeht – welche Jobs bleiben da noch für Menschen übrig?«

Decker war weniger an den wirtschaftlichen Herausforderungen der kommenden Automatisierungsrevolution interessiert als an den genauen Einzelheiten über Frank Mitchells letzte Augenblicke.

»Was ist mit Mitchell passiert?«, fragte er.

Lassiter nahm den Faden der Geschichte auf.

»Er arbeitete am Erweiterungsbau des Zentrums und wollte ein paar Dinge überprüfen. Es gibt da einen fest montierten Roboterarm, mit dem man schwere Paletten auf die Regale hievt, genau wie Marty es gerade beschrieben hat. Zu dem Zeitpunkt, als Mitchell in der Nähe dieses Roboters arbeitete, hätte dieser gar nicht betriebsbereit sein sollen. Aber da ist wohl etwas gründlich schiefgelaufen. Als man nach Mitchell gesucht hat, fand man ihn zerquetscht an einer Betonmauer. Der Roboterarm hielt ihn noch immer umklammert.«

»Wie konnte das Ding sich einschalten, wenn es nicht betriebsbereit war?«, fragte Decker.

Green verzog das Gesicht. »Das ist die Vierundsechzigtausend-Dollar-Frage. Im Zentrum halten sie es für einen Computerfehler, zurückzuführen auf die Software von diesem Roboter-Scheißding, vielleicht auch auf eine Stromspitze. Wie gesagt, dort wird ständig gebaut, und ich vermute, dass man noch nicht alle Fehler aus dem System bekommen hat.«

»Nachdem wir die Nachricht erhalten hatten«, fügte Lassiter hinzu, »habe ich nachgeforscht. Das war nicht der erste Todesfall, der auf einen Roboter zurückzuführen ist. Es gab Fälle in Michigan, Ohio und anderswo. Das hat man davon, wenn man hirnlose Metallungeheuer mit Menschen zusammenbringt. Wenn etwas schiefgeht, hat man keine Chance. Der Arm, der Mitchell zerquetscht hat, kann mehr als fünf Tonnen heben. Wenn man dieses Gewicht auf einen Menschen loslässt … Nun, ich habe Frank Mitchells Leiche gesehen. Was davon übrig war«, beendete sie den Satz mit zittriger Stimme.

Und damit war die Sache abgeschlossen.

Decker fuhr zurück zu Alex Jamison.

Alex hatte ihrer Schwester etwas gegeben, damit diese schlafen konnte. Dann hatte sie den Rest ihrer Familie und Franks Eltern angerufen, um ihnen die schreckliche Nachricht zu überbringen. Die Eltern und seine vier Geschwister waren bereits unterwegs. Zwei von Jamisons Schwestern wollten ebenfalls zur Beerdigung anreisen.

Amber und Zoe lagen zusammen in Ambers Schlafzimmer und hielten einander in den Armen.

Decker und die zutiefst bedrückte Jamison setzten sich in die Küche, wo Decker ihr erzählte, was passiert war.

»Es ist schrecklich, Decker. Sie sind doch gerade erst hergezogen. Und jetzt das!«

Decker blieb stumm.

Jamison schaute mit tränennassem Gesicht zu ihm auf. »Was denkst du?«

»Dass du dich auf deine Schwester und Zoe konzentrieren musst. Überlass die Ermittlungen mir. Zumindest für den Augenblick.«

Sie nickte langsam. »Eigentlich möchte ich das ja nicht …«

»Ich weiß, Alex.«

»Zoe hat einen Schock. Ich mache mir große Sorgen um sie. Sie hat ihren Dad sehr geliebt. Und dann geschieht so etwas ausgerechnet an ihrem Geburtstag. Wie gemein ist das?«

»Hundsgemein.«

»Wir müssen uns um die Beerdigung kümmern, Amos. Da gibt es nicht viele Möglichkeiten. Es ist ein logistischer Albtraum, die Familie herzuschaffen. Und was ist mit dem Begräbnis? Wollte er überhaupt hier begraben werden? Er hat doch keinerlei Verbindung zu diesem Ort. Also eine Einäscherung? Mein Gott, ich kann es nicht fassen, dass ich über diese Dinge sprechen muss.«

Sie begann leise zu schluchzen.

Decker erhob sich, ging zu ihr und klopfte ihr unbeholfen auf die Schulter. Es gab viele tröstende Worte, die er ihr hätte sagen können, doch irgendeine gekappte Leitung in seinem Innern erlaubte ihm nicht, sie auszusprechen.

Jamison schien es zu bemerken und ergriff seine große Hand. »Danke, Amos.«

Er sagte nichts, tätschelte nur weiter ihre Schulter und verfluchte stumm sein Unvermögen, mehr zu tun als das.

Nun, als er in seinem Zimmer saß, während draußen das Unwetter allmählich nachließ, betrachtete er die Stelle auf der Fensterscheibe, wo er soeben den Kreis weggewischt hatte, den er zuvor ins Kondenswasser gemalt hatte.

Sechs Menschen tot.

Unbestreitbar mit Vorsatz und böswilliger Absicht von einer noch unbekannten Person ermordet.

Jetzt war ein siebter Mensch tot, Frank Mitchell. Allem Anschein nach war er durch einen Unfall ums Leben gekommen.

Jamison war endlich zu Bett gegangen.

Decker jedoch fand wieder keinen Schlaf.

Trotz des Regens entschied er sich für einen weiteren Spaziergang.

Er holte den Regenschirm aus dem Wandschrank neben der Haustür, knöpfte den Mantel zu und brach auf.

Sein Weg führte ihn zu der Straße mit dem Mordhaus. Hier war alles dunkel und still. Das Absperrband der Polizei war noch an Ort und Stelle. Der Streifenwagen war verschwunden, doch einer von Kempers schwarzen SUVs stand dort. Ein Mann saß auf dem Sitz.

Decker ließ den Blick über die Straße schweifen.

Dan Bond, der Blinde.

Mrs. Martin, die Sonntagsschullehrerin.

Und Fred Ross mit seiner abgesägten Schrotflinte und seiner Verbitterung.

Die einzigen drei Personen, die in dieser Straße wohnten und etwas Relevantes hätten beobachten können. Natürlich musste man Bond seiner Blindheit wegen von der Liste möglicher Beobachter streichen. Allerdings könnte er etwas *gehört* haben.

Ross ebenfalls. Er hatte ausgesagt, im Krankenhaus gewesen zu sein, aber das würde Decker noch überprüfen müssen.

Er blickte auf die Uhr.

Halb elf abends.

Mrs. Martin wohnte in Haus Nummer 1640. Dort brannte Licht.

Decker schritt darauf zu.

31

»Ja?«, fragte die Stimme auf der anderen Seite des Türspions.

Decker hielt seinen Ausweis vor den kleinen Glaskreis.

»Mrs. Martin? Ich bin Amos Decker und komme vom FBI. Könnten Sie mir wohl ein paar Fragen beantworten?«

»Worüber?«

»Was ein paar Häuser weiter passiert ist.«

»Es ist schon ziemlich spät. Und ich kenne Sie nicht.«

»Dass es schon so spät ist, tut mir leid. Aber ich habe bei Ihnen Licht gesehen. Ich arbeite mit Detective Lassiter zusammen. Sie hat mir erzählt, Sie seien ihre Lehrerin auf der Sonntagsschule gewesen«, fügte er in der Hoffnung hinzu, damit das Eis brechen zu können.

Es funktionierte. Decker hörte, wie ein Schlüssel im Schloss gedreht wurde. Dann schwang die Tür auf und gab den Blick auf eine hochgewachsene, ältere Frau mit dünnem weißem Haar und blasser Haut frei. Auf ihrer langen, buckligen Nase saß eine Nickelbrille. Ein beigefarbener Pullover bedeckte eine gestärkte weiße Bluse. Eine weite, schmuddelige Jogginghose, die so gar nicht zum Rest ihrer Kleidung passte, vervollständigte ihren Aufzug. An den Füßen trug sie feste orthopädische Schuhe.

»Vielen Dank, Mrs. Martin. Nett von Ihnen.«

»Möchten Sie einen heißen Tee? Es ist so feucht draußen.« Sie fröstelte. »Das fährt mir in die Knochen.«

Decker verspürte nicht die geringste Lust auf Tee, doch womöglich erkaufte es ihm zusätzliche Zeit mit Mrs. Martin. »Wenn es nicht zu viele Umstände macht.«

»Überhaupt nicht. Ich habe nichts anderes zu tun und hatte selbst schon daran gedacht, noch eine Tasse zu trinken. Ah, da ist ja Missy.«

Damit war eine schlanke silbergraue und schwarze Tigerkatze gemeint, die sich hinter dem Sofa im Wohnzimmer hervorschob. Sie kam zu Decker und rieb sich an seinem Bein.

»Brav, Missy«, sagte Decker unbeholfen.

»Ach, sie macht nur Ärger, aber jetzt gibt es nur noch sie und mich.«

Decker betrachtete den Hirschkopf an der Wand.

»Ein Sechsender«, sagte er.

»Den hat mein verstorbener Mann geschossen. Er hat ihn vor … oh, das muss jetzt mindestens vierzig Jahre her sein, dort aufgehängt. Aber im Gegensatz zu anderen Jägern hat er auch gegessen, was er geschossen hat. Der Bock hatte uns damals für längere Zeit Fleisch verschafft.«

Sie drehte sich um und legte eine Hand an die Wand, um sich abzustützen.

Decker entdeckte eine Vierfuß-Gehhilfe in der Zimmerecke.

»Soll ich Ihnen die Gehhilfe bringen?«, fragte er.

Mrs. Martin schüttelte den Kopf. »Die muss ich erst reparieren lassen. Ich kann sie im Haus nicht benutzen. Das Ding zerkratzt meinen Hartholzboden.«

Sie führte Decker in die Küche, wobei sie sich bei jedem Schritt an der Wand abstützte.

Das Haus war Deckers Schätzung nach in den Fünfzigerjahren erbaut worden. Die Küche war klein und funktionell; am Fenster über der Spüle hingen kleine Spitzengardinen, und an einem Holztisch standen zwei Stühle mit hohen Lehnen. An der Wand hing ein Festnetztelefon mit einer langen geringelten Schnur. Daneben hatte jemand Telefonnummern an die Wand geschrieben, einige mit Namen.

Martin bemerkte, wohin Decker schaute, und lächelte. »Ich habe keines dieser Smartphones, und Zahlen kann ich mir nicht merken. Also schreibe ich die wichtigen Nummern auf. Ich nenne es meine Telefonnummernwand.«

»Ein gutes System.«

»Haben Sie ein gutes Zahlengedächtnis?«

»Nicht mehr so gut wie früher, fürchte ich.«

Sie stellte den Kessel auf den Herd und entzündete das Gas mit einem langen Streichholz. Dann holte sie Tassen und Untertassen aus einem lackierten Kiefernholzschrank.

Sie öffnete eine Plastikdose. »Möchten Sie ein paar Plätzchen? Hafer mit Rosinen. Ich habe sie selbst gemacht.«

»Das klingt toll, vielen Dank.«

»Sie arbeiten also für das FBI. Wie aufregend! Aber tragen FBI-Agenten nicht immer einen Anzug? Im Fernsehen jedenfalls ist es so.« Sie musterte Deckers zerknittertes Erscheinungsbild und schlug die Hand vor den Mund. »Oder arbeiten Sie verdeckt? Sie sehen aus, als wären Sie einer dieser Undercover-Agenten.«

Decker ließ das alles über sich ergehen. »Das habe ich früher mal gemacht. Aber jetzt helfe ich der hiesigen Polizei, den Vorfall in dem Haus an dieser Straße aufzuklären.«

»Ja, das war schrecklich.« Mrs. Martin fröstelte wieder. »Mir ist klar, dass diese Stadt schlechte Zeiten durchmacht, aber wir hatten noch nie einen Mord in unserer Straße.«

Sie legte die Kekse auf einen Teller, den sie zusammen mit einer Serviette auf den Tisch stellte. »Trinken Sie Milch und Zucker im Tee, wie die Engländer? Nicht, dass Sie Engländer sind. Oder sind Sie Engländer? Sie klingen nicht wie ein Engländer, aber ich frage lieber.«

»Ich komme aus Ohio. Und nein, nur den Tee, bitte.«

»Es ist Pfefferminztee. Gut für den Hals und die Nase.«

»Da bin ich sicher.«

»Einer meiner Freunde lebte auch in Ohio. In Toledo, um genau zu sein. Waren Sie jemals dort?«

»Ja.«

»Mir hat mein Besuch dort sehr gefallen. Aber das war … ach, 1965. Hat es sich sehr verändert?«

»Davon gehe ich aus.«

»Die meisten Orte verändern sich, nicht wahr?«

»So wie Baronville?«, fragte Decker.

Diesmal hatte ihr Blick bedeutend weniger von dem einer leicht schusseligen alten Dame.

»Ich habe mein ganzes Leben hier verbracht«, sagte sie. »Damals, als hier alles noch boomte, gab es gewisse Elemente, die überhaupt nicht … nett waren.«

»Könnten Sie das näher erklären?«

»Das ist Schnee von gestern. Wie kann ich Ihnen bei Ihrem Fall helfen?«

»Wir suchen nach jedem, der in dem fraglichen Haus irgendetwas Außergewöhnliches gesehen haben könnte.«

»Haben Sie noch mit sonst jemandem in dieser Straße gesprochen?«

»Nur mit einem. Fred Ross.«

Bei der Erwähnung dieses Namens verzog Mrs. Martin das Gesicht.

»Dieser Kerl«, sagte sie verächtlich.

»Sie kommen mit ihm nicht zurecht?«

»Mein Mann hat ihn bis zum Tag seines Todes verabscheut.

Es ist sehr schwer, mit Fred zurechtzukommen. Er ist voller Hass und Vorurteile, aber äußerst clever.«

»Da ich ihn kennengelernt habe, verstehe ich die ersten beiden Aussagen. Aber clever?«

Mrs. Martin antwortete nicht, bis das Wasser kochte und sie den Tee einschenkte. Sie reichte Decker seine Tasse und setzte sich ihm gegenüber.

»Freds Frau ist vor … ach, das müssen jetzt zwanzig Jahre oder mehr sein, gestorben. Ungefähr zu der Zeit, als mein Harry von mir gegangen ist. Sie war eine nette Frau, aber Fred ließ ihr keinen Augenblick Frieden. Wenn das Essen nicht fertig war oder ihm nicht schmeckte, wenn sie das Haushaltsgeld überzogen hatte oder das Haus nicht tipptopp in Schuss war, misshandelte er sie ohne Ende. Es war schrecklich.«

»Hat sie je die Polizei gerufen?«

Mrs. Martin nahm einen Schluck Tee und stellte die Tasse wieder ab, bevor sie antwortete.

»Das ist es ja gerade. Er hat nie die Hand gegen sie erhoben. Hat nie herumgebrüllt oder gedroht.«

»Was hat er getan?«

»Zermürbt hat er sie, Stück für Stück. Wie sie aussah, wie sie sich anzog. Dass sie sich schämen sollte, weil sie keine so gute Ehefrau und Mutter sei wie die anderen Frauen in der Straße. Er spielte einfach nur diese Psychospielchen mit der Armen und überzeugte sie davon, dass alles ihre Schuld sei. Das konnte er richtig gut, der kranke Bastard. Auch seinen Sohn hat er grausam behandelt. Das ist sicher der Grund dafür, dass Vater und Sohn keine gute Beziehung haben.«

Decker trank von seinem Tee und nickte. »Ja, hört sich ganz nach Ross an. Immer eine Antwort parat. Einem das Wort im Mund herumdrehen. Das hat er auch bei mir gemacht.«

Mrs. Martin zeigte auf ihn. »Genau. Ganz genau. Alles gegen einen wenden, und wenn es die eigenen Worte sind.«

Beide schwiegen eine Zeit lang.

»Wollten Sie mich nicht zu dieser Nacht befragen?«, fragte Mrs. Martin schließlich.

»Haben die Detectives Green und Lassiter Sie besucht?«

»Ja, ein Detective Green war hier und hat mit mir gesprochen. Und dann ist Donna heute vorbeigekommen. Allerdings nicht in offizieller Funktion, hat sie gesagt. Einfach nur, um mich zu besuchen und nach mir zu sehen. Ich hatte sie seit Jahren nicht mehr zu Gesicht bekommen. Ich war überrascht, dass sie Polizistin geworden ist. Ich dachte immer, sie würde Ärztin oder so. War immer schon sehr schlau und … nun ja, wild entschlossen. Nichts konnte sie aufhalten.«

»Man muss schon sehr zäh sein, um als Detective bei der Mordkommission zu arbeiten«, bemerkte Decker.

»Natürlich, und ich bin sehr stolz auf sie. Sie hatte einen schweren Weg und viele Hindernisse überwunden.«

»Was meinen Sie?«

»Sie haben doch von ihrem Vater gehört, nicht wahr?«

»Nein.«

»Vielleicht sollte ich nichts sagen.«

»Erzählen Sie nur. Es könnte hilfreich sein.«

»Das ist der eigentliche Grund, warum es mich so überrascht hat, dass Donna Polizistin wurde.«

»Was meinen Sie?«

»Ihr Vater ist ein verurteilter Verbrecher.«

»Was für ein Verbrechen hat er begangen?«

»Er hat jemanden getötet.«

»Wen?«

»Einen Bankier hier in der Stadt.«

Decker versuchte, sich nichts anmerken zu lassen. »Wann war das?«

»Ist schon Jahrzehnte her. Donna war noch ein kleines Mädchen.«

»Warum hat er den Mann umgebracht?«

»Weil die Bank sein Haus zwangsversteigert hat. Donnas Vater arbeitete in der letzten Textilfabrik der Stadt. Als sie von heute auf morgen die Pforten schloss, stand Rich Lassiter zusammen mit ungefähr hundert anderen vor dem Nichts. Er verlor sein Haus, er verlor alles. Anscheinend hat er sich eines Nachts betrunken, fuhr zum Haus des Mannes und zündete es an. Der Bankier, seinen Namen habe ich vergessen, lebte allein. Wie dem auch sei, er starb bei dem Brand. Rich war entsetzt über seine Tat, nehme ich an. Aber er hat gestanden, das Feuer gelegt zu haben, und ging ins Gefängnis. Dort starb er ungefähr zwei Jahre später. Vielleicht wegen seiner Schuldgefühle, keine Ahnung.«

»Also war Donna Lassiter damals noch ein kleines Mädchen?«

»Sie war ein sehr *trauriges* kleines Mädchen, nach allem, was mit ihrem Vater geschehen ist. Sie hatte dann zur Religion gefunden, die ihr durch die harten Zeiten half. Als Donna nach dem College wieder nach Hause kam, hat ihre Mutter Selbstmord begangen. Eine Überdosis.«

»Das alles ist sehr tragisch«, meinte Decker. »Aber kehren wir in die Gegenwart zurück. Was haben Sie Detective Green über den Abend erzählt, an dem die Toten entdeckt wurden?«

»Dass ich nichts gesehen habe. Ich hatte Kopfschmerzen und bin früh zu Bett gegangen.«

»Wann genau?«

»Ich hatte mir im Fernsehen das Glücksrad angeschaut und danach ein bisschen herumgekramt, also muss es auf jeden Fall nach acht gewesen sein.«

»Und Sie haben weder etwas gehört noch gesehen, bevor Sie zu Bett gegangen sind? Auch wenn es nichts mit dem Haus zu tun hatte?«

Mrs. Martin dachte nach. »Ich weiß noch, dass ein Unwetter aufzog.«

»Haben Sie irgendwelche Geräusche gehört, bevor das Unwetter hier war?«

»Was für Geräusche?«

Decker dachte zurück, tauchte in die Tiefen seiner Erinnerung.

Was für Geräusche? Gute Frage.

»Nun ja … ungewöhnliche Geräusche. Ich war zu der Zeit in dem Haus neben dem Tatort. Ich weiß noch, dass ich ein Flugzeug gehört habe.«

Die alte Dame schüttelte den Kopf. »Ein Flugzeug? Ich habe weder eins gesehen noch gehört. Ich bin erst am nächsten Morgen gegen sechs Uhr aufgewacht.«

»Die Polizeisirenen haben Sie nicht geweckt?«

»Ich hatte etwas zum Schlafen genommen. Nein, sie haben mich nicht geweckt.«

»Haben Sie je beobachtet, dass jemand das Haus betreten oder verlassen hat?«

Mrs. Martin trank einen Schluck Tee und schob den Teller mit den Plätzchen zu Decker, der eins nahm und hineinbiss.

»Da war etwas«, sagte sie plötzlich.

»Was?«

»Es hatte nichts mit dem Haus zu tun, in dem diese Männer umgebracht wurden. Es war das Haus daneben.«

»Sie haben etwas gesehen?«

»Es war vor ein paar Wochen. Ich habe es Detective Green gegenüber nicht erwähnt, weil er mich nur nach der Nacht gefragt hat, als man die Toten fand. Aber ich habe gesehen, wie ein Mann das Nachbarhaus betrat, so gegen elf Uhr abends. Ich kannte die Schaffers, denen das Haus gehörte. Sie sind gestorben, und ihre Kinder haben versucht, Grund und Boden zu verkaufen. Ist ihnen aber nicht gelungen. Jetzt steht das Haus schon die ganze Zeit leer.«

»Erzählen Sie weiter«, drängte Decker die alte Dame. »Was haben Sie beobachtet?«

»Nun ja, da ging dieser Mann über die Straße. Ein Auto habe ich keins gesehen. Den Mann habe ich nur deshalb bemerkt, weil Missy rauswollte. Ich habe die Tür geöffnet, und da war er. Es war Vollmond und richtig hell, darum habe ich ihn ziemlich deutlich gesehen. Er ging die Straße runter und hat dann das Haus der Schaffers betreten.«

»Können Sie ihn beschreiben?«

»Groß, über eins achtzig, würde ich sagen.«

»Weiß, schwarz?«

»Weiß, ich bin ganz sicher. Und er war dünn.«

»Konnten Sie sein Gesicht erkennen?«

Mrs. Martin schüttelte den Kopf. »Das nicht. Aber zwei Abende später habe ich noch einmal das Gleiche gesehen.«

»Derselbe Mann?«

»Nein, diesmal war es ein anderer. Kleiner, unter eins achtzig, stämmiger. Ebenfalls ein Weißer. Er ging ins Haus. Ich habe noch eine Zeit lang beobachtet, aber er ist nicht mehr rausgekommen.«

»Kein Auto?«

»Nein, er kam zu Fuß und betrat das Haus. Zur selben Zeit. Ich war auf, denn ich hatte ein Nickerchen gemacht und war gegen neun aufgewacht. So ist das eben, wenn man alt ist«, fügte sie hinzu.

»Haben Sie das der Polizei gesagt?«

Mrs. Martin schüttelte den Kopf. »Nein. Das ist mir nicht in den Sinn gekommen. Vielleicht hatten die Männer das Haus ja gemietet und durften sich dort aufhalten. Und falls nicht … nun, es war nicht das erste Mal, dass ich gesehen habe, wie Leute leer stehende Häuser nutzen. Hier gibt es viele Obdachlose. Wenn sie ein Dach über dem Kopf brauchen …«

Decker musterte sie interessiert. Plötzlich wirkte sie nervös. »Gibt es noch einen Grund, weshalb Sie die Sache nicht gemeldet haben?«

Sie schaute zu Boden. »Harte Zeiten bringen harte Leute hervor. Hätte ich die Polizei gerufen, und sie wäre gekommen und hätte etwas unternommen, und die Männer hätten herausgefunden, dass ich die Polizisten angerufen habe … Ich bin alt und lebe allein. Ich wollte keinen Ärger haben … und anderen Leuten auch keinen machen.«

»Also ein großer dünner und ein kleinerer, stämmiger Weißer?«

»Genau.«

Ein paar Minuten später näherte sich Decker dem Haus, von dem die alte Dame gesprochen hatte.

Natürlich konnte er sich irren, aber die Männer, die Mrs. Martin beschrieben hatte, konnten durchaus Beatty und Smith gewesen sein, die beiden toten DEA-Agenten.

32

Decker schaute auf das Haus, in dem er die beiden Leichen gefunden hatte. Dann blickte er zum Nachbarhaus, bei dessen Betreten die DEA-Agenten Beatty und Smith vor zwei Wochen möglicherweise beobachtet worden waren.

Der schwarze SUV war verlassen. Anscheinend machte der wachhabende DEA-Agent soeben seine Runde.

Es waren keine anderen Autos auf der Straße, keine Personen, gar nichts.

Decker schaute die Straße entlang zu dem Haus, in dem der blinde Dan Bond wohnte. Es war dunkel, aber für Bond spielten Licht und Dunkelheit naturgemäß keine Rolle.

Er würde sich später um den Mann kümmern. Erst musste er einer möglichen Spur nachgehen.

Mit schnellen Schritten begab er sich auf die Rückseite des Grundstücks. Er fasste das Haus der Mitchells ins Auge, das er nicht allzu deutlich sehen konnte; im Gegensatz zum Mordhaus wurde der Hof des ehemaligen Schaffer-Hauses von großen, wild wuchernden Sträuchern umschlossen – nicht überraschend, wenn man bedachte, dass beide Häuser schon eine Weile leer standen.

Schließlich konzentrierte er sich auf die Rückseite des Schaffer-Hauses. Auch hier hatte man eine Veranda angebaut. Seltsamerweise schien sie leicht nach rechts abzusacken, als würden die Stützpfähle mit der Zeit nachgeben.

Nebenan zuckte in der Dunkelheit das Licht einer Taschenlampe auf wie ein winziger Blitz.

Der Mann von der DEA machte seine Runde.

Decker ging hinter einer mächtigen Eiche in Deckung, bis das Licht vorbeigezogen und der andere Agent wieder zur Vorderseite des Hauses unterwegs war.

Im Kopf zählte Decker die Sekunden, bis er das dumpfe Schnappen einer sich schließenden SUV-Tür hörte.

Er schlich zur Veranda und legte die Hand um den Türknauf.

Überraschenderweise ließ er sich drehen.

Aber vielleicht war das gar nicht so überraschend, wenn hier mehrere Leute ein und aus gegangen waren.

Decker trat ein und schaute sich mithilfe der Taschenlampenfunktion seines Handys um. Das Innere ähnelte dem des Nachbargebäudes. Vermutlich hatte es derselbe Bauherr gebaut; vielleicht hatte er sogar die ganze Nachbarschaft aus dem Boden gestampft.

Decker ging durch die Küche, betrat das Wohnzimmer und leuchtete. Nichts. Keine Möbel, nichts an den Wänden. Keine Teppiche. Vor den Fenstern hingen Vorhänge, aber sie waren schmutzig und verrottet.

Ein Geräusch ertönte. Decker blickte sich um, entdeckte ein Bodengitter und hielt die Hand darüber. Die Heizung war gerade angesprungen, also wurde das Haus, obwohl leer stehend, mit Strom versorgt. Aber Decker konnte nicht riskieren, die Lampen einzuschalten. Der Agent vor dem Nebenhaus würde es bemerken und der Sache nachgehen.

Die Zimmer rochen nach Feuchtigkeit, Mottenkugeln und Verlassenheit.

Decker überprüfte das obere Stockwerk. Auch hier oben war alles feucht, modrig und im Verfall begriffen.

Dann stieg er hinunter in den Keller. Als er daran dachte, was er beim letzten Mal gefunden hatte, als er einen Keller betrat, zog er die Waffe.

Er erreichte die letzte Stufe und schaute sich um.

Feuchtigkeit, Schimmel und tote Insekten.

Aber keine Leichen.

Falls die beiden DEA-Agenten hier Zeit verbracht hatten, gab es davon keine Spuren. Keine Essensreste. Keine Sitzgelegenheiten. Keine Kleidung im Wandschrank. Zuerst hatte Decker geglaubt, die beiden Männer hätten hier ein Überwachungsnest eingerichtet, aber darauf gab es nicht den geringsten Hinweis. Natürlich hätten sie ihre Ausrüstung wieder mitnehmen können. Aber weshalb hätten sie ausgerechnet an solch einem Ort so ein Nest einrichten sollen? Was gab es hier zu beobachten?

Und warum waren sie tot im Nachbarhaus aufgefunden worden, wenn sie *dieses* Haus benutzt hatten?

Decker wollte gerade wieder nach oben gehen, als er erstarrte. Hastig wich er in die Kellerecke zurück.

Im Erdgeschoss hatte sich soeben eine Tür geöffnet. War es die Haustür gewesen? Die Hintertür? Decker wusste es nicht.

Direkt über ihm knarrten die Fußbodendielen.

Also die Hintertür. Der Eindringling ging nun zur Vorderseite des Hauses.

Deckers Hand umklammerte die Pistole.

Sein Dilemma war offensichtlich. Es konnte gut sein, dass es sich bei der Person oben um den Agenten aus dem Auto handelte. Vielleicht hatte er ja bemerkt, dass Decker sich im Haus bewegte. Oder ihm war das Licht des Handys aufgefallen, und nun ging er der Sache nach.

Decker wollte keine Waffe auf einen Kollegen richten.

Und wenn es nicht der Mann von nebenan war?

Die Schritte bewegten sich die Treppe hinauf. Decker wartete, bis sie wenig später wieder ins Erdgeschoss zurückkehrten.

Sirenen waren keine zu hören. Decker konnte nicht nach draußen schauen. Hatte der Mann Verstärkung gerufen?

Dann hörte er, worauf er gewartet hatte.

Die Kellertür öffnete sich.

Decker blieb in der hinteren Ecke stehen. »Amos Decker, FBI«, rief er. »Identifizieren Sie sich.«

»DEA-Agent Stringer aus dem Haus nebenan«, erwiderte die Stimme augenblicklich.

Decker rührte sich nicht. »Ich würde Ihnen gerne glauben, aber ich muss einen Ausweis sehen.«

»Ich auch. Wie soll das hier ablaufen, bevor ich Verstärkung rufe?«

»Erkennen Sie meine Stimme nicht? Im Leichenschauhaus bin ich gegenüber Agentin Kemper ziemlich laut geworden.«

»Ich bin erst heute Morgen mit einer neuen Gruppe Agenten in die Stadt gekommen.«

»Okay, werfen Sie Ihren Ausweis die Treppe runter, ich werfe meinen nach oben.«

»Hören Sie, Mann, ich habe die Berechtigung, mich hier aufzuhalten, Sie aber nicht. Und ich habe nicht die geringste Ahnung, wer zum Teufel Sie sind, also werfen Sie Ihren Ausweis nach oben.«

Decker ließ sich Zeit, als er den Ausweis hervorholte. Er schob die Waffe in den Hosenbund und wählte mit der freien Hand eine Nummer auf dem Handy.

»Was ist?«, fragte der Mann. »Ich warte.«

»Immer mit der Ruhe«, rief Decker nach oben.

Kemper antwortete beim zweiten Klingeln.

»Ich stecke in einer Notlage«, flüsterte Decker. »Ist heute Nacht ein Agent namens Stringer dem Haus zugeteilt?«

»Nein. Jenkins hat die Nachtschicht. Von acht bis acht. Von einem Agent Stringer habe ich noch nie gehört.«

»Dann schaffen Sie ein paar Leute her. Schnell! Ich bin in dem Haus links neben dem Tatort, von der Straße aus gesehen. Ich bin im Keller. Bei mir ist ein Typ, der sich als einer Ihrer Leute ausgibt.«

Bevor Kemper etwas erwidern konnte, trennte er die Verbindung.

»Sie haben noch genau zwei Sekunden, oder das hier wird hässlich«, rief der Mann, der sich Stringer nannte.

»Ich komme.«

Decker schlich vorwärts und näherte sich der Treppe von der Seite.

Er legte den Daumen auf das Handydisplay und schaltete die Taschenlampe mit derselben Bewegung ein, mit der er das Handy zum Fuß der Treppe warf. Das Licht leuchtete nach oben.

Eine Sekunde später wurden vier Schüsse abgefeuert.

Vier schallgedämpfte Schüsse. Die Kugeln hackten in den Beton und sirrten als Querschläger davon.

Obwohl Decker nicht getroffen war, stieß er einen lauten Schrei aus, als hätte es ihn erwischt, damit der Mann in seiner Wachsamkeit nachließ.

Im nächsten Augenblick zuckte Deckers Arm nach vorn. In rasender Folge feuerte er die Treppe hinauf, leerte das halbe Magazin und beschrieb mit der Mündung einen weiten Bogen, um die gesamte Breite der Tür abzudecken.

Er hörte einen dumpfen Aufschlag, dann noch einen, gefolgt von einem Grunzen.

Hastig sprang er aus dem Weg, als etwas Schweres die Stufen hinunterpolterte und am Fuß der Treppe liegen blieb.

Decker holte sich sein Handy zurück und richtete das Licht auf den massigen schwarzen Schemen vor ihm.

Eine Leiche.

Die Leiche des Mannes, den er soeben erschossen hatte.

Decker schnappte nach Luft.

Es gab keine Farben.

Was ist das?

Wurde Decker mit dem Tod konfrontiert, stellten sich für gewöhnlich die Symptome seiner Synästhesie ein: Die Nackenhaare stellten sich auf, als würde Strom durch seinen Körper jagen; ihm wurde schwindelig und übel, und er sah ein lebhaftes irisierendes Blaugrün, das von allen Seiten auf ihn zustürzte und ihm den Atem raubte.

Diesmal spürte er nichts davon. Er sah nur die Leiche.

Als wäre die Synästhesie schlagartig verschwunden.

In diesem Augenblick hörte er die Sirenen.

Gefolgt von schweren Schritten, die auf die Veranda trampelten.

Agent Jenkins von nebenan, da war er sich sicher.

Die Kavallerie war da.

Decker ließ sich auf die unterste Treppenstufe sinken und wartete.

33

»Du musst aufhören, nachts rauszugehen. Das ist mein Ernst, verdammt!«

Die vorwurfsvollen Worte kamen von Alex Jamison, die in einem langen T-Shirt und Sweatpants vor Decker stand. Sie war barfuß, und ihr zerzaustes Haar verriet, dass sie bis vor Kurzem geschlafen hatte.

Sie befanden sich im Wohnzimmer des Mitchell-Hauses. Amber und Zoe schliefen noch oben.

Decker hatte Jamison aus dem Keller des Hauses angerufen, in dem er den Unbekannten erschossen hatte. Er hatte den Cops, die als Erste eingetroffen waren, vor Ort alles erklärt, dann Kemper und schließlich Green und Lassiter, als sie aufgetaucht waren.

Die größte Überraschung hatte es gegeben, als Kemper den Toten mit Deckers zwei Kugeln in der Brust am Fuß der Treppe erblickt hatte.

»Brian Collins«, sagte sie.

»Wer ist das?«, fragte Decker.

»Ein Drogendealer.«

»Glauben Sie, er kannte Michael Swanson oder hat mit ihm zusammengearbeitet?«

»Das bezweifle ich. Collins war ein harter Bursche. Er wird in mehreren Staaten wegen Mordes und Drogenhandels gesucht.«

»Aber was hat er hier gemacht?«, wollte Green wissen. »Und warum sollte er versuchen, Decker umzubringen?«

»Er muss gesehen haben, wie ich ins Haus ging«, meinte Decker. »Möglicherweise hat er es beobachtet.«

»Schön und gut, aber warum das Risiko eingehen, Ihnen zu folgen, wo direkt nebenan ein DEA-Agent sitzt?«

»Ich werte das als gutes Zeichen. Es bedeutet, dass wir der Sache näher kommen. So wie man versucht hat, mich und Jamison in Babbots Wohnwagen zu grillen.«

»Sie kommen möglichen Tätern näher?«

»Vielleicht zu nahe«, hatte Decker geantwortet und auf die Leiche geschaut.

Jetzt richtete er den Blick auf die wütende Alex Jamison. »Woher sollte ich denn wissen, dass so etwas passiert? Ich konnte nicht schlafen, also hatte ich beschlossen, einer Sache nachzugehen. Ich habe mit Mrs. Martin gesprochen, und das hat mich zu dem Haus geführt.«

Jamison ließ sich auf einen Sessel sinken. »Vielleicht kapierst du es ja nicht, Decker, aber meine Schwester und meine Nichte haben gerade eine grauenvolle Nachricht erhalten, die ihr ganzes Leben überschatten wird.«

»Das *weiß* ich, Alex.«

»Und ich weiß, dass du die Fakten kennst. Aber manchmal bekommst du die Dinge *hinter* den Fakten nicht mit.«

»Worauf willst du hinaus?«

»Im Augenblick ist *eine* Tragödie mehr als genug. Bitte mach diese Rechnung nicht noch größer. Ich glaube nicht, dass einer von uns das ertragen könnte. Ich jedenfalls nicht. Okay, wenn du nicht vorhast, noch etwas unglaublich Gefährliches und Blödes zu tun, gehe ich ins Bett, bevor mir der Schädel platzt. Ich schlage vor, du tust das Gleiche.«

Sie verschwand nach oben. Decker folgte ihr langsam.

Er wusch sich, zog sich aus.

Dann betrachtete er die Hand, die den Abzug seiner Waffe betätigt hatte. Nein, er hatte keine Schuldgefühle. Dieser Collins hatte versucht, ihn zu ermorden. Der Mann hatte nur bekommen, was er verdiente. Das erklärte allerdings immer noch nicht, warum er versucht hatte, Decker heute Nacht zu töten.

Ein hartgesottener Drogenhändler, der in mehreren Bundesstaaten auf der Fahndungsliste stand.

Die DEA.

Abtrünnige Agenten.

Sechs Morde, von denen vier Außenstehende betrafen.

Ging es hier nur um Drogen? Viele Menschen waren wegen Drogen gestorben. Und allen Berichten zufolge befand sich Baronville in den Klauen derselben Opioid-Krise, die auch andere Teile des Landes terrorisierte.

Anscheinend waren er und Jamison mittendrin gelandet.

Und was war mit Lassiters Vater, der das Haus eines Bankiers anzündete, dafür ins Gefängnis wanderte und dort starb? Und mit ihrer Mutter, die später Selbstmord beging? Jetzt konnte Decker verstehen, warum Lassiter etwas gegen den derzeitigen John Baron hatte, so unsinnig es auch sein mochte.

Und zu guter Letzt … was zum Teufel ging in seinem Kopf vor? Warum war das schimmernde Blaugrün nicht aufgetaucht, die Farbe des Todes? Die Übelkeit? Der Schwindel? Die Schwäche?

Natürlich legte Decker keinen Wert auf diese Symptome. Aber zumindest waren sie vorhersehbar. Es war besorgniserregend, dass sie diesmal ausgeblieben waren.

Verändert mein Gehirn sich erneut? Und falls es so ist – wer werde ich morgen sein?

Er seufzte. Mit solchen Spekulationen wollte er sich nicht befassen.

Dann kam ihm ein Gedanke. Glücklicherweise hatte er etwas mit dem Fall zu tun.

Er griff nach seinem Handy und rief Kemper an. Sie meldete sich nach dem zweiten Klingeln.

»Was hatten Ihre beiden Agenten in diesem Haus zu schaffen?«

»Ich habe keine Ahnung.«

»Möglicherweise haben sie ja etwas oder jemanden beobachtet.«

»Sie sprechen von einem Überwachungsnest?«

»So ähnlich, obwohl ich dafür nicht den geringsten Beweis finden konnte.«

»In dieser Straße wohnen nur drei Leute, Decker. Sie alle sind alt, einer ist blind, eine andere ist eine ehemalige Sonntagsschullehrerin, und …

»Und einer ist ein Arschloch mit einer abgesägten Schrotflinte.«

»Das müssen Sie mir erklären.«

Er erzählte ihr von seinem Zusammenstoß mit Fred Ross.

»Ich verstehe noch immer nicht, was ein verbitterter Achtzigjähriger im Rollstuhl mit dieser Angelegenheit zu tun haben soll.«

»Ich auch nicht«, erwiderte Decker.

»Übrigens habe ich ein paar Neuigkeiten für Sie.«

Decker horchte auf. »Was denn?«

»Der Tote, Brian Collins …«

»Ja?«

»Ich habe mehr Informationen über ihn, als ich Ihnen eben in dem Haus gegeben habe.«

»Und warum sind Sie jetzt bereit, sie mit mir zu teilen?«

»So langsam werden Sie mir sympathisch.«

»Ist klar.«

»Wir kannten seinen früheren Partner«, sagte Kemper.

»Wer war das?«

»Randy Haas, der Tote, der meine beiden Agenten als Abtrünnige belastet hat.«

34

»Wir sollen *was* für sie tun?«

Decker starrte Jamison über den Frühstückstisch an.

Sie senkte die Kaffeetasse. »Amber möchte, dass wir zum Logistikzentrum fahren und Franks persönliche Dinge aus seinem Büro holen«, sagte sie verärgert. »Und sein Auto mitbringen.«

»Aber in dem Fall muss ich …«

Sie schnitt ihm das Wort ab. »Decker, meine Schwester muss heute Morgen die Beerdigung ihres Mannes planen. Wir können ihr dabei helfen. Das ist das Mindeste.«

»Tante Alex? Ich bin fertig.«

Beide wandten den Kopf. Zoe stand mit zugeknöpftem Mantel in der Tür. Ihre Augen waren vom Weinen geschwollen.

»Wir sind in einer Minute da, Liebling. Warte an der Tür, ja?«

Zoe sah Decker kläglich an, bevor sie verschwand.

»Bringen wir sie zur Schule?«, fragte Decker.

»Nein, sie begleitet uns.«

»Sie kommt mit? Was ist mit der Schule?«

»Decker, ihr Vater ist gerade gestorben. Sie geht heute nicht zur Schule. Außerdem ist es die Vorschule. Wenn sie ein paar Tage fehlt, wird das keinen Einfluss darauf haben, ob Harvard sie aufnimmt.«

»Hältst du es für eine gute Idee, dass sie uns begleitet? Und die Sachen ihres Vaters sieht?«

»Es geht nicht anders. Amber kennt hier niemanden gut genug, um Zoe mit gutem Gewissen bei ihm zu lassen, vor allen Dingen jetzt. Und sie hat den ganzen Tag zu tun mit den Begräbnisvorbereitungen. Sie muss einen Sarg und Blumen aussuchen, und ein Grab. Soll Zoe dem etwa ausgesetzt werden?«

Zerknirscht lehnte Decker sich zurück. »Nein.«

»Gut. Trink deinen Kaffee aus, damit wir losfahren können. Ich bringe uns hin, und du kannst Franks Auto herfahren.«

An der Haustür streckte Zoe die Hand aus, hielt sie aber nicht ihrer Tante hin, sondern Decker. Er sah überrascht aus und warf Jamison einen schnellen Blick zu. Sie nickte, also nahm er die kleine Hand des Mädchens in seine große, und sie brachen auf.

*

»Mann, das ist ja riesig hier!«

Sie waren gerade auf den Parkplatz des Maxus-Logistikzentrums eingebogen, als Jamison diese Bemerkung entfuhr.

Die Anlage war in der Tat riesig und der Parkplatz voller Autos. An der Rückseite des Gebäudes stand eine Flotte von Sattelschleppern, die an einer Reihe scheinbar endloser Ladebuchten ihre Auflege be- und entluden.

»Ja, gigantisch. Aber es wird noch weitergebaut.« Decker zeigte auf die Baustelle an der Westseite des Gebäudes.

Weit vom Eingang entfernt fand Jamison einen Parkplatz, und sie bewegten sich durch ein Meer geparkter Autos zum Haupteingang.

»Hat mein Dad hier gearbeitet?«, fragte Zoe.

»Ja, Liebling. Wir holen ein paar seiner Sachen«, antwortete Jamison.

»Das hat Mommy mir gesagt. Und auch sein Auto.«

»Stimmt.«

Zoe schaute zu ihrer Tante hoch. »Ist Daddy wirklich tot?«

Jamison erstarrte, schien zu keiner Antwort fähig.

Bevor sie etwas sagen konnte, beugte Decker sich zu Zoe hinunter, hob sie hoch und zeigte auf das Gebäude. »Siehst du, wie groß das Haus ist?«

Zoe nickte.

»Dein Dad hat geholfen, dass das alles hier funktioniert. Sieh dir diese vielen Autos und Leute an. Seine Arbeit war sehr wichtig. Er musste sich um dieses Gebäude und all die Menschen kümmern. Sie alle haben sich auf deinen Dad verlassen. Und er hat tolle Arbeit geleistet.«

Zoe steckte den Daumen in den Mund. Ihre Augen schimmerten feucht.

»Jetzt müssen wir nur noch reingehen und seine Sachen holen«, fuhr Decker fort, »denn die gehören nach Hause zu deiner Mom und dir.«

Zoe nickte energisch, während sie nervös am Daumen lutschte.

Decker setzte sich wieder in Bewegung, das kleine Mädchen auf dem Arm. Eine ungläubig aussehende Jamison eilte hinter den beiden her.

Am Empfang erklärte man ihnen, wie sie zum Büro des Managers der Anlage kamen. Das Namensschild hing neben der Bürotür an der Wand.

»Ted Ross«, las Decker. »Interessant.«

»Warum ist das interessant? Kennst du ihn?«, fragte Jamison.

»Möglicherweise habe ich seinen alten Herrn kennengelernt.«

Durch die Spalten in der Jalousie, die vor dem großen Fenster in der Bürowand hing, konnten sie einen Mann mittleren Alters in einem Hemd mit Krawatte und dünner werdendem grauen Haar sehen, der am Schreibtisch saß und telefonierte. Die Wände waren weiß gestrichen, aber die Rückwand war elegant mit Holz getäfelt, das mit Medaillons und Reliefs verziert war. An einer

Seite hing ein Kasten mit einem Trikot der Pittsburgh Steelers und einem Handtuch in den Farben Gelb und Schwarz – das »Terrible Towel«, Markenzeichen der Steeler-Fans.

Sie klopften an die Tür und sahen, wie Ross aufschaute, den Anruf beendete und den Raum durchquerte, um zu öffnen.

Er schaute zu Decker hoch, dann auf Zoe. Seine Miene wurde ernst.

»Ich bin Ted Ross. Danke, dass Sie gekommen sind. Wir wussten nicht, was wir mit …« Er hielt inne und warf Zoe einen unsicheren Blick zu.

»Das ist doch selbstverständlich«, sagte Jamison. »Amber ist meine Schwester. Ich bin Alex Jamison, und das ist Amos Decker.«

»Wie ich hörte, sind Sie beim FBI.«

»Stimmt. Und das ist Zoe, Franks Tochter.«

Ross beugte sich vor und streckte die Hand aus. »Hallo, Zoe. Es freut mich, dich kennenzulernen.«

Zoe nickte und schüttelte ihm die Hand, sagte aber nichts. Ihr Daumen steckte noch immer fest im Mund.

»Ist Fred Ross Ihr Vater?«, fragte Decker.

Ross musterte ihn überrascht. »Ja. Warum?«

»Ich habe ihn neulich kennengelernt.«

»Tut mir leid«, sagte Ross angespannt. »Er ist ein echtes Original.«

»So kann man es auch ausdrücken«, erwiderte Decker.

»Kommen Sie, ich zeige Ihnen, wo die Sachen sind.« Ross führte sie einen langen Gang entlang.

»Wie groß ist diese Einrichtung?«, erkundigte sich Decker.

»Ungefähr 120 000 Quadratmeter«, antwortete Ross. »Und es kommen noch weitere 60 000 Quadratmeter dazu. Das ist die Zukunft des Einzelhandels, ob nun im Guten oder Schlechten. Im ganzen Land machen Einkaufszentren dicht, und Ladenketten erklären den Bankrott. Die Kunden kaufen im Internet, und Orte wie dieser hier sorgen für die Lieferung.«

»Deshalb sind diese Anlagen auch so groß, vermute ich.«

»Genau. Für uns und die Händler, für die wir tätig sind, ist das nur von Vorteil. Sie können sich auf die Produkte und den Kundendienst konzentrieren, und wir kümmern uns darum, dass die Bestellungen ausgeführt werden. Wir erledigen den Versand für über 15 000 Händler, und es werden immer mehr. Der Bau und der Betrieb solcher Logistikzentren sind nicht billig. Firmen, die einen Online-Versandhandel aufbauen wollen, es sich aber nicht leisten können, ein Vertriebszentrum zu bauen, lagern diese Funktion an Unternehmen wie Maxus aus. Wir stellen den Händlern den Regalplatz bis auf den genauen Zentimeter in Rechnung und beanspruchen einen Anteil von jedem Verkauf, aber aus den genannten Gründen lohnt es sich für sie. Das ist unser zehntes Zentrum, und es gibt Pläne, in den nächsten fünf Jahren möglichst zeitgleich zehn weitere zu bauen. Das Geschäft boomt. Wir kommen buchstäblich nicht nach.«

»Ein angenehmes Problem«, meinte Jamison.

»Ja, aber wenn man nicht aufpasst, kann man sich zu Tode schuften.«

Ross hatte noch nicht zu Ende gesprochen, als er auch schon kreidebleich wurde, als ihm die Bedeutung seiner Bemerkung aufging. Er warf Zoe einen Blick zu, aber sie schien ihn nicht gehört zu haben. Sie war emsig damit beschäftigt, sich von ihrem hohen Aussichtspunkt auf Deckers Arm umzusehen. Er hatte einen Versuch unternommen, sie wieder abzusetzen, aber sie hatte sich so fest an ihn geklammert, dass er sie weiterhin trug.

»Wir sind da.« Ross schloss eine Tür auf, die in ein Büro von ungefähr einem Drittel der Größe seines eigenen Büros führte. Es war ausgestattet mit einem Schreibtisch, einem Bürostuhl, drei metallenen Aktenschränken an der einen und einer großen Tafel an der anderen Wand, die mit Listen und Notizen bedeckt war.

Auf der Mitte des Tisches stand ein schlanker Computer.

»Frank war sehr umsichtig und tüchtig«, sagte Ross. Er wandte sich an Zoe. »Dein Dad war wirklich gut in seinem Job.«

Sie nickte stumm.

Ross deutete auf einen Pappkarton auf dem Schreibtisch. »Wir haben seine persönlichen Sachen eingesammelt. Es ist alles da drin.« Er suchte in seiner Tasche herum. »Und hier sind seine Schlüssel. Wir haben seinen Wagen in der Nähe des Eingangs geparkt. Es ist ein blauer viertüriger Kia, aber das wissen Sie ja.«

»Danke.« Jamison nahm die Schlüssel entgegen und gab sie Decker.

»Hör mal, Alex, warum nimmst du nicht Zoe und fährst zurück?«, sagte er. »Ich kann den Karton in meinem Wagen mitnehmen.«

»In Dads Wagen«, sagte Zoe, die den Daumen aus dem Mund genommen hatte.

»Genau, im Wagen von deinem Dad«, sagte Jamison schnell. »Okay, Amos. Wir sehen dich dann zu Hause.«

Sie nahm Zoe, und die beiden gingen. Zoe schaute verloren zurück zu Decker, bevor sie und Jamison um die Ecke bogen und außer Sicht gerieten.

Decker wandte sich Ross zu. »Können Sie mir einen Gefallen tun?«

»Klar, wenn ich kann.«

»Kann ich sehen, wo es passiert ist?«

Das schien Ross zu überraschen. »Sie meinen, wo Frank … zu Tode kam?«

»Ja.«

»Es war ein Unfall. Ein tragischer und dummer Unfall, der niemals hätte passieren dürfen, aber es war trotzdem ein Unfall.«

»Ich behaupte auch nichts anderes. Und ich führe hier auch keine Untersuchung durch. Ich möchte Amber nur sagen können … Vielleicht hat sie Fragen, das ist alles. Aber sie konnte sich nicht überwinden, heute selbst zu kommen. Außerdem muss sie sich um die Beerdigung kümmern.«

»Ich verstehe. Das ist schrecklich. Wir bezahlen die Beisetzung und alles andere«, fügte Ross rasch hinzu.

»Nett von Ihnen.«

»Und mir ist klar, dass sie Maxus verklagen wird. Verdammt, ich an ihrer Stelle würde es auch tun.«

»Eine erstaunliche Bemerkung, wenn man bedenkt, dass Sie für Maxus arbeiten«, meinte Decker.

»Ich arbeite erst für die Firma, seitdem dieses Zentrum hier gebaut wird. Und man hat mich eingestellt, weil ich einer von wenigen bin, die die nötige Erfahrung als Manager haben, um ein so großes Zentrum zu leiten. Außerdem habe ich sie während der Bauphase beraten. Ich hoffe, Amber bekommt alles, was ihr juristisch zusteht.«

»In welcher Branche haben Sie gearbeitet?«

»Ich bin Anfang sechzig, alt genug, um die guten Zeiten in Baronville erlebt zu haben, zumindest ihr Ende. Ich habe als Tischler angefangen und dann meine eigene Baufirma gehabt. Danach habe ich die letzte Papierfabrik der Stadt geleitet. Die war nicht so groß wie das hier, aber wir hatten ungefähr zweihundert Angestellte, Material wurde angeliefert, das fertige Produkt ausgeliefert, und rund um die Uhr wurden Lastwagen abgefertigt. Es war also nur logisch, dass man mir die Leitung hier übertragen hat.«

»Okay. Was ist jetzt mit Frank Mitchell?«

»Folgen Sie mir.«

35

Ross führte Decker zu einer Tür am Ende des Korridors. Dahinter lag eine Empore, von der aus man die gewaltige Halle überblicken konnte.

»Ich habe ein Fenster in meinem Büro, damit ich ein Auge auf die Leute haben kann, die in der Verwaltung ein und aus gehen«, sagte Ross. »Am meisten aber konzentriere ich mich auf das hier. Sehen Sie? Hier wird das Geld gemacht.«

Decker schaute hinaus auf ein Meer aus Regalen, auf Meilen von Fließbändern und auf ein Heer von Mitarbeitern, die sich zwischen Robotern umherbewegten, die in scheinbar perfekter Synchronisation arbeiteten.

»Sieht nach einer Menge beweglicher Teile aus«, bemerkte er.

Ross nickte. »Dieser Ort ist ein einziger gigantischer Algorithmus. Aber das eigentliche Konzept ist ziemlich simpel. Wir bekommen Produkte geliefert und müssen sie so schnell und präzise wie möglich wieder ausliefern.«

Er zeigte auf die Hinterseite des Zentrums, wo sich die Ladebuchten befanden. »Die Ware, die von den Lastern angeliefert wird, wird geöffnet, gescannt und in diese blauen Kisten gepackt. Die Förderbänder, die Sie da sehen, transportiert sie in die verschiedenen Abteilungen des LZ.« Er sah Decker an. »Die Abkürzung für Logistikzentrum. Am Ziel wird die Ware ausgeladen und erneut gescannt, zusammen mit dem Barcodescan ihrer Bereichsunterbringung.«

»Bereichsunterbringung?«, fragte Decker.

»Sämtliche Metallregale, die Sie sehen, sind in kleine Bereiche mit Barcodes und alphanumerischen IDs unterteilt. Das ähnelt dem alten Bibliothekskatalogsystem mit den Karteikarten, nur dass es jetzt digital ist. Wenn die Bestellungen reinkommen, und das tun sie zu Hunderten in jeder Sekunde, benutzen die Picker – das sind die in den gelben Westen – Handscanner, um das Produkt zu finden und die Bestellung auszuführen. Sie scannen den betreffenden Gegenstand und legen ihn in eine Kiste. Sobald die Kiste gefüllt ist, kommt sie auf das Förderbandsystem.«

»Und wie geschieht das?«

»Entweder, die Angestellten tragen sie oder fahren sie mit Karren. Oder Roboter erledigen die Aufgabe.« Er zeigte auf eine fahrende Maschine, die wie ein großer aufrechter Staubsauger aussah. »Das ist ein AMR, das steht für autonomer mobiler Roboter. Er trägt den vollen Behälter zu den Förderbändern. Das tut er mithilfe von Software, also mit seinem Gehirn, wenn Sie so wollen.«

Er zeigte auf eine andere Maschine, die um ein hohes Regal herumfuhr. »Das ist ein Heberoboter. Er sieht wie einer dieser Staubsaugerroboter aus, aber mit diesen besonders konstruierten Regalsockeln kann er Tausende Pfund heben. Um an sein Ziel zu kommen, bewegt er sich auf einem vorgegebenen Raster.«

Ross deutete auf eine andere Sektion der Anlage. »Nun treffen die Produkte dort ein, an der Vorpackstation. Die Gegenstände werden in kleine Fächer in hohe fahrbare Regale gepackt. Jedes Fach entspricht einer Bestellung, denn jetzt kommt man von der Masse zur individuellen Bestellung, und der Trichter wird immer schmaler. Liefert man jemandem das Falsche … nun, das ist nicht gut. Die Regale werden dann in die Packstationen gerollt, wo man sie für den Versand einpackt.«

»Wie ich sehe, erledigen das Menschen«, sagte Decker.

»Roboter können nicht richtig packen. Zumindest noch nicht. Ein Algorithmus spuckt den passenden Karton für jede Bestellung aus, Laufrollen die Luftpolster für die Ware im Karton sowie das nötige Klebeband. Dann geht es weiter auf dem Band zur Aufklebemaschine für die Adressetiketten und von dort zu den Ladebuchten, wo man die Pakete in die Lastwagen lädt. Das ähnelt gewissermaßen einem Puzzle, denn jeder Wagen muss so effektiv wie möglich beladen werden. Wenn man Millionen Pakete befördert, ist jeder verschwendete Zentimeter von Bedeutung.«

»Und die Lastwagen werden ebenfalls von Menschen beladen?«

»Ja, das können die Roboter auch nicht. Noch nicht.«

»Noch nicht?«

Ross nickte. »Die Roboter haben ein großes Problem. Ihnen fehlen die Hände eines Menschen. Sehen Sie diese fest montierten Roboterarme dort drüben?«

Decker sah in die aufgezeigte Richtung. Im hinteren Teil der Anlage hob eine Reihe großer Metallarme riesige Paletten auf hohe Regale.

»Das ist eine großartige Verwendung für einen Roboter. Gewichte zu stemmen, die ein Mensch nicht ohne Weiteres heben kann. Eine Richtung, ein Platz, an den das Produkt hingehört. Dazu braucht man keine Feinmotorik, nur brutale Kraft. Der Mensch kann Dinge mit den Händen ertasten und auf engem Raum arbeiten, wie es ein Roboter noch nicht kann. Er kann schnelle Entscheidungen treffen, zum Beispiel, etwas einen Zentimeter nach hier oder dort zu schieben, weil es dort besser passt. Er kann auch neue Produkte erkennen, die er noch nie zuvor zu Gesicht bekommen hat, und er weiß sofort, was damit zu tun ist. Im Augenblick kann ein Roboter derartige Arbeiten noch nicht verlässlich erledigen. Aber die Industrie arbeitet daran. Der

Heilige Gral in diesem Geschäft ist derzeit ein verlässlicher Greifmechanismus, der es Robotern ermöglicht, nach menschlichem Vorbild zu handeln, wenn er Dinge aufhebt und an bestimmte Orte packt. Eines Tages wird man die Lösung dafür finden, denn Mitarbeiter werden krank, müssen zur Toilette, Mittagspause machen, werden müde, brauchen Urlaub und eine Krankenversicherung. Roboter brauchen nichts davon.«

»Sie wollen damit sagen, dass es hier eines Tages nur noch *Roboter* gibt?«

»Unternehmen interessieren sich nicht die Bohne dafür, Arbeitsplätze zu schaffen. Sie wollen *Geld* verdienen. Bei Robotern braucht man nur ein paar Techniker, die sie warten und reparieren.«

»Aber wer kauft dann das ganze Zeug auf diesen Regalen, wenn die Leute keine Jobs haben, um Geld zu verdienen?«

Ross grinste. »Guter Punkt. Meiner Meinung nach haben diese superreichen Typen das noch nicht richtig durchdacht. Vermutlich überlassen sie es der Regierung, dieses Problem zu lösen. Und wenn das der Fall ist, gnade uns Gott.«

Decker zeigte auf eine Reihe von Türen an der weit entfernten Wand. »Sind das Magnetometer?«

»Ja. Der Angestellteneingang. Wir nennen unsere Angestellten ›Logistikmitarbeiter‹. Aber wie bei jedem anderen Betrieb auch muss man sich mit Diebstählen auseinandersetzen. Die Leute müssen die Magnetometer passieren und ihre Taschen durchsuchen lassen.«

»Muss sich dem jeder unterziehen?«

»Ja, ich eingeschlossen.«

»Wie ich gehört habe, sind die körperlichen Anforderungen dieser Arbeit ziemlich hoch.«

»In jeder Sekunde treffen ungefähr vierhundert Bestellungen ein, die bearbeitet werden müssen, also sind wir ununterbrochen in Bewegung. Der Handscanner eines Pickers meldet sich jedes Mal mit einem Signal, wenn eine Bestellung eingeht. Und das System führt den Picker zu dem Regal, auf dem sich der Gegenstand befindet. Dann geht der Prozess los. Die Arbeiter müssen jeden Tag zwölf Stunden auf den Beinen sein und bis zu fünfzig Pfund heben können. Vermutlich legt man in jeder Schicht an die fünfzehn Meilen zurück. Aber Laufen ist gesund, oder? Ich mache jeden Tag zur selben Zeit meine Runden und überprüfe alles Mögliche.« Er warf einen Blick auf die Uhr. »Tatsächlich muss ich in einer Stunde los. Ich muss mit den Arbeitern in Kontakt bleiben, und es ist gut, wenn sie jemanden vom Management in der Halle sehen. Aber das ist nicht alles nur das reine Vergnügen. Für mich arbeiten weitere Manager in der Halle, die dafür sorgen müssen, dass die Arbeit erledigt wird. Wir treiben die Leute ziemlich an, weil das obere Management seinerseits uns antreibt. Schaffen wir unsere Quoten nicht, können wir uns einen anderen Job suchen. Und dieser Ort könnte mehr als zwanzig Footballfelder aufnehmen, das ist eine Menge Gelände. Manchmal fahren wir sogar auf Fahrrädern oder Dreirädern, um schneller zu Abteilungen zu kommen und so viel Raum abzudecken wie möglich. Und mit dem neuen Anbau wird es noch einmal um die Hälfte größer. Wir haben zwar eine Klimaanlage, trotzdem kann es hier ganz schön heiß werden.«

»Wie ist denn der Verdienst?«

»Die Bezahlung ist gut. Picker fangen mit zehn Dollar die Stunde an, dazu kommen eine Krankenversicherung und ein Rentensparplan. Nach fünf Jahren verdient man sechzehn Dollar die Stunde. Und wir sind immer für Überstunden offen, an Stoßzeiten wie Weihnachten sind sie sogar obligatorisch. Dann muss man in der Woche fünfundfünfzig bis siebzig Stunden arbeiten. Mit den Überstunden verdienen hier viele Leute vierzigtausend

Dollar oder mehr im Jahr. Heutzutage bringt einen das in die Mittelklasse, erst recht, wenn Ehepaare hier arbeiten. Von denen haben wir eine ganze Menge. Verdammt, in dieser Stadt könnte einen das sogar reich machen.«

»Aber Frank Mitchell hat mir gesagt, dass Sie Probleme haben, Leute zu finden.«

»Und er hat Ihnen vermutlich auch den Grund dafür verraten. Wir haben ungefähr tausend Angestellte, aber wir brauchen zu jeder Zeit mehr. Und wenn der Anbau online geht, brauchen wir definitiv zusätzliche Leute. Hunderte von Bewerbern bestehen den Drogentest nicht, und das ist ein großes Problem für uns. Verdammt, so geht es im ganzen Land. Kinder, Eltern, Großeltern, alle sind von irgendeiner Scheiße abhängig.« Er hielt inne. »Und da haben Sie die Welt der Logistikzentren.«

»Dann lassen Sie uns zu der Welt kommen, in der Frank Mitchell sein Leben verlor.«

Ross führte Decker eine Stahltreppe hinunter und dann weiter zu der Baustelle des Anbaus. Es ging durch eine Tür in einen höhlenartigen Bau, der größtenteils dem Raum ähnelte, den sie gerade verlassen hatten. Nur dass hier kein Mensch war und die riesigen Regale leer standen.

»Normalerweise wären hier jetzt die Bauarbeiter beschäftigt, aber die Polizei hat wegen der Ermittlungen alles gesperrt. Ich hoffe nur, die Cops lassen die Arbeiter bald wieder rein. Ich habe schon Anrufe vom Management bekommen. Die sind von der Stilllegung nicht begeistert. Wir unterliegen einem engen Zeitplan.«

»Cops interessieren sich nicht für Zeitpläne.«

»Das weiß ich. Als Sie kamen, habe ich gerade mit dem Management telefoniert. Natürlich ist man betroffen, dass Frank gestorben ist, aber wir müssen hier zurück zum Tagesgeschäft.«

Decker blickte sich um. »Wo ist das passiert?«

»Da drüben.«

Ross führte ihn in einen Bereich an der Seite des Anbaus.

Dort stand eine Reihe Roboterarme. Allerdings waren die hohen Regale, auf die sie ihre Lasten heben würden, noch nicht vor Ort. Dort gab es nur Betonwände.

An einem Teil der Wand entdeckte Decker Blutflecken und Reste menschlichen Gewebes. Der Roboterarm davor war mit gelbem Polizeiabsperrband eingerahmt.

»Wir dürfen nicht hinter die Absperrung«, sagte Ross. »Aber das wissen Sie ja«, fügte er hastig hinzu.

»Hat die Polizei alles durchsucht?«

»Sie war gestern und heute früh da. Fotos und Skizzen, Messungen und Fingerabdrücke.«

»Bei so einem Vorfall ist das die übliche Routine«, bemerkte Decker. »Hat sich jemand diesen Roboterarm vorgenommen, um zu sehen, was passiert ist?«

»Die Firma, die ihn installiert hat, schickt ein Team. Wir müssen die Sache klären. So was darf nicht noch einmal passieren, auf gar keinen Fall. Als man Frank fand, hielt ihn das Ding noch immer umklammert. Er war gegen die Wand gequetscht. Der Arm kann sich langsam bewegen oder auch schnell und mit genug Kraft, um einem den Kopf abzureißen.«

»Warum war Frank gestern Abend eigentlich hier?«

»Es gehörte zu seinem Job, den Anbau zu überwachen. Vor dem Feierabend machte Frank für gewöhnlich seine Runde. Die Bauarbeiter kommen um sieben und gehen um fünf. Ich war nicht hier, als es passierte, aber man hat mich angerufen.«

»Wer hat Sie angerufen?«

»Marjorie Linton. Sie arbeitet in der Betriebsabteilung. Sie und Frank arbeiteten zusammen. Marjorie wusste, dass er losgezogen war, um etwas zu überprüfen. Als er nicht zurückkam, hat sie versucht, ihn anzurufen, aber er meldete sich nicht. Also hat sie sich auf die Suche nach ihm gemacht. Und seine Leiche gefunden.«

»Und dann hat sie Sie angerufen?«

»Ja. Sie war völlig hysterisch. Ich habe die Polizei gerufen, nachdem ich Marjorie so weit beruhigt hatte, dass ich verstehen konnte, was sie da eigentlich erzählte.«

Decker betrachtete den mörderischen Roboterarm. »Frank wollte den Roboter inspizieren?«

»Möglich. Frank wusste, wie die verschiedenen Roboter funktionieren.«

»Das Ding war einsatzbereit?«

»Nun ja, es wurde mit Strom versorgt, war aber nicht eingeschaltet. Wir beziehungsweise die Herstellerfirma haben es vor ungefähr einer Woche getestet. Alles war völlig in Ordnung.«

»Und warum hat das Ding ihn dann umgebracht?«

»Deshalb schickt die Roboterfirma ein Team. Wir werden es erst wissen, wenn sie ihre Diagnose durchgeführt hat.«

»Kann man den Fehler denn überhaupt finden? Eine definitive Antwort erhalten?«

Ross zuckte mit den Schultern. »Mir fehlt das technische Wissen, um diese Frage beantworten zu können. Ich hoffe es, denn wie gesagt, wir müssen sichergehen, dass so etwas nie wieder vorkommt.«

Decker betrachtete die blutige Wand. »Einmal ist schon zu viel.«

Auf dem Rückweg zum Zentrum kamen sie an einem langen Tisch vorbei. Decker bemerkte die darauf liegenden entrollten Papiere.

»Was ist das?«

Ross trat an den Tisch. »Baupläne des Anbaus. Er entspricht im

Wesentlichen dem existierenden Gebäude, wenn auch in halber Größe. Warum?«

Decker, plötzlich in sich versunken, starrte schweigend auf die Zeichnungen. Vor seinem inneren Auge huschten Einzelbilder vorbei, ein scheinbar wirres Kaleidoskop aus Erinnerungsfetzen, die er rasend schnell abglich mit dem, was er nun auf den Bauplänen sah.

In diesem Moment erkannte er es.

Wenigstens scheint dein Gedächtnis noch zu funktionieren.

»Ach, nur so«, sagte er.

36

»Decker, was machst du?«

Decker hatte die Baupläne geholt, die er zuvor im vorderen Wandschrank der Mitchells entdeckt hatte, und am Küchentisch Platz genommen. Als Jamison eintrat, rollte er die Pläne gerade aus.

Er strich die Zeichnungen glatt. »Das sind Baupläne für das Maxus-Logistikzentrum.«

Jamison setzte sich ihm gegenüber. »Warum bist du eigentlich noch dortgeblieben?«

»Ich wollte mir anschauen, wo Frank gestorben ist.«

Jamison blickte ihn verwirrt an. »Warum? Es war ein Unfall.«

Decker sah an ihrer Schulter vorbei zur Küchentür.

»Wo sind Amber und Zoe?«

»Amber ist noch unterwegs, und Zoe schläft. Auf der Rückfahrt konnte sie kaum die Augen aufhalten.«

Decker konzentrierte sich wieder auf die Bauzeichnungen und blätterte die übergroßen Seiten durch, bis er zur gesuchten kam.

»Bin mal kurz weg.«

Er sprang auf und rannte hinaus.

»Decker!«, rief Jamison, verstummte und schüttelte den Kopf. Sie warf einen Blick auf die Pläne, hatte aber keine Ahnung, was Decker entdeckt haben könnte.

Einen Augenblick später kam Decker mit einem zusammengefalteten Blatt Papier zurück. Er legte es auf den Tisch, entfaltete und glättete es.

»Was ist das?«, fragte Jamison, während Decker in den Küchenschubladen herumkramte, bis er einen Bleistift gefunden hatte. Stumm setzte er sich an den Tisch und zeichnete Striche auf das Papier.

Jamison sah ihm dabei zu. »Das ist doch das Rechenpapier, das wir in Toby Babbots Wohnwagen gefunden haben.«

»Ja.«

»Was machst du mit dem Bleistift?«

»Die Abdrücke ausfüllen. Was immer er gezeichnet hat, befand sich auf dem Blatt darüber. Aber durch den Druck wurden die Linien auf die darunterliegende Seite übertragen.«

»Ist mir klar. Vermutlich haben viele Ehen geendet, weil ein untreuer Ehemann nicht daran gedacht hat, dass sich Notizen auf die darunterliegende Seite durchdrücken. Aber was soll das alles?«

Wieder antwortete Decker nicht. Er füllte die Abdrücke aus und lehnte sich zurück, als er fertig war.

Jamison sah sich das Rechenpapier an.

»Und nun vergleich das mit dieser Seite der Baupläne für das Logistikzentrum«, sagte Decker und schob ihr eines der Blätter hin.

Als Jamison die beiden Dokumente verglich, riss sie die Augen auf. »Sie stimmen überein, nur im kleineren Maßstab.« Sie sah Decker an. »Aber … welchen Grund könnte Toby Babbot gehabt haben, die Baupläne für das Maxus-Logistikzentrum nachzuzeichnen?«

»Ich weiß es nicht. Aber ich will es herausfinden.« Decker nahm die Seite aus dem Block. »Als ich die Baupläne für den Anbau sah, haben sie mich an die Pläne erinnert, die ich hier im Wandschrank gesehen habe.« Er hob die Seite hoch. »Und dann wurde mir klar, dass die Striche auf dieser Seite große

Ähnlichkeit mit den Strichen auf den Zeichnungen in diesem Schrank hatten.«

»Dann funktioniert deine Erinnerung offensichtlich so gut wie immer«, sagte Jamison. »Aber ich verstehe wirklich nicht, warum wir dafür Zeit verschwenden sollten.«

»Weil uns jemand umbringen wollte, als wir in Babbots Wohnwagen waren, Alex. Vielleicht galt der Angriff uns, vielleicht wollte der Unbekannte aber auch nur Beweise vernichten.« Er tippte auf das Rechenpapier. »Wie den hier.«

»Und wofür ist das ein Beweis?«

Decker setzte sich zurück. »Keine Ahnung.«

»Er hätte sich die Papiere doch einfach nehmen können. Warum den Wagen anzünden?«

»Möglicherweise haben wir ihn bei der Suche unterbrochen. Vielleicht befürchtete er, wir würden das hier finden. Oder etwas anderes, das Babbot in seinem Besitz hatte. Also hat er den Wagen angezündet, während wir drin waren. Zwei Fliegen mit einer Klappe.«

Jamison verschränkte die Arme vor der Brust. »Was hast du über Franks Unfall herausgefunden?«

Er wiederholte Ted Ross' Aussage.

Jamison schüttelte den Kopf und zog ein finsteres Gesicht. »Ein abtrünniger Roboter. Na toll. Da will man diese ganze Technologie glatt auf den Müll werfen und wieder zu Hacke und Schaufel greifen.«

Decker schien sie nicht gehört zu haben. Er starrte auf die gegenüberliegende Wand, offensichtlich in Gedanken versunken.

»Decker?«

Er antwortete nicht.

»Decker, du glaubst doch nicht, dass Franks Tod kein Unfall war?«

Er löste sich aus seinen Gedanken. »Nur weil uns jemand gesagt hat, dass es ein Unfall war, muss es längst keiner gewesen sein.«

»Aber die Alternative würde ja bedeuten … Decker, Frank hatte hier keine Feinde. Warum sollte ihn jemand umbringen wollen?«

Er blickte sie ernst an. »Woher weißt du, dass er keine Feinde hatte?«

»Warum? Weil … weil er … So lange hat er doch gar nicht hier gelebt. Und er war so ein netter Kerl.«

»Ich wüsste nicht, dass man eine bestimmte Zeitspanne braucht, um sich Feinde zu machen. Und auch nette Kerle können sich Leute zum Feind machen, die weniger nett sind. Ich weiß nur eines: Toby Babbot hatte die Baupläne für das Logistikzentrum in seinem Wohnwagen. Jemand hat diesen Wohnwagen angezündet. Und jetzt stirbt Frank in diesem Logistikzentrum, weil ein Roboterarm, der gar nicht in Betrieb sein sollte, plötzlich durchgedreht ist und ihn getötet hat.«

»Was soll das eine mit dem anderen zu tun haben?«

»Ich weiß nicht, ob es eine Verbindung gibt. Aber möglich ist es.«

»Wir haben es bereits mit sechs anderen Morden zu tun.«

»Ich weiß.«

»Du hast nicht den geringsten Beweis, dass Frank ermordet wurde.« Jamison senkte die Stimme. »Deshalb kannst du nicht durch die Gegend laufen und den Leuten erzählen, dass Frank möglicherweise einem Mord zum Opfer fiel, vor allem nicht meiner Schwester und Zoe. Sie sind traumatisiert genug.«

»Ich habe nicht vor, das irgendjemandem zu sagen.«

»Und wie willst du dann ermitteln?«

»Die Firma, die den Roboter gebaut hat, schickt zur Untersuchung ein Team. Sie werden den Cops eine Kopie des Berichts geben. Wahrscheinlich auch Amber. Wir könnten uns diesen Bericht besorgen.«

»Wie lange wird das dauern?«

»Das weiß ich nicht. Deshalb werde ich auch nicht warten. Ich werde ermitteln.« Als Jamison Widerspruch einlegen wollte, fügte er hastig hinzu: »Ich werde ganz *diskret* ein paar Erkundigungen über das Logistikzentrum einziehen.«

»Aber du sollst doch Green und Lassiter bei der Mordermittlung helfen, und jetzt vermutlich auch Agentin Kemper.«

»Das habe ich auch vor. Ich werde sogar noch heute daran arbeiten.«

»Dann verstehe ich nicht, weshalb du Franks Tod auf die Liste setzt, wo er vermutlich nur ein Unfall war. Derartige Unfälle mit Robotern und Menschen hat es vorher schon gegeben.«

»Ja, ich habe mich informiert. Die Chancen dafür sind ungefähr genauso hoch, wie bei einem Flugzeugabsturz ums Leben zu kommen.« Decker starrte sie an. »Glaubst du noch immer, dass es ein Unfall war? Oder dass es sich vielleicht doch lohnt, die Sache näher zu untersuchen?«

Als Jamison nicht antwortete, stand er auf und ging zur Tür.

»Wo willst du jetzt hin?«

»Zurück auf die Highschool«, antwortete Decker.

37

Falls das der aktuelle Stand der Bildung in Amerika ist, überlegte Decker, *steckt das Land in ernsthaften Schwierigkeiten.*

Die Baronville Highschool sah aus, als wäre sie reif für die Abrissbirne. Wahrscheinlich hätte man gar keine Abrissmannschaft gebraucht, um das Gebäude einzureißen. Ein Mann mit einem Vorschlaghammer und einem Sechserpack Red Bull hätte den Job vermutlich mühelos erledigen können.

Das Dach hatte Löcher, ein paar Fenster waren zerbrochen, und die Eingangstür klemmte so stark, dass Decker sich beinahe die Schulter verrenkte, als er sie aufzog.

Nachdem er das Gebäude betreten hatte und auf dem Weg zur Verwaltung war, roch er überall Schimmel und Feuchtigkeit. Der Linoleumboden sah aus, als hätte man ihn nicht mehr gepflegt, seit er verlegt worden war. Im Trophäenschrank vor dem Büro herrschte gähnende Leere.

Decker stellte sich vor und erklärte, was er wollte. Die stellvertretende Schulleiterin, eine zierliche, unscheinbare Frau mit grauem Haar, steifem Gang und melancholischem Gesicht, führte ihn zur Bibliothek.

»Sieht aus, als hätte die Schule schon bessere Tage gesehen«, meinte Decker.

»Die ganze Stadt hat schon bessere Tage gesehen«, antwortete sie. »Keine Steuerbemessungsgrundlage bedeutet, kein Geld für diese Einrichtung. Außerdem haben wir nur noch die

Hälfte der Schüler von früher. Der große Exodus hat begonnen. Obwohl der eigentlich schon seit ungefähr dreißig Jahren im Gange ist.«

»Aber das könnte sich ändern«, meinte Decker. »Da ist das Logistikzentrum. Ein großer Arbeitgeber.«

»Wie mir zu Ohren kam, ist dort jemand gestorben.«

»Leider ja.«

Sie betraten die Bibliothek. Auf den Regalen standen ein paar Bücher, auf Metalltischen mehrere antiquierte, wuchtige Computer. Kein einziger Schüler war zu sehen.

»Die Jahrbücher sind da drüben.« Die Frau zeigte in die gegenüberliegende Ecke.

»Kann ich mich an die Bibliothekarin wenden, falls ich noch Fragen haben sollte?«

Die Frau ging zur Tür und schaute zurück. »Das könnten Sie, wenn wir eine Bibliothekarin hätten. Sie ist den letzten Budgetkürzungen zum Opfer gefallen. Wir können eine Milliarde Dollar für ein Stadion ausgeben, aber keine zehn Cent für unsere Kinder.«

Decker stand ein wenig verlegen da.

»Falls Sie noch etwas brauchen, Agent Decker, kommen Sie zu mir«, sagte sie leise. »Ich helfe gern.«

»Vielen Dank.«

Nachdem die Frau verschwunden war, ging Decker zu den Jahrbüchern. Er zog vier Bände aus der benötigten Zeitspanne heraus, setzte sich an einen der klapprigen Tische und schlug den ersten Band auf. Die von ihm gesuchten Schüler fand er bei den Freshmen, den Schülern des ersten Jahrgangs.

John Baron der Vierte sah sehr jung aus, war zu der Zeit aber auch kaum vierzehn gewesen. Er wuchs noch in einem Körper heran, der groß und schlank werden würde. Auf dem Foto stach sein Adamsapfel deutlich hervor, genau wie sein breites Lächeln. Eigentlich hätte es Decker überraschen müssen, dass man den Jungen aus der Elite auf eine öffentliche Schule geschickt hatte, aber wie er genau wusste, waren die Eltern bereits ziemlich pleite gewesen, als ihr Sohn aufwuchs. Eine kostenlose öffentliche Schulbildung war vermutlich der einzige Weg, der ihnen offenstand.

Decker blätterte die Seiten um, bis er zu einer weiteren alphabetischen Rubrik kam.

Joyce Ridge, nach ihrer Heirat Joyce Tanner, sah ihm entgegen. Mit den langen blonden Haaren und weichen blauen Augen war sie ausgesprochen hübsch.

Decker hatte das Autopsiefoto gesehen, auf dem dasselbe Gesicht von einer Schrotladung zerfetzt gewesen war. Tanners Mädchennamen hatte er im Verlauf der Ermittlungen erfahren.

Er blätterte noch ein paar Seiten durch und fand heraus, dass Tanner und Baron der Ehrengesellschaft der Schule angehört hatten. Dann widmete er sich dem Sportteil des Jahrbuchs. Obwohl Baron Freshman gewesen war, hatte ihn sowohl das Football-Team wie auch das Baseball-Team aufgenommen. Seine Statistiken als Quarterback und als Pitcher waren aufgelistet und wären auch für einen Senior der Abschlussklasse beeindruckend gewesen.

Joyce Tanner gehörte der Tennismannschaft und den Cheerleadern an.

Decker sah die Jahrbücher der nächsten beiden Schuljahre durch und verfolgte anhand der Fotos, wie die beiden älter und erwachsener wurden. Als Junior wurde Tanner zur beliebtesten Schülerin gewählt, und auch Barons Sportlerkarriere ging schwungvoll voran. Als Junior war er beim Football wie auch beim Baseball ins All-State-Team von Pennsylvania gewählt worden.

Decker griff nach dem Jahrbuch des Abschlussjahres und blätterte langsam um.

Baron hatte fast seine volle Größe erreicht und war attraktiv. Seine Züge waren ausgeprägt; er hatte dichtes dunkles Haar und faszinierende Augen. Ein Artikel im Sportteil berichtete, dass er als Quarterback dreißig Touchdowns erzielt und insgesamt fast 3000 Yards weit geworfen hatte; als Pitcher des Baseball-Teams hatte er das einzige »perfekte Spiel« der Schulgeschichte hingelegt: Die gegnerische Mannschaft war seiner Würfe wegen kein einziges Mal zum Zuge gekommen. Er war einer von nur zwei Sportlern der Highschool, die jemals in die Auswahlmannschaft des Staates gewählt worden waren und gleichzeitig den Titel Sportler des Jahres in Pennsylvania verliehen bekommen hatten.

Außerdem hatte Baron ein Baseballstipendium an einem College erhalten, wie das Jahrbuch berichtete – ein Beweis für seine sportlichen und akademischen Leistungen.

Joyce Ridge war zu einer schönen jungen Frau herangewachsen, schlank, hochgewachsen und sportlich, Captain der Tennismannschaft und der Cheerleader. Die Welt schien ihr offenzustehen. Allerdings wurde nicht erwähnt, ob sie aufs College ging oder ein Stipendium erhalten hatte.

Decker gelangte zu den Seiten, die vom Abschlussball berichteten. Joyce war zur Homecoming Queen gewählt worden, zur Ballkönigin. Erstaunlicherweise hatte man John Baron nicht zu ihrem männlichen Gegenstück bestimmt. Ein anderer junger Mann mit Namen Bruce Mercer, ein Ringer und Präsident des Spanischclubs, war zum Homecoming King gewählt worden, der die Ehre hatte, an der Seite von Joyce über das Feld zu schreiten. Joyce schien nicht allzu glücklich darüber gewesen zu sein. Jedenfalls kam Decker zu diesem Schluss, als er Joyce und Mercer auf dem alten Foto betrachtete. Am Rand war Baron zu sehen, der den Footballhelm abgenommen hatte. Er blickte das Paar mit einem so bekümmerten Ausdruck an, dass selbst der normalerweise stoische Decker gerührt war.

Decker nahm sich die Fotos der Sportlerteams von allen vier Jahren vor.

In jedem Team war Baron offensichtlich der Star, sowohl beim Football wie auch beim Baseball, aber er war an den Rand verbannt worden. Decker wusste aus eigener Erfahrung, dass man auf Mannschaftsfotos die besten Spieler in den Mittelpunkt stellte, erst recht bei den Senioren. So lief das eben.

Aber selbst als der junge John Baron damals alle möglichen Rekorde brach, stand er stets in der hinteren Reihe oder am rechten Rand. Er stach nur aus der Menge heraus, weil er alle anderen um einen Kopf überragte. Das Gleiche galt für die Fotos vom Baseball-Team, auf denen Baron ebenfalls an den Rand der Aufnahmen verbannt war.

Es kam hinzu, dass Baron normalerweise Captain beider Mannschaften hätte sein müssen. Aber das war er nicht.

Decker war sicher, den Grund dafür zu kennen, warum der junge Sportler und Klassenbeste nicht zum Homecoming King gewählt worden war.

Er war ein Baron.

Bei den Senioren gab es kurze Biografien von jedem Schüler. Über Joyce erfuhr Decker, dass ihr Onkel Pastor in der Baronville Baptist Church war, sie im Sommer in den Ferien Unterricht an der Bibelschule gegeben hatte, im öffentlichen Schwimmbad Rettungsschwimmerin gewesen war und sich freiwillig gemeldet hatte, Freshman-Schülern Nachhilfe in Mathematik zu erteilen. Außerdem tanzte sie und wollte nach eigenen Angaben später einmal mit Behinderten arbeiten. Bei Baron erfuhr Decker, dass er Latein lesen konnte, einen Club für griechische Mythologie gegründet hatte, eines Tages in der Profiliga Baseball spielen wollte und irgendwann seine eigene Firma zu gründen beabsichtigte.

Fraglos schienen Joyce und John beeindruckende junge Leute

zu sein. Vielleicht etwas *zu* perfekt, wie Decker fand. Als er selbst auf der Highschool gewesen war, hatte er sich im Grunde nur für Football und Mädchen interessiert.

Andererseits hatte Joyce ihre Eltern in jungen Jahren verloren und wurde von Tante und Onkel großgezogen. Was Baron betraf, wusste Decker inzwischen, dass sein Leben nicht perfekt gewesen war; für Joyce schien das Gleiche zu gelten. Vielleicht hatten beide sich so viel Mühe gegeben, um die Defizite in ihrem Privatleben wettzumachen.

Anschließend widmete Decker sich ein paar anderen Fotos, die ihm in den Jahrbüchern aufgefallen waren. Jedes zeigte Joyce Tanner und John Baron zusammen. So, wie sie sich anschauten, Händchen hielten oder einander mit den Schultern berührten, war für Decker unschwer zu erkennen, dass sie schrecklich ineinander verliebt gewesen waren.

Was also war geschehen?

Hatte Baron das College besucht, während seine Freundin hiergeblieben war? Und hatte Joyce nichts mit ihrem Leben anfangen können? Weshalb war sie am Ende bei JC Penney gefeuert worden, hauste in einem lausigen Apartment und wurde zum Schluss an der Seite eines Mannes ermordet, zu dem sie anscheinend nicht die geringste Verbindung hatte?

Decker klappte die Bücher zu und stellte sie zurück ins Regal.

Dann setzte er sich und dachte darüber nach, was er herausgefunden hatte.

Eine Ahnung hatte ihn hergeführt, die sich auf eine Handvoll Tatsachen gegründet hatte. Hauptsächlich die, dass Tanner und Baron im selben Alter waren und vermutlich zur selben Zeit hier zur Schule gegangen waren.

Also hatten Joyce Tanner und John Baron eine Verbindung, die bis zur Highschool zurückdatierte. Baron hatte gelogen, als er behauptet hatte, sich nicht erinnern zu können, ob er Tanner gekannt hatte oder nicht. Auf der Wand hinter den Leichen von Tanner und Babbot hatten sie einen Bibelspruch gefunden. Hatte das irgendetwas mit Tanners religiösem Hintergrund zu tun? Und war das Thanatos-Symbol auf Costas Stirn ein Hinweis auf Barons griechischen Mythologieclub?

Es gab weitere denkbare Verbindungen.

Michael Swanson, der Straßendealer, hatte möglicherweise in John Barons Gewächshaus gelebt.

Bradley Costas Bank hatte Barons Little-League-Baseballteam gesponsort, und der Ermordete hatte ein Foto der Mannschaft zusammen mit Baron in seiner Wohnung gehabt. Und der Bank gehörte die Hypothek auf Barons Besitz. Decker hatte sich bei der Bank erkundigt, ob Costa für die Hypothek zuständig gewesen war, aber noch keine Antwort erhalten.

Aber was war mit Toby Babbot? Hatte auch er eine Verbindung zu Baron?

Bei drei der vier Ermordeten gab es diese Verbindung auf jeden Fall. Das katapultierte die ganze Sache aus dem Reich des Zufalls, jedenfalls Deckers Meinung zufolge.

Und wie geht es jetzt weiter?

Er verließ die Schule, ging die Stufen hinunter und schlug die Richtung zu seinem Wagen ein.

Und blieb stehen.

Auf der Straße parkte der hellblaue Suburban.

John Baron der Vierte lehnte am vorderen Kotflügel. Die Arme vor der Brust verschränkt, beobachtete er, wie Decker seine alte Schule verließ.

38

»Haben Sie es satt, Leute hinter Schloss und Riegel zu bringen?«, fragte Baron. »Suchen Sie einen Job als Lehrer?«

Decker ging zu ihm. »Nein, aber der Bau sieht aus, als könnte er ein bisschen liebevolle Zuwendung gebrauchen.«

»Das gilt für die ganze Stadt.« Baron stieß sich von seinem SUV ab und steckte die Hände in die Hosentaschen.

Er trug dieselbe Latzhose wie zuvor, wie Decker bemerkte, aber ein anderes Hemd, das frisch gewaschen aussah. Trotz der Kälte trug er nur Sandalen.

»Woher wussten Sie, dass ich hier bin?«

Baron zeigte auf den Mietwagen. »Den habe ich von Ihrem Besuch wiedererkannt.«

»Ah ja?«

»Was machen die Ermittlungen?«

»Die nehmen ihren Lauf.«

»Ich habe gelesen, dass es im Logistikzentrum einen Todesfall gegeben hat.«

»Stimmt. Es war der Schwager meiner Partnerin.«

Baron schien aufrichtig überrascht. »Oh, verflucht. Richten Sie ihr aus, dass es mir leidtut. Ich mag Alex.«

»Mach ich«, versprach Decker, war allerdings der Ansicht, dass Baron sie im Grunde gar nicht kannte.

»Wie ist das passiert? Die Zeitungsmeldung war ziemlich dürftig.«

»Ein Unfall. Ein Roboter ist mit einem Menschen zusammengestoßen, und der Mensch hat verloren.«

Baron nickte. »Klingt wie ein mieser SF-Film.« Mit dem Kopf deutete er auf die Schule. »Warum dieses Interesse an der Baronville High?«

»Nur die Überprüfung von ein paar Dingen. Joyce Tanner war hier Schülerin.«

»Damals hieß sie Joyce *Ridge*.«

»Das wissen Sie? Sie hatten doch ausgesagt, Joyce nicht zu kennen.«

Die beiden Männer blickten einander an. »Lassen Sie mich raten«, sagte Baron schließlich. »Entweder haben Sie mit jemandem gesprochen, der noch immer in der Schule arbeitet und uns kannte, oder Sie haben die Jahrbücher durchgeblättert.«

»Letzteres.«

»Ist es ein Verbrechen, dass ich Joyce kannte?«

»Nein, aber die Polizei während einer Mordermittlung zu belügen – das schon. Das nennt man Behinderung der Justiz.«

»Vermutlich war mir die Bedeutung nicht klar.«

»Das zu entscheiden ist *mein* Job, nicht Ihrer«, sagte Decker.

Baron verneigte sich spöttisch. »Mea culpa, Agent Decker. Ich war im Unrecht, Sie im Recht.«

»Was ist damals passiert?«

»Mit Joyce?«

»Mit Ihnen beiden.«

Baron lehnte sich wieder gegen den Kotflügel. »Ich ging aufs College, sie nicht. Ich weiß nicht einmal, warum. Sie war wirklich klug, und ich drängte sie dazu. Ich glaube, ihr Onkel und ihre Tante haben ihr Schuldgefühle eingeredet, damit sie in Baronville bleibt, sich einen Job besorgt und sie unterstützt, weil sie Joyce nach dem Tod ihrer Eltern bei sich aufgenommen hatten. Ihr

Onkel war Pastor und hat nicht viel verdient. Außerdem war er wirklich streng mit ihr. Trotzdem waren wir zusammen. Ich kam so oft nach Hause, wie es möglich war. Wir hatten ein gemeinsames Leben geplant. Dann starben meine Eltern, und ich fand heraus, dass ich keinen Cent besaß. Natürlich hatte ich gewusst, dass wir nicht reich waren. Aber wir wohnten noch immer auf dem Baron-Anwesen, und mein Vater hatte mir stets versichert, dass für mich noch Geld da sei, was aber nicht stimmte, wie sich herausgestellt hat. Dann habe ich mir den Wurfarm kaputt gemacht, man hat mir das Stipendium weggenommen, und ich verlor ziemlich den Halt. Ich hatte keinen Draht mehr zu Joyce oder sonst jemandem. Ich kam kaum selbst mit mir klar.« Er schaute an seiner Kleidung herab, dann auf den uralten Wagen. »Und so mancher würde behaupten, dass ich selbst dabei kläglich versagt habe.«

»Im Jahrbuch habe ich gelesen, dass Joyce Bibelunterricht gab. Und Sie selbst haben sich für griechische Mythologie interessiert.«

»Daran erinnere ich mich kaum noch. Ist ewig lange her.«

»Interessieren Sie sich noch immer für Mythologie?«

»Mir fällt es schon schwer genug, mit dem richtigen Leben klarzukommen, da brauche ich keine Welt der Märchen und Sagen.«

»Was ist nach dem Schulabschluss mit Joyce passiert?«

»Ich verschwand wegen meiner Probleme aus ihrem Leben. Ungefähr vier Jahre nach dem Abschluss hat sie einen Typen namens Rick Tanner geheiratet und hatte ein paar Fehlgeburten. Er war ein Mistkerl, der zu viel trank und sie schlug. Irgendwann ließ sie sich scheiden. Da war sie schon ein völlig anderer Mensch. Kein Selbstvertrauen mehr, keinerlei Ambitionen. Sie nahm Drogen. Sie hatte eine Reihe schlecht bezahlter Jobs, in denen sie immer weniger verdient hat. In einem dieser Jobs zog sie sich eine

Verletzung zu und wurde von Schmerzmitteln abhängig. Wie so viele Menschen in dieser Stadt.«

»Sie scheinen eine Menge über Joyce zu wissen. Sind Sie mit ihr in Verbindung geblieben?«

»Wir waren noch immer Freunde. Bei keinem von uns hat sich das Leben wie erwartet entwickelt. Das hat uns zusammengebracht. Vor allem nach Joyces Scheidung.«

»Haben Sie beide je daran gedacht, wieder zusammenzukommen?«

Baron schüttelte den Kopf. »Falls ich jemanden heirate, würde ich gern meinen Teil zum Leben beitragen. Und warum hätte ich Joyce diesem ganzen Mist aussetzen sollen, mit dem ich mich befassen muss? Sie zu einer Baron machen? Das wäre das Schlimmste, das ich ihr hätte antun können. Als ich noch glaubte, aus mir könnte was werden, wollte ich von hier wegziehen. Dann hätten Joyce und ich ein Leben führen können, bei dem sich niemand für meinen Nachnamen interessiert hätte. Ich hätte Spitzenspieler in der Profiliga werden können, hätte mein eigenes Geschäft auf die Beine stellen können. Erfolg durch eigene Arbeit. Tja, das hat offensichtlich nicht geklappt. Aber wir sind in Verbindung geblieben.«

»Ein paar Monate vor ihrem Tod wurde Joyce bei JC Penney entlassen.«

»Ich weiß. Nicht die Zukunft, die man bei der Homecoming Queen erwartet hätte. Aber Joyce war auch Mitglied der Ehrengesellschaft und ausgezeichnet in Mathe. Sie war kein Dummchen. Sie hätte ein ganz anderes Leben haben können. Ich wünschte, sie hätte es bekommen.«

»Was ist mit Ihnen? Sie waren nicht der Homecoming King. Man hat Sie zum besten Sportler des Staates gewählt, und Sie waren nicht mal Captain Ihrer Highschool-Mannschaft?«

»Wir leben in einer Demokratie, Agent Decker. Ein Mensch, eine Stimme. Das ist ein unantastbares Prinzip.«

»Das bedeutet aber nicht, dass es richtig ist, wenn die Leute jemanden aus den falschen Gründen wählen oder nicht.«

»In diesem Land geschieht das alle zwei, vier und sechs Jahre. Und es war mir egal, ob ich der Homecoming King oder der Team-Captain war, das können Sie mir glauben.«

»Aber Joyce war Ihnen nicht egal. Haben Sie sie deshalb all die Jahre unterstützt?«

In Barons Augen erschien ein gehetzter Ausdruck, aber er sagte nichts.

Decker fuhr fort: »Joyce hatte keinen Job, aber sie konnte die Miete bezahlen. Sie hatte ein Auto. Sie konnte Essen auf den Tisch bringen. Und Sie sagen, sie war von Schmerzmitteln abhängig. Auch das ist nicht billig.«

»Na schön, ich habe ihr Geld gegeben.«

»Ich dachte, Sie hätten keins.«

»Nicht viel, aber ein wenig schon. Ich schlafe nicht den ganzen Tag, wissen Sie. Ich arbeite. Ich habe ein Einkommen. Und ich habe Familienerbstücke, die ich verkaufen kann, wenn es mal knapp wird. Für mich selbst gebe ich so gut wie nichts aus. Deshalb konnte ich Joyce helfen. Und das wollte ich auch.«

»Das war nett von Ihnen.«

»Sie hatte es verdient. Und nur um es klarzustellen: Joyce war damals nicht mehr von Schmerzmitteln abhängig. Sie hatte es hinter sich gelassen. Es war verdammt schwer, aber sie hatte es geschafft.«

»Haben Sie ihr auch dabei geholfen?«

»Spielt das eine Rolle?«

»Bei einer Ermittlung versucht man immer, sich ein vollständiges Bild von allem zu machen, womit man es zu tun hat. Gerade die Details runden das Bild ab und lassen mögliche Motive erkennen.«

»Sprechen Sie von Mordmotiven? Ich habe Joyce nicht umgebracht.«

»Es gibt andere Motive.«

»Zum Beispiel?«

»Süchtigen zu helfen, selbst Drogenhändlern. Wie Michael Swanson. Sie haben behauptet, ihn nicht zu kennen, aber ich bin mir ziemlich sicher, dass er in Ihrem Gewächshaus gewohnt hat.«

Baron schien unbeeindruckt. »Tatsache? Das wusste ich gar nicht. Nun ja, es ist ein großer Besitz. Und die Barons haben schon seit Jahrzehnten nichts mehr, das sie einpflanzen müssen.«

»Sie behaupten, dass jemand keine hundert Meter von Ihrer Villa entfernt gehaust hat, und Sie hatten keine Ahnung davon?«

»›Jemand‹ und ›Ahnung‹ sind sehr allgemeine Begriffe. Wollen Sie mich bei einer weiteren Lüge erwischen?«

»Falls es mir gelingt, könnte es diesmal ein böses Ende für Sie nehmen.«

Baron legte den Kopf schief. »Ihr Ton ist wesentlich bedrohlicher geworden.«

»Nun ja, ich nehme an, dass ein Bundesgefängnis kein Ort ist, an dem Sie sich aufhalten möchten.«

Baron dachte ein paar Sekunden darüber nach und starrte zu einem Vogel hinauf, der über ihnen hinwegflog. »Mike Swanson war ein … Verlierer. In mancher Hinsicht. Das kann ich akzeptieren. Aber manche Verlierer sind obendrein schlechte Menschen. Wirklich schlechte Menschen.«

»Aber Swanson gehörte nicht dazu?«

»Er war ein Trottel. Aber er war ein netter Trottel. Er hat ein bisschen Pot vertickt und ein paar Pillen verkauft. Im Grunde war er harmlos.«

»Also gaben Sie ihm eine Unterkunft?«

»Eines Tages fand ich ihn schlafend im Gewächshaus. Er war an so vielen Orten rausgeworfen worden, dass er anscheinend den ganzen Weg bis zu meinem Grundstück hinaufgeradelt war, nur um zu sehen, ob es dort eine Scheune gab, wo er eine Weile unterkommen konnte. Am Ende blieb er länger. Ich habe keinen Einspruch erhoben. Es ist ja nicht so, als hätte ich keinen Platz.«

»Wir haben im Gewächshaus seinen Vorrat gefunden. Es waren nicht nur Pot und Pillen, es waren auch härtere Sachen. Und er hatte eine Pistole und ein dickes Bündel Scheine.«

Baron breitete die Hände aus. »Ich habe das nicht gutgeheißen. Aber wenn ich jeden verstoßen würde, der hier in der Gegend Drogen verkauft, wäre ich tatsächlich so allein, wie ich es dem Anschein nach bin.«

»Na schön, Sie kannten Swanson und Tanner, obwohl Sie mir gegenüber das Gegenteil behauptet haben. Und Costa? Der Bankier mit dem Foto Ihres Little-League-Teams in seiner Wohnung?«

»Auch angesichts der Strafe wegen Falschaussage und der Gefahr, in ein Bundesgefängnis gehen zu müssen, das Sie erwähnt haben – ich habe ihn nicht gekannt. Mein ganzer Besitz besteht aus Bargeld und einigen verkäuflichen Dingen, die ich in meinem Haus versteckt habe.«

»Ist das klug?«

»Das weiß ich nicht. Aber so mache ich es. Als wir Hilfe brauchten, haben die Banken weder mich noch meine Familie besonders gut behandelt. Ich hatte keinen Grund, ihnen das wenige anzuvertrauen, das ich noch besitze.«

»Ihnen fällt also keine Erklärung ein, weshalb Costa dieses Foto von Ihnen und Ihrem Team bei sich zu Hause hatte?«

»Nein. Abgesehen davon, dass er stolz darauf war, dass wir die Meisterschaft gewonnen hatten.«

»Was ist mit Toby Babbot?«

Baron schüttelte den Kopf. »Den kannte ich nicht.«

»Er lebte von einer Berufsunfähigkeitsrente. Hatte nach einem Unfall am Arbeitsplatz eine Stahlplatte im Kopf und hauste in einem klapprigen Wohnwagen, weil er sich nichts Besseres leisten konnte.«

»Da ist er in Baronville nicht der Einzige.«

»Sein Wohnwagen wurde angezündet, als Jamison und ich drin waren.«

Barons Augen weiteten sich. »Jemand wollte Sie umbringen?«

»Normalerweise ist das so, wenn man eine Behausung niederbrennen will, in der sich Personen aufhalten.«

»Warum wollte man Sie töten?«

»Vielleicht können Sie es mir sagen.«

Baron dachte darüber nach. »Wann hatte Babbot seinen Arbeitsunfall?«

»Vor mehreren Jahren.«

»Hier in Baronville?«

»Ja.«

»Das ist merkwürdig.«

»Warum?«

»Was für Arbeitsplätze haben wir denn hier, bei dem jemand so einen Unfall haben könnte?«

Jetzt war es an Decker, überrascht dreinzublicken. »Ein guter Einwand. Und Sie haben mich da auf etwas gebracht, das ich herausfinden muss.«

»Was denn?«

»Wie genau jemand den Begriff ›Arbeitsplatz‹ definiert.«

39

Also hat mein Bauchgefühl mich nicht getrogen.

In der Küche der Mitchells starrte Decker auf einen Bericht über Toby Babbots Unfall, der das Einsetzen einer Stahlplatte in seinen Kopf erforderlich gemacht hatte.

Der »Arbeitsunfall« hatte sich zugetragen, als er auf der Baustelle des Maxus-Logistikzentrums gearbeitet hatte. Babbot hatte einen Gabelstapler gefahren und war mit einer anderen schweren Maschine zusammengestoßen. Da er nicht angeschnallt gewesen war, hatte der Aufprall ihn aus dem Stapler geschleudert, was zu der Kopfverletzung führte.

Schädelbruch.

Dank seines Jobs war er krankenversichert gewesen, also waren seine Arztrechnungen gedeckt. Allerdings hatte man in seinem Blut Alkohol nachgewiesen; offenbar war Babbot zum Zeitpunkt des Unfalls nicht ganz nüchtern gewesen. Damit wäre jede Klage, die er gegen das Unternehmen hätte anstrengen können, problematisch gewesen. Das Unternehmen wiederum hatte offenbar auf Nummer sicher gehen wollen, denn man hatte Babbot noch ein paar Monate im Büro arbeiten lassen, bevor er entlassen wurde.

Decker hörte, wie sich die Haustür öffnete. Augenblicke später erschien Amber in der Küche.

Sie sah so blass und zittrig aus, dass Decker sich fragte, wie sie es schaffte, sich auf den Beinen zu halten.

»Wissen Sie, wo Zoe ist?«, fragte sie.

»Alex hat sie zu Besorgungen mitgenommen.«

Amber nickte. »Wie geht es Ihnen?«

Es war Decker peinlich, dass sie sich zu einem solchen Zeitpunkt nach seinem Befinden erkundigte.

»Ganz gut. Kann ich … äh, soll ich Ihnen etwas holen?«

»Nein, ich brauche nichts. Danke, dass Sie Franks Auto und seine persönliche Sachen hergebracht haben.«

»Nichts zu danken, Amber. Das haben wir gern getan.«

Ihre Unterlippe zitterte. »Ich habe Frank einen wirklich schönen Sarg gekauft.«

Decker lief es eiskalt über den Rücken. Es drängte ihn danach, aufzustehen und Amber tröstend in die Arme zu nehmen, aber das *Ding* in seinem Kopf hielt ihn davon ab.

Tränen strömten ihr über die Wangen. »Ich lege mich ein bisschen hin«, sagte sie leise.

Decker konnte nur nicken.

Er hörte, wie sie durch den Flur in ihr Schlafzimmer im Erdgeschoss ging.

Hinter ihr schloss sich die Tür.

Decker hörte, wie etwas auf dem Boden landete.

Schuhe.

Bettfedern quietschten.

Amber warf sich aufs Bett.

Decker hörte ihr Schluchzen bis zur Küche.

Er konnte das Weinen der trauernden Frau nicht ertragen. Abrupt stand er auf und ging hinaus auf die Veranda wo alles angefangen hatte.

Er zitterte am ganzen Körper. Er hatte am eigenen Leib erfahren, was Amber jetzt durchmachte. Und jemanden sehen zu müssen, der einen geliebten Menschen durch Gewalt verloren hat, ließ die schrecklichen Erinnerungen wie glühende Lava in ihm emporkochen.

Bleib fern von diesem Ort, Decker! Es nutzt niemandem, wenn du dorthin gehst.

Mit Mühe gelang es ihm, die Erinnerungen zurückzudrängen und sich auf das Haus hinter ihnen zu konzentrieren.

Die elektrischen Funken. Das Feuer. Die Entdeckung der Leichen. Alles, was danach passiert war.

Er setzte sich auf einen Stuhl und blickte unablässig auf das Nachbarhaus, wobei er sich anderen Aspekten der Ermittlung zuwandte. Er entspannte sich und atmete durch, während er seinen Erinnerungen freien Lauf ließ und Verbindungen herzustellen versuchte.

Plötzlich kam ihm ein verstörender Gedanke.

Hatte Babbots Ermordung irgendwie mit seinem Unfall im Maxus-Logistikzentrum zu tun? Und wenn es so war – wie sah die Sache dann bei Frank Mitchell aus?

War sein Unfall gar kein Unfall gewesen?

Wenn man einen Roboter programmieren konnte, eine bestimmte Sache zu tun, konnte man ihn auch programmieren, eine andere zu tun.

Aber warum sollte man Frank Mitchell umbringen? Wo lag das Motiv?

Decker zog sein Handy hervor und rief Todd Milligan an, ein Mitglied seines Teams beim FBI. Er bat Milligan, alles über die Maxus Corporation herauszufinden.

Milligan kannte Decker gut genug, um keine Fragen zu stellen. Er sagte nur: »Ich kümmere mich darum.«

Decker steckte das Handy weg und starrte weiter auf das Haus, in dem man die Leichen von zwei DEA-Agenten abgeladen hatte. Sie waren an einem anderen Ort getötet worden, das stand nun fest, aber er hatte keine Ahnung, welchen Grund es dafür gab. Oder warum der Täter gerade dieses Haus als Aufbewahrungsort für die Leichen ausgesucht hatte.

Er schloss die Augen, entspannte sich und ging in seinen Erinnerungen bis zur ersten Begegnung mit Frank Mitchell zurück.

Sie hatten im Wohnzimmer gesessen, nachdem Frank von der Arbeit nach Hause gekommen war. Verständlicherweise war Frank verängstigt und bestürzt gewesen, dass sozusagen in seinem Hinterhof zwei Morde verübt worden waren. Er hatte sich für diese Morde interessiert, aber auch das war normal. Ungewöhnlich wäre es gewesen, hätte er *keine* Neugier gezeigt.

Wieder ließ Decker seine Gedanken schweifen, rief sich ein anderes Bild vor Augen.

Es war ein Foto. Von einer Baseballmannschaft der Little League.

Oder war es mehr als das?

*

Auf dem Weg hinaus begegnete er Jamison draußen auf dem Bürgersteig. Sie hielt Zoe an der einen Hand, in der anderen trug sie eine Tüte mit Einkäufen.

»Wo gehst du hin?«, fragte sie.

»Nur ein paar Dinge überprüfen.«

»Wie läuft's?«

»Es läuft.«

»Tu nichts, was …« Sie stockte und warf Zoe einen Blick zu. »Du weißt schon.«

»Ich weiß.«

»Mr. Amos«, rief Zoe hinter ihm her, als er weiterging, »du kommst doch zurück, oder?«

Decker blieb stehen und drehte sich langsam um. »Ich komme zurück, Zoe. Ich verspreche es.«

Er fuhr zu Bradley Costas Apartment und öffnete mit dem Schlüssel, den Lassiter ihm überlassen hatte, die Wohnung.

Auf direktem Weg ging er zu dem Foto auf dem Regal.

Ein lächelnder John Baron schaute ihn an.

Auch die Spieler seiner jungen Mannschaft strahlten. Kein Wunder nach dem Gewinn der Meisterschaft von Pennsylvania.

Seit den ersten Informationen über Bradley Costa hatte Decker eine Frage keine Ruhe gelassen.

Warum verließ ein junger, alleinstehender Banker New York City, um hierherzukommen? Übertrafen die Verlockungen des Big Apple nicht alles, was Baronville zu bieten hatte, von den Karriereaussichten ganz zu schweigen?

Decker schaute auf das Foto, dann auf den Rahmen.

Warum nicht das Offensichtliche überprüfen?

Er nickte. Das hätte er längst schon tun sollen. Er nahm das Foto, drehte es um und schob die kleinen Metallriegel zur Seite, die den Deckel an Ort und Stelle hielten. Behutsam zog er den Pappdeckel und das Foto heraus.

»Verdammt«, murmelte er.

Da standen ein Name und eine Adresse.

»Stanley Nottingham«, las er laut.

Unter dem Namen war eine Adresse in New York City vermerkt.

Decker steckte sich das Foto in die Tasche.

Wer war dieser Stanley Nottingham in New York, und warum sollte Costa diese Information auf die Hinterseite des Little-League-Fotos schreiben?

Decker tippte eine weitere SMS an Todd Milligan und bat den FBI-Agenten, diese Angaben ebenfalls für ihn zu überprüfen. Falls er, Decker, nach New York reisen musste, um mit Nottingham zu sprechen, würde er es tun. Vielleicht konnte der Mann ja erklären, warum Bradley Costa nach Baronville gekommen war.

Und diese Information würde bei den Ermittlungen möglicherweise neue Türen öffnen.

Und dann würde dieser Fall vielleicht einen Sinn ergeben. Für gewöhnlich häuften Ermittlungen in einem Kriminalfall Details auf Details, bis irgendetwas mit etwas anderem zusammenpasste oder ihm manchmal auch widersprach. In beiden Fällen konnte es die Ermittler in die richtige Richtung führen.

Und im Augenblick brauchte Decker dringend einen Erfolg.

Er verließ das Apartment, ging zurück zu seinem Wagen und brach zu seinem nächsten Ziel auf.

Betsy O'Connor, Toby Babbots letzte bekannte Mitbewohnerin.

40

»Es ist grauenhaft, was ihm zugestoßen ist.«

Decker saß in einem Coffeeshop. Ihm gegenüber saß Betsy O'Connor, die hier als Kellnerin arbeitete. Sie war ungefähr eins fünfundsechzig groß und stämmig. Ihr ergrauendes Haar war kurz geschnitten, eine Brille baumelte von einer Kette um ihren Hals. Decker schätzte ihr Alter auf eher fünfzig als vierzig.

Er löffelte Zucker in seinen Kaffee. »Sie und Babbot haben ein paar Jahre lang zusammengelebt?«

»Ja. Ich meine, es war rein platonisch«, fügte sie hastig hinzu. »Mein Ehemann war ein Arsch, der mich gern verprügelt hat, wenn in seinem Leben etwas schiefging. Nach meiner Scheidung bin ich mit ein paar Kerlen ausgegangen, fand sie aber nicht viel besser. Also habe ich Männern abgeschworen, zumindest für die absehbare Zukunft.«

»Aber Babbot war anders?«

»Toby hatte seine Probleme, aber er war im Herzen ein guter Kerl, der ein beschissenes Leben hatte. Darum haben wir zusammengelebt. Wir mussten. Sonst wären wir nicht über die Runden gekommen.«

»Wie haben Sie sich kennengelernt?«

O'Connor wirkte leicht verlegen. »Bei einem Suchttreffen. Wir hatten beide Probleme mit Schmerztabletten hinter uns und versuchten, unser Leben wieder auf die Reihe zu kriegen. Wir arbeiteten beide, doch die Jobs haben einfach nicht genug eingebracht.

Aber zusammen verdienten wir genug, um in einem kleinen Haus wohnen zu können.«

»Soviel ich weiß, hatte Babbot einen Unfall. Eine Kopfverletzung, nicht wahr?«

»Ja. Auf der Baustelle, als sie damals das Logistikzentrum errichtet hatten. War eine sehr schwere Zeit für Toby. Zuerst hat ihm die Firma geholfen, aber dann wurde sie gemein und hat ihn abgesägt.«

»Gab es ein Problem mit Alkohol?«

»Ach, das wurde aufgebauscht. Toby hatte schon seit Jahren keinen Tropfen mehr angerührt. Das hätte ich gewusst. Ich hatte mit ihm zusammengelebt, als das alles passiert ist. Er hat sich gewaltig ins Zeug gelegt, wieder ein normales Leben führen zu können.«

»Aber es ist ihm nie wieder gelungen?«

»Nein. Er hat es versucht, aber er konnte einfach keinen Job behalten. Ich habe mich abgerackert, damit es für uns beide reicht, aber am Ende war es nicht genug, um alle Rechnungen bezahlen zu können. Also mussten wir ausziehen. Es hat mir das Herz gebrochen. Ich habe dieses Haus wirklich gemocht. Es war mein erstes richtiges Heim nach der Scheidung.«

»Wir haben etliche verschreibungspflichtige Medikamentenfläschchen in Babbots Wohnwagen gefunden. Es waren alles Schmerzmittel.«

»Wegen seiner Verletzungen. Er hatte schlimme Schmerzen.«

»Sie teilen sich jetzt mit ein paar Leuten ein Apartment, nicht wahr?«

O'Connor senkte den Blick und spielte mit der Kaffeetasse herum. »Ja, als wäre man wieder in den Zwanzigern. Aber ich bin keine junge Frau mehr. Das ist nicht die Zukunft, die ich mir für diesen Lebensabschnitt vorgestellt hatte, aber was will man machen? Als Kellnerin bekomme ich nur den Mindestlohn ohne Sozialleistungen. Wenn ich hier Feierabend habe, arbeite ich in einem anderen Teilzeitjob weiter, aber nicht mal beide Jobs zusammen bringen genug ein, um den Lebensunterhalt bestreiten zu können.«

»Haben Sie es je bei Maxus versucht?«

»Ich und jeder andere in der Stadt. Sie geben vielen Leuten Arbeit, und im Augenblick gibt es nichts anderes hier. Aber ich habe die körperlichen Erfordernisse nicht geschafft. Das schwere Gewicht stemmen und meilenweit laufen. Oder vielmehr rennen. Diese Stadt hat mich ausgebrannt. Ich brauche einen neuen Anfang.«

»Haben Sie Babbot mal in seinem Wohnwagen besucht?«

O'Connor nickte. »Mehrmals. Ich habe ihm etwas gekocht und vorbeigebracht. Ihm ein paar Dollar zugesteckt. Ich fand es schrecklich, dass er in diesem Wohnwagen hauste. Er hatte nicht mal Strom oder fließendes Wasser.«

»Jemand hat den Wohnwagen angezündet.«

O'Connor wirkte schockiert. »Was?«

»Während meine Partnerin und ich drin waren.«

»O mein Gott!«

Decker holte das Blatt Rechenpapier hervor, das er ausgemalt hatte.

»Ist Ihnen das hier jemals aufgefallen, als Sie in dem Wohnwagen waren?«

Sie betrachtete die Seite genau. »Nein. Was ist das?«

»Die Baupläne für das Logistikzentrum.«

»Warum sollte Toby die haben?«

»Ich hatte gehofft, das könnten Sie mir sagen. Hat er je erwähnt, dass er auf der Baustelle arbeitet?«

»Vor seiner Verletzung schien er gern auf dem Bau zu arbeiten.

Die Bezahlung war ganz gut, und er musste nichts heben. Er fuhr einen Gabelstapler und andere schwere Fahrzeuge. Vielleicht hat das Blatt, das Sie da haben, mit seiner Arbeit zu tun.«

»Ich wüsste nicht, warum er sich die Mühe machen sollte, Baupläne auf einem Stück Rechenpapier nachzuzeichnen. Hat er nach seinem Unfall jemals etwas über das Logistikzentrum gesagt?«

»Eigentlich nicht, bis sie sich gegen ihn gestellt haben. Das hat ihn wütend gemacht.«

»Wie wütend?«

»Da er jetzt tot ist, spielt es vermutlich keine Rolle mehr. Er hat gesagt, er werde es ihnen heimzahlen.«

»Wie?«

»Das hat er nicht gesagt.« Sie hielt inne. »Sie glauben doch hoffentlich nicht, dass Toby … dort eine Bombe legen wollte? Würde er dazu diese Zeichnungen brauchen?«

»Möglich wäre es. Was glauben Sie, wäre er dazu fähig gewesen?«

»Vor seiner Verletzung nicht. Aber danach hat er sich verändert. Kopfverletzungen können einen anderen Menschen aus einem machen, haben Sie das gewusst?«

»Ja, davon habe ich schon gehört«, erwiderte Decker trocken. »Sie glauben also, dass er möglicherweise gewalttätig wurde?«

»Ich will es mir nicht vorstellen. Mir gegenüber war er es nie. Aber ich halte es für möglich. Man hat ihn wirklich verarscht.«

»Eine bestimmte Person?«

»Hauptsächlich die Anwälte der Firma. Toby hatte nicht das Geld für einen eigenen Anwalt, also musste er sich selbst um alles kümmern. Das war sehr mühsam, das kann ich Ihnen sagen.«

»Niemand wollte ihn auf Erfolgsbasis vertreten?«

»Toby sagte mir damals, in Baronville gebe es nicht mehr viele Anwälte, und von denen wolle sich keiner mit dem größten Arbeitgeber der Stadt anlegen.«

Decker nickte. »Hat er mal Joyce Tanner, Michael Swanson oder Bradley Costa erwähnt?«

»Nein, nie. Aber war Joyce Tanner nicht der Name der Frau, die man zusammen mit Toby gefunden hat?«

»Ja.«

O'Connor zuckte mit den Schultern. »Mir gegenüber hat er sie nie erwähnt.«

»Was ist mit John Baron?«

Sie runzelte die Stirn. »Er lebt in dem Herrenhaus auf dem Berg.«

»Ja, ich war dort. Allerdings würde ich es nicht mehr als Herrenhaus bezeichnen.«

»Mag sein. Es ist jedenfalls bedeutend mehr, als ich besitze.«

»Hat Babbot jemals John Baron erwähnt?«

»Nicht, dass ich wüsste. Ich bin nicht von hier, aber Baron ist nicht allzu beliebt, oder?«

»Nicht besonders.«

»Ich habe ein paar Leute sagen hören, dass der Kerl schwerreich ist.« O'Connor hielt inne. »Dass er irgendwo dort oben Geld versteckt hat.«

»Warum lebt er dann wie ein Bettler?«

»Ja, ich weiß. Ich habe das auch nie so richtig verstanden.«

»In dem Zimmer, in dem Babbot gefunden wurde, stand ein Bibelspruch an der Wand.«

O'Connor blickte ihn interessiert an. »Ja, davon stand was in der Zeitung.«

»Klingelt da etwas bei Ihnen? War Babbot religiös?«

»Soviel ich weiß, ist Toby nie zur Kirche gegangen.«

»Fällt Ihnen sonst noch etwas ein?«

Sie dachte kurz nach. »Ich glaube nicht. Toby war ein guter Mann, der ein schlechtes Blatt auf die Hand bekam. Vermutlich triff das auf eine Menge von uns zu. Andererseits ist unser Leben das, was wir daraus machen, nicht wahr? Für dumme Entscheidungen kann man keinen anderen verantwortlich machen.«

»Vermutlich nicht.« Decker stand auf.

»Mr. Decker, glauben Sie, Sie finden denjenigen, der Toby und die anderen ermordet hat?«

»Ich versuch's.«

»Er hatte es nicht verdient, so zu sterben.«

»Mir fällt niemand ein, der so etwas verdient hat.«

41

Im Wagen holte Decker das Blatt Rechenpapier hervor, betrachtete es genauer und hob es schließlich bis nahe vor seine Augen.

Er hatte alle Striche ausgefüllt, stellte nun aber fest, dass er ein paar Vertiefungen übersehen hatte, die in der unteren rechten Ecke durchgedrückt waren.

Er nahm einen Bleistift aus dem Handschuhfach und strich mit ihm über die tieferen Stellen, bis schemenhafte Umrisse zum Vorschein kamen.

Decker besah sie sich genauer und gelangte zu dem Schluss, dass es sich um den Maßstab für die Zeichnung handelte: ein Zentimeter stand für eine bestimmte Anzahl von Metern.

Er steckte die Seite wieder ein und fuhr los. Unterwegs rief er Detective Green an und fragte nach der Adresse von Dr. Freedman, dem Arzt, der Toby Babbot die vielen Schmerztabletten verschrieben hatte.

»Er sitzt im Gefängnis, weil er ein Pillenarzt ist«, gab Green ihm Auskunft.

»Er hat Leuten wie Babbot zu viele Schmerzmittel verschrieben?«

»Genau.«

»Wie lange sitzt er schon?«

»Fast ein Jahr, also glaube ich kaum, dass er etwas mit der Sache zu tun hat.«

Decker stimmte mit dieser Meinung nicht unbedingt überein, behielt es aber für sich. »In welchem Gefängnis?«

»Es war ein Bundesvergehen, deshalb sitzt er in einem anderen Staat im Knast. In Indiana, glaube ich. Die Gefängnisbehörde verteilt Gefangene völlig wahllos.«

»Danke.«

»Wie kommen Sie mit den Ermittlungen voran?«

»Beständig.«

Decker beendete das Gespräch und konzentrierte sich auf die Straße. Wenn er nicht mit Freedman sprechen konnte, würde er es bei einem anderen auf seiner Verhörliste versuchen.

Er wendete und fuhr zurück zu den Mitchells. Bevor er zu ihrer Straße kam, bog er ab und hielt vor dem Gebäude gegenüber vom Mordhaus.

Hier wohnte Dan Bond, der einzige Anwohner, mit dem er noch nicht gesprochen hatte.

Decker klopfte an der Haustür. Augenblicke später waren Schritte zu hören, die sich der Tür näherten.

»Ja, wer ist da?«, rief eine Stimme.

»Mein Name ist Amos Decker, Mr. Bond. Ich komme vom FBI. Ich will Ihnen nur ein paar Fragen über die Vorfälle im Haus gegenüber stellen.«

»Ich öffne meine Tür nicht gern Fremden.«

»Das verstehe ich. Aber ich muss Ihnen ein paar Fragen stellen.«

»Haben Sie einen Ausweis?«

»Selbstverständlich.«

»Können Sie ihn durch die Katzentür schieben?«

Decker blickte nach unten. Die kleine Klappe öffnete sich. Er holte die Dienstmarke hervor und schob sie durch den Schlitz.

Auf der anderen Seite erklangen Geräusche. Etwa dreißig Sekunden später wurde die Dienstmarke durch die Klappe zurückgeschoben. Decker nahm sie entgegen und stellte fest, dass die Karte nun mit Fingerabdrücken übersät war. Außerdem entdeckte er etwas, das wie Mehl aussah. Er wischte den Ausweis an seiner Jacke ab und steckte ihn ein. Augenblicke später hörte er, wie drei separate Schlösser geöffnet wurden.

Die Tür öffnete sich und gab den Blick auf einen kleinen, verschrumpelten älteren Mann frei, der auf unsicheren Beinen stand.

»Mr. Bond?«, fragte Decker.

»Ja.«

Eine dunkle Brille verbarg Bonds blinde Augen. Hinter seiner Schulter sah Decker den weißen Stock des Blinden an einem Wandhaken.

»Darf ich reinkommen?«

»Ich schätze schon, ja. Ich habe Ihre Dienstmarke ertastet. Sie schien in Ordnung zu sein.«

»Ja. Weil sie es ist.«

»Man kann nie vorsichtig genug sein.«

»Das stimmt.«

Bond trat zurück.

Nachdem Decker das Haus betreten hatte, schloss der Blinde die Tür hinter ihm, ging langsam zu einem Stuhl im Wohnzimmer und setzte sich.

Bestimmt kannte Bond den Platz eines jeden Möbelstücks in seinem Haus.

Decker setzte sich ihm gegenüber. Im Haus roch es durchdringend nach Grünkohl und Mottenkugeln. Und nach frisch gebackenem Brot.

»Tut mir leid, falls ich Sie beim Backen störe.«

Bond winkte ab. »Ich war bereits fertig. Der Laib ist aus dem Ofen. der wenigen mir noch verbliebenen Vergnügen. Ich backe Tag und Nacht. Ich brauche nicht viel Schlaf. Den habe ich eigentlich noch nie gebraucht.«

Bond war fast völlig kahl; sein Kopf war rosig und voller

Schuppen. Er war ordentlich in eine Khaki-Hose und ein kurzärmeliges blaues Hemd mit einem weißen T-Shirt darunter gekleidet. Dazu trug er schwarze orthopädische Schuhe.

»Leben Sie allein?«, fragte Decker.

»Seit Dolly gestorben ist, ja. Sie war meine Katze. Daher auch die Tierklappe. Ich hatte auch eine Frau. Betty. Sie ist vorige Woche vor einundzwanzig Jahren gestorben. Krebs. Ich bin einundneunzig, und man sieht mir jeden Tag an, vermute ich, weil ich selbst es ja nicht mehr sehen kann.«

Die Bemerkung ließ Bond lächeln.

»Sie sehen gut aus. Und Ihr Haus ist sehr hübsch.«

»Es ist alt, genau wie ich. Ich besorge mir keine neue Katze mehr. Ich würde sie nicht überleben, und wer soll sich dann um das Tier kümmern?«

»Kommt jemand vorbei und hilft Ihnen?«

»Früher schon. Und es gab viel mehr Nachbarn. Aber diejenigen, die ich überlebt habe, sind größtenteils fortgezogen. Schon traurig, das miterleben zu müssen. Aber so ist es nun mal. Das ist der Preis, wenn man zu lange auf der Welt ist.«

Decker blickte sich um. »Wie kommen Sie zum Lebensmittelladen? Und zum Arzt?«

»Ich gehe mit meinem kleinen Einkaufswagen zum Geschäft. Das nimmt den größten Teil des Tages in Anspruch. Manchmal kommt auch mein jüngster Sohn vorbei, aber der lebt in Pittsburgh. Und zum Arzt gehe ich nicht mehr. Ich wüsste nicht, wozu das gut sein sollte. Die verschreiben einem doch nur Pillen und immer mehr Pillen.«

»Wohnen Sie schon lange in Baronville?«

»Mein ganzes Leben lang.«

»Was haben Sie beruflich gemacht?«

»Ich war Buchhalter.« Er tippte an seine Brille. »Das war nicht immer so mit meinen Augen. Makula-Degeneration. Begann in meinen Sechzigern. Vor ungefähr zehn Jahren wurde ich völlig blind.«

»Ich wollte Ihnen ein paar Fragen über den Abend stellen, an dem die Leichen der beiden Männer im Haus gegenüber gefunden wurden. Waren Sie zu Hause?«

»O ja. Abends bin ich immer zu Hause.«

»Die Polizei hat bereits mit Ihnen gesprochen?«

»Ja. Detective Lassiter. Sie hat mir einen ganzen Haufen Fragen gestellt. Ich glaube allerdings nicht, dass ich besonders hilfreich war.«

»Könnte sein, dass ich Ihnen die gleichen Fragen stelle. An was erinnern Sie sich noch von diesem Abend?«

»Sirenen.«

»Ich meinte davor.«

»An das Unwetter. Ein Prachtexemplar.«

»Sonst noch etwas?«

Bond setzte sich zurück und kratzte sich am Kinn. »Ich weiß noch, dass ein Wagen ansprang und wegfuhr.«

»Das habe ich auch gehört«, sagte Decker. »Und ich habe ein Flugzeug über uns hinwegfliegen sehen, ein paar Minuten vor dem Unwetter.«

Überraschenderweise schüttelte Bond den Kopf. »Das war kein Flugzeug.«

»Doch, ganz sicher. Ich habe es am Himmel gesehen. Die Blinklichter, trotz Nebel und Wolken. Es flog verdammt tief. Also war es entweder gerade gestartet oder setzte zur Landung an, was wahrscheinlicher ist.«

»Nein, mein Sohn, das war kein Flugzeug.«

»Ich habe es gesehen, Mr. Bond.«

»Ich weiß, was Sie jetzt denken. Dass ich als Blinder gar nichts sehen konnte, nicht wahr? Aber hier gibt es keine Flugzeuge, die so tief fliegen. Es gibt auch keinen Flugplatz in der Nähe, zumindest ist mir keiner bekannt. Und Pittsburgh liegt weit im Süden, Cleveland weit im Westen. Selbst wenn jemand landen oder starten würde, wäre die Maschine hoch am Himmel, wenn sie über die Stadt hinwegfliegt. Vielleicht haben Sie tatsächlich blinkende Lichter gesehen und angenommen, dass es ein Flugzeug ist. Aber wenn es so neblig war, wie Sie sagen, konnten Sie das Flugzeug unmöglich sehen. Sie haben nur die Lichter beobachtet?«

Decker blinzelte, schloss die Lider und rief sich die Bilder aus den Tiefen seines phänomenalen Gedächtnisses vor Augen.

Was habe ich damals gesehen? Ja, da waren die Lichter. Die Lichter oder ihre Spiegelung. Aber das war alles. Die Wolken und der Nebel waren zu dicht. Dennoch, es muss *ein Flugzeug gewesen sein.*

Bond schien seine Gedanken gelesen zu haben. »Ich weiß, in niedriger Höhe sind die Maschinen ziemlich laut, selbst ein kleines Propellerflugzeug. Aber ich war am Abend des Unwetters hinten auf der Veranda und habe nichts dergleichen gehört.«

Decker tauchte aus seinen Gedanken auf, öffnete die Augen und schüttelte den Kopf. »Und die Lichter? Ich hab sie gesehen, verdammt.«

Bond kicherte. »Sie haben es *angenommen*. Das ist ganz normal.«

»Aber wenn es kein Flugzeug war, was ich beobachtet habe, was war es dann?«

»Ich muss bei der ganzen Sache an meinen Enkel Jeremy denken.«

»Ihren Enkel? Wie kommen Sie jetzt darauf?«

»Er hat sie mal bei einem Besuch mitgebracht, um sie mir vorzuführen. Ich konnte sie hören, als er sie gestartet hat.«

»*Was* gestartet hat?«, fragte Decker ungehalten. Wann kam der alte Mann endlich zur Sache?

»Seine Drohne. Er hat sich eines dieser großen Dinger besorgt, um damit Luftaufnahmen für seine Immobilienagentur zu machen. Er dreht auch Amateurfilme und hat fabelhafte Bilder vom Himmel geschossen, wie er mir sagte. Ist sehr viel billiger, als einen Hubschrauber zu mieten. Ich glaube, mein Sohn, genau so ein Ding haben Sie an dem Abend gesehen. Eine dieser großen Drohnen.«

Decker bekam den Mund nicht mehr zu. *Eine Drohne.* »Moment mal. Kann man so eine Drohne überhaupt am späten Abend fliegen?«

»Aber sicher. Jeremy zumindest tut es. Bei seinem letzten Besuch hat er sie fliegen lassen. Und das war am Abend. Bestimmt gibt es da amtliche Vorschriften. Die Dinger müssen beleuchtet sein und so weiter, könnte ich mir vorstellen. Und wenn man sich in einem Flugkorridor oder in der Nähe eines Flugplatzes befindet, muss man sich vermutlich eine Genehmigung holen. Außerdem muss man darauf achten, was man fotografiert. Das Recht auf Privatsphäre und so weiter. Lässt man sie über einen Hinterhof fliegen und macht Bilder davon oder von den Fenstern, dürfte man ein juristisches Problem bekommen. Jeremy hat mir so was gesagt, als ich ihn danach gefragt habe.«

»Aber was hätte eine Drohne hier zu suchen?«

Bond zuckte mit den Schultern. »Keine Ahnung. Jeremy war es jedenfalls nicht, das weiß ich. Er war nicht einmal hier. Er lebt in Maryland. Alice Martin kann es auch nicht gewesen sein. Ich bezweifle, dass sie überhaupt weiß, was eine Drohne ist, weil sie vermutlich nie eine zu Gesicht bekommen hat. Und Fred Ross? Würde er eine Drohne sehen, würde er sie mit seiner verdammten Schrotflinte vom Himmel pusten. Tja, und mehr Leute gibt es in dieser Straße nicht. Aber es kann durchaus jemand in einer Nachbarstraße gewesen sein. Jeremy hat mir erzählt, dass Drohnen verschiedene Reichweiten haben. Sobald sie am Ende ihrer Reichweite sind, ist Schluss. Aber Jeremy hat ein gewerbliches Modell, das lange Strecken fliegen kann.«

Decker kam ein Gedanke. »Hätte es ein Hubschrauber sein können?«

Bond schüttelte den Kopf. »Hubschrauber machen einen Höllenlärm, das wissen Sie doch auch. Das hätte ich bestimmt gehört. Sie garantiert auch, bei einer so niedrigen Höhe.«

»Da ist was dran. An einer Drohne wäre eine Kamera befestigt, nicht wahr?«

Bond nickte. »Darum geht es ja. Mit einer Drohne macht man Bilder oder ein Video. Außerdem hat man vor, die Dinger in Zukunft für Lieferdienste zu verwenden, wie Jeremy mir sagte. Er hat diese tolle Kamera, wissen Sie. Mir hat er erzählt, dass er einfach sein Handy in die Fernsteuerung schiebt, und die Drohne schickt das, was sie sieht, direkt auf sein Telefon. Ich habe keine Ahnung, wie das funktioniert, aber ich bin ja auch ein alter Knacker. In dieser Straße wohnen nur Tattergreise. Nein, halt, das nehme ich zurück. Ich würde Alice niemals so bezeichnen. Sie ist eine feine Lady. Sie hat in der Sonntagsschule Unterricht gegeben.«

»Sie kennen Alice Martin?«

»O ja. Sie und meine Frau waren gute Freundinnen. Alice kam damals zur Beerdigung.«

»Und Fred Ross? Sie haben ihn und seine Schrotflinte erwähnt. Kennen Sie ihn gut?«

Bond verzog das Gesicht. »Dieses Missvergnügen habe ich schon viel zu lange.«

»Das war auch Mrs. Martins Meinung. Sie haben gesagt, Sie

seien an diesem Abend draußen gewesen. Haben Sie die Drohne gehört?«

»Nein, wie ich bereits sagte. Man kann sie am Boden hören, aber nicht in der Luft. Die sind ziemlich leise. Jedenfalls die von Jeremy.«

»Ist Ihnen irgendein anderes Geräusch aufgefallen? Es ist wirklich wichtig.«

Wieder kratzte Bond sich am Kinn. »Nun ja, da war ein seltsames Geräusch, das ich nie zuvor gehört hatte. Als würde etwas auf dem Boden landen und dann über den Asphalt scharren. Immer wieder.«

Auf dem Boden landen und dann über den Asphalt scharren. Das ist eine wirklich gute Beschreibung.

»Das ist mir auch aufgefallen, Mr. Bond, aber ich konnte nicht sagen, was es ist«, meinte Decker. »Und Sie hatten es nie zuvor gehört?«

Bond schüttelte den Kopf.

»Aber Sie konnten es auf Ihrer Veranda hören?«

»Die Hinterhöfe hier sind klein und die Häuser noch kleiner. Von meinem Hinterhof ist es nicht weit bis zur Straße.«

»Und der Wagen, der ansprang und wegfuhr? Kam er Ihnen bekannt vor? Vielleicht gehörte er ja Alice Martin.«

»Alice fährt nicht. Sie besitzt nicht mal ein Auto.«

»Ich nehme an, dass Ross auch nicht mehr selbst fährt, wo er im Rollstuhl sitzt.«

»O doch, er fährt selbst. Er hat seinen Wagen umrüsten lassen. Rollstuhllift und spezielle Armaturen, damit er ohne Beine fahren kann. Zumindest war es früher so. Als ich noch sehen konnte, habe ich ihn oft damit fahren gesehen.«

»Wie ist er überhaupt an seine Behinderung gekommen?«

»In der Textilfabrik, in der er gearbeitet hat. Irgendeine große

Maschine ist auf ihn gefallen. Von da an war er von der Hüfte abwärts gelähmt. Das ist Jahrzehnte her.«

»Das ist hart.«

»Es hat ihn nicht gerade sympathischer gemacht. Um ehrlich zu sein, Fred war schon ein Arschloch, als er noch laufen konnte.«

Decker lächelte. »Ich glaube Ihnen aufs Wort.«

»Damals konnte ich das auch noch *sehen*. Tut mir leid, dass ich keine größere Hilfe war.«

»Oh, Sie waren eine große Hilfe. Vielen Dank.«

Decker ging zurück zu seinem Wagen.

Eine Drohne.

Wer hatte an diesem Abend was beobachtet?

Oder wen?

42

Plötzlich ist es ein düsteres Haus, ging es Decker durch den Kopf. *Von einem Tag auf den anderen.*

Er stand auf der Veranda des Mordhauses und schaute zum Hof der Mitchells hinüber.

Decker war den ganzen Tag unterwegs gewesen. Obwohl er viel erledigt hatte, beschlich ihn das Gefühl, keine großen Fortschritte gemacht zu haben. Leider war das die Lehrbuchdefinition, was den Arbeitsalltag eines Detectives der Mordkommission betraf.

Im Mordhaus war noch immer ein DEA-Agent stationiert, aber Deckers Dienstausweis hatte ihm dank Kate Kempers Anordnungen Zutritt verschafft.

Im Haus der Mitchells öffnete sich die Tür zur Veranda, und Alex Jamison trat hinaus, gefolgt von einer hochgewachsenen jungen Frau, die Zoe an der Hand hielt.

Sie setzten sich an den Tisch.

Abgesehen von Amber hatte Decker keine von Jamisons Schwestern kennengelernt, doch er nahm an, dass es sich bei der Frau um eine weitere von ihnen handelte. Sie hatte den gleichen geschmeidigen Körper und die Gesichtszüge ihrer Schwestern. Offensichtlich war sie zum Begräbnis Frank Mitchells gekommen.

Im nächsten Moment öffnete die Tür sich erneut, und Amber kam heraus. Selbst auf diese Entfernung hatte Decker den Eindruck, dass sie zwanzig Jahre gealtert war. Sie ging nicht, sie schlurfte.

Er zog sich in die Schatten zurück, sodass die jungen Frauen ihn nicht entdecken konnten. Obwohl er eigentlich nicht wusste, warum er sich so verhielt. Oder vielleicht doch.

Er wollte nicht mit ihnen zusammen sein, weil er keine Ahnung hatte, was er dann sagen sollte. Und er wollte nichts von sich geben, das seine Partnerin in Verlegenheit bringen konnte.

Decker beobachtete, wie Zoe sich auf dem Schoß ihrer Mutter zusammenkrümmte und den Daumen in den Mund schob.

Er wusste, dass bei Zoe von nun an bei jedem ihrer Geburtstage der Schmerz über den Tod ihres Vaters im Vordergrund stehen würde. Jedes geöffnete Geschenk, jeder Bissen von einem Stück Kuchen, jede ausgeblasene Kerze würde die Erinnerung an den letzten Tag im Leben ihres Vaters wecken. Das war nicht fair, es war nicht richtig, und es gab nichts, was man dagegen tun konnte.

Manchmal würde die Schuld überwältigend sein, würde ihr das Lächeln vom Gesicht wischen und das Lachen aus der Kehle reißen.

Decker wusste es, weil ihm das Gleiche zugestoßen war. Dieser Gedanke machte ihn wütend und trieb ihn zugleich an, schürte zusätzlich sein Verlangen, eine Antwort auf die Frage zu finden, ob Frank Mitchell ermordet worden war oder nicht.

Die Luft war kühl; die Schwestern trugen Jeans und dicke Pullover, während Zoe ein langes Sweatshirt und purpurfarbene Leggings trug. Decker beobachtete, wie Alex wieder ins Haus ging und mit einem Tablett zurückkam. Sie füllte Tassen mit Tee, ehe sie einen Teller mit Speisen in die Tischmitte stellte.

Der Anblick ließ Deckers Magen knurren. Es war schon nach sieben, und er hatte seit dem Frühstück nichts mehr gegessen. Doch als er die Gruppe trauernder Frauen sah, bereitete ihm sein Hunger Schuldgefühle.

Er schaute zum Himmel. Bogart hatte ihm den Namen einer weiblichen Kontaktperson bei der US-Luftfahrtbehörde gegeben. Decker hatte die Frau angerufen; sie hatte die Landungen und Abflüge am fraglichen Abend im Luftraum von Baronville überprüft und bestätigt, dass kein Flugzeug die Stadt so niedrig überflogen hatte.

Dan Bond, der Blinde, hatte recht gehabt. Decker sah seinen Irrtum ein. Ein Mann ohne Augenlicht hatte auf seine Weise mehr gesehen als er. Eine demütigende Erfahrung für Amos Decker.

Was er gesehen hatte, musste tatsächlich eine Drohne gewesen sein. Was sonst?

Decker verließ das Haus, stieg in den Wagen und fuhr los.

Sein Ziel war die Mercury Bar. Bei seinem letzten Besuch war ihm aufgefallen, dass man dort auch essen konnte. Unterwegs summte sein Handy. Es war Todd Milligan.

»Wie geht es Alex?«, wollte er wissen.

»Den Umständen entsprechend.«

»Richte ihr mein Beileid aus.« Decker hörte, wie Milligan mit Papier raschelte, ehe er fortfuhr: »Ich habe ein paar Antworten für dich. Maxus ist ein börsennotiertes Handelsunternehmen, seit ungefähr zwanzig Jahren im Geschäft. Ich konnte nichts Ungewöhnliches herausfinden. Sie arbeiten für eine ganze Reihe von Kunden. Gute Umsätze. Das Management ist sauber. Keine Verbindungen zur ISIS oder anderen Terrororganisationen. Sie sind genau das, was sie zu sein scheinen.«

»Was ist mit Stanley Nottingham?«

»Ist in den Achtzigern. Er hat zwar an der Adresse gewohnt, die du mir gegeben hast, ist aber vor Kurzem nach New Jersey in ein Altersheim gezogen.«

»Und sein Hintergrund? Gibt es Verbindungen hierher nach Baronville?«

»Ich konnte keine feststellen. In New York aufgewachsen, hat bis zum Ruhestand in der Modebranche gearbeitet.«

»Seine Eltern?«

»Auch aus New York. Seinem Vater gehörte ein Feinkostladen in Brooklyn. Die Mutter war Schneiderin.«

»Hat er Kinder?«

»Nein, war nie verheiratet.«

»Wie ist er ins Altersheim gekommen?«

»Konnte ich nicht herausfinden.«

»Wie lange hat er an der Adresse gewohnt, die ich dir gegeben habe?«, fragte Decker.

»Vierzig Jahre. Aber wir haben noch etwas anderes erfahren. Bradley Costa hat im selben Haus gewohnt, bevor er nach Baronville gezogen ist. Nottingham und Costa waren Nachbarn.«

»Das erklärt einiges.«

»Du vermutest eine Verbindung zwischen der Stadt Baronville und diesem Nottingham?«

»Ich nehme an, dass Costa wegen Nottingham nach Baronville gekommen ist«, antwortete Decker. »Danke, Todd. Schick mir die Adresse von dem Altenheim.«

»Mach ich. Und halte mich auf dem Laufenden. Falls es haarig wird, kann ich auch kommen.«

Decker trennte die Verbindung, als sein Ziel in Sicht kam.

Sämtliche Parkplätze waren belegt, deshalb stellte er seinen Wagen ungefähr zwei Querstraßen von der Mercury Bar entfernt ab.

In der Kneipe wurde er von Musik, Lärm und Stimmengewirr begrüßt. Auf einer kleinen Bühne spielte eine dreiköpfige Band Countrymusic. Der Sänger hatte eine gute Stimme, und die Musiker wussten mit ihren Instrumenten umzugehen.

Decker setzte sich an einen kleinen Tisch so weit von der

Band entfernt wie nur möglich. Er wollte keine Musik. Er wollte etwas zu essen, ein Bier und ein wenig Zeit, um in Ruhe nachzudenken.

Eine Kellnerin kam und nahm seine Bestellung auf. Nachdem sie gegangen war, hielt Decker Ausschau nach den Schlägertypen, die John Baron angegriffen hatten, konnte sie aber nicht entdecken. Auch Baron war nirgends zu sehen. An der Bar bediente Cindi Riley gleichzeitig ungefähr ein Dutzend Gäste.

Decker beobachtete, wie sie mit geübter Hand Drinks mixte, einschenkte und servierte, wobei sie mit den Gästen plauderte und sich um die Rechnungen kümmerte. Decker erkannte einen Profi, wenn er ihn sah. Nach der Ermordung seiner Familie hatte er in Kneipen wie dieser viel Zeit auf den Kopf gehauen.

»Darf ich mich zu Ihnen setzen?«

Decker schaute auf. Vor ihm stand Lassiter, ein Bier in der Hand. Sie schien sein Schweigen als Zustimmung zu werten, denn sie nahm ihm gegenüber Platz.

Lassiter trug einen marineblauen Rock, eine weiße Bluse und eine dazu passende Jacke. Als sie zur Seite klaffte, war das Holster mit der Dienstwaffe zu sehen.

»Wie schlägt sich Jamison?«, wollte sie wissen.

»Lässt sich nicht unterkriegen. Sie hilft Amber, so gut sie kann. Eine ihrer Schwestern ist eingetroffen. Ich glaube, morgen kommt Franks Familie.«

»Und Sie? Führen Sie die Ermittlungen weiter?«

»Das ist mein Leben.«

»Wollen Sie Ihre Erkenntnisse mit mir teilen? Sie haben versprochen, uns auf dem Laufenden zu halten.«

Die Kellnerin brachte Deckers Bier, und er bestellte etwas zu essen und trank einen Schluck, bevor er Lassiters Frage beantwortete. »Es sind größtenteils Spekulationen.«

»Das reicht mir. Übrigens hat Marty mir von dem Wohnwagen erzählt. Da haben Sie beide aber Glück gehabt.«

»Und ob«, entgegnete Decker. »Und Sie? Sind Sie vorangekommen?«

»Bis jetzt hat sich nichts Neues ergeben.«

»Bei mir auch nicht«, sagte eine Stimme.

Beide schauten auf. Agentin Kemper stand da, in der Hand einen mit einer Limonenscheibe gekrönten Gin Tonic.

»Ist das hier die örtliche Polizeikneipe?«, fragte Decker.

Kemper zog sich einen Stuhl heran und setzte sich. »Die Auswahl ist nicht groß. Warum tauschen wir unsere Informationen nicht aus?«

»Sie beide haben doch gerade erst behauptet, nichts zum Tauschen zu haben«, erwiderte Decker.

»Ich neige zu Übertreibungen«, sagte Kemper und schaute zu Lassiter. »Sie auch?«

»Kommt auf die Situation an.«

Decker lehnte sich zurück. »Michael Swanson hat in John Barons Gewächshaus gewohnt. Baron wusste das. Auf der Highschool war Baron darüber hinaus der Schatz von Joyce Tanner, die er bis zu ihrem Tod finanziell unterstützt hat. Obendrein hat er sich für Mythologie interessiert, was mit dem Thanatos-Zeichen auf Costas Stirn zu tun haben könnte. Tanner wiederum hat Bibelunterricht gegeben, was den Bibelvers an der Wand hinter ihrer Leiche erklären könnte.«

Lassiter wirkte überrascht. »Woher wissen Sie das alles?«

Decker bedachte sie mit einem kühlen Blick. »Ich *ermittle.*«

Kemper sagte: »Ich weiß, dass die Morde in dieser Stadt nicht in meine Zuständigkeit gehören, aber wenn sie etwas mit meinem Fall zu tun haben, will ich darüber Bescheid wissen. Dieser Baron kannte also zwei der vier Ermordeten. Was ist mit den anderen beiden?«

»Die kennt er nicht. Behauptet er zumindest.«

»Er *behauptet* es.« Lassiters Tonfall war frostig.

»Warum hat er sich nicht gemeldet, als Tanner und Swanson ermordet wurden?«, fragte Kemper.

»Falls er sie getötet hat, liegt die Antwort auf der Hand«, erwiderte Decker.

»Hat er erwähnt, ob er meine Leute kannte?«, hakte Kemper nach.

»Das habe ich ihn nicht gefragt. Ich wollte diese Information nicht enthüllen«, sagte Decker.

»Da Tanner zusammen mit Babbot gefunden wurde und Swanson mit Costa«, meinte Lassiter, »würde das bedeuten, dass Baron sie alle umgebracht hat, falls er dahintersteckt.«

»Und wenn er sie nicht getötet hat?«, fragte Kemper. »Warum hat er sich nicht gemeldet?«

Decker erklärte es. »Die Stadt hasst ihn. Ich bezweifle, dass er zum Sündenbock für Verbrechen werden will, die er nicht begangen hat.«

»So arbeiten wir in dieser Stadt nicht, Decker!«, sagte Lassiter streng.

Decker schaute sie an. »Ich weiß über Ihren Vater Bescheid.«

Ihre Augen weiteten sich.

»Was ist mit ihrem Vater?«, wollte Kemper wissen.

Decker sah Lassiter an. »Wollen Sie?«

»Warum? Was hat das denn mit dieser Sache zu tun?«

»Er wurde verurteilt, weil er ein Haus angezündet hat, während sich ein Bankier darin aufhielt. Ein Bankier, der das Haus zwangsversteigert hat, nachdem Ihr Vater in einer von den Barons gegründeten Firma seinen Job verloren hatte.«

»Wie ich schon sagte, das ist nicht relevant«, wiederholte Lassiter.

»Doch, ist es, weil Sie und diese Stadt einen Groll gegen die Barons hegen. Hören Sie auf, das schönzureden und zu behaupten, hier habe es niemand auf Baron abgesehen.«

Kemper wollte etwas entgegnen, hielt aber inne, da Deckers Bestellung kam. Ein dickes Steak, englisch, dazu Pommes und ein kleiner Salat.

»Warum sich die Mühe mit dem Salat machen?«, bemerkte Kemper trocken.

»Gemüse ist wichtig, und technisch gesehen sind Pommes Kartoffeln.« Decker machte sich über das Essen her.

»Haben Sie sonst noch etwas?«, wollte Kemper wissen.

»Toby Babbot wurde auf der Baustelle des Maxus-Logistikzentrums verletzt. In seinem Wohnwagen lag eine Seite Rechenpapier, auf der sich Abdrücke befanden. Babbot hatte etwas auf die Seite darüber gezeichnet, und das hatte sich durchgedrückt.«

»Was für Zeichnungen?«, fragte Kemper.

»Die Baupläne für das Logistikzentrum.«

»Moment mal. Wo haben Sie die gefunden?«, fragte Lassiter.

»In Babbots Wohnwagen.«

»Warum haben Sie uns nichts davon gesagt?«

»Ich habe erst kürzlich erfahren, worum es sich dabei handelt.«

»Warum sollte er sich Baupläne beschaffen?«, fragte Kemper.

»Keine Ahnung. Vielleicht wollte er Maxus verklagen, obwohl er das längst hätte tun können. Aber ich habe mit Betsy O'Connor gesprochen, seiner letzten Mitbewohnerin. Sie hat mir erzählt, dass Babbot stocksauer auf Maxus war und davon gesprochen hat, es denen heimzuzahlen.«

Lassiter trank einen Schluck Bier und stellte das Glas hart auf dem Tisch ab. »Ich wollte Antworten von Ihnen, und was habe ich jetzt? Einen Haufen neuer Fragen.«

»Noch etwas?«, fragte Kemper.

»Das Flugzeug, das ich an dem Abend gesehen habe, als ich die Leichen fand …«

»Sie werden mir jetzt nicht erzählen, dass es Drogenschmuggler waren, die im westlichen Pennsylvania gelandet sind«, meinte Kemper trocken.

»Nein. Ich will Ihnen sagen, dass es gar kein Flugzeug gab.«

Beide Frauen musterten ihn erstaunt.

»Ich verstehe nicht«, meinte Kemper. »Wollen Sie damit sagen, Sie haben gar kein Flugzeug gesehen?«

»Ich glaube, es war eine Drohne.« Decker erzählte von seinem Gespräch mit Dan Bond und dass ihm bestätigt worden sei, dass es an diesem Abend keine Flüge in der Nähe von Baronville gegeben hatte.

Lassiter sah zerknirscht aus. »Als ich Bond vernommen habe, habe ich ihn nicht nach dem Flugzeug gefragt, das Sie vermeintlich bemerkt hatten. Ich hielt es für unwichtig.«

»Ich auch. Ich habe es Bond gegenüber zufällig erwähnt. Zeigt mal wieder, dass es nicht reicht, eine zufällige Annahme für die Wahrheit zu halten.«

»Eine Drohne?« Kemper wirkte nachdenklich. »Was sollte die in dieser Straße zu suchen haben?«

»Erinnern Sie sich an unsere Spekulation, dass Ihre beiden Agenten im Haus neben dem Fundort der Leichen ein Überwachungsnest eingerichtet haben?«

»Ja.«

»Vielleicht hat auch diese Drohne irgendetwas überwacht.«

»Und was?«, fragte Lassiter.

Decker antwortete nicht.

»Wissen Sie es?«, fragte Kemper.

Während des Gesprächs hatte Decker seine Mahlzeit beendet.

Er schaute an Kemper vorbei zur Theke, die sich geleert hatte. Cindi bediente nur noch zwei Gäste.

Decker warf einen Zwanziger auf den Tisch und stand auf. »Ich muss los«, sagte er und ging zum Tresen.

Lassiter und Kemper blicken einander ungläubig an.

»Der ist vielleicht eine Nummer«, meinte Lassiter.

Kemper schaute Decker hinterher. »Ja. Aber ich habe das Gefühl, dass wir diesen Burschen niemals, wirklich niemals unterschätzen sollten.«

43

»Sie sind wieder da?«

Cindi schob einen Untersetzer vor Decker.

»Wie eine ansteckende Krankheit.«

»Was darf ich Ihnen bringen?«

»Das beste Bier, das es hier gibt.«

Sie schaute ihn zweifelnd an. »Bier ist eine Sache des persönlichen Geschmacks.«

»Ich vertraue Ihrem Urteil.«

Sie bückte sich und holte eine Flasche Bier aus dem kleinen Kühlschrank unter der Theke.

Decker beobachtete sie. Sie trug eine schwarze Bluse, deren oberster Knopf geöffnet war und einen Blick auf einen braunen BH und ein wenig Dekolleté gestattete. Ihre Jeans saßen eng, ihr Haar fiel über die straffen Schultern.

Decker ging davon aus, dass die Bluse mit Einblick und die enge Hose für Trinkgeld gedacht waren. Er konnte es Cindi nicht verübeln. Typen, die in einer Kneipe an der Theke saßen, waren größtenteils einfach gestrickt und warteten nur darauf, von einer hübschen Frau um den Finger gewickelt zu werden.

Cindi goss das Bier in einen Krug und schob ihn Decker zu.

»Probieren Sie das.«

Er nahm einen Schluck und nickte anerkennend. »Mit Bier kennen Sie sich aus.«

Cindi lächelte und polierte die Theke vor ihm.

»Warum heißt der Laden eigentlich Mercury Bar?«, fragte er. »Interessieren Sie sich für griechische Mythologie?«

»Nein, mein Dad war ein großer Fan von Orson Welles. Ich glaube, die Sendung hieß *Mercury Radio Theatre* oder so. Und Merkur ist ein Gott aus der römischen Mythologie, nicht aus der griechischen. Das griechische Gegenstück zu Merkur war Hermes.«

»Mein Fehler«, sagte Decker.

Sie musterte ihn. »Warum habe ich das Gefühl, dass Sie das ganz genau wissen? Wollen Sie mich auf die Probe stellen?«

»Vielleicht. Haben Sie John in letzter Zeit gesehen?«

»Welchen John? Ich kenne mehrere.«

»Baron.«

»Nein. Warum?«

»Nur so. Sind Sie befreundet?«

»Er kommt schon mal auf einen Drink vorbei. Wenn uns das zu Freunden macht, habe ich in dieser Stadt viele Freunde.«

»Als ich neulich abends da war, hatte ich den Eindruck, dass mehr zwischen Ihnen beiden ist.«

Cindi hielt inne, nahm eine Flasche Wasser unter der Theke hervor und trank einen Schluck. »Warum interessiert Sie das?«

Decker zuckte mit den Schultern. »Ich habe Baron näher kennengelernt. Er scheint ein netter Bursche zu sein. Ich fände es schade, wenn er zu Schaden käme.«

Cindi stellte die Wasserflasche weg und griff nach dem Lappen. Als ein Gast ihre Aufmerksamkeit erregte und sein Glas zum Nachfüllen hob, sagte sie zu Decker: »Gehen Sie nicht weg. Ich bin gleich zurück.«

Zur Antwort hielt er sein Bier in die Höhe und trank einen Schluck.

Kurz darauf war Cindi wieder bei ihm. »Um zehn kommt ein Kollege, der mich hier ablöst. Sollen wir uns dann unterhalten?«

»Hört sich gut an.«

»Sie haben übrigens recht. John ist ein anständiger Kerl.«

»Es ist immer schön, wenn man recht hat.«

»Was könnte ihm denn Schlimmes passieren?«

»Wir reden um zehn Uhr«, erwiderte Decker.

*

Punkt zehn übergab Cindi die Theke an einen Mitarbeiter und gab Decker ein Zeichen, ihr in das Hinterzimmer der Bar zu folgen.

»Ich parke hinten«, sagte Cindi. »Kommen Sie. Ich fahre Sie anschließend hierher zurück. Es ist nicht weit.«

»Wo gehen wir hin?«

»In meine Wohnung.«

»Halten Sie das für klug?«

»Und Sie?«, gab Cindi zurück.

Sie stiegen in einen mitternachtsschwarzen Toyota Land Cruiser.

»Hübscher Wagen«, sagte Decker. »Und nicht billig.«

»Ich bekomme großzügige Trinkgelder und gute Konditionen bei Autos.«

Cindi fuhr zu einem großen Backsteingebäude am Rand der Innenstadt. Unterwegs entdeckte Decker eine ganze Anzahl von Gebäuden, die derzeit renoviert wurden.

»Erlebt Baronville ein Comeback?«, fragte er.

»Teilweise«, erwiderte Cindi geheimnisvoll.

Sie fuhren in eine Tiefgarage und dann weiter auf einen nummerierten Stellplatz. Mit dem Fahrstuhl ging es in die oberste Etage. Cindi schloss die Wohnungstür auf und winkte Decker hinein.

»Hier war mal eine Textilfabrik. Man hat sie in Luxuseigentumswohnungen umgewandelt.«

»Ja, ich weiß. Ich war schon mal hier.«

»Tatsache? Wann?«

»Als ich Bradley Costas Apartment überprüft habe. Er hat auch hier gewohnt.«

»Das ist richtig«, sagte Cindi beiläufig.

Decker betrachtete die eleganten Möbel, die teuer aussehenden Teppiche und die rostfreien Küchengeräte an den nackten Ziegelwänden. In einem entfernten Winkel des Apartments entdeckte er eine gut ausgestattete Fitnessecke mit Hanteln, Klimmstange, einem Ständer mit Medizin- und Basketbällen, einem Crosstrainer, einem Speedbike und anderen Geräten, die zum Krafttraining wie auch zur Folter dienten.

»Kein Wunder, dass Sie so gut in Form sind«, meinte er.

»Das kommt nicht von selbst. Man muss dafür arbeiten.«

Mit einem Blick auf die teure Einrichtung meinte Decker: »Ihre Trinkgelder müssen ja *sagenhaft* sein.«

»Es sind nicht nur die Trinkgelder. Mir gehört das Mercury.«

»Ja, das habe ich gehört. Von Ihrem alten Herrn geerbt?«

»Genau.«

Sie zog die Jeansjacke aus, die sie übergestreift hatte, und hängte sie an einen Kleiderständer aus Metall neben der Wohnungstür.

»Wie alt sind Sie?«, wollte Decker wissen. »Zweiundzwanzig?«

»Sie wollen mir schmeicheln, was? Ich bin fast dreißig.«

»Ungefähr das gleiche Alter wie meine Partnerin. Ziemlich jung, um eine eigene Kneipe zu haben.«

»Wie Sie schon sagten, ich habe geerbt.«

»Aber Sie sind offensichtlich aus eigener Kraft erfolgreich. Sie müssen eine tüchtige Geschäftsfrau sein.«

»Mein Dad war ein guter Lehrer.«

»Was ist mit ihm passiert?«

»Er ist gestorben.«

»Ja, ich weiß. Woran, wenn ich fragen darf?«

»Herzinfarkt.«

»Tut mir sehr leid.«

»Möchten Sie einen Drink?«

»Ich glaube, ich habe mein Limit erreicht. Haben Sie eine Limo?«

Cindi öffnete eine Kühlschublade und warf ihm eine Flasche Wasser zu. »Das hier ist besser für Sie.«

Sie schenkte sich drei Finger Bombay Sapphire ein, goss Tonic nach und gab ein Stück Zitrone, ein Stück Limone und drei Eiswürfel aus einem Eismacher unter der Arbeitsfläche hinein.

Mit dem Glas stieß sie mit Deckers Plastikflasche an.

Er deutete auf ihren Cocktail. »Und *das* ist besser für Sie?«

»Ich trinke bei der Arbeit nicht, die Grundregel für Barbesitzer. Aber ich mag einen Drink, bevor ich ins Bett gehe. Und ich stehe auf Blue Bottle Gin.«

Sie zog die Schuhe aus, machte es sich auf dem Sofa vor der Küche bequem und bedeutete Decker, den Sessel vor ihr zu nehmen.

Er setzte sich und trank einen Schluck Wasser, wobei er sie musterte.

»Ich nehme an, Sie sind hier geboren.«

»Da irren Sie sich. Ich komme aus Philly.«

»Trotzdem ist Ihr Vater hierhergezogen und hat die Kneipe gekauft? Als Sie zur Welt kamen, war in Baronville bereits der Lack ab. Warum die Stadt der brüderlichen Liebe gegen diesen Ort tauschen?«

Cindi zuckte mit den Schultern. »Ich war erst ein Jahr alt, als mein Vater hierherzog.« Sie hielt inne. »Na schön, um die Wahrheit zu sagen: Meine *Mom* kam von hier. Sie haben sich auf dem College kennengelernt. Dad wollte immer schon eine Kneipe. Die Gelegenheit bot sich, und schwupps, da waren wir. Manchmal braucht man nur eines für eine große Veränderung im Leben: einen Traum.«

»Wo ist Ihre Mom?«

»Gute Frage.«

»Sie wissen es nicht?«

»Heute hier, morgen da. Sie ging, als ich noch klein war. Seitdem habe ich sie nicht mehr gesehen.«

»Das ist hart.«

»So hart auch wieder nicht. Mein Dad war toll als Alleinerziehender.«

»Erinnern Sie sich noch an Ihre Mutter?«

»Eigentlich nicht. Ich war zu jung. Wahrscheinlich ist das gut so. Wie kann man jemanden vermissen, den man nie richtig gekannt hat?«

»Da ist was dran.«

Sie trank einen Schluck. »Also, was ist mit John Baron? Steckt er in Schwierigkeiten?«

»Sie scheinen ja sehr besorgt um einen Mann zu sein, der nur ein Kunde von vielen ist.«

»Er ist ein sehr guter Kunde. Und ein netter Kerl, der allen möglichen Scheiß einstecken muss, den er nicht verdient hat.«

»Den Eindruck hatte ich an dem Abend auch, als die Schläger auf ihn losgingen.«

»Diese Typen waren Idioten. Aber hier gibt es viele Leute, die es besser wissen. Oder zumindest wissen sollten.«

»Ich habe ein paar davon kennengelernt.« Decker verlagerte sein Gewicht im Sessel. »Sie wissen über die Morde Bescheid?«

»Was hat das mit John zu tun?«

»Er kannte zumindest zwei der vier Opfer. Eines von ihnen hat auf seinem Grundstück gelebt.«

»Und? Könnte Zufall sein.«

»Ich bin Cop.«

»Und was bedeutet das?«

»Dass ich nicht an Zufälle glaube.«

»Und wenn ich Ihnen sagen würde, dass ich alle vier Opfer kannte?«

»Weil sie in Ihrer Kneipe waren?«

»Genau.«

»Selbst Toby Babbot, der trocken war, soviel ich weiß?«

»Ich serviere im Mercury auch Essen, wie Sie sehr genau wissen, da Sie heute Abend selbst dort gegessen haben.«

»Und da Sie zu den wenigen Läden in Baronville gehören, die so was anbieten, ist es nicht überraschend, dass sie alle dort waren. Aber Sie haben nicht mit einem von ihnen zusammengewohnt, oder? Keiner von ihnen war Ihr Highschool-Schatz?«

»Ich fand Michael Swanson eigentlich ganz süß. Und Brad Costa hat in diesem Haus hier gewohnt.«

»Haben Sie mal außerhalb der Bar mit ihm gesprochen?«

»Ja. Ich glaube, er hatte etwas für mich übrig.«

»Hat er mal versucht, bei Ihnen zu landen?«

»Ich habe ihm zu verstehen gegeben, dass jeder Versuch sinnlos ist. Brad war ganz okay, aber ich stehe nicht auf steife Banker, ich mag eher die lockeren Typen.«

»Er hatte ein Foto von Ihnen beiden in seinem Büro.«

Cindi schien überrascht zu sein. »Ernsthaft? Was für eins?«

»Irgendeine geschäftliche Veranstaltung, hat seine Sekretärin gesagt.«

»Ach ja, ich weiß. Ich erinnere mich. Vor ungefähr sechs Monaten hatte er eine Cocktailparty veranstaltet. Er hatte mich und ein paar andere hiesige Geschäftsleute eingeladen. Ein Fotograf war da.«

»Das erklärt es.«

Wieder trank sie einen Schluck. »Tja, vermutlich habe ich alle vier Mordopfer gekannt, mit einem sogar im selben Gebäude gewohnt. Bedeutet das, ich habe dieselben Schwierigkeiten wie John?«

»Waren Sie jemals auf Johns Anwesen oben auf dem Berg?«

»Warum?«

»Ich bin nur neugierig.«

»Kann sein.«

»Sie erinnern sich nicht?«

»Na gut, ein paarmal«, gab sie zu.

»Baron ist ein ziemlicher Freigeist, stimmt's?« Gespannt wartete er auf ihre Antwort.

»Ich finde ihn interessant, das muss ich zugeben.«

»Ich halte ihn für *sehr* interessant. Ich versuche nur herauszubekommen, ob er auch ein Mörder ist.«

»Ich kann mir nicht vorstellen, dass John auch nur einer Fliege etwas zuleide tun könnte.«

»Es geht hier nicht um tote Fliegen.«

Die Bemerkung ließ sie lächeln. »John hält Sie übrigens auch für einen interessanten Mann.«

»Das hat er Ihnen gesagt?«

»Ja. Wir haben telefoniert, nachdem Sie und Ihre Partnerin ihm einen Besuch abgestattet hatten.«

»War er jemals hier?«

»Ein-, zweimal. Bitte fragen Sie nicht nach Einzelheiten.«

»Er ist Ihnen ein paar Jahre voraus.«

»Eigentlich ist er einer der jüngsten Leute, die ich kenne.«

»Was seine Lebenseinstellung angeht, meinen Sie?«

Cindi nickte. »Außerdem hat er sich super in Form gehalten. Er war Sportler. Sie sehen übrigens so aus, als wären auch Sie mal Sportler gewesen.«

»War ich. Vor ungefähr einem Zentner.«

»Suchen Sie nicht nach Alibis?«, fragte Cindi.

»Natürlich.«

»Hat John ein Alibi für den Zeitpunkt, an dem diese Leute ermordet wurden?«

»Bei den vier Opfern ist die fragliche Zeitspanne recht breit«, antwortete Decker. »Aber wir überprüfen das. Werden Sie John ein Alibi verschaffen?«

»Kommt darauf an, ob ich zur fraglichen Zeit mit ihm zusammen war, nicht wahr?«

»Ja.«

»Sie glauben nicht, dass er es getan hat, oder?«

»Was ich glaube, spielt keine Rolle. Nur die Fakten zählen.« Er deutete mit dem Kopf auf sie. »Warum bleiben Sie hier in diesem Kaff? Sie könnten an vielen Orten eine Kneipe betreiben.«

»Die Stadt kommt wieder auf die Beine. Sie haben es auf der Herfahrt gesehen.«

»Ja. Aber nur zum Teil, haben Sie gesagt.«

»Besser als gar nicht. Bei jeder Rezession in kleinen Städten erlebt man immer wieder, dass Familienbetriebe gegründet werden, weil die Leute zwar ihre Jobs verlieren, aber nicht ihren Kampfgeist. Restaurants, Fitnesscenter, Tattoo-Läden, Pfandleihen, Nagelstudios, Kinos, Bäckereien, Tierhandlungen. So etwas eben. Die Leute kommen zurecht. Um zu überleben, tun sie, was sie tun müssen. Sehen Sie sich Pittsburgh an. Dort hat man den Wandel geschafft. Von der Stadt der Stahlwerke zur Stadt der finanziellen Dienstleister und der Gesundheitsindustrie.«

»Baronville ist nicht Pittsburgh.«

»Das muss es auch nicht sein. Wir haben das Logistikzentrum. Ich kann Ihnen sagen, meinem Geschäft hat das geholfen. In den letzten drei Jahren habe ich ungefähr jeweils dreißig Prozent mehr Umsatz gemacht.«

»Weil die Leute einen Drink brauchen, nachdem sie sich bei Maxus den Arsch abgeschuftet haben?«

»Bingo. Und etwas zu essen, weil sie zu müde sind, um noch zu kochen.«

»Diese Bauprojekte, die wir auf der Fahrt gesehen haben … sind das alles kleine Familienbetriebe? Da scheint wesentlich mehr Geld im Spiel zu sein.«

Cindi runzelte die Stirn. »Ich habe mehrere Freunde durch Überdosen verloren. Aber die gute Sache daran war, dass sie Lebensversicherungen hatten. Nach ihrem Tod bekamen die Familien das Geld. Viele haben damit Geschäfte gegründet oder es in die Stadt investiert. Das Gebäude hier wurde renoviert, weil mehrere Begünstigte beschlossen hatten, ihr Kapital zusammenzulegen und in diesen Bau zu investieren. Mittlerweile ist so gut wie alles verkauft.«

»Das ist toll. Das Negative in Positives zu verwandeln ist immer gut. Aber sechs ungeklärte Morde sind nicht gut für die Stadt.«

Sie musterte ihn verwirrt. »Sechs?«

»Zwei weitere in einem leeren Haus. Ich selbst habe die Toten gefunden.«

»Ich glaube, ich hab davon gelesen. Aber es war alles sehr vage. Können Sie mich erleuchten?«

»Nein, das geht wirklich nicht.«

»Haben die Opfer etwas mit den anderen vier zu tun?«

»Keine Ahnung.«

»Sie scheinen mehr Fragen als Antworten zu haben«, bemerkte Cindi.

»In diesem frühen Stadium ist das meist so. Waren Sie je in Costas Wohnung?«

»Einmal. Er hat dort ein Essen gegeben, um Kunden für die Bank einzufangen.«

»Haben Sie ihn je gefragt, warum er New York verlassen hat, um ausgerechnet hierherzukommen?«

»Ja, sicher. Er war ein gut aussehender Typ, der was auf dem Kasten hatte. In New York hatte er Aussichten auf eine steile Karriere.«

»Und? Was hat er gesagt?«

»Dass er seinen Traum verfolgt.«

»Was für einen Traum?«

»Ich habe nicht nachgefragt, und er hat es nicht weiter erklärt.«

»Kannte er John Baron?«

»Ich weiß, dass Sie das vermuten, aber ich kann die Frage nicht beantworten. Ich glaube allerdings nicht, dass John viel für Banken übrighat.«

»Aber er hat bei dieser Bank eine Hypothek auf sein Haus.«

»Ach was?«, sagte sie unschuldig.

»Ja. Aber das hat er mir gegenüber nicht erwähnt.«

Decker zog das Foto von Baron und der Little League aus der Tasche und hielt es hoch. »Ist Ihnen dieses Foto in Costas Wohnung aufgefallen?«

Cindi nahm das Bild entgegen und betrachtete es. »Ja. Das stand zusammen mit anderen Fotos auf einem Regal.«

»Baron war der Trainer.«

»Ich habe Augen, ich kann sehen, Decker«, sagte sie ein wenig grob. »Er hat das Team zur Meisterschaft von Pennsylvania geführt. Zum Lohn wurde er vom Vorstand gefeuert.«

»Das hat er uns gesagt. Kennen Sie den Grund?«

»Ich glaube, die Meisterschaft ließ ihn zu gut dastehen. Das konnten gewisse andere Leute nicht ertragen.« Ihr fiel die Aufschrift auf der Rückseite auf. »Stanley Nottingham. Wer ist das?«

»Keine Ahnung. Haben Sie je von ihm gehört?«

Cindi schüttelte den Kopf. »Aber es ist merkwürdig.«

»Was?«

Sie gab Decker das Foto zurück. »John hat es mir gegenüber mal erwähnt. Er hat mir sogar ein Bild gezeigt.«

»Von was?«

»Nein, von wem.«

»Stanley Nottingham?« Decker war verwirrt.

»Nein. Nicht Stanley, sondern Nigel. Ist das zu glauben? Nigel?«

»Ich komme nicht mehr mit.«

»John hat mir mal ein Foto von *Nigel* Nottingham gezeigt. Deshalb kann ich mich daran erinnern. Diese beiden Namen hört man nicht mehr oft. Britischer geht es nicht, was? Aber vermutlich passt das.«

»Ich verstehe noch immer nicht.« Deckers Stimme klang langsam gereizt.

»Nigel Nottingham war Barons Butler.«

»Johns Butler?«

»Nein, John kann sich keinen Butler leisten. Ich spreche von dem ursprünglichen John Baron. Anscheinend wollte er einen waschechten britischen Butler, und Nigel Nottingham war der perfekte Kandidat.«

Decker sprang auf. »Ich muss gehen. Danke.«

Er war aus der Tür der Eigentumswohnung, bevor Cindi vom Sofa aufstehen konnte.

»Warten Sie, Decker, ich habe Sie doch hergefahren!«, rief sie ihm hinterher, während die Tür ins Schloss fiel.

44

»Was in aller Welt tust du da? Warum packst du?«

Jamison stand in der Tür von Deckers Schlafzimmer, während er ein paar Sachen und seine Toilettenartikel in die Tasche stopfte.

»Ich muss weg.«

»Zurück nach Washington?«

»Nein. Nach New Jersey.«

»New Jersey? Warum?«

»Ich habe eine Spur. Eine gute. Hat sich eben ergeben. Bei Cindi Riley.«

Ungläubig starrte sie ihn an. »Decker, übermorgen ist Franks Beerdigung. Und du reist ab? Es gibt so viel zu tun, und du …«

»Ich bin rechtzeitig wieder da. Ich breche sofort auf, erledige alles und bin morgen Abend zurück.«

»Aber meine Schwestern sind da. Morgen früh kommen Franks Eltern und Geschwister an. Ich dachte, du könntest seine Eltern vom Busbahnhof abholen. Und eine seiner Schwestern, die mit dem Zug kommt.«

Decker hielt mit dem Packen inne. »Ich bin mir sicher, dass deine Schwestern für mich einspringen können. Allerdings muss ich unseren Mietwagen nehmen.«

»Du *fährst* nach New Jersey?«

»Anders geht es nicht. Ungelogen. Ich habe mir die Flugpläne angesehen. Die erste Maschine in Pittsburgh startet morgens um zehn, und es ist nicht mal ein Direktflug. Verdammt, ich müsste in Charlotte einen Anschlussflug nehmen. Und eine Zugverbindung gibt es auch nicht, und auch keinen Bus. Der schnellste Weg ist die Autobahn. Ich kann es in knapp sieben Stunden schaffen.«

»Ist dir eigentlich klar, wie spät wir es haben? Wann willst du schlafen?«

»Mir geht's gut. Das Adrenalin fließt, und ich schlafe eine Runde, wenn ich dort bin.«

»Decker, das ist nicht klug.«

»Ich muss fahren, Alex. Ich habe heute Abend etwas herausgefunden, das ich überprüfen muss.«

Sie setzte sich aufs Bett. »Du hast gesagt, du hättest bei Cindi Riley eine Spur gefunden. Was für eine?«

Er erzählte ihr von Stanley und Nigel Nottingham, und wie er den Namen und die Adresse auf der Rückseite des Fotos aus Costas Eigentumswohnung entdeckt hatte.

Er reichte Jamison das Foto. Sie schaute es sich noch einmal an.

»Nur damit ich das richtig verstehe … Dieser Nigel Nottingham war der *Butler* von John Baron dem Ersten?«

»Ja. Jede Wette, dass Stanley Barons Urenkel oder so was ist. Deshalb hat Todd keine Verbindung mit Baronville gefunden. Er ist nur bis Stanley Nottinghams Eltern zurückgegangen. Der Mann wohnte in New York im selben Haus wie Bradley Costa. Sie waren Nachbarn.«

Jamison gab ihm das Foto zurück. »Und wie sieht deine Theorie nun aus?«

»Stanley Nottingham hat Costa irgendetwas über Baron und diese Stadt erzählt, das Costa veranlasst hat, seine Wurzeln in Manhattan aufzugeben und hierherzuziehen. Costa habe etwas davon gesagt, dass er hier in Baronville seinen Traum verwirklichen wolle, hat Riley mir erzählt. Seltsam, nicht wahr? Ich hoffe, Nottingham kann mir verraten, worum es bei diesem Traum ging.«

Jamison rieb sich die Stirn. Sie sah erschöpft aus. »Ich kann ja verstehen, dass das für die Ermittlungen wichtig ist. Aber kann das nicht bis nach der Beerdigung warten?«

»Stanley Nottingham ist vor Kurzem in ein Altersheim gezogen. Falls der Mann uns wegstirbt, löst sich meine einzige Spur in nichts auf.«

»Dir geht es immer um den *Fall*, nicht wahr?« Jamison war wütend und enttäuscht. »Der ist dir jedes Mal wichtiger als alles andere, egal, was es ist.«

»So ist es doch gar nicht, Alex.«

»So ist es *immer.*«

»Aber es ist wichtig.«

Sie stand auf und ging zur Tür. »Na klar. Was auch immer. Ich halte hier die Stellung.«

»Ich bin rechtzeitig wieder hier, Alex. Ich verspreche es.«

»Ja«, erwiderte sie gedankenverloren. »Ich hoffe, du findest, was du suchst.«

Decker nahm seinen Mantel vom Stuhl. Als er sich wieder umdrehte, war Jamison verschwunden. Irgendwo im Haus schloss sich eine Tür.

Er zog den Reißverschluss der Tasche zu und warf sie sich über die Schulter. Auf leisen Sohlen stieg er die Treppe hinunter.

Auf der letzten Stufe saß Zoe, eine Plüschkatze im Arm.

Sie schaute zu ihm hoch; ihr Blick fiel auf die Reisetasche. »Gehst du weg, Mr. Amos?«

Deckers erste Regung war, einfach an dem kleinen Mädchen vorbeizueilen und sich ohne jede Erklärung auf den Weg nach New Jersey zu machen. Doch ihre Miene war so traurig, dass er die Tasche abstellte und sich neben sie setzte. »Ja, Zoe. Aber ich komme zurück. Weißt du, ich muss etwas in New Jersey überprüfen. Warst du schon mal in New Jersey?«

Sie schüttelte den Kopf. »Ist es da schön?«

»Ja.«

»Was musst du denn erledigen?«

»Mit einem alten Mann sprechen.«

»Warum?«

»Er hat jemanden hier in der Stadt gekannt, und ich will ihm ein paar Fragen über diese Person stellen.«

»Ist er ein netter Mann?«

»Ich kenne ihn nicht, aber er ist bestimmt in Ordnung.« Er hielt inne und musterte sie. »Wie geht es dir?«

Sie drückte die Katze fester an sich. »Übermorgen ist Dads Beerdigung.«

»Ich weiß«, sagte er leise.

»Wir werden ihn in der Erde begraben. Das hat Mommy gesagt.«

»Ich gehe mit dir, Zoe. Ich bin rechtzeitig wieder da.«

»Versprichst du's?«

»Ehrenwort.«

Ihre Miene wurde besorgt. »Ob Dad wohl frieren wird? Als Mommy mir erzählt hat, dass er in die Erde kommt, habe ich im Hof ein Loch gegraben und die Hand reingesteckt. Es war schrecklich kalt. Und Dad hat es gar nicht gemocht, wenn ihm kalt war. Dann hat er sich jedes Mal zusammen mit mir unter die Decke gekuschelt. Ich mag die Kälte auch nicht.«

Wie um ihre Worte zu unterstreichen, zitterte sie.

Decker lehnte sich ans Geländer. Er hatte einen Kloß im Hals, und seine Augen brannten.

»Hat deine Katze einen Namen?«, fragte er.

»Felix. Tante Alex hat sie mir geschenkt, als ich fünf wurde.«

»Wie bist du auf den Namen gekommen?«

»So hieß der Hund von meinem Dad, als er ein kleiner Junge war. Ich dachte, wenn ich meine Katze Felix nenne, vermisst er ihn nicht so sehr.«

»Das war nett, Zoe.«

Ihr Gesicht verzog sich, ihre Augen füllten sich mit Tränen. »Ich möchte so gern, dass Dad bei mir ist.«

»Ich weiß. Und ich weiß auch, dass er bei dir sein wollte, mehr als alles andere.«

Zoe lehnte sich an sein Bein, und er strich ihr sanft über den Kopf.

Einen Moment lang saßen der Mann und das Mädchen schweigend da.

»Erinnerst du dich noch, dass ich dir von meiner Tochter erzählt habe?«

»Molly.«

»Ja. Molly. Weißt du, ich habe dir nicht die ganze Wahrheit über sie erzählt.«

»Du hast gelogen?« Zoe setzte sich auf.

»Nein, nicht gelogen. Ich habe dir nur nicht alles erzählt. In Wahrheit ist meine Tochter … sie ist gestorben, bevor sie zehn war.«

»War sie krank?«

»Nein, sie wurde … Sie hatte einen Unfall.«

»So wie Daddy?«

»So ungefähr. Jedenfalls, auch wir hatten damals eine Beerdigung, und ich musste Molly begraben. Aber ich besuche sie oft, um nach ihr zu sehen. Und wenn ich dort bin, dann spüre ich, dass sie nicht friert. Das spürt man bei Menschen, die man liebt. Wenn du und deine Mom deinen Dad besuchen gehen, wirst du es auch spüren. Und wenn du dort bist, wirst du alles wärmer machen, denn er wird wissen, dass du bei ihm bist. Dass die Menschen, die ihn lieben, bei ihm sind. Verstehst du das?«

Langsam nickte sie, ohne den Blick von ihm zu nehmen. »Kann ich mit ihm reden, wenn ich ihn besuche?«

»Na klar. Er wird dir nicht antworten, so wie früher, aber du wirst etwas fühlen. Genau hier.« Er berührte die Mitte seiner Brust. »Und das bedeutet, dass dein Dad dir antwortet. Tief in deinem Herzen. Denn dort wirst du deinen Dad für alle Zeiten bewahren. Okay?«

Sie nickte und umarmte seine dicke Wade. »Du kommst wirklich wieder, Mr. Amos?«

»Du kannst mich einfach nur Amos nennen.«

»Okay.«

Decker nahm seine Reisetasche und ging.

Er bemerkte nicht, dass Jamison oben an der Treppe stand.

Sie hatte die ganze Unterhaltung belauscht und schluchzte lautlos, während sie sich ans Geländer klammerte, um Halt zu finden.

Als Zoe aufstand und nach oben gehen wollte, entdeckte sie ihre Tante, rannte auf sie zu und warf die Ärmchen um ihre Beine. »Warum weinst du denn, Tante Alex? Bist du traurig?«, fragte sie, als sie Jamisons Zittern spürte.

Alex strich ihrer Nichte übers Haar. Tränen strömten ihr über die Wangen. »Mir geht es gut, Zoe«, brachte sie schließlich hervor. »Jetzt geht es mir gut.«

45

Gegen sechs Uhr morgens war Decker bei dem Altersheim angekommen, hatte an der Straße geparkt und ein paar Stunden geschlafen. Anschließend hatte er in einem McDonald's in der Nähe ein Frühstückssandwich zu sich genommen, ein paar Tassen Kaffee getrunken und sich auf der Toilette frisch gemacht, so gut es ging.

Dann fuhr er zurück zum Glenmont Senior Living Center. Das Gebäude sah relativ neu aus. Die Lobby war groß und einladend. Durch zahlreiche Fenster fiel Sonnenlicht ins Innere. Es gab bequeme Sitzecken mit Polsterstühlen und eine große Rezeption aus poliertem Holz. Die Tapeten hatten ein schmuckvolles Design aus Blumen und Schlingpflanzen.

Eine tüchtig aussehende junge Frau saß hinter dem Empfangsschalter. Sie schaute auf, als Decker eintrat.

»Kann ich Ihnen behilflich sein?«

Er zog den Ausweis mit der Dienstmarke und hielt ihn hoch. »FBI. Ich muss einen Ihrer Patienten sprechen.«

»Wir bezeichnen sie als *Bewohner*.« Die Frau studierte die Dienstmarke. »Darf ich fragen, worum es geht?«

»Ich ermittle in einer Reihe von Morden in Pennsylvania. Dabei sind wir auf einen Ihrer *Bewohner* gestoßen, Stanley Nottingham. Möglicherweise hat er eines der Opfer gekannt, als er in New York gelebt hat.«

»Da muss ich erst meinen Vorgesetzten holen.«

»Tun Sie, was Sie tun müssen, aber lassen Sie mich bitte nicht lange warten. Ich habe einen straffen Zeitplan.«

Die Frau eilte los und kam weniger als eine Minute später in Begleitung eines hochgewachsenen, kräftigen Mannes mit vollem schwarzem Haar zurück. Er trug einen Nadelstreifenanzug und zeigte eine gewichtige Miene.

»Ich bin Roger Crandall, leitender Direktor dieser Einrichtung«, stellte er sich vor. »Um was geht es?«

Decker erklärte den Grund seiner Anwesenheit.

»Brauchen Sie keinen Gerichtsbeschluss oder dergleichen?«, fragte Crandall.

»Nein. Mr. Nottingham ist weder ein Verdächtiger noch eine Person von Interesse. Aber er könnte ein wichtiger Zeuge in einer Morduntersuchung sein. Und ich habe jedes Recht, mit ihm zu sprechen.«

»Ich glaube, ich werde in dieser Angelegenheit erst mit unserem Anwalt Rücksprache halten. Können Sie ein andermal wiederkommen?«

Statt einer Antwort zückte Decker sein Notizbuch. »Crandall mit zwei L, nicht wahr? Ich habe den Namen auch schon mit nur einem L gesehen, und es muss ja stimmen.«

»Zwei L. Warum fragen Sie?«

»Mein Chef beim FBI ist jedes Mal angepisst, wenn jemand den Namen auf einem Haftbefehl falsch schreibt.«

Crandall trat einen Schritt zurück. »Haftbefehl? Für mich? Was soll das?«

»Sie behindern die Justiz.«

»Das glaube ich kaum.«

»Hören Sie, Mister, ich habe Ihnen bereits erklärt, dass Ihr Bewohner weder eine Person von Interesse noch ein Verdächtiger ist, der sich für eine kriminelle Handlung verantworten muss.

Aber er könnte ein wichtiger Zeuge sein. Und das FBI hat das Recht, zu jeder Zeit mit wichtigen Zeugen zu sprechen. Wenn Sie mich daran hindern, begehen Sie ein Bundesvergehen, das Sie für mindestens fünf Jahre hinter Gitter bringen kann.« Er musterte den schicken Anzug des Mannes. »In Nadelstreifen sehen Sie garantiert besser aus als in einem roten Overall.«

Crandall starrte Decker einen Augenblick lang dümmlich an; dann schluckte er und sagte: »Ich bringe Sie persönlich zu Mr. Nottingham.«

Decker übertrieb maßlos, als er die Seite mit Crandalls Namen mit großer Geste aus seinem Notizbuch riss, zusammenknüllte und in einen Papierkorb in der Nähe warf. »Ich danke Ihnen für Ihre Kooperation.«

»Ist doch selbstverständlich«, sagte Crandall mit kehliger Stimme.

Unterwegs fragte Decker: »Was können Sie mir über Nottingham erzählen? Soweit ich weiß, ist er erst seit Kurzem hier.«

Crandall nickte. »Das ist richtig. Für gewöhnlich kümmert sich die Familie darum, dass ein geliebter Angehöriger den Weg zu uns findet. Wir alle werden alt, und wenn man nicht mehr für sich selbst sorgen kann … nun, manchmal fällt es schwer, sich das einzugestehen. Aber Mr. Nottingham war anders. Er hatte keine Familie mehr, kam aber zu dem Schluss, dass er nicht mehr allein leben konnte. Also ist er aus eigenem Entschluss hergekommen.«

»Wie hat er von Ihrer Einrichtung erfahren?«

»Gerade aus New York kommen viele alte Leute zu uns. Die Staatsgrenze ist ja nicht weit, sodass die Familie, falls es eine gibt, mühelos zu Besuch kommen kann.«

»Soviel ich weiß, war Mr. Nottingham in der Modebranche.«

»Ja. Er hat für mehrere der großen Modehäuser gearbeitet. Er ist ein sehr netter alter Herr. Scheint sehr gebildet zu sein.«

»Wie steht es um seine Gesundheit?«

»Solche Informationen dürfen wir nun wirklich nicht preisgeben, aber ich kann Ihnen sagen, dass er die Probleme hat, die typisch für eine Person in seinem Alter sind.«

»Eigentlich meinte ich, ob er ansprechbar ist.«

»Oh. O ja, da gibt es nicht das geringste Problem. Zumindest noch nicht.«

Sie blieben vor einer Tür stehen. Auf einem Papierstreifen, der in einen an der Tür angeschraubten Messinghalter geschoben worden war, stand der Name STANLEY NOTTINGHAM.

»Da wären wir.« Crandall klopfte an. »Mr. Nottingham? Stanley? Darf ich hereinkommen? Hier ist Crandall.«

Eine tiefe, kehlige Stimme antwortete, und Crandall öffnete die Tür. Er und Decker traten ein.

Stanley Nottingham, hochgewachsen und hager, saß neben dem Bett auf einem Stuhl. Ein weißer Haarkranz umgab seinen Kopf. Er trug eine dicke schwarze Brille und einen Seidenpyjama mit Punktmuster. In der Ecke stand eine Sauerstoffflasche. An den Wänden hingen große gerahmte Schwarz-Weiß-Fotos, die Models auf dem Catwalk zeigten.

»Stanley, das ist …« Crandall hielt inne. Er wandte sich an Decker. »Entschuldigung, wie war noch mal Ihr Name?«

»Ich bin Amos Decker, Mr. Nottingham«, wandte Decker sich direkt an den alten Herrn. »Ich arbeite für das FBI.«

Nottingham, der zusammengesunken auf seinem Stuhl gekauert und einen unendlich gelangweilten Eindruck gemacht hatte, richtete sich abrupt auf. Deckers Worte rissen ihn sichtlich aus seiner Lethargie. Er klatschte in die Hände und lächelte begeistert.

»FBI? Wie aufregend!«

Decker warf dem Direktor einen Blick zu. »Ich komme jetzt allein zurecht, vielen Dank.«

Es ging Crandall sichtlich gegen den Strich, aber er nickte knapp und ging. Allerdings ließ er die Tür als Zeichen seines stummen Protests offen.

Decker schloss sie und wandte sich wieder Nottingham zu.

»Danke, dass Sie mit mir sprechen.«

»Sind wir uns schon mal begegnet?«

»Nein.« Decker sah sich die Fotos an den Wänden an. »Sie waren im Modegeschäft?«

»Ungefähr fünfzig Jahre lang. Ich habe für alle großen Häuser gearbeitet. Dior, Versace, Valentino, Calvin, Tommy. Die Liste ist endlos.«

»Was haben Sie dort gemacht?«

Zur Antwort zeigte Nottingham auf die Fotos. »Ich war Fotograf. Einer der besten, wenn ich das sagen darf. Ich bin mit Valentino in seinem Privatjet geflogen. Giorgio hatte mich auf seiner Kurzwahl. Hubert de Givenchy war ein lieber Freund. Audrey Hepburn. Elizabeth Taylor. Jackie O. Sie alle habe ich fotografiert. Die größten Augenblicke meines Lebens.« Der alte Mann strahlte, obwohl er die Lider geschlossen hatte. Als er die Augen wieder öffnete und in die ernüchternde Realität seines Zimmers zurückkehrte, verblich der glückselige Ausdruck auf seinem Gesicht. »Aber deshalb werden Sie wohl kaum hier sein.«

Decker nahm sich den einzigen anderen Stuhl im Zimmer. »Es geht um Bradley Costa«, sagte er.

Nottingham verzog das Gesicht. »Oh, Brad, ja, ja, natürlich.« Dann schaute er verwirrt drein. »Hat er Ärger mit dem FBI?«

»Nein. Ich verfolge nur ein paar Spuren in einem Fall. In New York war Costa Ihr Nachbar?«

»Das ist richtig. Er hat sich in meinem Haus in Soho eine Wohnung gekauft. Ich habe dort Jahrzehnte gewohnt. Gewissermaßen habe ich ihn unter meine Fittiche genommen. Er war ein wunderbarer Mensch. Sehr attraktiv. Wenn Sie mich fragen, Brad hätte als Model arbeiten können. Außerdem war er klug und sehr erfolgreich. Hat an der Wall Street gearbeitet.«

»Und dann ist er ausgezogen?«

»Ganz plötzlich. Um ehrlich zu sein, ich war ein wenig verletzt. Er hat sich nicht einmal verabschiedet. Heute hier, morgen da.«

»Sie haben einen Vorfahren namens Nigel Nottingham, nicht wahr?«

Der alte Mann lächelte. »Ja. *Der Butler*. Er war mein Urgroßvater. Hat an einem furchtbaren Ort namens … Ich komme jetzt nicht drauf, aber er hat dort für einen schrecklichen Geizhals gearbeitet.«

»John Baron. Die Stadt heißt Baronville.«

Nottingham schnippte mit den Fingern. »Ja, genau! Das war in … Ohio?«

»Pennsylvania.«

Nottingham warf Decker einen traurigen Blick zu. »Seit einem Jahr scheint mein Erinnerungsvermögen mich im Stich zu lassen. Dabei konnte ich früher stolz auf mein Gedächtnis sein. Tja, das ist einer der Gründe, weshalb ich hergekommen bin. Meine Vergesslichkeit. Tut mir leid.«

»Kein Grund, sich zu entschuldigen. Sie machen das großartig. Hat Costa sich für die Barons interessiert?«

Wieder verzog Nottingham das Gesicht. »Wenn ich so darüber nachdenke … da gab es diese Dinnerparty, die ich vor ein paar Jahren veranstaltet hatte. Ich erinnere mich daran, weil ich gerade eine Auszeichnung von der Modeindustrie bekommen hatte. Eine dieser Ehrungen, die man bekommt, weil man schon eine halbe Ewigkeit im Geschäft ist«, fügte er mit einem verlegenen Lächeln hinzu.

»Was ist auf dieser Dinnerparty passiert?«

»Nach dem Essen haben wir in meinem kleinen Fotozimmer

Portwein getrunken. Brad nahm ein Foto vom Tisch und fragte mich danach. Auf dem Bild war Nigel zu sehen. Ich habe Brad alles über ihn erzählt. Oder zumindest, was mein Vater und Großvater mir erzählt hatten. Nigel wurde vor langer Zeit in England geboren, in Surrey, und wanderte später in die Vereinigten Staaten aus. Ich weiß nicht genau, weshalb er ausgerechnet in Baronville gelandet ist, aber er wurde Barons Butler. Sein Sohn, Samuel, mein Großvater, verließ Baronville als junger Mann und zog in den Staat New York, wo dann mein Vater geboren wurde. Meine Eltern zogen nach ihrer Hochzeit nach Brooklyn, und dort wurde ich geboren.«

»Und niemand aus der Familie wollte in Baronville bleiben?«

»Gott bewahre. Soweit ich mich aus den alten Geschichten erinnere, war es ein schrecklicher und schmutziger Ort, in dem es Kohleminen und verrußte Fabriken gab, in denen sich die Leute zu Tode schuften mussten. Mein Großvater hat mir erzählt, er sei fortgegangen, weil er den Ort aus tiefster Seele hasste. Er wollte so schnell wie möglich von dort weg. Gott sei Dank ist er dann ja auch gegangen. Wäre ich dort geboren und aufgewachsen … ich bezweifle, dass ich dieselbe Karriere gemacht hätte.«

»Was ist mit Nigel?«

Nottingham tippte mit den langen Fingern auf die Stuhllehne und dachte einen Augenblick nach. »Ach ja, jetzt fällt es mir wieder ein. Er blieb bis zu seinem Tod bei den Barons.« Er hielt inne. »Ich weiß sogar noch, dass mein Großvater mir erzählt hat, er sei zu Nigels Beerdigung zurückgekehrt. Das war ziemlich witzig.«

»Was war witzig? Sicher nicht, dass sein Vater verstorben war?«

»Aber nein. Es war witzig, weil sein Vater genau am selben Tag wie Baron verstarb. Der Mann, der die Stadt gegründet und sie nach sich benannt hat.«

»Sie sind am selben Tag gestorben? Das wusste ich nicht.«

»Ist aber so. Anscheinend waren sie im gleichen Alter, Herr und Diener, bis zum Tag ihres Todes. Und dann spielt es keine Rolle mehr, wer einen Titel oder mehr Geld hat, nicht wahr?«

»Würde es Sie überraschen, wenn ich Ihnen sage, dass Brad Costa nach Baronville gezogen ist?«

Nottingham sank auf seinem Stuhl zusammen. »Wie bitte? Sie scherzen.«

»Nein. Er wurde dort ermordet.«

Decker hatte noch nicht zu Ende gesprochen, als er erkannte, dass es ein Fehler gewesen war.

Plötzlich schnappte Nottingham nach Luft, griff sich an die Brust, warf den Arm hoch und zeigte auf etwas. Erst nach mehreren Sekunden erkannte Decker, was der alte Mann meinte.

Den Sauerstoff.

Decker sprang auf, rollte die Flasche heran und half Nottingham, die Nasenbrille richtig anzulegen. Der alte Mann nahm ein paar tiefe Atemzüge und beruhigte sich allmählich.

Erleichtert setzte Decker sich wieder. »Tut mir leid, Mr. Nottingham. Ich hätte Sie damit nicht so überfallen dürfen.«

Nottingham atmete noch ein paarmal tief durch und winkte dann ab. »Schon gut. Ist eine chronische Verengung der Atemwege«, sagte er mit schwacher Stimmer. »Die verdammten Zigaretten. Wenn ich mich aufrege, bekomme ich Beklemmungen.«

»Sie hatten offenbar keine Ahnung von Costas Umzug nach Baronville? Oder dass er tot ist?«

Nottingham schüttelte den Kopf. »Nicht die geringste. Wie ist er gestorben? *Ermordet*, sagten Sie? Wie schrecklich!«

»Die Einzelheiten sind unwichtig. Außerdem möchte ich Sie nicht noch einmal aufregen. Aber Costa wurde ermordet, und ich will den Grund dafür herausfinden.«

»Mein Gott, der arme Brad.«

»Können Sie sich vorstellen, warum er eine Wohnung in Soho und einen Job an der Wall Street gegen Baronville eingetauscht hat?«

Bedächtig nahm Nottingham die Nasenbrille ab und legte sie zur Seite.

»Ungefähr eine Woche, nachdem ich ihm von Nigel und den Barons erzählt hatte, kam er zurück und stellte mir weitere Fragen.«

»Welche?«

»Zuerst müssen Sie von der Familienüberlieferung erfahren, die von einer Generation zur nächsten weitergereicht wurde.«

»Was für eine Familienüberlieferung? Von den Nottinghams oder den Barons?«

»Im Grunde von beiden. Mein Großvater hat mir alles erzählt, als ich noch ein Junge war. Sie müssen wissen, der ursprüngliche Baron – der Mann, der die Stadt gegründet hat – war ein elender Mistkerl. In seiner Jugend lebte mein Großvater in den Dienstbotenquartieren. Er hasste diesen Ort. Zwar ist er dem alten Baron nur selten begegnet, aber er hielt ihn für einen schrecklichen Menschen.«

»Warum ist Nigel geblieben, wenn Baron so schlimm war?«

»Gute Frage. Aber ich hatte den Eindruck, dass Baron Nigel gar nicht schlecht behandelt hat. Im Gegenteil, er schien ihn mehr wie einen Gleichgestellten zu behandeln.«

»Einen Butler? Wie einen Gleichgestellten? Das kommt mir seltsam vor.«

»Nigel war in Barons Alter, und er hatte schon für ihn gearbeitet, bevor das Herrenhaus auf dem Berg erbaut wurde. Ich habe nur ein paar Bilder davon gesehen. Was für eine Monstrosität!«

»Ich war dort. Es ist nicht gut gealtert. Aber lassen Sie uns auf die Familienüberlieferungen zurückkommen, wie Sie es genannt haben.«

»Als Baron starb, war niemand aus seiner Familie daran interessiert, sich seinen Lebensunterhalt durch ehrliche Arbeit verdienen zu müssen.«

»Sie wollten vom Nachlass des alten Mannes leben?«

»Ja. Was mich direkt zur Überlieferung führt. Baron war geizig, liebte aber das Geld. Er verabscheute es, auch nur einen Penny auszugeben, wenn es sich vermeiden ließ. Er hat seinen Arbeitern einen Hungerlohn gezahlt und hat auch nie etwas der Wohlfahrt gespendet. Er war unermesslich reich, aber das reichte ihm anscheinend nicht.«

»Er scheint wirklich ein echter Prinz gewesen zu sein«, bemerkte Decker.

»Auf jeden Fall hatte er keine hohe Meinung von seinen Söhnen, die seine Nachfolge im Unternehmen antreten würden. Und wie ich schon sagte, waren sie sowieso nicht besonders daran interessiert. Sie haben das Geld lieber ausgegeben, als es zu verdienen.«

»Das ist auch der Grund, weshalb die Familie verarmt ist, nicht wahr?«

»Ist sie das? Sieh einer an. Und jetzt kommt der interessante Teil. Der Familienlegende zufolge hat Baron kurz vor seinem Tod irgendwo in seinem Haus ein Vermögen versteckt. Und ich spreche von einem *richtigen* Vermögen.«

»Woraus besteht es?«

»Keine Ahnung. Juwelen, seltene Münzen. Bargeld. Aktien. Schuldverschreibungen. Jedenfalls soll es ein großer Teil seines Vermögens gewesen sein. Anscheinend wollte er nicht, dass seine Familie es in die Finger bekommt.«

»Und das haben Sie Costa erzählt?«

Nottingham nickte. »Er war interessiert, sehr sogar, und hat mich mit Fragen gelöchert. Ich habe ihm sogar ein paar alte Briefe gezeigt, die mein Großvater und mein Vater mir geschrieben haben. Außerdem besaß ich ein paar Briefe, die Nigel an meinen Großvater geschrieben hatte.«

»Gab es in diesen Briefen Hinweise, wo dieses angebliche Vermögen versteckt sein könnte?«

»Nein. Jedenfalls konnte ich keine entdecken. Mein Großvater und mein Vater hatten ebenfalls darüber spekuliert, aber sie wussten es auch nicht. Und selbst wenn sie es gewusst hätten – was hätte das für eine Rolle gespielt? Ihnen gehörte der Besitz ja nicht. Sie hätten keine Möglichkeit gehabt, sich Zugang zu verschaffen, um nach irgendeinem Vermögen zu suchen.«

»Aber die Barons schon?«

»Ich nehme es an. Und nachdem sie in die Armut abgerutscht waren, hätten sie garantiert nach dem Schatz gesucht, wenn er irgendwo herumgelegen hätte. Wenn mein Großvater von einem versteckten Vermögen wusste, werden die Nachkommen der Barons es erst recht gewusst haben.«

»Ich glaube, sie *haben* danach gesucht.«

»Woher wollen Sie das wissen?«

Decker musste an Barons Villa denken, an die vielen Löcher in den Wänden. »Nur so ein Gefühl.«

Nottingham setzte sich aufrechter hin. »Glauben Sie, Brad ist nach Baronville gegangen, um diesen Schatz zu suchen?«

»Mir fällt kein anderer Grund ein, warum er sein Leben in New York aufgegeben hat und in die Provinz gezogen ist. Glauben Sie, er hat auf eigene Faust Nachforschungen angestellt, bevor er New York verließ?«

»Möglich, sogar wahrscheinlich. Wir haben uns noch oft darüber unterhalten, und jedes Mal schien er Dinge über die Barons zu wissen, von denen ich ihm nichts erzählt hatte. Er muss selbst Nachforschungen angestellt haben.« Plötzlich wirkte Nottingham entsetzt. »Mein Gott, Brad ist bestimmt dorthin gezogen, weil ich ihm von der Sache erzählt hatte. Es ist meine Schuld, dass er tot ist!«

»Nein, ist es nicht«, sagte Decker entschieden. »Jeder Mensch trifft seine eigenen Entscheidungen, und dann muss er mit den Konsequenzen leben.«

»Vermutlich haben Sie recht.« Doch Nottingham klang wenig überzeugt.

»Haben Sie noch die Briefe, die Sie Costa gezeigt haben?«

»Ja. Nicht in meinem Zimmer, aber es gibt hier ein Lager, wo ich meine Wertsachen aufbewahre. Die Briefe sind dort in einem Aktenordner.«

»Ich könnte Kopien machen und die Originale wieder zurücklegen.«

»In Ordnung.«

»Ich danke Ihnen für Ihre Zeit. Sie waren mir eine große Hilfe.« Decker reichte Nottingham eine Visitenkarte. »Sollte Ihnen noch etwas einfallen, rufen Sie mich an.«

»Natürlich. Können Sie mich wissen lassen, was sich am Ende ergeben hat?«

»Aber sicher.« Decker warf noch einen Blick auf die Fotos an der Wand. »Sie waren wirklich ein großartiger Fotograf.«

Nottingham blickte von der Karte auf. »Vielen Dank. Was werden Sie jetzt machen?«

»Meinen Job«, antwortete Decker.

46

Nachdem er noch vor dem Abendessen aus New Jersey zurückgekehrt war, schien mit Decker eine tief greifende Veränderung vor sich gegangen zu sein.

Er war die Hilfe in Person, deckte den Tisch, half, das Essen zu servieren, unterhielt sich mit Jamisons Schwestern und mit Frank Mitchells trauernden Eltern und Geschwistern, drückte ihnen sein Beileid aus und hörte tatsächlich zu.

Nachdem später alle Angehörigen zu einem Motel in der Nähe gefahren waren, in dem sie übernachteten, erwischte Jamison ihren Partner in der Küche, wo er die Geschirrspülmaschine belud, nachdem er den Tisch abgeräumt hatte.

»Alles in Ordnung mit dir?« Ihre Stimme klang besorgt.

Decker stellte den letzten Topf in die Spülmaschine, warf ein Tab hinein, schloss die Tür, drückte auf Start und drehte sich zu ihr um. »Ich versuche nur zu helfen, Alex.«

»Ich weiß. Darum geht es mir ja. Es ist einfach nicht …« Sie stockte.

»Du meinst, es sieht mir nicht ähnlich?«

Sie wirkte verlegen, widersprach ihm aber nicht.

»Ich nehme an, du hast auf mich abgefärbt, Alex.«

»Ist das etwas Gutes?«, fragte sie leise.

»Das muss es sein. Die Leute um mich her scheinen mich mehr zu mögen als damals in Ohio.« Er legte eine kurze Pause ein. »Ich weiß, dass ich unbeholfen bin, wenn es um zwischenmenschliche

Dinge geht. Aber irgendetwas tief in mir drin hindert mich daran, das zu sagen, was ich in gewissen Situationen sagen möchte. Zum Beispiel, wenn jemand Anteilnahme braucht. Aber nur, weil ich es nicht sage, bedeutet das nicht, dass ich es nicht empfinde.«

Sie rieb seinen Arm. »Das weiß ich doch, Amos.«

»Aber ich bemühe mich. Es ist nur … Es ist nicht so einfach, wie es früher mal war.«

Sie lächelte. »Ich finde, du hast es auf dem Gebiet weit gebracht. Und das ist keine Einbahnstraße, denn du hast dabei auch aus mir einen besseren Menschen gemacht. Auf jeden Fall bin ich eine bessere Ermittlerin geworden. Bei unserer ersten Zusammenarbeit hatte ich keine Ahnung, was ich überhaupt tue.«

Decker nickte, lehnte sich gegen die Arbeitsfläche und starrte auf seine Schuhspitzen. »Ich weiß noch ganz genau, wie es bei Cassies und Mollys Tod war. Die Familie kam. Alle waren am Boden zerstört. Es gab viel zu tun, aber ich … Ich konnte nichts tun. Ich saß da wie ein Klotz.«

»Das ist doch verständlich. Es war ein schrecklicher Verlust für dich.«

»Viele Menschen erleben schreckliche Verluste und machen trotzdem weiter.«

»Das tust du doch auch. Was du heute getan hast, war großartig. Du warst eine große Hilfe. Amber war sehr dankbar.«

Decker erwiderte nichts, rieb sich nur über den Kopf.

»Tut es wieder weh?«, fragte Jamison.

»Es fühlt sich … seltsam an.«

»Hast du wieder Gedächtnisstörungen?«

»Nicht wie zuvor.«

Jamison nickte, war aber noch immer besorgt. »Was hast du in Jersey herausgefunden?«

Er erzählte ihr von seiner Unterhaltung mit Stanley Nottingham.

»Ein Schatz? Glaubst du das wirklich?«

»Bradley Costa hat es geglaubt. Warum sonst hätte ein Mann wie er hierherziehen sollen?«

»Aber er verlässt doch nicht aufgrund von Klatsch und wilden Gerüchten New York, um an diesem Ort zu wohnen. Das ergibt doch keinen Sinn.«

»Doch, schon. Falls Costa selbst recherchiert hat, was diesen Schatz angeht. Nottingham sagte mir, Costa sei bei späteren Gesprächen bestens informiert gewesen. Offensichtlich hatte er eigene Nachforschungen betrieben. Aber da ist noch etwas.«

»Und was?«

»Costa ist doch diesen örtlichen Organisationen beigetreten, Kiwanis und dergleichen?«

»Ja. Wir haben ja die Fotos gesehen. Und? Das ist doch nicht seltsam.«

»Aber er hat sich auch der hiesigen historischen Gesellschaft angeschlossen.«

»Du glaubst, er hat dort weitere Nachforschungen betrieben und vielleicht herausgefunden, wo sich dieser Schatz befindet? Oder woraus er überhaupt besteht?«

»Könnte doch sein?«

»Was ist mit John Baron? Kennt er die Gerüchte über den Schatz?«

»Keine Ahnung. Aber ich glaube, dass seine Ahnen danach gesucht haben. Das würde die Löcher in den Wänden erklären. Und die Erdhügel.«

»Erdhügel?«

»Ja. Auch wenn das Gelände heute überwuchert ist, sind mir ein paar Erhebungen aufgefallen. Vielleicht ist an den Stellen gegraben worden.«

»Aber du glaubst nicht, dass Baron das Versteck kennt?«

»Würde er dann so ärmlich leben?«

Jamison nickte. »Stimmt auch wieder. Wie willst du jetzt weiter vorgehen?«

»Ich muss Costas Schritten folgen, um zu erfahren, was er herausgefunden hat.«

»Und warum sollte ihn jemand ermorden?«

»Wenn er das Versteck des Schatzes entdeckt hatte. Das wäre ein Motiv.«

»Und die anderen drei Opfer?«

»Gute Frage.«

»Nach dem Begräbnis kann ich dich wieder unterstützen.«

»Nicht nötig. Deine Familie wird dich brauchen.«

»Ich bin eine Frau, Decker.«

»Was willst du damit sagen?« Er musterte sie fragend.

»Ich bin zu Multitasking fähig«, erwiderte sie lächelnd.

Er nickte. »Okay. Aber wir dürfen nicht vergessen, dass gewalttätige Drogenhändler in die Sache verwickelt sind, aus welchem Grund auch immer. Ich habe diesen Brian Collins in der FBI-Datenbank überprüfen lassen. Der Kerl war ein eiskalter Killer. Sollte es noch mehr von seiner Sorte geben, kann es haarig werden.«

»Na und? Das ist unser Job.«

Decker schaute seine Partnerin so eindringlich an, dass sie sagte: »Ich weiß. Du willst nicht, dass mir etwas passiert. Aber ich habe nicht die Aufgabe, am Rand zu stehen und zuzuschauen. Ich muss dir Rückendeckung geben, und du mir. Habe ich recht?«

Er nickte.

»Noch etwas, Decker.«

»Was?«

Sie zögerte. »Ich … Ich habe gehört, wie du dich auf der Treppe mit Zoe unterhalten hast. Vor deinem Aufbruch nach New Jersey.«

Decker schwieg und senkte den Blick.

»Was du Zoe gesagt hast, war unheimlich nett. Es hat ihr geholfen. Danke.«

»Sie ist noch ein Kind.« Decker schaute noch immer zu Boden. »Sie sollte so etwas nicht durchmachen müssen.«

»Ihr bleibt keine Wahl. Umso wichtiger ist es, dass sie einen Freund wie dich hat.«

»Und eine Tante wie dich«, sagte er.

Wieder rieb er sich den Kopf, versuchte, das noch immer abstehende Haar zu glätten.

»Irgendetwas macht dir Sorgen, das sehe ich doch«, sagte Jamison. »Es ist nicht der Fall, oder?«

Er schüttelte den Kopf.

»Was dann?«

»In diesem Institut in Chicago, damals nach meiner Gehirnverletzung, hat man mir im Zusammenhang mit meinem Unfall vieles erklärt. Eine dieser Erklärungen hat besonders großen Eindruck auf mich gemacht.«

»Und welche war das?«

»Man sagte mir damals, dass ein verletztes Gehirn sich ständig weiter verändert. Bei mir seien die anfänglichen Folgen der Verletzung mein perfektes Gedächtnis und die Synästhesie. Jahre später aber könne es zu weiteren Veränderungen kommen.«

»Aber es sind mehr als zwanzig Jahre vergangen, in denen sich nichts verändert hat!«

»Bis ich eins auf den Kopf bekommen habe, als dieser Wohnwagen explodiert ist.«

»Und was ist mit der Synästhesie?«

Decker richtete den Blick auf sie. »Als ich diesen Brian Collins erschossen hatte und vor seiner Leiche stand, habe ich nicht wie üblich das verdammte Blaugrün gesehen.«

»Welche Farbe dann?«

»Gar keine. Mir war auch nicht übel, und ich hatte keine Beklemmungen. Das könnte bedeuten, dass sich in meinem Kopf bereits etwas verändert hat. Dieser Gedanke verunsichert mich ganz schön.«

»Das habe ich gemerkt. Vielleicht hat die Kopfverletzung ja doch Folgen. Aber deine Synästhesie könnte zurückkehren.«

»Ein Teil von mir will nicht, dass sie wieder auftritt. Aber …«

»Aber du hast Angst, dass sich bei dir noch mehr verändert haben könnte.«

Jetzt blickte er sie direkt an. »Ich bin bereits zu einer anderen Person geworden, Alex. Das will ich nicht noch einmal durchmachen. Denn ich weiß nicht, zu wem ich als Nächstes werden könnte.« Er lächelte verlegen. »Und seien wir doch mal ehrlich. Der Betreffende könnte nicht annähernd so liebenswert sein wie ich.«

47

Asche zu Asche, Staub zu Staub.

Als Decker Frau und Kind begraben hatte, waren ihm die endlosen Minuten an ihren Gräbern wie eine grausame Halluzination vorgekommen. Er wusste, was sich vor ihm abspielte, doch es erschien ihm losgelöst von jeder Realität.

Vermutlich war Frank Mitchells Beerdigung für Amber und Zoe kein bisschen anders, das sagte ihm seine Erfahrung. Sie würden heute alles wie in Trance machen, ganz automatisch, und am Abend wie betäubt zu Bett gehen. Und dann würden sie morgen aufwachen und sich einen Augenblick lang fragen, wo ihr Mann und ihr Vater war.

Es war regnerisch und kalt geworden. Die Düsternis der Wolken machte die ohnehin schon bedrückende Atmosphäre noch schwermütiger.

Franks Eltern, die wie benommen dastanden, flankiert von ihren erwachsenen Kindern, sahen gebrechlich aus.

Direkt vor dem Sarg saß Amber, ihre Tochter auf dem Schoß. Das Mädchen hatte den Kopf an die Brust seiner Mutter gelegt. Zu beiden Seiten saßen Ambers Schwestern. Vor dem Sarg waren Reihen billiger Klappstühle aus Metall aufgebaut. Ein paar Mitarbeiter vom Logistikzentrum waren ebenfalls gekommen, darunter auch Ted Ross. Und ein paar junge Frauen. Decker vermutete, dass sie Mütter von Kindern waren, mit denen Zoe zur Schule ging. Sonst war niemand erschienen. Die Mitchells hatten nicht lange genug in der Stadt gewohnt, um viele Freunde zu gewinnen.

Decker hatte keinen Anzug für eine Beerdigung dabei, und schnell etwas für einen Mann seiner Größe zu bekommen war ein Ding der Unmöglichkeit. Also mussten sein Pullover, die Khakihose und der Mantel reichen.

Er stand ganz hinten, fast außerhalb des Zeltes, das man wegen des unsicheren Wetters auf dem unregelmäßigen grünen Rasen errichtet hatte. Von der offenen Rückseite des Zeltes trafen ihn Regenböen, aber das störte ihn nicht. Er versuchte auch gar nicht erst, näher an die Familie heranzugehen. Er war kein Teil von ihr, und er wollte den Hinterbliebenen ihren Platz lassen.

Sein Blick war dem von Ross begegnet, und beide Männer hatten sich mit einem knappen Nicken begrüßt. Decker fand es anständig von Ross, zur Beerdigung zu erscheinen. Noch während er den Mann beobachtete, kam dieser zu ihm.

»Ich hoffe, es stört niemanden, dass ich hier bin«, sagte Ross leise.

»Sie sind gekommen, um Ihre Achtung zu erweisen. Daran ist nichts verkehrt.«

Ross griff in die Tasche, zog eine Visitenkarte hervor und gab sie Decker. Der warf einen Blick darauf.

»Wer ist das?«

»Einer der besten Anwälte in Pennsylvania. Er wird Maxus jeden Penny abnehmen, den er kriegen kann.« Er deutete auf Amber und Zoe. »Das haben sie verdient. Und dann sollten sie aus Baronville wegziehen und einen schöneren Ort zum Leben finden.«

»Warum tun Sie das?«, fragte Decker. »Wo Sie doch für Maxus arbeiten.«

»Sie haben mir erzählt, Sie hätten meinen Vater kennengelernt.«

»Ja.«

»Er ist ein Arschloch.«

»Da würde ich nicht widersprechen.«

»Er hat meine Mutter schrecklich behandelt – und mich auch, wo wir gerade dabei sind. Das habe ich nie vergessen. Ich musste den Mistkerl jahrelang ertragen und war immer der Underdog. Das hinterlässt seine Spuren.«

»Das verstehe ich.«

»Wenn der kleine Mann mal zurückschlagen kann, muss er seine Chance nutzen«, fuhr Ross leise fort. Er zeigte auf die Karte. »Sorgen Sie dafür, dass Mrs. Mitchell ihn anruft.«

»Das werde ich.«

Ross ging.

Wenige Minuten später hielt ein Prediger eine Trauerrede für einen Mann, den Decker nicht kannte. Es wurden ein paar Lieder gesungen; dann folgte eine letzte Predigt. Danach kam der Mann der Kirche zu den Frauen, sagte noch ein paar Worte zur Witwe und strich Zoe über den Kopf. Das kleine Mädchen zuckte vor der Berührung des Fremden zurück, sodass Jamison ihrer Nichte beruhigend die Hand auf die Schulter legte.

Und das war es dann.

Ein Leben von ungefähr dreieinhalb Jahrzehnten auf dreißig Minuten komprimiert – das war Frank Mitchells Abschied von dieser Welt.

Aber so ist es ja bei uns allen, dachte Decker. *Und dann leben wir nur noch in Erinnerungen und auf verblassenden Fotos weiter. Wenn dich das nicht deprimiert, deprimiert dich gar nichts.*

Die Trauergesellschaft zerstreute sich allmählich, während die stämmigen Männer, die das Grab ausgehoben hatten, nach vorn traten, um den Sarg herabzusenken und Erde daraufzuschaufeln.

Baronville würde für alle Ewigkeit Frank Mitchells letzte Heimat sein.

Diese Vorstellung bereitete Decker beinahe körperliche Übelkeit.

Allein ging er zurück zu dem Leihwagen, während Jamison sich zu ihren beiden Schwestern gesellte, die bei Amber und Zoe standen.

»Decker?«

Er wandte den Kopf. Kate Kemper stand neben einem schwarzen SUV am Ende der Wagenreihe, die Teil der Begräbnisprozession gewesen war.

Sie kam zu ihm.

»Sie habe ich hier nicht erwartet«, sagte er.

»Ich habe die Familie nicht gekannt, stimmt schon. Aber hier ist ein junger Mann gestorben und hat eine junge Witwe und ein Kind hinterlassen. Ich dachte, ich komme vorbei und drücke mein Beileid aus. Zumindest aus der Ferne.«

»Nett von Ihnen.«

»Vergangenes Jahr habe ich meinen Vater verloren. Meine Mutter starb schon, als ich noch auf dem College war. Ich bin ein Einzelkind. Also bin ich die Nächste am Drehkreuz.«

»Ich glaube, bis dort haben Sie noch einen weiten Weg vor sich«, meinte Decker.

»Das Morgen ist keinem garantiert, erst recht nicht in unserem Job.«

»Da widerspreche ich nicht.«

»Als ich Sie das letzte Mal gesehen habe, waren Sie mit der Barkeeperin aus der Mercury Bar auf dem Weg nach draußen.«

»Ich erinnere mich.«

»Haben Sie etwas zu berichten?«

Decker lehnte sich an seinen Wagen. »Wie wär's, wenn Sie mich zuerst über eine Sache aufklären?«

»Und die wäre?«

»Sie haben mir nie verraten, was Ihre Agenten Beatty und Smith in dieser Gegend gemacht haben.«

»Doch, habe ich. Sie waren abtrünnig.«

»Weil Randy Haas das mit seinen letzten Worten behauptet hat?«

»Ja. Wie ich Ihnen bereits gesagt hatte.«

»Aber welchen Auftrag hatten die beiden, bevor sie zu Abtrünnigen wurden?«

»Warum fragen Sie?«

»Ich untersuche den Fall. Also brauche ich Informationen.«

»Nun ja, es gab hier in der Gegend etwas zu tun. Nicht unbedingt in Baronville, aber im nordwestlichen Pennsylvania.«

»*Was* gab es zu tun? Sie können so präzise sein, wie Sie Lust haben.«

Kemper blickte sich um. »Reden wir in meinem Wagen weiter.«

Sie überquerten die Straße und setzten sich in Kempers SUV.

»Dieser Teil von Pennsylvania«, begann die DEA-Agentin, »die Interstate 80 und ein paar der Staatsautobahnen, sind bekannte Drogenvertriebsrouten. Wir haben es hier mit einer Reihe von Heroin- und Fentanyl-Drogenringen zu tun, die diese Handelswege benutzen. Eine Menge von dem Zeug kommt aus New York und wird über diese Routen in die Mitte der USA gebracht. Es gibt noch eine andere Pipeline, über die Drogen von Detroit und aus Columbus hergeschafft werden.«

»Und Beatty und Smith haben daran gearbeitet?«

»Ja. Sie wollten sowohl Lieferanten wie auch Kuriere identifizieren.«

»Haben sie Fortschritte gemacht?«

»Eigentlich nicht. Allerdings hatten wir die Hoffnung, dass Haas helfen könnte. Er gehörte mal zu einem der Drogenteams, die dieselben Pipelines benutzt haben.«

»Ich verstehe noch immer nicht, wie Haas als Sterbender eine Aussage machen konnte, wo er doch von Beatty und Smith umgebracht wurde.«

»Er wurde in Scranton in einer Gasse aufgefunden. Man hatte ihm eine Überdosis Morphium gespritzt. Er schrie, und mehrere Passanten kamen ihm zu Hilfe. Die Spritze wurde in seinem Arm gefunden. Er sagte den Leuten, die ihn fanden, es seien Beatty und Smith gewesen. Dann starb er. So haben die Passanten es der Polizei berichtet.«

»Keine Abdrücke auf der Spritze?«

»Nein. Bestimmt haben sie Handschuhe getragen. Sie waren keine Anfänger.«

Decker schaute aus dem Wagenfenster auf Frank Mitchells Grab und sah, wie der Sarg im Boden versenkt wurde. Sein Blick schweifte weiter zu Zoe und ihrer Mutter, die in den Wagen stiegen, den das Beerdigungsinstitut zur Verfügung gestellt hatte. Zoe schaute zurück zu dem Sarg, der nun in der Erde verschwunden war.

Decker konnte sehen, wie das Mädchen zitterte.

»Hatte Haas Familie?«, fragte er. Sein Blick ruhte auf Zoe, bis die Wagentür sich hinter ihr geschlossen hatte.

»Familie? Ich nehme es an. Das haben wir uns nicht näher angesehen.«

Decker wandte sich wieder Kemper zu. »An Ihrer Stelle würde ich das tun. Wurde eine Autopsie vorgenommen?«

»Natürlich. Das Morphium hatte einen Herzstillstand herbeigeführt. Das war die Todesursache.«

»Hat die Autopsie sonst noch etwas ergeben?«

»Zum Beispiel?«

»Dass Haas bereits dem Tod geweiht war.«

»Die Gerichtsmedizinerin hat nichts dergleichen erwähnt.«

»Weil Sie lediglich wissen wollten, wie er starb. Haben Sie den ganzen Bericht gelesen?«

Kemper schürzte die Lippen. »Nein, habe ich nicht. Aber das kann ich jetzt und hier ändern.« Sie tippte eine SMS. Als sie fertig war, sagte sie zu Decker: »Ich werde Sie wissen lassen, was es ergeben hat.«

»Danke.«

»Warum halten Sie das überhaupt für eine Möglichkeit?«

»Weil ich nicht glaube, dass Ihre Leute von der Fahne gegangen sind.« Er sah sie an. »Und es überrascht mich sowieso, dass Sie so schnell davon überzeugt waren.«

»Wir hatten schon andere Agenten, die die Fronten gewechselt haben, Decker. Das ist die Natur der Bestie. Wir jagen Leute, denen buchstäblich Milliarden Dollar zur Verfügung stehen, mit denen sie Leute zuschütten können, damit sie die Richtung wechseln.«

»Das verstehe ich. Aber das gilt für den ganzen Justizapparat. War an den beiden sonst noch etwas verdächtig?«

»Nun ja, wir waren nicht immer derselben Meinung. Smith und Beatty griffen schon mal zu ungewöhnlichen Mitteln. Ich halte mich da eher an die Regeln.«

»Da bin ich froh, dass Sie nicht mein Boss sind.«

Sie lächelte. »Ich möglicherweise auch.« Das Lächeln verschwand. »Warum sollte Haas gelogen haben, was seine Mörder angeht?«

»Da fallen mir zwei Gründe ein. Und ich hoffe, wir bekommen bald Antworten.«

Sie beobachteten, wie zwei weitere Leichenwagen auf dem Weg zu anderen Grabstellen an ihnen vorbeirollten, jeweils gefolgt vom Rest der Prozessionen.

»In dieser Stadt gibt es viele Beerdigungen«, bemerkte Decker.

»Jede Wette, dass das alles Überdosen sind.« Kemper deutete auf ein paar junge Leute, die aus den Wagen stiegen und zu einer der Grabstellen gingen. »Allein in diesem Jahr waren es mehr als achtzigtausend Menschen«, fügte sie hinzu. »Mehr, als in Vietnam und den Kriegen im Nahen Osten zusammen gestorben sind. Und weit mehr als bei Verkehrsunfällen oder Schusswaffenunfällen. Und es wird schlimmer. Im nächsten Jahr haben wir es vermutlich mit hunderttausend zu tun. Die Opioid-Krise ist tatsächlich dafür verantwortlich, dass die Lebenserwartung in diesem Land sinkt. Können Sie das begreifen? Fast eine halbe Million Tote seit 2000. Bei den Todesursachen der Amerikaner unter fünfzig steht Drogenmissbrauch an erster Stelle. Kürzlich hatten wir bei der DEA eine Studie. Lebensversicherungen setzen den Wert für ein menschliches Leben bei ungefähr fünf Millionen Dollar an. Auf dieser Basis haben unsere Leute einen jährlichen wirtschaftlichen Verlust durch die Opioid-Krise von ungefähr hundert Milliarden Dollar errechnet. Ein Drittel der Bevölkerung benutzt Schmerzmittel. Diese Leute werden nicht an der Straßenecke zu Süchtigen gemacht, sondern in Arztpraxen.«

»Durch verschreibungspflichtige Schmerzmittel.«

»Richtig. Damals in den Achtzigern hatten wir die Crack-Krise. Die Regierung stellte sich auf den Standpunkt, jeder müsse einfach Nein zu dem Zeug sagen. Tat man es nicht, landete man im Knast. Die Folge war, dass eine Unzahl von Amerikanern eingesperrt wurde, hauptsächlich Männer aus den sozialen Brennpunkten. In den Neunzigern kamen die Verantwortlichen in der Pharmaindustrie zu dem Schluss, dass Amerikaner nicht genug Schmerzmittel nehmen. Daraufhin wurden Milliarden in die Werbung und Bestechungsgelder für Ärzte gesteckt. Legal aussehende Organisationen und Denkfabriken wurden eingespannt, damit alles einwandfrei aussah. ›Keine Suchtgefahr, keine Langzeitschäden‹ – dieses Mantra hat jeder heruntergeleiert. Nur war es leider falsch, wie sich herausstellte. Es basierte entweder auf fehlerhafter oder gar keiner Forschung. Im letzten Jahr haben Ärzte beinahe eine Viertelmilliarde Rezepte für Schmerzmittel verschrieben. Es ist ein Wunder, dass wir nicht alle Süchtige sind. Und die Zahlen, mit denen wir es jetzt zu tun haben, sind nur die Spitze des Eisbergs. Das geht weit über eine nationale Krise hinaus, und niemand rührt auch nur den Finger dagegen. Und weil wir in den Achtzigern, während der Crack-Krise, zwar eine Menge Gefängnisse, aber kaum Behandlungszentren gebaut oder Suchtprotokolle entwickelt haben, füllt die Opioid-Krise nun Krankenhäuser, Gefängnisse und« – sie zeigte mit der Hand um sich – »Friedhöfe im ganzen Land. Und als Höhepunkt des Ganzen wurden vergangenes Jahr etwa fünfundzwanzigtausend Babys mit dem sogenannten neonatalen Abstinenzsyndrom geboren, weil ihre Mütter während der Schwangerschaft Opioide benutzt haben. Mit anderen Worten, die Neugeborenen zeigen Entzugserscheinungen. Was glauben Sie, was für ein Leben diese Kinder haben werden?«

Decker starrte auf den Sarg, den eine Gruppe junger Männer trug. Vermutlich besuchten alle noch die Highschool. Dann sah er sich die an der Straßenseite parkenden Wagen an und war überrascht, neben alten Schrottkarren mehrere brandneue Luxusfahrzeuge zu entdecken.

Plötzlich gellte eine Hupe. Das Geräusch riss nicht mehr ab.

»Was ist da los?« Kemper sah sich um.

»Da.« Decker zeigte auf einen Pick-up, der mitten in der Wagenreihe parkte.

Kemper und Decker stiegen aus dem SUV und liefen über die Straße. Als sie den Wagen erreichten, hatte sich eine kleine Menschenmenge um das Fahrzeug versammelt. Auf dem Fahrersitz kauerte ein junger Mann, der nach vorn gegen das Lenkrad gesunken war. Seine Schulter drückte auf die Hupe.

Decker griff durch das offene Fenster und schob den Mann zurück in den Sitz. Der Lärm verstummte.

Der junge Mann hatte Schnappatmung.

Decker schob ihm die Lider hoch. Die Pupillen hatten die Größe von Stecknadeln.

»Überdosis«, sagte Kemper, die es ebenfalls gesehen hatte.

»Da haben Sie leider recht«, sagte ein dürrer Mann in einem abgenutzten Mantel. »Das ist jetzt schon das dritte Mal diese Woche.«

Auf dem Beifahrersitz entdeckte Decker eine zur Hälfte geleerte Spritze. Darin befand sich eine klare sandfarbene Flüssigkeit.

»Sieht nach reinem Heroin aus«, sagte er.

Kemper nickte, nahm ihr Handy, tippte die Notrufnummer und rief einen Krankenwagen.

»Hat irgendjemand Narcan dabei?«, fragte Decker in die Runde.

»Ich habe etwas«, antwortete eine Frau, die neben dem Dürren stand.

»Er hätte mit diesem Scheiß wenigstens bis nach der Beerdigung warten können«, meinte der Dürre.

»Geben Sie es mir, schnell!«, rief Decker, als der junge Mann plötzlich zu röcheln begann. »Seine Atmung kann jede Sekunde stillstehen.«

Die Frau kramte in ihrer Tasche.

»Er hätte warten können, dieser Blödarsch«, schimpfte der Dürre.

»Geben Sie mir das Narcan!«, brüllte Decker, als der Mann im Wagen gegen die Tür kippte, während seine Lippen sich blau färbten.

Die Frau drückte Decker eine Sprühflasche aus ihrer Handtasche in die Hand.

Decker schob sie dem Bewusstlosen in die Nase und drückte auf den Sprühknopf.

Er wartete ein paar Sekunden, aber nichts tat sich.

Kemper musterte die Spritze. »Er muss Fentanyl in die Dosis gemischt haben. Das verbindet sich enger mit den Gehirnrezeptoren als Morphium.«

»Das ist Heroin, Lady, kein Morphium«, sagte der Dürre. »Wissen Sie denn gar nichts?«

Kemper fuhr zu ihm herum und zückte ihren Ausweis. »Ein bisschen mehr als Sie weiß ich schon, Mister. Wenn der Körper Heroin abbaut, wird es zu Morphin biotransformiert.« Sie wandte sich wieder Decker zu. »Geben Sie ihm noch eine Dosis Narcan. Schnell!«

Decker sprühte dem Mann eine weitere Dosis in die Nase.

Ein paar Augenblicke verstrichen. Dann atmete der junge Mann tief aus, setzte sich ruckartig auf, blinzelte und sah sich um. Er sah völlig benebelt aus.

»Bravo«, sagte der Dürre sarkastisch. »Sie haben ihn zurückgeholt. Bis zum nächsten Mal.«

Decker warf ihm einen Blick zu. »Wer sind Sie eigentlich?«

»Sein Onkel. Und der Bastard hatte nicht einmal den Anstand, mit dieser Scheiße bis nach der Beerdigung seiner Schwester zu warten.«

»Seine Schwester?«, stieß Kemper hervor. »Wie ist sie gestorben?«

»Eine verfluchte Überdosis Heroin«, antwortete der Onkel. »Hat ihr Narcan nicht rechtzeitig bekommen.« Er zeigte auf den Jungen im Wagen. »Dieses Arschloch hätte sie retten können, aber er war im Badezimmer, um sich ein paar Linien Koks reinzuziehen.«

Im nächsten Moment beugte der junge Mann sich aus dem Wagenfenster und übergab sich.

Alle sprangen zurück, um nicht von dem Schwall getroffen zu werden.

Der junge Mann starrte Decker wütend an, bis er die Sprühflasche in dessen Hand entdeckte.

»Beinahe hätten Sie es nicht geschafft, Kumpel«, sagte Decker.

»Danke, Alter«, murmelte der Junge benommen und wischte sich den Mund ab.

Decker blickte Kemper an, dann wieder den Mann im Auto. Schließlich warf er der Frau das Fläschchen Narcan zu, ging zurück zum SUV und stieg ein.

Kemper wandte sich an Tante und Onkel. »Der Rettungswagen muss gleich hier sein. Er wird ins Krankenhaus müssen.«

»Klar«, antwortete der Onkel. »Wohin auch immer.«

Als Kemper sich abwandte, versetzte er seinem Neffen einen derben Klaps auf den Hinterkopf. »Blödarsch!«

Kemper eilte Decker hinterher und stieg in den Wagen.

»Alles in Ordnung?«, fragte sie.

Decker schwieg eine Zeit lang, ehe er antwortete: »Ich frage mich gerade, ob wir uns jemals wieder aus diesem Loch rausschaufeln können.«

»Ich habe bei der DEA schon alles erlebt. Jede widerliche Tat, zu der Menschen fähig sind, wenn sie süchtig sind. Das da eben überrascht mich nicht. Ich habe Schlimmeres gesehen. Fünfjährige, die bei ihren Eltern Wiederbelebungsversuche durchführen. Eine Großmutter, die ihrem Sohn den Schädel eingeschlagen hat, um an das Geld für ihre Sucht zu kommen. Eine Mutter, die ihre zehnjährige Tochter für Sex verkauft hat, um ihren Schuss zu kriegen. Aber wir werden das durchstehen, Decker.«

Er hob die Brauen. »Glauben Sie wirklich?«

»Das muss ich. Sonst könnte ich meinen Job nicht machen.«

Eine Minute verging schweigend; dann sagte Decker: »Sie haben vorhin Versicherungsgesellschaften erwähnt, die den Wert eines Lebens einstufen.«

»Ja, das gehört zu ihrem Geschäft.«

»Cindi Riley hat mir anvertraut, dass sie mehrere Freunde durch Überdosen verloren hat.«

»Das ist nicht überraschend. Und es gibt Tausende von Städten wie diese hier. Orte, an denen die Menschen früher jeden Tag aufstanden und zur Arbeit gingen, weil ihr Leben einen Sinn hatte. Heute haben viele keinen Job mehr und kein Selbstwertgefühl. Das fordert seinen Preis. In vielerlei Hinsicht. Darum nennt man die Opioide auch die Drogen der Verzweiflung.«

»Riley hat davon gesprochen, dass einige ihrer Freunde Lebensversicherungen hatten. Und dass einige der Sanierungsprojekte in dieser Stadt Leuten zu verdanken sind, die große Summen von Versicherungen erhalten haben.« Er zeigte auf die Luxuswagen am Straßenrand. »Vielleicht wurden von dem Geld auch die Luxusschlitten da drüben finanziert.«

Kemper dachte kurz darüber nach und schüttelte dann den Kopf. »Keine Versicherungsgesellschaft wird wissentlich eine hohe Lebensversicherung mit jemandem abschließen, der bei so schlechter Gesundheit ist, dass er vermutlich bald stirbt. Oder mit einem Drogensüchtigen … falls Sie das gedacht haben, Decker.«

»Vielleicht waren diese Leute ja noch nicht süchtig, als sie die Versicherung abgeschlossen haben.«

»Worauf wollen Sie hinaus?«

»Wie viele aller Drogenopfer in Baronville hatten hohe Lebensversicherungen? Können Sie das herausfinden?«

Kemper schaute zu der Wagenreihe am Straßenrand. »Ich kann es versuchen.«

»Gut. Ich muss jetzt zurück«, erklärte Decker, bevor sie noch etwas sagen konnte. »Ich habe Jamison versprochen, heute Nachmittag zu helfen. Bei den Mitchells findet eine Trauerfeier statt.«

Als er aus dem Wagen stieg, sagte Kemper: »Ich habe Sie mir überhaupt nicht als häuslichen Typ vorgestellt.«

»Im Augenblick überrasche ich mich selbst.«

48

Mittlerweile goss es in Strömen. Der Regen trommelte auf das Dach des Mitchell-Hauses, während sich die beiden Familien und ein paar Gäste nach der Beerdigung im Haus versammelten.

Decker war gerade noch rechtzeitig eingetroffen, um Jamison und deren Schwestern bei den Vorbereitungen zu helfen. Essen und Getränke wurden gereicht, Stühle aus der Küche und anderen Zimmern verteilt. Decker hatte Amber auch die Adresse des Rechtsanwalts gegeben, die ihm Ted Ross zugesteckt hatte. Amber wollte ihn noch in dieser Woche anrufen.

Zoe saß mit ihrer Decke und ihrem Kater Felix auf dem Stuhl, während Amber sich leise mit ihren Schwiegereltern unterhielt.

Alice Martin war mit einem Kuchen gekommen. Jetzt hielt sie in der Zimmerecke mit Jamison und einer der Schulmütter Hof. Ted Ross und die Angestellten von Maxus hatten sich auf dem Friedhof verabschiedet und auf die Zusammenkunft verzichtet – eine Deckers Ansicht nach kluge Entscheidung, denn Franks Vater musste auf dem Friedhof sichtlich die Zähne zusammenbeißen, als Ross Amber sein Beileid ausgedrückt hatte.

Es klopfte an der Tür. Decker warf seiner Partnerin einen Blick zu, um sie wissen zu lassen, dass er sich darum kümmern würde. Alex reagierte mit einem Lächeln.

Decker öffnete die Tür und starrte verblüfft auf das Pärchen, das vor ihm stand.

John Baron und Cindi Riley, Schirme in den Händen, erwiderten seinen Blick. Baron trug eine ordentlich gebügelte Anzughose, ein weißes Hemd und eine verblichene Cordsamtjacke mit Flicken an den Ellbogen. Cindi trug unter dem Regenmantel ein weit sitzendes schwarzes Kleid, dessen Saum am Knie endete, dazu passende Pumps. Ihr Haar war zu einem französischen Zopf geflochten. In der freien Hand hielt sie ein Päckchen.

»Unser Erscheinen macht Sie offenbar sprachlos«, bemerkte Baron.

»Ich *bin* sprachlos«, entgegnete Decker.

»Wir wollten unser Beileid ausdrücken«, sagte Baron.

Cindi Riley gab Decker das Päckchen. »Und das hier vorbeibringen. Eine Flasche Single Malt Whisky.«

»Schön«, murmelte Decker, der einfach stehen blieb, das Päckchen in Händen, bis Jamison neben ihm erschien.

»Hallo«, sagte sie zu dem Paar.

Baron streckte die Hand aus. »Wir sind uns schon begegnet. Ich bin John Baron. Das ist Cindi Riley.«

Jamison schüttelte beiden die Hand.

»Wie ich bereits Ihrem Kollegen sagte, wollen wir unser Beileid ausdrücken«, sagte Baron.

»Und sie haben eine Flasche Single Malt Scotch mitgebracht.« Decker gab sie an Jamison weiter.

»Ich bin Irin«, erklärte Riley. »Zur Totenwache Whisky mitzubringen ist bei uns Brauch. Ich hoffe, das geht in Ordnung.«

»Vielen Dank. Sehr aufmerksam von Ihnen. Kommen Sie doch bitte herein.« Jamison führte die beiden ins Haus, und Decker schloss die Haustür.

Alle Blicke wandten sich den Neuankömmlingen zu. Niemand schien Baron zu erkennen. Die einzige Ausnahme war Alice Martin, deren Augen sich beim Anblick Barons weiteten. Doch sie konzentrierte sich sofort wieder auf ihr Gespräch mit einer der jungen Mütter aus Zoes Schule.

Baron und Riley sprachen Amber ihr Beileid aus; dann führte Jamison die beiden zu Zoe und stellte sie vor.

Baron ging vor Zoe auf die Knie. »Du kommst mir wie ein Mädchen vor, das nicht an Zauberei glaubt. Habe ich recht?«

Zoe blieb stumm, den Daumen im Mund.

»Dann stimmt es also, du glaubst nicht an Zauberei?«, fragte Baron.

Zoe nickte.

»Okay. Dann wollen wir doch mal sehen.« Er klopfte die Jackentaschen ab, schaute unter den Stuhl, griff dann nach Zoes Decke und berührte vorsichtig deren Saum. »Nein, da ist es auf gar keinen Fall.«

Zoe nahm den Daumen aus dem Mund. »*Was* ist da nicht?«

Baron tat so, als hätte er sie nicht gehört. »Na klar, jetzt fällt es mir wieder ein. Zoe, könntest du mal in das rechte Ohr deiner Katze greifen? Ich glaube, dort wirst du es finden.«

Zoe warf Decker einen unsicheren Blick zu, dann Jamison, die aufmunternd nickte.

Langsam griff Zoe in Felix' rechtes Ohr. Sie riss die Augen auf, als sie eine kleine Silbermünze hervorholte. »Wie ist die in Felix' Ohr gekommen?«

Baron klatschte in die Hände und schaute zu Jamison. »Hey! Felix muss eine ganz besondere Katze sein. Habe ich recht?«

Zoe nickte.

»Besondere Katzen können magische Dinge tun. Münzen in den Ohren verstecken, zum Beispiel.«

Er nahm die Münze entgegen, als Zoe sie ihm hinhielt, und betrachtete sie. »Die ist sehr selten. Sie wird ihrem Besitzer Glück bringen. Okay?«

»Okay«, antwortete Zoe, die noch immer mit großen Augen zwischen ihrer Katze und der Münze hin und her blickte.

Baron hielt sie vor dem Mädchen in die Höhe. »Sie ist hundertsiebenundvierzig Jahre alt. Vor langer, langer Zeit gehörte sie einem meiner Vorfahren. Er hatte viele schöne Münzen, hat sich aber nie von auch nur einer einzigen getrennt. Aber diese hier hat den Weg zu mir gefunden. Und ich würde mich sehr freuen, wenn ich sie dir schenken darf, weil du eine so tapfere junge Lady bist. Noch dazu die Besitzerin einer besonderen Katze. Wie sieht's aus, Zoe? Möchtest du die Münze?«

Zoe nickte. Ihre kleinen Finger schlossen sich um das uralte Geldstück.

Baron lehnte sich zurück. »Glaubst du jetzt an Zauberei? Ein kleines bisschen? Oder wenigstens an ganz besondere Katzen?«

Zoe nickte voller Überzeugung.

»Was sagt man, Zoe?« Jamison blickte Baron voller Bewunderung an.

»Danke.«

»Ich sage auch danke, Zoe. Danke für die Ehre, dass du die Münze annimmst.« Baron schaute zu Amber, die ihn und Zoe von der gegenüberliegenden Seite des Zimmers aus beobachtete. »Ich wette, deine Mom könnte jetzt eine Umarmung gebrauchen. Und du kannst ihr deine brandneue, uralte Münze zeigen.«

Zoe lächelte, sprang auf und lief zu ihrer Mutter.

Baron stand auf.

»Das war wirklich nett«, sagte Jamison.

»Ja, das finde ich auch«, pflichtete Cindi Riley ihr bei.

»Sie scheinen ein Mann mit vielen Talenten zu sein«, fügte Jamison hinzu.

»Aber nein. Nur ein Hansdampf in allen Gassen, fürchte ich. Mein Schicksal. Und wie stehen die Dinge hier?«

»Wie man es erwarten kann. Ich bin nur froh, dass die Beerdigung vorbei ist«, entgegnete Jamison.

Baron schüttelte den Kopf. »Ich begreife das Ritual der Beerdigung und den Gottesdienst am Grab einfach nicht. Als müssten die Trauernden nicht schon genug durchmachen.«

»So erweist man dem Verstorbenen seine Achtung, John«, hielt Riley dagegen.

Baron zeigte auf die Flasche, die Jamison hielt. »Ich würde meinen Respekt lieber erweisen, indem ich das trinke. Und wenn Sie mir den Weg zur Küche zeigen, kann ich uns Gläser holen.«

Jamison nahm Baron zur Küche mit und ließ Riley und Decker allein zurück.

»Bei unserer letzten Begegnung hatten Sie es plötzlich sehr eilig«, sagte Riley. »Sie müssten irgendwohin, hatten Sie gesagt.«

»So war es auch.«

»Und wohin?«

Decker musterte sie. »Ich habe Stanley Nottingham gefunden.«

»Wen?«

»Der Name des Mannes auf der Rückseite des Fotos.«

»Ach ja, richtig.«

»Er war mit Barons Butler Nigel verwandt.«

»Was für ein Zufall.« Sie warf Decker einen scharfen Blick zu. »Aber Sie haben gesagt, dass Sie nicht an Zufälle glauben.«

»An einen so großen Zufall jedenfalls nicht.«

»Was haben Sie herausgefunden?«

»Haben Sie je Gerüchte gehört, dass auf dem Anwesen der Barons ein Schatz versteckt ist?«

Riley schüttelte den Kopf. »Nein. Warum fragen Sie? Hat dieser Stanley das gesagt?«

»Er hat Geschichten gehört. Und er hat mit Brad Costa in New York im selben Haus gewohnt. Sie waren befreundet.«

»Wollen Sie damit sagen, dass Brad Costa nach Baronville gekommen ist, weil er Gerüchte über einen Schatz gehört hat?«

»Wahrscheinlich waren es mehr als Gerüchte«, erwiderte Decker. »Ich vermute, er hat selbst recherchiert und ist dann hergekommen.«

»Dann hätte er sich aber ziemlich sicher sein müssen. New York gegen diese Stadt zu tauschen … also wirklich.«

»Da stimme ich Ihnen zu.«

»Glauben Sie ernsthaft, dass sich auf dem Anwesen irgendein Schatz verbirgt?«

»Ich glaube, dass danach gesucht wurde. Aber ich glaube nicht, dass er jemals gefunden wurde.«

»Du meine Güte.«

»Baron hat Ihnen gegenüber nie etwas davon erwähnt?«

»Nein, niemals. Und hätte er etwas gefunden, bezweifle ich, dass er so bescheiden leben würde.«

»Das sehe ich auch so. Aber die Gerüchte müssen ihm bekannt sein.«

Cindi Riley runzelte die Stirn. »Warum erzählen Sie mir das alles? Ist das nicht Teil Ihrer Ermittlung?«

»Eine Parallelspur. Ich erzähle es Ihnen, weil ich mich auf mein Bauchgefühl verlasse. Und mein Bauch sagt mir, dass ich Ihnen vertrauen kann. Außerdem muss ich in diesem Fall Fuß fassen. Ich brauche also Hilfe vor Ort.«

»John wird mehr als ich wissen. Es ist seine Familie.«

»Kann ich ihm vertrauen?«

»Ich jedenfalls vertraue ihm.«

In diesem Augenblick kamen Baron und Jamison mit vier Gläsern zurück. Baron schenkte Whisky ein.

»Auf Frank!«, sagte er und hob sein Glas.

Die anderen wiederholten seinen Trinkspruch und nahmen einen Schluck.

»An so etwas Starkes bin ich nicht gewöhnt, zumindest nicht am Nachmittag«, sagte Jamison.

»Wenn Sie lange genug hier leben«, erwiderte Baron, »werden Sie den Nutzen erkennen. Aber ich kann nicht empfehlen, hier zu leben, Alex.«

Decker blickte Riley prüfend an. Dann wandte er sich an Baron. »Nigel Nottingham ...«

Baron senkte das Glas. »Was ist mit ihm?«

»Der loyale Butler von Baron dem Ersten.«

»Ja, das weiß ich.«

Hastig warf Riley ein: »Decker hat mit einem seiner Verwandten gesprochen. Nigel hat im selben Haus wie Brad Costa gewohnt. Decker vermutet, dass dieser Verwandte Costa etwas über einen angeblichen Schatz in deinem Haus erzählt hat. Deshalb kam Costa her.«

»Und wurde ermordet«, fügte Decker hinzu, der Baron nicht aus den Augen ließ.

»Ja, der Schatz.« Baron wirkte gelangweilt. »Der *angebliche* Schatz.«

»Davon haben Sie uns nichts erzählt«, sagte Decker.

»Warum sollte ich? Es gibt keinen Schatz.«

»Dann haben Sie danach gesucht?«, fragte Jamison.

»Nein. Aber meine Vorfahren. Viele Jahrzehnte lang. Und er wurde nie gefunden, weil unser Ahnherr seinen Nachkommen niemals etwas hinterlassen hätte. Das lag nicht in seiner Natur.«

»Costa muss anderer Meinung gewesen sein«, erklärte Decker. »Warum hätte er New York sonst für diese Stadt aufgegeben? Hat er Sie je danach gefragt?«

»Wie ich bereits sagte, ich kannte den Mann nicht, bin ihm nie begegnet. Also konnte er mich auch nicht danach fragen.«

»Sind Sie sicher?«

Baron schürzte die Lippen und wirkte amüsiert. »Ich nehme an, Sie beziehen sich da auf mein Versäumnis, Ihnen von Joyce und Michael Swanson zu erzählen?«

»Soweit es mich betrifft, steht es nicht so toll um Ihre Glaubwürdigkeit.«

»Da mir nichts einfällt, was ich sonst noch sagen könnte, um Sie vom Gegenteil zu überzeugen, sollte ich vielleicht gehen.« Baron wandte sich Jamison zu. »Was geschehen ist, tut mir sehr leid. Sollten Sie oder Ihre Schwester etwas brauchen, lassen Sie es mich wissen. Ich werde tun, was in meinen Kräften steht.«

»Das gilt auch für mich«, sagte Riley.

Jamison bedankte sich.

Sie und Decker begleiteten Baron und Riley zur Tür. Glücklicherweise hatte der Regen fast aufgehört. In dem Moment, als Baron und Riley zu dem alten Suburban gingen, waren Sirenen zu hören.

»Die kommen in unsere Richtung«, sagte Decker.

Augenblicke später bogen Ambulanzlichter in die Straße mit dem Mordhaus ein.

Alle vier liefen zur nächsten Querstraße und sahen gerade noch, wie Polizisten aus ihren Wagen sprangen und zu einem Haus rannten. Die Haustür stand offen. Eine alte, verzweifelt wirkende Frau wartete auf der Veranda. Ein Krankenwagen hielt an; Lichter und Sirenen waren ausgeschaltet.

»Wer wohnt dort?«, fragte Riley.

»Dan Bond«, antwortete Decker. »Aber wie es aussieht, *hat* er dort gewohnt.«

49

»Wer könnte einen Grund haben, Dan umzubringen?«

Eine schluchzende Alice Martin hatte diese Frage mittlerweile so oft und so voller Verzweiflung gestellt, dass Decker es für möglich hielt, dass sie einen Schock erlitten hatte.

Nachdem Decker und Jamison den Polizisten die Dienstmarken gezeigt hatten, waren sie darüber informiert worden, dass es sich weder um einen natürlichen noch um einen Unfalltod handelte.

»Jemand hat ihm den Schädel eingeschlagen«, hatte ein Officer berichtet.

Nachdem Dan Bonds sterbliche Überreste aus seiner Wohnung abtransportiert waren, hatten sich alle wieder im Haus der Mitchells versammelt. Die anderen Gäste waren gegangen, Amber und Zoe ruhten sich oben aus. Jamisons Schwestern hatten Franks Eltern und Geschwister zurück zum Hotel gefahren.

Baron und Cindi Riley waren noch immer da und musterten stumm den Wohnzimmerboden. Baron hatte ein Glas Whisky in der Hand.

»Man hat immer noch nicht herausgefunden, wer diese anderen Leute umgebracht hat«, jammerte die alte Frau.

Decker öffnete den Mund, um etwas zu erwidern, als es an der Tür klopfte.

Er ging zur Tür und öffnete.

Die Detectives Green und Lassiter sahen ihn an.

»Ich glaube, wir sollten die anderen Anwohner in dieser Straße evakuieren«, sagte Green grimmig. »Und das ist keineswegs als Witz gemeint.«

»Eine der Anwohnerinnen ist hier.« Decker zeigte auf Martin. »Was ist mit Fred Ross?«

»Als wir bei ihm klopften, haben wir ihn geweckt. Er hatte eine scheußliche Laune«, sagte Lassiter.

»Sie hatten Glück, dass er seine Schrotflinte nicht parat hatte.«

»Er meinte, wenn jemand versuchen würde, ihm den Schädel einzuschlagen, würde er die Ladung aus beiden Läufen in die Fresse kriegen.«

»Klare Worte«, meinte Decker. »Okay, was gibt's?«

»Können wir bitte draußen sprechen?«, bat Lassiter.

Sie traten hinaus auf die Veranda.

»Dan Bond war seit gestern gegen Mitternacht tot«, sagte Green.

»Einbruchsspuren?«

»Keine Hinweise. Eine ältere Bekannte wollte nach ihm sehen, als er bei einem Kirchentreffen nicht aufgetaucht ist und man ihn telefonisch nicht erreichen konnte. Sie hat ihn in der Küche gefunden.«

»Wie ist sie reingekommen?«

»Sie hatte einen Schlüssel«, antwortete Green. »Wir haben sie überprüft. Sie ist genau die, die zu sein sie behauptet.«

»Ein Uniformierter sagte mir, es war ein Schädeltrauma, verursacht durch einen stumpfen Gegenstand«, sagte Decker.

»Das trifft zu«, bestätigte Lassiter.

»Die Mordwaffe?«

»Wir haben keine gefunden. Vermutlich hat der Täter sie mitgenommen.«

»Und keiner hat etwas gesehen?«

»In dieser Straße wohnen sonst nur zwei Leute. Martin und Ross. Beide waren um Mitternacht vermutlich im Bett.«

»Und der Mann von der DEA gegenüber?«

»Kemper hat die Überwachung gestern eingestellt«, sagte Green. »Sie waren mit der Spurensicherung fertig, sowohl an diesem Tatort wie auch nebenan, wo Sie diesen Brian Collins erschossen haben. Wir haben nicht das nötige Personal, um jemanden für so etwas abzustellen. Also gab es auch keine Patrouille.«

»Der Killer muss alles beobachtet und gewusst haben, dass die Cops abgezogen sind. Dann geht er rein und verübt die Tat.«

»Aber warum einen blinden alten Mann ermorden?«, fragte Green. »Er kann doch nichts gesehen haben.«

»Aber er konnte Dinge *hören*«, entgegnete Decker. »Er wusste, dass an dem Abend kein Flugzeug vorbeigeflogen ist. Bond war auf den Gedanken gekommen, dass es sich möglicherweise um eine Drohne gehandelt hat.«

Green schob sich einen Kaugummi in den Mund. »Donna hat Ihre Theorie erwähnt. Glauben Sie, der alte Mann könnte das sonst noch jemandem erzählt haben? Und diese Person hat ihn dann umgebracht?«

»Möglich. Mir fällt kein anderer Grund ein, warum man ihn sonst töten sollte. Er hatte kaum Feinde. Anzeichen von Raub?«

»Nein. Ich glaube nicht, dass es viel zu stehlen gab.«

»Als ich Bond zur Befragung aufgesucht hatte, musste er drei Türschlösser öffnen. Ich bin mir sicher, dass er die Tür nie offen gelassen hat.«

»Also hatte jemand einen Schlüssel«, sagte Lassiter.

»Oder er kannte seinen Mörder und ließ ihn ein.« Decker nickte. »Wie ich Bond einschätze, er einem Besucher zu dieser späten Stunde absolut vertraut.«

»Ergibt das für Sie *irgendeinen* Sinn?«, fragte Green.

»Noch nicht.«

Green zog die Dienstmarke vom Gürtel und warf sie auf die Veranda. »Verdammt, warum trage ich dieses Ding, wenn ich meine Stadt nicht schützen kann?«

Decker bückte sich, hob die Marke auf und gab sie Green zurück. »Wir werden es schaffen, Detective.«

»Wie können Sie so sicher sein?«, fragte Lassiter skeptisch.

»Weil in unserem Geschäft Versagen keine Option ist«, erwiderte Decker.

50

Zwei Tage nach der Beerdigung saß Decker am Küchentisch der Mitchells.

Er glättete die Kopien, die er von den Briefen in Stanley Nottinghams Depot im Seniorenzentrum in New Jersey gemacht hatte, und legte sie auf den Tisch. Doch trotz wiederholten Lesens fand er keine Informationen über einen verborgenen Schatz.

Er nahm sich die Briefe zum fünften Mal vor.

Lieber Samuel,
ich weiß, dass wir uns entfremdet haben und schon lange keinen Kontakt mehr hatten. Aber jetzt greife ich zu meiner Feder, weil ich Dich vermisse, mein Sohn. Ich wünschte, Du hättest Baronville nicht aufgegeben, aber mir ist klar, dass Du Dein eigenes Leben führen musst. Mir ist durchaus bewusst, dass Du von Master Baron nicht viel hältst, aber er behandelt mich sehr gut. Gerade letztes Jahr begaben wir uns auf eine lange Reise, zu der ein monatelanger Treck quer durch Australien gehörte. Master Baron hatte ein privates Schiff gechartert, und auch wenn die Fahrt lange dauerte, war sie doch faszinierend. Viele der Länder, die wir vorher besucht haben, waren in mancher Hinsicht einzigartig und faszinierend, aber ein Land wie Australien habe ich in meinem ganzen Leben noch nicht gesehen. Wir sind durch die Küstenstädte gereist, Sydney, Perth, Adelaide und die provisorische

Hauptstadt Melbourne. Ich habe gehört, dass man über eine neue Hauptstadt an einem Ort mit dem Namen Canberra nachdenkt. Außerdem haben wir Geelong, Toowoomba, Kalgoorlie, Ballarat, Moliagul und ein Dutzend anderer Orte mit ähnlich fantasievollen Namen besucht. Wir sahen Aborigines, Kängurus, Emus, Wombats, Kookaburras und andere Wildtiere, von denen ich mir nie hätte vorstellen können, dass sie existieren. Einer unserer Führer hat eine Schlange getötet, die dreimal so groß wie ich war. Es gibt riesige Korallenriffe, und das Wasser ist so klar, dass man den Grund sehen kann. Neben großen Wüsten gibt es riesige Bergketten und dichte Regenwälder. Das Landesinnere, Outback genannt, ist unbeschreiblich. Es lässt England vergleichsweise langweilig aussehen, obwohl ich mit Stolz vermelden kann, dass es noch immer ein fester Teil des Britischen Empires ist. Ich glaube, sogar der mächtige Baron, der sonst immer nur ans Geschäft denkt, hat sich entspannt. Leider muss ich berichten, dass sich Master Baron nach unserer Rückkehr unwohl fühlte. Ich glaube, die beschwerliche Reise hat ihm zu viel abverlangt. Seitdem ist fast ein Jahr verstrichen, und seine alte Robustheit ist noch immer nicht zurückgekehrt. Er versucht, stark zu bleiben, aber ich kenne ihn besser als alle anderen, und ich sehe, wie er verfällt. Sollte er von uns gehen, weiß ich nicht, was hier geschehen wird. Er hält nichts von seinen Kindern, von denen keines seinen Geschäftssinn besitzt. Er hat sehr viel für sie getan, aber sie sind wirklich ein undankbarer Haufen. Und um die Wahrheit zu sagen, mein Sohn, Dein Vater fühlt sich ebenfalls nicht so gut. Meine Knochen ächzen, meine Lungen sind schwer. Ich gehe davon aus, dass es Dir und den Kindern gut geht. Ich hoffe, Dich wiederzusehen, bevor ich abtrete. Falls nicht, komm und besuche meine sterblichen Überreste. Auch wenn ich dann hoffentlich an dem himmlischen Ort weit über Dir ruhe, weiß man ja nie, oder? Genauso gut

könnte ich tief unten lauern. Alles liegt in Gottes Hand, und ich unterwerfe mich Seinem Urteil.
Dein ergebener
Nigel

Decker legte den Brief zur Seite. Falls sich darin ein Hinweis verbarg, entdeckte er ihn nicht. Es war schon ziemlich erbärmlich, wie sehr Nigel Baron zu verehren schien, nur weil dieser reich war. Andererseits verhielten sich bis zum heutigen Tag viele Menschen so. Und Nigel hatte nicht unrecht gehabt mit der nachlassenden Gesundheit der beiden Männer. Der Brief war nur sechs Wochen vor seinem und Barons Tod datiert.

Jamison trat ein. Sie setzte sich Decker gegenüber und deutete auf die Briefe.

»Hast du etwas von Bedeutung gefunden?«

Er schüttelte den Kopf und lehnte sich zurück. »Wie geht es Zoe und deiner Schwester?«

»War eine gute Idee, Zoe heute wieder zur Schule zu bringen. Sie braucht Ablenkung, um nicht immer wieder an die letzten schrecklichen Tage zu denken. Ich hole sie später ab. Amber ist bei der Bank, um finanzielle Dinge zu regeln. Und sie hat den Anwalt angerufen, den Ted Ross empfohlen hat. Er wird sich mit ihr treffen.«

»Gut. Amber muss Maxus tief in die Taschen greifen.«

»Das habe ich ihr auch gesagt. Und dass sie nichts unterschreiben soll, das man ihr schickt. Übrigens, Franks Lebensversicherung beläuft sich auf eine halbe Million Dollar. Das wird Amber auch sehr helfen. Sie hat gesagt, dass man die Summe ziemlich kurzfristig auszahlen wird.«

Decker nickte und schaute sich wieder die Briefe an.

»Irgendeine Idee, warum man den alten Dan Bond ermordet hat?«

»Weil er irgendetwas über die Ereignisse an dem besagten Abend gewusst hat.«

»Etwas, das er mitbekommen hat? Das er gehört hat?«

Decker nickte. »Ich habe bestätigt, dass Fred Ross in dieser Nacht im Krankenhaus war und durchgecheckt wurde. Was immer Bond an dem Abend gehört hat – es hat nichts mit Ross zu tun.«

»Könnte Alice Martin das nächste Ziel sein? Bonds Mörder könnte befürchten, dass auch sie etwas gesehen oder gehört hat.«

»Darum habe ich Green gebeten, einen Streifenwagen regelmäßig in der Straße patrouillieren zu lassen.«

»Guter Plan«, meinte Jamison.

Decker stand auf.

»Wo gehst du hin?«

»Zur Historischen Gesellschaft von Baronville.«

»Heute Morgen sind alle wieder nach Hause gefahren. Wie wär's, wenn ich dich begleite?«

»Schön, dich wieder im Boot zu haben, Partnerin.«

*

»Ja, ich erinnere mich gut an Mr. Costa.«

Decker und Jamison sprachen in der Historischen Gesellschaft mit der Direktorin Jane Satterwhite, die anscheinend die einzige Angestellte war. Sie war eine grauhaarige Frau Ende sechzig, die ein pinkfarbenes Tuch um den Hals geschlungen trug, von dem eine Omabrille baumelte.

Die Gesellschaft hauste in einem tristen Backsteingebäude, flankiert von leer stehenden Häusern.

»Wir in Baronville können auf eine sehr farbenprächtige Geschichte zurückblicken«, erklärte Satterwhite. »Leider fehlen uns die Mittel, sie richtig zu erzählen.«

Sie sagte die Wahrheit, denn die Regale im Raum waren nur zur Hälfte gefüllt, und die Ausstellungsstücke sahen alt und staubig aus. Der ganze Raum wirkte vernachlässigt.

»Haben Sie viele Besucher?«, fragte Jamison.

»Nein. Anscheinend interessiert sich niemand mehr für Geschichte.«

»Dann sind sie dazu verdammt, die Fehler der Vergangenheit zu wiederholen«, bemerkte Decker.

»Genau.« Plötzlich schien Satterwhite wie belebt. »Sie haben den Nagel auf den Kopf getroffen. Alle suchen die Antworten in der Zukunft, übersehen dabei aber, dass die Menschen trotz der Jahre, die vergehen, im Grunde die Gleichen bleiben.«

»Sie wollten uns von Bradley Costa erzählen«, kam Jamison auf den Grund ihres Besuches zurück.

»Ja, richtig. Ein sehr netter junger Mann. Sehr an unserer Stadt interessiert.«

»An etwas Bestimmtem?«

»Vor allem an John Baron dem Ersten. Dem Stadtgründer.«

»Was fand er denn an ihm so interessant?«, fragte Decker.

Satterwhite führte sie in einen anderen Raum.

»Das ist unser Baron-Raum, wie ich ihn gern nenne. Hier bewahren wir alles auf, was wir über John Baron haben. Von seiner Geburt bis zum Tod.«

»Wie ich hörte, ist er am selben Tag wie sein Butler Nigel Nottingham gestorben.«

»Ja, genau. Sind Sie auch Historiker?«

»Bloß ein Amateur«, log Decker. »Hat Costa sich dafür interessiert? Ich meine, für das Verhältnis der beiden Männer?«

»Er hat sich danach erkundigt. Er wollte wissen, ob wir von Nigel irgendwelche Korrespondenz haben. Danach hat sich noch nie jemand erkundigt.«

»Und? Haben Sie Korrespondenz von ihm?«

»Nein.«

»Wonach hat er sonst noch gefragt?«

»Jegliche Geschäftskorrespondenz, die Baron möglicherweise in der Zeit kurz vor seinem Tod geführt hat.«

»Haben Sie denn so etwas?«, fragte Jamison.

»Nur einen Brief.« Satterwhite trat an einen Aktenschrank, öffnete ihn und wühlte darin herum. »Das ist ja seltsam.«

»Können Sie ihn nicht finden?«

»Er war hier eingeordnet. Vielleicht wurde er falsch abgelegt.« Sie durchsuchte die anderen Schubladen. Erfolglos. »Eigenartig«, sagte sie wie zu sich selbst. »Er ist nicht da.«

»Wann wurde der Brief das letzte Mal hervorgeholt?«, fragte Jamison.

»Als Mr. Costa zu Besuch war. Aber ich weiß, dass ich ihn wieder dorthin zurückgelegt habe.«

»Hätte sonst jemand sich den Brief nehmen können?«

»Nun ja … natürlich lassen wir tagsüber die Tür unverschlossen. Sollte jemand hereinkommen, wenn ich hinten bin, und sich nicht melden, könnte er sich ohne mein Wissen hier aufhalten. Aber wer würde so etwas tun?«

»Können Sie uns sagen, was in dem Brief stand?«, fragte Decker.

»Ja, ich hatte ihn sehr gründlich durchgelesen, als ich ihn für Mr. Costa geholt habe. Es war nichts Besonderes. Baron hatte eine Firma wegen des Baus eines weiteren Gebäudes bei seiner Textilfabrik angeschrieben. Es ging um den Kauf von Ausrüstung, Beton, Ziegelformen – solche Dinge. Ich fand das nicht besonders wichtig. Bloß ein Geschäftsbrief.«

»Welches Datum trug das Schreiben?«

»Es datierte ungefähr ein Jahr vor seinem Tod.«

»War der Empfänger ein Unternehmen in der Stadt?«, fragte Jamison.

»Nein, eine Firma in Pittsburgh.«

»Wissen Sie noch den Namen?«

»Lassen Sie mich nachdenken, Agentin Jamison. Ja, genau. O'Reilly and Sons. Ich erinnere mich, weil der Mädchenname meiner Schwiegermutter O'Reilly war.«

»Ich nehme an, Costa war an dem Brief interessiert?«, fragte Decker. »Da Sie ihn für Costa hervorgeholt haben?«

»Ja. Aber der Brief war das Einzige, was ich an Geschäftskorrespondenz finden konnte. Für derartiges Material waren wir hauptsächlich auf die Familie Baron angewiesen, aber die Barons hatten anscheinend nicht viel oder wollten das, was sie hatten, nicht aus der Hand geben.«

»Vielen Dank für Ihre Hilfe«, sagte Jamison.

Auf dem Rückweg zum Wagen meinte sie: »Schon seltsam, dass der Brief verschwunden ist. Glaubst du, Costa hat ihn gestohlen?«

»Vielleicht. Er oder ein anderer.«

»Zu schade, dass wir nicht mehr erfahren haben.«

»Immerhin haben wir eine neue Frage, auf die wir eine Antwort brauchen.«

»Und die wäre?«

»Wofür hat Baron der Erste das bestellte Material wirklich gebraucht? Denn es war nicht für die Vergrößerung der Textilfabrik bestimmt.«

»Woher weißt du das?«

»Es ergibt sich aus dem, was Detective Green uns bereits erzählt hat.«

51

»Wir vollstrecken einen Durchsuchungsbefehl in John Barons Haus. Wollen Sie mitkommen?«

Decker schaute Lassiter unbewegt an, als sie am nächsten Tag in aller Frühe auf der Veranda der Mitchells stand. »Wo ist Ihr Partner?«, fragte er.

»Green verfolgt andere Spuren. Ich leite die Durchsuchung.«

»Warum haben Sie einen Durchsuchungsbefehl für Baron beantragt?« Decker klang schläfrig. Lassiter hatte ihn erst kurz zuvor angerufen, was ihm die Zeit verschafft hatte, sich rasch anzuziehen und Lassiter draußen auf der Veranda zu empfangen.

»Wir haben Grund zu der Annahme, dass Baron in die Morde verwickelt ist.«

»Wie kommen Sie darauf?« Jamison trat an Deckers Seite. Er hatte sie über Lassiters Anruf informiert. Sie zog noch immer an dem Pullover herum, den sie übergestreift hatte, und strich sich das vom Schlaf zerzauste Haar aus der Stirn.

»Der Verdacht gründet sich auf Dinge, die Ihr Freund mir erzählt hat.« Lassiter deutete auf Decker.

»Baron kannte mindestens drei der vier Opfer. Wir wissen, dass er mit Joyce Tanner befreundet war und Swanson in seinem Gewächshaus wohnte«, sagte Decker. »Aber wer ist der Dritte?«

»Der Bank gehört die Hypothek seines Hauses. Und jetzt raten Sie mal, wer der Ansprechpartner für das Darlehen war?«

»Bradley Costa«, sagte Jamison dumpf.

»Volltreffer.«

»Er hatte eine Verbindung zu einigen der Opfer, zugegeben«, meinte Decker. »Aber bestimmt gilt das auch für andere Leute in der Stadt.«

»Und dann gibt es eine Verbindung zu Toby Babbot. Damit sind es vier von vier.«

»Welche Verbindung?«, fragte Decker, plötzlich hellwach.

»Ich habe ein altes Festnahmeprotokoll ausgegraben. Toby Babbot wurde beschuldigt, Barons Anwesen unerlaubt betreten zu haben.«

Jamison legte die Stirn in Falten. »Was hat er da oben gemacht?«

»Das wollte er beim Verhör nicht sagen.«

»Und Baron wusste davon?«

»Er hat Babbot da oben erwischt und es der Polizei gemeldet. Also kannte er *alle vier* Opfer.«

»Und was für eine Theorie haben Sie?«

»Bei Costa ist das ziemlich klar. Der Bank gehört die Hypothek. Und wie Decker mir gesagt hat, hat sich Baron für griechische Mythologie interessiert. Thanatos ist der griechische Gott des Todes.«

»Und Joyce Tanner?«

»Er hat sie finanziell unterstützt. Ihm ging das Geld aus. Vielleicht hatte sie etwas gegen ihn in der Hand, und er hat sich ihr Schweigen erkauft. Er bringt sie um und schreibt diesen Bibelscheiß über Sklaverei an die Wand … vielleicht finanzielle Sklaverei. Außerdem hat sich Tanner auf der Highschool für die Bibel interessiert – was Baron wusste.«

»Finden Sie nicht, dass das alles übertrieben ist?«, gab Decker zu bedenken.

»Was meinen Sie?«

»Griechische Symbole, Bibelverse … alles Dinge, die ziemlich leicht zu Baron zurückzuverfolgen sind. Ich musste dazu nur in ein Jahrbuch schauen. Und diese Hypothek gibt es schon lange. Warum sollte er gerade jetzt deshalb einen Bankier umbringen?«

»Weil ich erfahren habe, dass er kürzlich versucht hat, die Schuld mit einer geringeren Tilgungsrate neu zu finanzieren, weil er Geldprobleme hatte. Aber die Bank hat sich geweigert. Genauer gesagt, *Costa* hat sich geweigert. Deshalb droht Baron der Verlust des gesamten Besitzes, wenn er die Zahlung nicht aufbringen kann und die Bank vollstreckt.«

Decker schüttelte den Kopf. »Das beweist aber noch nicht, dass er den Mann ermordet hat. Es bleibt dabei, ich halte das alles für übertrieben.«

»Manchmal übertreiben Mörder, Decker. Sie machen einfache Dinge kompliziert. Sie werden zu schlau.«

»Stimmt. Aber Baron kommt mir nicht wie so ein Mann vor. In meinen Augen versucht jemand, ihm etwas anzuhängen, wobei der Betreffende sich allerdings ungeschickt anstellt.«

»Ich habe Leute schon für bedeutend weniger verhaftet und meinen Fall durchgebracht.«

»Und Babbot?«

»Er könnte auf dem Anwesen etwas gefunden haben, das Baron nervös macht. Und ich weiß möglicherweise, was das ist. Sie sollten es ebenfalls wissen, Decker, denn Sie haben die Verbindung als Erster gefunden.«

Decker blickte sie fragend an.

»Swanson war Drogenhändler. Was, wenn er und Baron gemeinsame Sache gemacht haben? Baron brauchte verzweifelt Geld, und es hat ihn wohl kaum interessiert, woher es kam. Dann aber will Swanson einen größeren Anteil, oder er bekommt kalte Füße und will Baron rausdrängen. Also muss Swanson sterben, und Babbot auch, falls er davon wusste. Vielleicht war Babbot ja Kunde bei ihnen.«

»Das sind reine Spekulationen«, sagte Decker.

»Deshalb werden wir das ganze Anwesen durchsuchen«, sagte Lassiter. »Um die Beweise zu finden, die diese Spekulationen zur Wahrheit machen. Kommen Sie nun mit oder nicht?«

»Wir sind dabei«, erwiderte Decker, während Jamison besorgt dreinschaute.

*

Decker und Jamison folgten Lassiter und zwei Mannschaftswagen der Polizei den Berg hinauf zu Barons Besitz. Es war erst sieben Uhr morgens; Lassiter wollte Baron offensichtlich überraschen.

»Baron hat mich angelogen«, sagte Decker. »Schon wieder. Er hat mir ins Gesicht gesagt, er kenne Costa nicht.«

»Möglicherweise sind sie sich nie begegnet. Es könnte alles über Briefe und E-Mails gelaufen sein.«

»Spielt keine Rolle. Costa wollte die Zwangsvollstreckung. Du weißt, das ist ein Mordmotiv. Baron hat es mir vorenthalten.«

»Glaubst du wirklich, dass Baron zusammen mit Swanson Drogen verkauft hat?«

»Könnte sein.«

»Aber du hältst ihn trotzdem nicht für den Mörder?«

»Ich weiß es nicht.«

»Aber er wirkt so …«

»Nett? Exzentrisch? Kinderlieb? Das spielt keine Rolle, Alex, und das weißt du.«

Jamison seufzte resigniert. »Lassiter sah richtig glücklich aus.«

»Kein Wunder. Ihr Vater ist im Gefängnis gestorben – wegen etwas, das ihm Lassiters Meinung nach die Barons angetan haben.«

»Also legt sie es darauf an, den letzten noch lebenden Baron festzunageln?«

»Das befürchte ich«, sagte Decker.

52

»Wirklich beeindruckend«, sagte Baron, als er die Tür öffnete und die Polizisten sah, die hinter Lassiter standen. Er trug einen alten Morgenmantel und war barfuß.

Er warf Decker und Jamison einen Blick zu, die an der Seite standen, sparte sich aber jeden Kommentar.

Lassiter hielt ein Blatt Papier hoch. »Das ist ein Durchsuchungsbefehl für das Haus, die Nebengebäude und das Gelände. Ich will, dass Sie sich hier draußen hinsetzen, während wir das erledigen.«

»Darf ich mir vorher wenigstens noch einen Drink holen?«, fragte Baron freundlich.

Lassiter ignorierte die Frage und wandte sich an einen Officer, der direkt hinter ihr stand. »Dawes, Sie bleiben hier und sorgen dafür, dass er sich nicht von der Stelle rührt. Wir müssen verhindern, dass er Beweise versteckt oder die Flucht ergreift.«

Baron lächelte. »Ich laufe nicht mehr so schnell wie früher. Und es hat durchaus seinen Reiz, ohne Drink hier zu sitzen und dabei einzunicken.«

Lassiter warf ihm einen kühlen Blick zu und wollte etwas erwidern, als Decker sich einschaltete. »Wir kümmern uns darum, Detective. Das hier ist ein großes Anwesen, und Sie werden für Ihre Durchsuchung alle Männer brauchen.«

Lassiter schaute Decker einen Augenblick länger an, als angebracht war, und nickte dann. »Na schön. Aber ich will nicht, dass er herumläuft, verstanden?«

»Sie haben sich klar und deutlich genug ausgedrückt«, erwiderte Decker.

Lassiter erteilte ihren Leuten Anweisungen; ein paar von ihnen folgten ihr ins Haus, während andere zu den Nebengebäuden gingen oder auf dem Grundstück ausschwärmten.

Baron setzte sich auf die Veranda und streckte sich. »Sollten sie Geld finden, werde ich es beanspruchen. Sie wissen ja, ich brauche Bares.«

Decker stellte einen Fuß auf eine der Stufen und schaute auf ihn hinunter. »Sie haben mich angelogen, was Costa betrifft. Er verfügte über die Hypothek dieses Besitzes, und das wussten Sie.«

»Technisch gehört sie der *Bank*. Er hat dort nur gearbeitet.«

»Das macht keinen Unterschied, und das wissen Sie. Wie oft haben Sie mit ihm gesprochen? Korrespondiert? Sie wollten die Konditionen neu verhandeln, aber die Bank hat abgelehnt. *Costa* hat abgelehnt.«

»Banken sagen oft Nein zu Leuten wie mir. Ich habe es nicht persönlich genommen.«

»Sie geben also zu, dass Sie Costa gekannt haben?«

»Rein geschäftlich.«

»Also haben Sie gelogen.«

»Menschen lügen ständig.«

»Und manche Leute verfangen sich in diesen Lügen«, schoss Decker zurück. »So wie jetzt. Costa wollte von Ihrer Bitte nichts hören. Womit Sie ein erstklassiges Motiv hätten, ihn zu ermorden.«

»Aber ich habe ihn nicht ermordet. Und wenn ich jeden umbringen würde, der mir übel mitspielt, wäre ich der fleißigste Serienmörder der Welt. Dann müsste ich so gut wie jeden in dieser Stadt ins Jenseits befördern.«

»Lassiter weiß, dass Swanson hier oben gewohnt hat. Und sie weiß auch über Ihre Beziehung zu Tanner Bescheid. Obendrein hat sie eine alte Anzeige wegen widerrechtlichen Betretens ausgegraben, die Sie gegen Toby Babbot erstattet haben. Lassiter weiß jetzt also, dass Sie mit allen vier Opfern in Verbindung standen. Damit gehören Sie einem ziemlich exklusiven Kreis an. Vor allem befördert es Sie an die Spitze der Verdächtigenliste.«

»Außerdem hat Lassiter eine Theorie, wie Ihre Beziehungen zu den Opfern zu Gelegenheiten geführt haben könnten, sie zu ermorden«, fügte Jamison hinzu. »John, es sieht gar nicht gut aus.«

Baron hörte sich alles an; dann zuckte er mit den Schultern. »Es ist, wie es ist. Schließlich kann ich nichts daran ändern.«

»Warum haben Sie wegen Costa gelogen?«, fragte Decker. »Und jetzt Babbot? Haben Sie geglaubt, dass die Polizei es nicht herausbekommt?«

»Vielleicht«, räumte Baron ein. »Diese Stadt hat zwar eine Polizei, aber für mich ist sie nur ein Aushängeschild. Sie konnte den Mord an meinen Eltern nicht aufklären. Warum sollte ich den hiesigen Cops auch nur die geringste Kompetenz zugestehen?«

»Lassiter hat es wegen Ihres alten Herrn auf Sie abgesehen. Als sie noch klein war, hat er seinen Job in der Textilfabrik verloren, dann sein Haus an die Bank. Deshalb hat er das Haus eines Bankiers niedergebrannt, während der Mann noch drin war. Lassiter ging ins Gefängnis und hat es nicht lebend verlassen. Was glauben Sie wohl, wie sehr seiner Tochter die Familie Baron am Herzen liegt?«

»Warum sollte sie sich von den anderen Leuten hier unterscheiden?«, fragte Baron zurück.

Jamison trat einen Schritt vor. »John, Sie stecken tief drin. Lassiter hat vor, Sie wegen vier Morden dranzukriegen. Wir versuchen nur, Ihnen den Ernst der Situation begreiflich zu machen.«

»Ich stecke bereits den größten Teil meines Lebens in ernsten Schwierigkeiten.«

»Die waren aber nicht so schwerwiegend«, sagte Decker. »Sie könnten die Todesstrafe bekommen.«

»Die wurde über mich verhängt, als ich hier geboren wurde. Es ist nur eine Frage der Zeit.«

»Sie sollten das wirklich ernst nehmen.« Jamisons Stimme klang besorgt und drängend.

Baron stand auf. In seinen Augen lag ein gefährliches Funkeln, wie keiner von ihnen es zuvor gesehen hatte. »Was spielt es für eine Rolle, was ich tue oder nicht, wenn die Leute es auf mich abgesehen haben, wie Ihr Freund sagt? Das Ergebnis ist unausweichlich. Vielleicht wird Ihnen jetzt klar, warum ich so viel trinke.«

»Haben Sie diese vier Leute umgebracht?«, fragte Decker.

Baron hielt Jamisons Blick noch einen Wimpernschlag länger fest; dann wandte er sich an Decker. »Hätte ich das getan, würde ich meine Schuld wohl kaum dem FBI gegenüber eingestehen.« Er sah wieder Jamison an. »Glauben *Sie*, dass ich diese Leute umgebracht habe?«

»Was ich glaube, spielt keine Rolle. Es geht darum, was bewiesen werden kann.«

»Das ist eine oberflächliche Antwort. Ich hätte mehr von Ihnen erwartet, Alex.«

»Haben Sie Swansons Sachen aus dem Gewächshaus entfernt?«, erkundigte sich Decker.

Baron schwieg.

»Wir haben Sie darüber informiert, dass wir Beweise für Swansons Aufenthalt im Gewächshaus gefunden haben«, fuhr Decker fort. »Und seine Drogen. Haben Sie das alles verschwinden lassen?«

»Ich weiß nicht, ob ich diese Frage beantworten soll.«

»Irgendwann müssen Sie das.«

»Ich schiebe es erst einmal hinaus.«

»Man wird jeden Zentimeter dieses Grundstücks durchsuchen. Die Chancen stehen ziemlich gut, dass man etwas findet. Auch das, was Sie vielleicht woanders erneut versteckt haben.«

»Brauche ich einen Anwalt?«

Genau in diesem Augenblick kam Lassiter aus der Haustür. »Jede Wette, Mr. Baron.«

Sie hielt eine Beweismitteltüte in die Höhe, in der sich eine Waffe befand.

53

»Der Ballistik zufolge wurden aus der Pistole, die in Barons Haus gefunden wurde, die Kugeln abgefeuert, die Costa und Swanson getötet haben«, sagte Decker.

Er saß mit Jamison am Küchentisch der Mitchells.

»Lassiter hat gerade angerufen. So glücklich habe ich sie noch nie erlebt«, fügte er hinzu. »Außerdem haben sie die ganzen Drogen im Gewächshaus gefunden. Den Fingerabdrücken zufolge gehörte alles Swanson. Offensichtlich hat Baron die Sachen dort gelassen, nachdem wir es ihm gesagt hatten.«

»Also nagelt Lassiter endlich die Barons fest«, meinte Jamison. »Glaubst du, dass John der Täter ist?«

»Jeder hätte die Pistole dort hinlegen können. Und Lassiter hat sie ziemlich schnell gefunden.«

»Hat sie gesagt, wo sie die Waffe gefunden hat?«

»Sie hat es mir später verraten. Die Pistole lag im Waffenraum, in einem der Glasschränke, zusammen mit einigen der anderen Waffen.«

»Baron hielt es für eine gute Idee, eine Mordwaffe zwischen anderen zu verstecken?«

»Tja, wie sich gezeigt hat, war es keine gute Idee.«

»Bei all dem Hass, den man hier auf ihn hegt, wird John wohl kaum einen fairen Prozess bekommen.«

»Wenn er sich einen vernünftigen Anwalt besorgt, kann der für eine Verlegung des Gerichtsorts sorgen.«

»Was sagt er zu der ganzen Sache?«

»Er weiß nichts von der Pistole und hat auch keine Ahnung, wo sie herkommt.«

»Fingerabdrücke?«

»Laut Lassiter nicht. Aber die könnten abgewischt worden sein.«

Jamison meinte: »Bei der Sache passt zu vieles nicht zusammen, Decker.«

Bevor er antworten konnte, summte sein Handy. Der Anruf dauerte ein paar Minuten; Decker hörte hauptsächlich zu und stellte nur kurze Fragen. »Danke«, sagte er schließlich und legte auf. »Das war Agentin Kemper. Ich hatte sie nach Lebensversicherungen gefragt.«

»Warum?«, fragte Jamison.

Decker erklärte ihr, worüber er mit der DEA-Agentin gesprochen hatte.

»Was hat sie herausgefunden?«

»In den letzten drei Jahren sind in Baronville fast dreihundert Menschen an einer Überdosis Drogen gestorben. Davon hatte ungefähr die Hälfte eine Lebensversicherung in Höhe von mindestens einer halben Million Dollar. Etliche hatten auch Policen von über einer Million.«

»Meine Güte, dann ist ja fast alle drei Tage jemand an Drogen verstorben!«

»Und es ist zusammengerechnet eine Menge Geld. Kemper zufolge haben die Versicherungsgesellschaften viele dieser Ansprüche untersucht, aber anscheinend hatte jeder Versicherungsnehmer zuvor eine ärztliche Untersuchung absolviert und keineDrogenvergangenheit. Zumindest in diesen Fällen wurde den Begünstigten das Geld ausgezahlt.«

»Ist das der neue amerikanische Traum? Für einen Angehörigen eine Lebensversicherung abschließen und darauf warten, dass er eine Überdosis nimmt, um dann davon zu profitieren?«

»Hoffen wir nicht.«

Eine Zeit lang saßen sie schweigend da.

»Was passiert jetzt mit Baron?«, fragte Jamison schließlich. »Nachdem er festgenommen wurde?«

»Es wird eine Kautionsanhörung geben. Wegen der Schwere der Anschuldigungen wird der Richter ihn vermutlich bis zum Prozess in Untersuchungshaft halten. Selbst wenn eine Kaution festgesetzt werden sollte, wird Baron sie wohl nicht aufbringen können.«

Es klopfte an der Haustür. Jamison ging öffnen und kehrte mit Cindi Riley zurück.

Sie trug verblichene Jeans, eine Lederjacke und ein Flanellhemd. Ihre Augen waren gerötet, ihr Gesicht erschöpft.

»Sie sehen aus, als könnten Sie einen Kaffee gebrauchen. Ich habe gerade frischen aufgesetzt.«

Riley antwortete mit einem Nicken und ließ sich gegenüber von Decker auf einen Stuhl fallen.

»Sie wissen, was passiert ist?«, fragte sie.

»Mit Baron? Ja.«

»Er hat es nicht getan. Er hat niemanden umgebracht.«

»War es seine Pistole?«

»Ich weiß es nicht. Sie haben das Haus gesehen, Mr. Decker. Dort liegt doch überall irgendwelcher Müll herum. John kennt nicht mal die Hälfte davon.«

»Hat er einen Anwalt?« Jamison stellte einen Becher mit Kaffee vor Riley ab.

»Ich habe ihm einen besorgt. Dazu musste ich außerhalb der Stadt suchen. Hier will ihn anscheinend niemand vertreten. Diese Idioten. Was hat er denen getan? Jemand hat seine Eltern umgebracht. Hat auch nur einer der Anwälte in dieser Stadt etwas in der Sache unternommen?«

»Haben Sie mit John gesprochen?«, fragte Decker.

»Ja, im Gefängnis. Ich mache mir wirklich Sorgen um ihn.«

»*Er* sollte sich Sorgen machen«, sagte Decker. »Man klagt ihn mehrerer Morde an.«

»Ich spreche nicht nur davon. Anscheinend hat John aufgegeben. Er war immer optimistisch. Ganz egal, mit welchem Mist man ihn beworfen hat, er hat ihn einfach abgewischt, einen Witz darüber gerissen und weitergemacht.«

Jamison setzte sich neben sie. »Jetzt nicht mehr?«

»Nein. Er ist wohl der Ansicht, dass er im Gefängnis sterben wird. Man hat eine Kaution festgesetzt, weil kein Fluchtrisiko besteht. Ich wollte sie nach der Anhörung bezahlen, aber John wollte es nicht.«

»Wenn er es nicht getan hat, wird er nicht lange im Gefängnis sein«, meinte Decker.

Riley warf ihm einen finsteren Blick zu. »Sie sind Cop. Sie sollten wissen, dass ständig unschuldige Leute in den Knast wandern.«

»Hat Baron Alibis für die Morde?«, fragte Decker.

»Eigentlich nicht, nein. Sie sagten ja, dass bei einigen der Opfer schwer zu bestimmen ist, wann genau sie gestorben sind. Und John verbringt den größten Teil seiner Zeit allein zu Hause. Abgesehen von ein paar Stunden einmal die Woche in der Bar.«

Decker nickte. »Na schön. Dann müssen wir seine Unschuld mit einem anderen Ansatz beweisen.«

»Sie glauben nicht, dass er jemanden getötet hat?«

Decker ignorierte die Frage. »Sie haben mir doch von diesen Geschäftsgründungen erzählt, die es überall in der Gegend gibt.«

»Ja, sicher.«

»Und Sie haben mir von ein paar Leuten erzählt, die das Geld von der Versicherung in die Geschäftsgründung gesteckt haben.«

»Auch richtig. Und?«

»Haben Sie jemanden gekannt, der an einer Überdosis starb und eine Lebensversicherung hatte?«

»Decker, du hast doch gesagt, die Versicherungsgesellschaften hätten einige Todesfälle in Baronville unter die Lupe genommen«, warf Jamison ein. »Und sie haben nichts gefunden.«

»Beantworten Sie die Frage, Cindi«, beharrte Decker.

»Ich weiß nicht genau … das heißt, Augenblick mal.« Sie dachte kurz nach. »Keith Drews. Seine Mutter hat die neue Bäckerei in der Innenstadt eröffnet. Ich erinnere mich daran, weil sie mir erzählt hat, dass es das einzig Gute an seinem Tod gewesen sei.«

»War er langjähriger Drogenkonsument?«

»Nein.«

»Was ist passiert? Wieso nahm er eine Überdosis?«

»Er hatte einen Unfall und bekam Percocet verschrieben, dann Vicodin. Dann wurde er von Oxy abhängig. Von da an ging es unaufhörlich bergab. Er starb an einer Überdosis Heroin. Wo auch immer er sich das Zeug besorgt hatte, man hatte Fentanyl zugesetzt. Vermutlich hatte Keith nicht die geringste Ahnung, was er da nahm. Wie ich hörte, hat es ihn auf der Stelle umgebracht.«

»Wie alt war er, als er starb?«

»Jünger als ich.«

»Seine Mutter war seine Begünstigte. Wie viel hat sie bekommen?«

»Genug, um die Bäckerei zu eröffnen. Sie hat das Erdgeschoss eines alten Gebäudes kernsaniert und eine neue Einrichtung gekauft. Muss ein Haufen Geld gewesen sein.«

»War *sie* süchtig?«

»Ja, allerdings«, antwortete Riley. »Viele Jahre lang, bis sie schließlich davon losgekommen ist. Aber worauf wollen Sie eigentlich raus?«

»In dieser Stadt sind viele Menschen an einer Überdosis gestorben. Ich habe herausgefunden, dass viele von ihnen Lebensversicherungen hatten. Um als Begünstigter benannt zu werden, muss man ein versicherungsfähiges Interesse an der Person haben. Und ohne ärztliche Untersuchung und eine eidesstattliche Versicherung, dass die Angaben der Wahrheit entsprechen, kann man sich nicht für hohe Summen versichern. Unter Umständen erfolgt sogar ein Hintergrundscheck über mögliche Vorstrafen. Die Gesellschaft besorgt sich medizinische Unterlagen und verlangt eine ärztliche Untersuchung.«

»Wie umgehen Gesellschaften denn die HIPAA-Verordnung?« Jamison bezog sich auf ein Gesetz, das die Krankheitsgeschichte einer Person vor der Einsicht durch nicht autorisierte dritte Parteien schützte.

»Als Cop damals in Ohio hatte ich eine Lebensversicherung«, erwiderte Decker. »Auf dem Antrag konnte man auf den HIPAA-Schutz verzichten. Die meisten Versicherungen schließen andernfalls keinen Vertrag ab. Sie wollen sich die Krankheitsgeschichte ansehen können. Anhaltspunkte für Drogensucht wären für eine Lebensversicherungsgesellschaft ein Alarmsignal.«

Riley schaute verwirrt drein. »Das verstehe ich nicht. Sie behaupten, dass man als Suchtkranker keine Lebensversicherung bekommt?«

»Zumindest keine, die bei Tod durch Überdosis zahlt.«

»Also …«

»… wie konnte jemand mit Sicherheit wissen, dass Versicherte süchtig sind und an einer Überdosis sterben werden?«, beendete Decker ihren Satz für sie.

54

Nur vier Personen saßen beim Abendessen. Es hätten fünf sein sollen.

Aber der Fünfte lag zwei Meter unter der Erde.

An dem kleinen ovalen Tisch in der Küchenmitte saß Jamison neben Zoe, Decker neben Amber.

»Wie war es in der Schule, Zoe?«, fragte Jamison.

»Ganz gut.« Zoe schob das Essen auf dem Teller herum, ohne einen Bissen zu nehmen.

Amber hatte an Gewicht verloren, und sie war zuvor schon ziemlich dünn gewesen. Ihre Züge waren angespannt, die Augen gerötet. Sie verhielt sich, als stünde sie unter Medikamenteneinfluss.

»Darf ich auf mein Zimmer, Mommy? Ich hab Bauchschmerzen.«

»Natürlich, Liebling«, sagte Amber gedankenverloren. »Ich sehe gleich nach dir.«

Zoe stand vom Tisch auf und verschwand eilig. Die anderen konnten hören, wie ihre Schuhe die Treppe hinaufklapperten.

»Sie isst nichts«, sagte Amber kläglich.

»Du auch nicht, Schwesterherz«, erwiderte Jamison. »Du musst bei Kräften bleiben.«

Amber winkte ab. »Mir geht es gut. Ich habe im Augenblick nur keinen Hunger.«

Jamison warf Decker einen Blick zu, dann legte sie die Gabel ab.

»Was hast du jetzt vor, Amber?«

Amber schaute vom Teller auf. »Was meinst du?«

»Bleibst du hier, oder ziehst du weg?«

Amber schaute ihre Schwester ungläubig an. »So weit bin ich noch nicht. Um Gottes willen, Frank ist nicht mal eine Woche tot.«

»Ich weiß. Aber ich wüsste nicht, was dich noch hier halten sollte. Du könntest näher zu deiner Familie ziehen. Sie könnte dich unterstützen.«

»Daran habe ich auch schon gedacht«, gestand Amber. »Und selbst mit dem Geld der Lebensversicherung muss ich wieder arbeiten. *Ich* verdiene jetzt die Brötchen.«

»Aber du verklagst Maxus, oder?«

»Verdammt, und ob! Aber soll ich Zoe schon wieder entwurzeln? So schnell? Ich mache mir Sorgen, welche Auswirkungen das auf sie haben könnte.«

»Ein neuer Anfang an einem anderen Ort wäre für euch beide das Beste.«

»Wie kann ich mir da sicher sein?«

»Haben Sie mit Zoe darüber gesprochen?«, warf Decker ein.

Beide Frauen sahen ihn an.

»Decker, sie ist gerade mal sechs«, meinte Jamison.

»Das bedeutet nicht, dass sie keine Meinung hat.«

»Ich kann mir nicht vorstellen, dass sie die Umstände begreift«, meinte Jamison.

»Ich finde, dass Amber mit ihr darüber sprechen sollte. Schließlich betrifft es auch Zoe.«

Amber und ihre Schwester sahen sich an.

»Vielleicht hat er recht.« Amber stand vom Tisch auf. »Ich rede mit Zoe, dann gehe ich ins Bett. Ich bin todmüde.«

Auch Alex erhob sich und umarmte ihre Schwester. »Ich bin für dich da, Süße. Was immer du brauchst, und solange es nötig ist.«

»Du hast dein eigenes Leben, Alex. Und einen Job. Du kannst nicht für alle Ewigkeit den Babysitter für uns spielen. Und das will ich auch gar nicht. Ich bekomme mein Leben schon wieder auf die Reihe. Das muss ich. Für Zoe.« Sie nickte Decker zu. »Vielen Dank für den Rat, Amos.«

Decker erwiderte das Nicken.

Amber verließ das Zimmer, und Jamison setzte sich wieder. Decker nahm sich noch eine Tasse Kaffee und trank einen Schluck.

»Wirst du weich, Decker?«, fragte Jamison.

»Was meinst du?«

»In letzter Zeit machst du dir häufig Sorgen um *andere* Menschen.«

»Ich untersuche Mordfälle. Da gibt es immer viele Leute, um die man sich sorgen muss.«

»Findest du, Amber und Zoe sollten hierbleiben? Oder Baronville verlassen?«

»Ich weiß die Antwort nicht. Ich bin nicht sie.«

»Aber hier gibt es nichts für sie.«

»Frank Mitchell ist hier«, entgegnete Decker. »Bis in alle Ewigkeit.«

Jamison lief rot an und schaute zu Boden. »Ja. Ja, natürlich. Das hatte ich gar nicht so gesehen.«

Decker trank einen Schluck Kaffee und schaute aus dem kleinen Fenster hinaus in die Dunkelheit. »Ich wollte Burlington damals nicht verlassen. Gleichzeitig wollte ich so schnell wie möglich weg. Meine Familie war dort ermordet worden. Meine Frau und meine Tochter liegen dort begraben. Als ich fortzog, hatte ich das Gefühl, sie im Stich zu lassen. Als ich noch dort wohnte, bin ich jeden Tag zu ihren Gräbern gefahren, habe mich hingesetzt und mit ihnen gesprochen. Jetzt war ich schon seit Monaten nicht mehr da.« Er stellte die Tasse ab. »Ich will nicht, dass meine einzige Verbindung zu ihnen aus verblichenen Fotos an der Wand besteht, Alex.«

»Du solltest dir keine Sorgen machen, du könntest sie vergessen, Amos. Gerade du nicht.«

»Ich habe sie in Burlington begraben. Das ist meine Verbindung zu diesem Ort. Ihre Grabstelle wird immer ein Teil von mir sein, ob ich will oder nicht.«

»Du bist also der Ansicht, dass meine Schwester bleiben sollte?«

»Ich weiß es nicht, Alex. Jeder ist anders.«

Decker stand auf und räumte den Tisch ab. Nachdem er gemeinsam mit Jamison den Geschirrspüler beladen hatte, ging er auf sein Zimmer.

Dort öffnete er den Wandschrank und holte die Baupläne hervor, die er unten im Flurschrank gefunden hatte, sowie das Stück Rechenpapier, der Fund aus Toby Babbots Wohnwagen.

Nachdem er sich alles mehr als eine Stunde lang angesehen hatte, kam er zu dem Schluss, dass er noch etwas brauchte, um dem allen einen Sinn zu entlocken.

Er verließ das Zimmer, ging über den Flur und klopfte an eine Tür. Augenblicke später öffnete eine verschlafene Zoe. Sie trug ihren Schlafanzug und hielt ihre Katze im Arm.

»Hi, Zoe.«

»Mr. Amos!« Das Mädchen musterte ihn erstaunt.

»Du musst mir etwas leihen.«

»Ich?« Zoe riss die Augen auf. »Was brauchst du denn?«

»Ein Lineal. Hast du so etwas?«

Zoe nickte eifrig. Sie eilte zu einem kleinen Schreibtisch an der Wand, öffnete eine Schublade, holte ein grünes Lineal hervor und brachte es ihm.

»Vielen Dank.« Er nahm es entgegen.

»Gern.«

Decker drehte sich um und wollte gehen, wandte sich dann aber erneut dem Mädchen zu. »Hat deine Mom schon mit dir gesprochen?«

Zoe nickte. »Sie hat mich gefragt, ob ich bleiben oder von hier wegziehen will.«

»Was hast du ihr geantwortet?«

Zoe senkte den Kopf. »Daddy ist hier. Ich will ihn nicht ganz allein lassen.«

Decker kniete sich hin, sodass er auf Augenhöhe mit dem kleinen Mädchen war. »Das verstehe ich gut.«

Zoe erwiderte seinen Blick. »Daddy weiß, dass ich da bin, wenn ich ihn besuche, hast du gesagt. Dass er es hier drin wissen würde.« Sie berührte die Mitte ihrer kleinen Brust.

»Ja, das habe ich.«

»Deshalb kann ich nicht weg, sonst wäre er traurig. Hier drin.« Sie berührte die Mitte von Deckers Brust. »Stimmt das?«

Jetzt wich Decker ihrem Blick aus. »Das stimmt.«

Zoe gähnte.

»Du solltest jetzt schlafen. Okay?«

»Okay, Amos.« Zoe umarmte ihn, und er kehrte stumm mit niedergeschlagener Miene in sein Zimmer zurück.

Manchmal ist das Leben richtig beschissen.

Er setzte sich aufs Bett und schaute auf die dort ausgebreiteten Pläne. Dann betrachtete er das Lineal. Mit einem Filzstift hatte jemand »Zoe Mitchell« daraufgeschrieben.

Er stand wieder auf, trat ans Fenster und ließ den Blick über eine verzweifelte Stadt schweifen, der möglicherweise die Chance auf einen Neuanfang geboten wurde.

Doch zu welchem Preis?

Und wie viele Menschen würden noch sterben, bevor es so weit war?

Sein Blick fiel auf Zoes Namen.

Sollten die Mitchells bleiben oder gehen?

Ihnen zu sagen, sie sollten gehen, war ganz leicht.

Flieht vor Gewalt und Gefahr. Zieht an einen sicheren Ort.

Aber wo gab es den noch?

Wenn mein Leben irgendeinen Zweck hat, dann den, dazu beizutragen, dass es sichere Orte gibt, an die man gehen kann.

Mit diesem Gedanken setzte sich Decker, maß mit dem Lineal jede Größenangabe auf den Bauplänen sowie Toby Babbots Version davon nach und stellte mit Papier und Kugelschreiber ein paar Berechnungen an. Als er fertig war, hatte er die einzige Diskrepanz zwischen beiden Dokumenten gefunden.

Aber was für eine Diskrepanz es war!

55

»Ich möchte bitte mit Mr. Ross sprechen.« Decker zeigte der Frau am Empfang des Maxus-Logistikzentrums seinen Ausweis. »Er kennt mich. Ich war schon einmal hier.«

Es war der nächste Morgen, und Decker war zu einer ganz bestimmten Zeit eingetroffen.

»Es tut mir leid, aber Mr. Ross ist im Augenblick in der Halle unterwegs, Agent Decker.«

»Kann ich in seinem Büro warten? Es ist wirklich wichtig«, fügte er hinzu, denn sie war die einzige Angestellte am Empfang, und hinter ihm hatte sich bereits eine Schlange gebildet. »Ich war schon einmal dort. Als Frank Mitchell getötet wurde.«

»Ach ja, natürlich. Das war schrecklich. Äh …« Als sie noch immer zögerte, deutete Decker auf den blauen Fleck an ihrem Unterarm.

»Haben Sie sich gestoßen?«

»Am Squat Rack im Sportstudio.«

»Sie treiben Sport? Sehr gut. Hält einen fit.«

»Nicht nur darum. Ich will hier Picker werden. Ich trainiere, damit ich die körperlichen Anforderungen schaffe.«

»Gefällt Ihnen die Arbeit im Büro nicht?«

»Nun ja, Picker verdienen besser. Außerdem können sie Überstunden machen. Und der Rentenplan ist auch besser. Darauf arbeite ich hin.«

»Viel Glück. Kann ich also jetzt auf Mr. Ross warten?«

Sie warf einen Blick auf die Schlange mit den ungeduldig aussehenden Leuten hinter ihm. »Das dürfte wohl in Ordnung gehen. Er macht seinen üblichen Rundgang. Aber ich fürchte, der dauert mindestens noch fünfundvierzig Minuten.«

»Ich habe es nicht eilig.«

Decker betrat den Korridor hinter dem Empfang, in dem sich die Verwaltungsbüros des Logistikzentrums befanden.

Ross hatte erwähnt, wann er seinen Rundgang zu machen pflegte; genau deshalb war Decker exakt um diese Zeit gekommen. Er wollte den Mann nicht um sich haben.

Eilig begab er sich zu Ross' Büro. Die Tür war verschlossen. Die Jalousien waren hochgezogen und gaben den Blick auf den leer stehenden Raum frei.

Decker schaute sich um. Der Flur war menschenleer. Er zog ein Taschenmesser und drückte mit der Klinge den Riegel zurück.

Dann schloss er die Tür hinter sich und ließ die Jalousien herunter.

Das Büro sah genauso aus wie bei seinem letzten Besuch. An der Hinterseite der Tür hing Ross' Mantel, auf dem Boden stand eine kleine Tasche. Decker öffnete sie und warf einen Blick hinein. Sportklamotten, weiße Socken, Turnschuhe.

Er zog den Reißverschluss wieder zu und holte den Gegenstand aus der Tasche, den er mitgebracht hatte.

Ein Maßband.

Schnell vermaß er das Zimmer.

Die Tiefe betrug sechzig Zentimeter weniger, als auf dem Bauplan verzeichnet gewesen war. Das bedeutete, dass die gesamte Rückwand sechzig Zentimeter nach vorn gerückt worden war. Dafür musste es einen Grund geben. Auf den Plänen hatte Decker gesehen, dass an der Rückwand ein Flur vorbeiführte, genau wie an der Vorderseite. Also gab es dort keinerlei Spielraum.

Er trat an die Wand hinter dem Schreibtisch und inspizierte sie.

Die Wand war mit Holz verkleidet, das mit aufwendigen Reliefs verziert war. An einer Stelle hing ein Trikot der Pittsburgh Steelers in einem Glaskasten. Decker hatte ihm bei seinem ersten Besuch keine Beachtung geschenkt, diesmal aber interessierte es ihn sehr.

Ein Geräusch ließ Decker zusammenzucken.

Rasch sah er sich um, bis er die Quelle entdeckt hatte.

Ross' Smartphone lag hinter dem Schreibtisch auf einem Regalbrett. Jemand rief ihn an.

Decker warf einen Blick auf die Nummer, die auf dem kleinen Monitor erschienen war, aber sie sagte ihm nichts. Sie war mit keinem Namen verbunden.

Er wandte sich wieder der Wand zu und klopfte sie mit den Knöcheln ab, bis er zu einer Stelle gelangte, an der sich ein Hohlraum zu befinden schien. Genau dort hing das Trikot. Decker klopfte die Wand ab, bis er eine Fläche vom Ausmaß einer großen Tür ausgemacht hatte.

Erfolglos suchte er nach den Rändern; die Reliefs verdeckten sie.

Er betrachtete den Teppich, der vor der unsichtbaren Tür lag.

Die Fasern waren ein wenig verschlissen, als würde man hier ständig etwas Schweres hin und her schieben.

Wieder schaute Decker auf die Wand, überlegte kurz und fasste einen Entschluss. Er legte die Finger an den Rand eines Hohlraums und drückte.

Nichts tat sich.

Er drückte an anderen Stellen, doch die Oberfläche gab keinen Millimeter nach.

Trotz seiner Größe musste Decker sich recken, um an die Wände dicht unterhalb der Decke heranzukommen. Doch hier stieß er endlich auf Gold: An einer Stelle ragte ein Holzmedaillon hervor, das locker zu sein schien. Decker versuchte, es im Uhrzeigersinn zu drehen, aber es rührte sich nicht. Er nahm die andere Richtung. Es drehte sich wie ein Türknauf.

Ein Klicken war zu hören. Dann kam der Hohlraum in der Wand zum Vorschein. Der Teppich bremste die Tür, was die Abnutzung erklärte.

Decker sah, dass es sich um einen einfallsreichen Mechanismus handelte. Die Türränder verfügten über drei Riegelbolzen aus Metall, einen oben, einen in der Mitte und einen in Bodennähe. Das Drehen des Medaillons hatte alle drei Bolzen in die Tür zurückfahren lassen, sodass man sie öffnen konnte.

Decker zog die Tür ganz auf und spähte in den versteckten Hohlraum.

Er war ungefähr sechzig Zentimeter tief und mit kleinen Regalbrettern ausgestattet. Das erklärte, warum dem Büro ungefähr ein halber Meter in der Länge fehlte. Der Raum war für diesen Lagerschrank verwendet worden. Wer immer ihn dort eingebaut hatte, hatte ihn wegen des Flurs auf der anderen Seite nicht in den ursprünglichen Grundriss einplanen können, ohne die ganze Wand versetzen zu müssen. Und hätte er ihn nach vorn gezogen und den Rest der Wand so belassen wie ursprünglich geplant, hätte es verdächtig ausgesehen.

Rechteckige Pappkartons standen auf den Regalbrettern.

Decker nahm einen herunter. Einst war er mit Aufklebern bedeckt gewesen, aber der größte Teil davon war abgerissen. Deshalb gab es keinen Hinweis auf den Inhalt.

Unwillkürlich warf Decker einen Blick auf den Schredder neben dem Schreibtisch und fragte sich, ob dies das Schicksal der Aufkleber gewesen war.

Vermutlich.

Er zählte die Kartons. Zwanzig Stück.

Vorsichtig zog er das Klebeband von dem Karton ab und öffnete ihn. Dort befand sich eine dünne Schicht Luftpolsterfolie. Und unter den Luftpolstern standen Plastikfläschchen, alle gefüllt mit einer weißen, körnigen Substanz.

Decker überlegte kurz. Dann steckte er eines der Fläschchen ein, schloss den Karton, befestigte das Klebeband wieder sorgfältig und stellte ihn zurück an seinen Platz. Er drückte die Tür zu.

Dabei fiel ihm Ross' Stuhl auf. Die Sitzfläche wies Einkerbungen auf. Decker kannte den Grund: Er war eins fünfundneunzig, Ross ungefähr eins fünfundsiebzig. Im Gegensatz zu ihm musste Ross sich auf den Stuhl stellen, um den Türöffner zu erreichen.

Nachdem Decker sich vergewissert hatte, dass der Flur leer war, zog er die Jalousien hoch, wie sie zuvor gewesen waren, und verließ den Raum. Auf dem Weg durch den Empfang sprach er die dort noch immer sitzende Frau an.

»Ich kann doch nicht länger warten. Sie brauchen ihm nicht mitzuteilen, dass ich da war. Ich erwische ihn später.«

»Alles klar, danke.«

»Nein, ich danke Ihnen. Ach, und noch etwas.«

»Ja?«

»Gibt es hier für die Angestellten einen Fitnessraum?«

»Einen Fitnessraum? Nein. Warum?«

»Bei meinem letzten Besuch habe ich eine Sporttasche in Mr. Ross' Büro gesehen. Ich dachte, sie würde vielleicht Sportklamotten enthalten.«

»Das stimmt wohl. Er trainiert in dem Studio, in dem auch ich trainiere. Direkt nach Feierabend. Da kann man die Uhr nach stellen. Manchmal trainiere ich mit ihm. Kann nicht schaden, sich mit dem Boss gut zu stellen.«

»Zieht er sich hier um oder im Sportstudio?«

Sie musterte Decker verwirrt, antwortete dann aber: »Im Sportstudio. Dort gibt es Spinde und Duschen.«

»Schön zu wissen, dass er sich in Form hält«, sagte Decker.

Wirklich schön zu wissen, dachte er, als er nach draußen eilte.

56

Decker stieg in seinen Wagen und wollte vom Parkplatz fahren, als er es sich anders überlegte, die entgegengesetzte Richtung einschlug und zur Baustelle des Anbaus fuhr. Er parkte, stieg aus und ging so nahe heran, wie es möglich war. Überall eilten Arbeiter umher; Gabelstapler, Lastwagen und andere Nutzfahrzeuge transportierten Material. Offensichtlich hatte die Polizei erlaubt, dass die Arbeiten trotz des tragischen Unfalls fortgesetzt wurden. Decker sah eine Weile zu, dann konzentrierte er sich auf den Ort. Er entdeckte etwas, bückte sich und hob es auf. Nachdem er es einen Augenblick lang untersucht hatte, steckte er es in die Tasche, ging zurück zum Auto und fuhr los.

Unterwegs rief er Kemper an und bat sie, sich mit ihm vor der Mercury Bar zu treffen.

Als sie eintraf, wartete Decker bereits auf sie. Er stieg zu ihr in den SUV, holte das Fläschchen hervor und erklärte kurz, wie er es gefunden hatte.

»Können Sie überprüfen, was das ist? Ich glaube allerdings, ich weiß es auch so.«

Sie musterte das Fläschchen. »Das ist mit ziemlicher Sicherheit entweder Heroin oder Fentanyl. Die sehen beide gleich aus, darum strecken Dealer das eine mit dem anderen. Das Problem ist nur, dreißig Milligramm Heroin reichen aus, um jemanden zu töten, aber man braucht nur drei Milligramm Fentanyl. Sie haben das aus einem Versteck in Ted Ross' Büro?«

»Ja. Und da ist noch viel mehr. Ich glaube, die Lieferungen kommen durch das Logistikzentrum herein.«

»Warum sollte man es dorthin liefern? Warum nicht an ein Postfach oder Ross' Adresse?«

»Es ist viel leichter, ein Haus oder ein Postfach zu durchsuchen. Das Logistikzentrum bekommt Millionen Lieferungen. Für die Cops wäre es wie die Suche nach der Nadel im Heuhaufen.«

»Aber werden diese Pakete denn nicht alle erfasst? Wie schafft es Ross, sie aus dem Computersystem zu nehmen?«

»Er ist der Manager. Wenn jemand eine Möglichkeit finden kann, dann er.«

»Woher haben Sie überhaupt von dem Versteck in seinem Büro gewusst?«

»Toby Babbot. Er hatte Baupläne des Logistikzentrums gezeichnet. Ich habe einen Satz der offiziellen Baupläne gefunden und sie miteinander verglichen. In Babbots Version gab es nur einen Unterschied, eine sechzig Zentimeter tiefe Abweichung in Ross' Büro.«

»Wie hat Babbot das herausgefunden?«

»Er hat auf der Baustelle des Logistikzentrums gearbeitet und später dann im Büro. Vielleicht hat er es dabei entdeckt. Ich habe ein Maßband benutzt, er womöglich auch.«

»Ob Babbot gewusst hat, was Ross mit dem Stauraum anfängt?«

»Am Ende war Babbot tot. Es ist also durchaus möglich, dass er es gewusst oder zumindest einen Verdacht hatte.«

»Wieso hat Ross das Zeug weiterhin in seinem Büro versteckt?«

»Da ist es sicher aufgehoben. Der Wandschrank kann nicht zufällig geöffnet werden. Ross muss sich dazu auf einen Stuhl stellen und an einer der Wandverzierungen drehen. Das Holz selbst zeigt keinen Saum. Man könnte die Wand den ganzen Tag lang anstarren und würde keine Tür entdecken. Außerdem hat er ein Trikot der Steelers dort hängen, um sie zusätzlich zu tarnen.«

»Wie konnte er so etwas bauen lassen, ohne dass jemand davon erfährt?«

»Vielleicht hat er es selbst gebaut. Mir hat er erzählt, er habe vor seiner Zeit im Logistikzentrum auf dem Bau gearbeitet. Vielleicht war einer der Bauarbeiter beteiligt, oder mehrere. Als Manager konnte er sich dort ungehindert bewegen und sämtliche Arbeiten beaufsichtigen.«

»Aber wie stolpert jemand wie Ted Ross über einen Drogenvertrieb?«

»Bei einem unserer Gespräche hat er sich selbst als kleinen Mann beschrieben, als Underdog. Wenn sich einem kleinen Mann die Gelegenheit bietet zurückzuschlagen, tut er es auch. Ich glaube, genau deshalb hat er mir die Kontaktadresse eines Anwalts für Amber gegeben, damit sie Maxus verklagen kann. Ross hasst die großen Leute. Und Alice Martin hat mir erzählt, dass Fred Ross, Teds Vater, ihn und seine Mutter äußerst mies behandelt hat. Übrigens hat Ted mir auf der Beerdigung das Gleiche erzählt. Vielleicht ist Ted auf diese Weise auf die schiefe Bahn geraten. Fred Ross ist ein unangenehmer Zeitgenosse, das kann ich bezeugen. Das und ein Haufen Geld wären ein großartiges Motiv. Oder man ist auf Ted zugekommen, weil er der Manager des Logistikzentrums ist, und jemand wollte es als Tarnung benutzen.«

»Sie haben ausgezeichnete Arbeit geleistet, Decker«, lobte Kemper. »Und jetzt erwidere ich den Gefallen. Ich habe herausgefunden, was Sie über Randy Haas wissen wollten.«

»Unser Sterbender mit seiner Aussage, die Ihre beiden Agenten belastet hat?«

»Richtig. Sie, Amos, wollten von mir wissen, ob Haas Familie hatte und möglicherweise krank gewesen war. Sie hatten in beiden Fällen recht. Er hatte eine Frau und zwei kleine Kinder. Und Bauchspeicheldrüsenkrebs in fortgeschrittenem Stadium. Er hatte vielleicht noch zwei Monate.«

»Und die Familie? Wie kommt sie zurecht?«

»Offensichtlich ist ein Geldregen auf sie niedergegangen. Sie lebt in Bel-Air, Kalifornien, in einer Villa, die drei Millionen gekostet hat.«

»Und welche Erklärung hat sie dafür?«

»Eine Lebensversicherung. Eine Police von zehn Millionen Dollar.«

»Die Prämien dafür sind nicht billig.«

»Nein, sind sie nicht. Aber die Beiträge waren voll bezahlt.«

»Ich bezweifle, dass Haas auf dem Antrag als Beruf Drogenhändler angegeben hat. Es erscheint mir mehr als unwahrscheinlich, dass eine seriöse Versicherung ihm eine so große Police verkauft hat. Die Aussichten, dass er früh starb, waren viel zu hoch.«

»Es war kein Vertrag mit einer amerikanischen Versicherung. Sie befindet sich in Übersee. Wir wollten mehr über sie herausfinden, rennen bis jetzt aber gegen Mauern an. Vielleicht hat man auf diese Weise Haas' Familie für die Falschaussage über meine beiden Agenten entlohnt.«

»Wieder eine Lebensversicherung«, sagte Decker nachdenklich.

»Ja. Woher wussten Sie, dass Haas todkrank war?«

»Ich war überzeugt, dass er gelogen hat, was Ihre Leute anging. Er hat sie zu Sündenböcken gemacht. Sie waren keine Abtrünnigen. Ich glaube, sie sind über das gestolpert, was hier in Baronville vor sich geht, und mussten ausgeschaltet werden. Und Haas, bereits ein toter Mann mit mittelloser Familie, war der richtige Helfer. Er hat Ihnen eingeredet, dass Ihre Männer Verbrecher sind, und die wahren Kriminellen haben sie umgebracht. Und

Haas' Familie hat den Lohn für seine Falschaussage erhalten. Möglicherweise hat er sich die tödliche Dosis Morphium selbst verabreicht.«

»Hier in Baronville ist ein großer Fentanyl-Ring am Werk. Ross benutzt das Logistikzentrum, um die Ware reinzubringen. Haben Sie auch eine Vermutung, was er damit macht?«

»Er muss das Zeug aus dem Zentrum schaffen und weiterverteilen. Er hat eine Sporttasche im Büro. Vermutlich bringt er damit alles raus. Ich habe herausgefunden, dass er nach Feierabend ins Sportstudio geht. Warum nimmt er die Sportsachen mit zur Arbeit, wenn es im Sportstudio Spinde und Duschen gibt? Warum lässt er sie nicht einfach im Auto, bis er zum Studio fährt?«

»Gibt es bei Maxus denn keine Sicherheitsvorkehrungen? Werden die Taschen nicht durchsucht?«

»Es gibt dort Magnetometer, aber die würden kein Pulver erkennen. Allerdings durchsucht man die Taschen. Ich wette, die Sporttasche hat einen falschen Boden. Ich habe sie geöffnet, als ich im Büro war – für eine so große Tasche schien sie ziemlich klein zu sein. Außerdem braucht man nicht viel Platz, um solche Fläschchen zu verstecken.«

»Stimmt.«

Decker zeigte auf das Fläschchen. »Was kann man an dem Zeug verdienen? Wissen Sie das?«

»In der Herstellung kostet ein Kilo Heroin etwa genauso viel wie ein Kilo Fentanyl. Ungefähr drei- bis viertausend Dollar. Auf der Straße bringt ein Kilo Heroin sechzigtausend ein. Aber weil Fentanyl viel wirksamer ist, lässt sich ein Kilo auf ungefähr vierundzwanzig Kilo Ware strecken. Das macht es bedeutend lukrativer als Heroin. Ein Kilo gestrecktes Fentanyl ergibt eine halbe Million Pillen, die man für ungefähr fünfundzwanzig Dollar das

Stück verkauft.« Sie sah sich das Fläschchen genauer an. »Das müssen ungefähr fünftausend Milligramm Pulver sein.«

»In seinem Büro waren zwanzig Kartons. In dem, den ich geöffnet habe, steckten fünf Fläschchen. Das wären insgesamt hundert Fläschchen. Was wäre das Zeug auf der Straße wert?«

Kemper rechnete es durch. »Wenn es Fentanyl ist, lagern im Büro dieses Mannes fast neun Millionen Dollar.«

»Ich frage mich, wie viele Lieferungen hier durchgeschleust werden.«

»Ich mich auch«, entgegnete Kemper besorgt.

»Bei diesen Summen haben wir es wohl nicht mit einer Kleinstadtverschwörung zu tun, sondern mit einer international tätigen Bande.«

Kemper nickte. »Sie lesen meine Gedanken, Decker. Mir ist bekannt, dass sämtliche mexikanischen Kartelle ins Fentanylgeschäft eingestiegen sind. Sie importieren es entweder direkt aus China, wo es sowohl illegal wie auch von legalen Pharmafirmen hergestellt wird, oder sie kaufen alles Nötige von den Chinesen und kümmern sich selbst um die Laborarbeit. Dann verticken sie das Zeug in Pulverform wie in diesem Fläschchen oder verschneiden es mit Heroin. Sie pressen aber auch Fentanyltabletten. In diesem Fall haben die Dealer und Konsumenten für gewöhnlich keine Ahnung davon. Aber Leute, die nicht schnupfen oder rauchen wollen, werden eine Pille schlucken, weil es sich legaler anfühlt. Als würde man ein verschriebenes Medikament nehmen. Die Tabletten sehen wie Oxycodonpillen aus. Man kann sie auch mit Xanax oder anderen Schmerzpillen verschneiden. Man druckt sogar die Dosierung achtzig Milligramm auf, weil das eine typische Oxy-Dosis ist. Auf der Straße nennt man sie ›Shady Eighties‹. Wie ich schon sagte, kostet das Zeug fünfundzwanzig Dollar die Pille, und der durchschnittliche Süchtige schluckt zwanzig Pillen pro Tag.«

»Fünfhundert Dollar am Tag. Eine teure Angewohnheit.«

»Ich habe schon Dealer festgenommen, die täglich tausend Pillen verkaufen. Auf der Straße nennt man tausend Pillen ein ›Boot‹. Und es gibt Dealer, die noch viel mehr umsetzen.«

Decker betrachtete das Pulver. »Wollte man daraus Tabletten machen? Was meinen Sie?«

»Ich nehm's an. Was bedeutet, dass dieses Pulver zu einer Produktionsstätte irgendwo in der Nähe geschafft wird. Warum sollte man das Zeug sonst an so einen Ort liefern?«

»Wie viel Platz würde man für eine Produktionsstätte brauchen?«

»Das kann man im Schlafzimmer erledigen. Oder im Hinterzimmer eines ganz normalen Geschäfts. Aber man muss die dafür nötige Ausrüstung beschaffen. Eine Tablettenpresse mit einer Presskraft von einer viertel oder halben Tonne; das hängt von den Erfordernissen ab. Schon eine Presse mit einer Vierteltonne Presskraft kann in der Stunde drei- bis viertausend Pillen produzieren. Außerdem braucht man Leute für die Herstellung und die Verpackung. Man muss extrem vorsichtig beim Umgang mit dem Zeug sein. Ich habe schon Cops erlebt, die bei einer Razzia Fentanyl ohne Handschuhe berührt haben. Im nächsten Augenblick lagen sie auf dem Boden und liefen blau an, so gefährlich ist dieser Stoff.«

»In dieser Gegend gibt es viele leer stehende Gebäude. Mir kommt das leere Haus in den Sinn, in dem Ihre Männer gefunden wurden. In einem solchen Haus könnte man mehrere Pillenpressen betreiben. Das würde auch erklären, warum der Strom angeschlossen war, obwohl dort niemand gewohnt hat.«

Kemper riss die Augen auf. »Sie glauben …?«

»Wie ich Ihnen schon sagte, vermutlich ließ man an diesem Abend eine Drohne patrouillieren.«

»Aber Sie haben mir nie den Grund dafür verraten.«

»Wahrscheinlich haben diese Leute die Ausrüstung weggeschafft und die Leichen abgeladen. Sie wollten sichergehen, dass niemand zusah oder vorbeifuhr. Das ließ sich am besten durch Luftüberwachung bewerkstelligen. Was Drohnen richtig gut können.«

»Verdammt, dann müssen wir die Zimmer noch einmal durchsuchen, ob Spuren einer Pillenpresse hinterlassen wurden.«

»Ich würde auch das Nebenhaus überprüfen«, riet Decker ihr. »Wo ich Brian Collins erschossen habe. Auch dieses Haus steht leer. Und auch hier ist der Strom angeschlossen.«

»Und der alte Mann, der gegenüber wohnte?«

»Dan Bond? Vielleicht hat er irgendwas gehört, und man hat ihn beseitigt. Diese Straße bietet sich als Standort an, weil es so wenige Anwohner gibt. Nur drei Parteien haben dort gewohnt, Bond eingeschlossen. Und Fred Ross ist der Vater des Mannes mit den Drogen.«

»Was schlagen Sie vor? Statten wir Ted Ross einen Besuch ab und verhaften ihn?«

»Wenn wir ihn hochnehmen, ist die Gefahr viel zu groß, dass alle anderen davonkommen. Und auf der Basis meiner Informationen werden Sie keinen Durchsuchungsbefehl bekommen, denn ich hatte keinen hinreichenden Verdacht für die Aktion in seinem Büro.«

»Wird Ross nicht bemerken, dass eine Flasche fehlt, wenn er seinen Vorrat überprüft?«

»Vielleicht glaubt er dann, man hätte ihn übers Ohr gehauen. Aber wir müssen ihn beobachten. Wenn es den Anschein hat, dass er Bescheid weiß, müssen wir ihn festnehmen.«

»Ich setze ein paar Leute darauf an«, versprach Kemper. »Was haben Sie jetzt vor?«

»Wir wissen jetzt, worum es hier letztlich geht – um Drogen.

Jetzt muss ich nur noch die restlichen Teile des Puzzles zusammensetzen.«

»Glauben Sie, alle anderen Morde haben damit zu tun?«

»Ja. Aber hier in Baronville könnte noch etwas anderes vor sich gehen.«

»Und was?«

»Das sage ich Ihnen, sobald ich es weiß.«

57

Tags darauf saßen Decker und Jamison im Besuchszimmer des Gefängnisses von Baronville einem schmuddeligen John Baron gegenüber.

Decker hatte Jamison über seine Entdeckung in Ted Ross' Büro und sein Treffen mit Agentin Kemper informiert.

Baron trug einen weißen Gefängnisoverall. Er war unrasiert, sein Haar zerzaust. Er machte nicht den Eindruck, viel geschlafen zu haben.

»Sie haben die Kaution also nicht aufgebracht?«, fragte Decker.

»Ich konnte nicht.«

»Hätten Sie aber. Cindi Riley wollte die Kaution nach Ihrer Anhörung hinterlegen, aber Sie haben abgelehnt.«

»Das ist nicht Ihr Problem. Cindi hat mir einen Anwalt besorgt. Ich wollte nicht, dass sie noch mehr von ihrem Geld für mich verschwendet.«

»Sehr nobel von Ihnen«, sagte Decker. »Aber ich glaube kaum, dass Ehrenhaftigkeit Sie aus der Sache rausholt. Die Wahrheit vielleicht schon.«

»Ja, ja! Ich habe Sie angelogen!«, erwiderte Baron scharf. »Das hatte ich bereits zugegeben.«

»Ich spreche nicht unbedingt von Ihnen. Ich meine das ganz allgemein.«

»Warum sind Sie dann hier? Ganz *allgemein?*«

»Wir nehmen stark an, dass Bradley Costa nach Baronville

kam, weil er es auf einen vom Namensgeber der Stadt versteckten Schatz abgesehen hatte.«

»Ich sagte Ihnen doch schon, ich glaube nicht an diesen Schatz. Wenn es ihn gäbe, hätte man ihn längst gefunden.«

»Nehmen wir mal an, es gibt ihn tatsächlich. Rein hypothetisch.«

Baron seufzte und lehnte sich im Plastikstuhl zurück. »Von mir aus. Es ist ja nicht so, als hätte ich im Augenblick etwas Besseres zu tun.«

»Falls sich der Schatz irgendwo auf Ihrem Besitz befindet, wäre es für einen Außenstehenden schwierig, ihn sich einfach zu holen.«

»Kommt darauf an, um was es sich handelt.«

»Papier kommt meiner Meinung nach nicht infrage. Das würde sich im Lauf der Zeit zersetzen. Ich glaube, Ihr Ahnherr hätte etwas genommen, das die Zeit gut überdauert.«

»Warum?«

»Weil er ein Arschloch war«, erwiderte Decker grob. »Er wollte nicht, dass die Familie sein Geld bekommt. In einem Brief von Nigel Nottingham an seinen Sohn stand, dass Ihr Vorfahre seine Kinder für unwürdig hielt, sein Vermögen zu erben.«

Baron dachte über diese Behauptung nach und zuckte mit den Schultern. »Wie mies die Dinge wirklich standen, erfuhr ich erst nach dem Tod meiner Eltern. Erst da fand ich heraus, dass das Haus bis unter das Dach mit Hypotheken belastet war und auf den Konten kein Geld lag. Ich bin davon ausgegangen, dass die vorangegangenen Generationen es verpulvert haben. Aber dann habe ich nachgeforscht und herausgefunden, dass Baron der Erste seinen Erben nicht viel hinterlassen hat.«

»Aber wo ist das ganze Geld geblieben, wenn er doch so erfolgreich war?«, fragte Jamison.

»Mein Vater hat mal mit mir darüber gesprochen. Er hat sich wohl auch dafür interessiert. Als Anwalt wusste er, wo er suchen musste. Nachdem er nachgeforscht hatte, meinte er, dass Baron sich größtenteils von seinen Unternehmen auszahlen ließ. Er hat sich große Summen geliehen und seine Werte als Sicherheit eingesetzt. Für seine Erben war das ein doppelter Schlag. Die Firmen waren hoch verschuldet, und es gab kaum genug liquide Mittel, um die Schulden abzutragen.«

»Vielleicht ist dieses verschwundene Geld ja der Schatz«, meinte Jamison.

Baron schüttelte den Kopf. »Alex, es gibt keinen Schatz.«

»Warum nicht?«

»Weil viele meiner Vorfahren danach gesucht haben. Sie haben doch die Löcher in den Wänden gesehen? Und das Gelände wurde umgegraben. Mein Vater hat mir erzählt, auf dem Anwesen habe es ausgesehen, als würde man dort Bergbau betreiben. Falls es je einen Schatz gab, hätte man ihn längst gefunden!«

Jamison dachte darüber nach. »Warum hat man überhaupt angenommen, dass es einen Schatz gibt?«

»Ich weiß es nicht mit Sicherheit, aber die Leute haben offenbar nicht geglaubt, dass das alles sein sollte – das vollständige Erbe. Vielleicht glaubten sie, dass Baron sie reingelegt hat, genau wie Decker vermutet.«

»Bei seinem Tod waren die Firmen aber noch in Betrieb, oder?«, fragte Decker.

»Ja, aber dann sind sie alle langsam den Bach runter. Die Konsequenz aus mangelndem Kapital und dem Unvermögen von Barons Erben, die nicht annähernd so gute Geschäftsleute waren wie er.«

»Was mich zu meiner ursprünglichen Frage zurückbringt«, sagte Decker. »Falls es einen Schatz gibt, dürfte sich die Suche danach sehr schwierig gestalten, ohne dass Sie es mitbekommen. Richtig?«

»Ich bin fast immer da. Wenn ich mal unterwegs bin, stets nur für ein paar Stunden. Und man kommt nur durch das Haupttor auf das Gelände.«

»Ihnen gehört noch immer alles?«

»Natürlich.«

»Und was passiert, wenn man Sie wegen Mordes verurteilt?«

»Das wissen Sie doch. Dann lande ich im Knast.«

Jamison schüttelte den Kopf. »Nein, er will wissen, was dann mit dem Besitz passiert. Mit dem Anwesen.«

Baron runzelte die Stirn. »Verstehe. Im Augenblick kann ich kaum den Kopf über Wasser halten. Im Gefängnis könnte ich nicht arbeiten, also trocknet mein Einkommen aus, so gering es auch sein mag.«

»Sie könnten ein paar Ihrer persönlichen Besitztümer verkaufen. Wie die alten Waffen, die Sie uns gezeigt haben.«

»Es ist nicht nur das.«

»Was dann?«

»Obwohl Bradley Costa meinen letzten Antrag abgelehnt hat, ist es mir vor etwa einem Jahr gelungen, die Hypothek zu refinanzieren. Die Bank hat mir einen etwas geringeren Zinssatz eingeräumt, aber es wurde eine Klausel in den Vertrag genommen.«

»Was für eine?«, fragte Jamison.

»Moralisches Fehlverhalten. Möglicherweise könnte man das Anwesen zu einem Ort von historischer Bedeutung erklären. Aber jeder noch so kleine Skandal würde den Wert der Immobilie schmälern, und dieses Risiko wurde in die Refinanzierung eingearbeitet.«

»Mit anderen Worten, sollte man Sie verhaften und wegen eines Verbrechens verurteilen …«

»Die Bank könnte einen Vertragsverstoß feststellen, zwangsvollstrecken und alles an den Meistbietenden verkaufen. Selbst dann, wenn ich die Hypothek weiterhin bezahlen könnte.«

»Auch wenn Sie weiterhin die Raten aufbringen? Das verstehe ich nicht.«

»Nun ja, das Haus ist die Sicherheit für das Darlehen. Würde ich ein Verbrechen begehen, würde es den Wert und die Marktfähigkeit dieser Sicherheit mindern. So argumentiert zumindest die Bank. Darum hat sie sich das Recht ausbedungen, mich im Schadensfall als in Verzug einzustufen.« Baron warf Decker einen Blick zu. »Das scheint Sie nicht besonders zu überraschen.«

»Tut es auch nicht.«

»Ach? Warum nicht?«

»Falls Sie nicht der Mörder sind, hat sich jemand schrecklich viel Mühe gegeben, dafür zu sorgen, dass man Sie zur Verantwortung zieht. Sie kannten alle vier Opfer oder hatten Kontakt mit ihnen, was nicht bei allen ersichtlich war. Das hat uns einige Nachforschungen gekostet. Und Sie haben sich keinen Gefallen damit getan, uns anzulügen.«

»Den Eindruck habe ich auch«, murmelte Baron.

»Wer immer die Morde begangen hat, wollte es nicht zu einfach aussehen lassen«, erklärte Decker.

»Warum nicht?«, meldete Jamison sich zu Wort.

»Weil wir zu dem Schluss gekommen wären, dass jemand Baron zum Täter machen will.«

»Und zu dieser Schlussfolgerung sind Sie mittlerweile gelangt?«, fragte Baron.

»So langsam schon. Wie hoch ist die Hypothek für das Anwesen?«

»Sehr hoch.«

»Wer immer die Hypothek übernehmen will, muss also tiefe Taschen haben?«

»O ja. Die Bank wird sich nicht mit viel weniger Geld zufriedengeben.«

»Und Costa wusste das alles?«

»Er war für den neuen Vertrag zuständig, einschließlich dieser Klausel für Fehlverhalten. Wie ich bereits sagte, als ich ihn später um eine weitere Verlängerung zu einem geringeren Zinssatz und besseren Bedingungen bat, lehnte er ab.«

Jamison blickte Decker an. »Glaubst du, Costa wollte die Hypothek erwerben und auf diese Weise an das Anwesen kommen? Dann hätte er in aller Ruhe nach dem Schatz suchen können.«

»Wahrscheinlich war das sein Plan«, antwortete Decker. »Aber ich glaube, Costa wusste bereits, wo der Schatz versteckt ist.«

»*Was?*« Baron setzte sich aufrecht. »Wo denn?«

»Ich bin mir nicht sicher, aber Costa hat einen Brief der Historischen Gesellschaft gestohlen, der ihn auf die Antwort gebracht haben könnte.«

Jamison schüttelte den Kopf. »Costa konnte das Anwesen doch gar nicht selbst erwerben, oder? Das wäre ein Insidergeschäft gewesen. Dagegen wird es Bankvorschriften geben.«

»Die gibt es. Deshalb brauchte er einen Strohmann.«

»Jemand, der das Anwesen in seinem Namen kauft und ihm dann freien Zugang zu dem Schatz gewährt?«

»Ja. Vermutlich hat er der Person einen Anteil des Erlöses versprochen.«

»Dann müssen wir diesen Jemand finden«, sagte Jamison.

»Allerdings. Denn dieser Jemand hat Babbot, Tanner, Swanson und Bradley Costa ermordet.« Er hielt inne. »Und ich glaube, er hat auch Frank getötet.«

58

»Warum hast du mir nicht gesagt«, platzte Jamison heraus, als sie zu den Mitchells zurückfuhren, »dass Frank deiner Meinung nach ermordet wurde?«

»Ich habe dir gesagt, ich *vermute*, dass sein Tod kein Unfall war.«

»Aber jetzt klingst du viel überzeugter.«

»Weil ich es *bin*.«

»Aber warum sollte man Frank umbringen?«

»Vermutlich hat er etwas gesehen, das er nicht sehen sollte.«

»Aber dieser Roboter hat ihn umgebracht!«

»Roboter werden von Menschen kontrolliert. Er hat genau das getan, wozu er programmiert war, während Frank direkt neben ihm stand.«

Bevor Jamison antworten konnte, summte Deckers Handy.

Es war Kemper.

»Wir haben die Häuser einem Schnelltest unterzogen, Decker. In beiden haben wir Spuren von Heroin und Fentanyl gefunden. Ich weiß nicht, wie lange ich das für mich behalten kann.«

»Wir brauchen nicht mehr viel Zeit. Lassen Sie Ross beschatten?«

»Ja. Gestern hat er seine Sporttasche mitgenommen. Ich wette, da waren nicht nur Turnhosen drin. Er war in mehreren Gebäuden, auch im Sportstudio. Leider wäre es zu auffällig gewesen, ihm hinein zu folgen. Er kam jedes Mal mit der Tasche wieder heraus, nur wissen wir halt nicht, ob die Fläschchen noch darin waren. Also hat sich dieser Beweis wahrscheinlich gerade in Luft aufgelöst.«

»Wir werden diese Typen festnageln, Agentin Kemper«, sagte Decker.

»Ich hoffe es. Gelingt uns das nicht, ist meine Karriere im Eimer. Ihnen ist klar, dass uns die Zeit davonläuft?«

Kemper legte auf.

Jamison war der scharfe Tonfall der DEA-Agentin nicht entgangen. »Sie klang ziemlich panisch, was?«

»Kann schon sein«, sagte Decker gelassen.

»Kennst du denn keine Panik?«

»Ich habe nie den Sinn begriffen.«

»Was deine Theorie angeht, dass Frank ermordet wurde … wir sollten Amber nichts davon sagen. Erst wenn wir hundertprozentig sicher sind.«

»Versteht sich von selbst.«

Der Himmel öffnete sich, und es begann zu nieseln.

»Mein Gott, Baronville ist auch ohne schlechtes Wetter schon schrecklich genug«, meinte Jamison.

»Mit ein paar erfreulichen Ausnahmen«, sagte Decker. »Siehst du die Bäckerei da drüben? Cindi Riley hat mir davon erzählt. Die Besitzerin bekam die Lebensversicherung ihres Sohnes ausbezahlt. Er starb an einer Überdosis. Die Versicherung hat so viel geblecht, dass die Frau davon diesen Laden eröffnen konnte.«

»Du glaubst, da ist was faul?«

»Faul genug, dass wir hier parken und einen Kaffee trinken.«

Jamison bog auf den Parkplatz ein, und sie betraten die Peacock Bakery. Über dem Laden hing ein Neonschild in Gestalt eines Pfaues mit leuchtenden Federn.

Der Laden war nett eingerichtet. Weiß gestrichene Holztische, bunte Tischdecken, mit Delikatessen gefüllte Schaukästen. Hinter der Theke hing eine große Tafel an der Wand, auf der die Angebote des Tages standen.

Jamison schnupperte. »Mein Gott, allein der Duft reicht, dass ich hier alles aufessen will.«

Eine Frau schob sich durch den Perlenvorhang hinter der Theke. Sie sah dünn und verbraucht aus, und ihr Gesicht war faltig. Graue Strähnen zogen sich durch ihr Haar. Doch ihr Lächeln war freundlich, und in ihren Augen lag ein Funkeln.

»Was kann ich für Sie tun?«

»Zwei große Kaffee zum Mitnehmen«, bestellte Decker.

Jamison zeigte auf Gebäck hinter der Thekenscheibe. »Sind das Möhren-Muffins?«

»Ja, Ma'am.«

»Großartig. Wir nehmen zwei.«

»Eine gute Wahl. Sie kommen frisch aus dem Ofen. Übrigens, ich bin Linda Drews. Mir gehört der Laden.«

»Hi, Linda. Ich bin Alex, und dieser Gentleman heißt Amos. Wie sind Sie auf den Namen Peacock Bakery gekommen?«

»Als ich noch klein war, wollte ich immer einen Pfau als Schoßtier. Natürlich habe ich ihn nie bekommen, also war dies hier das Nächstbeste. Und das Schild fällt auf. Jedenfalls sagen die Kunden mir das immer wieder.«

»Der Laden sieht ziemlich neu aus«, sagte Decker, während Drews sich um die Bestellung kümmerte.

»Wir haben noch kein Jahr geöffnet. Ich habe immer schon gern gebacken. Warum also nicht damit Geld verdienen? Es gefällt mir, der Boss zu sein, und ich verdiene gut. Das verdanke ich zum Teil dem Logistikzentrum. Von Maxus kommen eine Menge Kunden, wissen Sie. Die schwere Arbeit macht die Leute hungrig.«

»Darauf wette ich«, meinte Decker.

Linda Drews goss den Kaffee ein. »Wie haben Sie von uns gehört?«

»Cindi Riley.«

»Ach ja. Cindi ist wirklich nett. Sie macht Werbung für alle kleinen Läden hier. Wir versuchen, die Stadt wieder auf die Beine zu bringen.«

»Sie hat uns auch von Ihrem Sohn erzählt. Er war ein Bekannter.«

Drews war gerade im Begriff, mit einer Zange zwei Muffins aus der Auslage zu holen. Bei Deckers Worten versteifte sie sich.

»Cindi hat Ihnen von Keith erzählt?«

»Ja. Eine traurige Geschichte.«

Langsam schob Drews die Muffins in eine Tüte.

»Er war mein einziges Kind. Da kommt man nie drüber weg.«

»Bestimmt nicht. Cindi sagte, es war eine Überdosis.«

Die Frau nickte. »Baronville hat viele Probleme. Das größte sind die Drogen. Ich muss zugeben, auch ich war lange abhängig. Ich habe mit Percocet angefangen und wurde dann eine Mischerin.«

»Eine Mischerin?«, fragte Jamison.

»Ich habe das Percocet mit Oxy oder Xanax gemischt. Verdammt, mit allem, was mir in den Sinn kam. Ich habe jede Woche ein paar hundert Pillen geschluckt.«

Sie stellte die Tüte mit den Muffins auf die Theke. »Für wie alt halten Sie mich?«

Decker zuckte mit den Schultern. »Ich schätze nicht gern das Alter anderer Leute.«

»Ich bin gerade fünfzig geworden.«

Das Erstaunen auf den Gesichtern ihrer beiden Kunden ließ Linda Drews traurig lächeln. »Drogen sind kein Schönheitsmittel. Ich weiß, dass ich wie fünfundsechzig aussehe.«

»Aber Ihre Abhängigkeit haben Sie offensichtlich überwunden«, sagte Jamison.

Drews klopfte mit den Knöcheln auf die Holztheke. »Es ist jeden Tag ein Kampf, aber heute bin ich clean. Morgen? Wer weiß.«

»Sie reden erstaunlich offen über Ihre Erfahrungen«, stellte Jamison fest. »Sie kennen uns doch gar nicht.«

»Ich habe in den Suchtzentren lange genug darüber gesprochen. Wenn es einem besser gehen soll, muss man seine Seele offen zeigen. Das ist nicht immer einfach, denn was beim einen funktioniert, klappt bei dem anderen noch lange nicht. Aber schließlich bin ich clean geworden und danke Gott dafür. Das Schwerste, das ich je getan habe.« Tränen funkelten in ihren Augen. »Man sollte sein Kind nicht überleben, aber ich habe meinen Sohn überlebt. Er ist vor sechzehn Monaten gestorben. Nächsten Monat wäre er achtundzwanzig geworden.«

»Es tut mir wirklich leid«, sagte Jamison leise.

»Immerhin haben Sie die Bäckerei«, meinte Decker.

»Dafür ist eigentlich Keith verantwortlich.«

»Wie meinen Sie das?«

»Er hatte eine Lebensversicherung über eine Million Dollar. Ich war die Begünstigte, sonst hätte ich mir diesen Laden niemals leisten können. Allein die Öfen kosten ein Vermögen.« Sie hielt inne, während Jamison ihr die Kreditkarte für den Kaffee und die Muffins gab. »Ich hätte lieber meinen Sohn zurück«, fügte Linda traurig hinzu.

»Wie war Ihr Sohn versichert?«, fragte Decker. »Über seinen Arbeitgeber?«

»Nein, nicht durch die Arbeit. Aber er hat im Logistikzentrum gearbeitet. Er war Picker. Hat sich den ganzen Tag bücken und schwere Sachen heben müssen. Dann hat er sich den Rücken verletzt und wurde entlassen. Er ging zum Arzt. Bekam Schmerzmittel. So fing es an. Er wurde abhängig. Die alte Geschichte. Eines Tages nahm er Heroin, aber in Wirklichkeit war es dieser Fentanyldreck. Er war tot, bevor die Sanitäter eintrafen.«

»Das ist ja schrecklich«, sagte Jamison.

»In Baronville ist so was normal. Ist es nicht eine Schande?«

»Zum Glück hat Ihr Sohn die Versicherung abgeschlossen, bevor er süchtig wurde, sonst hätte er die ärztliche Untersuchung wohl kaum bestanden.«

»Ich weiß. Willie hat das auch gesagt.«

»Willie?«

»Willie Norris. Er hatte Keith die Versicherung verkauft. Er hat es mir erzählt, als er mir den Scheck brachte. Aber Keith war clean, als er die Versicherung abschloss. Und dann war er tot.«

»Also hat er die Versicherung abgeschlossen, *nachdem* er sich den Rücken verletzt hatte? Über eine Million Dollar?«

»Ja. Keith hatte gehört, dass das eine gute Absicherung sei. Er wollte nämlich wieder von Maxus eingestellt werden, müssen Sie wissen. Und im Logistikzentrum kann es gefährlich sein, mit den vielen Robotern und den anderen Apparaten. Vor ein paar Tagen erst wurde ein Mann von diesen Mistdingern umgebracht. Haben Sie davon gehört?«

»Ja, haben wir«, sagte Jamison schnell.

»Wer hat Ihrem Sohn vorgeschlagen, sich eine Lebensversicherung zu besorgen? War das dieser Willie Norris?«

»Das kann ich nicht genau sagen. Aber etwas Gutes hatte Keith' Tod dann doch. Mit dem Geld konnte ich ihn anständig begraben und später diesen Laden eröffnen.« Sie rieb sich die Augen. »Ich hoffe, Ihnen schmecken die Muffins. Und empfehlen Sie uns weiter.«

»Haben Sie vielleicht die Kontaktdaten von diesem Mr. Norris?«, fragte Jamison. »Meine Schwester hat gerade ihren Mann verloren, und sie könnte eine Lebensversicherung brauchen. Sie hat eine kleine Tochter.«

»Aber natürlich. Man muss sich über solche Dinge Gedanken machen, man weiß ja nie.« Drews kramte in einer Schublade herum und holte eine Visitenkarte heraus. »Hier. Ungefähr eine Meile von hier entfernt. Willie ist in Ordnung. Lebt schon seit einer Ewigkeit in dieser Stadt, genau wie ich.«

Jamison warf einen Blick auf die Karte. »Vielen Dank.« Sie steckte einen Fünfer in ein Glas für Trinkgeld, das auf der Theke stand.

»Danke«, sagte Drews.

Decker ließ den Blick durch den Laden schweifen. »Ich hoffe, Sie schaffen es.«

»Das hoffe ich auch«, erwiderte Drews. »Weil es alles ist, was ich noch habe.«

59

Als sie im Wagen saßen, gab Jamison ihrem Partner die Visitenkarte.

»Das wundert einen schon«, sagte Decker.

»Was?«

»Keith Drews verliert seinen Job, dann schließt er eine Lebensversicherung ab. Aber Linda sagt, er habe die Police abgeschlossen, *nachdem* er sich den Rücken verletzt hat. Also muss er zu der Zeit Schmerzmittel genommen haben.«

»Vielleicht war er zu dem Zeitpunkt noch nicht abhängig.«

»Möglich.« Decker klang nicht überzeugt.

»Besuchen wir jetzt Willie Norris?«

»Nein, das kann warten. Lass uns ein bisschen hier sitzen, den Kaffee trinken und die Muffins essen. Und über die Sache reden.«

»Okay, leg los.« Jamison biss in den Muffin und seufzte. »O Gott, ich werde eine Zigarette brauchen.«

»Setz das auf die Liste.« Decker biss von dem Muffin ab und trank einen Schluck Kaffee. »Costa, Tanner, Swanson und Babbot. Gehen wir einen nach dem anderen durch. Mal sehen, wo wir stehen.«

»Klar.«

»Bradley Costa hatte herausgefunden, wo sich der Schatz der Barons befindet, und kam hierher, um ihn sich zu holen. Er fand einen Job bei der Bank, der die Hypothek des Baron-Anwesens gehört.«

»Glaubst du, Costa hat es geplant?«

Decker nickte und wischte sich genüsslich Creme vom Mund. »Ich bin sicher, dass er Nachforschungen angestellt und sich bei der Bank beworben hat, weil ihr die Baron-Hypothek gehört. Costa war ein Yuppie von der Wall Street. Was glaubst du, wie viele von der Sorte freiwillig in so ein Kaff kommen?«

»Null.«

»Dann hat er den Deal mit Baron neu verhandelt und die Moralklausel eingebracht.«

»Er wollte Baron die Morde in die Schuhe schieben?«

»Nein. Schon deshalb nicht, weil er selbst am Ende ermordet wurde. Ich vermute, Costa hatte einen Plan, um Baron mit der Moralklausel zur Strecke zu bringen. Es musste kein Mord sein. Drogen hätten gereicht. Vielleicht wusste er ja, dass Swanson oben auf dem Anwesen haust und seine Ware im Gewächshaus versteckt. Baron wandert ins Gefängnis, der Kredit wird fällig, das Anwesen wird zwangsversteigert, der Strohmann kauft es. Dann kriegen sie den Schatz. Aber der Strohmann hintergeht Costa und bringt ihn um, damit er nicht teilen muss. Dann setzt er den ursprünglichen Plan in die Tat um und schiebt Baron die Schuld für vier Morde in die Schuhe. Auf diese Weise hat er zwei Fliegen mit einer Klappe geschlagen.«

»Schön und gut, aber das sind Spekulationen.«

»Ich gehe von Wahrscheinlichkeiten aus.«

»Okay. Swanson starb, weil er auf Barons Anwesen hauste. Außerdem war er Drogenhändler, was vermutlich gereicht hätte, dass die Moralklausel ins Spiel kam. Falls man Baron mit dem Drogenhandel in Verbindung bringen konnte.«

Decker nickte. »Außerdem wollte man bestimmt nicht, dass Swanson auf dem Anwesen herumläuft, während sie nach dem Schatz suchen. Und wieder zwei Fliegen mit einer Klappe. Sie schaffen Swanson weg und können Baron den Mord an dem armen Kerl anhängen.«

»Macht Sinn.«

»Erinnerst du dich an den Nagel, den wir im Reifen von Joyce Tanners Wagen gefunden haben?«

»Ja.«

»Als ich beim Logistikzentrum war, bin ich kurz zu dem neuen Anbau gefahren, den sie dort errichten. Rate mal, was ich gefunden habe!« Er holte den Gegenstand, den er auf dem Parkplatz entdeckt hatte, aus der Tasche und hielt ihn hoch.

»Hey! Der sieht wie der Nagel aus, der in Tanners Reifen steckte!«

»Genau der gleiche.«

»Also war Joyce Tanner beim Logistikzentrum?«

»Zumindest ihr Auto.«

»Du meinst, man hat sie dort entführt?«

»Keine Ahnung. Aber Tanner kannte Baron. Sie war seine Ex. Er hat sie finanziell unterstützt. Deshalb wurde sie ermordet.«

»Und Babbot?«

»Der hielt sich unbefugt auf Barons Anwesen auf, genau wie Lassiter gesagt hat.«

»Und warum? Hat er nach dem Schatz gesucht? Wie hätte er davon erfahren können?«

»Die Stadt ist klein. Vielleicht hat er irgendwo etwas mitbekommen. Und ein Schatz ist eine große Verlockung.«

»Ob er auch über den Drogenring Bescheid wusste?«

»Durchaus möglich«, sagte Decker. »Zumindest muss er einen Verdacht gehabt haben, was Ross im Logistikzentrum treibt. Babbot hat von dem Versteck in Ross' Büro gewusst, denn die baulichen Unterschiede waren auf seinem Grundriss verzeichnet. Ich habe aber noch keine Ahnung, woher er wusste, was dort gelagert wurde oder wie man herankommt. Falls er einen Verdacht hatte, hat es sich für den Täter doppelt gelohnt. Man konnte Babbot dazu benutzen, die falschen Anschuldigungen gegen Baron zu untermauern. Außerdem wurde er zum Schweigen gebracht, bevor er über den Stauraum in Ross' Büro auspacken konnte. Aber da ist noch etwas ...«

Plötzlich lehnte Decker sich im Sitz zurück und kniff die Augen zusammen.

»Decker? Alles in Ordnung?«

»Ich versuche, mich an etwas zu erinnern, aber es will mir nicht einfallen.«

»Weil du den Schlag auf den Kopf abbekommen hast?«, fragte Jamison besorgt.

Er rieb sich die Stirn. »Kann sein.«

»Und woran willst du dich erinnern?«

»An Zahlen.«

»Was für Zahlen?«

»Zahlen. Nummern«, erwiderte er gereizt.

Decker versuchte angestrengt, die durch seinem Kopf schwirrenden Zahlensymbole zu erkennen. Alle hatten eine andere Farbe – eine Folgeerscheinung der Synästhesie, die Decker nur zu gut kannte. Doch es gab einen Unterschied zu früher: Manche Zahlen wiesen diesmal andere Farben auf als in der Vergangenheit.

Sieben, vier, drei ... ist das eine Null? Eine Acht? Rot? Orange? Grün? Blau? Eine Zwei?

Er runzelte die Stirn.

Eine Neun? Oder eine Sechs, die auf dem Kopf steht? Komm schon, verdammt, konzentrier dich!

Und dann, mit einem Mal, sah Decker die korrekte Zahlenfolge vor sich, sodass er beide Reihen miteinander vergleichen konnte.

Sie passten perfekt.

Er öffnete die Augen, nahm sein Handy und drückte mehrere Tasten.

»Was machst du?«

»Ich suche nach einer Telefonnummer, die ich gesehen habe.«

»Und wo hast du sie gesehen?«

»Auf Ted Ross' Handy.«

»Warum ist sie wichtig?«

»Weil ich dieselbe Nummer schon anderswo gesehen habe.«

Er hielt das Handy in die Höhe.

»Das ist die Telefonnummer von Fred Ross? Teds Vater?«, fragte Jamison.

»Ja.«

»Es ist doch nicht ungewöhnlich, dass ein Vater seinen Sohn anruft.«

»Nein, aber es ist ungewöhnlich, dass der Vater nicht auf der Kontaktliste des Sohnes steht, selbst wenn sie sich nicht gut verstehen. Hätte er die Nummer dort eingetragen, wäre Fred Ross' Name auf dem Display erschienen und nicht seine Nummer.«

»Merkwürdig. Du hast gesagt, du hast diese Nummer noch anderswo gesehen?«

»Genau.«

»Wo?«

»An einer Wand.«

»Wessen Wand?«

»An der Telefonwand von Alice Martin.«

»Sie sind Nachbarn ...«

»Mir hat sie erzählt, dass sie dort nur Nummern anheftet, die sie häufig anruft, weil sie sie sonst vergisst.«

»Schön. Aber wie gesagt, sie sind Nachbarn.«

»Ja. Aber Alice Martin hat mir anvertraut, dass sie den alten

Ross verabscheut, schon seit Jahrzehnten. Nachdem ich den Kerl kennengelernt habe, verstehe ich das gut. Nicht einmal sein eigener Sohn kann ihn ausstehen. Und der ist ein Krimineller!«

»Warum steht dann Fred Ross' Nummer an Alices Wand?«, fragte Jamison.

»Mir fällt zumindest ein Grund ein.«

60

Willie Norris' Büro befand sich in einem ehemaligen Wohnhaus ungefähr eine Meile von Drews' Bäckerei entfernt.

Die junge Frau im Empfangszimmer erhob sich, als Decker und Jamison eintraten, um sie zu begrüßen. Sie war höflich, beinahe schüchtern, doch in ihrer Miene entdeckte Decker etwas Vorsichtiges, beinahe Nervöses. Sie trug abgenutzte Stiefel, Jeans und eine Bluse mit Manschetten. Der Computer auf ihrem Stahlschreibtisch war mindestens zehn Jahre alt. Überall lagen Papiere verstreut.

Unterwegs waren sie an zwei Autos auf dem Stellplatz vorbeigekommen, einem brandneuen Lexus-Cabrio in funkelndem Schwarz und einem alten, verrosteten Ford-Pick-up. Decker glaubte zu wissen, welches Fahrzeug Norris und welches seiner Sekretärin gehörte.

Einen Augenblick später betrat Willie Norris den Raum. Er war klein und füllig. Sein ergrauendes Haar war nach hinten gekämmt. Das Kinn war spitz, die Nase schmal und uneben wie ein Bergkamm. Die fast schwarzen Augen lagen tief in fleischigen Höhlen. Norris trug einen schlecht sitzenden grauen Dreiteiler. Zwischen den Fingern der Rechten baumelte eine Zigarette.

Norris wedelte mit einer pummeligen Hand. »Kommen Sie nach hinten, kommen Sie nach hinten.«

Decker ließ den Blick durch Norris' Zimmer schweifen, das früher offensichtlich als Schlafzimmer gedient hatte. Wo einst der Wandschrank gewesen war, befand sich nun ein eingebautes Regal mit Plastikordnern. Norris' antiker Schreibtisch war mit aufwendigen Schnitzereien verziert. Das Möbelstück stand auf einem schmutzigen, rechteckigen Teppich. Die Reihe der gerahmten Urkunden an der Wand bezeugten Norris' Zugehörigkeit zu verschiedenen Versicherungsunternehmen.

Norris setzte sich hinter seinen Schreibtisch und bedeutete seinen Besuchern, auf den Stühlen davor Platz zu nehmen. Er nahm einen letzten Zug von der Zigarette und drückte sie in einem überquellenden Aschenbecher aus.

Reumütig lächelte er. »Ich würde mich selbst niemals versichern«, sagte er. »Dick, Raucher, schlechte Lungen und noch schlechtere Nieren.«

»Es ist nie zu spät, ein neues Kapitel aufzuschlagen«, meinte Jamison freundlich.

»Für mich schon, fürchte ich. Sie brauchen eine Versicherung?«

»Ja, für meine Schwester. Sie hat kürzlich ihren Mann verloren.«

»Eine Überdosis?«, fragte Norris etwas zu schnell.

Jamison wirkte erstaunt. »Nein. Wie kommen Sie darauf?«

»Sie sind wohl nicht von hier? Sie sind jung, und ich nehme an, dass das auch für Ihre Schwester gilt. Und deren Mann. Wenn in dieser Gegend ein junger Mann stirbt, ist das entweder ein Autounfall unter Alkoholeinfluss oder eine Überdosis.«

»Er starb bei einem Arbeitsunfall.«

»Verstehe.«

»Können Sie mir erklären, wie man an eine Versicherung kommt?«

»Aber selbstverständlich.«

Norris zog eine Schublade auf, kramte darin herum und gab Jamison dann eine dünne Aktenmappe. »Das wird Ihrer Schwester dabei helfen, den Antrag in die Wege zu leiten. Aber ich kann natürlich jede Frage beantworten, die Sie möglicherweise haben. Oder wir machen einen Termin, dann können wir uns zusammensetzen.«

Decker räusperte sich. »Ich nehme an, sie wird sich zusätzlich zu dem Antrag einer ärztlichen Untersuchung unterziehen müssen? Und einem Hintergrundscheck?«

»Das kommt auf die gewünschte Deckungssumme an. Manche Versicherungen stellen kleine Policen auch ohne Untersuchung oder sorgfältige Prüfung aus. Sie verlassen sich auf die Versicherungstabellen. Aber ich mag auf diese Art keine Geschäfte machen. Vor allem nicht in dieser Stadt.«

»Wegen der vielen Überdosen«, sagte Decker.

»Genau. Ganz egal, ob es sich um einen jungen oder einen alten Mann handelt. Eine falsche Pille, und man ist tot.«

»In welcher Höhe kann man eine Lebensversicherung abschließen?«

»Das kommt auf die Person an, und was der Versicherungsträger akzeptieren wird. Will man eine hochdotierte Police, die aber in deutlichem Widerspruch zur persönlichen Situation steht, wird es problematisch. Außerdem hängt es von der Tätigkeit ab. Es ist eine Sache, wenn man zum Beispiel in der Tagespflege arbeitet. Ist man Polizist oder Feuerwehrmann, sieht es ganz anders aus. Möglicherweise schließt der Versicherungsträger so eine Police nicht ab, oder die Prämien sind höher. Der Vertrag könnte auch einen Todesfall ausschließen, der mit der Arbeit zu tun hat. Wenn Sie also Cop sind und im Dienst erschossen werden, wird nicht gezahlt.«

»Meine Schwester ist dreiunddreißig und bei ausgezeichneter Gesundheit. Sie ist Hausfrau mit einer jungen Tochter.« Jamison warf einen Blick auf den überquellenden Aschenbecher. »Und sie ist Nichtraucherin.«

»Schön. Allein auf der Basis dieser Angaben kann ich natürlich nichts versprechen, aber an welche Summe denkt Ihre Schwester?«

»Eine Million, vielleicht mehr. Wie viel ist denn so üblich?«

»Was für den einen üblich ist, ist für den anderen absolut unüblich.« Norris kicherte. »Aber es gibt grundsätzliche Parameter. Es gibt verschiedene Arten von Lebensversicherungen, die Whole Life Insurance und die Universal Life Insurance. Sie ähneln Sparplänen, die den Wert steigern und die man auch beleihen kann. Universal Life Insurances sind flexibler als eine Whole Life Insurance, aber ich glaube, Sie meinen die gute alte Lebensversicherung, die nur im Todesfall ausgezahlt wird. Man zahlt für einen bestimmten Zeitraum festgesetzte Prämien. Normalerweise zehn, zwanzig oder dreißig Jahre. Hat man ein kleines Kind, für das man viele Jahre aufkommen muss, wird man eine höhere Summe wünschen. Hat der Versicherte ein hohes Einkommen, wird man im Fall seines Todes mehr wollen, um einen gewissen Lebensstil bewahren und finanzieren zu können. Keyman-Versicherungen werden oft ausgestellt, um das Leben wichtiger leitender Angestellten abzusichern, der Begünstigte ist dann die Firma. Aber das hat offensichtlich nichts mit der Situation Ihrer Schwester zu tun.«

»Mit welchen Prämien müsste jemand wie meine Schwester rechnen?«

»Nageln Sie mich nicht darauf fest, aber für jemanden ihres Alters und ihrer Gesundheit zahlt man im Allgemeinen für eine Police mit einer Laufzeit von zwanzig Jahren und einer Deckungssumme von einer Million Dollar vierhundert Dollar im Jahr. Für dreißig Jahre etwas mehr als sechshundert Dollar. Rein nach den versicherungstechnischen Tabellen. Natürlich kann Ihre Schwester nach den dreißig Jahren weiter Prämien bezahlen, aber dann wäre sie Mitte sechzig. Die Prämien wären beträchtlich höher, und sie müsste die Police möglicherweise verfallen lassen. Mit anderen Worten: Die Versicherungsgesellschaft hat vom Kunden zwanzig oder dreißig Jahre lang Prämien kassiert und nicht einen Dime ausgezahlt.«

»Ein nettes Geschäft«, versetzte Jamison.

»Versicherungen sind gewinnorientierte Unternehmen«, entgegnete Norris mit einem abgehackten Lachen.

Jamison warf Decker einen Blick zu, ehe sie sich wieder Norris zuwandte. »Vielen Dank. Ich werde meiner Schwester die Unterlagen geben. Sie wird sich dann bei Ihnen melden.«

»Klingt gut.«

Norris stand auf.

Decker blieb sitzen. »Linda Drews hat Sie uns empfohlen.«

Langsam nahm Norris wieder Platz. »Oh. Ja, richtig.« Traurig schüttelte er den Kopf. »Es war hart, dass ihr Sohn auf diese Weise starb. Hat mir das Herz gebrochen.«

»Ja. Sie hat erzählt, dass er sich bei der Arbeit den Rücken verletzt hat und Schmerzmittel nahm.«

»Das stimmt.«

»Hatte er deshalb ein Problem, eine Lebensversicherung zu bekommen?«

Norris musterte Decker aufmerksam. »Ich würde ja gern noch plaudern, aber leider muss ich zu einem Termin.« Er stand auf. »Jenny bringt Sie raus.«

Sie verließen das Büro.

»Du hast ihn ziemlich nervös gemacht«, sagte Jamison, als sie auf dem Weg zu ihrem Wagen waren.

Decker nickte. »Ich glaube, er weiß, dass wir beim FBI sind.«

»Ist das irgendein Versicherungsschwindel?«

»Könnte sein.«

»Die von Norris genannten Prämien sind ziemlich niedrig. Den meisten Leuten dürfte es nicht schwerfallen, sie aufzubringen.«

»Möglich.«

»Du denkst über irgendetwas nach, Decker, stimmt's?«

»Mir ist da etwas eingefallen, das Fred Ross gesagt hat.«

»Was?«

»Dass in Baronville nichts wirklich illegal ist.«

61

Decker setzte sich im Bett auf und lauschte dem strömenden Regen.

Regnet es hier irgendwann mal nicht?

Er warf einen Blick auf den kleinen Tisch unter dem Fenster. Dort hatte er seine Kleidung abgelegt. Und darauf lag seine Dienstmarke.

Er stand auf und nahm sie in die Hand.

Es war nicht die Dienstmarke eines Special Agent, denn das war er nicht. Aber es war der Ausweis einer Bundesbehörde, und dahinter stand die ganze Macht des FBI. Und als Angehöriger einer FBI-Sondereinheit durfte er Verhaftungen vornehmen.

Seit mehr als zwanzig Jahren trug er nun schon eine Dienstmarke. Er hatte sie auch in der Nacht getragen, als er seine Familie verlor.

Er hatte sie getragen, als Alex Jamison und dann Melvin Mars in sein Leben getreten waren.

Jetzt trug er sie in Baronville, Pennsylvania.

Sie hatte ihm Trost gespendet, wenn er ihn gebraucht hatte. Sie hatte ihm immer wieder geholfen, die Wahrheit herauszufinden – das Einzige, das ihn jemals interessiert hatte.

Aber das war nicht der Grund, weshalb Decker nun seine Dienstmarke betrachtete.

Er schaute aus dem Fenster. Obwohl er Dan Bonds Haus nicht sehen konnte, wusste er genau, wo es sich befand. Der alte Mann hätte den Rest der ihm noch verbleibenden Jahre in Frieden verbringen sollen. Aber irgendjemand hatte es ihm nicht erlaubt. Und Decker würde diese Person dafür bezahlen lassen.

Nun blickte er in Richtung des Hauses, in dem Alice Martin wohnte. Und nur ein paar Türen weiter wartete Fred Ross mit seiner abgesägten Schrotflinte.

Decker dachte zurück an den ersten Abend, nachdem er die Leichen gefunden hatte. Er und Jamison waren die Straße abgefahren, an der das Mordhaus lag. Decker erinnerte sich, dass keine Autos an der Straße geparkt hatten.

Aber Fred Ross' Transporter hatte dort gestanden, unter dem Dach seines Stellplatzes.

Ross hatte behauptet, im Krankenhaus gewesen zu sein. Decker hatte es überprüft. Die Aussage stimmte. Ross war mit dem Rettungswagen ins Hospital gebracht worden – was erklärte, dass sein Transporter in dieser Nacht unter dem Dach des Stellplatzes gestanden hatte.

Ein Klopfen an der Tür unterbrach Deckers Gedankengang.

»Ja?«

»Ich bin's«, sagte Jamison leise. »Hast du kurz Zeit?«

Decker warf einen Blick auf die Uhr. Mitternacht war vorüber. Er zog die Hose an. »Okay.«

Jamison trat ein. Sie trug einen Morgenmantel.

»Was ist?«

»Ich habe über unser Gespräch mit Norris nachgedacht und ein wenig nachgeforscht.«

»Worüber?«

»Versicherungsprämien.«

»Und?«

»Ich habe eine Freundin im Versicherungsgewerbe. Ich habe sie angemailt und ihr ein paar Fragen gestellt. Genauer gesagt, ich habe ihr die Informationen über Keith Drew geschickt. Die Rückenverletzung, dass er verschreibungspflichtige Medikamente nahm, wo er lebte. Ich habe gerade die Antwort erhalten.«

Erneut warf Decker einen Blick auf die Uhr. »Deine Freundin hat einen langen Arbeitstag.«

»Sie arbeitet in Manhattan bei einer der größten Versicherungsgesellschaften der Welt. Man könnte sagen, sie ist an ihren Schreibtisch angekettet. Wie dem auch sei, ihr zufolge befindet sich Baronville genau in der Mitte der Opioid Alley – so nennt die Versicherungsbranche es mittlerweile. Und die Opioid-Krise hat solche Ausmaße angenommen, dass sie sich in der Lebenserwartungsstatistik niederschlägt. Deshalb sind die Prämien in Städten wie Baronville höher als anderswo. Es ist ein gewinnorientiertes Geschäft, genau wie Norris sagte.«

Decker nickte. »Und was hat das mit Keith Drews zu tun?«

»Dass Drews in dieser Stadt wohnte, trotz seiner jungen Jahre unter einer Rückenverletzung litt und deshalb Schmerztabletten nahm, hätte bei der Versicherung die Alarmglocken läuten lassen müssen. Meinte jedenfalls meine Freundin. Die meisten Opiatsüchtigen fangen mit verschreibungspflichtigen Schmerzmitteln an. Und eine Police über eine Million Dollar für einen unverheirateten, kinder- und arbeitslosen Mann hätte ebenfalls Fragen aufwerfen müssen. Es ist zweifelhaft, dass die Versicherung unter diesen Umständen eine so hohe Summe abgeschlossen hätte. Und selbst wenn ein Versicherungsträger so einen Vertrag bewilligt hätte – die Prämien hätten viel höher sein müssen als ein paar hundert Dollar im Jahr, wie Norris es bei meiner Schwester behauptet hat.«

»Wie hoch wären sie gewesen?«

»Für einen Vertrag mit einer Laufzeit von zehn Jahren wären es etwa zweitausend im Jahr, meint meine Freundin. Bei dreißig

Jahren ungefähr viertausend. Wie hätte Keith Drews sich das leisten können? Es sei denn, jemand hat für ihn bezahlt.«

»Aber deine Freundin sagte doch, dass der Vertrag überhaupt nicht zustande gekommen wäre. Dennoch ist er bewilligt worden?«

»Genau.«

»Warum sollte ein Versicherungsunternehmen so ein Risiko eingehen? Und es ist ja nicht nur Drews. Kemper sagte mir, dass hier in Baronville in den letzten Jahren eine Menge Lebensversicherungen ausgezahlt wurden.«

»Entweder haben die fraglichen Versicherungen Mist gebaut, oder die Leute lügen auf ihren Anträgen.«

»Hat ganz den Anschein«, meinte Decker. »Kemper hat mir eine Liste der Versicherungen geschickt, die zahlen mussten. Es ist eine lange Liste aus dem ganzen Land. Von vielen Unternehmen habe ich noch nie gehört.«

»Ich nehme an, weil Norris streut. Meine Freundin sagte, dass die Verträge, die Lebensversicherungen mit Agenten abschließen, auf dem Auftragsvolumen basieren, das die Agenten ihnen vermitteln. Kommt das Volumen ein paar Jahre lang nicht zustande, werden die Verträge gekündigt. Und bei der Art von Betrug, den Norris möglicherweise laufen hat, dürften sie sehr schnell darauf kommen, dass etwas Merkwürdiges vor sich geht, wenn der Agent wenige Versicherungsfirmen oder nur eine benutzt. Sie würden keine Verträge mehr ausstellen und nicht mehr mit dem Agenten zusammenarbeiten. Aber vielleicht ist das Norris ja aus irgendeinem Grund egal.«

»Was zwei andere wichtige Fragen aufwirft.«

»Welche?«

»Wie viel Linda Drews von der Million behalten konnte. Und wer den Rest bekommen hat.«

62

Kurz nach eins schlief Decker endlich ein.

Er döste eine Weile, ehe er hustend aufwachte. Er fröstelte. Am Vortag war er nass geworden; nun befürchtete er, sich eine Erkältung zugezogen zu haben.

Decker holte tief Luft und hustete erneut, diesmal viel stärker als zuvor. Er setzte sich auf und würgte, von plötzlicher Übelkeit geplagt. Mit einem Ruck beugte er sich zur Seite und übergab sich.

Benommen stemmte er sich hoch, stürzte aber sofort zu Boden. Mühsam gelang es ihm, zum Fenster zu robben, es zu öffnen und den Kopf in den Regen zu halten. Mit tiefen Zügen sog er die kalte, feuchte Luft ein. Die Benommenheit wich, die Übelkeit verging.

Als er den Kopf zurück ins Zimmer zog, roch er es.

Er drückte das T-Shirt gegen Nase und Mund und stolperte aus dem Zimmer.

Trommelte gegen Jamisons Tür.

»Alex! Alex!«

Als sie nicht antwortete, stieß er die Tür auf und schaute sich hektisch um.

Decker sah nur ihren Fuß, der aus dem Bettzeug ragte.

Einen Moment lang stand er wie erstarrt da.

Genau dieser Anblick hatte sich ihm geboten, als er damals die Leiche seiner Frau in ihrem Haus in Burlington gefunden hatte.

Decker rannte zum Bett, legte die Finger tastend an Jamisons Hals. Zu seiner unendlichen Erleichterung konnte er den Puls spüren. Sie atmete, wenn auch krampfhaft. Decker lud sie auf die Arme und eilte zurück in sein Schlafzimmer, wo er sie neben dem Fenster absetzte und ihren Kopf nach draußen hielt.

Sie keuchte, kam wieder zu sich und starrte ihn benommen an.

»Decker …«

»Ganz ruhig, Alex. Atme. Und bloß nicht das Licht einschalten, klar? Ein Funke könnte das Gas entzünden.«

Sie nickte schwach.

Decker rannte aus dem Zimmer, riss Zoes Tür auf. Sie lag im Bett.

»Zoe? Zoe!«

Er schnupperte. Hier war es nicht besonders schlimm. Noch nicht.

Langsam setzte Zoe sich im Bett auf. »Amos?«, sagte sie schläfrig.

Decker rannte zum Fenster und riss es auf. »Steck den Kopf aus dem Fenster, Zoe!«

»Was ist denn los?«, fragte Zoe.

»Steck den Kopf aus dem Fenster und hole tief Luft! Und schalte ja nicht das Licht ein! Hast du verstanden?«

Sie nickte, sprang auf und lief zum Fenster.

Decker polterte die Stufen hinunter. Ambers Schlafzimmer befand sich im Erdgeschoss, im einstigen Wohnzimmer, das die Mitchells umgebaut hatten. Zum Bad ging es den Korridor entlang.

Er stieß die Tür auf, machte zwei Schritte ins Zimmer. »Amber?«

Ihr Bett war leer.

Decker suchte den Boden ab. Nichts. In diesem Moment hörte er ein Stöhnen. Das Geräusch kam von irgendwo außerhalb des Zimmers. Decker rannte hinaus auf den Flur, schaute in Richtung Bad.

»Amber!«

Wieder das Stöhnen.

Decker stürmte durch den Flur und stieß die Badezimmertür auf.

Amber lag in ihrem Pyjama am Boden.

In dem Moment, als Decker neben ihr auf die Knie ging, setzte ihre Atmung aus. Ihr Körper erschlaffte.

Wieder musste Decker würgen, weil die Gaskonzentration im Bad extrem hoch war. Kurz entschlossen riss er Amber hoch und schleppte sie nach draußen. Auf der Veranda legte er sie ab und begann mit Wiederbelebungsmaßnahmen.

Einen Augenblick später erschien jemand neben ihm.

Jamison.

»Ich habe den Notruf gewählt«, stieß sie mit schwacher Stimme hervor, den Blick auf ihre Schwester gerichtet. »O Gott.« Sie kniete nieder und begann mit Mund-zu-Mund-Beatmung, während Decker mit seinen riesigen Pranken rhythmisch Druck auf Ambers Brust ausübte.

Nach dreißig quälend langen Sekunden bäumte Amber sich auf und rang keuchend nach Atem. Sie hustete, würgte.

»Mommy!«

Zoe kam aus dem Haus und fiel ihrer Mutter um den Hals. Mit langsamen, müden Bewegungen legte Amber den Arm um ihre kleine Tochter. Sie wollte sich aufsetzen, aber Decker drückte sie sanft zurück.

»Bleiben Sie liegen, Amber. Der Rettungswagen ist unterwegs.«

Ein paar Minuten später traf die Ambulanz ein. Die Notfallsanitäter versorgten Amber mit Sauerstoff und legten sie auf eine Trage, die in den Rettungswagen geschoben wurde. Alex Jamison stieg mit Zoe hinten ein. Bevor der Wagen losfuhr, sagte Jamison mit Tränen in den Augen: »Vielen Dank, Amos.«

»Danke, Amos«, wiederholte Zoe, die ihre Mutter noch immer ängstlich beobachtete.

Decker nickte, schloss die Türen des Krankenwagens und trat zurück.

In diesem Augenblick traf ein Servicefahrzeug des Gasversorgers ein, begleitet von einem Streifenwagen.

Decker informierte die Techniker über das Gasleck im hinteren Teil des Hauses. Die Männer eilten zur Rückseite des Gebäudes, um den Schaden zu beheben.

Der Cop, der zusammen mit den Technikern eingetroffen war, war kein anderer als Officer Curry, der Mann, der gekommen war, als Decker die Leichen im Mordhaus entdeckt hatte.

»Alles in Ordnung?«, fragte Curry. »Sie sind ein bisschen grün um die Nase.«

»Geht so.«

»Ein Gasleck?«

Decker nickte.

»Ganz schön ungewöhnlich.«

Einer der Gasmänner bog um die Hausecke und kam mit grimmiger Miene auf sie zu.

»Was ist los?«, fragte Curry.

»Jemand hat am Druckventil herumgebastelt.« Der Mann schüttelte den Kopf und richtete den Blick auf Decker. »Sie haben Glück, noch am Leben zu sein.«

»Das sehe ich auch so«, entgegnete Decker.

»Wer ist dafür verantwortlich?«, fragte Curry.

Decker verzog das Gesicht. »Die Liste könnte ganz schön lang sein.«

63

Später am Tag öffnete Decker die Tür, und Alice Martin stand vor ihm. In der einen Hand hielt sie den Gehstock, in der anderen einen Kuchen.

Hinter ihr sah Decker den Streifenwagen, der am Bordstein parkte. Lassiter hatte ihn abkommandiert, nachdem Decker sie angerufen und über die Ereignisse informiert hatte.

»Ich habe gehört, was passiert ist«, sagte Mrs. Martin angespannt. »Geht es allen gut?«

Decker nickte. »Amber ist im Krankenhaus untersucht worden. Man behält sie noch da, aber heute Abend darf sie nach Hause.«

»Und Zoe?«

»Gott sei Dank ist ihr nichts passiert. Aus irgendeinem Grund hatte sich in ihrem Zimmer nur wenig Gas gesammelt. Im Augenblick ist sie bei ihrer Mutter im Krankenhaus.«

»Weiß man schon, wie es überhaupt dazu kommen konnte?«

»Das wird noch untersucht.«

Mrs. Martin drehte sich um und warf einen Blick auf den Streifenwagen. »Die Anwesenheit der Polizei bedeutet wohl, dass es *kein* Unfall war?«

Statt zu antworten, warf Decker einen Blick auf den Kuchen. »Ist der für Amber?«

»Für Sie alle. Eine Zitronen-Baiser-Torte.«

Sie drückte ihm den Kuchen in die Hand.

»Danke. Ich sorge dafür, dass Amber ihn bekommt.«

Mrs. Martin schaute sich um. »Das war mal eine so nette Gegend. Jetzt ist sie gar nicht mehr nett.«

»Ich kann Sie gut verstehen.«

»Vielleicht wäre es das Beste, wenn Sie alle Baronville verlassen.«

Diesmal erwiderte Decker nichts, ließ sie aber nicht aus den Augen.

»Ich meine, warum sollte man an so einem Ort bleiben wollen?«, hakte Mrs. Martin nach.

»Ich wohne ja nicht hier. Amber und ihre Tochter schon. Ihr Mann kam wegen eines Jobs her. Ihnen blieb keine andere Wahl, als in Baronville zu bleiben. Kann sein, dass Amber und Zoe fortziehen, aber ich weiß es nicht.« Er hielt inne. »Warum bleiben *Sie*, Mrs. Martin?«

»Weil es meine Heimat ist und ich verdammt nochmal zu alt bin, um wegzuziehen.«

»Wie Ihr Nachbar Fred Ross?«

Sie starrte ihn an. »Wenn man lange genug lebt, Mr. Decker, findet man sich mit Dingen ab, die einem vorher unvorstellbar erschienen.«

»Ist das gut oder schlecht?«

»Das kann man so oder so sehen.«

»Und wie sehen Sie es?«

»Ich hoffe, Ihnen schmeckt der Kuchen. Zitronen-Baiser ist meine Spezialität. Wenigstens das kann ich noch gut.«

Sie wandte sich zum Gehen, drehte sich aber dann noch einmal zu ihm um. »Das war mal eine schöne Stadt.«

»Sie meinen, als die Ausbeuterbetriebe noch arbeiteten und ein Räuberbaron das große Geld machte?«

Sie lächelte. »Vermutlich verklären wir alle unsere Vergangenheit, um sie besser zu machen, als sie es tatsächlich war.«

»Vielleicht«, erwiderte Decker. »Nostalgie kann sehr verführerisch sein. Beinahe so süchtig machend wie Opioide.«

»Sie sind nicht besonders dankbar gegenüber einer alten Dame, die Ihnen gerade einen Kuchen gebracht hat«, sagte Mrs. Martin gereizt.

Nun wirkte Decker betroffen. »Tut mir leid. Ich bin nicht besonders gut drauf. Schließlich hätte man mich vor ein paar Stunden beinahe umgebracht.«

»Lassen Sie sich den Kuchen schmecken«, erwiderte Mrs. Martin, nun wieder etwas freundlicher.

Decker sah ihr nach. Zuerst fühlte er sich schuldig wegen seiner Grobheit. Doch als die alte Dame vom Kiesweg, der zum Haus führte, auf den Bürgersteig trat, erstarrte er.

Klack, scharr, klack.

Das Geräusch, das er an jenem Abend gehört hatte!

Mrs. Martins Vierfuß-Gehhilfe senkte sich fast lautlos auf den Bürgersteig, doch als die alte Dame sich in Bewegung setzte, verursachte der defekte Fuß, von dem sie Decker erzählt hatte, laute kratzende Geräusche. Zwei, drei Sekunden scharrte er über den Boden, dann prallte er deutlich hörbar auf dem harten Untergrund auf, nachdem Mrs. Martin ihn kurz angehoben und wieder abgesetzt hatte.

Decker schloss die Tür hinter sich und lehnte den Kopf gegen das Holz.

Verdammte Scheiße. Baronville. Wohl eher Mörderville.

Er hatte viel zu tun und nur wenig Zeit.

Er ging in die Küche und warf den Kuchen in den Müll.

64

»Was wollen Sie, Decker?«

Decker saß in der Mercury Bar Agentin Kemper gegenüber. Cindi Riley arbeitete an diesem Abend nicht. Vermutlich besuchte sie Baron im Gefängnis.

Kempers Haar wurde von einer Spange zusammengehalten. Ihre Waffe steckte in einem Gürtelhalfter, ihre Dienstmarke am Gürtel.

»Nur ein paar Dinge besprechen.«

»Haben sich alle vom Gasangriff erholt?«

»Neuigkeiten verbreiten sich hier schnell.«

»Lassiter hat mich angerufen.«

»Sie hat einen Streifenwagen vor dem Haus postiert.«

»Sehr gut.« Kemper nickte. »Offenbar ist jemand der Ansicht, dass Sie der Wahrheit zu nahe kommen. Wie schon bei dem Versuch, Sie und Jamison in dem Wohnwagen in die Luft zu jagen.«

»Anscheinend.«

»Und? Sind Sie nah dran? Weil ich Minute für Minute sehe, wie mein Fall mir ein Stück mehr entgleitet. Ich weiß nicht, wie lange ich das noch für mich behalten kann.«

»Ich habe mit dem Krankenhaus gesprochen, in das Fred Ross an dem Tag eingeliefert wurde, an dem ich die Leichen der beiden Männer fand. Er hatte den Notruf gewählt und über Schmerzen in der Brust geklagt.«

»Und?«

»Im Krankenhaus hat man ihn durchgecheckt und absolut nichts gefunden. Also entließ man ihn am nächsten Tag.«

»Woher rührt das Interesse an Fred Ross?«

»Weil man die Leichen Ihrer beiden Agenten auf Eis gelegt hat, bevor man sie in das leere Haus schaffte. Ich glaube, sie wurden mit Ross' Transporter dorthin gebracht. Daraus folgert, dass man sie bis kurz vor dem Transport in einer Kühltruhe aufbewahrt hat. Und da Fred Ross nun mal in der Straße wohnt, befürchtete er vielleicht, wir könnten auf die Idee kommen, dass er an diesem Abend etwas beobachtet hat. Sein Aufenthalt in der Notaufnahme gab ihm ein unerschütterliches Alibi und würde uns davon abhalten, ihn nach Einzelheiten über diesen Abend zu befragen.«

»Woher wollen Sie wissen, dass man die ermordeten Männer in Ross' Wagen befördert hat?«

»Ich habe gehört, wie ein Wagen angesprungen war, *nachdem* ich das Flackern im Haus gesehen hatte. Also hatte man die Leichen bereits abgelegt und das Blut vergossen, das letzten Endes das Flackern verursacht hat. Man muss die Leichen ins Haus geschafft haben, bevor ich hinaus auf die Veranda getreten war. Und der einzige Wagen, der an diesem Abend in der Straße war, gehört Ross.«

»Das können Sie nicht wissen.«

»O doch. Die Straße endet in einer Sackgasse. Ich hätte zwar nicht den Wagen gesehen, aber seine *Scheinwerfer*, wenn er am Stoppschild am Ende der Straße gehalten hätte. Das bedeutet, das Fahrzeug hat die Straße nicht verlassen. Stattdessen wurden die Leichen aus dem Wagen geholt, ehe man ihn zurück zu Ross' Haus gefahren hat. Und die Leute, die die Leichen abgeladen haben, sind vermutlich zu Fuß verschwunden.«

»Und hinter allem steckt ein alter Mann im Rollstuhl?«

»Ich glaube schon. Weil sein Sohn darin verstrickt ist.«

»Kann sein, dass ein Zusammenhang besteht, aber es kommt mir ziemlich unglaubwürdig vor, Ross' achtzigjährigen Vater in ein großes Drogengeschäft zu verstricken.«

»Es wird sogar noch unglaubwürdiger, denn Alice Martin, die ehemalige Sonntagsschullehrerin, ist ebenfalls darin verwickelt.«

»*Was?* Wie kommen Sie denn darauf?«

»Die Geräusche, die ich an dem Abend gehört habe, stammten von ihrer beschädigten Gehhilfe. Sie war dort! Ich nehme an, sie hat den Transport überwacht. Sie hat zwar behauptet, Fred Ross zu verabscheuen, aber seine Telefonnummer steht an ihrer Küchenwand – zusammen mit allen anderen Nummern, die sie häufig benutzt. Und da ist noch etwas.«

»Was?«

»Sie hat mir erzählt, sie habe zwei Männer gesehen, auf die die Beschreibungen von Beatty und Smith passen. Sie hätten das Haus neben dem späteren Fundort ihrer Leichen betreten.«

»Und?«

»Wir wissen jetzt, dass in diesen Häusern Pillen produziert wurden. Ihre Agenten hätten sie nicht betreten. Also hat Mrs. Martin gelogen.«

»Ich verstehe nicht … Beatty und Smith hätten die Häuser im Zuge ihrer verdeckten Ermittlung sehr wohl betreten können.«

»Mrs. Martin sagte mir, sie habe die beiden ein paar Wochen zuvor in das Haus gehen sehen. Wären sie dienstlich dort gewesen, hätten sie doch ihren Kontaktleuten in der Behörde gemeldet, dass dort Pillen gepresst werden.«

»Stimmt«, gab Kemper zu.

»Mrs. Martin wusste, dass ich es sofort überprüfen würde, nachdem sie es mir erzählt hatte. Was ich auch gemacht habe. Wahrscheinlich wird eine Überprüfung ihrer Telefonunterlagen zeigen, dass sie sofort Fred Ross oder sonst jemanden angerufen hat. Und plötzlich taucht Brian Collins auf, gibt sich für den Polizisten von nebenan aus und versucht, mich umzubringen.«

Kemper musterte ihn nachdenklich.

»Ich glaube nicht, dass Collins das Haus beobachtet hat«, fuhr Decker fort. »Warum sollte er? Dort gab es nichts mehr. Sie hatten bereits alles weggeschafft. Wahrscheinlich hatte man Collins beauftragt, mich zu töten. Mrs. Martin hat mir im Grunde eine Lüge erzählt, die mich dazu bringen sollte, mich dort umzuschauen. Es war eine Falle, die man von langer Hand vorbereitet hatte für den Fall, dass ich Mrs. Martin befrage und der Bande zu nahe komme.«

Kemper dachte nach. »Wir wissen also über Ted Ross und den Drogenring Bescheid«, sagte sie schließlich. »Gibt es sonst noch etwas?«

»Eine ganze Menge, aber nicht alles hat mit Drogen zu tun. Vielleicht ist es deshalb nicht von so großem Interesse für Sie.«

Kemper lächelte. »Bevor ich zur DEA gegangen bin, wollte ich FBI-Agentin werden. Ein Vorfall in letzter Minute hat meinen gesamten Berufsweg verändert.«

»Warum?«

»Meine beste Freundin hatte wegen einer dämlichen Wette einen PCP-Cocktail genommen. Engelsstaub. Das Zeug hat ihr das Gehirn gebrutzelt. Ich weiß noch, wie ich sie im Krankenhaus besucht habe. Da lag eine wunderschöne junge Frau, die den Verstand verloren hatte. Von diesem Augenblick an drehte sich mein ganzes Leben darum, die Ungeheuer zu erwischen, die dieses Gift verkaufen.«

»Ich verstehe«, sagte Decker betroffen.

Kemper beugte sich vor. »Aber ich will *alle* Kriminellen dingfest machen.«

»Das höre ich gern.«

Sie senkte die Stimme. »Abgesehen von dem, worüber wir

gesprochen haben … wir haben den starken Verdacht, dass es im Westen Pennsylvanias eine große Underground-Fabrik voller Pillenpressen gibt. Aus diesem Grund könnte ein großer Fisch wie Brian Collins in dieser Gegend gewesen sein. Wenn Collins darin verwickelt war, können Sie darauf wetten, dass sich ein paar Schwergewichte in Baronville breitgemacht haben.«

»Und wir wissen jetzt, dass Ted Ross sie mit dem gesamten Fentanyl versorgt, das sie brauchen.«

Kemper richtete sich wieder auf. »Genau. Aber das alles ist nicht neu für Sie. Warum wollten Sie mich sprechen?«

Als Antwort löste Decker seine Dienstmarke vom Gürtel und legte sie auf den Tisch.

Kemper warf einen Blick darauf. Dann schaute sie Decker verwirrt an. »Was hat Ihre Dienstmarke damit zu tun?«

»Nicht *meine* Marke«, erwiderte Decker.

»Wessen denn?«

»Das werden Sie noch sehen. Aber dafür brauche ich Ihre Hilfe.«

65

»Er ist heute Morgen nicht gekommen. Ich habe ihn zu Hause angerufen, aber es geht niemand ran. Ich bin vorbeigefahren, aber sein Wagen ist nicht da. Ich habe ins Fenster geschaut, aber alles war dunkel. Und eine Nachbarin hat mir erzählt, sie habe zufällig gesehen, wie Mr. Norris mitten in der Nacht mit viel Gepäck aufgebrochen ist. Aber er hat mir nichts davon gesagt, dass er wegwill. Ich weiß gar nicht, was ich machen soll!«

Die Worte sprudelten nur so aus Jenny heraus, Willie Norris' Sekretärin, als Decker und Jamison vor ihr im Empfang der Versicherungsagentur standen.

»Er hatte Termine heute Morgen, und er hat sie alle verpasst«, fügte Jenny hinzu. »Es ist doch alles in Ordnung mit ihm?«

»Das bezweifle ich stark«, erwiderte Decker und sah sich um. »An Ihrer Stelle würde ich mir einen anderen Job suchen.«

Jenny sank in sich zusammen. »O Gott! Ich hatte schon Probleme, den hier zu kriegen.«

»Und Sie sollten sich vielleicht einen guten Anwalt besorgen«, fügte Decker hinzu.

»Was? Warum?«

»Weil man sich nie sicher sein kann.«

Decker und Jamison verließen das Gebäude. Als sie draußen standen, wählte Decker Kempers Nummer.

»Wir haben einen Flüchtigen«, sagte er und informierte die

DEA-Agentin. »Ich weiß, das liegt nicht unbedingt in Ihrem Zuständigkeitsbereich, aber möglicherweise ist Norris an dem ganzen anderen Mist beteiligt, der sich in dieser Stadt abspielt. Und Sie sollten ein paar Leute darauf ansetzen, sich seine Geschäftsunterlagen näher anzusehen.«

»Ich kümmere mich darum.«

»Und die andere Sache?«

»Ist so gut wie erledigt.« Kemper legte auf.

Decker steckte das Handy weg.

»Was für eine andere Sache?«, fragte Jamison.

»Etwas, womit ich Kemper beauftragt habe. Ich erkläre es dir später.«

»Glaubst du, Norris war an der Sabotage der Gasleitung beteiligt, die uns fast umgebracht hat?«

»Es würde mich sehr überraschen, wenn es anders wäre. Wir hatten ihn kaum aufgescheucht, da war es auch schon passiert. Und jetzt ist er auf der Flucht.«

»Was hatte er davon?«

»Geld. Seine übliche Provision und noch einen Zuschlag. Aber das können wir herausfinden.«

»Wie?«

»Hast du Lust auf einen weiteren Möhren-Muffin?«

*

Linda Drews begrüßte sie gut gelaunt, als sie ihr Café betraten.

»Es hat Ihnen so gut geschmeckt, jetzt können Sie einfach nicht genug davon kriegen, stimmt's?« Sie lächelte.

»Da ist was dran«, erwiderte Decker. »Wir nehmen noch zwei Möhren-Muffins und Kaffee.«

»Zum Mitnehmen oder hier Essen?«

»Zum Mitnehmen. Darf ich Ihnen ein paar Fragen stellen, bevor Sie mit dem heißen Kaffee hantieren?«

Sie lächelte, wirkte aber verblüfft. »Sicher.«

Ihr Lächeln verblich, als Decker den Ausweis zückte.

»FBI? Stecke ich in Schwierigkeiten?«

»Das kommt darauf an. Wir haben mit Mr. Norris gesprochen. Er war nicht besonders hilfsbereit. Ich hoffe, bei Ihnen ergeht es uns besser.«

Linda Drews legte die Hände auf die Theke, um Halt zu finden.

Decker lehnte sich an die Wand. »Ihnen ist doch klar, dass Ihr Sohn diese Lebensversicherung niemals hätte abschließen dürfen?«

Ihre Lippen zitterten leicht. »Jetzt schon, Mister.«

»Aber Norris hat dafür gesorgt?«, fragte Jamison.

»Es war seine Idee. Vielleicht hätte ich Ihnen das ja sagen sollen, aber ich wusste nicht, dass Sie vom FBI sind. Willie Norris kam zu mir, nachdem sich mein Sohn den Rücken verletzt hatte. Ich kenne Willie schon lange. Ich habe mein Auto bei ihm versichert. Und meine Gebäudeversicherung hatte ich auch von ihm, als ich noch ein Haus besaß. Damals wollte ich eine Police abschließen und Keith als Begünstigten einsetzen. Aber Willie sagte, man würde sie mir niemals ausstellen … wegen der vielen Drogen, die ich genommen hatte.«

»Da haben Sie wohl Glück gehabt«, sagte Decker unheilvoll. »Norris hat sich also um alle Papiere gekümmert?«

»Ja. Die Untersuchung ließ er dann von einem Rettungssanitäter aus der Stadt machen.«

»Einem Rettungssanitäter?«

»Ja. Willie sagte, solche Leute dürften diese Untersuchungen vornehmen. Die Versicherungsgesellschaften hätten sogar Verträge mit ihnen, genau wie mit örtlichen Laboren für die Bluttuntersuchungen.«

»Die ganze Truppe aus der Region. Interessant. Hat Keith dem Rettungssanitäter von seinem Unfall und den Schmerzmitteln erzählt?«

»Das weiß ich nicht, ich war nicht dabei.«

»Hat er Ihnen gegenüber später etwas davon erwähnt?«

»Brauche ich einen Anwalt, Mister?«

»Das könnte von Ihren Antworten abhängen.«

»Hören Sie, zu der Zeit hat Keith kaum noch Schmerzmittel genommen. Und sein Rücken war viel besser, als er diese Police bekam.«

»Aber eine Lebensversicherung über eine Million? Das ist eine Menge Geld. Und er hatte nicht einmal Arbeit.«

»Willie hat gesagt, dass Keiths geringes Alter hilft und dass er noch lange nicht sterben werde.«

»Das war ein Irrtum, wie sich herausgestellt hat. Wie wollte er überhaupt die Prämien bezahlen? Selbst wenn sie nicht so hoch waren … Ihr Sohn hatte schließlich kein Einkommen.«

»Ich wollte ihm helfen. Na ja … wenn es mir möglich gewesen wäre. Und … Willie hat auch etwas dazugetan.«

»Willie Norris hat Keith Geld gegeben, damit er die Lebensversicherung bezahlen konnte, die Norris selbst ihm verkauft hat?«

Drews nickte. Ihr Gesicht war so weiß wie die Serviette, die sie hielt.

»Wussten Sie, dass das illegal ist?«

Sie schüttelte den Kopf. »Nein, Sir. Ich habe Willie nur für einen guten Freund gehalten.«

»Und dann ist Keith nach Opiaten süchtig geworden und gestorben?«

»Ja.«

»Aber Sie sagten doch, er sei von den Schmerzmitteln runter gewesen.« Deckers Tonfall klang zweifelnd.

»Er war *größtenteils* davon runter.«

»Sie haben gesagt, er habe Fentanyl für Heroin gehalten und deswegen eine Überdosis genommen«, warf Jamison ein.

»Genau.«

»Und wo ist das passiert?«, wollte Decker wissen.

»Im Haus eines Freundes.«

»Und dieser Freund war nicht dabei und konnte ihm auch kein Narcan verabreichen?«

»Nein, Keith war allein. Ich habe das erst viel später erfahren. Hab mir die Augen ausgeweint.«

»Hat die Versicherungsgesellschaft seinen Tod untersucht?«

»Ja. Aber Willie hat sich auch darum gekümmert. Er hat mir versprochen, dafür zu sorgen, dass man mich nicht um mein Geld betrügt. Und das hat er getan. Ein paar Monate später wurde mir das Geld ausgezahlt.«

»Sie haben die Million Dollar bekommen?«

Drews antwortete nach einigem Zögern: »Ja, das ist richtig.«

»Nein, das ist *nicht* richtig.«

»Was?«

»Sie haben nicht die ganze Million bekommen«, sagte Decker. »Wie viel hat Norris gekriegt?«

»Nun ja … äh, er hat seine Provision bekommen.«

»Wie viel war das?«

»Dreißig Prozent.«

»Dann bekam er dreihunderttausend Dollar?«

»Ja, Sir. Das sei bei Lebensversicherungen der übliche Satz, hat er gesagt.«

»Wie hat die Versicherung ausgezahlt?«

»Willie hat sich darum gekümmert. Er hat dafür gesorgt, dass das Geld auf mein Konto überwiesen wurde.«

»Das glaube ich gern.« Decker überlegte kurz. »Mrs. Drews,

kam es Ihnen nie seltsam vor, dass Ihr Sohn kurz nach dem Abschluss der Lebensversicherung an einer Überdosis starb und sein Versicherungsmakler, der die Idee hatte, die Police abzuschließen, dreihunderttausend Dollar bekam?«

Ihre Lippen bebten, Tränen liefen ihre Wangen hinunter. »Wollen Sie damit sagen …«

»Genau das«, fiel Decker ihr ins Wort. »Man hat Ihren Sohn hereingelegt. Man hat eine hohe Police auf ihn abgeschlossen und dann dafür gesorgt, dass er eine Überdosis nahm und starb.«

Drews drückte eine zitternde Hand an ihre Wange und schluchzte. »Gott steh mir bei! Ich hätte doch nie gewollt, dass mein Sohn stirbt!«

»Aber er ist gestorben. Das ist nun einmal eine Tatsache.«

»Und … glauben Sie wirklich, Willie hatte etwas damit zu tun?«

»Das glaube ich nicht nur, ich *weiß* es.«

»Stecke ich in Schwierigkeiten, Mister?«, fragte Linda Drews noch einmal.

»An Ihrer Stelle würde ich mir einen Anwalt besorgen. Und vergessen Sie das mit dem Kaffee und den Muffins. Ich habe den Appetit verloren.«

Decker und Jamison verließen den Laden.

»Mein Gott, das glaube ich einfach nicht«, sagte Jamison, als sie im Wagen saßen. »Sie hat doch wissen müssen, was da läuft.«

»Vielleicht wusste sie es, vielleicht auch nicht. Wenn ich eines in diesem Geschäft gelernt habe, dann, dass Menschen einfach alles rechtfertigen können.«

»Mord, Versicherungsbetrug, Drogenhandel und Leute, die für einen rätselhaften Schatz über Leichen gehen. Wer hätte gedacht, dass in einer kleinen Stadt unabhängig voneinander so viel Scheiße passiert?«

Decker legte den Gang ein. »Es ist nicht unabhängig voneinander passiert, Alex. Das alles ist mit einer kleinen, aber ziemlich hässlichen Schleife zusammengeschnürt.«

66

Ein Anruf, der kurz darauf einging, führte Decker und Jamison ins Polizeirevier von Baronville. Am Eingang wurden sie von einer ernsten Kate Kemper und drei ihrer Agenten erwartet.

Als Decker und seine Partnerin das Büro der Mordkommission betraten, stand Lassiter gerade neben ihrem Schreibtisch. Sie schaute überrascht drein.

»Was machen Sie denn hier? Ich …«

Als Kemper und ihre Leute hinter den beiden eintraten, hielt sie abrupt inne.

»Können Sie Ihren Partner bitten, dazuzukommen, Detective Lassiter?«, fragte Decker.

»Marty? Klar, er muss irgendwo im Gebäude sein. Ich schicke ihm eine SMS.«

Sie griff nach dem Handy. Kurz darauf betrat Detective Green den Raum. Er begrüßte Decker, Jamison und die Leute von der DEA mit einem knappen Nicken, bevor er sich an seine Partnerin wandte. »Du brauchst mich?«

Lassiter zeigte auf Decker. »Nein. Er wollte etwas von dir.« Sie stutzte. »Alles in Ordnung, Marty? Du siehst so blass aus.«

»Haben Sie irgendwas verloren?«, erkundigte Decker sich unschuldig.

Green setzte sich an seinen Tisch; er sah verlegen aus. »Meine verdammte Dienstmarke. Normalerweise lege ich sie im Sportstudio in meinen Spind, aber ich kann sie nicht finden. Ich habe nebenan Racquetball gespielt. So ein Mist. Wenn die Marke weg ist, muss ich Berge von Formularen ausfüllen.« Er kramte in einer Schublade herum.

»Eine Frage«, sagte Decker. »In der Nacht, in der Dan Bond ermordet wurde, gab es die Aussage, dass ein Streifenwagen vor seinem Haus geparkt hat.«

Green schaute ruckartig auf. »Wer hat das gesagt?«

»Es war ein anonymer Tipp«, sagte Kemper.

»Haben Sie eine Ahnung, wer es gewesen sein könnte?«, fragte Green.

»Sie waren doch ziemlich oft in dieser Straße«, entgegnete Decker. »Auch am späten Abend?«

Green schüttelte den Kopf. »Ich fahre nicht im Streifenwagen durch die Gegend.«

Decker nickte. »Aber Sie kannten Dan Bond?«

Erneut schüttelte Green den Kopf. »Ich war nie bei ihm. Nicht, solange er lebte. Erst, nachdem man ihn ermordet auffand.«

»Sind Sie sich absolut sicher?«, fragte Decker.

Green blickte ihn neugierig an. »Ja. Warum?«

»Worauf wollen Sie hinaus, Decker?«, mischte sich nun auch Lassiter ein. »*Ich* habe Dan Bond vernommen, nicht Marty.«

Decker nahm den Blick nicht von Green. »Sie können Ihre Suche einstellen. Agentin Kemper hat Ihre Dienstmarke.«

Green warf der DEA-Agentin einen verwunderten Blick zu. »Sie? Warum?«

Kemper zog eine Beweismitteltüte aus der Manteltasche. In der Tüte steckte eine Dienstmarke.

Langsam wich das Blut aus Greens Gesicht. »Was hat meine Dienstmarke in einer Beweismitteltüte zu suchen?«

»Sie ist ein *Beweisstück*«, sagte Kemper ausdruckslos. »Bei einer Mordermittlung.«

»Wovon sprechen Sie? Was für ein Mord?«

»Dan Bond.«

»Ich habe den Mann nicht einmal gekannt, das sagte ich Ihnen doch schon.«

»Was die Frage aufwirft, wieso man Dan Bonds Fingerabdrücke auf Ihrer Marke gefunden hat«, sagte Decker.

»Wie bitte?«

Decker holte seine Dienstmarke hervor. »Bond war ein vorsichtiger Mann. Als ich nach Anbruch der Dunkelheit bei ihm klopfte, wollte er mich nicht reinlassen, bevor ich ihm meine Dienstmarke durch die Katzenklappe gereicht hatte. Er sagte mir, er lasse nicht gern Fremde ins Haus. Bevor er mich einließ, hat er meine Dienstmarke mit den Fingern abgetastet, um sich zu vergewissern, dass sie echt ist. Mal ehrlich, wen außer einem Cop hätte er zur Tatzeit eingelassen?« Er hielt die Marke in die Höhe. »So kamen Bonds Fingerabdrücke auf *meine* Dienstmarke. Sie, Green, haben gerade behauptet, Bond nie begegnet zu sein. Trotzdem sind seine Fingerabdrücke auch auf *Ihrer* Marke. Wie erklären Sie das, Detective Green? Es sei denn, Sie wären derjenige gewesen, der Bond an diesem Abend besucht und umgebracht hat.«

»Das ist doch Schwachsinn!«

Green blickte seine Partnerin an, die ihn offenen Mundes anstarrte. »Es können nicht Bonds Abdrücke sein, die auf meiner Marke sind. Das ist unmöglich!«

»Wissen Sie noch, der Tag, an dem Sie Ihre Marke auf den Boden warfen und ich sie aufhob?«, sagte Decker. »Sie war mit Abdrücken und etwas anderem beschmiert. Später wurde mir klar, dass es Mehl war. Bond hat mir erzählt, dass Backen sein großes Hobby sei. Er hatte sichtbare Spuren von Mehl auf meiner Dienstmarke hinterlassen, als er sie sich angeschaut hat. Agentin Kemper hat mich darüber informiert, dass auch auf Ihrer Marke

Spuren von Mehl gefunden wurden. Ich weiß nicht, ob wir sie dem Mehl in Bonds Küche zuordnen können, aber das brauchen wir eigentlich auch nicht, da wir Ihre Fingerabdrücke haben.«

Green sagte nichts, starrte Decker nur finster an.

»Ein Tipp für Sie, Detective«, fügte Decker hinzu. »Wenn Sie sich schon die Mühe machen, jemanden umzubringen, sollten Sie auf die Details achten.«

»Sie blöde Kuh!«, brüllte Green die DEA-Agentin an. »Sie haben meine Dienstmarke ohne Beschluss gestohlen. Das macht sie als Beweismittel wertlos!«

Kemper hielt ein Blatt Papier in die Höhe.

»Ich habe einen Beschluss, unterschrieben und besiegelt.«

»Und worauf soll der sich stützen?«

»Darauf, dass wir Alice Martins Telefonunterlagen überprüft haben. Am Abend seines Todes hat Dan Bond Mrs. Martin angerufen. Danach hat sie sofort Fred Ross' Nummer gewählt. Kurz darauf haben *Sie* einen Anruf von Fred Ross bekommen. Und eine Stunde später wurde Dan Bond ermordet.

Wir haben folgende Theorie. Bond hat Martin angerufen und ihr etwas erzählt, das sie beunruhigt hat. Daraufhin hat sie Fred Ross angerufen, damit er sich darum kümmert. Und Ross rief sofort Sie an, damit Sie es erledigen.«

»Aber was hätte Alice Martin erschrecken sollen?«, warf Lassiter ein. »Sie ist nur eine alte Dame, die in der Sonntagsschule unterrichtet hat.«

»Sie ist einiges mehr«, widersprach Decker. »Ich gehe davon aus, dass Bond ermordet wurde, weil er die Geräusche erkannte, die er an dem Abend gehört hat, als die beiden Leichen der DEA-Agenten gefunden wurden. Es waren die Geräusche, die Alice Martins beschädigte Vierfuß-Gehhilfe auf dem Bürgersteig verursacht hat. Vielleicht ist Mrs. Martin ja an dem Tag, an dem Bond ermordet wurde, an seinem Haus vorbeigegangen. Dann wusste er, dass der Laut von Martins Gehhilfe verursacht wurde. Möglicherweise hat er sie später angerufen und gefragt, was sie an jenem Abend draußen gemacht hat. Das ließ bei Mrs. Martin die Alarmglocken klingeln. Ross hätte es noch jemandem erzählen können, zum Beispiel mir.«

»Ich will einen Anwalt«, brüllte Green.

»Vielleicht kann Ihr Anwalt Sie überzeugen, endlich zu reden, damit Sie nur lebenslänglich statt der Nadel bekommen«, meinte Decker.

Kemper gab ihren Männern ein Zeichen. »Verpassen Sie ihm Handschellen und verlesen ihm seine Rechte. Und dann bringen Sie diesen Abschaum in eine Zelle.«

Die Agenten traten vor und legten Green Handschellen an.

»Sie haben ja nicht die leiseste Ahnung, mit wem Sie sich da anlegen, Decker!«, brüllte der Detective, während er sich vergeblich wehrte.

»Wie lustig. Ich wollte Ihnen das Gleiche sagen.«

67

»Sie haben keinen Grund, jemanden zu beschützen«, sagte Decker.

Er saß in einem Verhörraum im Polizeirevier. Rechts von ihm hatte Lassiter Platz genommen, links saßen Kemper und Jamison.

Ihnen gegenüber hockte Alice Martin steif auf einem Stuhl. Sie antwortete nicht.

»Wir haben die große Kühltruhe für Wild in Ihrem Keller untersucht«, sagte Decker. »Die Truhe, in der vermutlich schon Ihr Mann die Jagdbeute verstaut hat. Aber Sie haben dort nicht nur Hirschfleisch aufbewahrt. Wer immer Beatty und Smith in die Truhe gestopft hat, war nicht besonders vorsichtig. Die Drogenfahnder haben ihre DNS gefunden.« Er warf einen bedeutungsvollen Blick auf Kemper. »Vor allem die DEA will Blut sehen. Noch einmal – Sie haben keinen Grund, jemanden zu schützen.«

Mrs. Martin erwiderte seinen Blick. »Wie wollen Sie das alles überhaupt wissen?«

»Überzeugen Sie mich vom Gegenteil.«

Sie glättete den langen Rock und legte die Hände in den Schoß. »Ich habe Kinder und Enkel, bald auch Urenkel. Ich muss an sie denken.«

»Wie sind Sie überhaupt jemals in so eine Sache verwickelt worden?«, fragte Lassiter.

»Das bisschen Geld, das ich vor langer Zeit hatte, ging zur Neige. Ich bin achtundachtzig und bei relativ guter Gesundheit.

Wenn man dieses Alter erreicht hat, stehen die Chancen ziemlich gut, dass man noch zehn Jahre lebt. Das wollte ich nicht in völliger Armut tun. Ich bin es leid, nirgendwo mehr hinzukönnen, nie mehr etwas zu erleben.«

»Haben Ihre Kinder Sie nicht unterstützt?«

»Die kommen selbst kaum über die Runden. Ich habe meine Sozialrente, das ist es auch schon. Und damit kann man nicht viel anfangen.«

»Viele Leute haben nur die Sozialrente, und die schließen sich nicht einem Drogenkartell an, um Geld zu kassieren«, sagte Kemper.

»Ich habe mich keinem Drogenkartell angeschlossen!«, erwiderte die alte Frau scharf.

»Warum erzählen Sie uns dann nicht, *was* Sie getan haben?«, schlug Lassiter vor.

»Ich habe … weggesehen.« Ihr Blick war gesenkt, damit sie die Beamten nicht anschauen musste. Vielleicht war es sogar symbolisch gemeint. »Als in unserer Straße etwas geschah.«

»Was ist geschehen?«, fragte Decker.

»Als gewisse Dinge in das Haus gebracht wurden, in dem man die Männer gefunden hat. Und auch ins Nachbarhaus. Als zu jeder Tageszeit zwielichtige Leute ein und aus gingen.«

»Es waren Tablettenpressen, die in das Haus gebracht wurden«, erklärte Decker. »Man hatte diese Straße ausgesucht, weil dort nur drei Leute wohnten, und einer davon war blind.«

»Und einer von ihnen gehörte zur Bande«, fügte Lassiter hinzu. »Fred Ross. Hat er Sie angesprochen und verlangt, dass Sie wegschauen, Mrs. Martin?«

Die alte Dame nickte. »Darum haben sie diese Straße ausgesucht. Wie Sie schon sagten, Dan war blind. Fred war einfach nur ein schrecklicher Mensch. Und ich …« Sie verstummte. »Hätte ich nicht mitgemacht, hätten sie mich ermordet. Was hätte ich tun sollen?«

»Die Cops rufen«, schlug Jamison vor.

»Die Cops?«, höhnte sie. »Fred hat mir gesagt, dass die halbe Polizei an der Sache beteiligt ist.«

»Das ist doch Schwachsinn!«, rief Lassiter aus. »Sie hätten zu mir kommen können, Alice. Ich hätte etwas unternommen.«

»Was hat man Ihnen geboten?«, fragte Decker.

»Eine Entschädigung.«

»Wie viel?«

»Zweitausend Dollar die Woche. In bar. Und eigentlich musste ich gar nichts tun. Einfach nur … wegschauen.«

Jamison schüttelte den Kopf. »Nein, Sie haben die Leichen in Ihrer Gefriertruhe gelagert.«

Die Bemerkung ließ Martin am ganzen Leib erbeben, doch sie erwiderte nichts.

»Das ist viel Geld«, sagte Decker. »Was haben Sie damit gemacht?«

»Mir … etwas gekauft. Ich habe mir angewöhnt, wieder etwas anderes zu essen als immer nur Nudeln oder Makkaroni mit Käse. Ich habe ein paar Dinge in meinem Haus reparieren lassen. Ich habe meinen Kindern Geld geschickt. Ich habe meinen Enkeln zum ersten Mal seit Jahren Geschenke gekauft. Und den Rest habe ich in meinem Haus in einer Kiste aufbewahrt, damit sie es später mal bekommen.«

»An dem Abend, an dem die Leichen weggebracht wurden, waren Sie also draußen auf der Straße?«, sagte Lassiter.

Martin nickte. »Sie … haben die Toten aus meiner Kühltruhe geholt und in Freds Wagen geladen. Dann sind sie zu dem Haus gefahren und haben sie wieder ausgeladen. Ihre Ausrüstung hatten sie zuvor weggeschafft. Ich bin rausgegangen, weil ich … Ich wollte einfach nicht im Haus sein, als sie die Leichen holten. Und ich wollte mich vergewissern, dass niemand in der Nähe ist, obwohl sie diese Drohne herumfliegen ließen. Die hatten sie immer in der Luft, wenn sie Leute oder Dinge vorbeibrachten oder wegschafften, um sich zu vergewissern, dass die Luft rein war.« Sie hüstelte, ehe sie fortfuhr:

»Fred hat mir gesagt, dass sie es eigentlich erst in der Nacht erledigen wollten, aber da das Unwetter aufzog, gingen sie davon aus, dass niemand in der Nähe war. Und sie wollten es lieber früher als später hinter sich bringen. Wie dem auch sei, sie fuhren den Wagen auf den Stellplatz und luden die Leichen hinein. Danach brachten sie den Wagen zurück zu Fred und verschwanden zu Fuß. Ich ging zurück ins Haus, bevor der Regen kam.«

»Das war der Augenblick, als ich gehört habe, wie Ihre Gehhilfe über den Bürgersteig kratzte«, sagte Decker. »Zum Glück habe ich Ihnen bei unserem Gespräch die Geräusche, die mir aufgefallen waren, nicht näher beschrieben. Sie hätten sofort Verdacht geschöpft. Aber Dan Bond hat es auch gehört. Er hat Sie darauf angesprochen, nicht wahr?«

Zum ersten Mal funkelten Tränen in Martins Augen. »Als ich ein paar Tage später vorbeiging, stand Dan draußen auf der Veranda. Ich grüßte ihn, und er erwiderte den Gruß. Aber er sah irgendwie … merkwürdig aus. Ich ging nach Hause. Später rief er mich an und wollte wissen, warum ich an jenem Abend draußen gewesen sei. Eigentlich hat er mich nicht beschuldigt oder so. Aber er hat erzählt, dass Sie ihn nach dem Geräusch gefragt hätten, weil Sie es für wichtig hielten. Und dass er versucht habe, sich daran zu erinnern, wo er es schon einmal gehört hatte. Ich war mir nicht einmal bewusst, dass meine Gehhilfe solche Geräusche macht. Ich habe sie nur benutzt, um draußen laufen zu können, ohne zu fallen. Ich hätte sie reparieren lassen sollen.«

»Und warum ist Dan Bond gestorben?«, fragte Decker.

»Ich hatte Angst, er würde Ihnen erzählen, dass ich an dem Abend unterwegs war. Also habe ich Fred angerufen und ihn darüber informiert.«

»Die Nummer an Ihrer Telefonwand«, sagte Decker.

Mrs. Martin erwiderte seinen Blick. »Ja.«

»Und was wollte Fred unternehmen?«, fragte Lassiter.

»Er hat nur gesagt, dass er sich darum kümmert.« Sie fing an zu zittern. »Ich hätte nie gedacht, dass er ihn umbringt! Ich wollte doch nicht, dass Dan stirbt. Niemals! Dan war ein guter Mensch und all die Jahre ein guter Freund.«

»Verdammt, was haben Sie denn anderes von Fred Ross erwartet?« Decker runzelte die Stirn. »Ein Mann, der die Leichen von zwei Bundesagenten in Ihre *Kühltruhe* gepackt hat?«

Martin schüttelte den Kopf. »Ich …« Sie schwieg.

»Sie hatten Fred auch angerufen, nachdem ich bei Ihnen gewesen war, nicht wahr?«

Sie schaute ihn an, schwieg aber.

»Und er oder einer seiner Kumpane rief Brian Collins an und befahl ihm, mich zu erschießen. Haben Sie gewusst, dass es so kommen würde, als Sie mir vorgelogen haben, Sie hätten gesehen, wie Beatty und Smith dieses Haus betraten?«

»Ich … Als Sie vor meiner Tür standen, habe ich nur getan, was man mir gesagt hat.«

Sekundenlange Stille folgte. Nur Mrs. Martins aufgeregte Atemzüge waren zu hören.

»Sie sollten uns dankbar sein, dass wir Sie verhaftet haben«, sagte Decker schließlich.

Sie sah ihn an. »Warum?«

»Was glauben Sie, wie lange man Sie am Leben gelassen hätte? Es wundert mich, dass man Sie nicht schon längst umgebracht hat.«

»Vielleicht hatten diese Leute ja Mitleid mit mir.«

»Ich bezweifle stark, dass sie überhaupt wissen, was Mitleid ist.«

»Man muss in jedem Menschen das Gute sehen«, erwiderte sie.

»Und ich muss nach dem Schlechten suchen. Es ist nicht schwer zu finden.«

Mrs. Martin blinzelte. »Früher ging es hier anders zu.«

»In der guten alten Zeit?«

»Es *war* eine gute Zeit«, fauchte sie.

»Für ein paar Leute schon. Für andere war sie genauso schlecht wie die Gegenwart für Sie.«

Martin gewann ihre Fassung zurück. »Was geschieht nun mit mir?«

»Sie müssen sich nie wieder Sorgen über Ihre Unterbringung machen«, sagte Decker. »Oder das Essen. Die Regierung wird Ihnen beides zur Verfügung stellen.«

Sie hielt den Kopf hoch erhoben und sah ihn fest an. »Ich wollte nur in Würde und Frieden leben. Ich habe nicht gewollt, dass so etwas passiert. Spielt das keine Rolle?«

Decker erwiderte ihren Blick. »Das habe ich im Laufe der Jahre schon von vielen Leuten gehört. Selbst von denen, die jemandem eine Waffe an den Kopf hielten und abdrückten. Nein, es spielt keine Rolle.«

Lassiter mischte sich ein. »Aber es wird Ihnen helfen, Alice, wenn Sie gegen die anderen aussagen und dazu beitragen, die Anklage gegen sie aufzubauen. Das könnte sich strafmildernd auswirken.«

Martin starrte sie an. »Werfen Sie Ihrer alten Sonntagsschullehrerin einen Knochen zu, Donna?«

Lassiter schüttelte den Kopf. »Sie haben einem Drogenring geholfen, diese Stadt weitgehend zu zerstören. Für Geld. Ich will nur diese Bastarde festnageln, jeden einzelnen. Wenn Sie uns dabei helfen – gut. Wenn nicht, können Sie von mir aus im Gefängnis verrotten.«

»Ich habe wirklich alles versaut, nicht wahr?«

Decker schaute Jamison an, dann wieder Martin.

»Vielleicht können Sie im Gefängnis ja Bibelunterricht geben, um sich reinzuwaschen.«

»Jetzt verspotten Sie mich«, behauptete Martin bitter.

»Nein, das ist mein Ernst. Sie könnten jemandem helfen, sein Leben zu ändern.«

»Halten Sie so etwas für möglich?«

»Nach dem, was ich schon erlebt habe, ist alles möglich.«

68

»Decker, wir haben ein großes Problem.«

Decker hatte gerade erst mit Jamison das Polizeirevier verlassen, als Kemper anrief.

»Was für eins?«

»Ich habe gerade einen Anruf erhalten. Wir haben Ted Ross verloren.«

Decker fluchte leise. »Verdammt, wie konnte das passieren?«

»Ich weiß es nicht. Er muss herausgefunden haben, dass wir Green und Martin verhaftet haben. Jetzt ist er in einem Mauseloch verschwunden.«

»Was ist mit seinem alten Herrn?«

»Diese Karte könnten wir vielleicht ausspielen.«

»Und wie?«

»Fred Ross sitzt in einer Zelle im Gefängnis von Baronville«, antwortete Kemper. »Ich hatte ihn festnehmen lassen mit der Begründung, dass Alice Martin ihn nach ihrem Gespräch mit Bond angerufen hatte. Jetzt aber haben wir Mrs. Martins konkrete Aussage, dass Ross in die Morde an zwei meiner Agenten verwickelt ist und mit dem Drogenring zu tun hat. Wir werden ihn bald in eine Bundeseinrichtung verlegen. Aber bis dahin werden wir ihn so lange verhören, bis er nach einem Anwalt schreit.«

»Dann schlage ich vor, dass Sie Ohrenstöpsel tragen.« Decker legte auf und schob das Handy gereizt in die Tasche.

»Schlechte Nachrichten?«, fragte Jamison.

Er brachte sie auf den neuesten Stand.

»Das sind wirklich schlechte Nachrichten. Was glaubst du, was wird Ted Ross jetzt unternehmen?«

»Zuerst einmal wird er versuchen, der Todesstrafe zu entgehen.«

»Und was tun wir?«

»Wir fahren nach Hause, schnappen uns Zoe und Amber und schaffen sie so schnell wie möglich aus Baronville fort.«

»Einverstanden.« Jamison trat so fest aufs Gaspedal, dass Deckers Kopf nach hinten schnappte.

*

Als sie auf die Einfahrt des Hauses einbogen, sah Decker, dass der Cop dort noch immer in seinem Streifenwagen saß.

»Sag deiner Schwester, sie soll ein paar Sachen einpacken, dann bringen wir sie an einen sicheren Ort. Ich rufe Bogart an, er soll ein paar Agenten für sie abstellen.«

Jamison sprang aus dem Wagen und lief ins Haus, während Decker seinen Vorgesetzten anrief und informierte. Sie verabredeten, sich in Pittsburgh mit FBI-Agenten zu treffen. Mittlerweile war es dunkel geworden; bis sie dort eintreffen würden, würde es noch dunkler sein.

Decker steckte das Handy weg und betrachtete das Haus. Es war beinahe unglaublich, dass er und Jamison erst vor so kurzer Zeit angereist waren, um ein wenig Ruhe und Entspannung zu finden.

Wenn ich das hier überlebe, werde ich in meinem ganzen Leben keinen Urlaub mehr machen.

Decker warf einen Blick auf die Uhr. Sie mussten los. Er hoffte nur, dass Jamison ihrer Schwester und ihrer Nichte gesagt hatte, nur das Nötigste einzupacken. Was sie sonst noch brauchten, konnten sie in Pittsburgh besorgen.

»Decker!«

Eine sichtlich aufgeregte Jamison stand auf der Veranda und winkte mit beiden Händen.

Er sprang aus dem Wagen und lief zum Haus.

»Was ist?«

»Sie sind weg. Niemand ist da.«

Decker warf einen Blick auf die beiden Fahrzeuge, die in der Auffahrt parkten. »Können sie zu Fuß irgendwo hingehen?«

Jamison sah an ihm vorbei. »Warum ist der Cop nicht ausgestiegen, als ich nach dir gerufen habe?«, sagte sie langsam.

Sie liefen zu dem Streifenwagen.

Decker klopfte ans Fenster. Als keine Reaktion erfolgte, zog er die Waffe und öffnete vorsichtig die Tür.

Der tote Officer sank zur Seite, nur von dem Sicherheitsgurt gehalten.

»O Gott!«, stieß Jamison hervor. »Decker!«

Decker sah zum Haus. »Bist du sicher, dass niemand drin ist?«

»Ich habe nach ihnen gerufen. Nichts. Dann habe ich mich im Erdgeschoss umgesehen.«

»Gab es Anzeichen für einen Kampf?«

»Nein. Mir ist nichts aufgefallen.«

»Wir müssen den Rest des Hauses durchsuchen. Aber warte auf mich.« Er versuchte, Lassiter zu erreichen, um Verstärkung anzufordern. Sie meldete sich nicht.

Dann rief er Kemper an.

Wieder nichts.

Beide Anrufe gingen sofort auf die Voicemail.

Er steckte das Handy weg. »Okay, dann eben nur wir beide. Nimm deine Waffe und komm mir nach.«

Sie betraten das Haus und durchsuchten gründlich das Erdgeschoss, einschließlich der Wandschränke.

Alles wirkte normal. In der Spüle standen eine leere Schüssel und ein Glas. Nichts war verstellt, keine Möbel umgestürzt.

Sie gingen nach oben und durchsuchten ein Zimmer nach dem anderen, bis sie zu Deckers Gästezimmer kamen.

Er öffnete die Tür und sah sich um. Sein Blick fiel auf einen zusammengefalteten Zettel mitten auf dem Bett. Daneben lag ein Handy.

Er nahm den Zettel und entfaltete ihn langsam.

Warten Sie, bis wir uns auf diesem Handy melden. Ein Fehler, und die beiden sind tot.

Jamison streckte die Hand aus, und Decker gab ihr den Zettel. Sie las ihn, ließ sich aufs Bett fallen und vergrub das Gesicht in den Händen.

Decker ging zum Fenster, das einen Blick auf die Rückseite des Hauses bot.

Über diesen Weg musste man Amber und Zoe entführt haben. Durch den Hof, über den Zaun und auf die nächste Straße.

Wo alles begonnen hatte.

»Sie werden anrufen, Alex«, sagte er. »Und dann müssen wir bereit sein.«

Jamison schwieg.

Decker setzte sich neben sie aufs Bett, nahm das Handy, das die Entführer zurückgelassen hatten, und starrte darauf.

*

Ungefähr zu dem Zeitpunkt, als Decker und Jamison den toten Polizisten vor dem Haus der Mitchells entdeckten, führten Donna Lassiter, drei uniformierte Polizisten und zwei DEA-Agenten Alice Martin und Detective Green aus dem Polizeirevier, nachdem man sie offiziell verhaftet, fotografiert und ihnen die Fingerabdrücke abgenommen hatte. Der nächste Haltepunkt würde das Gefängnis sein, wo man die beiden bis zur Anklageerhebung in eine Isolierzelle sperren würde.

Die Gasse war abgesperrt worden. Lassiter hatte überall Männer postiert, die nach Bedrohungen Ausschau hielten. Sie telefonierte gerade, als sie das Gebäude an der Rückseite verließen und der Transporter vorfuhr.

Als sie sich dem Wagen näherten, wandte Alice Martin sich an sie.

»Der ganze Ärger, den ich gemacht habe … es tut mir leid.«

»Das spielt wirklich keine Rolle«, entgegnete Lassiter. »Viel wichtiger ist, dass Sie es wiedergutmachen, indem Sie aussagen.«

»Ja. Aber da ist noch etwas …«

»Was?«

»Das Gefängnis, in das man mich schickt … kann das in der Nähe meiner Kinder sein?«

»Ich kann Sie ja verstehen, aber das liegt nicht in meiner Macht.«

»Ich weiß. Und ich erwarte auch gar nicht, dass es möglich ist. Ich bitte Sie nur um Hilfe. Für Ihre alte Sonntagsschullehrerin.«

Lassiter seufzte. »Ich habe keinen Einfluss darauf, wohin man Sie schickt, aber ich kann es versuchen. Es wird nichts bringen, ganz bestimmt nicht, aber ich rufe trotzdem an.«

»Danke für Ihre Bemühungen.«

»Meine Hilfe hängt davon ab, dass Sie wahrheitsgemäß über alles aussagen, was Sie wissen.«

»Ja, sicher. Ich freue mich sogar darauf. Auf diese Weise kann ich Buße tun. Niemand wird zu Schaden kommen, haben diese Leute gesagt. Aber das war gelogen.«

»Was haben Sie denn gedacht, wie es endet?«

»Ich … Vermutlich habe ich nie darüber nachgedacht.«

»Dafür ist es jetzt zu spät.«

»Ist es auch zu spät für mich, Donna?«, erklang Greens Stimme.

Lassiter drehte sich zu ihrem ehemaligen Partner um.

»Ich kann nichts für dich tun.«

»Ich habe nur versucht, das zu bekommen, was mir zusteht.«

»Niemandem steht irgendetwas zu, Marty.«

»Ich habe mir mein Leben lang für einen Hungerlohn den Hintern aufgerissen und die Öffentlichkeit beschützt. Verdammt, die Öffentlichkeit ist es doch gar nicht wert, dass ich für sie den Arsch hinhalte.«

»Darüber musst du dir keine Sorgen mehr machen.«

Im nächsten Augenblick traf der Schuss aus großer Distanz Alice Martin direkt in die Brust und sprengte ein Stück aus ihrem Körper heraus. Blut und Knochensplitter klatschten gegen das Fenster des Transporters.

Green schrie auf, doch sein Schrei endete abrupt, als die nächste Kugel seinen Kopf traf und ein großes Stück Gehirn mit sich riss.

»Beschuss!«, rief Lassiter, richtete ihre Waffe in die Richtung, aus der die Schüsse gekommen waren, und feuerte mehrmals.

Die nächsten Kugeln trafen sie und zwei andere Cops und schleuderten sie zu Boden.

69

Das Handy klingelte.

Aber es war Deckers Handy, nicht das Telefon der Entführer.

Er warf einen Blick auf die Nummer auf dem Display und fluchte. Sofort schaltete er auf Lautsprecher und brüllte: »Ich habe versucht, Sie anzurufen!«

»Tut mir leid, Decker«, antwortete Kemper. »Ich hatte zu tun. Das alles verwandelt sich in eine verfluchte Katastrophe.«

»Hören Sie, ich kann jetzt nicht reden. Ich …«

»Haben Sie es nicht gehört, Decker?«

»Was gehört?« Decker glaubte, sie würde von der Entführung sprechen.

Aber wie soll das möglich sein?, schoss es ihm durch den Kopf.

»Bis jetzt haben wir zwei Tote.«

Decker spannte sich an. *Amber und Zoe? Das darf nicht wahr sein!*

»Von wem sprechen Sie?«, stieß er durch zusammengebissene Zähne hervor.

»Von dem Hinterhalt, als Martin und Green ins Gefängnis gebracht wurden.«

»Sie sind tot?«

»Ja. Lassiter und zwei andere wurden verletzt und sind im Krankenhaus.«

»Ein Insiderjob?«

»Sieht so aus. Sie wussten, wo und wann sie aus dem Gebäude kamen.«

»Wir haben noch andere Probleme.«

»Wiederholen Sie das.«

Decker erklärte, was mit dem Cop im Streifenwagen passiert und dass Jamisons Familie verschwunden war.

»Verdammt!«, fluchte Kemper. »Ich will diese Mistkerle unbedingt haben!«

»Mich interessiert nur, Amber und Zoe unversehrt zurückzubekommen.«

»Gibt es Hinweise, wer sie entführt haben könnte? Oder wo sie sich aufhalten könnten?«

»Nein. Ich habe gerade auf den Anruf der Entführer gewartet, als Sie sich gemeldet haben.«

»Glauben Sie, man will sie als Tauschobjekt benutzen?«

»Ja. Sonst hätte man sie einfach umgebracht wie den Cop vor dem Haus.«

»Was werden sie fordern?«

»Das wird man mir früh genug mitteilen«, erwiderte er grimmig.

»Ich gebe sofort eine Suchmeldung raus.«

»Okay«, sagte Decker abwesend.

»Glauben Sie, das bringt nichts?«

»Ich glaube, diese Leute sind zu clever, um sich davon aufhalten zu lassen.«

»Einen Cop umzubringen und dann zwei Leute zu entführen … das war ein großes Risiko.«

»Wenn sie noch unerledigte Geschäfte haben und Geiseln als Druckmittel brauchen, gehen sie das Risiko ein.«

»Aber sie haben die Drogenproduktion abgebaut und unsere einzigen Zeugen umgebracht«, stellte Kemper fest. »Wir haben nichts mehr gegen sie in der Hand.«

»Vielleicht interessiert sie das nicht.«

»Was interessiert sie dann?«

»Wie ich schon sagte: unerledigte Geschäfte.«

»Zum Beispiel?«

»Wüsste ich es, würde ich nicht hier sitzen und auf einen Anruf warten«, antwortete Decker ungehalten.

»Schon gut, schon gut. Aber wir brauchen einen Plan.«

»Und wie sollen wir den schmieden? Wir wissen nicht, welche Forderungen sie stellen werden.«

»Sobald diese Leute Kontakt aufgenommen haben, müssen Sie mich einweihen. Dann können wir gemeinsam Jagd auf sie machen.«

»Ich werde es auf meine Art und Weise erledigen.«

»Was soll das heißen?«, fragte Kemper misstrauisch.

»Ich werde alles tun, was in meiner Macht steht, um dafür zu sorgen, dass die Sache nicht schiefgeht und zwei unschuldige Menschen sterben.«

Jamison, die neben ihm saß, erschauderte und schaute zu Boden.

»Ich weiß nicht, ob ich das machen kann, Decker. Ich muss mich höheren Ortes verantworten.«

»Ich auch. Ihre Namen sind Amber und Zoe. Und wenn Sie es nicht auf meine Weise machen wollen, muss ich es eben auf eigene Faust erledigen.«

»Sie bringen mich in eine unmögliche Situation«, beschwerte sich Kemper.

»Das *ist* eine unmögliche Situation.«

Kemper beruhigte sich. »Vermutlich habe ich keine große Wahl. Ich hoffe nur, Sie wissen, was Sie da tun.«

Decker beendete die Verbindung und starrte auf sein Handy.

»Tust du es?«, fragte Jamison.

»Tue ich was?«, entgegnete er leise.

»Weißt du, was du da tust?«

»Das kann ich erst beantworten, nachdem diese Schweine mich angerufen haben.«

»Wir dürfen Amber und Zoe nicht verlieren.«

»Das werden wir auch nicht.«

»Das kannst du doch nicht wissen!«, rief sie aus.

»Stimmt«, gestand er.

»Was erzählst du mir denn da?«

»Ich habe Zoe versprochen, niemals zu erlauben, dass die Bösen dir etwas tun. Und jetzt verspreche ich dir, niemals zu erlauben, dass sie Zoe oder deiner Schwester etwas tun.«

Jamison zog die Waffe und betrachtete sie. »Wir holen sie unverletzt zurück, Decker. Und dann werden wir diese Arschlöcher einzeln an die Wand nageln.«

70

Der Anruf kam um Mitternacht.

Bevor Decker antworten konnte, hatte Jamison ihm das Handy aus der Hand gerissen.

»Ich will mit Amber und Zoe sprechen, sofort!«, schrie sie ins Gerät.

»Wer ist da?«

»Alex Jamison, FBI. Die angepisste Schwester und Tante der Leute, die Sie entführt haben. Holen Sie sie ans Telefon. Auf der Stelle!«

»Sie stellen Forderungen?«, sagte der Sprecher.

»Nein. Ich stelle *eine* Forderung. Holen Sie sie ans Telefon.«

Es folgte ein Augenblick der Stille.

»Alex?«

Es war Amber. Sie klang genauso, wie sie klingen sollte: ängstlich.

»Am, alles in Ordnung? Hat man dir etwas getan?«

»Nein … nein.«

»Und Zoe?«

»Sie steht hier neben mir. Sie ist auch okay, hat nur Angst.«

Jamison hauchte Decker zu: »Den beiden geht es so weit gut.«

Amber sprach weiter. »Aber ich weiß nicht, was das alles soll …«

Die andere Person kam wieder an den Apparat. »Sie haben mit

ihr gesprochen. Jetzt hören Sie mir zu. Wenn Sie sie zurückhaben wollen, tun Sie genau, was ich Ihnen sage.«

Jamison gab Decker das Handy.

»Ich höre«, sagte Decker. »Was wollen Sie im Austausch für sie haben?«

»Wir wollen Fred Ross.«

»Ich weiß nicht, ob ich das schaffe.«

»Strengen Sie sich an. Oder Sie werden die Frau und die Kleine nur als Leichen wiedersehen.«

»Wo und wann?«

Der Mann teilte Decker Ort und Zeit mit. »Kommen Sie in Begleitung, sind sie tot.«

»Und Sie werden mich einfach mit Amber und Zoe gehen lassen?«

»Wenn Sie uns Ross bringen, haben wir keinen Grund, ihnen etwas zu tun. Wir wollen nur den Alten.«

»Ich hätte nicht gedacht, dass Ted so sehr an seinem Vater hängt.«

»Bringen Sie ihn einfach! Eine Minute zu spät, und sie sind tot.«

Decker legte das Handy weg.

»Was wollen sie?«, fragte Jamison.

»Einen Austausch.«

»Einen Austausch? Wen?«

»Fred Ross gegen Amber und Zoe.«

»Warum wollen sie Fred Ross?«

»Vermutlich kann er gegen sie aussagen.«

»Aber er sitzt in Haft!«

»Dann müssen wir ihn dort rausholen.«

»Und wie?«

Decker hatte bereits sein Handy in der Hand.

Kemper meldete sich beim ersten Klingeln.

»Sie wollen Amber und Zoe gegen Fred Ross austauschen.«

»Okay.«

»Sie müssen dafür sorgen, dass Ross in unsere Obhut übergeben wird.«

»Das kann ich arrangieren. Wann und wo will man Sie treffen?«

Decker erklärte es ihr. Dann fügte er hinzu: »Der Kerl hat gesagt, dass Amber und Zoe sterben, wenn wir jemanden mitbringen.«

»So naiv werden Sie doch wohl nicht sein, Decker. Wenn Sie ohne Rückendeckung gehen, sind Sie alle tot.«

»Darum werden Sie auch vor uns dort sein. Können Sie einen Hubschrauber organisieren?«

»Ja.«

»Dann packen Sie ihn voll mit Agenten und gehen in Position. Wenn die Kacke am Dampfen ist, wird es für alle Beteiligten haarig.«

»Damit verdienen wir unseren Lebensunterhalt, Decker. Wir sehen uns auf der anderen Seite.«

Decker legte auf.

»Sie haben gesagt, du sollst niemanden mitbringen«, wandte Jamison ein.

»Ich weiß. Aber man wird mich nicht einfach mit Amber und Zoe gehen lassen.«

Jamison sah wütend zu ihm hoch. »Dich? Glaubst du wirklich, ich würde dich allein dort einmarschieren lassen? Natürlich werde ich dich begleiten.«

Deckers Handy summte und unterbrach die Diskussion. Er erkannte die Nummer und meldete sich.

»Was zum Teufel geht da vor?«, rief Cindi Riley ungehalten.

»Was meinen Sie? Und warum rufen Sie so spät noch an?«

»Weil Sie John Barons letzte Chance sind.«

»Was ist mit ihm?«

»John hat endlich erlaubt, dass ich die Kaution für ihn stelle. Aber man will ihn trotzdem nicht entlassen.«

»Warum nicht?«

»Man hat mir gesagt, Detective Lassiter müsse das Formular unterschreiben.«

»Das ist doch Unsinn! Außerdem liegt sie im Krankenhaus. Sie wurde angeschossen.«

»Nein, sie ist nicht im Krankenhaus.«

Decker erstarrte. »Wie bitte?«

»Im Polizeirevier hat man mir auch gesagt, Lassiter sei im Krankenhaus. Also habe ich dort angerufen, um mit ihr zu sprechen. Ich wollte ihr den Papierkram bringen.«

»Und was hat man Ihnen gesagt?«

»Dass sie sich selbst entlassen hat.«

»Sie hat sich selbst entlassen?«, wiederholte Decker ungläubig. »Sie wurde angeschossen! Wie soll sie sich da selbst entlassen?«

»Woher soll ich das wissen? Aber genau das hat man mir gesagt, verdammt.«

»Haben Sie versucht, Lassiter per Handy zu erreichen?«

»Ungefähr ein Dutzend Mal. Keine Antwort. Was hat das zu bedeuten, Decker?«

Er antwortete nicht sofort. »Es bedeutet, dass wir Sie in ungefähr zehn Minuten beim Gefängnis treffen.«

71

Fred Ross schaute mit einem bösartigen Grinsen zu Decker hoch.

»Ich habe mir schon gedacht, dass ich Sie wiedersehe, Fettsack.«

Ein Cop hatte Ross in den Empfangsbereich des Polizeireviers gefahren, wo Decker, Jamison und Cindi Riley auf ihn warteten.

Decker ignorierte den Mann und wandte sich an den diensthabenden Officer. »Wir müssen auch John Baron mitnehmen. Seine Kaution wurde bezahlt.«

»Wir können ihn nicht gehen lassen, bevor Detective Lassiter unterschrieben hat«, erwiderte der Officer.

»Detective Lassiter ist abgetaucht.«

»Das spielt keine Rolle«, begann der Polizist. »Wir …«

Krachend schlug Decker mit der Faust auf die Theke. »Jetzt sage ich Ihnen mal, was eine Rolle spielt!« Er zeigte auf Riley. »Sie hat die vom Richter festgesetzte Kaution bezahlt. Sie haben allen nötigen Papierkram zur Hand. Lassiter muss überhaupt nichts unterschreiben. Wenn Sie also eine gigantische Klage gegen die Stadt vermeiden wollen, die den kläglichen Rest Geld kostet, die sie noch hat, sollten Sie John Baron lieber sofort herschaffen!« Er hielt das Handy hoch. »Wenn nicht, sind in zehn Minuten ein paar FBI-Leute hier, die Sie und jeden anderen in diesem verdammten Saftladen verhaften.«

Der uniformierte Beamte versteifte sich, als hätte Decker ihn geschlagen.

»He, Agent Decker«, sagte jemand hinter ihnen.

Decker drehte sich um. Dort stand Officer Curry.

»Habe ich das richtig verstanden?«, fragte er. »Sie haben ein Problem?«

»Es besteht darin, dass die Kaution bezahlt und der Papierkram erledigt wurde, dieser Bursche den Gefangenen aber trotzdem nicht entlassen will, weil Detective Lassiter nicht gegengezeichnet hat. Aber Lassiter, die angeblich angeschossen wurde, hat sich selbst aus dem Krankenhaus entlassen und ist bequemerweise verschwunden.«

Curry warf dem diensthabenden Officer einen Blick zu, dann sah er wieder zu Decker. »Ich hole Baron.«

»Aber Detective Lassiter …«, fing der Diensthabende an.

»Halt einfach die Klappe, Bobby«, sagte Curry und ging.

Eine Minute später kam er mit Baron zurück.

»Ich weiß Ihre Hilfe zu schätzen«, bedankte sich Decker.

»Keine Ursache. Die ganze Scheiße, die hier abläuft, macht mich krank.« Curry legte die Hand auf seine Dienstwaffe und warf seinem Kollegen einen finsteren Blick zu, bevor er seine Aufmerksamkeit wieder auf Decker richtete.

»Wie wär's, wenn ich hierbleibe und dafür sorge, dass niemand einen Tipp bekommt, was Sie möglicherweise geplant haben?«

»Das wäre großartig.« Decker deutete mit dem Kopf auf den Ständer mit den Schrotgewehren hinter der Empfangstheke. »Und da Sie gerade dabei sind, Gefallen zu erweisen … haben Sie etwas dagegen, wenn ich mir ein Schrotgewehr leihe? Es könnte nützlich sein.«

»Kein Problem.« Curry nickte Bobby zu. »Gib es ihm.«

»Ich kann doch nicht …«

Curry zog die Pistole. »Sofort!«

Bobby entfernte den Riegel des Regals, nahm ein Schrotgewehr und einen Karton mit Patronen und gab sie Decker.

»Viel Glück, Decker«, sagte Curry.

»Danke.«

Decker reichte Gewehr und Munition an Jamison weiter und fuhr Ross in dessen Rollstuhl hinaus zu ihrem SUV. Er und Baron hoben den alten Mann auf den Rücksitz, ehe sie den Rollstuhl im Kofferraum verstauten.

Decker setzte sich hinter das Steuer.

»Was geht hier eigentlich vor?«, fragte Baron, der neben Ross auf der Rückbank Platz nahm.

»Eine Menge.« Decker griff nach dem Handy.

»Wen rufst du an?«, fragte Jamison.

»Niemanden. Nur ein paar schnelle Recherchen.«

»Worüber?«

»Australien.«

Eine Zeit lang scrollte er durch mehrere Bildschirmseiten.

»Decker, wir kommen zu spät zu dem Austausch!«, drängte Jamison.

»Keine Bange.« Decker überflog ein paar Einträge, dann schickte er eine längere SMS los, steckte das Handy weg und ließ den Motor an.

»Hast du gefunden, was du gesucht hast?«, fragte Jamison.

Er nickte. »So gut wie alles.«

Sie fuhren schnell und hatten die Innenstadt bald verlassen.

Fred Ross meldete sich vom Rücksitz. »He, das ist nicht …«

Er verstummte abrupt.

»Das ist nicht der Weg zum Ort des Geiselaustausches?«, vollendete Decker den Satz. »Ich dachte mir schon, dass Sie davon wissen. Diese Verschwörung reicht bis in die Polizei. Aber Sie haben recht, es ist nicht der Weg zum Austauschort. Ich will lieber dorthin, wo sich das eigentliche Geschehen abspielt.«

»Wovon redest du?« Jamison klang besorgt.

»Vertraue mir, Alex. Ich weiß, was ich tue.«

»Ich vertraue niemandem«, warf Baron ein.

»Das würde ich an Ihrer Stelle auch nicht«, meinte Decker. »Nicht in dieser verdammten Stadt.«

Sie bogen in die gewundene Straße ein, die zur Bergkuppe führte, auf der sich das Anwesen der Barons befand.

Verblüfft sah Baron sich um. »Warum fahren wir zu meiner Villa?«

»Weil Sie die Leute kennenlernen sollen, die sich so viel Mühe gegeben haben, Sie in die Todeszelle zu bringen.«

72

Decker hielt den Wagen ein Stück vor der langen Auffahrt zum Herrenhaus an, stellte den Motor ab und sah sich um.

»Was hast du vor?«, fragte Jamison.

Deckers Handy summte. Er las die Nachricht in aller Ruhe. Es war die Antwort auf die SMS, die er kurz zuvor geschickt hatte.

»Die Sache beenden, hoffe ich«, beantwortete er erst dann Jamisons Frage.

»Aber was ist mit dem Austausch gegen Amber und Zoe?«, rief sie entnervt. »Wir müssen sie zurückbekommen!«

»Das werden wir, Alex. Sie befinden sich *hier*.«

»Hier? Aber der Übergabeort ist mehr als vier Stunden Fahrt entfernt!«

»Das sollten wir glauben.« Er warf Fred Ross einen Blick zu. »Richtig?«

Ross erwiderte den Blick finster. »Sie haben keine Ahnung, womit Sie es zu tun haben, Fettsack.«

»Ja, das sagen mir alle.«

Sie stiegen aus. Decker ging zum Kofferraum, holte den zusammenfaltbaren Rollstuhl heraus und baute ihn auf.

»Decker, lassen wir den Scheißkerl doch hier«, schlug Baron vor. »Er kann nirgendwohin.«

»Wir brauchen ihn. Aber wir müssen eine Vorsichtsmaßnahme treffen.« Aus einer Werkzeugkiste im Kofferraum holte er eine Rolle Klebeband und klebte Ross den Mund zu. Dann hob er den sich wehrenden Mann in den Rollstuhl und fesselte ihm mit dem Klebeband die Unterarme an die Lehnen. Schließlich holte er die Schrotflinte und die Munition und gab sie Baron. »Ich nehme an, Sie wissen, wie man damit umgeht.«

Geschickt lud Baron fünf Patronen in die Waffe. »Das ist Grundwissen für Schlossherren.«

Decker schob den Rollstuhl. Als sie den Asphalt des Hofes vor dem Haus erreichten, kamen sie schneller voran. Schließlich blieb er stehen.

Sie hatten das Gewächshaus erreicht. An dessen Seite erhob sich ein gewaltiger Erdhaufen, und die Tür des Gebäudes stand weit offen.

»Verdammt, was geht hier vor?«, rief Baron leise. »Wer hat da gegraben? Und warum steht die Tür auf?«

»Hier wurde offensichtlich nach dem Schatz gesucht«, sagte Decker. »Wartet!« Er ging zum Gewächshaus und schaltete die Taschenlampe des Handys ein, ehe er in das Loch stieg. Ungefähr eine Minute lang sahen die anderen den Lichtkegel umherhuschen, dann kletterte Decker wieder aus der Grube, betrat das Gewächshaus und kam wenig später zu den anderen zurück.

»Was hast du gefunden?«, fragte Jamison.

»Genau das, was ich erwartet habe. Nichts.«

»Und drinnen?«

»Man hat den Boden aufgebrochen, aber der bestand nur aus einer dünnen Betonplatte mit Erde drunter.«

»Was hat das zu bedeuten?«, fragte Cindi Riley.

»Dass wir weitergehen.«

»Und wohin, bitte?«

»Zu der Stelle, an der sich der Schatz tatsächlich befindet.«

Sie nahmen den asphaltierten Weg, der nach rechts führte. Als sie sich dem Ende des Wegs näherten, blieb Decker stehen und fuhr Ross in seinem Rollstuhl an die Seite.

Er zog die Waffe, und Jamison folgte seinem Beispiel, während Baron die Schrotflinte hob. Alle folgten Decker, als der sich wieder in Bewegung setzte. Sie gingen um die Biegung und schauten nach vorn.

Dort herrschte hektische Aktivität.

Vor dem Tor des Familienfriedhofs parkte ein großer Kipplaster. Daran angekoppelt stand ein leerer Tiefladeanhänger. Decker und die anderen kamen gerade im richtigen Augenblick, um zu sehen, wie ein Kompaktbagger an dem Lastwagen vorbei auf den Friedhof fuhr. Neben dem Kipplaster parkten zwei SUVs. Durch das offene Friedhofstor waren Personen zu sehen, die sich auf dem Friedhof bewegten.

Decker schob sich langsam vorwärts. Die anderen folgten ihm dichtauf. Der Lärm des Kompaktbaggers übertönte ihre Schritte. Decker öffnete die Ladeklappe eines SUVs und warf einen Blick in eine der dort verstauten Sporttaschen. Sie war mit den gleichen Fläschchen gefüllt, die er in Ross' Geheimschrank gefunden hatte.

Behutsam schloss er die Klappe wieder. Dann schoben er und die anderen sich vorsichtig an der Mauer vorbei zum Tor und warfen einen Blick um die Ecke. Vor dem Mausoleum hatten sich mehrere Personen versammelt. Aufgestellte Arbeitsscheinwerfer tauchten den Bereich um die Gruft in helles Licht.

»Da ist Ross«, zischte Jamison.

»Und Detective Lassiter«, flüsterte Riley. »Ich dachte, sie wäre angeschossen worden.«

Den rechten Arm trug die Polizistin in einer Schlinge; sie bewegte sich nur langsam.

»Allerdings, aber nicht annähernd so schlimm, wie wir geglaubt haben«, sagte Decker.

Neben dem Mausoleum hatte man ein riesiges Loch ausgehoben. Dort war ein Arbeitsgerät im Einsatz, dessen Lärm nach einem leistungsstarken Bohrer klang. Als die Maschine ein paar Minuten später verstummte, beobachteten Decker und die anderen, wie Ross eine Taschenlampe anknipste und in dem Loch verschwand, dicht gefolgt von Lassiter.

Decker zählte zehn weitere Männer mit Waffen, die Wache hielten.

Ein paar Minuten später kamen Ross und Lassiter wieder aus dem Loch zum Vorschein. Keiner von ihnen sah erfreut aus.

Plötzlich zischte Jamison: »Decker!« Sie zeigte nach links.

Dort an der Seite saßen Amber und Zoe auf dem Boden, an einen breiten Grabstein gelehnt. Sie waren gefesselt und geknebelt.

Decker huschte davon und kehrte eine Minute später zurück. Er schob Fred Ross in dessen Rollstuhl an dem Laster vorbei bis zum offenen Friedhofstor. Dann tauschte er mit Baron die Waffen und drückte den Lauf der Schrotflinte gegen Ross' Hals.

Er sah die anderen an und nickte auffordernd. Baron und Jamison nahmen ihre Positionen an beiden Seiten der Ziegelmauer ein. Ihre Waffen zielten auf Lassiter und die anderen. Cindi Riley spähte nervös über Barons Schulter.

»He! Wir können jetzt den Austausch machen!«, rief Decker laut.

Alle am Mausoleum erstarrten. Dann drehten Lassiter und Ted Ross sich langsam um und entdeckten Ross senior und Decker, der dem alten Mann die Schrotflinte an den Hals hielt.

Ross schüttelte den Kopf, stemmte die Hände in die Hüften und lächelte. Er warf Lassiter einen Blick zu. »Verdammt nochmal, wie oft habe ich dir gesagt, dass wir den Kerl loswerden müssen, Donna?«

»Es war nicht klug hierherzukommen!«,rief Lassiter Decker und den anderen zu.

Mit der freien Hand zeigte Decker auf Amber und Zoe. »Wir mussten kommen. Der Austausch, schon vergessen? Sie haben ihn vorgeschlagen, nicht ich.«

»Das nimmt kein gutes Ende für Sie, Decker«, sagte Lassiter.

»Sie hätten wirklich ein paar Wachen aufstellen sollen, Ross«, meinte Decker.

»Anscheinend habe ich Sie unterschätzt, Decker.«

»Gefällt mir immer wieder, unterschätzt zu werden. Ich nehme an, Sie haben einen Fluchtplan. Also: Sie geben uns Amber und Zoe, und wir geben Ihnen diesen Drecksack. Dann hauen Sie ab.«

»So einfach ist das nicht«, sagte Ross.

Decker wies mit dem Kopf auf das Mausoleum. »Weil Sie ihn nicht gefunden haben?«

Ross' Lächeln erlosch. »Was gefunden?«

»Den Schatz, den Baron der Erste hinterlassen hat.«

»Woher wissen Sie davon?«, fauchte Lassiter.

»Ich weiß alles darüber. Aber wozu brauchen Sie den Schatz noch? Haben Sie mit dem Fentanyl nicht genug verdient?«

Ross warf Baron einen Blick zu. »Das hat nichts damit zu tun. Es geht einzig und allein darum, dass ich *ihm* den Schatz wegnehmen kann!«

Fred Ross wand sich in seinem Rollstuhl.

»Was ist? Wollen Sie Ihren Senf dazugeben?« Decker riss dem Mann das Klebeband vom Mund.

Fred Ross schrie auf. »Erschieß das Arschloch, Teddy! Mach ihn fertig!«

»Halt die Klappe, Pops«, sagte sein Sohn verächtlich. Er richtete die Aufmerksamkeit wieder auf Decker. »Und?«

»Wie ich schon sagte, wir können uns doch sicher einigen.«

Ross warf einen Blick auf das Mausoleum. »Also gut. Sie verraten uns, wo der Schatz ist, dafür könnt ihr Mutter und Tochter haben.« Er richtete die Pistole auf seinen Vater. »Und dieses Ekelpaket da könnt ihr auch behalten. Ich habe so viel von seinem Mist ertragen, dass es für den Rest meines Lebens reicht.«

»Du wertloses Stück Dreck!«, brüllte Fred Ross. »*Ich* habe dir davon erzählt! Du undankbarer Mistkerl!« Es folgte eine lange Reihe wüster Beschimpfungen, die alle an seinen Sohn gerichtet waren.

»Verstehen Sie jetzt, was ich meine?« Ted Ross hob die Pistole. »Halt endlich dein Maul, du alter Drecksack, oder ich knall dich ab!«

»Fred, Sie sind nicht besonders schlau, was?«, fragte Decker den alten Mann im Rollstuhl.

»Was soll das heißen, Fettsack?«

»Sie wussten doch über den Austausch Bescheid. Aber da wäre niemand gewesen, den wir gegen Sie hätten austauschen können. Ihr Sohn wollte Sie hängen lassen. Sie wandern in den Knast, während er selbst sich aufmacht in ein Leben voller Luxus.«

Ross sparte sich einen Kommentar, warf seinem Sohn aber mörderische Blicke zu.

Decker wandte sich an Ted Ross. »Schon deshalb wusste ich, dass die Sache mit dem Austausch ein Schwindel war. Sie hatten nur ein Ziel. Sie wollten versuchen, den Schatz zu bergen.« Er deutete auf den wutschäumenden Fred Ross. »Warum auch sollten Sie ihn zurückhaben wollen? Den Mann, der Sie und Ihre Mutter so grausam behandelt hat? Damit er nicht gegen Sie aussagen kann? Verdammt, ich hätte einfach riskiert, dass dieses Arschloch redet! Und Sie, Ted, hätten wohl nicht anders gehandelt.«

Der alte Mann stieß den nächsten Schwall wüster Beschimpfungen aus, der erst endete, als Decker ihm wieder mit dem Klebeband den Mund verschloss.

Dann deutete er auf das Loch neben dem Mausoleum. »Sie glauben also, dass der Schatz entweder unter dem Gewächshaus oder der Gruft liegt? Wegen des Briefs an die Firma O'Reilly?«

»Es war nicht annähernd genug Beton für eine Erweiterung der Textilfabrik, die damals vorgeschoben wurde«, sagte Ross. »Davon abgesehen hätte der alte Baron zu dieser Zeit nichts mehr gebaut. Die Geschäfte gingen bereits den Bach runter. Er hat den Beton für das Fundament der Gruft verwendet. Das wissen wir jetzt.«

Decker nickte. »Als Green uns eine kleine Einführung über Baronville gab, hat er mir vom Niedergang der Textilfabrik erzählt. Was glauben Sie, woraus besteht der Schatz?«

»Kostbare Edelsteine möglicherweise. Vielleicht auch Münzen. Bargeld wäre längst verrottet.«

Decker nickte. »Und? Haben Sie da unten etwas gefunden?«

»Einen großen Hohlraum im Fundament, das man mit dem Beton errichtet hat.«

»Aber da liegen keine Münzen, sondern etwas anderes, nicht wahr?«, hakte Decker nach. »Skelette?«

»Da unten liegen tatsächlich ein paar alte Knochen«, erwiderte Ross. »Woher wissen Sie das?«

»Baron war ein alter Mann. Er konnte die Wertsachen nicht selbst verstecken. Aber was sollte er mit den Arbeitern machen, die sie vergraben haben? Sie hätten nach seinem Tod alles gestohlen. Oder es jemandem erzählt. Und dieser Hohlraum ergab ein praktisches Grab.«

»Und wo ist der Schatz?«, fauchte Ross ungeduldig.

»Das verrät Ihnen die Bestellung an O'Reilly, aber Sie haben sich auf den *falschen* Teil des Briefes konzentriert.«

»Dann klären Sie mich auf«, knurrte Ross.

»Ich habe einen Brief von Barons Butler Nigel an seinen Sohn gelesen. Costa hat ihn ebenfalls gelesen. Er war ein Hinweis auf den Schatz.«

Ross furchte die Stirn. »Costa hat mir nie etwas von einem Brief erzählt.«

»Aber er war offensichtlich der Meinung, dass der Schatz sich unter dem Mausoleum befinden muss.«

»Es stimmt, Costa hat genauestens recherchiert. Er hat viel über die Geschichte dieses Anwesens gelesen und hoffte, den Ort eingegrenzt zu haben. Aber er wollte sicher sein. Wir brauchten jemanden, der sich hier oben umsieht. Also rief ich Toby Babbot an.«

»Warum gerade ihn?«, fragte Decker.

»Babbot hatte beim Bau des Logistikzentrums einen schweren Unfall erlitten. Ich warf ihm einen Knochen hin, und er hat hier ein wenig herumgeschnüffelt. Costa hatte herausgefunden, dass es nach Barons Bestellung bei O'Reilly zwei Neubauten gegeben hatte – das Gewächshaus und die Gruft. Also kam Toby hier rauf und hat beides genau vermessen. Er kam zu dem Schluss, dass der Grundriss beider Gebäude ziemlich genau zu dem von Baron bei O'Reilly bestellten Baumaterial passt.«

»Und Baron hat ihn dabei erwischt und ihn angezeigt?«

»Mike Swanson war ebenfalls hier oben auf dem Berg, als Toby herumschnüffelte. Swanson und Baron haben ihn vom Anwesen gejagt. Swanson kannte Toby und hat ihn offenbar identifiziert, woraufhin Baron Anzeige erstattete. Aber das war keine große Sache«, fügte Ross leichtfertig hinzu.

»Das sehe ich aber ganz anders«, berichtigte Decker ihn. »Es war sowohl für Babbot *als auch* Swanson eine sehr große Sache. Denn damit hatten beide in Ihren Augen ihr Todesurteil unterschrieben. Baron hatte nun einen Zwist mit Babbot und damit ein mögliches Motiv, Babbot zu beseitigen. Somit konnten Sie ihn auf die Liste derer setzen, die Sie umgebracht haben, um Baron zu belasten. Und von Babbot wiederum wussten Sie, dass Swanson auf Barons Anwesen lebte – ein Mann, der mit Drogen zu tun hatte. Und wieder hatten Sie etwas in der Hand, um Baron zu belasten. Außerdem mussten Sie Swanson aus dem Spiel nehmen.« Er hielt kurz inne. »Und was Babbot angeht – ich glaube, Sie hatten einen weiteren Grund, ihn loszuwerden.«

Ross starrte Decker finster an, schwieg jedoch.

»Er hatte das mit dem Stauraum in Ihrem Büro herausgefunden, in dem Sie die Fentanyl-Lieferungen aufbewahrten. Offensichtlich war er im Ausmessen sehr gut: der Grundriss des Mausoleums *und* Ihres Büros.«

»Ich habe gleich gewusst, dass in einem der Kartons ein Fläschchen fehlte«, stieß Ross hervor. »Das waren Sie?«

Decker nickte. »Das war ich.«

»Lassiter sagte mir, Sie hätten Babbots Baupläne des Logistikzentrums gefunden. Aber ich wäre nie auf den Gedanken gekommen, dass Sie eins und eins zusammenzählen. Lassiter gegenüber haben Sie es so dargestellt, als hätte Babbot noch ein Hühnchen mit dem Maxus-Logistikzentrum zu rupfen, weil man ihn dort so mies behandelt hat.«

»Ich hatte Glück. Damals wusste ich noch nicht, dass Donna Lassiter korrupt ist.«

»Sie wissen gar nichts über mich!«, schrie Lassiter.

»Ich weiß genug.«

»Zurück zum Thema!«, forderte Ross. »Was stand in dem Brief von diesem Nigel?«

»Er hat von einer Reise nach Australien erzählt, die er zusammen mit Baron unternommen hatte.«

»Australien? Was soll das?«

»Sie haben die üblichen Sehenswürdigkeiten besucht. Aber es

wurden auch Orte erwähnt, von denen ich nie zuvor gehört hatte. Ich habe sie gegoogelt, bevor ich herkam. Nur einer davon hat mich interessiert. Kalgoorlie.«

»Und was ist so besonders an diesem Kalgoorlie?«, fragte Ross.

»Ich zeige es Ihnen. Haben Sie einen Vorschlaghammer?«

Ross warf einen Blick auf das Gebäude. »Wozu? Der Schatz ist nicht hier.«

»Ich glaube schon. *Das* habe ich damit gemeint, als ich sagte, Sie hätten sich auf den falschen Teil des O'Reilly-Briefs konzentriert. Lassen Sie einen Ihrer Leute mit einem Vorschlaghammer auf die Wand des Mausoleums einschlagen.« Decker zeigte auf die Stelle direkt hinter Ross. »*Diese* Wand.«

Ross riss den Kopf herum. »Warum?«

»Tun Sie es einfach. Sie haben nichts zu verlieren.«

Ross befahl einem seiner Männer, sich einen Vorschlaghammer zu schnappen und auf die bezeichnete Wand des Mausoleums einzuschlagen. Schon beim ersten Schlag zersprang der Marmor. Der Mann schlug erneut zu, dann noch einmal. Diesmal brach ein Stück Marmor ab. Der Mann drosch weiter auf die Fläche ein, bis erkennbar wurde, dass sich hinter der Außenwand eine Ziegelmauer verbarg.

Ross warf Decker einen Blick zu. »Verdammt, was soll das? Das sind doch nur Ziegel!«

»Lockern Sie einen und holen Sie ihn raus.«

Der Mann an der Mauer gehorchte und griff nach einer Brechstange. Als er schließlich einen Ziegel aus der Wand zog, ließ das Gewicht ihn stolpern. Beinahe hätte er ihn fallen gelassen.

»Verdammt, ist der schwer«, keuchte der Mann, als er den Ziegel auf dem Boden absetzte.

»Das hat Gold nun mal so an sich«, sagte Decker.

»*Gold?*«, rief Ross. »Sie wollen doch nicht etwa sagen, dass das ganze Mausoleum aus Gold besteht?«

»Nein. Nur diese Mauer, glaube ich.« Decker zeigte auf den Boden. »Deshalb ist die Gruft nur auf dieser Seite eingesunken. Das Betonfundament sollte dazu dienen, das Bauwerk trotz des zusätzlichen Gewichts stabil zu halten. Mit der Zeit hat sich das Gewicht des Goldes allerdings als stärker erwiesen. Die Barren befinden sich unter dem Lehmüberzug.«

»Sieh nach«, befahl Ross einem anderen seiner Männer.

Der Mann schnappte sich Hammer und Meißel, schlug auf den Ziegel ein, bis ein Stück absprang, und schnappte hörbar nach Luft. Ross richtete seine Taschenlampe auf den Ziegel. Der Überzug war verschwunden. Darunter funkelte reines Gold.

»Erkennen Sie jetzt die Verbindung mit Australien?«, fragte Decker.

»Wieso?«, fuhr Ross auf. »Was ist an diesem Kalgoorlie so besonders?«

»Es liegt an der Golden Mile, einem der größten Goldvorkommen der Welt.«

»Wie sind Sie darauf gekommen?«, wollte Lassiter wissen.

»Mir ist kein anderer Grund eingefallen, weshalb Baron eine solche Reise unternehmen sollte. Allen Berichten zufolge hat er sich nur für Geld interessiert, nicht für das Reisen. Er hat ein Schiff gechartert und ein Vermögen mitgebracht – Goldstaub und Nuggets, nehme ich an, die er zu Goldbarren verarbeiten und mit Ton überziehen ließ. Vermutlich mit den Ziegelformen, die er damals bei O'Reilly gekauft hatte.«

Ross starrte auf die große Ziegelwand und rechnete im Kopf nach. »Das müssen Hunderte von Goldbarren sein.«

»Glaube ich auch«, bestätigte Decker.

»Wie sind Sie bloß darauf gekommen, dass das Gold in der

Wand des Mausoleums steckt?«, fragte Lassiter. »Weil die Mauer ein Stück im Boden versunken ist?«

»Ich wusste etwas, von dem Sie und Costa keine Ahnung hatten.« Decker zeigte auf John Baron. »Bei unserem ersten Besuch hat er uns ins Mausoleum geführt. Ich habe gesehen, dass ein paar Wände fleckig waren wie eine alte Friedhofsgruft.« Er zeigte auf die Wand aus Gold. »Auf der Innenseite *dieser* Wand aber waren überall weiße Streifen, genau wie an der Außenseite. Im Laufe der Zeit sondern Ziegel und Mörtel weißes Alkali ab. Vielleicht ist es Ihnen schon mal auf Ziegelschornsteinen oder Backsteinmauern aufgefallen. Marmor ist ein poröses Material. Was darunter ist, tritt irgendwann nach außen. Aus dem Brief an O'Reilly wusste ich, dass Baron Gussformen und Lehm gekauft hatte, was darauf hindeutete, dass er Ziegel brennen wollte. Falls sich diese Ziegel unter dem Marmor befanden, würde früher oder später das weiße Alkali durchsickern. Genau das ist geschehen. Bezog man die Reise nach Kalgoorlie mit ins Gesamtbild, lag der Gedanke nahe, dass Goldbarren als Ziegel getarnt worden waren. Und noch etwas: Im Mausoleum war mir aufgefallen, dass die Innenseite an dieser Wand ungefähr dreißig Zentimeter schmaler war.« Decker rieb sich das Bein. »Ich hatte mich an einem Sarkophag gestoßen, weil er weiter ins Innere ragte als die anderen.« Er warf Ross einen Blick zu. »So ähnlich wie in Ihrem Büro. Der zusätzliche Platz diente für die Ziegel. Die anderen Wände brauchten so etwas nicht. Die waren ja aus solidem Marmor.«

»Weshalb hat er sich die Mühe gemacht, das Gold mit Lehm zu überziehen, wenn sowieso alles in der Wand verschwindet?«, fragte Ross verwirrt.

»Auch wenn die Goldbarren natürlich schwerer waren, hat erst der Überzug sie vor den Blicken der Arbeiter verborgen, die das Mausoleum gebaut haben. Und sollte der Marmor jemals beschädigt werden, würden darunter nur Ziegelsteine zum Vorschein kommen, nichts weiter. Genau wie es passiert ist, als Ihr Handlanger die Wand eingeschlagen hat.«

»Und wer hat die Männer umgebracht und sie unter der Gruft begraben?«, fragte Baron.

Decker zuckte mit den Schultern. »Wenn Sie mich fragen, können das eigentlich nur Baron der Erste und sein Butler gewesen sein. Sie haben die Leichen in den Raum geschafft und ihn dann von jemand anderem verschließen lassen. Nigel hat in dem Brief an seinen Sohn geschrieben, er werde vielleicht in der Hölle landen, und Gott um Vergebung gebeten. Vielleicht kamen da seine Schuldgefühle wegen des Mordes zum Vorschein.«

»Was ist eine Wand aus Gold wohl wert?«, fragte Ross.

Decker rechnete flüchtig die Anzahl der Ziegel in der Wand zusammen. »Im Augenblick kostet die Unze Gold um die dreizehnhundert Dollar. So ein Barren wiegt mehr als zwölf Kilo, also müsste er fast sechshunderttausend Dollar wert sein.«

»Heilige Scheiße!«, rief Lassiter. »Jeder Barren?«

»Ja.« Decker ließ noch einmal den Blick über die Wand der Gruft schweifen. »Ich würde sagen, das sind so an die neunhundert Ziegel, vielleicht mehr.«

»Das bedeutet …« Ross versuchte, die Summe im Kopf auszurechnen.

John Baron gab die Antwort. »Über eine halbe Milliarde Dollar in Gold.«

»Und trotz des alten Sprichworts wollte Baron der Erste im Tod alles mitnehmen«, witzelte Decker. »Daher wusste ich, dass das Gold nicht im Gewächshaus sein würde.«

»Verdammt«, stieß Lassiter hervor, »ich wusste ja, dass der alte Baron stinkreich war, aber so etwas …«

»Damals war Gold viel billiger«, sagte Decker. »Hat sich als gute Investition erwiesen.«

Ross nahm den Blick von dem Barren. »Haben wir einen Deal?«, fragte er Decker.

»Ich wüsste nicht, wie das gehen sollte«, erwiderte Decker. »Sie haben mindestens zehn Menschen ermordet, darunter den Schwager meiner Partnerin. Ganz zu schweigen von den Tausenden, die eine Überdosis von dem Giftzeug genommen haben, das Sie verscherbeln. Ich bin hier, um Sie zu verhaften.«

Ross starrte Decker an, als hätte dieser den Verstand verloren. »Sie sind in der Unterzahl, Mann, und nicht in der Position zu verhandeln. Und ich habe die Geiseln, die Sie zurückhaben wollen. Sie haben nur meinen Alten – und der ist mir scheißegal.«

»Irrtum. Sie haben einen großen Fehler gemacht.«

»Welchen?«, fragte Ross misstrauisch.

Zur Antwort zog Decker mit der freien Hand das Handy aus der Tasche. Es war eingeschaltet und im Lautsprechermodus. »Sie haben mich für so blöd gehalten, hier ohne Rückendeckung zu erscheinen.«

73

Das Licht der Scheinwerfer traf sie aus allen Richtungen.

Schimmernde Gewehrläufe schoben sich über die Ziegelmauer des Friedhofs, als Männer Sturmleitern erklommen.

Ein Lautsprecher ertönte. »Die Waffen runter! Auf den Boden, die Hände hinter den Kopf!«

Plötzlich donnerte ein Hubschrauber mit der Kennung *DEA* über die Baumlinie hinweg, verharrte in der Luft und warf einen grellen Lichtkegel in die Tiefe. Aus dem Innern des Helikopters richteten sich Sturmgewehre auf Ross und dessen Gruppe.

Auf dem Friedhof eröffneten ein paar von Ross' Männern das Feuer auf den Hubschrauber und die bewaffneten Männer, die plötzlich auf der Ziegelmauer erschienen waren.

Überall krachten Schüsse, begleitet vom ohrenbetäubenden Stakkato der Hubschrauberrotoren. Blendgranaten explodierten, Männer schrien. Binnen weniger Sekunden wurde der Friedhof von ätzendem Pulverrauch verhüllt, der sich rasch zu einem dünnen Nebel verdichtete.

Decker packte den Rollstuhl mit Fred Ross und schob ihn neben einen der SUVs.

»Halten Sie den Kopf unten!«, befahl er dem alten Mann, bevor er zurück zu den anderen eilte.

Jamison rief ihm zu: »Ich hole Amber und Zoe.«

Sie rannte los, gefolgt von John Baron.

Ross und einer seiner Männer stürmten ebenfalls auf die Geiseln zu.

Beide Gruppen trafen direkt vor Amber und Zoe aufeinander.

Ross riss die Waffe hoch, um auf Jamison zu feuern, doch er war nicht schnell genug.

»Verdammter Mistkerl!«, rief Jamison.

Sie trat ihm die Waffe aus der Hand und schmetterte ihm die Faust genau auf die Nase. Blut spritzte. Als Ross nach hinten taumelte, von Schmerzen geblendet, rammte sie ihm das Knie in den Schritt. Ross ging zu Boden, blieb laut stöhnend liegen. Mit zwei schnellen Schritten war Jamison bei ihm, riss ihm die Hände auf den Rücken und legte ihm Handschellen an.

Mittlerweile hatte Baron dem anderen Mann die Waffe aus der Hand gerissen, ihm den Arm auf den Rücken gedreht und den Kopf des Mannes gegen einen Grabstein aus Granit gerammt. Der Mann kippte zu Boden und bewegte sich nicht mehr.

Jamison hob Zoe auf, Baron half Amber auf die Füße. Sie suchten Deckung hinter einem Grabstein, während das Feuergefecht weiterging, begleitet vom Rattern des Hubschraubers.

In der Deckung des verwitterten Steines nahm Jamison ihrer Nichte behutsam den Knebel ab und strich ihr beruhigend übers Haar. Zoe starrte ihre Tante sprachlos an, verwirrt und bewundernd zugleich. Tränen liefen ihr über die Wangen.

Ein paar Dutzend Schritte von ihnen entfernt, am Friedhofstor, erschien plötzlich ein dunkler Schemen aus der raucherfüllten Finsternis und rammte Decker. Er stolperte, krachte gegen das schmiedeeiserne Tor, verlor das Gleichgewicht und stürzte.

Cindi Riley half ihm auf die Beine, während Schüsse peitschten und Männerstimmen über den Friedhof gellten.

Decker hörte Schritte, die sich in der Dunkelheit entfernten. Es musste die Person sein, die mit ihm zusammengestoßen war.

Wer war das?

Er ließ den Blick über den Friedhof schweifen, über dem sich der ätzende Rauch allmählich verzog. Die Schüsse verstummten mehr und mehr. Im aufhellenden Dunst entdeckte er mehrere von Ross' Männern, die am Boden lagen. Andere knieten und hatten die Hände erhoben.

DEA-Agenten in Körperpanzern und mit Sturmgewehren eilten herbei und brachten die Situation unter Kontrolle. Augenblicke später endeten die Schüsse. Der kurze Kampf war vorbei.

Der Hubschrauber war inzwischen neben dem Friedhof gelandet. Agentin Kemper sprang aus der Maschine und eilte auf Decker und die anderen zu.

»O Mann, Decker! Ihre SMS hat mich glatt umgehauen!«, rief sie. »Aber ich habe Ihnen vertraut. Und wie ich sehe, hat es sich ausgezahlt.«

Decker nickte und schaute zu John Baron und Jamison hinüber die Amber und Zoe zu einer Gruppe DEA-Agenten brachten.

»Haben Sie Gummigeschosse benutzt?«, fragte Decker.

Kemper nickte. »Wie Sie vorgeschlagen hatten. Hoffentlich können wir diese Typen dazu bringen, die Hintermänner zu verraten, die höher in der Nahrungskette stehen.«

»Da ist Decker!«, erklang Cindi Rileys Stimme, als der Rauch sich zusehends auflöste. »Ted Ross sehe ich auch. Aber wo steckt Lassiter?«

Decker und Kemper beobachteten, wie Ross von zwei Agenten auf die Beine gezerrt wurde; sein Gesicht war von Jamisons Schlag blutüberströmt. Doch von Donna Lassiter war keine Spur zu sehen.

»Jemand ist zum Haus gerannt«, sagte Decker. »Das könnte sie gewesen sein.«

»Die kriegen wir schon«, meinte Kemper zuversichtlich. »Das

Anwesen ist umstellt. Ich habe die Zugangsstraße von Agenten absperren lassen. Hier führt kein Weg raus.«

Decker warf einen Blick zu den SUVs und fluchte leise: Ross und sein Rollstuhl waren verschwunden.

Er eilte zu dem Wagen, sah aber nur zerfetztes Klebeband auf dem Boden. Irgendwie musste es dem alten Mann gelungen sein, sich zu befreien.

Sekunden später erschien Kemper neben ihm. »Was ist?«

»Irgendwo treibt sich der alte Fred Ross mit seinem Rollstuhl herum«, erklärte Decker.

Kemper lächelte. »Das dürfte kein Problem sein. Danke für die Hilfe, Decker.«

Sie zog ab, um sich mit einigen ihrer Männer zu besprechen und den vermeintlich harmlosen Fred Ross zu stellen.

Decker sah ihr einen Augenblick lang nach, ehe er sich an Cindi Riley wandte. »Helfen Sie den anderen, okay? Ich bin gleich wieder zurück.«

Bevor sie etwas erwidern konnte, war Decker losgelaufen.

Ein paar Minuten später verließ er die Straße zum Friedhof, blieb stehen und schaute zum Haus. Angespannt lauschte er auf Schritte, doch es war nichts zu hören. Er eilte weiter, die Blicke überall, doch von Ross' Rollstuhl war nichts zu sehen. Wohin war der alte Mann verschwunden?

Decker schritt schneller aus.

Und wo steckte Donna Lassiter? Zu Fuß konnte sie nicht weg. Man würde sie mühelos erwischen. Aber mit einem Fahrzeug hatte sie vielleicht eine Chance, die Absperrung zu durchbrechen. Decker hatte die Schlüssel des Wagens, mit dem er gekommen war. Aber er wusste, wo noch ein Fahrzeug stand.

Er schlug den Weg zur Garage ein.

Als er dort eintraf, sprang wummernd der Motor des alten

Chevy SVU an. Das Getriebe krachte und knirschte; dann schoss der schwere Suburban rückwärts aus dem kleinen Gebäude.

Decker musste sich zur Seite werfen, um nicht überfahren zu werden.

Er rollte sich ab, stemmte sich auf ein Knie hoch und beobachtete, wie Lassiter das Lenkrad herumriss, sodass der Suburban einen Halbkreis beschrieb, bis seine Schnauze in Richtung Straße zeigte.

Noch immer kniend, zog Decker den Kolben der Schrotflinte an die Schulter und zielte.

»Raus aus dem Wagen, oder ich eröffne das Feuer!«, brüllte er.

Lassiters Antwort bestand aus mehreren Schüssen, die sie in rascher Folge durch das geöffnete Fahrerfenster auf Decker abfeuerte. Zum Glück konnte sie nicht gleichzeitig zielen und fahren. Die Kugeln gingen fehl.

Decker gab mehrere Schüsse auf die Wagenseite ab. Die Schrotkugeln prasselten gegen das dicke Blech des alten Suburban, zerfetzten beide Reifen, zersplitterten ein Fenster und überzogen die Türen mit Kratern. Es krachte und dröhnte ohrenbetäubend. Über den Höllenlärm hinweg hörte Decker, wie Lassiter aufschrie. Im gleichen Augenblick stieß sie die Beifahrertür auf, sprang aus dem Wagen und rannte davon.

Als sie in Deckers Sichtlinie geriet, beobachtete er, wie sie weiter zum Eingang des Herrenhauses lief und im Gebäude verschwand.

Vorsichtig näherte er sich dem Wagen und warf einen Blick hinein.

Auf dem Fahrersitz war Blut. Offenbar hatte er die Frau getroffen.

Langsam folgte Decker der Blutspur bis zur Haustür und schaute hinein.

Er hörte sie, bevor er sie sehen konnte.

Ein dumpfes Stöhnen.

Vorsichtig bewegte er sich den langen Flur hinunter und schaute in jedes Zimmer, an dem er vorüberkam. Das Stöhnen wurde lauter, doch in dem höhlenartigen Gewölbe des Herrenhauses schien das Echo von überallher zu kommen.

Decker blieb stehen und lauschte intensiv.

»Decker?«

Ein paar Schritte brachten ihn zum Waffenzimmer. Er warf einen Blick hinein.

Lassiter saß auf dem Boden, den Rücken gegen die Wand gelehnt.

Der Arm, der in der Schlinge gewesen war, hing blutüberströmt und schlaff an der Seite herab.

Decker konzentrierte sich auf die Pistole in ihrer rechten Hand.

»Ja?«

»Fahr zur Hölle!«

»Es ist vorbei, Donna. Lassen Sie die Waffe fallen, dann besorge ich Ihnen einen Arzt.«

Sie lachte, verzog das Gesicht, beugte sich zur Seite und übergab sich.

Mit der Waffenhand wischte sie sich den Mund ab und schaute zu Decker, der am Türrahmen stand. »Sie haben mich voll erwischt, Kumpel.« Sie berührte die Seite ihres blutigen Gesichts mit der Pistolenmündung. »Jetzt bin ich nicht mehr so hübsch, was?« Sie lachte, doch ihr Lachen verstummte abrupt, als sie sich vor Schmerzen krümmte.

»Warum, Donna? Sie sind Cop.«

Mühsam richtete sie sich auf. »Zu viel Geld, Decker. Beschissen zu viel Geld.« Sie stöhnte, sank dann wieder kraftlos an der Wand zusammen.

»Außerdem wollten Sie es Baron heimzahlen, nicht wahr?«, sagte Decker. »Wegen Ihrem Dad und Ihrer Mom.«

Lassiter zeigte auf die blutige Schlinge am Boden. »Der Plan sah vor, Marty Green und Alice beim Abtransport auszuschalten. Dann sollten sie auf mich und ein paar andere schießen, damit es echt wirkt. Aber die verdammte Kugel glitt von meiner Schutzweste ab und hat meinen linken Arm getroffen. Ich musste starke Schmerztabletten nehmen, um mich bewegen zu können.« Sie verzog das Gesicht. »Und jetzt haben Sie mich mit Ihrer Schrotflinte richtig erwischt. Fühlt sich an, als würde der Arm gleich abfallen. Und meine Lunge läuft voll Blut.«

»Es war ein Fehler, sich selbst aus dem Krankenhaus zu entlassen. Das hat mich hergeführt.«

Sie wackelte mit dem Kopf. »Es ging nicht anders. Ich hatte schon befürchtet, dass Ted mich reinlegt.«

»Ehre unter Dieben, was? Warum der ganze Blödsinn mit Beatty und Smith? Warum haben Sie die Leichen der beiden eingefroren und in dem Haus zur Schau gestellt?«

»Unser Gerichtsmediziner ist eine Null, das wusste ich. Aber ich wusste auch, dass die DEA aufkreuzen würde, nachdem man die Leichen identifiziert hatte. Ross meinte, es würde uns helfen, wenn wir sie einfrieren.« Sie hustete Blut. »Hätte ich gewusst, dass Sie im Haus nebenan sind, hätten wir die Leichen meilenweit weg entsorgt.«

»Die Waffe runter, Donna. Dann hole ich Hilfe. Sonst schaffen Sie es nicht.«

»Scheiß drauf!« Sie nahm einen langen, abgehackten Atemzug, der zweifellos noch mehr Blut in ihre verletzte Lunge zog. »Baronville! Diese Stadt saugt einem das Leben aus. Jedes Mal, wenn ich diesen Namen auf einer verdammten Straße oder einem Gebäude sah, hätte ich mir am liebsten das Hirn aus dem Kopf geschossen.

Mein Dad war ein anständiger Mann. Dieser Ort hat ihn zerstört. Er hat alles zerstört!«

»Sie sind in Philly aufs College gegangen«, sagte Decker. »Sie hätten da bleiben können.«

Lassiter schüttelte den Kopf. »Ich musste zurück und mich um meine Mutter kümmern. Dann hat sie sich trotzdem umgebracht, und ich saß hier fest.«

»Genau. Ihr beschissenes Leben, und die Schuld daran trägt ein anderer.«

»Da haben Sie verdammt recht.« Wieder wackelte sie mit dem Kopf. »Das viele Gold. Was hat er gesagt, eine halbe Milliarde?«

»Ein wenig mehr. Aber es ist nur Geld, Donna.«

Sie lachte bitter. »Das lässt sich leicht sagen ... es sei denn, man hat keins.« Sie stöhnte, hielt sich die Seite. »Scheiße, tut das weh!«

»Legen Sie die Waffe weg, Donna. Ich kann dafür sorgen, dass man Ihnen etwas gegen die Schmerzen gibt, aber Sie müssen zuerst die Waffe weglegen.«

Sie richtete sich ein Stück auf, und ihr verzerrtes Gesicht entspannte sich ein wenig. »Ich bekomme die Todesstrafe, Decker«, sagte sie leise. »Alles, was ich getan habe ...«

»Selbst wenn, Donna, zieht es sich lange hin, und Sie hätten die Chance ...«

Decker verstummte, als ihm klar wurde, dass ihr Blutverlust sich der kritischen Schwelle näherte.

Sie fing an zu stammeln. »Ich gehe nicht ... ins Gefängnis, Ex-Cop. Ich gehe niemals ... in den Knast. Auf keinen Fall ... keinen Fall ...«

Decker erkannte, worauf alles hinauslief. »Das wollen Sie doch gar nicht, Donna.«

»Ich war ... ein guter Cop. Wirklich. Und dann ging alles ... zum Teufel.«

Ihr Gesicht verlor zusehends die Farbe, während ihr Blutdruck mit jedem Herzschlag sank. Decker wusste, es konnte nur noch auf eine Weise enden.

»Wie sind Sie an Ross geraten?«, versuchte er sie abzulenken.

Die Frage schien sie aufzumuntern. »Den kenne ich schon ewig«, sagte sie, diesmal wieder klar verständlich. »Er brauchte Hilfe, und er wusste von Dad und Mom. Er wusste, dass ich verzweifelt war. Er hat mir ein Angebot gemacht, das ich nicht ablehnen konnte.«

»Alice Martin war nicht über Sie eingeweiht, oder?«

Sie schüttelte den Kopf. »Für sie war ich eine brave Gesetzeshüterin.«

»Und Green?«

Wieder schüttelte sie den Kopf. »Nur Ross wusste davon. Er hatte Green und ein paar andere Cops auf der Lohnliste. Aber ich war die Sicherung. Sonst hätte Green mich garantiert verpfiffen, als Sie ihn wegen Mordes an Bond verhaftet haben.«

»Legen Sie die Waffe weg, Donna.«

»Kommt nicht infrage.« Sie schaute flehentlich zu ihm auf. »Erschießen Sie mich, Decker.« Sie tippte sich mit der Mündung gegen die Stirn. »Genau hier. Bitte. Eine Kollegin bittet Sie um einen Gefallen. Tun Sie es einfach.«

»Das kann ich nicht.«

»Na schön. Fragen kostet nichts«, sagte sie grimmig.

Sie schob sich den Pistolenlauf in den Mund, schloss die Augen und drückte ab.

Decker reagierte gar nicht erst. Er hatte von vornherein gewusst, dass er es nicht hätte verhindern können.

Er trat über die Leiche hinweg, die zur Seite gekippt war. Die Wand hinter der Toten war voller Blut und Hirnresten.

In dieser Sekunde geschah es.

Mit einer Wucht, wie er es nie zuvor erlebt hatte, schlug eine Woge aus schimmerndem Blaugrün über Decker zusammen.

Er hatte die Tote betrachtet. Nun schloss er die Augen, kniff sie so fest zusammen, wie er nur konnte, während die Farbe des Todes gegen seine Lider anrannte wie ein feindliches Heer. Decker begann zu zittern. Die Haare in seinem Nacken stellten sich auf. Ein erdrückendes Gefühl der Klaustrophobie überkam ihn, während heftige Übelkeit ihm den Schweiß aus allen Poren trieb.

Aber da war noch mehr.

Das verrückte Verlangen, trotz allem zufrieden zu lächeln.

Und hätte er nicht vor Lassiters blutiger Leiche gestanden – Decker *hätte* gelächelt. Sie war ein korrupter Cop gewesen, eine Verbrecherin, die über Leichen gegangen war – so wie die Bestien, die Decker Frau und Tochter genommen hatten. Aber so war Donna Lassiter nicht von Natur aus gewesen. Einst war auch sie ein guter, aufrechter Cop gewesen.

Nein, Decker würde ihren Tod nicht feiern.

Aber vielleicht, ging es ihm trotz der Übelkeit und allen Jammers durch den Kopf, *werde ich wieder der alte Amos Decker sein. Zumindest der Mann, den der Unfall auf dem Footballplatz aus mir gemacht hat.*

Und vielleicht konnte man in einer Welt, die so ungerecht war wie diese, so unberechenbar und gleichgültig, nicht mehr erwarten.

74

»Was war das?«

Baron führte Amber und Zoe zusammen mit Jamison und Riley auf der Privatstraße zum Haus, als er plötzlich stehen blieb und erstarrte. Sein Blick richtete sich auf den Pfad, der durch den Wald führte.

»Was war *was?*«, fragte Jamison.

»Ich habe irgendwas gehört.«

»Könnte es Decker sein?«

»Nee!«, rief Decker. Er kam die Straße entlang, die zum Haus führte.

»Amos! Wo hast du gesteckt?«, fragte Jamison.

»Im Haus. Mit Lassiter.«

»Was ist passiert?«

Decker warf einen Blick in Zoes Richtung. Das kleine Mädchen sah erschöpft und verängstigt aus.

»Erzähle ich dir später. Ich habe gerade eine SMS von Kemper bekommen. Sie hat für Zoe und Amber einen Krankenwagen gerufen. Er wartet vor dem Haus. Könntest du sie mit Cindi dorthin bringen und mit ihnen warten, Alex?«

»Warum?«, fragte Jamison. »Wo willst du hin?«

»John und ich müssen etwas überprüfen.«

Baron starrte noch immer auf den Pfad.

Jamison warf ihm einen Blick zu; dann schaute sie wieder zu Decker. »Ich begleite euch.«

»Nein, du musst bei deiner Schwester und deiner Nichte bleiben. Du bist bewaffnet, und ich weiß nicht, wer sich sonst noch dort herumtreibt. Kemper schickt dir ein paar Männer. Bis sie kommen, musst du bei den beiden bleiben.«

Jamison wirkte unschlüssig. »Na schön«, sagte sie schließlich. »Aber sag mir wenigstens, wohin du willst.«

Decker richtete den Blick auf Baron. »Vielleicht in die Vergangenheit.«

*

»Sie wissen, wohin der Weg führt?«, fragte Baron, als er und Decker unterwegs waren.

Decker nickte. »Ja.«

»Hören Sie auch, was ich höre?«

»Ja.«

»Aber das kann er doch unmöglich wissen. Er wird nie hier gewesen sein.«

»Irgendwie *muss* er davon erfahren haben«, erwiderte Decker.

Sie traten zwischen den Bäumen hervor. Der große Teich kam in Sicht. Als sie Augenblicke später den alten Mann entdeckten, blieben sie gleichzeitig stehen.

Fred Ross saß in seinem Rollstuhl am Ufer.

»Mr. Ross?«, rief Decker. »Wohin wollen Sie?«

Ross fuhr auf seinem Sitz herum. Da sein Mund vom Klebeband befreit war, schleuderte er den beiden Ankömmlingen wilde Flüche entgegen.

Baron, gefolgt von Decker, stapfte den Hang hinunter zu dem alten Mann.

Bevor sie ihn erreichten, warf Ross sich zur Seite und kippte den Rollstuhl um. Mühsam zog er sich zum Wasser; seine nutzlosen Beine schleiften durch den Schlamm.

Baron überholte ihn mühelos, baute sich vor ihm auf und schaute auf ihn hinunter.

Ross reckte den Kopf und stieß hasserfüllt hervor: »Wenn ich jetzt meine Schrotflinte hätte!«

»Haben Sie aber nicht«, stellte Decker nüchtern fest. »Wie haben Sie sich befreien können?«

»Sie haben meine Arme nicht fest genug geklebt. Ich hatte ein bisschen Spielraum. Mehr hat es nicht gebraucht. Sie haben mich für schwach gehalten, nur weil ich alt bin, was? Tja, Fettsack, ich bin stärker, als ich aussehe, denn ich habe mein Leben lang schwer geschuftet, und später musste ich mich in diesem verdammten Metallkäfig durchs Leben rollen.«

»Woher wissen Sie von diesem Teich?«, fragte Baron.

Ross lachte. »Was glauben Sie?«

Decker ging neben dem alten Mann in die Hocke. »Warum haben Sie seine Eltern umgebracht?«

Baron warf Decker einen verblüfften Blick zu; dann sah er wieder Ross an.

»Sie waren Barons. War das nicht Grund genug?«

»Warum der Teich?«

»Warum wohl? Weil ich nicht geschnappt werden wollte, blödes Arschloch!«

»Warum waren Sie überhaupt hier?«

»Weil ich danach gesucht habe.«

»Nach dem Schatz?«

Ross nickte.

»Woher haben Sie davon gewusst?«, fragte Baron.

»Meine Großmutter hat als junge Frau in Ihrem verdammten *Herrenhaus* als Küchenmagd geschuftet. Dieser hochnäsige Butler war damals ein alter Mann, der sich betrank und in der Küche schwadronierte. Kurz vor seinem Tod hat er vor meiner

Großmutter damit geprahlt, dass er später mal zusammen mit Baron beerdigt wird. Er war regelrecht begeistert von dem Gedanken. Als würde ihn das zu jemand Besonderem machen! Und noch was: Der Trottel hat verraten, dass Baron seinen Kindern so gut wie nichts hinterlassen würde. Er wolle sein Geld vor seinen verwöhnten Bälgern verstecken, weil sie ihm nichts bedeuteten. Und das Versteck sei irgendwo auf dem Anwesen. Wie dem auch sei, meine Großmutter hat es meiner Mutter erzählt, und die hat es dann mir anvertraut. Viele Jahre später stieg ich eines Nachts hier rauf, um nach dem Schatz zu suchen. Aber ich konnte ihn nicht finden. Also dachte ich mir, ich bringe die verfluchten Barons dazu, mir das Versteck zu verraten.«

»Sie Idiot, sie kannten es doch gar nicht!«, brüllte Baron. »Haben Sie nicht nachgedacht? Die Barons hätten diesen Schatz längst geborgen, hätten sie das Versteck gekannt!«

Ross beachtete ihn gar nicht, konzentrierte sich auf Decker. »Sie wollten es mir nicht verraten. Ich wurde noch wütender, schlug sie auf den Kopf, steckte sie in ihr Angeberauto und ließ es ins Wasser rollen.«

»Woher wussten Sie von dem Weg und dem Teich?«, fragte Decker.

»Meine Oma hat es meiner Mom anvertraut.« Ross warf Baron einen Blick zu. »Hat mir erzählt, wie die feinen Barons zum Picknick herkamen und so einen Scheiß. Da hab ich mir gedacht, okay, dann veranstalte ich für euch feine Pinkel mal ein *richtiges* Picknick. Zwanzig Fuß unter der Oberfläche.« Ross schaute auf das Wasser. »In den Jahren danach bin ich wieder zur Arbeit in die beschissene Textilfabrik gegangen, bis ich in dem Ding hier gelandet bin.« Er starrte böse auf den Rollstuhl. »Seitdem bin ich an dieses Scheißding gefesselt.«

»Gottes Wege sind unergründlich«, sagte Decker verächtlich. »Und was machen Sie jetzt hier?«

»Verflucht, ich gehe nicht ins Gefängnis! Lieber ersaufe ich mich.«

Baron zog die Pistole und richtete sie auf Ross. »Vielleicht sollte ich die Ehre haben?«

Der alte Mann grinste bösartig zu ihm hoch. »Ja, mach schon, Arschloch. Drück ab!«

Baron spannte den Hahn.

»Na los, du Weichei, drück ab!«, kreischte Ross. »Trau dich!«

»Er will, dass Sie ihn erschießen, John, weil ich Sie dann verhaften müsste«, sagte Decker. »Das wäre so, als würde er auch Sie umbringen, genau wie er Ihre Eltern umgebracht hat. Wollen Sie sich von dem Mistkerl reinlegen lassen?«

Baron drückte die Mündung gegen Ross' Stirn und hielt sie dort, bis der alte Mann vor Furcht zu zittern begann. Tränen liefen ihm über die Wangen.

Sekunden verrannen; dann entspannte Baron den Hahn und reichte Decker die Waffe mit einem Lächeln. »Um auf diesen Giftzwerg hereinzufallen, bin ich ein viel zu großes Weichei.«

Ross fluchte und spuckte nach ihm, während Baron den Rollstuhl aufrichtete, den alten Mann hochzerrte und wieder hineinsetzte.

»Kommen Sie, Mr. Ross«, sagte er. »Ich bringe Sie zum Gefangenentransporter. Sie können zusammen mit Ihrem Sohn ins Gefängnis fahren. Zwei Erbsen in einer durch und durch verfaulten Schote.«

Decker beugte sich zu Ross hinunter.

»Sie haben sich geirrt.«

»Wobei?«, fauchte Ross.

»Sie hatten zu mir gesagt, in Baronville gebe es nichts Verbotenes. Das stimmt nicht. In dieser Stadt *gibt* es verbotene Dinge.«

Auf dem Rückweg durch den Wald sagte Baron: »Cindi Riley ist die einzige Freundin, die ich habe.«

»Ich weiß«, erwiderte Decker.

»Zumindest bisher.« Er schob den Rollstuhl nicht weiter. »Jetzt zähle ich Sie und Alex zu meinen Freunden. Ich möchte gar nicht daran denken, wo ich jetzt wäre, hätten Sie beide nicht die Wahrheit aufgedeckt.«

Decker schwieg eine Zeit lang. »Ich glaube an zweite Chancen, John«, sagte er dann. »Ich habe meine genau in dem Augenblick bekommen, als ich sie dringend brauchte. Glauben Sie auch daran?«

Baron ließ den Blick über das Grundstück schweifen, das einst Teil des eleganten Besitzes seiner Familie gewesen war. »Ich habe nie daran geglaubt. Bis vor wenigen Minuten.«

»Das ist alles, was zählt.«

75

»Es sind mehr als sechshundert Millionen Dollar in Gold. Selbst nach Abzug der Steuern eine unvorstellbare Summe.«

Baron saß zusammen mit Riley, Jamison und Decker in seinem Arbeitszimmer.

Decker und Jamison waren ein paar Wochen lang in Washington gewesen, für einen Besuch in Baronville jedoch in die Stadt zurückgekehrt.

»Das eröffnet Ihnen eine Menge neue Möglichkeiten«, meinte Decker.

»Was wollen Sie mit so viel Geld machen?«, fragte Jamison.

»Für den Anfang werde ich die alte Villa abreißen und an ihrer Stelle etwas Bescheideneres und wesentlich Geschmackvolleres hinstellen. Und ich dachte daran, in Baronville zu investieren.«

»Wie?«

»Geld ins Schulwesen stecken, in Umschulungszentren und eine neue Opioid-Klinik. Ich könnte versuchen, neue Läden in die Stadt zu holen und Arbeitsplätze zu schaffen. In Baronville könnten sich Start-ups etablieren. Es gibt viele Möglichkeiten, dabei zu helfen, in dieser Stadt das Ruder herumzureißen.«

»Verdammt nett von dir«, meinte Riley, »einer Stadt zu helfen, die dir dein Leben lang ins Gesicht gespuckt hat.«

Barons Miene wurde ernst. »Ich wollte die Leute hier immer davon überzeugen, dass ihre Ressentiments mich kaltlassen. Deshalb habe ich mit Witzeleien und dummen Sprüchen auf ihren

Hass reagiert.« Er hielt inne. »Aber hinter dieser Fassade loderte Zorn. Und so kann man nicht leben.« Er lächelte. »Erst recht nicht, nachdem das Leben mir so viel Geld in den Schoß fallen ließ.« Er lachte auf. »Es ist die blanke Ironie! Ich bin nie reich gewesen, obwohl das jeder zu glauben schien. Jetzt, wo ich tatsächlich reich bin, weiß ich aus eigener Erfahrung, wie kurz der Weg vom Reichtum zur Armut ist. Das sollte ich dazu benutzen, anderen zu helfen.«

Er hielt kurz inne, blickte von Jamison zu Decker. »Es ist ja nicht so, als hätte ich etwas getan, um mir dieses Geld zu verdienen. Ich besitze es nur, weil ich zufällig in eine bestimmte Familie hineingeboren wurde. Das ändert nichts daran, dass der erste John Baron ein Monster war, unter dem die Stadt schuldlos gelitten hat. Es ist wirklich die reinste Ironie, wenn ich versuche, mit seinem Geld diese Ungerechtigkeiten wiedergutzumachen.« Er richtete den Blick auf Jamison. »Mit Ihrer Familie fange ich an. Genauer gesagt, mit Ihrer Schwester. Sie wird Maxus verklagen, aber weil Ross hinter allem steckt, wird die Sache sehr kompliziert. Das könnte Maxus als Verteidigung verwenden. Ich werde für Ihre Schwester und Ihre Nichte einen Treuhandfonds einrichten. Die beiden werden nie wieder Geldsorgen haben.«

»Das hat meine Schwester mir schon gesagt, John. Es ist wirklich sehr großzügig von Ihnen«, sagte Jamison.

Baron warf Decker einen Blick zu. »Ich kann es mir nicht leisten, eine zweite Chance zu vergeben.«

»Wohin wollen die beiden jetzt ziehen?«, fragte Riley.

»Sie bleiben erst einmal in Baronville«, antwortete Jamison.

Baron runzelte die Stirn. »Das überrascht mich.«

»Mich auch«, warf Riley ein.

»Mich nicht«, sagte Decker.

Alle Blicke richteten sich auf ihn, doch er führte nicht aus, was genau er damit meinte.

»Wie steht es mit Ted Ross?«, erkundigte sich Baron.

»Er kooperiert«, antwortete Decker. »Dafür bekommt er lebenslänglich ohne Bewährung. Ross' Organisation war eine wichtige Verteilerstelle für die Drogen, die im Land vertrieben werden. Dank seiner Informationen hat die DEA bereits vier Ringe in anderen Bundesstaaten zerschlagen können. Von Kemper weiß ich, dass die mexikanische Regierung zwei Kartellbosse verhaftet hat. Und der Direktor eines großen chinesischen Pharmaunternehmens hat Selbstmord begangen, bevor man ihn in Gewahrsam nehmen konnte.«

»Wie ist Ross eigentlich an solche Schwergewichte im Drogengeschäft geraten?«, fragte Riley.

»Er hat sich immer schon an der Grenze zur Illegalität bewegt. Ob er nun im Baugeschäft gearbeitet oder eine Papierfabrik geleitet hat – entweder beging er Betrügereien, oder er unterschlug Geld. Er hat gestanden, dass er damals die Gelegenheit erkannt hatte, in der Gegend um Baronville einen Verteilerring aufzubauen, als es mit der Opioid-Krise losging. Dadurch lernte er Brian Collins kennen, den Dealer, und sie machten Geschäfte. Als Maxus ihn dann einstellte, um das Logistikzentrum zu leiten, nutzte er die Gelegenheit, mithilfe des Unternehmens Fentanyl zu schmuggeln. Die Behörden haben sich intensiv auf den Schmuggel und die Beförderung von Drogen durch die Post konzentriert, aber das Versandgeschäft ist gigantisch und bietet dank der schieren Menge an Warenlieferungen eine clevere Möglichkeit, Drogen zu transportieren, ohne dass es jemand bemerkt.«

Decker nickte. »Wenn Ross auf seine Runden ging, um die Lieferungen einzusammeln, beschränkte er sich auf Abteilungen, in denen Leute für ihn arbeiteten. Er hatte das Tracking-System so manipuliert, dass die Drogenlieferungen nur in den Bereichen des Logistikzentrums eintrafen, in denen es sicher für ihn war.

Außerdem hat ein Mitarbeiter der IT-Abteilung die elektronischen Spuren verwischt, sobald die Lieferungen aus dem System genommen wurden. Alle Beteiligten haben sich eine goldene Nase verdient. Sie haben Alice Martin allein dafür, dass sie wegsieht, eine sechsstellige Summe im Jahr hingeblättert. Das zeigt, wie viel Geld hereinkam.«

»Es zeigt vor allem, welche Gefahren der Gesellschaft drohen«, warf Jamison ein. »Orte wie Baronville, die keine so starken Polizeikräfte und Überwachungsmöglichkeiten wie Großstädte haben, sind nicht ausreichend gegen die Infiltration durch kriminelle Organisationen gewappnet. Kommt hinzu, dass die Arbeitslosenquote hoch ist und viele Menschen verzweifelt nach Möglichkeiten suchen, sich finanziell über Wasser zu halten. Das ist das perfekte Rezept für eine hausgemachte Katastrophe.«

Riley nickte mit nachdenklicher Miene. »Ich frage mich, in wie vielen Orten das Gleiche vorgeht wie hier bei uns.«

»Baronville ist garantiert kein Einzelfall«, sagte Decker.

»Aber warum haben Lassiter und Green mit ihnen zusammengearbeitet, wo doch beide in die Sache verwickelt waren?«, fragte Baron.

»Green hatte keine Ahnung, dass Lassiter an der Operation beteiligt war, obwohl sie wusste, dass er auf der Lohnliste steht. Wie sie mir erzählt hat, stellte sie Ross' Absicherung dar. Green hat uns nicht gesagt, dass es in der Stadt noch andere Morde gegeben hat. Das war Amber gewesen. Als wir ihn wenig später darauf ansprachen, hat er sich wahrscheinlich spontan entschlossen, uns bei der Untersuchung mitwirken zu lassen, damit er uns im Auge behalten und notfalls eingreifen kann, falls wir die richtige Spur finden sollten. Außerdem ließ es ihn unverdächtig erscheinen. Lassiter wollte uns zuerst absolut nicht dabeihaben, aber ich nehme an, dass sie auf die gleiche Idee kam wie Green, damit auch sie uns im Auge behalten konnte. Man kann ja nicht gerade sagen, dass Lassiter und Green uns bei der Lösung des Falles geholfen hätten. Sie waren stets nur in der Nähe und nahmen von Zeit zu Zeit Kontakt auf, um zu erfahren, welche Fortschritte wir machen. Lassiter wusste, dass der Gerichtsmediziner eine Niete ist. Und erfahrene Detectives der Mordkommission sollten über Dinge wie Leichenstarre und Schmeißfliegen Bescheid wissen, aber sie haben sich beide dumm gestellt. Ich hatte zuerst nicht den geringsten Verdacht, da mir bei Polizeibehörden oft genug Leute begegnet sind, die tatsächlich nicht viel über derartige Dinge wissen. Und ich hatte es mit Sicherheit schon mit Teilzeit-Gerichtsmedizinern zu tun, die keine Ahnung von ihrer Arbeit haben. Aber ich wette, dass Green und Lassiter sich nur dumm gestellt haben, um die Sache zusätzlich zu verwirren und die Ermittlungen zu behindern. Und sie haben uns nicht darüber informiert, dass Toby Babbot sich im Logistikzentrum verletzt hatte, weil sie unsere Aufmerksamkeit nicht in diese Richtung lenken wollten. Leider war das wenig später doch der Fall, und zwar aus einem schrecklichen Grund.«

Decker blickte Jamison an und nickte auffordernd.

»Ross hat uns verraten, warum sie meinen Schwager Frank umgebracht haben«, sagte Jamison leise.

»Ich dachte, er wäre von einem wild gewordenen Roboter getötet worden«, sagte Riley.

Jamison schüttelte den Kopf. »Nein. Ross hat ausgesagt, dass Frank ihn bei seiner täglichen Runde beobachtet hat, wenn er die neuesten Fentanyl-Lieferungen einsammelte. Er hatte sich eine spezielle Weste mit Innentaschen nähen lassen, in die genau die jeweiligen Drogenlieferungen passten. Die versteckte er dann in seinem Geheimschrank, bevor er sie regelmäßig aus dem Logistikzentrum zu den Tablettenpressen schmuggelte, die sie hauptsächlich in leer stehenden Häusern in der Stadt aufgestellt hatten.«

Decker übernahm wieder. »Anscheinend hat Frank Fragen über Ross' tägliche Runden gestellt. Wie ich schon sagte, Ross hatte einige Leute im Logistikzentrum in der Tasche. Frank hatte das Pech, ausgerechnet einen von ihnen nach Ross' ›verdächtigem Verhalten‹ zu fragen, wie er sich offenbar ausgedrückt hatte. Der Mann hat es prompt Ross erzählt. Der bat dann Frank, den Neubau zu ›überprüfen‹, nachdem die Bauarbeiter Feierabend gemacht hatten. Aber ein paar seiner Leute lauerten ihm dort bereits auf und schlugen ihn bewusstlos. Dann schleppten sie ihn zu dem Roboterarm, und den Rest kennen wir.«

»Eine Frage lässt mich nicht los«, sagte Jamison. »Wieso hat Frank uns gegenüber nichts von seinem Verdacht erwähnt?«

Decker zuckte mit den Schultern. »Er wollte seinem neuen Boss keinen Ärger machen, wo es doch wahrscheinlich eine logische Erklärung für Ross' Verhalten gab. Und Ross hat das gründlich ausgenutzt.«

»Was für ein Mistkerl!«, rief Riley wütend.

Decker nickte. »Ross hat uns auch verraten, dass es Martin Green war, der uns in Babbots Wohnwagen beinahe verbrannt hätte. Anscheinend wurde Babbot immer seltsamer und hat davon gesprochen, er wisse, was Ross vorhabe. Aus diesem Grund musste er sterben.«

»Und Lassiter hat die Waffe in meinem Haus versteckt?«, fragte Baron.

Decker nickte erneut. »Das gehörte zu dem Plan, Sie vom Anwesen zu schaffen. Als alles bereit war, ließ Ross Ihr Haus von Lassiter durchsuchen. Sie hatte die Pistole dabei und manipulierte den Fundort. Und Sie, John, landeten im Gefängnis. Später wollte sie uns mit dem vorgetäuschten Geiselaustausch aus der Stadt locken. Der Treffpunkt war so weit weg, dass ihr Zeit genug blieb, den Schatz im Gewächshaus und dem Mausoleum zu suchen. So konnte sie in Ruhe graben, ohne befürchten zu müssen, dass wir auftauchen.« Er warf Riley einen Blick zu. »Hätte Cindi nicht angerufen und mir gesagt, dass Lassiter sich selbst aus dem Krankenhaus entlassen hat, hätten die Dinge ein anderes Ende genommen.«

Baron griff nach Rileys Hand. »Cindi war immer schon klüger als ich.«

Jamison schüttelte den Kopf. »Ich habe Lassiter für einen guten Cop gehalten.«

»Sie *war* ein guter Cop«, sagte Decker, »und sie war ein korrupter Cop. Ross hat Green nie richtig vertraut. Deshalb wollte er einen anderen Polizisten auf seiner Lohnliste, der nur ihm allein bekannt war. Lassiter war die perfekte Kandidatin. Sie hasste Baron, und sie wollte Geld. Für Ross wird es einfach gewesen sein, sie zu überreden. Und am Ende hat sie dafür den Preis bezahlt.«

»Und das Schweineblut und die Polizeiuniform?«, fragte Jamison.

»Das Schweineblut war Fred Ross' Vorstellung von einem kranken Witz. Und er wollte, dass man den Toten aufhängt, weil man so mit *Spionen* verfährt, wie er es ausdrückte. Ted Ross hat ausgesagt, er habe die Sache mit dem Blut und dem Aufhängen für idiotisch gehalten, doch sein Vater wollte nicht davon abrücken. Aber es *war* idiotisch. Ross hat es vor allem bereut, weil das Blut den Kurzschluss auslöste, durch den Alex und ich erst in die Angelegenheit verwickelt wurden. Die Idee mit der Polizeiuniform stammte von Green. Mehrere Beamte waren bestochen worden, damit sie wegsahen. Die Betreffenden wurden inzwischen verhaftet. Die Polizei von Baronville musste ihren Stall ausmisten, das war längst überfällig.«

»Und wie sind Ted Ross und Costa zusammengekommen?«, fragte Riley.

»Das war ganz einfach«, sagte Decker. »Die Bank ist für die Lohnzahlungen des Logistikzentrums zuständig. Es ist der größte Kunde, den sie haben. Auf diese Weise freundeten Costa und Ross sich an. Ross hat ausgesagt, Costa habe sich wegen eines möglichen Schatzes auf dem Baron-Anwesen an ihn gewandt. Dabei half es natürlich sehr, dass Ross die Geschichte mit dem Schatz bereits von seinem Vater kannte. Es war Ross' Idee, John etwas anzuhängen und ihn von seinem Grundstück zu schaffen, damit sie nach dem Schatz suchen konnten. Wir haben ja selbst gesehen, wie aufwendig das ist und wie lange es dauert. So etwas kann man nicht durchziehen, solange Sie im Haus sind, John.«

»Aber sie hätten mich doch einfach umbringen und dann nach dem Schatz suchen können. Oder ihn sich holen können, während ich im Gefängnis auf meinen Prozess warte.«

»Ross sah die Gefahr, dass Alex und ich hier herumschnüffeln, während Sie im Gefängnis sind«, erwiderte Decker. »Und Sie verschwinden zu lassen wäre zu riskant gewesen, vor allem, wenn man Ihre Leiche gefunden hätte. Costa kam auf die Idee, Sie mit einer Anklage wegen Drogenbesitzes hereinzulegen, nachdem er und Ross herausgefunden hatten, dass Swanson in Ihrem Gewächshaus wohnt. Das wollten die beiden benutzen, um die Hypothek einzufordern und die Zwangsversteigerung einzuleiten. Costa dürfte kein Interesse daran gehabt haben, jemanden zu ermorden. Außerdem hatte er keine Ahnung von Ross' Fentanyl-Geschäften.«

Decker legte eine Pause ein, ehe er fortfuhr: »Aber Ross hatte andere Vorstellungen. Er wollte Costa und Babbot loswerden. Also sollte die Bank die Moralklausel geltend machen, weil Sie angeblich ein Mörder sind. Das konnte Ross aber nicht bewerkstelligen, indem er Sie umbrachte. Sie müssen wissen, John, dass Ross nicht nur den Schatz wollte. Er wollte Sie im Gefängnis verrotten sehen, oder dass Sie die Todesstrafe bekommen. Das galt auch für seinen Vater. Für beide war es eine persönliche Sache, Sie zu vernichten. Sie waren ein Baron und verkörperten alles, was die beiden verabscheuten.«

»Und dann hätte die Bank das Anwesen verkaufen können, und Ross hätte die Möglichkeit gehabt, es mit seinen Drogenprofiten über einen Strohmann zu erwerben«, sagte Jamison.

»Doch als sie die DEA-Agenten umbringen mussten und die Dinge aus dem Ruder liefen, änderten sie die Pläne und entführten Amber und Zoe, um uns aus dem Weg zu schaffen«, fügte Decker hinzu. »Die beiden DEA-Agenten mussten sie ausschalten, denn sie waren dem Fentanyl-Ring auf die Spur gekommen. Ross musste schnell handeln, denn sobald man die Agenten identifiziert hatte, würde die DEA in Baronville auftauchen, was dann ja auch geschah. Doch bevor das geschah, wollte er mitsamt dem Schatz und seinen Drogenprofiten von der Bildfläche verschwinden. Aber er hat natürlich nicht damit gerechnet, dass wir uns in die Ermittlung einschalten. Er verließ sich auf Green und Lassiter, die die Untersuchung verschleppten. Wäre es nach ihnen gegangen, wären die DEA-Agenten lange Zeit unidentifiziert geblieben. Erst als ich vorschlug, ihre Fingerabdrücke durch die Datenbanken der Ermittlungsbehörden zu überprüfen, wurde ihre Identität festgestellt.«

»Und beinahe hätten sie das auch alles geschafft«, versetzte Riley.

»Genau wie mir kam Ross zufällig ein Exemplar des Senior-Jahrbuchs in die Finger«, fuhr Decker fort. »All die Verrücktheiten an den Tatorten, die Bibelsprüche, das Todeszeichen bei Costa … das alles beruhte auf den im Jahrbuch enthaltenen

Informationen. Zum Beispiel, dass John sich für Mythologie interessierte und dass Tanner, seine Exfreundin, in der Bibelschule unterrichtet hatte.«

»Deshalb haben Sie sich auch dafür interessiert, wie der Name Mercury Bar zustande kam«, sagte Riley. »Haben Sie etwa geglaubt, ich wäre in die Morde verwickelt?«

»Ich musste in alle Richtungen ermitteln«, antwortete Decker diplomatisch.

»Aber was war mit den Lebensversicherungen?«, fragte Riley. »Sie haben gesagt, meine Freundin Linda Drews steckt möglicherweise in Schwierigkeiten.«

»Ich glaube nicht, dass jemand Interesse daran hat, Linda strafrechtlich zu belangen«, sagte Decker. »Sie hat ihren Sohn verloren, und es gibt nicht den geringsten Beweis, dass sie wusste, was hinter den Kulissen vor sich geht. Die Cops haben Willie Norris gefunden und verhaftet. Es hat sich herausgestellt, dass er Notfallsanitäter und ein lokales Labor bezahlt hat, um Untersuchungsergebnisse zu fälschen. Außerdem hat er mit den verschiedensten Versicherungsunternehmen gearbeitet, damit ihm niemand auf die Schliche kam. Wurde mal einer der Todesfälle untersucht, hat er es mit allen möglichen Methoden vernebelt. Deshalb haben die meisten am Ende bezahlt. Anscheinend sind ungefähr zwei Dutzend Policen fragwürdig. Aber wenn er dreihunderttausend oder mehr pro Police bekam, brauchte er auch nicht mehr. Und er hat Leuten, die über ihn versichert waren, mit Fentanyl versetzte Schmerzpillen untergeschoben. Viele sind gestorben. Es ist die reinste Ironie, dass Norris diese Pillen von Dealern gekauft hat, die für Ross gearbeitet haben. Er hat die Deckungssummen der Versicherungen kassiert und sich seinen Anteil genommen. Es ging nur um das Geld.« Er warf Jamison einen Blick zu. »Norris hat auch die Gasleitung in Ambers Haus sabotiert. Anscheinend wollte er uns unbedingt zum Schweigen bringen, bevor er die Flucht ergriff.«

»Und Fred Ross?«, fragte Baron.

»Er hat den Mord an Ihren Eltern gestanden und wird nie wieder die Luft der Freiheit atmen. Und ich kann mir nicht vorstellen, dass er im Gefängnis lange überlebt.«

»Endlich kannst du mit der Sache abschließen, John«, sagte Riley und drückte seine Schulter.

Decker stand auf und streckte die Hand aus. »Viel Glück mit der zweiten Chance.«

Baron erhob sich ebenfalls und schüttelte die ihm dargebotene Hand. »Ohne Sie und Alex hätte es diese Chance nie gegeben.«

»Wir alle brauchen gelegentlich ein bisschen Hilfe«, meinte Jamison.

Baron nahm Rileys Hand. »Cindi wird mich bei allem unterstützen. Sie ist eine großartige Freundin.« Er lächelte. »Vielleicht sieht sie mich als Vaterfigur.«

Riley küsste ihn auf die Wange. »Vielleicht auch als etwas ganz anderes.«

»Möchten Sie mit uns essen gehen, bevor wir abreisen?«, fragte Jamison.

»Hört sich toll an«, sagte Baron. »Aber die Rechnung geht auf mich.«

»Nichts da«, widersprach Riley. »Im Mercury zahle ich.«

»Ich muss vorher noch mal los«, sagte Decker. »Geht schon mal vor.«

Jamison schaute ihn fragend an. »Hast du ein Date?«

Decker nickte. »Könnte man so sagen.«

76

Decker parkte den Wagen, stieg aus und ging um das Fahrzeug herum, um Zoe beim Aussteigen zu helfen.

Sie griff nach seiner großen Hand, und Decker ließ es zu. In der anderen Hand hielt er eine zusammengefaltete Decke.

Er schlug die Wagentür zu, und gemeinsam gingen er und das Mädchen zu ihrem Ziel. Der Himmel war glasklar und leuchtend blau, keine Wolke weit und breit. Ein leichter, kühler Wind wehte. Es war der schönste Tag, den Decker in Baronville erlebt hatte.

»Danke, dass du mich begleitest, Amos«, sagte Zoe.

»Ich möchte nirgendwo lieber sein.«

»Wie blau der Himmel ist!«

»Weil da oben jemand auf dich aufpasst«, sagte Decker.

»Glaubst du wirklich?«

»Ja.«

Sie erreichten den Erdhügel. Zoe verharrte und betrachtete ihn schweigend. Es gab noch keinen Grabstein, doch Zoe wusste von ihrer Mutter, dass er bald fertig sein würde. Er würde der Welt verkünden, dass Frank Mitchell ein guter Ehemann und Vater gewesen war.

Decker wusste, dass Zoe sich für den Rest ihres Lebens von diesem Ort angezogen fühlen würde, selbst wenn sie und ihre Mutter in die Ferne zogen. Für Zoe Mitchell würde Baronville immer ein Bezugspunkt bleiben – eine Erinnerung, die sie am liebsten vergessen würde, von der sie sich aber niemals völlig würde befreien können. Decker wusste es aus eigener Erfahrung.

Mit Zoes Hilfe breitete er die Decke sorgfältig auf dem Boden neben dem Grab aus und half dem Mädchen, die Blumen an das Kopfende des Erdhügels zu legen. Dann setzten beide sich auf die Decke.

Zoe trug ihr bestes Kleid. Ihr Haar war zu Zöpfen geflochten, was ihr Vater sehr geliebt hatte, wie sie Decker verraten hatte.

Decker trug die besten Sachen, die er im Gepäck hatte. Nichts Besonderes, aber immerhin frisch gereinigt und gebügelt.

Zoe blickte ihn an. Unsicherheit lag in ihren Augen, vielleicht sogar Furcht. »Und was mache ich jetzt?«

»Du kannst zu deinem Dad sprechen.«

»Und was soll ich sagen?«

»Worüber hast du denn sonst mit ihm gesprochen?«

»Ich habe ihm von der Schule erzählt, und was Mom und ich getan haben, wenn er auf der Arbeit war. Oder ich habe ihm von einem Buch erzählt, das mir gut gefallen hat.«

»Dann tue das auch hier. Dein Dad möchte es bestimmt gern wissen. Du kannst ihn auf den neuesten Stand bringen.«

Zoe senkte die Stimme und sah sich nervös zwischen den anderen Gräbern um. »Muss ich flüstern? Hier darf man bestimmt nicht laut sprechen, oder?«

»Ach, das geht schon in Ordnung. Dein Dad wird dich so oder so hören.«

»Wird er mir auch antworten?«

»Ja, aber nicht so wie früher. Du musst ihn dir nur vorstellen, dann wirst du ihn hören, okay?«

»Okay.«

Zoe beugte sich über den Erdhügel und begann leise zu reden.

Decker saß die ganze Zeit geduldig da und beobachtete andere Friedhofsbesucher, die zu den Gräbern geliebter Menschen gingen.

Baronville stand vor einem Berg von Problemen, wie viele andere

Städte auch. Aber Probleme waren da, um gelöst zu werden. Und das Leben konnte man zum Besseren wenden. Es war möglich. Decker glaubte unerschütterlich an die Kraft und Widerstandsfähigkeit des menschlichen Geistes.

Ich bin das lebende Beispiel.

Doch als die Zeit verrann, erfasste ihn ein wachsendes Gefühl der Beklommenheit. Würde er morgen aufwachen und feststellen, dass sein fotografisches Gedächtnis nicht mehr existierte? Würde er keine Farben mehr sehen, wie er sie normalerweise sah?

Noch verstörender war die Vorstellung, sein Verstand könnte sich gegen ihn wenden und seine Fähigkeiten nicht mehr verstärken wie bisher, sondern einschränken.

Jamison gegenüber hatte Decker so getan, als wären ihm seine Footballkarriere und die vielen Kopftreffer, die er im Laufe der Jahre davongetragen hatte, völlig egal. Aber ihm war nur zu bewusst, dass diese Treffer die Aussicht auf einen Hirnschaden erhöht hatten.

Das Gefühl der Beklemmung wurde stärker, bis er eine Hand auf dem Arm spürte.

Er zuckte zusammen und sah, dass Zoe ihn anschaute.

Ihre unschuldigen Züge, auf denen sich kindliches Vertrauen spiegelte, ließen ihn lächeln. Der Anflug von Panik verebbte.

»Hast du deinem Dad alles erzählt, was du ihm erzählen wolltest?«, fragte er.

Zoe nickte. »Ich glaub schon. Jedenfalls für den Augenblick. Aber bei meinem nächsten Besuch werde ich ihm mehr zu erzählen haben.«

Decker tippte mit dem Finger auf seine Brust. »Hast du es hier gefühlt? Die Wärme?«

Zoe nickte energisch. »Ja, wirklich! Genau wie du gesagt hast. Und er hat mir geantwortet. In meinem Kopf.«

»Es hat ihm viel bedeutet, dass du hier warst. Er wird von nun an immer bei dir sein, Zoe, dein Leben lang.«

»Ob er wirklich hier drin ist?« Sie berührte ihre Brust.

»O ja.«

»Ich wünschte, er wäre hier bei mir, so wie du jetzt.« Plötzlich wurden ihre Augen groß und feucht.

»Ich weiß, was du fühlst. Denn ich wünsche mir nichts mehr, als dass Molly jetzt bei mir wäre. Aber da die beiden nicht hier sein können, müssen wir für sie weiterleben. Gutes tun. Dinge, auf die sie stolz sein würden. Okay?«

Zoe nickte.

»Gut. Sollen wir jetzt gehen?«

»Ich würde gern noch ein bisschen bleiben, Amos. Hier bei Dad.«

»Wir können so lange bleiben, wie du magst, Zoe.«

Als das Mädchen nach seiner Hand griff, erwiderte Decker den Druck, nur dass es viel mehr war: Er klammerte sich an der Hand eines Kindes fest, als ginge es um sein Leben.

Doch er hatte lange nicht mehr einen so tiefen Frieden verspürt, innere Ruhe, ja Heiterkeit.

Decker dachte an die Mörder in dieser Stadt, die Diebe und Betrüger und all jene, die über Leichen gingen, um sich zu bereichern. Es nahm all seine Zeit und Kraft in Anspruch, solche Verbrecher zu jagen, aber er wusste, das Gute würde immer stärker sein als das Böse.

Zumindest glaubte er daran, sonst hätte er in seinem Job nicht weitermachen können.

Manchmal muss man einfach glauben.

Er atmete tief aus, ohne Zoes Hand loszulassen.

Und so saßen das kleine Mädchen und der riesige Mann dort in der Nachmittagssonne, während das Leben und Sterben um sie her ihren Fortgang nahmen.

DANK

Zuerst an Michelle. Jeder Tag mit dir erinnert mich daran, dass ich glücklicherweise über meiner Gehaltsklasse geheiratet habe.

An Michael Pietsch, einen großartigen, engagierten Verleger.

An Andy Dodds, Nidhi Pugalia, Ben Sevier, Brian McLendon, Karen Kosztolnyik, Beth deGuzman, Brigid Pearson, Bob Castillo, Anthony Goff, Michele McGonigle, Cheryl Smith, Andrew Duncan, Joseph Benincase, Tiffany Sanchez, Stephanie Sirabian, Matthew Ballast, Jordan Rubinstein, Dave Epstein, Rachel Hairston, Karen Torres, Christopher Murphy, Ali Cutrone, Tracy Dowd, Martha Bucci, Lukas Fauset, Thomas Louie, Laura Eisenhard, Anne Twomey, Mary Urban, Barbara Slavin, Sean Ford, Genevieve Kim und allen anderen bei Grand Central Publishing, weil sie sich seit mehr als zwanzig Jahren so sehr für mich ins Zeug legen.

An Aaron und Arleen Priest, Lucy Childs, Lisa Erbach Vance, Mitch Hoffman (einen zusätzlichen Dank für ein weiteres erstklassiges Lektorat), Frances Jalet-Miller, John Richmond und Rachael Burlette. Ihr seid die absolut Besten auf eurem Gebiet.

An Anthony Forbes Watson, Jeremy Trevathan, Trisha Jackson, Katie James, Alex Saunders, Sara Lloyd, Claire Evans, Rob Cox, Stuart Dwyer, Geoff Duffield, Jonathan Atkins, Anna Bond, Leanne Williams, Natalie McCourt, Sarah McLean, Charlotte Williams und Neil Lang bei Pan Macmillan, der euretwegen ein Weltklasseverlag ist. Ich kann mich glücklich schätzen, Teil davon zu sein.

An Praveen Naidoo und das Team von Pan Macmillan Australien, die sich nach wie vor mit jedem neuen Buch selbst übertreffen.

An Caspian Dennis und Sandy Violette, mit denen die Arbeit jede Menge Spaß macht. Und noch mehr, mit ihnen zu feiern!

An Kyf Brewer und Orlagh Cassidy für ihre unglaublichen Hörbücher, für die wir Berge von Fanpost bekommen.

An Steven Maat und das Team bei Bruna, die die Marke weiter ausbauen.

An Bob Schule, der für dieses Manuskript mal wieder seinen »Beraterhut« aufgesetzt hat.

An Terry Williams von der Langford Insurance, der mich über die Feinheiten des Versicherungsgeschäfts aufgeklärt hat.

An Roland Ottewell für sein aufmerksames Korrektorat.

Und an Kristen White und Michelle Butler, weil sie Columbus Rose auf Erfolgskurs halten.